LE CERCLE
D'AMBOISE

Editions Jets d'Encre
118 avenue du Général Leclerc
94100 Saint-Maur-des-Fossés
www.jetsdencre.fr

ISBN : 978-2-35485-899-5

JEAN-BERNARD
THONUS

LE CERCLE D'AMBOISE

JETS ÉDITIONS
D'ENCRE

CHAPITRE 1

6 août 2012

Pétra, Jordanie

Comme chaque fin d'après-midi, à l'heure où la lumière devient rasante, une cohorte de touristes venus du monde entier se dirigeait vers l'entrée principale de ce site archéologique considéré comme l'un des plus beaux du monde. Les guides s'affairaient autour des groupes qui se formaient à la sortie des cars. Français, Allemands, Américains, Chinois, tous avaient hâte de pénétrer dans ce sanctuaire redécouvert en 1812 par l'explorateur suisse Jean-Louis Burckhardt.

Car Pétra, née sous l'Antiquité, avait été pendant des siècles une cité prospère sur la route des épices, ce qui expliquait la richesse de son architecture, la modernité de ses infrastructures et les dimensions imposantes de ses monuments, dont la Khazneh était le plus célèbre.

Un groupe d'Italiens venait de descendre d'un car. Leur guide, Guido, qui travaillait en Jordanie depuis plusieurs années, entama une discussion animée avec un guide officiel du site. Il cherchait à obtenir pour ses clients une visite nocturne afin de profiter du soleil couchant. Le groupe semblait tout excité à l'idée de découvrir Pétra la nuit. C'était en tout cas ce que souhaitait un couple de quinquagénaires venu de Pise et bien décidé à rentrer en Italie avec des photos inédites du site inscrit au patrimoine mondial de l'Unesco. Le groupe de quinze touristes italiens scrutait donc avec beaucoup d'attention le guide qui leur avait assuré une visite « dont ils se souviendraient ». Et c'était bien la moindre des choses, estimaient parmi eux trois femmes d'environ 65 ans qui rappelaient à leurs voisins le prix qu'elles avaient payé pour cette excursion. Tout le monde était donc suspendu aux lèvres des deux guides en pleine négociation. Après dix minutes, Guido revint vers le groupe avec un large sourire.

— C'est bon, mon ami Moussaoui accepte de nous guider ce soir. Vous allez adorer !

En guise de réponse, il n'obtint que des sourires. Guido était satisfait. Cette visite allait lui rapporter deux cents euros en plus de son salaire, et cela lui allait très bien. Il pourrait emmener son épouse dîner dans ce restaurant français du centre-ville où le vin était apparemment divin.

Moussaoui fit signe à Guido ; la visite pouvait débuter.

Le soleil commençait sa lente descente quand les Italiens pénétrèrent dans Pétra. Ils dépassèrent rapidement les groupes qui terminaient leur visite et qui se trouvaient assaillis par les vendeurs de souvenirs ambulants. Aujourd'hui, même les sites classés au patrimoine mondial de l'Unesco n'échappaient plus aux vendeurs à la sauvette. Certains d'entre eux allaient jusqu'à proposer des miniatures de la tour Eiffel ! Un des membres du groupe crut même reconnaître des tours de Pise. Il fallait bien que chacun gagne sa vie, pensa-t-il en souriant.

La visite commença par les remparts de l'antique cité, bordés d'anciennes demeures dont les ruines attestaient de la richesse de la ville. Les ornements, les modénatures, les colonnes, tout rappelait le rayonnement de cette cité dont le commerce des épices avait fait la renommée. Le groupe circulait lentement dans les anciennes artères de Pétra en buvant les paroles du guide. Au détour d'un carrefour, baignée par le soleil couchant, apparut la majestueuse Forteresse des Croisés, témoin de cette période où l'expansion du christianisme dans le monde donnait lieu à la fois à d'âpres combats et à la réalisation de véritables chefs-d'œuvre d'architecture, dont la fonction principale était de servir de banques aux croisés afin de leur permettre de financer leur campagne. Et Pétra gardait les traces de cette période d'évangélisation.

La visite se poursuivit dans une pénombre de plus en plus prononcée et dans un silence quasi religieux que seule la voix de Moussaoui rompait. Arrivé devant la Khazneh, dont la façade et les colonnes monumentales, taillées à même la roche, rappelaient à chaque visiteur le génie et la détermination des citoyens de Pétra, le groupe s'immobilisa en silence. Restés légèrement en arrière, deux jeunes Italiens portant sacs à dos, lunettes de soleil et casquettes des Yankees échangèrent un regard que le reste de la troupe ne perçut pas.

— Sors le plan, ils vont bientôt entrer dans la Khazneh. Ça va nous laisser vingt minutes.

Le plus jeune ouvrit son sac à dos et en sortit un plan du site, annoté dans la zone des tombes rupestres.

— On longe la façade sur la droite, puis quatre cents mètres à gauche, et nous serons dans le cimetière rupestre.

Le groupe, toujours suspendu aux commentaires de Moussaoui, pénétra dans le monument.

— Allez, on doit être de retour dans moins de vingt minutes.

Les deux Italiens laissèrent leur groupe entrer dans l'édifice et bifurquèrent à droite. Deux minutes plus tard, ils se trouvaient au milieu du cimetière rupestre, entourés de centaines de tombes, témoins silencieux des années de prospérité et de rayonnement de la cité. La nuit était tombée.

L'un des deux sortit un GPS militaire de son sac.

— Donne-moi les coordonnées, et mets tes lunettes à visée nocturne. On n'a pas beaucoup de temps.

Une fois les chiffres renseignés, le GPS leur indiqua l'emplacement de leur objectif à cent cinquante mètres au nord de leur position. Lunettes sur le nez, ils avancèrent à grands pas vers un ensemble de tombes qui semblaient plus anciennes. Parvenus à l'endroit indiqué, ils identifièrent celle qui les intéressait et ressortirent le plan griffonné. Un cercle incrusté de chiffres devait se trouver parmi les ornements du monument.

— C'est celle-là, dit le plus jeune à voix basse. Regarde, le cercle, les chiffres, ça colle !

Le plus âgé acquiesça et extirpa de son sac un petit maillet et un burin d'archéologue. Il se mit à poinçonner doucement les pourtours du cercle. Après quelques minutes, le cercle était dégagé sur une profondeur de cinq centimètres. D'un geste précis, l'Italien, élève à l'université d'archéologie de Venise, détacha le cercle de pierre du monument. Il le prit avec une extrême précaution et le posa sur sa tranche. Les lampes frontales des deux jeunes éclairèrent une fine rainure. L'objet de toute leur attention était composé de deux parties, telle une boîte.

Le plus jeune sortit un fin tournevis qu'il inséra dans la rainure. Il commença à poinçonner celle-ci sur l'ensemble de sa circonférence. Le coffre de pierre ne tarda pas à s'ouvrir.

— Il est là ! s'exclama le plus jeune d'une voix étouffée. Il est magnifique !

— Et dire qu'il est ici depuis plus de cinq cents ans !

Il sortit une de ces boîtes en plastique dans laquelle on transporte généralement son déjeuner, souleva le couvercle, puis le double fond spécialement prévu pour transporter l'objet et l'y glissa. Puis, il prit son téléphone satellite, ouvrit une ligne sécurisée et composa le seul numéro programmé.

— On l'a, annonça-t-il.

Les deux étudiants rangèrent rapidement leur matériel, et rejoignirent le groupe. Moins de quinze minutes plus tard, ils admiraient l'intérieur de la Khazneh en compagnie des autres touristes. Aucun d'eux ne s'était rendu compte de leur absence. Décidément, Moussaoui était un bon guide, qui savait captiver l'attention.

Ils échangèrent à nouveau un regard. Demain, ils seraient sur le chemin du retour. Mission accomplie, pensaient-ils tous deux.

CHAPITRE 2

7 août 2012

Palo Alto, Californie

Comme chaque matin, Salvatore Figli arriva au siège à 10 heures. John, son chauffeur, se gara devant l'entrée de l'immense bâtiment de verre et le vice-président descendit prestement de la voiture. À 40 ans, diplômé de Stanford et du MIT, il était le numéro 2 de Facebook. Quel chemin parcouru pour ce fils d'immigrés italiens, dont les parents étaient arrivés aux États-Unis dans les années 1960, sans un dollar ! Très jeune, il avait fait preuve d'une volonté de réussir sans limites. À force de travail et d'acharnement, il faisait aujourd'hui partie des quarante premières fortunes américaines selon le dernier classement du magazine *Forbes*. Cette réussite personnelle, il la voyait chaque matin en se regardant quelques instants dans les panneaux de verre fumé qui recouvraient l'ensemble du bâtiment.

Et ce matin, plus encore que les autres jours, c'était un grand jour : il devait présider le conseil d'administration où serait approuvée l'introduction en Bourse du groupe. Il avait mis beaucoup de temps à convaincre Mark Zuckerberg, le président fondateur, un jeune génie de l'informatique et un visionnaire en ce qui concernait les évolutions du monde qui nous entoure, mais un piètre manager et un mauvais financier, pensait-il. *Heureusement que je suis là ! Sans moi, le groupe ne serait pas le géant d'aujourd'hui,* se disait-il souvent.

En effet, aujourd'hui, Facebook représentait plus d'un milliard de personnes qui échangeaient, discutaient, partageaient avis, commentaires et photos ; un puits d'informations pour celui qui savait s'en servir. Comme il aimait le dire à ses collaborateurs, le réseau permettait, en temps réel, de connaître l'état de l'opinion mondiale, de prévoir les changements politiques à venir, et d'anticiper les besoins des gens, bref d'avoir toujours un coup d'avance sur le monde en général.

Mais ce qu'il ne disait pas à ses collaborateurs, c'est qu'il en avait fait le réseau de renseignement le plus performant au monde. Facebook lui permettait même d'animer en toute discrétion son propre réseau, l'Ordre de Salai. Le président Mark Zuckerberg lui-même l'ignorait.

Pour cela, il s'appuyait sur Howard Clifford, son directeur réseau, qui chaperonnait les centaines de programmeurs dont avait besoin l'entreprise nuit et jour. Howard avait rejoint le groupe il y avait moins d'un an et avait connu une progression fulgurante, en grande partie grâce à Figli, qui avait été son directeur de thèse au MIT. À 22 ans, Clifford apparaissait comme l'un des plus doués de sa génération, et cela ne concernant que son travail officiel. Ce qu'il avait accompli pour le compte de Salvatore Figli était encore plus impressionnant, mais ne pouvait être rendu public.

Vêtu d'un costume de lin blanc taillé sur mesure, portant un tee-shirt noir et des chaussures en daim, Salvatore Figli franchit l'entrée et se dirigea vers son ascenseur privé, qui menait directement à son bureau. Il salua Roberto Rodrigues, chargé ce matin de la sécurité du bâtiment, et s'engouffra dans l'ascenseur. Arrivé au dernier étage, celui-ci s'ouvrit sur son bureau, où l'attendait Helen, sa secrétaire.

— Bonjour monsieur le vice-président.

— Bonjour Helen, comment allez-vous aujourd'hui ?

— Très bien, monsieur. J'ai trié vos messages et le courrier du jour. Je vous rappelle que le conseil est à 15 heures cet après-midi. Robert Aymes, le directeur général, viendra finaliser le dossier avec vous à 11 heures. Vous déjeunez avec monsieur le président à 12 h 30 chez Françoise.

Il était 10 h 15. Figli parcourut rapidement le dossier préparé par Helen avant d'ouvrir sa messagerie cryptée. Décidément, cette journée se présentait sous les meilleurs auspices, pensa-t-il après avoir pris connaissance du dernier message.

— Merci Helen, demandez à Clifford de venir me voir avant que je reçoive le directeur général.

— Bien, monsieur.

Helen sortit de son bureau. Figli prit la tasse de café brûlant – comme il l'aimait –, que sa secrétaire avait préparé comme chaque matin, et s'approcha de l'immense baie vitrée de son bureau, qui lui offrait une vue imprenable sur la ville et la mer.

Son téléphone sonna.

— M. Clifford est là, annonça Helen.

— Faites-le entrer.

CHAPITRE 3

15 mars 1516

Clos-Lucé, près du château d'Amboise, en Touraine

Les gelées matinales étaient encore bien présentes tout autour du manoir. Il était à peine 7 heures et Léonard de Vinci était déjà à pied d'œuvre. Il était descendu de bonne heure à la cuisine, où le personnel de la maison s'affairait déjà. Surprenant sa gouvernante, il entra dans la pièce et se servit une tasse de ce café fort qui embaumait la maison. Élisabeth, qui ne l'avait pas entendu arriver, était fâchée qu'il se soit servi seul. C'était à elle que revenait la tâche de servir son maître et, ce matin, elle avait failli. La journée commençait mal.

— Bonjour Élisabeth, lui dit-il, content de l'avoir surprise.

Élisabeth était une perle. Elle tenait le manoir d'une main de fer et faisait tout son possible pour lui permettre de travailler sans avoir à se soucier des contingences matérielles de la maison. Et elle y arrivait plutôt bien avec l'aide des autres membres du personnel. Il était donc content de son petit effet matinal.

— Bonjour maître, répondit-elle en tentant de cacher son agacement. Vous êtes bien matinal aujourd'hui. Je vous prépare votre petit-déjeuner dans la rotonde ?

— Non, Élisabeth, pas aujourd'hui, je finis ce délicieux café et retourne à mon travail. J'ai terminé tard hier soir et je dois reprendre mon étude dès ce matin si je ne veux pas perdre le fil de ma pensée. Prévenez Caprotti et Melzi. Je souhaite n'être dérangé par personne. Je ne pense pas avoir le temps de déjeuner, mais préparez-moi tout de même quelque chose. On ne sait jamais.

Sur ce, Léonard prit une seconde tasse de café et s'approcha de la fenêtre de la cuisine. L'hiver était encore bien là. La brume était si épaisse qu'il ne pouvait distinguer les contours du château d'Amboise, qui trônait si majestueusement au loin, les matins d'été.

Depuis plusieurs mois, Léonard de Vinci s'était remis aux mathématiques. Il peignait moins et ses dernières inventions avaient été consignées dans son cahier, où se mélangeaient les plans, les explications et les notes de calcul. Cette discipline le fascinait, car elle n'était que rigueur, raisonnement, principes et lois, là où l'art et la création s'affranchissaient de tout cela.

À 7 h 30, il prit congé du personnel de maison, quitta la cuisine et se dirigea vers son atelier, où ses deux fidèles disciples, Caprotti et Melzi, le retrouvèrent.

Il reprit ses travaux de la veille. Tout en devisant avec ses deux assistants, il parcourut de nouveau ses postulats et ses dernières équations. Il était persuadé que les chiffres permettraient un jour de prévoir et d'anticiper certains phénomènes, météorologiques ou astronomiques, par exemple.

Le débat avec Melzi et Caprotti reprit donc de plus belle. Il avait été très animé jusque tard, la nuit dernière.

— Alors, Caprotti, si le principe de l'addition ou de la multiplication ont permis il y a des siècles de prévoir les conséquences des accroissements ou des diminutions et si la mise en équation de certains phénomènes tels que la vitesse ou la masse a permis de comprendre le vol des oiseaux et de le reproduire, pourquoi n'en serait-il pas de même avec le temps ? Les mathématiques et notamment la géométrie ont bien permis de maîtriser l'espace.

— Maître, répondit Caprotti, pour le temps, c'est différent. Il se mesure mais ne se maîtrise pas. Les mathématiques ne répondront jamais à cette question que nous nous posons tous : de quoi demain sera-t-il fait ?

— Et peut-être que Dieu ne souhaite pas que l'homme maîtrise le temps, renchérit Melzi.

Léonard se renfrogna. Si l'on commençait à mélanger la science des mathématiques avec la croyance en Dieu et en sa main comme à l'origine de toute chose, la journée allait être longue et les progrès rares, se dit-il. Il coupa donc court à la discussion et reprit ses équations, qui remplissaient déjà plusieurs cahiers.

Depuis de longs mois, Léonard tournait autour d'une formule avec l'impression de ne jamais l'approcher. Celle-ci était complexe et tentait de corréler les dates et les lieux. En simplifiant ses pensées, Léonard essayait, par cette formule, de répondre à cette question : en partant du principe que l'espace et le temps sont liés, peut-on arriver à prévoir l'évolution d'un lieu en faisant varier le temps et, à l'inverse, à prévoir le temps en faisant varier un lieu ? Il avait le sentiment d'être très proche d'une découverte fondamentale, mais plus il s'en approchait, plus elle semblait s'éloigner.

La journée passa à une vitesse folle tant il était pris par son travail. Il ne s'aperçut même pas que ses disciples l'avaient abandonné à l'heure du déjeuner, car la faim et les odeurs de cuisine qui se répandaient dans le manoir avaient eu raison de leur concentration.

Lorsque Léonard leva la tête, il était déjà 16 heures. Il décida de s'accorder une pause et appela Élisabeth, qui lui apporta dans la rotonde du café et des biscuits tout juste sortis du four. Il eut alors le sentiment que le temps s'arrêtait. L'ironie du moment le fit sourire.

CHAPITRE 4

7 août 2012

Palo Alto

Helen ouvrit la porte du bureau du vice-président et Clifford entra, se dirigeant directement vers Figli, encore occupé à admirer cette vue dont il ne se lassait pas.

— Bonjour, monsieur le vice-président.

— Bonjour Clifford.

— J'ai les statistiques de fréquentation du réseau pour hier, monsieur. L'activité est en progression sur le continent asiatique, où nous avons totalisé 15 254 nouveaux comptes. Pour le reste, l'activité la plus soutenue reste au Moyen-Orient et en Afrique du Nord, où les suites des changements de régime font l'objet de nombreux échanges. Je ne sais pas combien de temps ces nouveaux gouvernements vont tenir. L'arrivée massive d'islamistes fondamentaux semble peu appréciée des populations et notamment des femmes, qui ont largement contribué aux différents printemps arabes. Tout cela me paraît bien fragile.

Figli écoutait d'une oreille distraite le rapport quotidien de l'activité du réseau accompagné des commentaires souvent avisés de Clifford. Aujourd'hui, sa préoccupation était ailleurs. Il avait un conseil d'administration crucial cet après-midi, où devait être approuvée l'entrée en Bourse du groupe. Une étape décisive à ses yeux pour la suite. Et puis, l'opération menée à Pétra grâce aux informations collectées sur le réseau avait été un succès. Enfin, il l'avait retrouvé. Il avait fallu plus de cinq cents ans à l'Ordre pour y arriver. Décidément, cette journée s'annonçait exceptionnelle à plus d'un titre.

Il n'avait jusque-là pas quitté des yeux l'océan Pacifique, qui semblait le fasciner. Il se retourna brusquement vers Clifford :

— Pétra a été un succès, annonça-t-il. Le réseau avait raison, Clifford. Nous l'avons enfin retrouvé, après cinq cents ans. Vous êtes vraiment doué. Cette toile mondiale est une mine de renseignements incomparable pour qui sait s'en servir, et, vous, vous savez.

— Où est-il ? s'aventura Clifford.

— Ils l'ont trouvé hier soir, incrusté dans une tombe rupestre, exactement comme vos informations l'avaient indiqué. Il est superbe et en parfait état de conservation, selon eux. C'est incroyable ! Et cela se produit le jour où nous allons décider d'entrer en Bourse.

Figli s'arrêta un moment puis reprit :

— Il est en route. L'équipe se pose à San Francisco dans dix-huit heures. J'ai hâte de le découvrir. Je vous appelle dès qu'il est là. Nous allons avoir du travail, Clifford. En attendant, surveillez le réseau afin d'être sûr que personne n'a rien remarqué depuis Pétra. C'est essentiel !

Clifford acquiesça d'un signe de la tête. À cet instant précis, il pensait savoir ce que ressentaient les disciples du maître, il y a cinq cents ans, lorsque celui-ci partageait avec eux une de ses découvertes qui allait changer le monde : un sentiment de toute-puissance.

Clifford se retira au moment où le téléphone se mit à sonner. C'était Helen.

— Le directeur général est là, monsieur.

— Qu'il entre !

Dans l'embrasure de la porte, Clifford croisa Robert Aymes, le directeur général. Les deux hommes ne s'appréciaient guère. Diplômé de Harvard, fils d'un père membre du Congrès, issu d'une famille dont les ancêtres avaient participé à la construction de ce grand pays qu'étaient aujourd'hui les États-Unis d'Amérique, Aymes était un pur produit de l'establishment américain. C'est donc dire le peu de considération que celui-ci manifestait à l'égard d'un petit génie de l'informatique, certes diplômé du MIT, mais qui se sentait supérieur au reste du monde sous prétexte qu'il maîtrisait des suites de 0 et de 1. Ce sentiment venait surtout du fait qu'Aymes n'avait jamais digéré l'ascension fulgurante de Clifford et son lien privilégié avec le vice-président Figli. Et cela, il ne pourrait jamais le comprendre.

Quant à Clifford, il jugeait Aymes sans intérêt. Gérer les finances d'un groupe comme Facebook n'avait rien de bien sorcier à ses yeux, et son travail ne méritait donc pas que l'on s'y attarde.

Figli avait rejoint son bureau et s'était confortablement assis dans son fauteuil pour recevoir le directeur général. Il était très attentif aux codes dans l'entreprise. Alors qu'il recevait Clifford, « son disciple », sans protocole, il lui était nécessaire de rappeler à Aymes quels étaient sa place et son rôle.

Le directeur général lui tendit le dossier du conseil d'administration et commença son exposé :

— Tout est prêt, monsieur le vice-président. Les accords des autorités boursières sont joints au dossier, le projet d'information financière à destination des futurs actionnaires est finalisé. Il reste à discuter avec le conseil du prix de départ de l'action. Nos simulations établissent ce prix entre 50 et 60 dollars. Les services de la Bourse de Wall Street proposent que le président ouvre la séance le jour de l'introduction de Facebook. Le directeur de la communication y est favorable. Son avis est au dossier.

— Tous les membres du conseil seront présents ?

— Tout à fait. Le président l'a exigé. C'est un tournant majeur pour la société. Cette décision doit être prise en présence de tous les membres et à l'unanimité. C'est essentiel à la réussite de notre introduction. Une entrée en Bourse sans l'assentiment unanime des administrateurs serait désastreuse, sans parler de l'effet sur l'assemblée générale des actionnaires. Mais rassurez-vous, les derniers échanges du président avec chaque membre nous laissent penser qu'après le débat la décision sera unanime.

— C'est du bon travail, monsieur Aymes, je vous retrouve à 15 heures dans la salle du conseil, répondit Figli, ce qui signifiait que la réunion était terminée. Aymes se leva et prit congé du vice-président, visiblement satisfait de sa réaction.

Figli retourna vers la baie vitrée donnant sur l'océan. *Du très bon travail même*, se dit-il. Décidément, il n'avait pas à se plaindre de ses collaborateurs. Ils lui étaient fidèles et étaient très efficaces chacun dans leur domaine.

Helen frappa à la porte du bureau et entra.

— Votre chauffeur vous attend. Le président sera à l'heure pour votre déjeuner chez Françoise.

— Merci Helen.

Déjeuner avec Mark était toujours un moment à part. Il avait su hisser Facebook au rang de premier réseau social mondial en quelques années. Il avait anticipé tous les besoins de ses clients afin de rendre son réseau indispensable. Il leur avait donné un outil où ils étalaient quotidiennement leur vie privée, leurs pensées et leurs souhaits, et ce, partout dans le monde. Et cela fonctionnait : Facebook était devenu indispensable et universel pour plus d'un milliard de personnes, quels que soient leur religion, leur sexe, leur culture, leur race et leur langue. Mark était génial. Mais il était resté un gamin qui n'avait pas conscience de la puissance de sa création. *Heureusement d'ailleurs*, pensa-t-il. Le déjeuner s'annonçait agréable et la cuisine y était raffinée.

Figli ferma son ordinateur, prit son portable et sortit de son bureau. Le soleil déjà haut baignait tout l'étage. L'air satisfait, il entra dans l'ascenseur, descendit au rez-de-chaussée, parcourut le hall et s'engouffra dans sa voiture. Il était 12 h 15.

CHAPITRE 5

6 août 2012

Pétra

Cesare et Hugo étaient de retour dans leur bus. La nuit était bien avancée sur Pétra. Mais l'ensemble du groupe était ravi de cette visite nocturne. Un moment unique, pensait chacun. Vraiment unique, pensaient nos deux Italiens.

Cesare portait une attention toute particulière à son sac à dos, qui contenait leur précieuse découverte. Cette mission réussie remplissait les deux futurs archéologues d'un sentiment de puissance jusque-là inconnu. Ils savaient que cet objet avait plus de cinq cents ans, mais ils ignoraient ce qu'il représentait, au-delà d'une découverte archéologique de tout premier-plan. Et leurs instructions étaient très claires : pas question d'ébruiter leur mission à qui que ce soit et sous quelque forme que ce soit. Et leur commanditaire n'était pas du genre à plaisanter. Ils savaient qu'enfreindre les ordres les mettrait en danger de mort immédiatement. Ils ne devaient communiquer avec personne ou, selon un protocole très précis, *via* le téléphone satellite crypté qui leur avait été remis.

Ils s'assoupirent légèrement dans le bus qui les ramenait à l'hôtel. Une bonne nuit de sommeil les attendait après une douche bien chaude. Puis ils quitteraient l'hôtel et rentreraient à San Francisco. Rien ne devait être précipité. Tout devait rester normal. Ça aussi, c'était un ordre.

Dès l'arrivée du bus, le groupe descendit et se dirigea vers l'entrée de l'hôtel. Cesare et Hugo regagnèrent directement leur chambre. Après une bonne douche, ils appelèrent le *room service* afin de se faire livrer deux club-sandwichs et deux bières. Après quoi, ils se couchèrent en ayant préalablement demandé à la réception de les réveiller vers 6 heures. La nuit serait courte et le chemin du retour long. Ils s'endormirent rapidement.

À 6 heures, le téléphone sonna. Ils étaient déjà réveillés et leurs bagages étaient prêts. Ils descendirent dans le hall de l'hôtel, prirent un café au bar et réglèrent leur note à la réception. Il était 7 heures, leur taxi était pile à l'heure. Ils prirent la direction de l'aéroport d'Aqaba à quelques kilomètres, où les attendait le Gulfstream de leur employeur. Voyager en jet privé était une grande première pour les deux amis. Mais on devait s'y faire rapidement, se disaient-ils. Les formalités d'embarquement avaient déjà été réglées. Ils n'eurent qu'à monter à bord avec leurs sacs à dos et leur précieuse cargaison.

Assis dans l'avion, Cesare prit le téléphone satellite, composa le numéro et dit :

— Nous sommes dans l'avion. Arrivée prévue dans dix-huit heures. Tout est en ordre.

Il raccrocha et s'enfonça dans le fauteuil confortable du jet. Il ferma les yeux et s'endormit avant même que l'avion n'ait décollé. De son côté, Hugo commanda un petit-déjeuner.

CHAPITRE 6

20 mai 1516

Clos-Lucé

Le printemps était maintenant installé depuis plusieurs semaines sur le manoir. En cette fin d'après-midi, Léonard était assis à son bureau. Il avait mis ses recherches de côté depuis plusieurs semaines, car les commandes qu'il avait reçues du roi François Ier, son hôte et mécène, avaient monopolisé son attention et son temps. Mais tout cela était maintenant terminé. Il allait pouvoir reprendre son travail personnel. Il était d'ailleurs impatient. Réfléchir, chercher, expérimenter, échouer souvent, aussi, était un réel plaisir pour lui, une vraie raison d'être.

Laissant son esprit divaguer tout en admirant la beauté de la campagne environnante, Léonard ouvrit l'un de ses nombreux cahiers griffonnés de notes et de croquis en tous genres. C'était celui sur lequel il avait posé, il y a quelques semaines, les bases de sa recherche sur la corrélation entre le temps et l'espace, afin d'essayer de modéliser, sous forme d'équations et d'algorithmes, une hypothétique relation entre les deux.

Il se mit à parcourir ses notes depuis la première page de son cahier et se plongea dans une réflexion profonde. Ses disciples n'étant pas là en cette fin de journée, Léonard entreprit une autocritique du travail déjà réalisé, note par note, équation par équation, et conclusion par conclusion.

Au bout de deux heures, il avait repris l'ensemble de son travail et suivait désormais une nouvelle piste, qu'il sentait prometteuse. Il sonna Élisabeth afin qu'elle lui apporte du café fort, en quantité. Dès qu'Élisabeth entra dans le bureau avec le précieux breuvage, elle sut que la soirée, la nuit et les jours qui suivraient seraient longs. Elle connaissait bien son maître pour être à son service depuis de nombreuses années. Elle l'avait suivi depuis Milan chez le duc Sforza à Florence et, aujourd'hui, à Amboise. Et ce visage concentré tel qu'elle le découvrait ce soir, elle le connaissait bien. Elle posa le café sur la desserte et lui adressa un sourire entendu. Ils avaient l'habitude de ces échanges. Cela voulait dire : « Je veillerai à ce que personne ne vous dérange, et faites-moi signe si vous avez besoin de quoi que ce soit. » Sur ce, elle prit congé et referma doucement la porte du bureau.

Léonard sentit la bonne odeur du café fort et s'en servit une tasse. Il but une gorgée brûlante et se replongea dans ses calculs et démonstrations.

Melzi et Caprotti étaient de retour au manoir. Élisabeth leur indiqua que leur maître était entré dans une phase de travail très active et qu'il était important que rien ni personne ne le dérange. Les deux amis comprirent le message et obtempérèrent sans un mot. Si telle était sa volonté...

Il se passa plusieurs jours pendant lesquels Léonard ne quitta que très peu son bureau, si ce n'était pour dormir quelques heures. Il y prenait ses repas et ne souhaitait voir personne. Melzi et Caprotti le croisaient de temps en temps, mais ils n'échangeaient que des banalités. Rien sur les recherches qui l'occupaient à temps plein.

Seul dans son bureau, Léonard sentait qu'il touchait au but. Que le temps et l'espace étaient liés. Qu'il était sur le point de découvrir par quoi et comment formaliser ce lien afin de s'en servir pour prévoir le futur. Et cette découverte, il allait l'offrir au monde afin que chaque être humain soit mieux préparé à affronter l'avenir, voire son avenir.

Et ce fut le cas deux jours plus tard. Par une belle journée de mai 1516, Léonard découvrit le lien qu'il cherchait depuis des mois. Son algorithme était au point, il en était sûr. Il avait créé le lien entre le temps et l'espace, et sa formule permettrait de prévoir l'avenir ! Il suffisait de faire tourner son algorithme en entrant une date et les coordonnées – latitude et longitude – d'un lieu. L'algorithme donnait comme résultat une autre date et un autre lieu, la date obtenue ayant la particularité de se situer dans le futur !

Tout à sa découverte, Léonard testa son algorithme toute la journée, prenant des dates et des lieux au hasard. Les résultats étaient tous probants. À chaque fois, l'algorithme désignait un lieu – identique ou non au lieu départ – et une date dans le futur. Léonard en était persuadé, sa découverte prévoyait l'avenir. Seulement, un problème de taille subsistait : si cet algorithme prévoyait effectivement l'avenir, Léonard était incapable de savoir de quel avenir il s'agissait. Il avait bien une date et un lieu de départ et sa formule lui révélait une date et un lieu dans le futur en relation avec les données de départ, mais il ne pouvait définir ce qui allait se passer à cette date future dans ce lieu. Cette difficulté l'assombrit. Il était partagé entre la joie d'avoir découvert ce dont il était convaincu depuis longtemps – que l'espace et le temps étaient liés – et la déception à l'idée de ne pas savoir s'en servir.

Il décida de ne rien dire à ses disciples tant que ce problème ne serait pas résolu. Afin d'en découvrir davantage sur l'usage de sa formule, il se mit à fabriquer ce qu'il appela « *le Cercle d'Amboise* ». Il s'agissait d'un ensemble de cinq cercles concentriques en cuivre, dont les trois plus grands pivotaient à l'horizontale, de gauche à droite, chacun portant les graduations nécessaires pour entrer un jour, un mois et une année. Les deux plus petits tournaient autour d'un axe et sur eux-mêmes et étaient gradués pour entrer la latitude et la longitude. En fonctionnement, le Cercle ressemblait à un astrolabe d'un diamètre de vingt centimètres. Il se rangeait en position plane, tous les cercles concentriques reprenant leur position horizontale. Il possédait deux curseurs fixes : l'un pour définir la date et le lieu de départ ; l'autre donnant le résultat selon la corrélation établie par son algorithme.

Après quinze jours de travail acharné, le Cercle était prêt. Léonard s'éloigna de sa table de travail et le contempla. Une certaine fierté brillait dans son regard. Il prononça ces mots à voix haute : « Je sais que tu fonctionnes, je ne sais pas encore à quoi tu serviras, mais tu es déjà un bel objet ! »

Il le rangea dans un de ses tiroirs dont il conservait scrupuleusement la clé et sortit de son bureau. Élisabeth et ses deux disciples comprirent immédiatement que cette phase de travail acharné était terminée et que leur maître déciderait du moment opportun pour en discuter avec eux. En attendant, il avait faim. Ce fut le premier repas qu'il prit avec ses deux disciples depuis des mois et le dîner fut enjoué. Mais Léonard ne dit pas un mot sur le Cercle.

CHAPITRE 7

8 août 2012

Aéroport de San Francisco, Californie

Le Gulfstream venait de se poser sur le tarmac de l'aéroport. Les dix-huit heures de vol s'étaient révélées monotones. Le confort du jet n'était pas en cause, mais dix-huit heures d'avion, c'était long, très long. L'hôtesse venait de les autoriser à se détacher. Ils s'étaient donc levés, avaient pris leurs effets personnels, dont leurs deux sacs à dos, et s'apprêtaient à descendre de l'appareil dès les formalités douanières terminées. Le jet était garé dans un hangar spécialement prévu pour l'accueil de ces appareils, dans un espace à l'écart de l'agitation de l'aéroport international. *Cela favorise la discrétion*, pensèrent-ils. Ils empruntèrent l'escalier du Gulfstream. Au pied de l'avion, un chauffeur et une limousine noire aux vitres teintées les attendaient.

— Bonjour, messieurs, j'espère que vous avez fait bon voyage. Votre hôte vous attend avec impatience.

— Alors, allons-y ! répondit Hugo en pénétrant à l'arrière de la voiture.

La limousine quitta l'aéroport par la sortie réservée à l'aviation d'affaires et se dirigea par l'autoroute vers Atherton, considérée comme l'une des villes les plus riches et les plus résidentielles des États-Unis. Une fois sur place, la limousine prit une route sur la droite menant sur les hauteurs de la ville. Elle pénétra dans un complexe de villas sécurisées et s'arrêta devant une immense propriété de style californien, aux nombreuses colonnes et au jardin parsemé de fontaines plus imposantes les unes que les autres. Le portail en fer forgé monumental s'ouvrit. La voiture emprunta l'allée principale pour se garer quelques secondes plus tard devant l'imposante entrée de la demeure. Un majordome vint ouvrir la porte aux deux étudiants dont les yeux ne savaient plus où regarder tant la propriété était démesurée et grandiose.

— Entrez messieurs, M. Figli vous attend.

Ils pénétrèrent dans le hall et suivirent l'homme de maison. Après avoir traversé un nombre incalculable de pièces, dont une salle de réception magnifique ornée de nombreux tableaux de maîtres, parmi lesquels un Sisley – Cesare en était sûr ! –, ils débouchèrent sur l'arrière de la maison. Ils dépassèrent la terrasse et furent accueillis par Figli et Clifford, qui les attendaient au bord de l'immense piscine.

— Bienvenus à Atherton, messieurs ! lança Figli, son regard déjà pointé sur le sac à dos de Cesare.

— Bonjour monsieur, je pense que vous souhaitez voir ce que nous avons rapporté de Pétra ? intervint Cesare, qui savait bien que seul le Cercle d'Amboise l'intéressait.

— Je vous présente M. Clifford, qui est aussi impatient que moi de voir votre découverte. Venez vous asseoir.

Ils s'assirent tous les quatre autour d'une table en verre et fer forgé. Cesare ouvrit son sac à dos, sortit la boîte pour extraire du double fond le coffre de pierre cylindrique.

Figli et Clifford n'en croyaient pas leurs yeux. Hugo prit son petit tournevis plat et dégagea le couvercle de pierre orné d'un cercle et de chiffres. Il était là, à l'intérieur, posé à plat avec ses cinq cercles concentriques en cuivre. Il semblait en parfait état de conservation malgré les cinq cents ans passés dans ce coffre en pierre scellé sur une tombe rupestre !

Figli le sortit délicatement, le souleva afin de l'examiner à la lumière du jour et le montra à Clifford. Puis, il commença à le manipuler. Les cercles tournaient sans forcer les uns par rapport aux autres. Les deux plus petits pivotaient parfaitement sur leur axe. Il était intact et fonctionnait à merveille. Cette découverte dépassait tous les espoirs de Figli.

Il regarda Clifford :

— Nous avons du travail, monsieur Clifford.

— Je suis impatient, monsieur le vice-président.

Figli se tourna vers les deux étudiants.

— Vous avez accompli un travail exceptionnel, messieurs. Je vous en suis très reconnaissant. Mon majordome va vous raccompagner, car nous avons du travail. Il vous remettra ce que nous avions convenu, avec un petit bonus.

— Merci monsieur, dit Hugo.

Les deux étudiants italiens avaient les yeux qui pétillaient. Ils avaient réussi leur mission, leur employeur était très satisfait et, oui, ils méritaient un petit bonus !

Ils se levèrent, remercièrent une dernière fois Figli, saluèrent Clifford et se dirigèrent vers l'intérieur de la villa.

Arrivés sur le perron de la maison, les deux amis découvrirent leur petit bonus : une Ferrari F 599 California rouge, décapotable. Le majordome ouvrit le coffre avant, où trônait un sac Vuitton contenant 500 000 dollars en billets de cent dollars. Il leur remit les clés et les salua. Hugo et Cesare montèrent dans le bolide. Hugo décapota et fit rugir le moteur de la belle italienne. Ils quittèrent la villa et prirent la route qui redescendait vers la côte. Hugo avait envie de voir ce qu'elle avait dans le ventre : il poussa un peu le moteur. Les deux amis se retrouvèrent plaqués contre les sièges sous l'effet de l'accélération. La voiture se colla au sol et la sensation de vitesse se fit sentir aussitôt. Le moteur rugissait. À l'approche d'un virage dominant la baie, Hugo rétrograda, le moteur vrombit – *Un vrai régal,* pensa-t-il –, mais il ne put freiner. La Ferrari quitta la route à pleine vitesse et s'écrasa cinquante mètres plus bas, tuant les deux étudiants sur le coup.

Figli, qui détaillait le Cercle de plus près, leva simplement les yeux alors qu'un bruit fracassant retentit un peu plus bas sur la route. Les sirènes des pompiers ne tardèrent pas à se faire entendre. Il fixa à nouveau le Cercle :

— Au travail, dit-il à Clifford.

CHAPITRE 8

22 mai 1516

Clos-Lucé

Deux jours après avoir mis un point final à ses travaux précédents, Léonard retourna dans son bureau. Il revenait d'un rendez-vous avec le roi François Ier, qui avait souhaité s'enquérir de son travail et de sa vision des choses et du monde. Le roi aimait bien leurs échanges et Léonard s'y pliait de bonne grâce, car son bienfaiteur lui laissait toute la liberté qu'il souhaitait tout en étant un mécène très généreux. Leurs conversations devenaient de plus en plus fréquentes et Léonard y prenait goût.

Avant de reprendre sa réflexion sur l'usage et la raison du Cercle, il décida de consigner sa découverte dans les feuillets où figuraient déjà nombre de ses travaux. Il y consacra six pages, dans lesquelles il détailla la recherche mathématique ayant abouti à son algorithme, l'algorithme lui-même, les tests qu'il avait effectués jusqu'à ce jour et tous les plans du Cercle. L'exercice lui prit deux jours pendant lesquels son esprit continua à réfléchir à l'énigme qu'il n'avait toujours pas résolue : que signifiaient les dates et lieux résultant de la mise en jeu de l'algorithme et, donc, quel futur annonçait-il ?

En fin de soirée, il eut une idée qu'il souhaita tester sur-le-champ. Il sonna Élisabeth et lui demanda de venir dans son bureau. Elle entra, prête à s'enquérir de son moindre souhait.

— Asseyez-vous, Élisabeth, dit-il en tirant une chaise près de son bureau.

— À votre service, maître, que puis-je pour vous ?

— Élisabeth, vous êtes à mon service depuis combien de temps ?

— Depuis plus de vingt-cinq ans, maître.

— Puis-je vous demander une grande faveur ?

— Tout ce que vous voulez, maître.

— Mais vous n'en parlerez à personne, ce qui inclut mes deux disciples.

— Bien, maître.

Léonard sortit de sa poche la clé du tiroir où il avait rangé avec précaution le Cercle, déverrouilla celui-ci et l'ouvrit. Il prit le Cercle et le posa sur le bureau.

— Voilà l'objet de mes dernières recherches, Élisabeth. Je l'ai appelé « *le Cercle d'Amboise* ». Il est censé nous aider à prévoir l'avenir, mais je n'arrive pas à comprendre les résultats qu'il me donne.

— Je ne pense pas pouvoir vous être d'une grande utilité maître, dit Élisabeth, intriguée par ce très bel objet en cuivre.

— Ne vous inquiétez pas. J'ai une idée et je vais simplement avoir besoin que vous me rapportiez chaque jour ce que vous faites, et ce, à partir de demain.

Élisabeth resta interloquée mais acquiesça.

— Pouvez-vous me donner votre date de naissance ?

— Je suis née le 15 janvier 1466.

Léonard entra sa date de naissance dans le Cercle en faisant tourner sur eux-mêmes les trois premiers cercles concentriques. Le curseur confirma : le premier cercle sur le 15, le deuxième sur le 01 et le troisième sur 66.

— Où êtes-vous née ?

— À Milan.

Léonard sortit différentes cartes du monde où figuraient des coordonnées indiquant l'emplacement des villes et des contrées connues. Ces coordonnées étaient issues des méthodes d'orientation qu'utilisaient les navigateurs depuis l'Antiquité. Il repéra Milan sur une de ces cartes et calcula les coordonnées dont il avait besoin. Puis, il entra celles-ci dans le Cercle en faisant pivoter les deux plus petits cercles autour de leur axe puis sur eux-mêmes. Le curseur indiquait maintenant toutes les données de départ.

Élisabeth observait son maître manipuler cet objet avec une aisance remarquable. Mais tout cela l'inquiétait. Pourquoi Léonard s'obstinait-il à vouloir connaître l'avenir ? C'était un grand homme, généreux, mais ses dernières recherches ne lui plaisaient pas. Bien sûr, elle ne lui en dirait rien. Il était son maître depuis tant d'années. Jamais elle ne se serait permis une telle remarque.

Léonard cessa de manipuler le Cercle et son regard se fixa sur le deuxième curseur. Celui-ci indiquait : 23-05-16 et des coordonnées géographiques qui se révélèrent, après vérification, être celles d'Amboise.

— C'est tout pour ce soir, Élisabeth. N'oubliez pas de me dire ce que vous aurez fait de votre journée de demain. Nous nous reverrons vers 19 heures.

Perplexe, Élisabeth se leva et rejoignit les cuisines. Mais c'était le moment de préparer le repas et, très vite, ses pensées sombres se dissipèrent.

La soirée était très douce et Léonard et ses disciples dînèrent sur la terrasse dans le jardin, face au château d'Amboise, dont les tours perçaient le ciel au loin.

Le lendemain, Léonard se leva dès l'aube. Pour rien au monde, il ne voulait manquer cette journée. Peut-être allait-il enfin comprendre les résultats du Cercle. Il se rendit à la cuisine pour prendre son petit-déjeuner et fut surpris de ne trouver que les servantes.

— Bonjour mesdemoiselles, où est Élisabeth ?

— Bonjour maître, répondit l'une d'elles. Elle est remontée dans sa chambre, elle devait régler une affaire ce matin.

Léonard, surpris, acquiesça et se versa une tasse de ce lait chaud qu'il aimait tant. Puis il se dirigea vers la rotonde, où lui fut servi son petit-déjeuner. Caprotti et Melzi l'y retrouvèrent.

— Élisabeth n'est pas là ce matin ? s'enquit Melzi.

— Elle est retournée dans sa chambre régler une affaire, répondit Léonard.

Puis les trois hommes devisèrent en mangeant. Caprotti était très intéressé d'entendre son maître leur raconter ses échanges avec le roi François Ier.

Au moment de quitter la rotonde, Léonard demanda de nouveau si l'on avait vu Élisabeth, mais personne ne semblait savoir où elle était. Il décida donc de se rendre dans l'aile du personnel de maison. Il emprunta le couloir menant à la chambre d'Élisabeth. Arrivé devant sa porte, il frappa, mais personne ne répondit. Il frappa de nouveau. Rien ne se produisit. Il tourna donc la poignée et la porte s'ouvrit. C'était la première fois qu'il pénétrait dans la chambre d'Élisabeth. Tout était parfaitement rangé, son linge plié, sa coiffeuse en ordre. Personne ne semblait se trouver dans la chambre. Il la parcourut des yeux et vit la porte de la salle de bains entrouverte. Il se dirigea vers celle-ci et trouva Élisabeth inanimée. Il se pencha sur elle et découvrit une plaie sur son crâne. Elle avait dû glisser sur le sol et s'était cogné la tête contre la baignoire. Elle était morte.

Léonard chancela et sentit ses jambes lui manquer. Il ressortit de la chambre et appela à l'aide. Il savait déjà que le Cercle était responsable de sa mort, que sa découverte était diabolique et que son entêtement à trouver cet algorithme avait coûté la vie à Élisabeth.

À combien d'autres allait-il coûter la vie ? se demanda-t-il en s'enfermant dans son bureau, ivre de chagrin et d'horreur.

CHAPITRE 9

9 août 2012

Palo Alto

Figli était de retour dans son bureau. Il avait demandé à Helen d'annuler tous ses rendez-vous de la journée. Il devait consacrer toute son énergie au Cercle et avait prévu de retrouver Clifford dès 9 heures. Il était 8 h 30 et il était prêt. Pour la première fois depuis son entrée dans le groupe Facebook, il était arrivé avant 8 heures – son chauffeur en avait même été étonné –, vêtu d'un costume italien sombre, un attaché-case à la main.

Il regardait l'océan par l'une des baies vitrées de son bureau, tout en se remémorant le conseil d'administration.

Dès son entrée dans la salle du conseil, accompagné du président, il avait vu sur les visages des administrateurs que le travail de Mark Zuckerberg et d'Aymes avait été payant. Tous avaient un regard décidé. Ils possédaient tous des actions de l'entreprise, sous forme de stock-options ou de participations. Facebook pesait des milliards de dollars et, par sa mise sur le marché – ils allaient décider d'introduire le titre sur le NYCE –, ils allaient tous devenir vraiment très riches. Le président et Figli avaient pris leurs places habituelles et le conseil avait commencé. Aymes avait présenté le projet d'introduction en Bourse tel qu'il l'avait arrêté le matin même avec Figli. Tous l'avaient écouté patiemment décrire la procédure, les enjeux, le plan média et le déroulement de la journée d'introduction fixée au 10 septembre, date de la reprise officielle du marché de New York, après le fonctionnement au ralenti du mois d'août. D'ici là, le plan de communication savamment élaboré par Mark Zuckerberg et ses collaborateurs serait mis en œuvre. Le buzz de l'introduction de Facebook sur le marché serait lancé. Ils étaient tous convaincus de l'impact énorme de leur décision et de l'emballement de la cotation du titre dès le premier jour, tant leur entreprise au milliard de clients nourrissait les fantasmes des investisseurs de la planète entière. Une fois la présentation terminée, le président avait pris la parole :

— Mes chers amis, nous sommes à l'aube d'une nouvelle ère pour Facebook. Le temps de récompenser chacun de ceux qui m'ont fait confiance depuis le début est arrivé. Et il est aussi temps pour l'entreprise de faire face à ses nouveaux défis. Nos concurrents sont de plus en plus nombreux, les réseaux sociaux sont en pleine évolution, nos clients deviennent des sauterelles qui passent d'un réseau à l'autre sans cesse. L'utilisation des tablettes et des Smartphones se généralise. Nos clients ont besoin de communiquer entre eux en temps réel. L'ère de l'ordinateur portable est révolue. Facebook doit être maintenant sur chaque tablette, chaque Smartphone, et nous devons offrir à nos annonceurs un espace de communication pour leurs produits adapté à ces nouveaux outils. Tout cela nécessite des fonds importants que seul le marché peut nous apporter. La décision de notre conseil permettra d'atteindre ces deux objectifs : lever les fonds dont nous allons avoir besoin, et vous rendre riches.

Les administrateurs avaient attendu la prise de parole de Mark. Pour beaucoup, ils étaient à ses côtés depuis le début et sa vision du monde de demain comme sa capacité à anticiper les besoins des gens les avaient toujours impressionnés. Figli lui-même admirait cette capacité d'anticipation chez Mark.

Un des administrateurs s'était tout de même risqué à poser la question que chacun gardait pour lui.

— Monsieur le président ?

— Oui, John ?

John Eisenstein avait 40 ans. Il avait rencontré Mark Zuckerberg après sa sortie de Harvard, alors que Facebook n'était qu'une start-up d'étudiants. Il avait aidé Mark lors de son procès avec son premier associé, puis avait rejoint l'entreprise en tant que directeur des Affaires juridiques. Aujourd'hui actionnaire, il restait la vigie dont Mark avait besoin. Enfin, c'était le rôle qu'il se donnait. Les autres membres hésitaient entre l'oiseau de mauvais augure et l'avocat du diable.

— Et si le marché ne réagissait pas comme nous l'espérons ?

Un silence avait parcouru le conseil. Figli avait fusillé Eisenstein du regard. Tous attendaient la réaction de Mark, mais c'est Figli qui avait pris la parole, avec l'assentiment du président.

— L'aventure dans laquelle nous a entraînés avec succès Mark, notre président, est unique au monde et elle ne laisse aucune place aux pleutres. Personne ne vous donnera aujourd'hui la garantie que le marché ne réagira pas autrement. Mais une chose est sûre : sans cette introduction en Bourse, les défis qui nous attendent et dont Mark a dressé la liste seront très difficilement relevés et nos concurrents, déjà très agressifs à notre égard, redoubleront d'efforts pour nous déstabiliser et prendre notre place. Si nous renonçons à l'introduction en Bourse, l'aventure se terminera. Si le marché ne réagit pas comme nous l'attendons, nous ne serons pas riches tout de suite, mais l'aventure continuera. Les peureux peuvent encore partir.

Mark Zuckerberg avait regardé son vice-président avec satisfaction. Décidément, il ne regrettait pas de l'avoir convaincu de le rejoindre. Les membres du conseil avaient été très attentifs à l'échange entre Eisenstein et Figli. Et Figli l'avait définitivement emporté.

Peu après, Aymes avait annoncé la clôture du vote. Puis les résultats. Le conseil avait voté l'introduction de Facebook en Bourse à l'unanimité. L'assemblée générale des actionnaires n'était plus qu'une formalité. Mark Zuckerberg et Figli arboraient un sourire rempli de satisfaction. Mais pas pour les mêmes raisons…

Figli fut tiré de ses pensées par la sonnerie du téléphone.

— M. Clifford est arrivé, annonça Helen.

— Faites-le entrer.

La porte s'ouvrit, laissant pénétrer Clifford, dont le visage rayonnant manifestait l'excitation dans laquelle il se trouvait à l'approche de cette journée.

— Bonjour monsieur Figli, lança-t-il.

Il attendit que la porte du bureau soit refermée, puis reprit :

— Prêt à dominer le monde ?

Figli ne goûta pas ce trait d'humour.

— Monsieur Clifford, la dérision n'a pas de place dans l'entreprise que nous menons. J'attends de vous le plus grand sérieux et la plus grande efficacité.

Clifford comprit le message instantanément.

— Excusez-moi, monsieur le vice-président, je suis si excité à l'idée de découvrir l'étendue du potentiel du Cercle…

— Asseyez-vous, lui intima Figli en lui montrant la table de réunion.

Quand ils furent tous deux assis, Figli déposa son attaché-case sur la table, l'ouvrit et en sortit le coffre en pierre. Il tourna le couvercle et fit apparaître le Cercle. Le prenant délicatement, il le posa sur la table.

— Testons-le, monsieur Clifford.

Figli commença à manipuler les cercles concentriques. Il entra une date et les coordonnées d'un lieu. Puis il examina le résultat qui apparut sur le deuxième curseur.

— Regardez, monsieur Clifford.

Clifford prit connaissance du résultat. Il savait à quoi correspondaient la date et le lieu qu'avait saisis Figli. Le résultat le glaça. Le Cercle d'Amboise fonctionnait à la perfection.

Figli était satisfait de la réaction qu'il avait provoquée chez Clifford. Lui n'était pas surpris. Il savait.

— C'est… énorme, monsieur le vice-président.

Les deux étudiants italiens n'étaient pas morts pour rien, pensa Figli.

— À vous de jouer maintenant. J'espère ne pas m'être trompé sur vous.

— Vous ne le regretterez pas, monsieur, dit Clifford en remettant le Cercle dans son coffre de pierre.

Récupérant l'attaché-case, il quitta le bureau de Figli par l'ascenseur privé du vice-président, et se rendit directement au troisième sous-sol, dans un laboratoire dernier cri, dont l'emplacement était ignoré de tous, y compris de Mark Zuckerberg. Le travail pouvait commencer.

CHAPITRE 10

23 mai 1516

Clos-Lucé

Léonard n'avait pas dormi de la nuit. Le médecin de famille avait conclu à une chute mortelle dans la salle de bains. Élisabeth avait dû glisser et se cogner contre le bord de la baignoire. Tout le manoir était encore sous le choc. Le personnel et les deux disciples de Léonard semblaient groggy par la nouvelle. Élisabeth était au service de leur maître depuis si longtemps ! C'était une histoire tragique et chacun en était très attristé. Les obsèques auraient lieu deux jours plus tard. Élisabeth n'avait pas de famille dans la région. Ses parents étaient décédés depuis longtemps déjà et elle était fille unique. Elle avait bien une cousine, mais personne ne savait où elle habitait. Une messe serait dite par le curé du château d'Amboise dans la chapelle près du manoir, puis la servante serait inhumée dans le cimetière de la propriété. Léonard avait veillé à ce que sa mémoire soit honorée comme il se devait et à ce qu'elle repose sur la propriété, près de lui.

Mais en cette matinée sombre, ce n'étaient pas les préparatifs des obsèques d'Élisabeth qui hantaient ses pensées. Il était convaincu que sa découverte était à l'origine de sa mort et que celle-ci n'était que le début d'une longue série. Il avait inventé une machine diabolique. Il était un monstre, pensait-il.

Il voulut en avoir le cœur net. Il rangea le Cercle dans une petite sacoche de cuir qui ressemblait à une bourse. Il sortit de son bureau, prit son manteau et décida de se rendre au village d'Amboise. Il demanda qu'on lui prépare la calèche. Édouard, le cocher, s'affaira immédiatement. Un quart d'heure plus tard, Léonard descendait sur la place du village. Il fit face à l'église, dont il regarda la croix de granit gravée sur le fronton, et murmura : « J'espère que vous saurez me pardonner… » Puis il se dirigea vers le marché. Ce matin-là, il y avait déjà beaucoup de monde autour des étals. Le marché d'Amboise était réputé pour la variété et la fraîcheur de ses produits. L'activité du château amenait de nombreuses commandes aux différents commerçants tout au long de l'année, ce qui en faisait un marché prospère où une grande partie de la bourgeoisie de la région venait faire ses achats. Cela était visible dès le premier coup d'œil. Il y avait toujours de nombreuses calèches stationnées aux abords du marché. Les cochers discutaient entre eux en attendant le retour des gouvernantes chargées de ravitailler leurs cuisines. Léonard s'approcha des étals et commença à parcourir les allées. Il ne sortait pas beaucoup, mais sa renommée était déjà faite lorsque le roi François Ier l'avait accueilli dans la région. Ses talents de peintre et d'inventeur un peu fou l'avaient précédé. Ainsi, lorsqu'il s'approcha, plusieurs commerçants le reconnurent et vinrent le saluer avec déférence. Tous avaient appris la nouvelle du décès brutal d'Élisabeth. Tous la connaissaient. Elle venait chaque semaine choisir les produits dont elle avait besoin pour le manoir. Léonard salua chacun d'eux. Il y avait beaucoup de tristesse dans son regard, mais chacun y vit également autre chose, qu'ils prirent pour de l'angoisse.

Après quelques minutes à déambuler, il se décida. Il prit la sacoche en cuir et en extirpa le Cercle, qu'il commença à manipuler. Puis il s'approcha de plusieurs personnes très âgées pour leur parler. Elles furent très étonnées de voir M. Léonard de Vinci venir à leur rencontre et lui répondirent très gentiment. Il posa à chacune d'entre elles les deux mêmes questions :

— Bonjour, je suis Léonard de Vinci, j'essaie une de mes dernières recherches, pouvez-vous me donner votre date et votre lieu de naissance ?

Chacune des dix personnes s'exécuta, prit le Cercle et positionna le premier curseur sur sa date de naissance. Puis Léonard chercha sur une carte griffonnée les coordonnées du lieu de naissance. Enfin, il sortit un petit carnet à couverture de cuir bleu et nota le nom de la personne, ses date et lieu de naissance ainsi que le résultat donné par le deuxième curseur du Cercle.

Son travail sur le marché intrigua les passants, qui ne le quittaient pas des yeux. Une fois sa tâche terminée, il salua une dernière fois les gens et se dirigea vers sa calèche. Quinze minutes plus tard, il était de retour au manoir. Fébrile, il regagna son bureau et s'y enferma pour le reste de la matinée. Tout le monde au manoir mit son comportement sur le compte de sa grande tristesse après le décès d'Élisabeth. Personne n'osa donc le déranger.

Léonard s'assit à son bureau et ouvrit le carnet où il avait noté les résultats de sa petite enquête. Il décida de classer les personnes interrogées en fonction des résultats donnés par le Cercle selon un ordre croissant, de l'évènement à venir le plus proche au plus lointain. Le premier résultat surviendrait dans deux jours. Il s'agissait d'Harold Flint, qui avait 65 ans. Il referma son carnet, rangea le Cercle dans son bureau et s'allongea sur le canapé situé au fond de la pièce. Léonard s'endormit immédiatement. Il ne se réveilla que le soir. Le sommeil lui avait fait du bien, mais l'angoisse de sa découverte était plus présente encore. Il était convaincu, au plus profond de lui-même, qu'il avait ouvert une porte qu'il n'aurait jamais dû ouvrir. *Mais le mal est fait*, se dit-il.

Deux jours plus tard, Léonard retourna sur le marché. Il apprit ce qu'il savait déjà : M. Flint était mort brutalement. Il avait manipulé le Cercle deux jours auparavant et, aujourd'hui, il était décédé. Il sentit le regard des gens qui se souvenaient de l'avoir vu discuter avec Flint. Il y avait beaucoup de questions dans leurs yeux et surtout beaucoup d'angoisse chez deux autres personnes qu'il avait interrogées lors de son passage. Léonard sut qu'il ne devait pas rester plus longtemps et retourna sans tarder au manoir.

Les jours qui suivirent furent tout aussi sombres. Sur les dix personnes qu'il avait questionnées, quatre étaient mortes dans les dix jours suivant sa visite. Il se disait dans le village que Léonard devait s'initier à la sorcellerie. En effet, à ce jour, la moitié des personnes qu'il avait rencontrées et qui avaient touché ce maudit objet en cuivre étaient mortes. Après un mois, elles avaient toutes succombé. Les gens ne s'approchaient plus du manoir, les rumeurs les plus folles couraient dans tout Amboise. Léonard aurait vendu son âme au diable après le décès d'Élisabeth. Les villageois craignaient de rencontrer Léonard et son mortel objet. Une sorte de paranoïa générale gagna les habitants d'Amboise, qui ne sortaient que lorsqu'ils le devaient et retournaient rapidement s'enfermer dans leurs maisons. Amboise ressemblait peu à peu à une ville fantôme.

Au manoir, la situation n'était guère meilleure. Le personnel, fidèle au maître, était resté auprès de lui. Caprotti et Melzi s'occupaient des affaires courantes du manoir. Ils ne voyaient quasiment plus Léonard, qui passait tout son temps dans son bureau. Il y déjeunait, y dînait et y dormait également. Les domestiques rapportaient les histoires les plus folles qui circulaient au village : Léonard avait pactisé avec le diable, il avait inventé une machine à donner la mort et, d'ailleurs, les villageois restaient terrés chez eux de peur de croiser leur maître. Les deux disciples comprirent que la situation devenait plus compliquée de jour en jour, voire dangereuse pour eux. En effet, des rumeurs indiquaient que plusieurs villageois envisageaient de venir brûler le manoir afin de faire disparaître leur maître à jamais – et vraisemblablement, tous ceux qui restaient avec lui, aussi. Seule la peur de l'approcher semblait retarder cette échéance brutale.

Deux jours plus tard, Léonard ouvrit la porte de son bureau et demanda à voir ses deux disciples sur-le-champ. Caprotti et Melzi, déjà très inquiets de l'évolution de la situation au manoir comme à l'extérieur, se dirigèrent vers son bureau d'un pas hésitant, la peur au ventre.

— Vous avez demandé à nous voir, maître, s'avança Melzi.

— Entrez et asseyez-vous, mes amis, leur répondit Léonard.

C'était la première fois que Léonard les appelait « mes amis ». La situation devait être encore plus grave que ce qu'ils s'imaginaient. Léonard s'approcha d'eux avec la petite sacoche en cuir à la main.

— Vous avez sans doute entendu les rumeurs qui se propagent depuis plusieurs semaines sur mon compte et mes dernières recherches.

— Maître, les gens sont médisants face à l'intelligence et à la nouveauté, répondit Caprotti.

— Eh bien, la plupart d'entre elles sont vraies.

Les deux disciples se pétrifièrent à cette annonce. Ils le connaissaient depuis tant d'années. Ce n'était pas possible. C'était un homme bon, attentif aux autres et au monde qui l'entourait. Au cours de ses recherches, auxquelles ils avaient pratiquement toujours participé, il n'avait jamais eu pour objectif de faire le mal. Au contraire, c'était sans cesse le bien que Léonard recherchait. Alors, que s'était-il passé ces dernières semaines ? se demandaient-ils.

— Maître..., tenta Melzi.

— Ne m'interrompez pas et écoutez ce que j'ai à vous dire.

Léonard se cala dans son fauteuil et commença :

— Il y a plusieurs mois, nous avons eu ensemble une discussion animée sur mes recherches en mathématiques.

Caprotti et Melzi se souvenaient bien de cette discussion.

— Nous avions débattu de l'intérêt de trouver un lien entre l'espace et le temps. Et mes recherches piétinaient dans ce domaine. J'ai donc abandonné celles-ci quelques semaines, le roi m'ayant passé plusieurs commandes urgentes. Je les ai reprises juste après et, quelques jours plus tard, j'ai enfin réussi à modéliser un lien entre l'espace et le temps. Je l'ai alors synthétisé dans un algorithme puis je l'ai matérialisé en ceci.

Il prit la sacoche en cuir et en sortit le Cercle. Ses deux disciples ouvrirent des yeux à la fois étonnés et inquiets. Léonard reprit son récit.

— Mais j'ai rencontré une difficulté majeure. À chaque fois que j'entrais une date et un lieu dans le Cercle – c'est comme cela que je l'ai appelé –, je ne comprenais pas le résultat qui apparaissait sur le deuxième curseur. Quelques jours plus tard, j'ai eu une idée de la signification possible des résultats du Cercle. J'ai donc demandé à Élisabeth de tester cette idée. Et elle est morte.

Le visage de Léonard s'assombrit et une larme coula sur sa joue. C'était la première fois que ses disciples le voyaient pleurer.

— Afin d'être sûr de ce que j'avais créé, j'ai testé le Cercle sur dix personnes du village.

— Et elles sont aujourd'hui toutes mortes, dit Caprotti.

— Absolument, reprit Léonard.

Et c'est à cet instant précis que Léonard leur révéla le secret du Cercle. Les deux disciples eurent beaucoup de mal à le croire. Alors, Léonard sortit son petit calepin de cuir et leur montra les résultats du Cercle pour Élisabeth, M. Flint et les neuf autres villageois. Un long silence s'installa dans le bureau. Caprotti et Melzi étaient tétanisés par cette découverte. Léonard n'avait pas vendu son âme au diable, mais il avait inventé l'impossible, l'inimaginable, et cela allait transformer le monde profondément. Et pas en bien, apparemment. Il suffisait de voir les réactions que le Cercle avait provoquées chez les habitants d'Amboise. Le village était comme mort, les gens restaient terrés chez eux.

— Mes amis, reprit Léonard, le Cercle doit disparaître. L'humanité tout entière doit en ignorer l'existence. L'idée même du Cercle doit disparaître à jamais.

Melzi acquiesça immédiatement.

— Personne ne peut vivre avec cela. Personne ne doit posséder un tel objet. Il y va de l'avenir de notre monde, de nos enfants. L'homme n'est pas prêt et ne le sera sûrement jamais.

Caprotti, qui était resté jusqu'alors silencieux, prit à son tour la parole :

— Maître, nous devons bien réfléchir avant de faire disparaître le Cercle. Il ne sera peut-être pas toujours source de chaos et de peur. Vous n'avez pas le droit de décider seul de l'avenir de votre découverte. Elle appartient à l'humanité maintenant. L'homme apprendra à s'en servir pour faire le bien. Faites-lui confiance !

Les yeux de Caprotti brillaient, il semblait comme hypnotisé par le Cercle et les perspectives qu'il offrirait à ceux qui sauraient le maîtriser. Léonard et Melzi furent stupéfaits de sa réaction. Le disciple semblait métamorphosé depuis les révélations extraordinaires de son maître. Pendant un instant, Melzi eut même peur de l'homme qu'il voyait en cette fin de journée.

Léonard reprit la parole :

— Mes amis, il se fait tard. Je vous propose de réfléchir à cela cette nuit chacun de notre côté et de nous revoir demain matin. J'écouterai les arguments de chacun de vous et prendrai ensuite ma décision.

Caprotti sourit. Quant à Melzi, il ne savait plus quoi penser de ce dernier échange. Léonard rangea le Cercle dans son étui de cuir puis dans le tiroir de son bureau. L'entretien était clos. Les disciples prirent congé de leur maître. Léonard savait que la discussion entre Melzi et Caprotti allait se poursuivre tard dans la nuit. Il décida de manger et de dormir dans son bureau pour veiller sur le Cercle.

Léonard se leva à 3 heures. Il sortit de son bureau et s'assura que tout le manoir était endormi, et notamment ses deux disciples, qui avaient dû débattre très tard. La demeure était calme. Aucun bruit ne venait perturber le silence dans lequel était plongée la grande maison. Léonard retourna alors dans son bureau, prit le Cercle et se dirigea vers la chambre de Melzi. Il y pénétra et réveilla doucement son disciple.

— Melzi, mon fidèle ami, réveillez-vous.

Melzi sursauta légèrement, ouvrit les yeux et vit son maître penché sur lui en pleine nuit. Il eut besoin de quelques secondes pour sortir de sa torpeur, puis il s'assit sur son lit. Léonard s'installa à côté de lui.

— Melzi, je dois protéger l'humanité de ma découverte. Le Cercle doit disparaître. C'est de la sorcellerie, personne ne peut vivre avec cela. Il fait trop de dégâts. Regarde ce qu'il a fait d'Amboise et comment il a transformé Caprotti en quelques minutes. Il se prend pour Dieu et voit dans cet objet la possibilité de détenir le pouvoir de vie ou de mort sur chacun. Mais je ne peux me résoudre à le détruire. Peut-être qu'un jour…

Melzi était rassuré que son maître pense ainsi. Léonard était un homme bien, il n'en avait jamais douté. Et aujourd'hui il en avait la preuve ultime.

— Maître, que voulez-vous faire ?

— Nous devons protéger l'humanité du Cercle. J'ai besoin de vous pour une dernière mission très périlleuse mais essentielle.

— Je suis à votre service, maître, dites-moi ce que vous attendez de moi.

— Je vous charge de faire disparaître le Cercle et vous demande de veiller à ce que personne ne le retrouve ni aujourd'hui ni demain. Vous serez le premier gardien de ce secret et vous allez partir tout de suite pour un long voyage.

Léonard sortit une carte griffonnée et la donna à Melzi.

— Il y a, loin d'ici, une cité perdue depuis des siècles. Cette cité s'appelle Pétra.

Il indiqua à Melzi le lieu sur la carte. Melzi ouvrit de grands yeux et comprit aussitôt l'étendue de la mission qui allait être la sienne.

— Vous allez vous y rendre et vous y enfouirez le Cercle à jamais.

Léonard s'interrompit un instant, sortit le cahier où il consignait ses recherches et arracha très délicatement les six pages consacrées au Cercle. Il les roula et les inséra dans six tubes servant d'habitude à transporter de petits tableaux. Puis il reprit :

— Vous passerez d'abord par Sienne et ouvrirez six coffres à la banque Monte dei Paschi. Dans chaque coffre, vous déposerez un de ces six tubes.

Dans chacun d'eux se trouve un morceau de la formule ayant conduit à la découverte du Cercle. Une fois les coffres ouverts et le Cercle en sécurité à Pétra, vous choisirez un gardien pour vous succéder et six disciples. À aucune de ces personnes, vous ne transmettrez notre secret. Aux six disciples, vous remettrez une clé de l'un des coffres, cachée dans un pendentif de votre choix afin qu'ils ne connaissent pas l'existence des coffres. Les disciples devront remettre leur pendentif au gardien dès qu'ils seront tous les sept réunis en un même lieu. Au gardien qui vous succédera, vous communiquerez le nom des six disciples et lui remettrez ceci.

Léonard tendit un parchemin plié et ficelé à Melzi. Ce dernier l'ouvrit et découvrit le message que Léonard de Vinci avait rédigé :

> Un jour, des hommes mourront sans raison, mais leur mort leur aura été annoncée. Le peuple, apprenant cette nouvelle, sombrera peu à peu dans la folie collective. Ce jour-là, vous réunirez les six disciples et comprendrez le grand danger qui s'annonce. Je vous demande de le combattre de toutes vos forces. Si vous échouez, l'humanité tout entière sombrera dans l'horreur, dans la folie et dans l'asservissement.
>
> Amboise - 1516 - Léonard de Vinci

— Chaque gardien devra transmettre sa mission à l'un de ses descendants avant sa mort afin de perpétuer la protection du Cercle. Chaque disciple fera de même avec son pendentif en prenant soin de communiquer au gardien le nom de son successeur. Ainsi arriverons-nous peut-être à protéger l'humanité du Cercle pour les siècles à venir.

— Maître, vous me demandez de créer un ordre pour empêcher toute utilisation du Cercle d'Amboise dans le futur ?

— Tout à fait, Melzi.

— Caprotti va être fou de rage en découvrant cela.

— Il ne le saura pas. Vous devez partir tout de suite. Une calèche vous attend à l'arrière du manoir.

Les deux hommes se serrèrent dans les bras l'un de l'autre. L'Ordre du Cercle venait de naître. Léonard priait déjà Dieu pour qu'il ne serve jamais. Il remit la sacoche en cuir à Melzi.

— Adieu, maître, dit Melzi en quittant le bureau.

— Que Dieu vous protège, mon fidèle ami.

Léonard se rassit à son bureau. Il était 4 h 30. Il tendit l'oreille et perçut le son de la calèche qui s'éloignait du manoir dans la nuit. Il se coucha sur le canapé et s'endormit. Il semblait enfin avoir retrouvé la paix.

Le lendemain matin, Caprotti frappa à la porte du bureau de Léonard. Quand ce dernier lui ouvrit, il fut surpris d'être le premier arrivé. D'habitude Melzi était déjà là. Léonard le fit asseoir et lui indiqua que Melzi avait dû se rendre à Paris au chevet d'une cousine. Il était parti tôt le matin même. Caprotti était très étonné de cette nouvelle, mais Léonard enchaîna sur l'objet de leur rencontre.

— Mon cher Caprotti, vous m'avez surpris hier soir. Vous pensez vraiment que l'homme peut disposer du Cercle et en faire un bon usage, un usage de progrès ?

— Oui, maître. Et encore une fois, vous qui avez inventé tant de choses dont l'homme ne pourra plus se passer demain, vous n'avez pas le droit de décider de l'avenir du Cercle. Il ne vous appartient plus.

Le ton de Caprotti était sec et ses yeux fixaient le tiroir du bureau où était rangé le Cercle.

— Je comprends votre position, mais je ne peux prendre un tel risque. Le Cercle a déjà fait beaucoup trop de dégâts.

Caprotti devint blême lorsqu'il comprit que son maître allait commettre l'irréparable. Mais Léonard avait déjà sorti le sac en cuir. Il prit la masse qu'il avait préparée et l'abattit plusieurs fois sur le sac, réduisant en morceaux ce qu'il contenait. Dans le même temps, il arracha les feuilles d'un cahier de calcul et les jeta dans la cheminée, dont le feu redoubla d'intensité. Surpris par la rapidité des gestes de Léonard, Caprotti ne put s'interposer à temps.

— Maître, non !

Caprotti se précipita sur Léonard, mais il était trop tard. Les pages du cahier brûlaient déjà. Et lorsqu'il ouvrit le sac en cuir, les cercles concentriques en cuivre étaient totalement broyés. Caprotti rugit de colère lorsqu'il constata que le Cercle détruit par Léonard n'avait qu'un seul curseur, et non pas trois. Il quitta brusquement le bureau en hurlant de rage. Son maître lui avait menti. Il avait décidé de soustraire le Cercle à l'humanité en le faisant disparaître, mais il n'avait pu se résoudre à le détruire. Et c'était Melzi qui avait été chargé de cette mission, vraisemblablement. Caprotti se jura de le retrouver. Il quitta le manoir sur-le-champ.

Quelques jours plus tard, Léonard de Vinci annonça sa retraite dans un monastère aux abords de Paris. Au cours de celle-ci, il termina son dernier ouvrage : le *Codex Leicester*, un cahier de soixante-douze pages dans lequel toute son œuvre était répertoriée et détaillée. *Un cahier de soixante-seize pages en réalité*, pensa-t-il un instant avant de le signer.

Il décéda le 2 mai 1519.

CHAPITRE 11

20 août 2012

Palo Alto

Pour la première fois depuis quinze ans, Salvatore Figli n'était pas en vacances en ce mois d'août 2012. Et aujourd'hui, les fêtes jusqu'à l'aube à Ibiza, Saint-Barth ou Marrakech ne lui manquaient pas. Il était 7 heures, et Clifford venait de l'appeler sur son téléphone crypté.

— Bonjour monsieur le vice-président, je pense qu'un café dans votre bureau s'impose ce matin.

Clifford avait raccroché. Figli sentit l'excitation l'envahir. Clifford avait dû sacrément progresser pour vouloir lui en parler aussi vite, se dit-il. En effet, ce n'était pas dans les habitudes de son prodige en informatique de le déranger pour rien. Il avait dû faire une découverte intéressante.

Figli revêtit un costume en lin beige et une chemise blanche, qu'il laissa entrouverte. Il mit des chaussures en cuir patiné de chez Berluti et demanda à son chauffeur de le conduire au bureau immédiatement. Arrivé au siège quelques minutes plus tard, Figli s'engouffra dans son ascenseur. Les bureaux étaient encore vides à cette heure. Seuls les agents de sécurité et le personnel d'entretien étaient à pied d'œuvre. Parvenu à son étage, il entra dans son bureau et prit le deuxième ascenseur, qui le mena au troisième sous-sol, dont seuls Clifford et lui connaissaient l'existence. Il fut accueilli par Clifford, qui arborait son sourire des grands jours.

— Bonjour, monsieur le vice-président.

— Bonjour monsieur Clifford. Vous semblez avoir progressé.

— Prenons d'abord un café bien serré, monsieur, ma nuit a été courte.

Figli le suivit dans le petit salon jouxtant son grand bureau, où une batterie d'ordinateurs faisait face à son fauteuil. Ceux-ci étaient directement reliés à la salle des serveurs située un peu plus loin. Figli se rappela combien il lui avait été difficile de faire construire cette partie des bureaux.

Il avait profité des travaux d'aménagement du deuxième sous-sol de parking pour faire creuser dans le plus grand secret ce troisième niveau, exclusivement relié à son bureau par un ascenseur privé. C'est là que Clifford opérait pour son propre compte. La capacité des serveurs qu'il avait fait installer était telle qu'elle lui permettait de surveiller en temps réel tout ce qui s'échangeait sur le plus grand réseau social du monde. Les données étaient triées, classées et analysées avec tant de précision que Figli disposait de la plus importante source d'information au monde, un réseau bien plus puissant que ceux des services secrets américains, russes, chinois ou israéliens. Il savait en temps réel ce que les gens pensaient, ce qu'ils souhaitaient. Il pouvait ainsi anticiper les conflits, les changements politiques et même influer sur certains évènements *via* les millions d'internautes dédiés à son action. Cet outil lui avait permis de devenir très riche. L'Ordre de Salai n'avait jamais été aussi puissant et aussi secret qu'aujourd'hui, pensa-t-il. Et, grâce à son efficacité redoutable, il avait pu retrouver le Cercle d'Amboise, enfoui depuis plus de cinq cents ans.

Clifford lui tendit une tasse de café dont le parfum remplit rapidement le petit salon.

— Monsieur, le Cercle est un outil extraordinaire. Il a passé plus de cinq cents ans dans un coffre de pierre et est resté parfaitement conservé. J'ai mis du temps à comprendre l'algorithme qui crée le lien entre l'espace et le temps, tant sa formule est compliquée. Quand je vois les ressources que j'ai utilisées pour craquer ce code, j'imagine le génie que Léonard de Vinci a dû déployer cinq siècles plus tôt pour faire cette découverte et la modéliser sans aucune aide d'intelligence artificielle. Cet homme devait avoir des capacités intellectuelles hors du commun. Je ne pense pas qu'une telle intelligence ait existé depuis. Même Albert Einstein n'était pas aussi brillant.

Figli l'écoutait patiemment, se refusant à le couper, car il savait que Clifford avait réussi quelque chose d'important et il ne voulait pas gâcher le plaisir que celui-ci prenait à lui annoncer. Clifford reprit son exposé après avoir bu une gorgée de café brûlant.

— L'algorithme du Cercle permet bien d'obtenir la relation espace-temps que vous m'avez décrite. Ses résultats sont invariablement exacts. J'ai donc dupliqué la formule de Léonard sous une forme numérique.

Clifford se leva et se dirigea vers son bureau. Il revint, un ordinateur portable à la main. Il l'ouvrit et dit :

— Monsieur, je vous présente le Cercle d'Amboise 2.0 !

Figli restait les yeux fixés sur le portable. Clifford avait réussi non seulement à comprendre le fonctionnement du Cercle mais il l'avait transformé en une redoutable application numérique. Ces résultats dépassaient toutes ses espérances.

— Je l'ai testé, reprit Clifford, en recourant à toutes les ressources de nos serveurs. J'ai utilisé comme données d'entrée les dates et lieux connus sur les deux derniers siècles. Pour chaque donnée de départ, le résultat à l'arrivée était le bon, et ce, sur un échantillon-test de 2 500 personnes.

— C'est extraordinaire ! s'exclama Figli. Le Cercle de Léonard de Vinci n'est donc pas une chimère comme beaucoup l'ont pensé à travers les siècles. Il marche, y compris à grande échelle !

Clifford s'enfonça dans son fauteuil et fixa Figli droit dans les yeux.

— Il y a encore mieux, monsieur.

— Quoi ? demanda Figli, interloqué.

— Je crois que j'ai trouvé ce que Léonard de Vinci n'a pas lui-même découvert lorsqu'il a créé le Cercle.

Clifford s'arrêta un instant, pour ménager son effet.

— Il fonctionne à l'envers aussi.

— C'est-à-dire ?

— Eh bien, si vous renseignez le résultat, et non les données de départ, l'algorithme vous fournit ces dernières. En clair, si vous inscrivez une date et un lieu, il vous donnera une date et un lieu de naissance. Si vous couplez le Cercle aux bases de données des mormons, qui ont numérisé la plus grande partie des actes d'état civil du monde, il vous donne alors une liste de noms.

— Vous êtes en train de me dire que, si j'entre dans l'algorithme de Léonard, la date de demain et Palo Alto, comme résultat, j'obtiendrai une liste des personnes concernées par un même événement à la date de demain à Palo Alto ?

— Tout à fait. Je l'ai testé il y a deux jours avec comme résultat la date d'hier et Palo Alto. Quatre noms sont sortis du Cercle. Ces quatre personnes ont connu le même destin hier. J'ai vérifié.

Figli était sans voix. La découverte de Clifford rendait son entreprise encore plus prometteuse et ses effets démultipliés. *Nous allons pouvoir passer à la phase suivante*, se dit-il.

— Monsieur Clifford, Léonard de Vinci était un génie. À son époque, vous l'auriez probablement égalé. Aujourd'hui, vous êtes bien plus doué. L'Ordre de Salai vous est infiniment reconnaissant. Vous pouvez préparer la dernière phase de notre entreprise. La date approche.

— Merci, monsieur.

Ils se levèrent et se saluèrent. Clifford allait rentrer chez lui et profiter d'une journée de repos amplement méritée avant de se remettre au travail. Figli rejoignit son bureau. Helen était arrivée. Son emploi du temps était chargé. L'introduction en Bourse approchait et il lui restait une foule de détails à mettre au point avant le 10 septembre. Son premier rendez-vous était arrivé. Figli accueillit son visiteur. Il se sentait déborder d'énergie. La journée commençait bien.

CHAPITRE 12

6 septembre 2012

Salisbury, Grande-Bretagne

Il était 8 h 30. Henri James venait de terminer son petit-déjeuner avec sa femme et ses deux enfants. Comme chaque matin, il lisait le journal local pendant que les enfants se préparaient pour l'école. Son café au lait à la main, il prenait connaissance des informations locales de la veille. *Décidément, la délinquance gagne le sud-ouest de l'Angleterre*, se dit-il à la lecture des faits divers qui faisaient la une. Ruth, sa fille de 10 ans, cherchait son sac, qu'elle avait soi-disant préparé la veille.

— Maman, tu n'as pas vu mon cartable ? Il était dans ma chambre.

— Ruth, c'est chaque matin la même histoire. Si tu rangeais ta chambre comme il se doit, tu saurais où se trouvent tes affaires. Dépêche-toi, le bus passe dans dix minutes !

Pour toute réponse, elle perçut un grognement émanant du premier étage de la maison. Henri savourait chaque matin ce moment en famille. Il faut dire que son poste de directeur financier au sein du groupe Barclays lui prenait beaucoup de temps. Et il rentrait plutôt tard le soir en ce moment. Ce « désordre matinal » n'était donc pas pour lui déplaire. Il regardait Sarah, sa femme, passer d'un enfant à l'autre, essayant d'obtenir en un temps record qu'ils soient habillés et qu'ils aient pris leur petit-déjeuner avant de partir à l'école, elle-même devant se préparer pour sa journée. Elle était préparatrice à la pharmacie du centre-ville.

Matthew, son fils de 5 ans, le tira de son admiration familiale du matin. Il venait de descendre les escaliers et de pénétrer dans la cuisine, son cartable sur le dos. Il lui sauta dessus pour l'embrasser avant de partir. Henri eut juste le temps de poser son mug à moitié plein.

— Matthew ! Combien de fois dois-je te répéter que j'ai horreur de ça !

Puis il l'attrapa et le fit tournoyer dans ses bras avant de l'embrasser.

— Passe une bonne une journée, mon cœur.

Sa femme entra dans la cuisine, vérifia que Matthew était prêt. Puis elle appela une dernière fois Ruth, qui daigna enfin descendre avec son cartable finalement retrouvé. Ils étaient tous les deux prêts, dans leurs uniformes d'été. Chacun avait également une petite boîte en plastique transparente dans laquelle Sarah avait déposé le goûter qu'elle leur avait préparé.

— C'est l'heure, les enfants, dit-elle en regardant par la fenêtre de la cuisine.

Celle-ci donnait sur le devant de la maison. Le bus scolaire venait de s'arrêter juste en face. Les deux enfants sortirent en claquant la porte.

Chaque matin, à 8 h 45, le calme revenait dans la maison. Henri et Sarah en profitaient pour reprendre un mug de café avant qu'Henri parte travailler. C'était leur moment à tous les deux. Ils étaient mariés depuis quinze ans et appréciaient toujours autant de se retrouver seuls le matin pour partager les nouvelles qu'Henri avait lues pendant qu'elle préparait les enfants. À 8 h 55, Henri se leva, embrassa son épouse et mit sa veste de costume sombre. Il prit son attaché-case et ouvrit la porte.

— À ce soir, ma chérie, vers 21 heures.

— Bonne journée, lui répondit-elle.

Henri, qui se trouvait sur le porche d'entrée de la maison, regarda autour de lui. La circulation dans la rue où ils habitaient s'intensifiait un peu. Le soleil baignait les maisons cossues de ce quartier situé sur les hauteurs de la ville. « Une bien belle journée », se dit-il en se dirigeant vers le portail. Arrivé devant la boîte aux lettres, il l'ouvrit pour récupérer le courrier du jour avant de partir : facture d'électricité, relevé bancaire, publicités pour les soldes et une enveloppe blanche. *Encore de la publicité,* pensa-t-il. Il l'ouvrit machinalement et en sortit une lettre sur papier blanc, qu'il lut. Lorsqu'il eut fini, il la déchira.

— Décidément, ils ne reculeront devant aucune méthode pour nous vendre leurs produits, maugréa-t-il.

Il jeta les publicités dans la poubelle à côté de lui, laissa le reste du courrier dans la boîte aux lettres. Sarah le récupérerait à son retour ce soir-là. Puis il se dirigea vers sa voiture, garée dans la rue. Il démarra, ouvrit la fenêtre pour profiter de la fraîcheur matinale et partit en direction du centre-ville. Plus il s'approchait de Salisbury, plus le trafic s'intensifiait. Il alluma la radio. Il aimait écouter de la musique classique en allant au bureau. Ne pas savoir jouer d'un instrument de musique était l'un de ses plus grands regrets. À 40 ans, il n'avait jamais trouvé le temps d'apprendre. Il quitta la voie rapide et prit tout droit au premier rond-point. Il conduisait machinalement. Cet itinéraire, il le faisait chaque jour depuis plus de dix ans. Il ne vit pas arriver le semi-remorque qui s'engagea sur le rond-point à grande vitesse. Tout se passa très vite. Le camion ne put amorcer son virage et sa remorque fit une violente embardée. Elle heurta la voiture d'Henri James par l'arrière et celle-ci se mit à tourner sur elle-même. Henri, surpris par le choc, essaya de stopper son véhicule. Il freina brutalement, ce qui entraîna sa voiture dans une série de tonneaux. Soudain, elle percuta violemment le parapet à la sortie du rond-point et s'embrasa. Quand les sirènes des secours se firent entendre, Henri était déjà mort dans d'atroces souffrances. Sur place, les pompiers et les ambulances de Salisbury ne purent que constater les conséquences du drame.

Sarah, qui ne commençait son travail qu'à 10 heures, regardait la chaîne d'information en continu dans la cuisine. Un flash spécial vint interrompre le cours des infos de la journée. Un tragique accident venait de se produire à l'entrée de Salisbury. Il y avait un mort. Sarah se glaça lorsqu'elle reconnut ce qu'il restait du véhicule de son mari. Puis elle se mit à hurler et perdit connaissance sous l'effet du choc.

Palo Alto

La conférence de presse était prévue depuis plusieurs jours. Elle avait été confirmée par e-mail à toutes les personnes invitées deux jours auparavant. Pour l'occasion, la façade du siège de l'entreprise s'était parée d'une reproduction de son logo au-dessus duquel un compte à rebours indiquait le temps restant avant l'introduction de Facebook au NYSE. Au moment où plusieurs journalistes pénétraient dans les locaux, celui-ci indiquait : – 94 h 54 min 34 s.

La salle de presse était située au deuxième étage. À l'entrée de celle-ci, des hôtesses accueillaient chaque journaliste, leur remettaient un badge accréditant leur présence ainsi qu'un dossier de presse accompagné d'une action factice de l'entreprise sur laquelle figurait le prix fixé pour la mise sur le marché. Tout le gratin de la presse financière et économique mondiale était là. Quelques journalistes de la presse people avaient également été accrédités. Cela ne plaisait guère à Mark Zuckerberg, mais son directeur de la communication avait insisté. Enfin, toutes les grandes chaînes de télévision étaient aussi au rendez-vous. En tout, plus de quatre cents journalistes se pressaient dans la grande salle. L'estrade où le président, accompagné de son vice-président et de plusieurs actionnaires, allait répondre aux questions était toute bleue. Les logos Facebook semblaient se répéter à l'infini sur ce fond bleu. Un écran géant avait été posé juste derrière l'estrade et diffusait un film sur l'histoire de l'entreprise pour faire patienter tout ce petit monde. Il était 9 h 30. La conférence devait débuter à 10 heures.

Mark Zuckerberg était dans son bureau, entouré de Figli, de son directeur de la communication et du directeur général de l'entreprise. Cette grande messe ne le passionnait pas. Il était d'humeur maussade, mais la raison l'emportait. Il savait que cette conférence était essentielle dans le plan média qui avait été établi. Il était très important que l'entrée en Bourse de Facebook soit ultra-médiatisée avant la date du 10 septembre afin que de nombreux investisseurs se ruent sur l'action dès l'ouverture. Le prix de celle-ci serait d'autant plus haut que la demande serait forte. Il prit le dossier qui avait été préparé pour lui, le parcourut à nouveau et dit :

— Alors, Messieurs, une dernière recommandation à me faire ?

— Soyez vous-même, monsieur le président, c'est ce qui a toujours fait votre succès, lui conseilla Figli.

Les deux directeurs acquiescèrent.

— Eh bien, allons-y. Ne faisons pas attendre nos invités. Entrons dans l'arène !

Il était 9 h 55 et Mark Zuckerberg aimait par-dessus tout la ponctualité.

Le président descendit au deuxième étage par l'ascenseur situé dans son bureau. Il sortit directement dans le couloir, accompagné de Figli, et fut rejoint par trois des actionnaires présents pour l'occasion. Le brouhaha de la salle de presse était audible depuis le petit salon dans lequel ils se trouvaient tous maintenant. Le timing était parfait. *Le show peut commencer,* se dit-il.

Salvatore Figli monta le premier sur l'estrade. Le silence se fit immédiatement, suivi par les applaudissements de l'assistance.

— Mesdames, Messieurs, nous vous remercions d'avoir répondu aussi nombreux à l'invitation de notre président. Les jours qui viennent vont marquer un tournant majeur dans la vie de Facebook. Par son entrée en Bourse, Mark Zuckerberg a décidé de donner une dimension nouvelle à son entreprise, créée il y a moins de dix ans et dont le succès n'est plus à démontrer. Aujourd'hui, Facebook relie plus d'un milliard et demi de personnes entre elles, partout dans le monde. L'entrée en Bourse de l'entreprise va permettre de déployer notre réseau sur les nouveaux supports utilisés par les internautes du monde entier et de lever les fonds nécessaires au grand projet que notre président va vous exposer. Les futurs actionnaires de Facebook prendront donc part à cette nouvelle épopée unique, et jamais réalisée par une entreprise à ce jour.

Un mouvement se fit sentir dans la salle. Les journalistes présents feuilletaient énergiquement le dossier de presse qui leur avait été remis afin de trouver trace du grand projet que venait d'annoncer le vice-président. Mais rien ne figurait sur ce sujet. La salle était devenue fébrile. Qu'avait bien pu imaginer Mark Zuckerberg ? Décidément, personne ne regrettait d'avoir fait le déplacement. Facebook était vraiment une entreprise à part, même lorsqu'elle décidait de s'introduire en Bourse. Satisfait de son effet, Figli reprit la parole.

— Mesdames, Messieurs, Mark Zuckerberg, président fondateur de Facebook !

Entouré de plusieurs actionnaires, Mark monta sur l'estrade sous les applaudissements de nombreux journalistes. Puis le silence se fit à nouveau. Mark prit le micro. Figli s'était mis en retrait. Il était tellement simple de manipuler la presse, se dit-il, et ce n'était que le début.

— Mes chers amis, je souhaite remercier Salvatore Figli, vice-président, qui n'a pas son pareil pour préparer un auditoire. Permettez-moi à mon tour de vous remercier d'être venus nombreux ce matin. Effectivement, Facebook va écrire une nouvelle page de son histoire à partir du 10 septembre avec son introduction en Bourse. Avec mes collaborateurs, nous avons choisi le NYSE pour notre mise sur le marché et je ne doute pas que les investisseurs, petits et grands, se reconnaîtront dans notre choix. Cette entrée en Bourse s'adresse à tous, petits épargnants ou investisseurs institutionnels. Vous êtes à ce jour près d'un milliard et demi à avoir un compte chez nous, vous pourrez, dès le 10 septembre, être client et actionnaire en achetant une ou plusieurs actions de votre réseau social préféré. Et je vous garantis que cela sera un bon investissement.

À cet instant, l'écran situé derrière l'estrade se mit à diffuser les simulations financières de l'entrée en Bourse du titre à un prix de départ de 55 dollars.

— Comme vous l'a mentionné Salvatore Figli, reprit Mark Zuckerberg, cette opération va conduire l'entreprise à une nouvelle étape de son développement. Les fonds ainsi levés vont nous permettre de développer l'accès au réseau social *via* de nouveaux supports. Les Smartphones et les tablettes se sont généralisés et sont devenus en quelques mois les outils principaux de communication pour chacun d'entre nous. L'ordinateur portable est aujourd'hui relégué au second plan. Facebook se doit donc d'être présent sur ces nouveaux outils au plus tôt dans des versions ultra-performantes en termes d'échange, de rapidité et de flux. Les premières versions sont déjà disponibles. Celles à venir, issues de notre recherche et développement, seront des outils de communication instantanée. Vous pourrez être en relation avec vos amis, collègues et autres contacts en temps réel, comme s'ils étaient à vos côtés. Les fonds levés serviront d'abord à finaliser cette nouvelle version de Facebook, qui sera disponible dès le mois de décembre.

Mark s'arrêta quelques instants. Visiblement, le parterre de journalistes attendait l'autre partie de sa déclaration, depuis que Figli lui avait mis l'eau à la bouche. Et Mark le sentait. Le succès de la levée de fonds à venir reposait sur la deuxième partie de son intervention. Il reprit, en ménageant son effet.

— Mais l'entrée en Bourse de Facebook correspond également à la réalisation d'un de mes souhaits les plus chers. En quelques années, l'entreprise a connu une réussite fulgurante, j'ai connu avec elle une ascension à laquelle je ne m'attendais pas quand, dans ma chambre à Harvard, j'ai eu l'idée de créer ce lien qui unit aujourd'hui un milliard et demi de personnes. L'heure est donc venue de rendre au monde ce qu'il m'a donné. Aujourd'hui, seulement 60 % des habitants de notre planète ont accès à Internet. J'ai donc décidé de créer un réseau de satellites permettant d'offrir, dès l'année prochaine, un accès Internet très haut débit gratuit à toutes les populations n'ayant pas les moyens de déployer Internet sur leur territoire. Ainsi, Facebook contribuera au développement économique et culturel de ces pays et à l'ouverture de leurs peuples sur le reste du monde. Les premiers satellites seront en orbite début 2013 et les conventions avec les différents États intéressés pourront être signées dès le mois de mars de l'année prochaine. En devenant actionnaire de l'entreprise dès le 10 septembre, vous participerez à cette nouvelle aventure et mettrez Facebook au service du développement des pays les plus pauvres.

Les journalistes étaient restés silencieux pendant toute la deuxième partie de l'intervention de Mark Zuckerberg. Proposer gratuitement un accès haut débit là où Internet n'existait pas ou n'était réservé qu'aux plus riches ? Aucun opérateur au monde n'avait osé cela, et pour cause : le déploiement d'un réseau Internet dans un pays n'avait d'intérêt que si sa population avait les moyens de souscrire des abonnements payants très rapidement. Les pays où ce n'était pas possible n'intéressaient donc personne. Facebook voulait révolutionner le monde de l'accès Internet. Certes, la finalité était de gagner de nouveaux clients, mais la contrepartie offerte aux pays d'obtenir le déploiement gratuit d'un réseau haut débit faisait de cette proposition un contrat dit « gagnant-gagnant ».

Une fois l'intervention du président terminée, un brouhaha envahit la salle de presse. Tous les journalistes se mirent à échanger, à réfléchir à voix haute, à commenter l'annonce ou à poser des questions dans le plus grand désordre. Figli regardait ce petit monde des médias s'agiter avec délectation. « Présentez n'importe quel projet avec une pointe d'écologie et un zeste d'aide aux pays en voie de développement et vous êtes déifiés dans la seconde par la presse tout entière. Le reste se fera tout seul. » Figli se rappela cette phrase de son professeur de marketing international au MIT. Et elle se vérifiait encore aujourd'hui. L'annonce par Mark Zuckerberg de la fourniture d'un accès Internet gratuit aux populations les plus pauvres était une vraie révolution et procurait un sentiment de générosité à tous ces journalistes en quête de bonne conscience. Car ils vivaient tous dans le luxe de nos villes développées. Adeptes du « Faites ce que je dis, mais pas ce que je fais ! », ils étaient toujours prompts à pointer du doigt ceux qui n'étaient pas à leurs yeux de bons citoyens du monde. Le message de Mark Zuckerberg avait fait mouche. Et ils allaient se mettre au travail, relayant l'information jusqu'au lancement du titre en Bourse. Et tout le monde allait se ruer sur les actions dès l'ouverture.

Le directeur de la communication prit la suite de la conférence en main et répondit à l'ensemble de questions posées. Mark et les actionnaires se répartirent les demandes d'interviews télévisées. L'opération séduction était lancée.

CHAPITRE 13

7 septembre 2012

New York

Margareth Hamilton ne regrettait pas d'avoir pris sa journée. Elle venait de se lever et, déjà, le soleil baignait tout son appartement situé au trentième étage d'un immeuble du début du siècle, à l'angle de la 7e avenue et de la 20e rue dans le quartier de Chelsea. Elle allait prendre un bon petit-déjeuner puis irait courir. De la fenêtre de son salon, elle voyait Madison Square et même l'Empire State Building. Et, ce matin, le ciel était dégagé. Elle s'assit dans la cuisine, pressa deux oranges, emplit un bol de céréales et fit bouillir de l'eau pour son thé vert. Elle adorait ce moment de calme. Cela changeait du rythme effréné de ses journées de travail. Comme tout New-Yorkais, elle passait beaucoup de temps dans les transports, n'avait qu'une demi-heure pour déjeuner le midi et se précipitait, dès la fin de son travail, pour faire les courses avant de rentrer chez elle. Margareth, à 35 ans, était célibataire, comme la moitié des New-Yorkaises, mais ne s'en plaignait pas. Elle occupait un poste d'attachée de presse dans une grande agence de publicité et était passionnée par son métier, qui lui faisait rencontrer beaucoup de monde. Mais aujourd'hui, elle était bien décidée à profiter de sa journée. Elle termina son petit-déjeuner, prit une douche puis décida d'aller courir à Central Park. Peut-être y déjeunerait-elle d'ailleurs. Elle s'était juré d'essayer le restaurant végétarien qu'elle avait repéré à deux rues du parc.

Il était 9 heures. Elle était prête : jogging noir, top fuchsia et baskets blanches. Au moment où elle allait quitter son appartement, la sonnerie de l'interphone retentit.

— Bonjour Margareth.

C'était Alex, le concierge, qui apportait le courrier. Elle lui ouvrit en souriant. Alex était toujours serviable. Elle pensait même qu'il avait un penchant pour elle. Mais sa fonction lui interdisait toute relation personnelle avec les habitants de l'immeuble, sous peine de perdre son emploi immédiatement. Leur relation se limitait donc à des échanges de sourires quotidiens.

— Tenez, voici votre courrier.

Il lui tendit cinq lettres. Elle les prit et feuilleta rapidement les enveloppes. Sa priorité aujourd'hui était d'aller courir. Son attention s'arrêta sur une enveloppe blanche à son nom sans en-tête. Intriguée, elle l'ouvrit et sortit la lettre qui s'y trouvait. Son regard s'assombrit.

— Une mauvaise nouvelle ? demanda Alex, qui était resté à l'entrée de l'appartement.

— Une mauvaise plaisanterie, lui répondit-elle. Une très mauvaise plaisanterie !

Elle lui tendit l'enveloppe et le courrier.

— Regardez et jetez-la !

Elle remercia Alex et quitta son appartement. Elle prit l'ascenseur et sortit par le hall principal dans la 7e avenue. Il faisait déjà chaud, mais le trafic était encore fluide. Margareth se dirigea vers la station de métro. Dans sept stations, elle serait à Central Park.

Alex était resté sur le palier du trentième étage. Il ouvrit le courrier que lui avait remis Margareth et le lut :

> Madame Hamilton,
>
> Aujourd'hui est votre dernier jour sur terre…

La lettre n'était pas signée. Le texte bref sonnait comme une menace. Alex avait eu un frisson en le lisant. Il le relut et fut parcouru par le même frisson. Il rejoignit sa loge située à l'entrée du building et vérifia si d'autres enveloppes identiques avaient été reçues. Apparemment, seule Margareth en avait été destinataire. Il mit le courrier de côté, ne sachant pas quoi en faire. *Effectivement, c'est une très mauvaise plaisanterie. Il faut être sacrément dérangé pour faire cela. J'informerai la police tout à l'heure*, décida-t-il.

Quand il reprit son travail, il frissonnait encore.

Moins d'une demi-heure après avoir quitté son appartement, Margareth sortit du métro et se dirigea vers l'entrée de Central Park. En semaine, l'endroit était idéal pour courir. Il n'y avait pratiquement personne. En revanche, le week-end, cela devenait impossible. Il semblait que la moitié de New York se donnait rendez-vous chaque fin de semaine dans le plus grand parc de Manhattan. Une foule bigarrée s'y retrouvait pour courir, pique-niquer, jouer de la musique ou simplement se promener. Le parc était bondé du samedi matin au dimanche soir. Mais en ce jour de semaine, tout était différent. Margareth entra par l'accès sud et commença son jogging matinal. Elle avait décidé de traverser tout le parc du sud au nord pour rejoindre la rue où se trouvait le restaurant qu'elle voulait essayer. La traversée en petites foulées lui prendrait bien deux heures. Après quarante minutes, Margareth s'approchait du Metropolitan Museum of Art. Elle contournerait ensuite le réservoir Jacqueline Onassis Kennedy par l'ouest pour ensuite revenir vers le Museum of the City of New York avant de se diriger vers la sortie nord du parc. Elle décida d'accélérer un peu. Elle se sentait bien. Elle arriva devant le réservoir, qui ressemblait à un immense lac. Depuis le début de son jogging, elle n'avait croisé que deux autres personnes qui profitaient comme elle de la matinée pour courir. Elle accéléra encore. Au détour d'un bosquet d'arbres, elle aperçut les bords du lac. L'eau était calme. Il n'y avait pas de vent et le soleil déjà haut commençait à chauffer sérieusement. Elle avait chaud tout à coup. Elle s'arrêta, prit la bouteille d'eau qu'elle avait préparée et but deux gorgées. Une douleur aiguë envahit son bras gauche. Elle eut du mal à respirer. Puis elle sentit son cœur battre à tout rompre. Il n'y avait personne autour d'elle. Elle était seule. Toute sa poitrine la faisait souffrir. Elle regarda le ciel et s'effondra. Son cœur cessa de battre quelques secondes plus tard. Margareth gisait au sol sur le chemin qui contournait le réservoir.

Il était 11 h 30 lorsque deux promeneurs découvrirent Margareth. Ils marchaient tranquillement le long du lac quand ils aperçurent la jeune femme inanimée, allongée sur le sol. Ils se précipitèrent vers elle. Constatant qu'elle était sans connaissance, ils appelèrent les secours depuis leur portable. Cinq minutes plus tard, ceux-ci étaient sur place et pratiquaient un massage cardiaque à Margareth. Le défibrillateur était chargé et le choc électrique fit trembler son corps inanimé. Les massages reprirent. Après dix minutes, le médecin et les infirmiers cessèrent leur travail. Margareth était décédée.

Derrière son comptoir à l'entrée de l'immeuble de Margareth, Alex regardait les écrans de vidéosurveillance pour s'assurer de la sécurité du bâtiment quand il vit arriver deux policiers.

— Bonjour ! Police de New York. Mme Hamilton réside-t-elle ici ?

— Oui, monsieur, répondit Alex, c'est à quel sujet ?

— Nous souhaitons accéder à son appartement. Pouvez-vous nous ouvrir ?

— Il est arrivé quelque chose à Margareth ? demanda Alex, avec anxiété.

Il repensait à la lettre de menaces qu'elle avait reçue ce matin.

— Elle est décédée d'un arrêt cardiaque dans Central Park ce matin. Nous devons contacter sa famille et effectuer les vérifications d'usage.

Alex crut qu'il allait s'effondrer de chagrin et de douleur. Il tenait beaucoup à Margareth, même si son métier lui avait toujours interdit de le lui dire.

— Elle a fait un arrêt cardiaque ? répéta-t-il avec difficulté.

— Oui, dans le parc, près du réservoir.

— Ce n'est pas possible. Elle était très sportive. Elle courait beaucoup. Vivait sainement. Ne fumait pas.

— Ce sont les conclusions des médecins qui ont essayé de la ranimer.

Alex hésita un instant.

— Messieurs, il faut que je vous donne quelque chose.

Les deux policiers le suivirent des yeux tandis qu'il se dirigeait vers son comptoir.

— Tenez, elle a reçu cette lettre ce matin. Elle l'avait prise pour une mauvaise plaisanterie. Je comptais l'amener à la police sur mon temps de pause aujourd'hui.

Le plus gradé prit l'enveloppe, sortit la lettre et la lut. Il s'arrêta net.

— Regarde ! dit-il à son collègue. Elle avait reçu des menaces de mort ce matin.

Il se retourna vers Alex.

— Monsieur, nous gardons la lettre. C'est une pièce à conviction. Je retourne au commissariat prévenir le chef de la police. Pouvez-vous accompagner mon collègue dans l'appartement de Mme Hamilton ? Une enquête criminelle va sûrement être ouverte.

— Tout de suite, monsieur.

La lettre remise par Alex entraîna effectivement l'ouverture d'une enquête criminelle, conduite par la police de New York. Toutefois, l'autopsie de Margareth confirma le diagnostic des médecins. Elle était morte d'un arrêt cardiaque. Aucune substance ayant pu causer la mort n'avait été retrouvée dans son organisme. Une malformation du cœur, découverte à l'autopsie, était à l'origine de son décès brutal. La lettre était bien une mauvaise blague. La police décida toutefois de la conserver au cas où le plaisantin recommencerait. Quelques jours plus tard, le dossier de l'enquête était clos. La presse new-yorkaise avait mentionné l'affaire en quelques lignes dans la rubrique « Faits divers ».

Alex était rempli de tristesse. Des déménageurs passaient devant lui depuis le début de la journée. L'appartement de Margareth était vidé. Des larmes coulaient sur son visage.

Palo Alto

La conférence de presse de Facebook avait été un succès. La direction de la communication croulait sous les demandes d'interviews de Mark et de Salvatore. Journaux, radios et télévisions du monde entier souhaitaient interroger les dirigeants du groupe après l'annonce faite la veille.

Figli était dans son bureau. Helen réorganisait son emploi du temps toutes les demi-heures. Il était au téléphone avec le directeur de la rédaction du *Washington Post*. Puis ce serait le *Herald Tribune* et le *Huffington Post*. L'entrée en Bourse de Facebook faisait la une de tous les médias du monde. L'annonce d'une levée de fonds consacrée au déploiement d'un accès gratuit à Internet pour les populations des pays les plus pauvres avait fait mouche. Les gens allaient se ruer sur les actions de l'entreprise dès l'ouverture du NYSE, le 10 septembre. Salvatore était satisfait. Tout se déroulait comme prévu. *Mieux même*, pensa-t-il.

Son téléphone crypté sonna. C'était Clifford.

— Monsieur le directeur, je vais devoir vous laisser, dit-il au patron du *Washington Post*, à bientôt.

Il raccrocha et prit son portable.

— Bonjour, monsieur Clifford.

— Une pause-café entre deux interviews vous intéresse-t-elle ? lui demanda-t-il.

— J'arrive. Je ne peux résister à votre café, vous le savez bien, monsieur Clifford.

Il appela Helen et lui demanda de décaler ses rendez-vous d'une demi-heure. Il prit son ascenseur personnel et se rendit au troisième sous-sol, où l'attendait Clifford. Au sortir de l'ascenseur, il passa directement dans le bureau de son disciple. Clifford avait rangé le Cercle d'Amboise tel un sextant ancien dans sa vitrine. Ainsi il pouvait admirer la découverte de Léonard de Vinci à sa guise et se sentir un peu comme son disciple, avec cinq siècles d'écart.

— Maître, votre entreprise est en cours depuis quarante-huit heures, comme prévu. Nous allons monter en puissance dans les jours qui viennent. Le Cercle se comporte admirablement bien. Tous les médias sont focalisés sur l'entrée en Bourse de Facebook. Dans cinq jours, plus de 60 % du capital aura changé de mains tout en rapportant plusieurs milliards de dollars à l'entreprise. Et Mark Zuckerberg n'aura plus la majorité absolue.

— Monsieur Clifford, je vous rappelle que Facebook n'est qu'un moyen dans notre vaste entreprise. L'objectif est tout autre. Il y a cinq cents ans, Léonard de Vinci s'est pris pour Dieu et a influé délibérément sur le destin de ma famille. En choisissant de confier le Cercle à

Giovanni Francesco Melzi afin de le protéger, et en lui léguant toute sa fortune avant son entrée au monastère, il a jeté notre maître à tous, Gian Giacomo Caprotti, à la rue et sans un sou. La quête du Cercle l'a conduit dans la clandestinité et il a fini par sombrer dans la folie, après avoir donné naissance à l'Ordre de Salai. Aujourd'hui, l'Ordre de Salai va laver la mémoire de Caprotti et lui redonner le destin qui aurait dû être le sien.

Figli était assis en face de son disciple. Clifford était resté silencieux pendant que son maître lui rappelait l'objectif de sa mission. Il reprit :

— Mon propos n'était pas là, maître, mais je trouvais le moment ironique. Que le fondateur du plus grand réseau social du monde, qui a accès aux plus intimes pensées de plus d'un milliard de personnes, soit dans l'ignorance la plus complète de l'entreprise actuelle, a quelque chose de délicieux.

Le terme plut à Figli.

— Mais revenons au Cercle, maître. J'ai terminé la connexion aux bases de données Facebook, aux fichiers de tous les opérateurs de téléphonie de la planète ainsi qu'à celles des fournisseurs d'accès Internet. Nous pouvons contacter nos cibles par courrier, par e-mail, par SMS, et même *via* leur téléphone fixe. Personne ne pourra nous échapper.

Figli était, une fois encore, stupéfait des capacités de Clifford et de son implication.

— Vous m'êtes très précieux, monsieur Clifford. Continuons selon le timing que nous avons retenu. Je vais vous laisser. Mon emploi du temps est surchargé depuis quelques jours et je dois honorer les rendez-vous que m'a organisés Helen. À très bientôt.

— À bientôt, maître. Je retourne moi-même à mes occupations officielles pour la journée.

CHAPITRE 14

8 septembre 2012

Aix-en-Provence

Pierre s'était réveillé de bonne heure. Son grand-père lui avait promis une balade à cheval ce matin-là. Pas question de rater un moment comme celui-là. Il était arrivé la veille en avion à Marseille et avait hâte de passer le week-end avec ses grands-parents. Il était heureux chez eux. Et puis avec papi et mamie, il faisait ce qu'il voulait, alors qu'à Paris, avec ses parents, c'était une autre histoire. Il était 7 h 30 lorsqu'il descendit dans la salle à manger. Son grand-père était déjà debout.

— Bonjour, Pierre, lui dit-il. Prêt pour notre randonnée ?

— Bonjour papi, oh oui !

— Viens prendre ton petit-déjeuner et, ensuite, on ira seller les chevaux.

Pierre s'assit à table avec son grand-père. Une bonne odeur de pain grillé envahit la pièce.

— Bonjour mamie, dit Pierre en voyant sa grand-mère arriver avec le plateau du petit-déjeuner.

Au menu : café, chocolat chaud, orange pressée, pain grillé, beurre, et confiture de mamie. C'était le bonheur ! À 12 ans, Pierre vouait un amour fou à ses grands-parents, qui le prenaient chez eux dès qu'ils le pouvaient. Tous les trois s'entendaient à merveille. Une fois le petit-déjeuner terminé, Pierre embrassa sa mamie et suivit son papi jusque dans les écuries. Ils sellèrent les deux juments. Le grand-père aida Pierre à monter sur Alizée, la plus jeune. Puis il grimpa sur Licorne, la mère.

— Bonne promenade ! leur lança Anita, sa grand-mère, sur le pas de la porte.

— À tout à l'heure, mamie.

Les chevaux se mirent en marche. L'air heureux, Pierre suivait son grand-père avec fierté.

Le téléphone sonna. Anita rentra dans la maison pour décrocher. Il était à peine 9 heures.

— Allô ?

— Maman, est-ce que Pierre est près de toi ?

Son ton était étrange. Elle ne lui avait pas dit bonjour. Elle avait l'air inquiète, voire paniquée.

— Il est avec ton père. Ils sont partis faire une balade à cheval. Que se passe-t-il ?

— Excuse-moi, maman, mais Pierre a reçu une lettre anonyme ce matin à la maison. Elle lui était adressée personnellement. Je l'ai ouverte. Il y est écrit : « Pierre David, aujourd'hui est votre dernier jour sur terre. » J'en tremble encore, maman.

— Ma chérie, c'est sûrement une plaisanterie, de très mauvais goût certes, mais une plaisanterie. Pierre va bien, il est avec ton père.

— Dis-lui de m'appeler quand il sera rentré, s'il te plaît.

— Ne t'inquiète pas. Il t'appellera dès son retour.

Quand elle raccrocha, Anita se dit que les plaisanteries avaient des limites. Elle rappela sa fille.

— Ma chérie, c'est moi, j'ai réfléchi à cette lettre. Demande à ton mari de porter plainte. Même si ce n'est qu'une blague, elle est de trop mauvais goût. Celui qui fait ça doit s'arrêter.

— J'appelle Alain pour qu'il s'en charge, maman, merci.

Il était 11 heures quand Pierre et son grand-père pénétrèrent dans la cour. Ils avaient fait le tour de la propriété. Pierre était ravi. Il descendit de cheval et se précipita dans la cuisine. Il avait soif et voulait savoir ce que sa grand-mère avait préparé pour le déjeuner.

Il but une citronnade fraîchement pressée. Lorsque son grand-père rentra dans la maison, Anita proposa à Pierre d'aller se baigner dans la piscine en attendant le repas. Il était ravi.

— Mais avant, appelle ta mère, je l'ai eue ce matin, elle veut te parler.

— Tout de suite, mamie, et après je vais me baigner.

Pierre prit le téléphone et composa le numéro du portable de sa mère. Elle décrocha aussitôt en voyant la provenance de l'appel.

— Bonjour, mon cœur, comment vas-tu ?

— Très bien, maman, je rentre d'une balade à cheval avec papi. C'était super !

— Profite bien. J'ai hâte de te revoir. Je t'embrasse fort.

— Moi aussi, maman. Je vais aller me baigner pendant que mamie finit de préparer le déjeuner.

— Bonne journée, Pierre.

— Bonne journée, maman.

Pierre raccrocha et monta dans sa chambre pour se mettre en maillot et prendre une serviette de bain. Puis il redescendit et sortit sur la terrasse. L'eau de la piscine était à 29 degrés. *Génial !* se dit-il.

Pendant qu'il rentrait dans la piscine, Anita raconta à son mari le coup de fil de leur fille. Celui-ci était furieux. Il y avait des limites et elles avaient été franchies. Une plainte à la police était le minimum. Il appellerait son gendre ce soir.

Anita retourna en cuisine. Ses tourtes allaient brûler si elle ne les sortait pas du four. Son mari ressortit de la maison et se dirigea vers la piscine. C'est alors qu'Anita entendit son hurlement suivi d'un grand bruit provenant de la piscine. Elle lâcha son plat, qui s'écrasa sur le sol de la cuisine, et se rua dehors. Elle trouva son mari dans la piscine. Il tenait Pierre dans ses bras. Le garçon avait l'air inanimé. Il sortit de la piscine et lui cria d'appeler les pompiers. Elle s'engouffra dans la maison et composa le 18. Elle pouvait à peine parler. Elle voyait son mari étendre Pierre, qui ne bougeait plus, sur le sol et commencer à lui faire du bouche-à-bouche et à pratiquer un massage cardiaque. Il avait été pompier volontaire dans sa jeunesse et ces gestes ne s'oubliaient pas.

— Les pompiers, j'écoute.

— Venez vite, très vite ! hurla Anita. Mon petit-fils vient de se noyer dans la piscine !

— Calmez-vous, madame, nous vous localisons. Vous habitez bien au 126, avenue Charles de Gaulle à Aix ?

— Oui, venez vite s'il vous plaît, il a perdu connaissance, mon mari, qui a été pompier volontaire, n'arrive pas à le ranimer. Faites vite !

— Une équipe vient de partir, elle sera sur place dans cinq minutes.

Elle raccrocha et se précipita dehors. Son mari était en nage, mais il poursuivait son alternance de massages et de bouche-à-bouche. Pierre était toujours sans connaissance.

— Les pompiers arrivent quand ?! hurla-t-il. Je n'ai plus de pouls depuis deux minutes !

— Ils seront là dans deux minutes maintenant.

Anita était au bord de l'évanouissement lorsqu'elle entendit retentir la sirène. Elle courut vers le portail d'entrée de la propriété et l'ouvrit afin de laisser pénétrer le camion de premiers secours, qui s'arrêta devant la maison. Cinq pompiers, dont un médecin, en sortirent au pas de course.

— Ils sont sur la terrasse à l'arrière, vite, je vous en prie, il n'a plus de pouls depuis trois minutes !

Les pompiers accoururent et prirent immédiatement le relais du grand-père. Effectivement, Pierre n'avait plus de pouls. Ses pupilles ne réagissaient plus. Le médecin tenta de le ranimer à l'aide de son défibrillateur portable et poursuivit les massages cardiaques pendant qu'un pompier le ventilait. Mais rien n'y fit. Pierre était mort d'une hydrocution lorsqu'il était entré dans la piscine.

À l'annonce du décès de son petit-fils, Anita perdit connaissance et dut être hospitalisée. Hébété, son mari l'accompagna. Il semblait ne pas comprendre ce qui s'était passé. Pierre, leur petit-fils adoré, était mort chez eux. Il pensait ne jamais pouvoir survivre à cela. Et maintenant, il devait prévenir sa fille. Elle hurla de douleur au téléphone en apprenant le drame. Une enquête fut ouverte immédiatement par les parquets de Marseille et de Paris. La lettre fut examinée sous toutes ses facettes. Aucune trace ne permettait d'en définir l'origine. L'autopsie de Pierre confirma que le décès était dû à une hydrocution. Aucune substance toxique ou trace d'un produit quelconque n'avait été retrouvée. La mort, bien que dramatique, était donc accidentelle selon le rapport des médecins légistes. Le quotidien *La Provence* raconta en détail cette terrible histoire. Il fit état de la lettre reçue par les parents de Pierre, car le journaliste avait de bonnes sources dans la police. Ce dernier croyait se souvenir d'un fait divers similaire aux États-Unis, quelques jours plus tôt. Mais comme il ne pouvait vérifier sa source avant le bouclage, il n'en avait pas fait mention dans son article.

CHAPITRE 15

9 septembre 2012

Zurich

Philip Stern sortait de son restaurant préféré lorsqu'il reçut un appel de sa secrétaire. Il salua ses clients et demanda au voiturier de lui préparer sa voiture. Il devait rentrer au bureau de toute urgence. À 55 ans, il était avocat associé au cabinet Stern-Finkelstein depuis plus de dix ans. C'était l'un des plus grands spécialistes européens en fusion-acquisition. De nationalité suisse, il comptait parmi ses clients les plus grandes entreprises cotées en Bourse. Il n'avait pas son pareil pour négocier des accords impossibles qui donnaient régulièrement naissance à de nouveaux groupes devenant rapidement leaders sur leur marché. Il avait ainsi participé à la plus grande concentration d'entreprises qu'avait connue l'industrie pharmaceutique ces dix dernières années. Sa dernière réussite était le rapprochement opéré par deux géants de la téléphonie mobile qui devait donner naissance au premier opérateur mondial intervenant sur les cinq continents. Le voiturier approcha son Aston Martin. Philip lui donna dix francs suisses de pourboire et se mit au volant de son bolide, un de ses rares plaisirs.

Il prit la direction du centre-ville et, dix minutes plus tard, entra dans le parking souterrain du building abritant son cabinet. Il emprunta l'ascenseur et monta au quinzième étage. Sa secrétaire l'attendait devant son bureau. Il connaissait Sophie Hoff depuis leur enfance. Elle était devenue sa secrétaire dès qu'il avait réussi l'examen du barreau et rejoint son premier employeur. Depuis, ils ne s'étaient plus quittés. Elle le connaissait bien et était sa meilleure conseillère lorsqu'il était traversé par des doutes. Elle le suivit quand il entra dans son bureau.

— Je me suis permis de vous déranger, mais je pense que c'est suffisamment important.

En même temps qu'elle lui parlait, elle lui tendit un journal local new-yorkais de la veille et un exemplaire de *La Provence*, quotidien français, daté d'aujourd'hui.

Dans le journal américain, Sophie avait entouré un petit article dans la rubrique « Faits divers ». Celui-ci rapportait la mort par crise cardiaque d'une jeune attachée de presse, Margareth Hamilton. Elle avait été retrouvée morte dans Central Park la veille de la parution du journal. À la fin de l'article, un certain Alex, concierge de son immeuble, était interrogé par le journaliste. Il faisait état de sa douleur et d'une lettre anonyme qu'elle avait reçue le jour même. Cette lettre se terminait, selon lui, par ces mots : « aujourd'hui est votre dernier jour sur terre ».

Dans le quotidien français, l'affaire faisait la une. Un enfant de 12 ans était décédé dans la piscine de ses grands-parents à Aix-en-Provence. L'autopsie de Pierre David – c'était le nom de l'enfant – avait conclu à une hydrocution. Fait troublant, relevait le journaliste, les parents de l'enfant avaient reçu le matin à Paris une lettre adressée à Pierre se terminant par « aujourd'hui est votre dernier jour sur terre ».

Philip Stern reposa les deux journaux sur son bureau. Il s'assit, le regard sombre.

— Ils l'ont retrouvé, Sophie.

Sophie le regarda, intriguée. Il lui avait donné pour mission depuis longtemps déjà d'éplucher les médias et de lui signaler tous les articles concernant des décès suspects. Mais jusqu'à ce jour, rien n'avait provoqué cette réaction. *Qu'ont-ils retrouvé ?* se demanda-t-elle.

Philip se leva et se dirigea vers un petit tableau de l'école hollandaise accroché sur le mur en face de son bureau. Il le déplaça et mit au jour le coffre-fort dans lequel il rangeait ses documents sensibles, ainsi qu'une sacoche en cuir qui ne le quittait jamais. Il sortit cette dernière, l'ouvrit et la posa sur son bureau. Il en tira un parchemin plié qu'il étala devant lui.

— Sophie, voilà les instructions de Léonard de Vinci en de telles circonstances.

Sophie fit le tour du bureau de Philip pour la première fois et lut :

> Un jour, des hommes mourront sans raison, mais leur mort leur aura été annoncée. Le peuple, apprenant cette nouvelle, sombrera peu à peu dans la folie collective. Ce jour-là, vous réunirez les six disciples et comprendrez le grand danger qui s'annonce. Je vous demande de le combattre de toutes vos forces. Si vous échouez, l'humanité tout entière sombrera dans l'horreur, dans la folie et dans l'asservissement.
>
> Amboise - 1516 - Léonard de Vinci

Sophie semblait tétanisée par la surprise.

— Léonard de Vinci a écrit cela il y a cinq cents ans, après avoir fait une découverte terrifiante. Mais il n'a pu se résoudre à la détruire. Il a donc demandé à Giovanni Francesco Melzi, l'un de ses deux disciples et mon ancêtre, de la faire disparaître à jamais. Il l'a également chargé de veiller à ce que le secret soit conservé au cours des siècles à venir. Melzi était le premier gardien de l'Ordre du Cercle. Je suis aujourd'hui le gardien de l'Ordre. Et, vraisemblablement, quelqu'un a retrouvé le Cercle et a décidé de s'en servir. Si la prédiction de Léonard est juste, les ténèbres vont s'abattre sur le monde dans peu de temps. L'humanité tout entière risque de sombrer dans la panique la plus totale.

Sophie l'écoutait sans l'interrompre. La vue du parchemin vieux de cinq cents ans et les faits divers dans les journaux l'affolaient. Elle faisait confiance à Philip depuis toujours. Ils se connaissaient depuis leur enfance et elle l'avait assisté sans jamais poser de questions. Ce matin-là, elle prit conscience que l'homme qu'elle croyait connaître avait un secret qu'il n'avait jamais partagé avec quiconque. Et cette fois encore, c'était à elle qu'il faisait confiance. Cela lui fit chaud au cœur, mais amplifia sa panique intérieure. Elle se sentait projetée dans un monde dont elle ignorait tout. Elle était cependant sûre d'une chose : des gens mouraient sous l'action de personnes, *a priori* mal intentionnées, qui avaient exhumé une invention de Léonard de Vinci, cachée depuis cinq cents ans.

— Sophie, c'est à moi qu'il revient de combattre ceux qui ont retrouvé le Cercle d'Amboise et qui s'en servent actuellement. Cette découverte est une boîte de Pandore qu'il est très difficile de refermer une fois qu'elle a été ouverte. Je dois réunir mes disciples au plus vite !

Buenos Aires

Edouardo Sanchez était un peu inquiet en ce début d'après-midi. Il devait se rendre à l'Hôpital italien situé rue Gascón pour y être opéré de la prostate. Il avait reculé cette intervention depuis des semaines, mais son état s'était aggravé et il ne pouvait plus attendre. À 60 ans, il était le chef de la gare centrale de la ville. Son travail le passionnait, même s'il arrivait petit à petit à l'âge où il devrait bientôt arrêter. Quitter son poste l'embêtait, mais après tout, cela faisait plus de quarante ans qu'il travaillait et la retraite serait la bienvenue. Il pourrait enfin consacrer du temps à sa fille et à sa petite-fille de 5 ans. Il était 12 h 45 et il attendait justement sa fille, qui devait l'emmener. Elle n'allait pas tarder. Son téléphone portable vibra. C'était sûrement elle qui appelait pour lui demander de descendre, il était difficile de se garer dans son quartier. Sa valise était déjà devant la porte. *Allez, c'est juste deux jours*, se dit-il. Il se dirigea vers la table du salon et saisit son portable. Le SMS qu'il venait de recevoir était d'un expéditeur inconnu et son contenu l'affola : « Monsieur Sanchez, aujourd'hui est votre dernier jour sur terre. » L'interphone retentit dans l'appartement. C'était sa fille qui arrivait. Il lui ouvrit. En entrant, elle trouva son père pétrifié.

— Bonjour, tu es prêt ? lui demanda-t-elle.

— Oui, oui, lui répondit-il machinalement.

— Ça ne va pas, papa ?

— Si, si, c'est juste que je n'aime pas les hôpitaux et puis il y a ce message que je viens de recevoir, dit-il en lui tendant son téléphone.

Elle lut le message.

— Écoute papa, c'est sûrement de la publicité. D'un goût très douteux, mais de la publicité. Allez, il faut y aller.

Dix minutes plus tard, ils étaient devant l'entrée de l'hôpital. Ils se dirigèrent vers les admissions. Une fois son dossier rempli, ils furent accompagnés jusqu'à l'étage où se trouvait sa chambre. Alors qu'il rangeait sa valise dans l'unique placard et qu'il s'apprêtait à mettre un pyjama, un médecin entra.

— Bonjour, monsieur Sanchez, je suis votre chirurgien. Les infirmières vous emmèneront au bloc vers 18 heures et je vous opérerai une heure plus tard. À compter de maintenant, vous ne devez plus boire ni manger.

Le regard d'Edouardo s'assombrit. La perspective d'attendre près de six heures avant d'être opéré sans rien boire ni manger ne l'enchantait vraiment pas. Le chirurgien quitta la chambre après l'avoir salué. Dès qu'il fut installé, sa fille partit à son tour. Elle devait retourner travailler.

— À ce soir, papa, je passerai dès que tu seras sorti du bloc, dit-elle en l'embrassant sur la tête.

À 18 heures précises, deux infirmières pénétrèrent dans la chambre d'Edouardo.

— Monsieur Sanchez, nous allons vous préparer pour votre intervention.

Elles étaient sympathiques et très agréables. Edouardo, qui était toujours stressé, apprécia leur gentillesse et leur dévouement. Elles s'approchèrent de lui et l'aidèrent à enfiler une blouse jaune sous laquelle il était totalement nu. Cela le gênait un peu d'être aux mains de ces deux femmes dans cette posture, mais elles étaient si souriantes que cela le rassura.

— Je vais vous poser un cathéter en prévision de votre anesthésie, annonça la plus âgée, en s'approchant de lui avec une seringue à la main.

Il se laissa faire. La plus jeune lui tendit un verre d'eau accompagné de deux comprimés roses.

— Cela va vous détendre.

— Merci à toutes les deux.

Il avala ses comprimés et s'étendit sur le brancard qu'on avait disposé juste à côté de son lit. Une fois allongé, il sentit l'effet apaisant des comprimés qu'il venait d'avaler. Les deux infirmières appelèrent le brancardier, un grand gaillard en blouse bleue. Edouardo sentit qu'il quittait sa chambre. Le brancardier emprunta le couloir en direction de l'ascenseur qui menait au bloc opératoire. Lorsqu'ils furent arrivés au bon étage, l'homme ouvrit la porte du bloc numéro quatre. Toute l'équipe était là. Il reconnut le chirurgien. Il sentit qu'une infirmière lui injectait quelque chose dans le cathéter. Le liquide était froid. Il s'endormit. L'opération pouvait commencer.

Après dix minutes, la tension artérielle d'Edouardo faiblit brutalement. L'ensemble de l'équipe chirurgicale stoppa l'intervention afin de se concentrer immédiatement sur ce problème collatéral. Malgré toutes les tentatives du chirurgien, rien n'y faisait, la tension d'Edouardo continuait de baisser.

— Son cœur va lâcher ! s'exclama l'anesthésiste.

— Je n'arrive pas à isoler le caillot, dit le chirurgien.

Le cœur s'arrêta de battre au bout de quinze minutes. L'équipe entreprit immédiatement un massage cardiaque et envoya plusieurs électrochocs. Rien n'y fit. Edouardo mourut cinq minutes plus tard.

L'hôpital appela sa fille sur son lieu de travail. Elle s'effondra de douleur. Les journaux télévisés rapportèrent le soir même le décès d'Edouardo Sanchez, des suites d'une opération de la prostate, sans omettre qu'il avait auparavant reçu un SMS disant : « Aujourd'hui est votre dernier jour sur terre. »

Zurich

Sophie informa immédiatement Philip Stern du décès d'Edouardo Sanchez dans des circonstances identiques aux deux autres.

— La prophétie de Léonard est en marche, dit Philip. Les heures à venir vont être très difficiles, ma chère Sophie. Nous devons agir vite.

Palo Alto

À la veille de l'introduction en Bourse de Facebook, Figli enchaînait les rendez-vous afin de régler les derniers détails du lendemain. Les médias avaient accompli un travail formidable. Depuis cinq jours, Facebook était le centre d'attention des financiers du monde entier. Tous les regards étaient tournés vers son entrée en Bourse. Et le réseau social n'était pas en reste. Le sujet numéro un devant les problèmes politiques au Moyen-Orient était la levée de fonds de l'entreprise. Une bonne journée s'annonçait pour le lendemain. Mark Zuckerberg était parti pour New York le matin même, afin de participer à l'ouverture et à la fermeture de la séance. Une nuée de médias l'attendait à l'aéroport et il devait participer ce soir au talk-show d'Oprah Winfrey.

Figli terminait son rendez-vous avec Aymes, le directeur général, lorsque son téléphone crypté retentit.

— Je vous laisse, monsieur le directeur, dit Figli.

Aymes quitta son bureau. Il avait encore un millier de choses à régler avant le lendemain. « La nuit va être courte », se dit-il.

— Oui, monsieur Clifford.

— La version du Cercle 2.0 est opérationnelle. Les derniers tests sont positifs à cent pour cent. Je suis prêt, maître.

— Alors, allons-y, monsieur Clifford. Vous pouvez lancer l'opération demain comme prévu.

Figli raccrocha. Il était 13 h 30. Il allait s'accorder une pause dans la journée et aller déjeuner chez Françoise. Il en informa Helen, descendit dans le hall et prit sa voiture. Un quart d'heure plus tard, il était assis à sa table préférée, face à l'océan. Le homard était à l'honneur. Il allait en profiter un peu.

Zurich

Philip Stern demanda à Sophie d'annuler tous ses rendez-vous. Il appela son associé, Samuel Finkelstein, et lui demanda de venir le voir immédiatement. Deux minutes plus tard, Samuel pénétrait dans son bureau. Il comprit au regard de Philip que quelque chose d'important venait de se passer. Ils s'assirent chacun dans un des fauteuils disposés autour de la table basse.

Samuel, je suis confronté à une affaire qui va occuper tout mon temps pendant plusieurs jours. J'ai fait annuler tous mes rendez-vous et j'aurais besoin que tous mes dossiers soient redirigés vers toi et l'ensemble des collaborateurs, et ce, pour une durée indéterminée.

Finkelstein travaillait avec Philip depuis plus de dix ans. Ils s'étaient associés et Samuel n'avait jamais eu à le regretter. Philip était un avocat de premier ordre avec un entregent extraordinaire. Il avait bien vu, dès son entrée dans le bureau, que Philip était très préoccupé. Mais là, il resta sans voix.

— Je sais que ce que je te demande doit te paraître étrange, surtout de manière aussi soudaine. Mais j'ai impérativement besoin de traiter ce problème toutes affaires cessantes. Sophie travaillera avec moi. Appelle mes clients et explique-leur. Je compte sur toi et sur ta discrétion. Tu peux invoquer un problème familial qui me contraint à m'éloigner du cabinet quelque temps. Cela tranquillisera les collaborateurs et les clients.

— Philip, je ne sais pas ce qui t'oblige à faire ça et, vraisemblablement, tu n'as pas l'intention de me le dire. Nous sommes associés depuis plus de dix ans. J'ai toujours pu compter sur toi. Je ferai ce que tu me demandes. Ne t'inquiète pas pour tes dossiers et le cabinet. Je m'en charge à compter de maintenant. Mais sois prudent et appelle-moi si tu en as besoin.

Samuel le salua et quitta son bureau. Philip appela Sophie.

— Nous partons immédiatement. Il n'y a pas de temps à perdre.

Philip ouvrit de nouveau son coffre et prit la sacoche dont il avait tiré le parchemin. Il mit son téléphone portable dans la poche de sa veste et redirigea sa ligne téléphonique vers le secrétariat de Samuel. Sophie tenait son ordinateur portable. Il se tourna une dernière fois vers son bureau, s'assura que tout était en ordre et referma la porte. Ils descendirent directement au parking puis montèrent dans son Aston Martin.

— Où allons-nous, Philip ? demanda Sophie.

C'était la première fois qu'elle l'appelait par son prénom depuis qu'ils travaillaient ensemble. Philip ne releva pas. Des premières fois, il y en aurait d'autres dans les prochaines heures, lui semblait-il.

— Nous avons rendez-vous avec maître Dalembier, notaire à Lausanne, qui doit me remettre les documents me permettant de réunir les disciples. Puis nous irons à Amboise, en France. Léonard de Vinci a légué sa fortune à mon ancêtre Melzi. La demeure d'Amboise est restée dans ma famille depuis et a toujours servi de siège à l'Ordre du Cercle. Tout cela est resté ignoré depuis cinq siècles. Mais maintenant que le Cercle est réapparu, l'Ordre se doit d'agir. C'est pour un jour comme aujourd'hui qu'il a été créé par Léonard de Vinci.

Philip prit la direction de l'aéroport de Zurich. Arrivé sur place, il se dirigea vers le terminal d'aviation d'affaires. Il gara son Aston Martin sur le parking réservé à la clientèle et s'engouffra avec Sophie dans le bâtiment principal. Une hôtesse vint immédiatement vers eux.

— Monsieur Stern, votre avion est prêt. Vous pouvez embarquer.

Sophie regarda Philip avec étonnement. Certes le cabinet d'avocats qu'il dirigeait avec Samuel Finkelstein était prospère, mais de là à posséder un avion privé… Décidément, cette organisation qu'il appelait l'Ordre était très puissante. Inconnue, mais puissante !

— C'est parfait, répondit Philip. Nous embarquons maintenant. Mon rendez-vous à Lausanne est dans deux heures.

Ils suivirent l'hôtesse, qui les amena directement vers le contrôle d'accès et la douane. Ils présentèrent leurs passeports et se soumirent aux vérifications d'usage. Puis, l'hôtesse les accompagna jusqu'au salon jouxtant le hall où les attendait le jet privé. Un steward les attendait.

— Bonjour, maître, dit-il à Philip.

Sophie fut surprise par le ton et le comportement du steward. Elle en était sûre : le terme « maître », employé par ce dernier, et sa déférence pour saluer Philip Stern ne se rapportaient pas à sa fonction d'avocat. En quelques heures, l'homme pour qui elle travaillait depuis plus de dix ans était devenu un étranger.

— Bonjour, John, répondit Philip en lui emboîtant le pas.

Le steward salua également Sophie puis se dirigea vers l'avion.

— Vous serez à Lausanne dans une heure, comme prévu. Une voiture vous conduira directement à l'étude de maître Dalembier. Il vous attend.

— Merci John, dit Philip en entrant dans l'avion.

Sophie le suivit. Une hôtesse les installa dans le salon. Ils s'assirent face à face et attachèrent leur ceinture. L'hôtesse revint avec des rafraîchissements. Ils n'étaient que tous les deux. Le steward et l'hôtesse avaient regagné leurs places, séparées du reste du jet par un rideau qui était tiré. Le commandant de bord s'adressa à eux.

— Bonjour maître, bonjour mademoiselle Hoff. J'espère que vous êtes bien installés. Nous venons d'obtenir l'autorisation de départ. Nous décollerons dans cinq minutes. Je vous souhaite un bon voyage.

L'avion se mit en marche. Cinq minutes plus tard, il décollait et se dirigeait à pleine vitesse vers son altitude de vol. Sophie et Philip étaient seuls.

— Philip, hasarda-t-elle, tout est allé très vite pour moi depuis ce matin. Je travaille pour vous depuis plus de dix ans et je vous fais totalement confiance. Mais là, vous me projetez dans un monde que je ne connais pas. Pourquoi…

— Je sais que je vous demande beaucoup, la coupa-t-il. Mais ce qui se passe depuis plusieurs jours est très grave. Je ne peux vous donner tous les détails. Moi-même, je ne pense pas tout comprendre. Mais ce dont je suis sûr, c'est que la prophétie de Léonard écrite de sa main il y a cinq cents ans est en train de se réaliser. C'est mon grand-père qui m'a transmis la mission qui est la mienne aujourd'hui et qui a été celle de ma famille depuis des siècles. L'Ordre du Cercle, créé par Melzi, a toujours eu pour objectif de protéger l'invention de Léonard et, le jour venu, de se mettre en travers de ceux qui la trouveraient et l'utiliseraient. L'Ordre, qui a reçu en héritage la fortune de Léonard de Vinci, est très puissant. Toutes les personnes qui m'entourent dans cette mission sont totalement dévouées et prêtes à combattre jusqu'au bout pour que le Cercle soit de nouveau enfoui et soustrait à l'humanité tout entière. Car, comme le disait Léonard, « l'être humain n'est pas prêt et ne le sera sûrement jamais ». Une fois encore, je vous demande de me faire confiance et de m'aider à accomplir mon devoir.

Sophie ne l'avait pas quitté des yeux. Elle savait qu'il était sincère. Elle acquiesça et décida de ne plus lui poser de questions. Elle l'épaulerait comme elle l'avait toujours fait. Même si, cette fois, ce qu'il lui demandait n'avait rien à voir avec son engagement professionnel à ses côtés. Il avait besoin d'elle. Elle serait là.

Le commandant annonça le début de la descente vers Lausanne. Dix minutes plus tard, l'avion se posa sur le tarmac de l'aéroport international et gagna le hangar des avions d'affaires. Par le hublot, Sophie aperçut une limousine noire. Le chauffeur patientait à côté des portières arrières. L'avion s'immobilisa et la porte s'ouvrit. L'hôtesse les invita à descendre de l'appareil. Ils se dirigèrent vers la voiture.

— Bonjour, maître, dit le chauffeur en s'adressant à Philip avec la même déférence que le steward. Maître Dalembier vous attend.

— Bonjour, répondit Philip en entrant dans la voiture.

Sophie s'assit à côté de lui dans la limousine, qui démarra immédiatement. La circulation entre l'aéroport et le centre-ville était fluide en cette fin de matinée. Ils empruntèrent la rocade principale. L'étude de maître Dalembier était située dans le centre historique de la ville. La voiture s'arrêta une demi-heure plus tard devant un immeuble en pierre de cinq étages. Sophie remarqua, sur la façade, une plaque sur laquelle elle put lire : « Notaire de père en fils depuis 1750 ». Le chauffeur leur ouvrit la porte de la voiture puis celle de l'immeuble. L'étude occupait les deux derniers étages. À peine étaient-ils sortis de l'ascenseur que la porte de l'étude s'ouvrit. Une jeune femme les accueillit.

— Bonjour, maître Stern, veuillez entrer, maître Dalembier vous reçoit tout de suite.

Ils pénétrèrent dans le hall et suivirent l'hôtesse jusque devant la porte du bureau de maître Dalembier. Celle-ci s'ouvrit immédiatement.

— Entrez, cher ami, dit maître Dalembier à Philip Stern.

— Merci Henri.

Ils s'assirent autour d'une table basse où du café et de l'eau avaient été disposés. Philip tendit à Henri Dalembier un dossier qu'il venait de sortir de son attaché-case.

— Voilà, Henri, ce sont les quatre premiers. Ils sont tous morts après avoir reçu le même message anonyme. Enfin pour les trois derniers. Pour le premier, la police britannique n'a pas retrouvé de lettre. Il a dû voir la lettre et la détruire pour ne pas inquiéter son épouse.

Henri parcourut le dossier qui contenait les articles de presse relatifs à chacun des faits divers.

— Alors, quelqu'un aurait retrouvé le Cercle d'Amboise et serait en train de s'en servir ? Après cinq cents ans ? C'est impensable !

— Et pourtant c'est le cas, Henri.

Philip s'arrêta et sortit le parchemin de son étui. Il le tendit à Henri. Celui-ci déroula le document avec précaution. Il était stupéfait. Signé de la main de Léonard de Vinci, il datait de plus de cinq siècles. C'était un trésor d'une valeur historique inestimable, mais personne n'en aurait jamais connaissance. Ce qu'il lut le stupéfia encore plus. C'était exactement le texte dont lui avait parlé son père en lui transmettant sa charge de notaire. Il se rappela ses paroles : « *Mon fils, je te transmets ma charge, qui était celle de mon père et est celle de notre famille depuis 1750. L'étude Dalembier est la plus ancienne étude suisse et j'espère que tu seras digne de l'héritage qui est le tien aujourd'hui. Mais il y a une chose que tu dois savoir et dont je ne t'ai jamais parlé, ni à ta mère d'ailleurs. Nous sommes, depuis la création de l'étude, les dépositaires et exécuteurs testamentaires des dernières volontés de Giovanni Francesco Melzi, disciple de Léonard de Vinci. Dans le coffre de l'étude se trouvent six cylindres de cuir contenant un message signé de la main de Melzi, destiné à six disciples. En tant qu'exécuteurs testamentaires, nous sommes également les généalogistes des six premiers disciples de Melzi. Dans ce même coffre se trouve une enveloppe scellée contenant les dernières mises à jour des arbres généalogiques de ces six premiers disciples. Tu devras poursuivre cette tâche fondamentale. En prenant ma suite, tu deviens à ton tour l'exécuteur testamentaire de Melzi. Je te remets donc un exemplaire de son testament. Tout ce que je viens de te dire y figure de sa main. Il y est également indiqué ce que tu devras faire lorsque son descendant demandera à te voir et te remettra un document signé par Léonard de Vinci en 1516.* »

— Léonard avait vu juste, Henri. Ce jour est arrivé et les jours à venir vont être sombres pour l'humanité. Je dois réunir au plus vite mes disciples.

— Suivez-moi, leur répondit Henri, encore sous le coup de ce qu'il venait de voir.

Ils quittèrent son bureau et prirent un ascenseur privé. Une fois à l'intérieur, Henri sortit une clé de sa veste et l'introduisit dans une serrure située sous le sélecteur d'étage. Il lui fit faire un quart de tour sur la droite puis tapa un code en se servant des numéros d'étages. L'ascenseur se mit à descendre vers les étages inférieurs. Après quelques secondes, il s'immobilisa et les portes s'ouvrirent.

— Nous sommes dans les sous-sols du bâtiment, indiqua Henri. Je vous emmène dans la salle des coffres privés.

Ils suivirent un couloir pendant quelques mètres puis arrivèrent devant une porte blindée. Henri Dalembier présenta son œil devant la platine de reconnaissance oculaire. La porte se déverrouilla et s'ouvrit sur un hall puis une petite salle dont les murs étaient tapissés de coffres. Une table et trois chaises se trouvaient au milieu de la pièce. Henri se dirigea vers la petite salle, suivi de Philip et de Sophie. La porte blindée se referma derrière eux instantanément. Henri s'arrêta devant le coffre 1516 et y inséra une clé qui se trouvait sur le même trousseau que celle qu'il avait utilisée pour l'ascenseur. Il ouvrit la porte et en sortit un coffre métallique rectangulaire qu'il posa sur la table. Il souleva le couvercle du coffre et mis au jour son contenu : six cylindres en cuir d'une vingtaine de centimètres de long et de cinq centimètres de diamètre. Chaque cylindre était fermé par un capuchon orné d'une serrure. Chaque capuchon avait été scellé dans la cire. À côté des cylindres se trouvait une enveloppe, elle-même cachetée avec la même cire. Henri Dalembier la saisit, rompit les scellés et l'ouvrit.

— Voici les noms et adresses des six disciples descendants de ceux de Melzi. Ils possèdent chacun une clé permettant d'ouvrir chacune un de ces cylindres.

Henri tendit la lettre à Philip.

— Sophie, reprit-il, pouvez-vous appeler mon assistante et lui demander de bien vouloir préparer le départ des messagers ?

— Tout de suite, maître.

Philip parcourut la lettre.

— Emilie Page, Madison, États-Unis ; Enrique Alvares, São Paulo, Brésil ; Mohamed Al-Khalifa, Doha, Qatar ; Liu Xi, Shanghai, Chine ; Helena Dvorski, Cracovie, Pologne ; Boubacar Diop, Saint-Louis, Sénégal.

Philip Stern s'était préparé depuis tant d'années à cette situation que ces six noms lui paraissaient familiers, alors qu'il ne connaissait aucune de ces personnes. Henri Dalembier prit les six cylindres avec précaution. Puis il referma le coffre et le remit à l'emplacement 1516. Il ferma la porte, tourna la clé dans le sens des aiguilles d'une montre et la retira de la serrure.

— Remontons à l'étude, dit-il, les messagers doivent être là. C'est à vous de leur donner vos instructions, Philip. Ils nous attendent.

Le trio sortit rapidement de la salle des coffres. La porte se referma instantanément. Ils se retrouvèrent dans le bureau de maître Dalembier quelques secondes plus tard. Dès leur arrivée, l'assistante d'Henri frappa.

— Entrez, dit Henri.

La porte s'ouvrit et les six messagers pénétrèrent dans le bureau.

— Nous sommes à votre service, maître, dit l'un d'entre eux à l'attention de Philip.

Philip ne les connaissait pas. *Mais eux semblent l'avoir reconnu tout de suite*, se dit Sophie.

— Messieurs, votre mission est d'une importance capitale. Mais ça, vous le savez déjà. L'Ordre est aujourd'hui face à son destin. Pour la première fois depuis sa création, nous allons faire ce que Léonard de Vinci et Melzi attendaient de l'Ordre du Cercle. Je vais remettre à chacun d'entre vous le nom, l'adresse et le cylindre correspondant à chacun des descendants des six disciples de Melzi. Chaque cylindre comprend les instructions de Melzi en pareilles circonstances. Elles ont été rédigées de sa main il y a cinq cents ans. Vous devrez trouver chacun d'eux et leur remettre leur cylindre en main propre. Ils possèdent la clé qui permet d'ouvrir leur cylindre. Ils devront mettre les instructions de Melzi à exécution sans délai. Puis vous les conduirez à Amboise et assurerez leur sécurité pendant leur voyage. Je vous rappelle que toutes les communications téléphoniques et Internet sont sûrement écoutées par ceux qui ont découvert le Cercle. Vous utiliserez donc exclusivement « les boîtes aux lettres » de l'Ordre qui jalonnent votre voyage pour m'informer de la progression de votre mission. Elles sont relevées tous les jours par nos messagers qui parcourent le monde afin de maintenir la communication entre nous. Seuls les contacts directs avec les disciples sont autorisés. Aucune communication téléphonique, aucun message électronique. Je compte sur vous.

Henri leur remit à tous un sac à dos contenant le cylindre, ainsi qu'une feuille de papier sur laquelle étaient inscrits le nom et l'adresse des disciples. Après avoir pris connaissance de son contenu, chaque messager lut sa feuille puis la brûla à l'aide d'un briquet. Ils connaissaient leur objectif.

— Que Dieu vous garde, mes fidèles messagers, leur dit Philip.

Les six hommes sortirent du bureau et quittèrent l'étude quelques minutes plus tard. Leur long voyage commençait.

— Merci Henri, reprit Philip, lorsqu'ils ne furent plus que tous les trois dans le bureau.

— Je ne pensais pas avoir l'occasion de mettre en œuvre le testament de Melzi. Le secret semblait si bien gardé depuis cinq siècles. J'espère que vous arriverez à intervenir à temps, Philip.

— Je n'en sais rien encore. C'est trop tôt pour le dire. Une chose est sûre, le Cercle a bien été découvert et quelqu'un s'en sert. Nous allons devoir vous quitter, Henri. Il faut que je sois à Amboise dès ce soir. Encore merci à vous.

Henri et Philip se serrèrent la main. Philip et Sophie quittèrent le bureau. Un taxi les attendait au pied de l'immeuble. Ils s'y engouffrèrent et, quelques minutes plus tard, ils se dirigèrent vers l'aéroport. Le jet était prêt. Il décolla immédiatement en direction d'Amboise. Assise dans un fauteuil près d'un hublot, Sophie s'endormit instantanément ; la matinée l'avait vidée de ses forces. Philip regardait le ciel qui s'assombrissait. La météo n'était pas bonne. *Même le temps semble affecté*, se dit-il avant de s'endormir à son tour.

CHAPITRE 16

10 septembre 2012

New York

Il était à peine 6 heures quand Mark Zuckerberg décida de se lever. De toute façon, il n'arrivait plus à dormir depuis au moins une heure. C'était la première fois qu'il se sentait dominé par le stress, un sentiment nouveau pour lui. Il se dirigea vers l'immense salle de bains de sa suite. En passant dans le salon, il s'arrêta devant les baies vitrées. Située au cinquantième étage, sa chambre dominait tout Manhattan. Il avait une vue imprenable sur New York à 180 degrés. À cette heure, la ville était encore endormie. Il pouvait distinguer les phares des taxis qui commençaient leur journée. Mais tout était d'un calme à cette hauteur, alors que, dans une heure, la ville tout entière allait se transformer en une ruche parcourue par des dizaines de milliers de personnes. En cette journée cruciale pour son entreprise, il se surprit à apprécier sa position dominante sur la ville. Lui qui d'ordinaire ne se laissait jamais dominer par ses émotions, il apprécia ce moment furtif en ce début de journée si importante pour lui. Il reprit le chemin de la salle de bains et se fit couler une douche brûlante. Il ferma les yeux, laissant l'eau chaude envelopper son corps pendant quelques minutes.

Il choisit un costume sombre et une chemise blanche, son équipe de communicants lui ayant rappelé que ses jeans, tee-shirts et baskets n'étaient pas appropriés à la journée d'entrée en Bourse de Facebook. Puis il décrocha le téléphone afin de se faire livrer son petit-déjeuner favori : des œufs brouillés, du jus de pamplemousse frais et des toasts au beurre de cacahuète. Il était 6 h 30 et, dans une heure, son équipe allait le rejoindre. *Encore une heure avant le rush. Profite !* se dit-il lorsque le *room service* frappa à sa porte.

Palo Alto

Salvatore Figli franchit la porte du building de verre à 4 heures pile. Il faisait encore nuit, mais en ce jour particulier, tous les salariés de Facebook étaient déjà là. Il était 7 heures à New York et la réunion des équipes de Marc et Salvatore allait débuter dans trente minutes. *Mark doit être debout depuis longtemps*, pensa Salvatore en s'engouffrant dans son ascenseur privé. Il voulait voir Clifford juste avant d'entrer en réunion avec Aymes et les équipes chargées de l'introduction en Bourse. Dès que la porte de l'ascenseur s'ouvrit, Helen l'accueillit en lui remettant le planning de la journée.

— Bonjour Helen, dit-il.

— Bonjour monsieur le vice-président. M. Clifford vous attend. La réunion de direction débute à 4 h 30. La liaison vidéo avec monsieur le président commence à 5 heures - 8 heures, heure de New York. Elle durera quarante-cinq minutes. Ensuite le président se rendra au NYSE pour l'ouverture de la séance.

— Merci Helen, dites à Clifford de me rejoindre et préparez-moi un café, la matinée va être longue.

— Il est déjà sur votre bureau, lui dit-elle avec un sourire.

Helen travaillait pour Figli depuis son arrivée chez Facebook. Elle le connaissait mieux que quiconque. Enfin, c'était ce qu'elle pensait. Clifford frappa à la porte restée entrouverte et passa sa tête dans le bureau.

— Bonjour, monsieur le vice-président.

— Bonjour, monsieur Clifford. Entrez. Le café est chaud.

Clifford ferma la porte derrière lui. Il entendit la serrure se verrouiller, signe que Figli ne voulait être dérangé sous aucun prétexte. Il s'assit en face de lui dans un des canapés situés près de la baie vitrée offrant une vue unique sur l'océan. Il faisait encore nuit et la mer était parsemée de petits points lumineux attestant d'une activité maritime importante. Il posa son dossier sur la table basse et se servit une grande tasse de café brûlant.

— Tout se déroule comme prévu, monsieur le vice-président, commença Clifford. L'activité sur le réseau laisse augurer un franc succès pour l'entrée en Bourse de l'entreprise. Je me suis amusé à simuler le cours de l'action à la clôture ce soir. Je pense que l'action cotera autour de 200 dollars, soit quatre fois son cours d'introduction. Ce sera le meilleur résultat pour une introduction depuis ces cinquante dernières années. Ce soir, Mark Zuckerberg sera l'homme le plus riche du monde mais il ne sera plus l'actionnaire majoritaire de Facebook. Il ne possédera plus que 48 % du capital et l'entreprise aura récupéré plusieurs dizaines de milliards de cash. Cette première phase s'annonce donc comme un véritable succès.

Clifford vit dans le regard de Figli que celui-ci ne doutait pas du résultat de la journée, même si, à l'annonce de sa prévision, il crut percevoir une étincelle dans ses yeux. Peut-être n'avait-il pas pensé à un tel succès. Toutefois, le vice-président ne montra aucune excitation particulière après la présentation de Clifford. *Il est déjà focalisé sur les phases suivantes*, se dit Clifford.

— Je ne doute pas un instant du succès de cette journée. Facebook est devenu un tel objet de fascination mondiale que les investisseurs vont s'arracher les actions mises sur le marché dès l'ouverture. L'idée de doter les pays pauvres d'un accès gratuit à Internet aura eu raison des derniers sceptiques. Mark est décidément un grand visionnaire. Mais dites-moi, monsieur Clifford, vous n'êtes pas venu me voir ce matin pour m'informer de ce que je sais déjà ?

Clifford sourit, son maître le connaissait bien. Il prit le dossier qu'il avait posé sur la table et l'ouvrit.

— Je vous ai résumé dans ce dossier le déroulement de la deuxième phase de l'opération. Celle-ci devra être lancée dans deux jours sur une durée de deux semaines. Toutefois, en validant nos cibles sur cette période, j'ai eu l'idée de tester le Cercle sous un angle nouveau. Et voici le résultat, dit-il à Figli en lui tendant le dossier.

Figli le prit et parcourut les trois pages de notes confidentielles qu'il contenait. Clifford vit le visage de son maître changer au fur et à mesure qu'il lisait. Lorsque Figli releva la tête, son regard était devenu perçant, et ses pupilles étaient dilatées, trahissant une excitation très rare chez lui.

— Monsieur Clifford, au vu de ces informations, nous décalons la deuxième phase de notre opération de trois jours afin que celle-ci débute le 15 septembre et se termine le 20 septembre, le jour J selon vos résultats.

— J'ai déjà reprogrammé l'opération selon ce timing, maître. Je ne doutais pas de votre décision.

— Le Cercle est une merveille, Clifford, et vous en avez fait un diamant brut !

Figli termina sa tasse de café et se leva. Il était 4 h 25 et il devait diriger la réunion de calage des opérations d'entrée en Bourse dans cinq minutes. Clifford prit immédiatement congé de Figli. Avant de se rendre dans la salle du conseil, où toutes les équipes impliquées dans la mise sur le marché de Facebook l'attendaient, Salvatore détruisit les notes de Clifford.

Amboise

Le jet s'était posé la veille sur la piste privée de la propriété du manoir deux heures après son décollage de Lausanne. Il faisait déjà nuit lorsque

Philip Stern et Sophie Hoff étaient sortis de l'avion. Une voiture de golf les attendait pour les amener directement au manoir. Sophie venait pour la première fois à Amboise. Elle connaissait cependant le château, dont elle avait aperçu les contours au loin, car elle avait toujours projeté de visiter les châteaux français et Amboise faisait partie de sa liste. Mais elle n'avait jamais pensé venir dans ces conditions. La voiturette les avait déposés devant l'entrée majestueuse du manoir, où un majordome les avait accueillis.

— Bienvenue à Amboise, maître, avait-il dit à Philip Stern. Bienvenue à vous, mademoiselle Hoff.

Étant donné l'heure tardive, il les avait conduits directement vers leurs chambres respectives, où leurs bagages les y attendaient déjà.

— La journée a été longue et les suivantes vont l'être également, lui avait dit Philip. Je vous propose de nous retrouver demain matin. Je vous présenterai l'Ordre.

— Bonne nuit, Philip, lui avait-elle répondu en fermant la porte de sa chambre.

Celle-ci était immense. Elle possédait une salle de bains privative et donnait sur le parc. Il faisait nuit et tout était très calme. En se couchant, Sophie s'était dit qu'ils n'avaient croisé personne dans le manoir à leur arrivée à l'exception du majordome. Elle s'était endormie presque aussitôt, éreintée par cette journée.

Il était à peine 7 heures quand Philip se leva. Il n'avait pas bien dormi. Depuis que le Cercle était réapparu, il n'arrivait pas à se défaire des mots de son grand-père lorsque celui-ci lui avait transmis la lourde charge de prendre sa suite à la tête de l'Ordre. Jusqu'à ce jour-là, Philip avait été un adolescent insouciant, tourné vers les filles et les copains, enchaînant les soirées universitaires jusqu'à l'épuisement. Puis, à sa sortie de la London Business School, il avait choisi de présenter l'examen du barreau de Zurich, qu'il avait réussi avec les félicitations du jury. Tout jeune avocat, il avait intégré l'un des plus grands cabinets d'avocats d'affaires suisses. La vie lui réussissait, pensait-il. Et il avait poursuivi sa vie d'éternel étudiant, multipliant les conquêtes féminines au volant de belles voitures de sport. La jet-set européenne n'avait plus de secret pour lui. Mais lorsqu'il s'agissait de son métier, il était inépuisable, intelligent et sacrément doué pour la négociation. Bref, Philip prenait la vie comme elle venait. Ses proches étaient à la fois admiratifs de sa jeune carrière et exaspérés par son comportement d'adolescent. Mais tout avait changé le jour où son grand-père lui avait révélé la charge qui allait devenir la sienne. D'abord incrédule, Philip Stern avait manifesté très rapidement une attention et un sérieux que personne ne lui connaissait. L'admiration qu'il portait à son grand-père devait y être pour beaucoup. Très vite, son comportement avait changé. Ses fréquentations aussi. C'est à cette époque qu'il avait décidé de quitter le cabinet pour lequel il travaillait à Genève pour créer son propre cabinet avec son ami de toujours, Samuel Finkelstein. Quelques mois plus tard, son grand-père était mort, serein, sûr d'avoir placé l'Ordre du Cercle entre de bonnes mains.

Philip eut une pensée émue pour son grand-père en cette matinée du 10 septembre 2012.

— J'espère être digne de toi, j'espère être digne de vous tous en ce moment essentiel pour l'Ordre et le monde, dit-il à voix basse avant d'ouvrir la porte de sa chambre et de s'engager dans le couloir.

Lorsqu'il entra dans la salle à manger où était servi le petit-déjeuner préparé par Bernadette, la chef de cuisine du manoir, il y trouva Sophie, qui était assise à la table et buvait une tasse de café.

— Bonjour Sophie, déjà levée ?

— Bonjour monsieur Stern, je n'arrivais plus à dormir et l'odeur du café et des viennoiseries de votre cuisinière ont eu raison de moi.

— Finissez votre petit-déjeuner et je vous présenterai les membres de l'Ordre qui travaillent au manoir.

Bernadette, ayant entendu Philip arriver dans la salle du petit-déjeuner, entra avec deux serveuses s'enquérir des souhaits de son maître.

— Bonjour Bernadette, comment allez-vous ?

— Bonjour maître, aussi bien que possible en ce jour difficile pour nous tous. Votre tâche va être immense. Soyez assuré de notre dévouement à tous.

— Merci Bernadette, dit-il alors qu'on lui apportait du café, du pain grillé et un assortiment de fromages.

Philip ne prenait jamais de petit-déjeuner sucré, et Bernadette le savait.

Philip et Sophie terminèrent leur café en silence. Il parcourut la presse internationale du jour. L'introduction en Bourse de Facebook faisait la une de tous les journaux. Mais Philip ne trouva aucun article relatant un nouveau fait divers que lui seul aurait compris. Sophie contemplait le parc au travers des larges baies vitrées de la salle à manger. Elle s'imaginait Léonard de Vinci, cinq siècles plus tôt, s'y promenant, l'esprit tourmenté par sa découverte.

Philip prit une dernière tasse de café, reposa le *Herald Tribune* et lança :

— Il est temps que je vous présente, Sophie. Suivez-moi !

Bernadette les salua alors qu'ils quittèrent la salle à manger. Ils traversèrent plusieurs grands salons au rez-de-chaussée, avant d'arriver dans un hall où trônaient majestueusement deux escaliers gigantesques qui menaient aux étages. Sophie se dit que le manoir devait être immense. Sa rénovation était parfaite. Décidément, l'Ordre disposait de moyens financiers illimités. Ils parcoururent le hall jusqu'à un petit boudoir dans lequel se trouvait un ascenseur. Philip tapa un code sur le clavier et présenta sa main sur le dispositif de reconnaissance d'empreintes digitales. La porte s'ouvrit. Ils montèrent dans l'ascenseur, où Philip tapa un nouveau code. L'ascenseur se mit en mouvement. Sophie comprit que celui-ci descendait dans les sous-sols du manoir. Quelques secondes plus tard, la porte s'ouvrit, laissant apparaître un couloir ultramoderne. Précédée de Philip, Sophie pénétra dans un complexe de plusieurs centaines de mètres carrés où travaillaient plusieurs dizaines de personnes. Un homme en costume sombre vint à leur rencontre.

— Bonjour maître, soyez le bienvenu.

— Sophie, je vous présente Adam Floyd, le secrétaire général de l'Ordre.

L'homme était grand et très distingué. Vraisemblablement britannique, si l'on en croyait son accent. Il semblait vouer une admiration sans limites à Philip Stern.

— Monsieur Floyd, voici Sophie Hoff, dont je vous ai déjà parlé. Elle m'assistera pendant toute cette affaire. Je vous demande de veiller à ce qu'elle soit considérée par tous comme l'une des nôtres. Je souhaite qu'elle siège à mes côtés avec le grade 2.

— Ce sera fait immédiatement, maître.

Sophie ne comprit rien de leur conversation. Elle pénétrait dans un monde de plus en plus obscur. Elle mesurait la confiance que son patron plaçait en elle mais n'arrivait pas à maîtriser sa peur face à tout ce qu'elle découvrait.

Tandis qu'ils suivaient Floyd au travers du complexe souterrain du manoir, Philip s'adressa à Sophie.

— C'est ici que se trouve le siège de l'Ordre du Cercle. Toutes nos activités sont pilotées depuis ce sous-sol. Plusieurs centaines de disciples y travaillent chaque jour. Nous assurons le lien entre tous les membres et nous coordonnons les déplacements des messagers. Les activités financières de l'Ordre sont gérées depuis notre salle des marchés. Nos propriétés du monde entier sont toutes administrées par notre division immobilière. Et jusqu'à ce jour, nous protégions le Cercle. Malheureusement, une faille dans notre système de sécurité a fait que l'emplacement du Cercle a été découvert.

Floyd comprit que cette dernière remarque s'adressait directement à lui. Visiblement, il avait failli dans sa mission. Un membre de l'Ordre avait dû communiquer une infime information qui avait permis la découverte du Cercle et son utilisation. Il trouverait le responsable.

— Notre système de sécurité et nos procédures ont été renforcés depuis. Nos équipes recherchent la faille, maître.

Sophie comprit que celui ou celle à l'origine de la catastrophe provoquée par la découverte du Cercle aurait de gros problèmes. L'Ordre ne plaisantait pas avec sa mission. Il n'avait jamais failli en cinq siècles.

Ils poursuivirent leur visite du complexe. Plus ils parcouraient les différentes salles, plus Sophie mesurait l'étendue du pouvoir de l'Ordre, dont les membres devaient être très nombreux et présents dans tous les pays et toutes les couches de la population, tels des agents dormants. Ils arrivèrent devant une porte blindée. Floyd ouvrit celle-ci et Sophie découvrit une salle gigantesque, qui ressemblait aux salles de contrôle des sites de lancement de la NASA que l'on voyait dans les films de science-fiction.

— Voici notre poste de commandement.

Une cinquantaine de personnes s'affairaient derrière des dizaines d'écrans. Philip se dirigea vers l'estrade centrale. Dès qu'il entra dans la salle, les disciples cessèrent leur travail et se levèrent. Il s'approcha du pupitre. Sophie et Floyd restèrent en retrait.

— Mes chers amis, comme vous le savez, le Cercle est réapparu il y a quelques jours. La prophétie de Léonard de Vinci est en marche. Quelqu'un l'a découvert et a décidé de s'en servir contre l'humanité tout entière. Rappelons-nous ce qui s'est passé ici même à Amboise en 1516 lorsque Léonard de Vinci fit sortir le Cercle de ces murs. Le chaos a envahi cette ville, les gens se sont mis à vivre dans la peur de leurs voisins, de leurs parents, de leurs enfants. Ils ont fini par se cloîtrer chez eux, refusant tout contact extérieur, terrorisés par cette invention prodigieuse mais tellement destructrice. Conformément aux règles de l'Ordre, j'ai envoyé les messagers chercher les six disciples afin de les réunir ici avec leur parchemin. Ils arriveront à Amboise dans quelques jours. Nous saurons alors ce que nous étions censés protéger depuis cinq cents ans. Puis nous devrons découvrir qui possède le Cercle afin de le lui reprendre et de le faire disparaître à nouveau. Car moi-même, j'ignore ce qu'est le Cercle. Je sais simplement qu'il existe et que nous devons le protéger, quel qu'en soit le coût. Je demande à chacun d'entre vous de mettre sa vie au service de cette croisade. Que Dieu nous protège !

Sophie sentit son corps se glacer.

Philip descendit de l'estrade. Les disciples s'étaient déjà tous remis au travail.

— Vous pouvez compter sur le dévouement de chacun d'entre nous, maître, dit Floyd en s'approchant de lui. Je viens d'obtenir un rapport sur la progression des six messagers. Après votre départ de Lausanne, ils ont tous rejoint sans encombre les différents aéroports et gares prévus. À cette heure précise, le premier messager est dans l'avion entre New York et Madison, le deuxième se posera à São Paulo dans deux heures, quant au troisième, il est arrivé à Doha dans la nuit. Il prendra contact avec son disciple dans trois heures. Le quatrième messager est toujours dans l'avion pour Shanghai. Le cinquième est arrivé à Cracovie hier soir. Le contact avec son disciple est prévu dans une heure. Enfin, le sixième messager atterrira à Saint-Louis du Sénégal dans trois heures.

— Merci monsieur Floyd, répondit Philip. Je veux un rapport toutes les heures. Je serai dans mon bureau.

— Bien, maître.

— Suivez-moi, dit Philip à Sophie, nous avons du travail.

Ils quittèrent Floyd et empruntèrent un long couloir situé sur la gauche de la salle de commandement. Au bout de celui-ci se trouvait un nouvel ascenseur, qui les mena dans un grand bureau dont les fenêtres dominaient tout le parc du manoir. Sophie contempla la pièce. Elle semblait avoir été meublée et décorée il y a très longtemps. Seuls un ordinateur et un téléphone dernier cri rappelaient que nous étions en 2012.

— Voici le bureau de Léonard de Vinci, Sophie. Tel qu'il était il y a cinq siècles ! Seule l'électricité a été ajoutée afin de le doter des moyens de communication d'aujourd'hui. C'est là que nous allons travailler à récupérer le Cercle avant qu'il ne soit trop tard.

Sophie était restée à l'entrée du bureau sans bouger. Elle avait senti la porte de l'ascenseur se refermer derrière elle. Elle était comme paralysée.

— Bien, maître, lui répondit-elle.

L'intonation de sa voix la surprit elle-même. Philip Stern lui sourit. Il avait toujours su qu'il avait fait le bon choix avec Sophie.

New York

Mark Zuckerberg terminait sa deuxième tasse de café lorsque l'on sonna à l'entrée de sa suite. Il était 7 h 20 et sa garde rapprochée était parfaitement à l'heure. Le majordome alla ouvrir et fit entrer ses collaborateurs, menés par John Eisenstein, son avocat et son ami depuis Harvard.

— Bonjour Mark, dit John en entrant, suivi par les six membres de son staff chargés de l'introduction en Bourse.

Figli et Aymes étaient restés à Palo Alto pour superviser l'ensemble depuis le siège. La vidéoconférence entre les deux équipes était prévue dans dix minutes.

L'équipe dirigée par Aymes était déjà dans la salle du conseil lorsque Figli entra. Ils se levèrent et saluèrent le vice-président. Figli s'assit à sa place habituelle puis Helen annonça le début de la connexion.

— Bonjour à tous, commença Mark Zuckerberg depuis New York.

— Bonjour Mark, bonjour John, répondit Figli.

— Bonjour monsieur le président, dit à son tour Aymes.

Puis, il enchaîna :

— Monsieur le président, la séance s'ouvrira au NYSE à 9 heures, heure de New York. C'est vous qui actionnerez la cloche devant un parterre de journalistes et d'analystes financiers venus du monde entier. L'action sera introduite à un cours de 55 dollars. Le document financier validé par la SEC a été envoyé à l'ensemble des institutions financières et médias qui nous en ont fait la demande. Nous en avons diffusé plus de 500 000 à ce jour, ce qui est exceptionnel. Une fois la séance ouverte, vous disposerez en temps réel de l'évolution du cours de l'action sur votre portable. Le service informatique vous a développé une application dédiée et sécurisée qui a été téléchargée ce matin sur votre téléphone.

Aymes s'arrêta quelques instants afin de présenter un graphique illustrant l'évolution prévisionnelle du cours de l'action dans la journée. Figli sourit à la vue de celle-ci. En effet, les équipes d'Aymes avaient simulé la progression du cours de l'action de Facebook sur cette première journée pour atteindre 120 dollars à la clôture. Il se rappelait les prévisions que Clifford lui avait présentées quelques minutes plus tôt avec un cours culminant à 200 dollars à la fin de la séance. Mais les équipes d'Aymes ne disposaient pas des mêmes données que Clifford et ignoraient notamment celles relatives à l'influence de l'Ordre de Salai sur les évènements à venir.

— La courbe qui vous est présentée maintenant vous permet de voir la simulation d'évolution du cours de l'action au cours de la journée, reprit Aymes. Comme vous le constaterez, avant d'atteindre un cours de 120 dollars à la clôture, l'action effectuera trois paliers à 70, 90 et 100 dollars. Chaque palier correspond à un plafond de progression. Lorsque ce plafond est atteint, les investisseurs à court terme pensent que le cours est à son plus haut niveau de la journée. Ceux qui ont acheté à 55 dollars vont commencer à vendre à 70 dollars afin d'empocher leur gain du jour. Afin d'enrayer le mouvement de revente et reprendre une tendance à la hausse, il sera essentiel de communiquer à chaque fois qu'un plafond se matérialise. Nous vous avons préparé avec la direction de la communication un planning d'interventions dans la journée. Celui-ci mêle conférences de presse, actions sur les réseaux sociaux et communiqués. À chaque palier, l'objectif est le même : redonner confiance aux investisseurs dans le fait que la hausse du cours de l'action va se poursuivre et que son plus haut niveau est à venir. La clé du succès de cette journée est notre réactivité.

Les deux équipes avaient écouté avec attention la présentation du directeur général. Chacun avait le nez plongé dans son dossier, qui détaillait l'ensemble de la stratégie d'Aymes.

— Merci, monsieur le directeur général, intervint Mark. Je vois que chacun est prêt pour cette journée. J'espère être à la hauteur de ce que vous me demandez, dit-il avec un petit sourire entendu.

Tous savaient que s'il y avait un domaine dans lequel leur président excellait, c'était la communication et l'anticipation. Personne ne doutait qu'il serait à la hauteur, voire au-delà.

— Salvatore, reprit Mark, je vous laisse les clés de la maison, dit-il en se levant.

Il était 8 h 20, heure de New York. L'hélicoptère qui devait emmener Mark au New York Stock Exchange venait de se poser sur le toit de l'hôtel. Son assistante lui fit signe. La communication vidéo s'interrompit. Figli se leva et s'adressa à chacun en quittant la salle du conseil :

— Au travail, le compte à rebours vient de commencer !

Il se dirigea vers son ascenseur privé tandis qu'Aymes et ses équipes rejoignaient la direction générale, qui servait de QG pour le suivi des opérations.

Cracovie

Eric, le cinquième messager, était arrivé en début de soirée. Son avion s'était posé à l'aéroport de Cracovie peu avant 20 heures. Il avait rejoint directement son hôtel, situé en centre-ville. Le contact avec Helena Dvorski ne devait avoir lieu que le lendemain matin. Eric avait donc profité de la soirée pour repérer les lieux et s'assurer qu'aucun incident ne viendrait compromettre son rendez-vous. Tout au long de son voyage depuis Lausanne, il s'était assuré de ne pas être suivi ni repéré par un comportement singulier. Eric, qui était Français par son père et Polonais par sa mère, était entré dans l'Ordre du Cercle plus de dix ans auparavant. Son oncle, membre de longue date, avait vu en lui, alors qu'il n'avait que 25 ans, les qualités de confiance, de discrétion et d'efficacité que recherchait l'Ordre. Il s'en souvenait comme si c'était hier, même si son entrée dans l'Ordre avait pris de longs mois. Chauffeur de poids lourds, il venait d'intégrer l'entreprise Dubois-Transport à Limoges, lorsque son oncle l'avait invité à dîner un soir de décembre. Il avait perdu son père très jeune et son oncle s'était toujours occupé de lui, sans jamais vouloir remplacer ce père trop tôt disparu. Ce soir-là, la conversation avait tourné comme souvent autour de la portée des grands évènements historiques et de l'actualité politique de l'époque. Son oncle était un passionné d'histoire qui n'hésitait jamais à partager avec lui son point de vue sur les évènements présents ou passés. Mais cette soirée avait été différente. Ils n'avaient parlé que de Léonard de Vinci, de son œuvre, de son époque et de son héritage. Nombre de ses inventions avaient donné naissance à des innovations technologiques que l'on utilisait encore aujourd'hui. Eric avait bien senti que cette soirée était différente, mais il n'avait pas mesuré la portée de celle-ci sur son avenir. Il s'était montré très intéressé - plus que son oncle l'avait pensé - par cette période et surtout par l'homme, inventeur et chercheur génial, dont il connaissait en fait peu de choses. Plusieurs soirées avaient suivi celle-ci, toujours autour du même thème, jusqu'à cette nuit du 12 mai 2002 où, avec l'accord des membres, son oncle lui avait révélé l'existence de l'Ordre du Cercle, son objectif et le rôle qui était le sien - il était chargé de la coordination des messagers à travers le monde, lui qui était enseignant en primaire depuis trente ans. Eric avait marqué sa surprise à l'annonce de la double vie de son oncle, mais sans plus. Il vouait une telle admiration à cet homme qui l'aimait comme son fils, alors qu'il était marié et avait ses propres enfants, un fils et une fille avec qui il s'entendait bien par ailleurs. Il avait continué à l'écouter lui raconter l'importance de l'Ordre et son rôle secret dans le monde : la protection du Cercle. Puis son oncle lui avait posé une question.

— Eric, j'ai une grande confiance en toi. Comme tu peux l'imaginer, personne n'est au courant de mon activité au sein de l'Ordre. Pas même Agathe, ma femme, ou ton cousin et ta cousine. Cela dure depuis vingt ans et doit rester ainsi.

Eric avait conscience de l'énorme secret que venait de lui dévoiler son oncle. Cet homme de petite taille, enseignant par vocation, père attentionné de deux enfants et mari fidèle d'Agathe depuis toujours, était membre d'une société secrète qui protégeait une invention de Léonard de Vinci depuis cinq cents ans !

Son oncle poursuivit :

— Veux-tu rejoindre l'Ordre, Eric ?

La question était tombée, nette, sans équivoque. Comme la réponse d'Eric.

— Si tu m'en crois capable, je serai à tes côtés, comme tu l'es depuis tant d'années pour moi. Mais en quoi pourrais-je t'être utile ?

Eric s'entendit prononcer ces mots comme s'il ne pouvait les retenir. Son oncle avait été auprès de lui depuis sa plus jeune enfance, dans les moments difficiles comme dans les moments de joie. Aujourd'hui, si son oncle avait besoin de lui, bien sûr qu'il serait là à son tour !

— Tu seras utile à l'Ordre, lui avait-il répondu.

Depuis cette soirée, Eric avait franchi avec son oncle toutes les étapes préalables à son entrée dans l'Ordre. Puis il était devenu l'un des messagers qui assuraient la communication entre les membres partout dans le monde. Leur rôle était capital, car ils permettaient à l'Ordre du Cercle de communiquer et d'agir en tout point du globe sans jamais recourir aux moyens de communication modernes, qui étaient tous surveillés. C'était grâce à ce moyen utilisé par les Grecs à Marathon que l'Ordre était resté dans l'ombre depuis cinq cents ans et avait protégé le Cercle jusqu'à tout récemment. Son métier de chauffeur routier l'avait bien aidé dans sa tâche, car il se déplaçait tout le temps pour effectuer ses livraisons et pouvait en même temps assurer les missions de l'Ordre.

Et aujourd'hui, il avait été choisi avec cinq autres parmi tous les messagers de l'Ordre pour rassembler les six disciples à Amboise. Cette marque de confiance l'honorait et pour rien au monde il ne faillirait dans cette mission si importante. Car il le savait, depuis la création de l'Ordre du Cercle il y a cinq siècles, jamais les six disciples n'avaient été réunis. C'est en pensant à tout ce chemin parcouru depuis le soir où son oncle lui avait parlé de l'Ordre qu'il s'endormit sur son lit, bercé par le bruit des rues de Cracovie qui pénétraient dans sa chambre par la fenêtre entrouverte.

New York

Mark Zuckerberg s'engouffra dans l'hélicoptère qui l'attendait sur le toit de son hôtel. Dans moins de dix minutes, il serait sur l'héliport du New York Stock Exchange, la Bourse de New York. Il était 8 h 40. Tout se déroulait comme prévu. L'hélicoptère décolla et prit immédiatement de l'altitude. Mark profita d'un spectacle unique. Le soleil matinal de septembre baignait tout Manhattan se reflétant dans la myriade de buildings tournée vers le ciel. Il survola Central Park vers le sud jusqu'à apercevoir l'Empire State Building dressé devant lui. L'hélicoptère passa au-dessus du MoMA, de la cathédrale Saint-Patrick, et de la Trump Tower. Arrivé au-dessus de l'Empire State, il obliqua vers Ground Zero au sud de l'île. Bientôt Wall Street fut en vue sur sa gauche. Il se posa une minute après. John Eisenstein l'attendait déjà. Il sortit de l'hélicoptère et se dirigea, suivi par John et le Patron du NYSE, vers un ascenseur qui les mena directement dans l'antre de la finance internationale. La salle des marchés fourmillait déjà de dizaines d'opérateurs boursiers, prêts pour une nouvelle journée de stress et d'adrénaline. Lorsque Mark Zuckerberg pénétra dans la salle, tout ce petit monde s'arrêta instantanément et l'applaudit chaleureusement. Mark découvrit que la salle où il allait sonner l'ouverture de la séance avait été entièrement décorée aux couleurs et logos de Facebook. Des dizaines de journalistes accrédités pour l'occasion étaient debout à la droite de l'estrade où l'ouverture allait être lancée. De l'autre côté de celle-ci se trouvaient les caméras de télévision du monde entier. Cet évènement allait être retransmis en direct dans plus de cent pays et l'entrée en Bourse de Facebook serait relayée toute la journée sur les chaînes d'information en continu.

Il était 8 h 50. Le patron du NYSE proposa à Mark de le suivre jusque sur l'estrade où se trouvait la cloche en or qui ouvrait et clôturait les séances boursières de New York depuis plus d'un siècle. De nombreux patrons et capitaines d'industrie avaient gravi ces marches avant lui, pensait Mark Zuckerberg en s'avançant vers l'estrade. Certains y avaient connu d'énormes succès, d'autres de cuisantes déconvenues. Au pied de l'estrade, Mark s'arrêta un instant et eut une pensée pour tous ceux qui, le jeudi noir de 1929, se trouvaient à cet endroit. Puis il accéda à l'estrade et rejoignit le patron du New York Stock Exchange et ses employés qui l'entouraient. Il était 8 h 59. Un décompte se mit en marche, égrainant les secondes jusqu'à 9 heures. À cet instant précis, Mark Zuckerberg fit retentir la cloche. La séance du 10 septembre 2012 était ouverte. Facebook faisait son entrée en Bourse.

Amboise

Philip Stern lisait le *Times*. Sophie, assise à ses côtés, vérifiait sur Internet qu'aucun fait divers nouveau ne s'était produit depuis leur arrivée à Amboise. On frappa à la porte du bureau.

— Entrez, dit Philip en levant la tête.

Floyd pénétra dans la pièce et lui tendit le rapport qu'il attendait.

— Voici le rapport des six messagers, maître.

— Merci Floyd.

— Le premier messager est arrivé à Madison il y a trois heures maintenant. Son contact avec Emilie Page est prévu demain en fin de matinée. Le deuxième messager s'est posé à São Paulo il y a deux heures. Il rejoint actuellement son hôtel. Il contactera Enrique Alvares en début de matinée demain. Le troisième est à Doha depuis hier. Il a localisé Mohamed Al-Khalifa ce soir. Le quatrième arrivera à Shanghai dans cinq heures, l'avion a eu du retard en raison de mauvaises conditions météo. Le cinquième est installé dans son hôtel de Cracovie. Contact avec Helena Dvorski prévu demain dans la matinée. Enfin, le sixième vient de se poser à l'aéroport. Le contact avec Boubacar Diop est prévu demain matin.

Philip écouta attentivement Floyd tout en parcourant le rapport détaillé qui lui avait été remis.

— Pas de mouvement hostile particulier détecté depuis le départ des messagers ?

Philip était très inquiet pour la sécurité de l'opération de regroupement des disciples. En effet, quelqu'un avait réussi à percer le secret de l'emplacement du Cercle qui avait été parfaitement gardé jusqu'à aujourd'hui. Peut-être avait-il connaissance de l'existence de l'Ordre et surveillait-il ses activités ?

— Nous avons renforcé toutes nos procédures depuis la découverte du Cercle, maître. Pour l'instant, nous n'avons détecté aucun fait particulier concernant la mission de regroupement. Mais nous restons en alerte permanente. Nous ne sommes qu'au début de cette opération.

Philip dut se satisfaire de cette réponse. Bien sûr, chacun faisait de son mieux et était très vigilant. Toutefois, le Cercle avait été découvert. Et il ne savait pas comment ni à quel point l'Ordre était en cause dans ce désastre. Alors aucune des garanties de Floyd ne le rassura.

— Et de votre côté, Sophie ?

— Aucun fait nouveau depuis celui de Buenos Aires. Toutefois, les décès qui vous ont alertés ont tous été reconnus comme des morts accidentelles. Il se peut que d'autres cas similaires se soient produits sans que la presse locale en ait parlé. Des décès par accident ont lieu quotidiennement.

C'est bien là le problème, se dit Philip. Bien qu'accidentelles en apparence, ces morts étaient bien l'œuvre du Cercle. La lettre reçue par chacun des défunts en témoignait.

— J'attends votre prochain rapport, dit Philip à Floyd.

Floyd prit congé de Philip et Sophie et retourna au poste de commandement.

— Je comprends votre inquiétude, Philip, mais Floyd ne laissera rien au hasard, dit Sophie.

— Je l'espère, Sophie, je l'espère.

C'était la première fois qu'il doutait de l'efficacité et de la loyauté des disciples de l'Ordre. La réapparition du Cercle avait jeté le trouble chez tous les membres. Chacun se posait la même question : était-il possible qu'un ou plusieurs d'entre eux aient trahi l'engagement qu'ils avaient pris en entrant dans l'Ordre du Cercle, ou sa réapparition était-elle due à autre chose ? Philip se dit qu'il lui fallait répondre au plus vite à cette question sans quoi la sécurité et l'efficacité de l'Ordre risqueraient d'être anéanties de l'intérieur.

— Sophie, je vais avoir besoin de vous une fois encore. Vous savez que je ne peux confier cette mission à aucun des nôtres.

Sophie comprit le message de Philip. Celui-ci se servit une nouvelle tasse de café, pensant à ce qu'avait ressenti Léonard de Vinci dans ce même bureau cinq cents ans plus tôt lorsqu'il avait pris conscience de la portée de sa découverte.

— Je sais ce que vous attendez de moi, Philip. Et je comprends que vous ne puissiez confier ceci à aucun membre de l'Ordre. Mais découvrir comment le Cercle est réapparu et à cause de qui ne sera pas chose aisée, lui dit-elle. Quant à y arriver rapidement, ce sera très difficile. Ceux qui ont réussi cet exploit doivent être puissants, posséder des moyens très importants et faire partie d'une organisation au moins aussi secrète que la vôtre. Ils ne doivent pas avoir d'existence numérique, et disposent sûrement d'équipes capables de ne laisser aucune trace de leurs actes. Rechercher leurs traces informatiques ne mènera donc à rien.

— Comment pensez-vous procéder ?

— Je ne vois qu'une solution : remonter en 1516, au moment où Léonard de Vinci a décidé de soustraire sa découverte au monde et où il a demandé à Melzi de créer l'Ordre du Cercle.

Philip Stern lui lança un regard incrédule.

— Je vous demande pardon ? dit-il.

— Pour créer son Ordre, Melzi a dû s'appuyer sur les forces de l'époque qui partageaient ses valeurs. Des forces déjà organisées et pour qui préserver l'humanité du fléau et des ténèbres engendrés par le Cercle était essentiel.

Sophie marqua un temps d'arrêt et reprit :

— Seule l'Église a pu l'aider à accomplir sa mission. Il doit donc y avoir des traces de cette période et des forces qui s'y sont opposées dans…

— Dans les archives du Vatican ? coupa Philip.

— Non, je ne pense pas. La bibliothèque du Vatican a été très bien décrite dans un ouvrage romanesque mais plutôt bien documenté, il y a quelques années. Elle réunit certes les manuscrits les plus précieux au monde, mais sûrement pas ce que nous cherchons. Ce que nous cherchons doit se trouver dans les archives personnelles des papes, qui sont regroupées et conservées à la fin de chaque pontificat. Il faut que nous puissions accéder à celles de Léon X, pape en 1516.

Philip, sous le coup de l'analyse et des connaissances de Sophie, se leva.

— Suivez-moi ! dit-il.

Palo Alto

La séance de New York était ouverte depuis deux heures. Quelques heures plus tard, ce serait au tour des Bourses européennes et asiatiques. L'entrée en Bourse de Facebook allait devenir mondiale d'ici la mi-journée.

Salvatore Figli était dans son bureau. Il avait allumé son mur de télévisions afin d'avoir en simultané toutes les chaînes d'information en continu. Sur ses écrans d'ordinateur s'affichaient, d'un côté, l'évolution du cours de l'action depuis l'ouverture de la séance à New York, de l'autre, un diagramme des gains réalisés par l'entreprise en temps réel. Des écrans étaient prévus également pour suivre le cours de l'action dans la journée sur les autres places boursières.

Figli était assis de façon à pouvoir prendre connaissance de l'ensemble des informations en un seul regard.

Le plan de communication élaboré fonctionnait à merveille. Toutes les télévisions du monde avaient ouvert leurs journaux de la matinée sur l'entrée en Bourse du premier réseau social au monde. La scène d'ouverture par Mark dans la salle des marchés aux couleurs de l'entreprise passait en boucle. Les analystes financiers étaient très positifs quant au fait d'acheter des actions Facebook, surtout depuis l'annonce par Mark de la mise en place d'un accès à Internet gratuit par satellite pour les pays pauvres.

Quant au cours de l'action, en deux heures, il était passé de 55 dollars à près de 62 dollars rien qu'à New York. Plus de 10 % en deux heures !

Figli savoura son café et s'enfonça un peu plus dans son fauteuil.

— Et ce n'est que le début, dit-il à voix haute.

À New York, Mark Zuckerberg et son équipe disposaient des mêmes informations. Mark, comme à son habitude, restait prudent et calme. Mais, même si la journée ne faisait que commencer, les membres de son équipe avaient du mal à contenir leurs émotions. Tout leur travail allait être récompensé.

Amboise

Philip et Sophie avaient quitté le bureau de Léonard de Vinci par l'ascenseur qu'ils avaient emprunté à leur arrivée. Ils se dirigeaient de nouveau vers le poste de commandement. Après y avoir pénétré, ils aperçurent Floyd et entrèrent dans le deuxième bureau de Philip, où il disposait d'un central de communication crypté qu'il n'utilisait que dans les urgences absolues. Et démasquer qui était à l'origine de la découverte du Cercle et comment il y était parvenu en était une.

Il s'assit à son bureau. Sophie resta debout devant lui. Il décrocha le téléphone, composa un numéro à dix chiffres et patienta quelques secondes.

— Bonjour, monseigneur, Philip Stern à l'appareil.

— Bonjour, cher ami, lui répondit son interlocuteur.

— Je fais face à une situation que je ne peux vous décrire par téléphone. J'aurais besoin de vous rencontrer avec mon assistante sans délai. Je sais que votre charge est immense, mais notre entrevue est de la plus haute importance.

Monseigneur Philippe Barbarin, primat des Gaules, connaissait Philip Stern depuis quelques années. Ils s'étaient rencontrés lorsque l'Église de France, dont il était déjà un haut dignitaire, avait eu besoin des services d'un cabinet d'avocats efficace et discret afin de négocier avec l'État français un accord confidentiel excluant les biens de l'Église d'un projet de loi visant à renforcer la taxation des biens immobiliers des personnes morales. Le cabinet Stern-Finkelstein, réputé pour son efficacité dans ce domaine, lui avait été conseillé. L'opération avait été parfaitement menée et les deux hommes étaient restés en contact depuis, car ils s'étaient découvert des affinités spirituelles et personnelles.

Monseigneur Barbarin savait que Philip Stern ne l'aurait pas dérangé ainsi si ce n'était pas très important. Le ton de Philip avait d'ailleurs alerté l'homme d'Église et il avait ressenti l'urgence de sa demande.

— Retrouvons-nous demain, à Lyon, chez moi, lui répondit-il.

— À demain, monseigneur, dit Philip après avoir noté l'heure proposée et le lieu.

— À demain, cher ami.

Philip raccrocha et appela Floyd, qui entra immédiatement dans le bureau.

— Nous partirons pour Lyon demain en début d'après-midi. Pouvez-vous faire le nécessaire, monsieur Floyd, pour que notre avion soit prêt pour 14 heures ? Nous serons de retour demain soir.

— Bien sûr, maître, tout sera prêt, dit Floyd avant de se retirer.

Philip regarda Sophie, qui était demeurée silencieuse depuis le début de la conversation téléphonique.

— Monseigneur Barbarin, évêque de Lyon et primat des Gaules, est l'un de mes amis. Il ne fait pas partie de l'Ordre et n'en connaît pas l'existence, mais c'est un homme de confiance, très proche du pape Benoît et qui doit pouvoir nous renseigner au moins sur la possibilité de consulter les archives de Léon X. Nous le rencontrons demain à Lyon.

— Comment allez-vous faire pour lui parler du danger du Cercle sans mentionner l'Ordre et ceux qui l'ont découvert ?

— Je n'en sais rien, Sophie, absolument rien…

Philip referma le dernier rapport de progression des messagers que lui avait remis Floyd lorsqu'il était entré dans le bureau. Il l'avait lu en même temps qu'il parlait avec Sophie. Tout se déroulait comme prévu.

— Allons déjeuner, Sophie. Bernadette a dû encore faire des merveilles.

Ils sortirent du bureau et se dirigèrent vers le hall principal pour rejoindre la salle à manger du manoir.

New York

Il était 17 heures. Comme prévu, le cours de l'action avait observé plusieurs paliers. Le premier avait eu lieu à 11 h 45 lorsque l'action approchait les 70 dollars. Mark était alors intervenu en conférence de presse pour relancer le cours, insistant sur l'entrée au capital dès l'ouverture d'investisseurs institutionnels et des principaux fonds de pension américains. Son allocution avait produit son effet ; le cours était reparti à la hausse. Le deuxième palier était arrivé vers 15 h 15. L'action avait atteint un niveau de 92 dollars. Mark avait alors publié un communiqué de presse sur les effets à venir de l'ouverture des places européennes, que son équipe avait diffusé en direct sur Facebook et Twitter. Le palier avait duré près de quarante minutes avec même un début de baisse. Mais les premiers résultats des places européennes avaient relancé le cours, qui était reparti vers le sommet. Le dernier palier de la journée s'était produit il y avait moins d'une demi-heure. Le cours venait de dépasser les 100 dollars. Le risque de voir un grand nombre d'investisseurs tentés par la revente alors que le cours avait presque doublé était très important. Les équipes de Mark Zuckerberg décidèrent d'annoncer que l'ensemble des actions mises sur le marché depuis le début de la séance de New York avait été acheté depuis la mi-journée. Cinquante-deux pour cent du capital de l'entreprise étaient désormais détenus par des investisseurs, dont la moitié était de petits épargnants. Et ces petits porteurs avaient vu leur portefeuille d'actions Facebook doubler en valeur depuis le début de la journée. « Le meilleur placement depuis très longtemps », soulignait le dernier communiqué de presse. Cette information avait été reprise en boucle sur les chaînes d'information en continu. Et l'action Facebook avait repris son ascension. À 17 heures, elle avait dépassé les 105 dollars. À moins d'une heure de la clôture, son cours grimpait encore, dans des proportions plus rapides qu'en début de journée. Les équipes de Mark et du directeur général à New York et Palo Alto étaient stupéfaites. Figli suivait cette fin de première séance avec intérêt. L'intervention en fin de journée des membres de l'Ordre de Salai produisait son effet. Le cours allait encore grimper pour dépasser les 200 dollars à la clôture. Comme l'avait simulé Clifford. Les ordres d'achats massifs des membres de l'Ordre à partir de 16 heures avaient dopé le cours plus fortement que pendant la journée. Cela avait provoqué comme prévu une surenchère des investisseurs. En moins d'une heure, les membres de l'Ordre, profitant de cette surenchère, avaient revendu leurs actions, empochant au passage près de 15 % de plus-value. *D'ici une heure, le premier objectif sera atteint*, se dit Figli, confortablement installé dans l'un des canapés du salon de son bureau. Il allait s'autoriser un verre de Lagavulin, son whisky préféré.

À 17 h 58, le cours de l'action était de 202 dollars à New York. Elle cotait plus de 200 dollars sur les autres places financières européennes. L'ouverture des Bourses asiatiques laissait présager le même succès dans cette autre partie du monde. Le succès de l'introduction de Facebook avait tiré vers le haut les indices boursiers des différentes places financières mondiales. Les valeurs technologiques avaient toutes profité de l'engouement des investisseurs pour le premier réseau social du monde. Elles allaient clôturer en hausse. Les journalistes étaient revenus au pied de l'estrade et les caméras de télévision étaient toutes braquées sur

Mark Zuckerberg, qui était de nouveau présent pour clôturer la séance. Il gravit une fois encore les marches menant à l'estrade, accompagné du patron du NYSE. Tous deux semblaient très satisfaits. À 17 h 59, le compte à rebours d'une minute se déclencha comme le matin. À 18 heures, heure de New York, Mark actionna la cloche qui sonna la clôture. L'action de Facebook termina sa journée à 204 dollars. Facebook, qui avait été valorisé à 150 milliards de dollars avant sa mise sur le marché, venait de quadrupler sa valeur. L'entreprise généra sur une seule journée plus de 290 milliards de dollars de cash. Mark Zuckerberg devint l'homme le plus riche de la planète.

— Mais tu as perdu plus de la majorité du capital de ton entreprise, désormais dans les mains d'investisseurs et petits porteurs obsédés par la rentabilité future de leur dernier investissement, déclara Figli à voix haute, avant de terminer d'un trait son verre de whisky.

CHAPITRE 17

11 septembre 2012

Cracovie

Eric se leva à 6 heures, prit une douche froide, comme chaque matin, puis sortit de sa chambre. Il traversa le hall encore désert de son hôtel, salua le gardien de nuit dont le service se terminait dans une heure et remonta le boulevard jusqu'à un café, où il prit son petit-déjeuner. Il s'attarda à la terrasse jusqu'à 7 heures. Les rues de Cracovie au petit matin étaient très calmes. L'air était frais, mais la journée s'annonçait plutôt ensoleillée. *Un bon point*, se dit-il.

Helena Dvorski arrêta l'alarme de son réveil mais décida de rester au lit encore un peu. Elle était de repos et n'avait rien prévu ce matin-là. Elle se retourna et se rendormit aussitôt. Il était 7 h 30 et elle était bien décidée à faire la grasse matinée. Infirmière à l'hôpital central de Cracovie, Helena avait travaillé toute la semaine sans discontinuer et avait bien besoin de cette journée de repos. Le service postopératoire dans lequel elle exerçait depuis plus de dix ans demandait beaucoup de concentration et de vigilance. Elle avait toujours voulu être infirmière et adorait son métier, mais un jour de repos était un jour de repos. À 39 ans, les journées lui semblaient plus longues et dures qu'à ses débuts. Elle était célibataire, car sa profession n'était pas vraiment compatible avec une vie de famille. Elle avait bien eu quelques amis, mais cela n'avait jamais duré, son métier exigeant ayant toujours eu raison de son couple. Mais elle ne se plaignait pas. Elle possédait son appartement en centre-ville, gagnait confortablement sa vie et pouvait librement s'adonner à sa deuxième passion après son métier : la collection de livres anciens. Cette passion lui venait de sa grand-mère, qui l'avait initiée aux ouvrages anciens lorsqu'elle était petite fille. À sa mort, elle lui avait fait don de sa collection, qui comprenait notamment une bible de Gutenberg dont la valeur était inestimable. Elle conservait celle-ci dans un coffre ancien dont elle portait toujours la clé sur elle. Sa grand-mère la lui avait remise quelques jours avant de mourir. Elle se souvenait de ses mots le jour où elle lui avait offert cette bible magnifique.

— Ma chérie, j'ai essayé de te transmettre mon amour pour les livres anciens depuis que tu sais lire. J'espère y être parvenue. C'est pourquoi j'ai pris des dispositions pour que ma collection unique te revienne le jour où…

— Grand-mère, l'avait-elle coupé, ce jour n'est pas encore arrivé, lui avait-elle dit des larmes plein les yeux.

— Il sera bientôt là, et tu le sais. Ma collection te reviendra. Prends-en le plus grand soin.

Puis elle avait enlevé le collier qu'elle ne quittait jamais et au bout duquel se trouvait une clé et le lui avait tendu.

— Il te revient maintenant, Helena. Ne le quitte jamais, comme je ne l'ai jamais quitté. Et promets-moi une chose.

— Oui, grand-mère.

— Ne te sépare jamais de la bible de Gutenberg et de son coffre, quelles que soient les offres qui te seront faites.

— Je te le promets.

Helena avait pris le collier et l'avait passé autour de son cou.

— Cette clé, avait repris sa grand-mère, ouvre le coffre contenant la bible de Gutenberg, mais aussi un autre objet bien plus précieux encore. Je ne l'ai jamais vu, ma mère non plus, mais elle me l'a dit comme je te le dis aujourd'hui.

Helena avait regardé sa grand-mère puis le collier qu'elle portait.

— Cette bible et cette clé sont dans notre famille depuis plusieurs centaines d'années. Elles sont transmises de mères en filles ou de grands-mères en petites-filles depuis des siècles.

Helena découvrait cette histoire pour la première fois. Jamais sa grand-mère ne lui en avait parlé bien qu'elles aient toujours été très proches. Pour elle, cette clé ouvrait le coffre de la bible qu'elles avaient parcourue si souvent ensemble.

— C'est à ton tour de conserver la clé. Puis tu devras choisir quelqu'un à qui la transmettre le jour où tu sentiras que ta vie se termine.

— Mais qu'est-elle censée ouvrir d'autre que le coffre, grand-mère ? avait-elle questionné.

— Je ne le sais pas, ma chérie. Ouvre le coffre s'il te plaît.

Helena avait retiré le collier et pris la clé. Puis elle avait apporté le coffre sur la table basse près du canapé où elles étaient assises toutes les deux.

— Tourne-la deux fois dans le sens contraire des aiguilles d'une montre, puis une fois dans l'autre sens.

Helena avait senti sa main trembler en s'exécutant. Dès le dernier tour de clé effectué, seul le dessus du couvercle s'était ouvert. À l'intérieur du couvercle, Helena avait découvert une inscription en latin, qu'elle avait déchiffrée instantanément. Elle avait alors compris pourquoi sa grand-mère lui avait enseigné cette langue morte alors qu'elle n'était qu'une enfant. Elle avait donc décidé des années auparavant de lui transmettre le secret que sa mère lui avait transmis. Et pendant toutes ces années, elle l'avait préparée. L'enseignement du latin faisait partie de cet apprentissage. Helena avait traduit à voix haute :

Un jour viendra, lorsque le monde courra un grand danger, où la clé vous sera réclamée et des instructions vous seront données. Je vous demande de les respecter. L'avenir de l'humanité sera alors entre vos mains.

Que Dieu vous protège,

M 1516

Le « M 1516 » était inscrit dans un cercle bordé de signes mathématiques. Cette signature avait été gravée dans le couvercle du coffre.

Helena avait relevé la tête et s'était tournée vers sa grand-mère. Son regard était rempli de questions.

— Je ne peux répondre à toutes tes questions, Helena. C'est la charge de notre famille depuis plusieurs siècles. Je t'ai choisie pour continuer, car tu en as les qualités. C'est maintenant ta charge.

— Quelqu'un de notre famille a-t-il déjà eu besoin de se servir de la clé ?

— Jamais.

Sa grand-mère était décédée quelques mois plus tard. Elle lui manquait encore aujourd'hui. Depuis, elle honorait sa promesse et ne se séparait jamais du collier et de la clé. Elle seule connaissait l'existence de celle-ci. Elle n'en avait jamais parlé.

Helena sursauta lorsque l'interphone de son appartement retentit. Elle regarda son réveil. Il était 7 h 50. Elle n'attendait personne et il était bien trop tôt pour que ce soit le facteur. Elle se leva, prit sa robe de chambre et se dirigea vers le combiné du vidéophone, qu'elle décrocha. Elle aperçut un jeune homme élancé de 35 ans environ, portant un jean et une veste bleu marine. Il tenait un sac à dos dans une main.

— Bonjour, lui dit-il en entendant qu'on décrochait le combiné.

Il approcha son visage de la caméra du vidéophone et se plaça de profil. Helena tressaillit en apercevant un petit tatouage très discret situé derrière le lobe de son oreille droite. Elle reconnut immédiatement le sceau gravé dans le coffre de la bible de Gutenberg.

— Je m'appelle Eric. Puis-je entrer, mademoiselle Dvorski ?

Le clic de la gâche électrique lui indiqua que la porte était ouverte.

— Cinquième étage gauche, lui répondit-elle.

Amboise

Floyd pénétra dans la salle à manger du manoir, où Philip et Sophie prenaient leur petit-déjeuner. Bernadette avait encore fait des merveilles. La brioche tressée était somptueuse et le beurre salé divin. Floyd s'approcha.

— Votre voiture est prête, maître. Votre avion décolle dans cinquante minutes pour Lyon.

— Merci Floyd, dit Philip en se servant une dernière tasse de café.

Ils regagnèrent le bureau juste après. Philip prit l'attaché-case qu'il avait préparé et dans lequel se trouvait un certain nombre d'éléments qu'il souhaitait présenter à monseigneur Barbarin. Puis ils empruntèrent le hall et sortirent sur le perron. Une Mercedes noire aux vitres teintées les attendait. Ils s'y installèrent. Cinq minutes plus tard, ils avaient quitté le manoir et rejoint la route principale d'Amboise. Dans moins d'un quart d'heure, ils seraient dans le jet de l'Ordre et décolleraient pour Lyon.

— Avez-vous réfléchi à la façon de présenter les choses à votre ami ? demanda Sophie.

— Je pense que je vais lui dire la vérité, Sophie.

Sophie fut stupéfaite de la réponse de Philip. Cet homme, qu'elle croyait connaître depuis des années, dirigeait l'une des sociétés les plus secrètes au monde afin de protéger une œuvre de Léonard de Vinci dont il ne comprenait pas lui-même le fonctionnement. Et il était prêt à dévoiler tout cela à cet homme d'Église qu'il ne connaissait que depuis quelques années.

— Vous êtes sûr, Philip ? Peut-être y a-t-il un autre moyen ? Mon analyse d'hier…

— ... était parfaite. Vos connaissances historiques me sont précieuses, Sophie. Faites-moi confiance.

La Mercedes pénétra dans l'aérodrome où les attendait le jet. Dix minutes plus tard, l'avion décollait.

Cracovie

Eric monta les cinq étages de l'immeuble d'Helena par les escaliers. Il était à peine arrivé sur le palier du cinquième que la porte de l'appartement d'Helena Dvorski s'ouvrit. Elle se tenait dans l'embrasure. *C'est une belle femme*, se dit Eric en l'apercevant.

— Entrez, lui dit-elle.

Eric s'exécuta. Helena referma la porte derrière lui. Il entendit qu'elle fermait à clé.

— Je vous en prie, allons au salon.

Ils s'assirent face à face, chacun dans un canapé. Helena fixait Eric mais restait silencieuse. Elle semblait comme tétanisée, mais ses yeux indiquaient qu'elle n'était pas étonnée. Très anxieuse, mais pas surprise.

— Je comprends votre nervosité, mademoiselle Dvorski, commença-t-il. Mais je sais aussi que ma visite vous a été annoncée le jour où vous avez repris la charge de conserver la clé qui appartient à votre famille depuis longtemps.

Helena ne put dire un mot. Son cœur s'emballait.

— Je ne suis qu'un messager, continua Eric. Je ne pourrai donc répondre à toutes les questions que vous vous posez. Je sais simplement que le moment de réunir les six possesseurs de clés est venu et que cela ne signifie rien de bon pour le monde.

— Nous sommes donc six, réussit-elle à articuler.

— Oui.

— C'est ma grand-mère qui m'a transmis la clé peu avant sa mort. Elle m'a demandé de la conserver comme l'avait fait avant elle sa mère. Elle m'a initiée au latin afin que je puisse lire le message dans le coffre de la bible de Gutenberg, qui annonçait votre possible venue. Mais personne ne s'était jamais manifesté auprès d'elle ou de moi jusqu'à aujourd'hui. J'en étais arrivée à penser que cela n'était qu'une légende familiale, un moyen d'honorer la mémoire de notre famille, créé par un lointain oncle un peu excentrique.

— Non, mademoiselle. Tout ceci est bien réel. Et votre famille protège cette clé depuis plusieurs siècles.

— Pourquoi me contacter aujourd'hui, et que dois-je faire ?

— Je ne sais pas. Je suis venu vous remettre ceci et dois vous escorter jusqu'à Amboise, en France.

— Mais je ne vous connais pas, je ne peux pas partir comme ça, je travaille ! protesta-t-elle.

Alors qu'Helena commençait à s'énerver, Eric ouvrit son sac à dos et en sortit un cylindre en cuir dont le capuchon était fermé par une serrure très ancienne.

— Tenez, dit-il calmement.

Helena comprit immédiatement que celui-ci était très ancien. Elle n'avait rien vu de pareil jusqu'à ce jour. Le cuir utilisé était d'une finesse extrême. Il avait été tanné avec le plus grand soin. Elle le prit avec délicatesse et se calma aussitôt. Elle le fit tourner devant ses yeux. C'était un travail de très grande qualité, réalisé par un maître tanneur.

Ce métier n'existait plus depuis plus d'un siècle et ce savoir-faire devait avoir disparu, pensait-elle en le manipulant avec précaution. Puis elle examina le capuchon qui fermait le cylindre. Elle reconnut le sceau qui ornait sa surface. Le « M 1516 » encerclé était gravé dans le cuir. Elle observa ensuite la serrure. Eric la regarda manipuler le cylindre. À cet instant, il sut qu'elle était digne de la charge qui lui avait été confiée par sa grand-mère.

Helena ôta son collier et saisit la clé. Elle l'introduisit dans la serrure et la fit tourner délicatement. La serrure s'ouvrit instantanément. Helena dévissa le capuchon de cuir, qu'elle posa sur la table basse. Puis elle inclina doucement le cylindre. Le parchemin vieux de plusieurs siècles glissa de celui-ci. Elle le sortit complètement et le tint quelques instants sans le dérouler. Eric observait la scène, comme hypnotisé. Helena le déroula sur la table basse en prenant soin de ne pas l'abîmer. Elle se souvint de sa grand-mère lui apprenant petite à manipuler avec délicatesse ses livres anciens. « Décidément, elle m'avait bien préparée », se dit-elle.

Une fois ouvert, le parchemin dégagea une odeur de cuir vieilli et d'huile qui embauma le salon. Il était constitué de deux feuilles qui faisaient chacun environ cinquante centimètres de long et trente centimètres de large. C'était une lettre au bas de laquelle se trouvait le sceau M. 1516. Elle était en latin. Helena traduisit celle-ci à voix haute :

Je m'appelle Giovanni Francesco Melzi, disciple de Léonard de Vinci. En 1516, mon maître, à l'issue d'intenses recherches, créa le Cercle, instrument qu'il pensait avoir doté du pouvoir mathématique de corréler l'espace et le temps. Mais lorsqu'il l'essaya à Amboise, il s'aperçut avec frayeur que le Cercle ne faisait que semer la terreur et la mort. Chacune des personnes en contact avec le Cercle décéda les jours qui suivirent. Ne pouvant se résoudre à détruire son invention, il me confia une ultime mission : cacher le Cercle afin que l'humanité en soit protégée et créer un Ordre chargé de préserver ce secret à jamais. À l'heure où j'écris cette lettre, le Cercle est enfoui dans un endroit que je suis seul à connaître. Mais il est possible qu'un jour le Cercle soit découvert et utilisé de la pire des façons. J'ai donc choisi un gardien pour me succéder à qui j'ai remis des instructions et six cylindres. Puis j'ai désigné six disciples à qui j'ai confié une clé permettant d'ouvrir chaque cylindre. Tous ont été chargés de transmettre à la descendance de leur choix la mission qui m'a été donnée par Léonard afin que celle-ci traverse les âges.

Le cylindre qui vous a été remis appartenait, à l'origine de l'Ordre, à Diego Haciendes, un ami espagnol et votre aïeul.

Si vous lisez cette lettre, c'est que le Cercle d'Amboise est réapparu. Le monde dans lequel vous vivez doit se préparer à des jours de ténèbres. Ayez toute confiance en celui qui vous a remis le cylindre, il vous protégera au péril de sa vie si cela est nécessaire.

Helena s'arrêta de lire le parchemin et leva les yeux sur Eric. À son regard, elle comprit tout de suite que Melzi disait vrai, mais également que le monde dans lequel elle vivait à Cracovie, avec son métier et ses amis, venait de s'arrêter de tourner. Sa vie avait basculé dans un univers inconnu et dangereux. Et à cela, sa grand-mère ne l'avait pas préparée. Elle baissa les yeux et reprit sa lecture.

Voici mes instructions :

Rendez-vous à Sienne en Italie à la banque Monte dei Paschi. Prenez votre clé. Elle ouvre aussi un coffre dans lequel se trouve une partie des notes de Léonard concernant le Cercle. Emportez-les. Le numéro du coffre est gravé à l'intérieur de votre clé.

Elle s'arrêta à nouveau de lire et observa sa clé. Effectivement, à l'intérieur de sa partie circulaire, sur la tranche, était gravé un numéro en chiffres romains. *Ce coffre a été ouvert il y a plus de cinq siècles*, se dit-elle. *Comment la banque a-t-elle pu le conserver depuis cette époque ?* Elle continua sa lecture.

Rejoignez ensuite le siège de l'Ordre du Cercle. Celui qui vous a remis le cylindre vous y conduira. Vous retrouverez les cinq autres disciples et réunirez les notes de Léonard de Vinci. Vous comprendrez alors le danger que représente le Cercle.

Je vous demande de le combattre de toutes vos forces. Si vous échouez, l'humanité tout entière sombrera dans l'horreur, dans la folie et dans l'asservissement.

Que Dieu vous protège,

M 1516

Helena enroula le parchemin, le rangea dans le cylindre et referma le capuchon.

— Je ne peux pas. Je suis désolée, dit-elle en le tendant à Eric.

— Je sais que tout cela semble irréel, mais c'est la vérité. Votre grand-mère vous a choisie comme disciple. Elle faisait partie de l'Ordre du Cercle, comme sa mère avant elle et comme tant d'autres membres de votre famille depuis 1516. Vous semblez experte en livres anciens, lui dit-il en se retournant vers sa bibliothèque. L'authenticité du cylindre et de son parchemin ne vous a donc pas échappé.

— Mais je dois être à l'hôpital demain. Je suis infirmière. Je ne peux pas disparaître comme cela. Ce que vous me demandez est impossible.

— Ce n'est pas moi qui vous le demande, mademoiselle Dvorski, c'est Melzi, deuxième disciple de Léonard de Vinci. Et pardonnez la brutalité de mes propos, mais si le Cercle est réapparu et est utilisé, ce que vous êtes et ce que vous faites aujourd'hui n'aura plus beaucoup d'importance, mademoiselle.

Helena était perdue. Mais l'amour qu'elle vouait à sa grand-mère eut raison de ses doutes. Elle se leva.

— Laissez-moi passer un appel et prendre quelques affaires.

Elle pénétra dans sa chambre. Eric l'entendit échanger brièvement au téléphone. Dix minutes plus tard, elle ressortit de sa chambre, tirant une petite valise grise.

— Allons-y, Eric !

Eric remit le cylindre dans son sac à dos et se leva. Helena quitta son appartement, persuadée qu'elle n'y reviendrait jamais.

Palo Alto

L'avion de Mark Zuckerberg s'était posé à l'aéroport de San Francisco dans la matinée. Mark avait décidé de rentrer à Palo Alto dès le lendemain de l'entrée en Bourse de son entreprise, afin d'être aux côtés de ses équipes pour fêter ce succès. Il avait donc décollé de New York à 9 heures. Pendant le vol, il avait parcouru la presse internationale et regardé les journaux télévisés du matin. Il faisait la une de toutes les rubriques économiques. Les analystes étaient d'autant plus admiratifs des résultats obtenus lors de cette première journée que Facebook était la seule entreprise numérique à avoir réussi son introduction. En effet, les marchés financiers avaient toujours été très frileux quand il s'agissait de valeurs technologiques liées à Internet. Les investisseurs craignaient un effondrement de ce type d'entreprise dont le succès était souvent « construit sur rien ». Mais la veille, il en avait été autrement. La personnalité de Mark n'y était sûrement pas pour rien. Sa vision du monde, ses capacités d'anticipation et la somme de données personnelles qu'il avait été en mesure de réunir au travers de son réseau social avaient été autant de facteurs rassurants et attractifs pour les investisseurs.

Le vol lui parut court. Il rejoignit la voiture qui l'attendait sur le tarmac pour l'emmener à son hélicoptère. Un quart d'heure plus tard, après avoir survolé l'océan, il se posa sur l'héliport du siège de Facebook. Quand, il franchit l'entrée principale, tout le personnel administratif et technique du siège l'attendait dans le hall. Une salve d'applaudissements l'accueillit. Un nouvel écran plat avait été installé qui indiquait le cours de l'action en temps réel sur les principales places financières. Il était toujours au-dessus des 200 dollars. Salvatore Figli et les membres du conseil d'administration s'approchèrent de Mark. Ils traversèrent tous ensemble le hall sous les applaudissements des employés. Au milieu de ceux-ci, Clifford adressa un regard de satisfaction à Figli. Ils avaient remporté la première manche, et Mark Zuckerberg ne se doutait de rien.

Puis le cortège gagna les ascenseurs et la salle du conseil, où un brunch avait été préparé pour l'occasion.

Lyon

Le vol n'avait duré que quarante-cinq minutes. Philip et Sophie étaient restés silencieux pendant la quasi-totalité de celui-ci. Philip avait lu le dernier rapport de progression des messagers et Sophie avait consulté Internet pour s'assurer qu'aucun fait divers nouveau n'était apparu. Tout semblait se dérouler normalement, du moins si les évènements des derniers jours pouvaient être considérés comme normaux.

Une fois le jet posé, ils s'engouffrèrent dans la voiture qui les attendait et prirent la direction de l'évêché. Le véhicule stoppa quelques minutes plus tard, devant l'entrée de la résidence du primat des Gaules. Le secrétaire particulier de l'évêque, le père Roger, les attendait sur le pas de la porte.

— Bonjour maître, bonjour madame.

— Bonjour mon père.

— Monseigneur Barbarin vous attend dans son bureau. Si vous voulez bien me suivre.

Ils suivirent le père Roger à l'intérieur de l'évêché. C'était la première fois que Sophie pénétrait dans un tel endroit. La religion n'avait jamais été très présente dans sa vie. Sa famille était catholique, mais ses parents n'étaient pas pratiquants. Elle n'était donc allée à l'église que pour les évènements familiaux habituels – baptêmes, mariages et obsèques. Le lieu était majestueux et semblait avoir traversé les siècles sans avoir été affecté par le temps. Situé dans le centre de Lyon, l'évêché accueillait le secrétariat de l'évêque ainsi que l'ensemble des services administratifs chargés des paroisses rattachées. Philip et Sophie traversèrent donc un premier hall orné de colonnes de granit et éclairé par plusieurs vitraux magnifiques. Au bout du hall, une porte donnait dans un couloir où étaient accrochés les portraits de plusieurs papes. Sophie reconnut celui de Jean-Paul II. Les autres ne lui disaient rien. Au milieu du couloir, le père Roger bifurqua sur la droite puis arriva au pied d'un grand escalier en pierre. Toujours silencieux, il invita ses hôtes à gravir les marches derrière lui. Le secrétariat particulier de l'évêque était situé au premier étage. Ils y pénétrèrent. Plusieurs personnes y travaillaient ; des hommes d'Église, mais également des paroissiens qui donnaient de leur temps bénévolement à l'évêché.

Monseigneur Barbarin vint à leur rencontre.

— Bonjour, cher ami, dit-il à Philip en lui serrant la main.

— Bonjour, monseigneur.

Puis l'évêque se tourna vers Sophie.

— Mademoiselle, soyez la bienvenue.

Sophie était impressionnée par cet homme de taille moyenne, plutôt rond, dont la prestance et le charisme se sentaient dès le premier contact.

— Monseigneur, répondit-elle, je suis très honorée.

— Suivez-moi, leur dit-il en prenant la direction de son bureau.

Tous les trois pénétrèrent dans le bureau au mobilier simple. *À l'image de l'évêque*, nota Philip. Un portrait de Benoît XVI ornait l'un des murs. Sur son bureau se trouvait une bible, une photo de monseigneur Barbarin entouré de jeunes Lyonnais lors des dernières Journées mondiales de la jeunesse, et la photo du premier conclave de Philippe Barbarin, celui ayant élu Benoît XVI. L'évêque invita Philip et Sophie à s'asseoir dans l'un des canapés qui formaient le petit salon dans la partie gauche de son bureau.

— Merci à vous de nous recevoir aussi rapidement, monseigneur, commença Philip.

— Cher ami, j'ai senti que votre demande était urgente. Je dois vous avouer qu'elle m'a même inquiété.

Philip regarda Sophie, puis reprit.

— Ce qui nous amène auprès de vous est de la première importance. Mais avant de vous entretenir de cela, j'ai une requête à vous faire, monseigneur. Elle va vous surprendre, mais elle est capitale pour la suite de notre entretien. Je vous demande simplement de ne pas mal l'interpréter sur le moment. Vous la comprendrez mieux à la fin de notre échange.

Sophie regarda Philip, intriguée par ses paroles. Elle perçut également le regard interrogateur de l'évêque, qui semblait aussi surpris qu'elle.

— Vous êtes bien mystérieux aujourd'hui, mon ami. Vous savez bien que je ne peux vous refuser aucune requête, après les grands services que vous avez rendus à notre Église.

— Voilà, monseigneur, je souhaite que notre entretien soit placé sous le secret de la confession.

Il s'arrêta. L'évêque était stupéfait de la demande de Philip. Sophie loua l'intelligence de Philip : il avait trouvé le moyen de lui dire la vérité tout en s'assurant de son parfait silence.

— Si cela est votre souhait, il en sera ainsi, lui répondit l'évêque, tout en se demandant ce que Philip Stern avait de si important à lui dire pour lui réclamer le secret de la confession.

— Il y a plus de cinq siècles, commença Philip, Léonard de Vinci, après des mois de recherche, créa le Cercle, instrument qu'il pensait avoir doté du pouvoir mathématique de corréler l'espace et le temps. Cette invention se révéla en fait mortelle pour toutes les personnes qui s'en approchaient. En 1516, elle sema la terreur dans le village d'Amboise. Les habitants furent pris de panique à la suite de la mort de tous ceux qui avaient approché le Cercle. La vie s'arrêta pendant de longues semaines. Léonard, bien qu'ayant pris conscience des conséquences terrifiantes de son invention sur l'humanité, ne put se résoudre à la détruire. Il chargea donc Melzi, son disciple, de cacher celle-ci afin de préserver le monde des effets néfastes du Cercle. Il demanda également à ce dernier de créer un ordre, l'Ordre du Cercle, chargé de garder ce secret et de prévenir toute réapparition de cet instrument.

Philip s'arrêta et ouvrit sa mallette. Il prit l'étui en cuir dans lequel se trouvait la lettre de Léonard de Vinci, l'en sortit délicatement et la tendit à monseigneur Barbarin.

— Voici ce qu'écrivit Léonard de Vinci en 1516, fondant ainsi l'Ordre du Cercle.

L'évêque prit le manuscrit et le lut :

> Un jour, des hommes mourront sans raison, mais leur mort leur aura été annoncée. Le peuple, apprenant cette nouvelle, sombrera peu à peu dans la folie collective. Ce jour-là, vous réunirez les six disciples et comprendrez le grand danger qui s'annonce. Je vous demande de le combattre de toutes vos forces. Si vous échouez, l'humanité tout entière sombrera dans l'horreur, dans la folie et dans l'asservissement.
>
> Amboise - 1516 - Léonard de Vinci

Dès qu'il eut terminé la lettre, Philippe Barbarin leva les yeux. Il n'en revenait pas de tenir entre ses mains l'original d'un texte de Léonard de Vinci datant de plus de cinq siècles. Et ce qu'il avait lu l'avait stupéfié. Il s'était intéressé depuis des années aux manuscrits anciens et aux textes ésotériques les plus méconnus, mais il n'avait jamais entendu parler ni de l'invention de Léonard ni de l'Ordre du Cercle. Il regarda Philip, qui reprit :

— Monseigneur, je suis aujourd'hui le gardien de l'Ordre. Je tiens cette charge de ma famille, qui en a hérité de Melzi. Et il se trouve que le Cercle est réapparu il y a quelques jours. Et il a déjà tué plusieurs personnes.

Philip tendit à l'évêque le deuxième dossier qu'il avait sorti de sa mallette.

— Il s'agit des dossiers de presse relatifs aux personnes décédées à cause du Cercle depuis le 5 septembre.

L'évêque parcourut également les coupures de presse.

— Et vous êtes sûr que leur mort est l'œuvre du Cercle ? demanda-t-il.

— Absolument, répondit Philip. Ils ont tous reçu une lettre annonçant leur décès le jour même de leur mort.

Monseigneur Barbarin reposa le dossier et regarda Philip.

— Qu'attendez-vous de moi ?

— Léonard de Vinci avait prévu que le Cercle réapparaîtrait un jour. L'Ordre du Cercle a été créé aussi pour faire face à ce jour. J'ai déjà mis en œuvre ce que Léonard avait demandé d'organiser en pareilles circonstances. Mais j'ai besoin de savoir comment le Cercle est réapparu et qui l'utilise aujourd'hui. Melzi a dû s'appuyer sur l'Église à l'époque pour mettre en œuvre la volonté de Léonard, cacher le Cercle et créer l'Ordre. Et la disparition de cette invention a dû susciter également l'opposition de ceux qui étaient au courant et la convoitaient. Il faut que je sache si la réapparition du Cercle est due à une faille de l'Ordre du Cercle ou à une action extérieure. Pour cela, nous devons consulter les archives personnelles de Léon X.

L'évêque resta silencieux quelques secondes.

— Vous ne pourrez pas consulter ces archives. Elles sont conservées à la résidence d'été des papes à Castel Gandolfo, et seul le pape en exercice y a accès. Même son plus proche entourage ne peut y accéder.

— Monseigneur, je sais que ma demande doit vous paraître insensée, mais s'il existe des traces de la création de l'Ordre du Cercle par Melzi et des oppositions qu'il a rencontrées à l'époque, elles sont dans ces archives. Si nous découvrons qui s'est opposé à Melzi en 1516, nous saurons qui chercher aujourd'hui. Si aucune trace d'opposition à la volonté de Léonard de Vinci n'existe, je saurai que la réapparition du Cercle est due à une faille à l'intérieur de l'Ordre. La réponse à cette question est essentielle. Les décès récents dont je vous ai parlé ne sont que le début. Les jours à venir seront terribles. La prophétie de Léonard est en marche. Je dois savoir si l'Ordre doit combattre un ennemi de l'extérieur ou de l'intérieur. Il y va de l'avenir de chacun d'entre nous, monseigneur.

Sophie, qui était jusque-là restée silencieuse, prit la parole.

— Monseigneur, j'ignorais l'amitié qui vous lie à Philip Stern, mais je connais votre proximité avec le pape Benoît. Vous faites partie des évêques qu'il écoute et qu'il consulte régulièrement. Nous avons besoin de votre aide. S'il n'y a qu'une seule chance de consulter ces archives, vous représentez cette chance. Ce qui va se produire dans les jours à venir nous dépasse tous. L'Ordre seul n'y parviendra peut-être pas. Nous avons besoin de votre aide.

— Mes amis, le temps de la confession est terminé, annonça l'évêque en se levant. Je vais me rendre à Rome. Mais je devrai mettre le pape Benoît au courant.

Philip regarda son ami et, avant qu'il n'ait pu protester, l'évêque lui dit :

— Je le ferai sous le secret de la confession.

Dix minutes plus tard, Philip et Sophie quittèrent l'évêché en direction de l'aéroport. Ils seraient de retour à Amboise en début de soirée comme prévu.

Un peu partout dans le monde

Les cinq autres messagers avaient chacun rejoint la ville de leur disciple sans difficulté particulière. Seul le quatrième avait essuyé un retard de quelques heures en raison de conditions météo difficiles qui avaient différé son vol pour Shanghai.

Emilie Page était à l'université du Wisconsin quand Franck, le premier messager, prit contact avec elle. Professeur de lettres, elle était dans la salle des professeurs lorsque ce dernier entra. Il avait attendu qu'elle soit seule. Emilie crut d'abord qu'un étudiant venait la voir, comme cela se pratiquait régulièrement à l'université. Mais quand il s'approcha, elle aperçut son petit tatouage et tressauta en le reconnaissant. À ce moment, tout ce que sa mère lui avait transmis avant de mourir lui revint en un éclair. Machinalement, elle porta sa main à son cou et saisit la clé qu'elle ne quittait jamais. Elle reprit ses esprits et dit :

— Ma mère m'avait annoncé votre venue en me donnant cette clé.

— Je ne suis qu'un messager, madame. Je suis venu vous remettre ceci et assurer votre protection.

Franck sortit le cylindre de son sac et le lui tendit. Emilie mit quelques minutes pour déchiffrer la lettre de Melzi. Sa mère l'avait bien initiée au latin, mais cela remontait à loin maintenant. Lorsqu'elle eut terminé sa lecture, elle se tourna vers Franck.

— Que dois-je faire ?

— Vous êtes disciple de l'Ordre du Cercle, madame, vous devez exécuter les instructions de Melzi et vous rendre à Sienne. Je vous escorterai ensuite jusqu'à Amboise, en France.

— Je dois prévenir mon mari. Il devra s'occuper de Paul, notre fils, pendant mon absence. Il a 10 ans.

— Ne lui dites rien de votre voyage. Il en va de votre sécurité, de la leur, et de celle de l'Ordre.

— Soit… Je devais repartir une semaine en séminaire demain, je vais prétendre que mon départ est avancé. Je voyage souvent. Je suis chargée de la coordination des programmes de lettres pour les universités de la côte est et du centre du pays.

— Allons-y, répondit Franck en replaçant le cylindre dans son sac. Nous allons passer chez vous pour que vous puissiez prendre vos affaires. Je me suis déjà occupé des vols pour Sienne. Nous décollons pour New York dans cinq heures.

Stephan, le deuxième messager, était à São Paulo depuis la veille. Il avait suivi Enrique Alvares une partie de la matinée afin de trouver le moment le plus propice pour l'aborder. Enrique avait 25 ans et, lorsqu'il n'étudiait pas le génie civil à l'université, il faisait la fête avec ses amis ou il pratiquait son sport favori, la course de fond. Et ce matin-là, il avait décidé de courir dix kilomètres. Il était sorti de son immeuble vers 9 heures et avait pris la direction du parc d'Ibirapuera, le deuxième parc de la ville, en petites foulées. Stephan lui avait emboîté le pas à distance. Dès l'entrée du parc, Enrique Alvares avait allongé ses foulées pour prendre son rythme de course. Il avait bifurqué à gauche très rapidement pour rejoindre l'allée qui faisait le tour du parc. Il avait prévu de faire quatre tours de celui-ci, ce qui représentait environ les dix kilomètres prévus. Franck le suivit de loin, espérant qu'Enrique ferait une pause dans un endroit un peu calme du parc. Il espérait aussi que la pause se ferait rapidement, car il n'avait pas l'endurance d'Enrique. Cela faisait une demi-heure qu'Alvares courait, lorsqu'il décida de s'arrêter près d'une fontaine à eau. Il y en avait plusieurs à la disposition des joggeurs, qui étaient nombreux à pratiquer leur sport favori dans le parc d'Ibirapuera. Mais ce matin-là, par chance, le parc était peu fréquenté. Enrique se pencha sur la fontaine et avala quelques gorgées d'eau. Franck s'approcha alors de lui et le salua. Enrique lui laissa la place. Lorsque Franck se pencha pour boire à son tour, Enrique aperçut le petit tatouage derrière l'oreille du messager. Il se figea et ne put détourner son regard.

— Bonjour monsieur Alvares, lui dit Franck.

— Nous nous connaissons ?

— Non, mais vous avez reconnu le sceau, semble-t-il.

Bien sûr qu'Enrique avait reconnu le sceau qui figurait dans le coffre de la bible de Gutenberg que lui avait donnée son frère aîné, juste avant de mourir des suites d'un cancer du foie. Ce moment avait été très douloureux, car il avait toujours été très proche de son grand frère. Il lui manquait beaucoup. Mais à la douleur s'était ajoutée la surprise de découvrir que son frère – et avant lui leur père – était membre d'un ordre secret chargé de protéger une invention de Léonard de Vinci. La surprise s'était transformée en stupéfaction lorsque son frère lui avait demandé de prendre la relève et, à son tour, de conserver la clé. Et désormais, ce qui était écrit dans le couvercle du coffre se réalisait.

— Qui êtes-vous ? insista Enrique.

— Je m'appelle Franck. Je ne suis qu'un messager de l'Ordre du Cercle. Et vous êtes un des six disciples. C'est votre frère qui vous a choisi pour assurer cette charge qui est celle de votre famille depuis plusieurs siècles.

Enrique s'assit sur le banc près de la fontaine. Il avait accepté ce que lui demandait son frère, par amour pour lui. Mais au fond de lui-même, il était convaincu que tout cela n'existait pas, qu'il s'agissait d'un jeu imaginé par son grand frère pour les unir après sa mort. Mais aujourd'hui, il découvrait que cela n'avait rien d'un jeu et qu'en acceptant la requête de son frère, il faisait à son tour partie de cet Ordre dont il ignorait tout. *Et si j'étais entré dans une secte sans le savoir ?* se demanda-t-il avec inquiétude.

— J'ai un objet à vous remettre, que vous seul pouvez ouvrir, dit Franck en pointant du doigt la clé qu'il portait au cou. Pouvons-nous aller dans un endroit plus discret, je vous prie ?

Plusieurs joggeurs s'approchèrent de la fontaine pour boire à leur tour. Le lieu devenait un peu trop fréquenté pour Franck. Enrique comprit que la question du messager n'en était pas une.

— Allons chez moi, proposa-t-il.

À partir de cet instant, la vie d'étudiant d'Enrique Alvares bascula. Tout alla très vite : le cylindre, la lettre de Melzi – que Franck l'aida à traduire, car Enrique ne maîtrisait pas parfaitement le latin –, les instructions, Sienne, Amboise en France. Moins d'une heure après leur arrivée dans son appartement de São Paulo, ils étaient repartis en direction de l'aéroport.

L'arrivée à Doha de Mourad, le troisième messager, s'était déroulée par plus de 45 degrés. Grâce à l'Ordre, il avait obtenu rapidement un rendez-vous avec Mohamed Al-Khalifa, ingénieur chimiste de 59 ans, directeur du service de recherche en maladies tropicales chez Sanofi-Aventis. Il patientait dans le hall majestueux du géant pharmaceutique. Mourad s'était annoncé à l'accueil et une hôtesse l'avait accompagné jusqu'au salon d'attente. Il y faisait beaucoup plus frais qu'à l'extérieur. Mourad admirait les photos prises dans le désert qatari qui ornaient la pièce quand l'hôtesse réapparut.

— M. Al-Khalifa va vous recevoir, annonça-t-elle. Si vous voulez bien me suivre.

Mourad quitta le salon, précédé par l'hôtesse. Ils traversèrent le hall jusqu'aux ascenseurs situés dans le fond. L'hôtesse passa son badge devant le lecteur et l'ascenseur de gauche s'ouvrit. Elle remit un badge visiteur à Mourad, qu'il accrocha à sa veste. Il avait laissé son passeport à l'accueil. Puis elle appuya sur le bouton indiquant le soixante-quinzième étage.

— La secrétaire de M. Al-Khalifa vous attend. Bonne journée monsieur.

L'ascenseur se referma. Moins d'une minute après, il avait parcouru les soixante-quinze étages. La porte s'ouvrit.

— Bonjour monsieur, lui dit la secrétaire particulière du directeur. Si vous voulez bien me suivre.

Mourad traversa plusieurs bureaux en *open space* avant d'arriver dans un petit salon. La porte de droite s'ouvrit. Mohamed Al-Khalifa sortit pour l'accueillir.

— Si vous voulez bien entrer, lui dit-il.

Mourad salua le directeur et pénétra dans son bureau. Il avait été recommandé par le président de Sanofi en France, membre de l'Ordre. Mohamed Al-Khalifa le reçut donc avec les honneurs qu'il lui devait. Ils s'assirent autour de la table de réunion en verre. La vue sur Doha et sur le désert depuis le bureau était époustouflante.

— Notre président en France m'a recommandé de vous recevoir lors de votre passage au Qatar, commença le directeur. Il m'a dit que vous étiez l'un des collectionneurs de manuscrits anciens les plus avertis.

— Il m'a également dit que vos connaissances dans ce domaine faisaient référence au Moyen-Orient, répondit Mourad. J'ai souhaité vous rencontrer, car j'aimerais avoir votre avis sur une pièce unique d'une grande qualité historique.

Mourad éveilla la curiosité du directeur. De quel manuscrit voulait-il lui parler ? L'avait-il avec lui ? Al-Khalifa sentit son adrénaline monter, comme un enfant qui va découvrir ses cadeaux d'anniversaire. Mourad posa son attaché-case sur la table. Il l'ouvrit et en sortit le cylindre, qu'il lui tendit. Le directeur Al-Khalifa blêmit à la vue de celui-ci.

— Ce n'est pas possible ! lâcha-t-il.

Il prit le cylindre dans ses mains et observa le capuchon.

— Il est réapparu ? demanda-t-il à Mourad.

— Oui, monsieur, depuis quelques jours.

— Ma famille fait partie de l'Ordre depuis des siècles. Chaque année, je prie pour que jamais je n'aie à utiliser cette clé. Je constate que mes prières ont été vaines.

Mohamed Al-Khalifa retira le collier qu'il portait autour de son cou et prit la clé. Il ouvrit le cylindre et lut le parchemin. Puis il enroula celui-ci, le replaça dans le cylindre et le rendit à Mourad.

— Allons-y ! J'ai juré à mon père sur son lit de mort que, le jour venu, je serais prêt. Je suis prêt.

Le voyage du quatrième messager avait pris du retard dès le départ de Lausanne. Les conditions météo difficiles au-dessus de l'océan Indien avaient contraint Air China à décaler son vol pour Shanghai de cinq heures. Pour le reste, tout s'était déroulé normalement. À son arrivée à l'aéroport, Mai-Lan Chan avait rejoint l'hôtel Mandarin Oriental Pudong, où elle, avait réservé la suite royale. Riche industrielle, fille d'un diplomate thaïlandais, elle bénéficiait d'un passeport diplomatique. Elle n'avait pas choisi cet hôtel au hasard. En effet, Liu Xi, le disciple avec qui elle devait prendre contact, y travaillait comme femme de chambre. Elle était arrivée à l'hôtel en compagnie de sa secrétaire particulière, également membre de l'Ordre et qui l'avait rejointe à l'aéroport. Elle fut accueillie par le directeur du palace, qui lui offrit une coupe de champagne au bar de l'hôtel. Pendant ce temps, sa secrétaire s'adressait au majordome attaché à sa suite.

— Mme Chan est une cliente très exigeante. Je souhaite examiner la liste de vos femmes de chambre avec leurs références afin de choisir celles qui lui conviendront durant son séjour. Immédiatement !

— Bien madame, répondit le majordome.

Il s'absenta quelques minutes puis revint avec la liste du personnel affecté aux suites.

— Je désire voir la liste de l'ensemble du personnel, pas uniquement celui attaché aux suites. Les critères de Mme Chan sont très précis.

Au bout de cinq minutes, le majordome apporta la liste complète. La secrétaire particulière s'assit dans un petit salon et commença son examen. Elle trouva rapidement Liu Xi. Elle établit la liste en y incluant la femme de chambre. Dix minutes plus tard, Mai-Lan était installée dans la suite royale. Le ballet des grooms commença pour apporter ses bagages. Le majordome s'assura que tout se déroulait de la meilleure des façons. Il réserva une table au restaurant Fifty 8° Grill pour le dîner puis se retira. Une fois seule avec sa secrétaire particulière, Mai-Lan lui demanda :

— Vous avez pu faire affecter Liu Xi à notre suite ?

— Tout à fait. Elle sera de l'équipe du matin. Vous la verrez pour le petit-déjeuner. Mais sachez que, dans les palaces, les femmes de chambre ne pénètrent jamais seules dans les suites depuis l'affaire du Sofitel de New York.

— La suite est suffisamment grande pour que vous attiriez l'attention de la deuxième femme de chambre le temps que je prenne contact.

Une fois installée, Mai-Lan alla dîner puis remonta dans sa suite et se coucha. Elle se leva à 7 heures. Le majordome qui s'était enquis la veille de ses goûts pour le petit-déjeuner appela l'équipe des femmes de chambre du matin, afin de préparer la table dans la suite, alors que Mme Chan s'habillait. Liu Xi entra avec une collègue. Elles poussaient chacune un chariot sur lequel trônait le petit-déjeuner : du thé, du jus d'orange frais, des viennoiseries, des œufs brouillés avec du bacon grillé et une salade de fruits frais. Liu Xi dressa la table et sa collègue disposa les denrées selon un ordre bien précis. Tout devait être parfait et au goût de leur cliente. Elles terminèrent en disposant une orchidée fraîche dans le soliflore situé au centre de la table. Elles se dirigeaient vers la sortie de la suite lorsque la secrétaire particulière s'approcha de la deuxième femme de chambre.

— S'il vous plaît, nous avons un souci avec la baignoire dans la deuxième salle de bains, lui dit-elle. Pouvez-vous venir voir ?

— Bien sûr, madame, répondit la femme de chambre.

Elle suivit la secrétaire particulière dans la deuxième partie de la suite de trois cents mètres carrés. Liu Xi l'attendait dans le grand salon lorsque Mai-Lan sortit de sa chambre.

— Bonjour, madame, dit-elle en apercevant sa cliente.

— Bonjour, pouvez-vous me tenir ceci ? demanda-t-elle en lui tendant le cylindre.

— Bien sûr, madame, répondit-elle en prenant l'objet.

Liu Xi avait appris à ne jamais prêter attention aux objets, propriété de ses clientes. C'était une règle d'or lorsqu'on travaillait dans un palace. Mais à l'instant où elle eut le cylindre dans ses mains, son attention fut attirée par le cadenas qui le fermait. Elle crut reconnaître la forme de la clé qu'elle portait toujours autour de son cou. Puis, en le retournant, elle aperçut le sceau sur le capuchon. Sans dire un mot, elle leva instantanément les yeux vers Mai-Lan.

— Je sais ce que vous pensez, madame Xi. Oui, le Cercle est réapparu. Vous êtes…

Mai-Lan s'arrêta net. Elle avait entendu la deuxième femme de chambre revenir avec sa secrétaire. Lorsque les deux femmes pénétrèrent dans le salon, Mai-Lan s'adressa à sa secrétaire.

— Je viens de m'entretenir avec Mme Xi. Vous m'aviez parlé hier de ses références. Je souhaite qu'elle rejoigne mon service sans délai. Je vous demande de vous en occuper avec le directeur de l'hôtel immédiatement.

Liu Xi regarda Mai-Lan avec stupéfaction. Puis elle comprit ce qu'elle venait de faire. En rejoignant son service, elle pourrait être à ses côtés. Mais Liu allait devoir lui annoncer que les choses étaient différentes de ce à quoi elle s'attendait. La secrétaire particulière quitta la suite avec la deuxième femme de chambre. Elles étaient enfin seules. Mai-Lan reprit :

— Vous êtes disciple de l'Ordre du Cercle, charge qui est celle de votre famille depuis longtemps. Je ne suis qu'une messagère. Vous devez ouvrir le cylindre, Liu.

— Notre mère nous a préparées à ce moment.

— Votre mère vous a préparées ? répéta Mai-Lan avec surprise.

— Oui, nous sommes des sœurs jumelles. Nous possédons chacune une clé. La mienne doit ouvrir ce cylindre. Je ne sais pas à quoi sert celle de ma sœur.

Liu lut à son tour la lettre de Melzi. Mai-Lan comprit que la sœur jumelle de Liu devait posséder la clé du coffre de Sienne. *Décidément, les descendants de Melzi avaient compliqué les choses en choisissant comme disciples des jumelles, partageant encore les responsabilités*, se dit Mai-Lan. Et les instructions reçues par la messagère ne mentionnaient pas cela. L'Ordre devait l'ignorer.

— Votre sœur devra nous rejoindre ici, dit Mai-Lan. Où habitez-vous ?

— Nous habitons ensemble dans les faubourgs de Shanghai. Le logement en centre-ville est inaccessible pour nous.

— Vous pouvez lui dire de venir à l'hôtel, sans lui en donner la raison ?

— Je vais l'appeler et lui demander de venir me chercher. Nous le faisons de temps en temps. Elle vient de finir son travail. Elle doit être rentrée.

— Parfait. Nous partirons pour Sienne juste après.

— Il y a encore un problème, madame.

— Lequel, Liu ?

— Nous n'avons pas de passeports, ma sœur et moi. Nous ne pouvons pas quitter la Chine.

Cette mission devient compliquée, se dit Mai-Lan. À ce moment, sa secrétaire particulière rentra dans la suite.

— Nous avons deux disciples, Liu et sa sœur jumelle, qui possèdent chacune une clé : l'une pour le cylindre, l'autre pour le coffre à Sienne. Et elles n'ont pas de passeports.

— J'ai réglé la situation de Liu Xi avec le directeur de l'hôtel. Celui-ci est furieux, mais il a accepté de laisser Liu Xi partir. Il ne peut rien refuser aux clients des suites royales.

— Il faut que vous contactiez l'Ordre, insista Mai-Lan. La sœur de Liu va nous rejoindre à l'hôtel. Mais il faut régler le problème de leurs passeports sans délai. Mon statut diplomatique me permet de faire bénéficier de l'immunité le personnel qui m'accompagne. L'Ordre doit faire le nécessaire pour ajouter à ma liste les deux sœurs Xi au plus vite. En revanche, nous devrons rejoindre Sienne et Amboise en jet privé pour ne pas attirer l'attention.

— Je m'en occupe tout de suite, madame.

Liu Xi, qui s'était éloignée pour contacter sa sœur, revint dans le salon.

— Ma sœur sera là dans moins d'une heure.

— Très bien. Nous partirons dès que possible.

Lyon

L'avion de Philip et Sophie décolla juste après leur retour. Lorsque Philip s'assit dans son fauteuil, il trouva le dernier rapport de progression des messagers. Tous les contacts s'étaient déroulés avec succès. Les disciples, accompagnés de leurs messagers, allaient commencer à se rendre à Sienne. Un problème était apparu à Shanghai, où le quatrième disciple était en fait des jumelles possédant chacune une clé mais ne disposant pas de passeports. Philip leva la tête et se tourna vers l'hôtesse.

— Pouvez-vous me passer Floyd sur une ligne sécurisée, je vous prie ?

— Tout de suite, maître.

Le téléphone situé dans son accoudoir gauche sonna quelques secondes plus tard.

— Bonsoir, monsieur Floyd, j'ai pris connaissance de votre dernier rapport. Qu'en est-il de la situation à Shanghai ?

— Je suis en train de régler la situation des deux sœurs. Cela devrait être fait d'ici une heure. Mais nous avons été très surpris par cette nouvelle. Rien ne laissait présager une telle option.

— J'ai été aussi étonné que vous. Je vois que Léonard nous réserve encore des surprises. Merci pour vos actions. Nous serons de retour d'ici deux heures.

Philip raccrocha le téléphone et se tourna vers Sophie.

— Les disciples sont en route pour Sienne.

CHAPITRE 18

12 septembre 2012

Palo Alto

Le lancement de la deuxième phase de l'opération était prévu trois jours plus tard. Les employés de Facebook étaient encore tout à leur joie à la suite du succès de l'entrée en Bourse du titre de leur entreprise. Ils étaient salariés de la société qui avait réussi la meilleure mise sur le marché boursier de ces cinquante dernières années, et ils en étaient très fiers. Et le titre n'avait pas baissé depuis. Il avait même dépassé les 205 dollars la veille. L'euphorie se ressentait dès que l'on franchissait la porte d'entrée et que l'on traversait le hall. À l'étage de la direction générale, on enchaînait les réunions et les conférences de presse. Il s'agissait de ne pas relâcher la pression. La stratégie était simple : alimenter les médias régulièrement pour qu'ils continuent de parler du phénomène Facebook en Bourse afin de rassurer les récents actionnaires quant à leur choix et allécher de nouveaux investisseurs. À l'étage de la présidence, l'ambiance était plus studieuse. Les équipes de Mark Zuckerberg enchaînaient les réunions de travail avec les équipes techniques des principaux constructeurs de satellites afin de boucler au plus tôt l'appel d'offres nécessaire au déploiement du réseau Internet gratuit. Cette euphorie, Salvatore Figli la ressentait, lui aussi. Et cela lui convenait bien. Tout le monde était très occupé, ce qui lui laissait le temps et le champ dont il avait besoin ces trois prochains jours. Il se dirigea directement vers l'ascenseur menant à l'étage de la vice-présidence. Sa secrétaire l'accueillit comme chaque jour avec un expresso bien noir.

— Bonjour, monsieur le vice-président.

— Bonjour, Helen, demandez à Clifford de venir, s'il vous plaît.

— Tout de suite, monsieur.

Figli pénétra dans son bureau et prit connaissance du rapport quotidien d'activité du groupe. La partie concernant l'entrée en Bourse était conforme à ses estimations. Tout se passait comme prévu. Le cours était même légèrement au-dessus des projections de Clifford. Il terminait de lire le rapport lorsque ce dernier frappa.

— Entrez.

— Bonjour, maître, dit Clifford en entrant.

— Bonjour, monsieur Clifford. Je vois que vos prévisions se sont révélées justes.

Clifford sourit et commença son rapport. Pendant son exposé, Figli pouvait prendre connaissance des chiffres sur l'écran de son bureau. Il était le seul à disposer de ces informations. Mark lui-même n'avait pas accès à ces données.

— L'entrée en Bourse s'est déroulée sans difficulté particulière. Le cours a connu plusieurs paliers comme prévu. Nous sommes intervenus à l'occasion du dernier palier. Les membres de l'Ordre de Salai ont injecté 50 milliards de dollars afin de stopper la baisse et de faire repartir le cours de l'action à la hausse. Les équipes du président communiquaient opportunément dans le même temps sur les résultats des Bourses européennes et sur le calendrier de déploiement des satellites d'accès gratuit à Internet. Cela a déclenché une surenchère de la part d'investisseurs privés, qui ont racheté quelques minutes après les 50 milliards de dollars investis par les membres de l'Ordre. Cette opération a généré en moins d'une heure plus de 8 milliards de dollars de cash pour l'Ordre. Par cette action, nous nous sommes assurés du succès de la mise sur le marché des 52 % d'actions Facebook. Aujourd'hui, Mark Zuckerberg ne possède plus la majorité absolue de son entreprise. Il croit encore la contrôler, mais 52 % des actions de Facebook reposent dans les mains d'investisseurs prompts à les revendre dès le moindre signe de faiblesse. En effet, en une journée, ils ont réalisé une plus-value potentielle de plus de 100 % pour la majorité d'entre eux.

Figli écoutait le rapport de Clifford d'une oreille distraite. Il connaissait déjà ces résultats, mais il ne voulait pas vexer Clifford, qui avait mis en œuvre cette stratégie avec succès et à l'insu de tous. Et c'était surtout cette dernière partie qu'il considérait comme le vrai succès : que personne ne se soit rendu compte de l'intervention de l'Ordre. Car une telle mise sur le marché était très surveillée par la SEC, le gendarme de la Bourse américaine, mais aussi par tous les services de détection d'opérations de blanchiment potentiel à travers le monde. Pour atteindre cet objectif, Clifford avait distillé pendant plusieurs semaines, *via* un grand nombre de réseaux d'informations économiques, de multiples simulations du cours de Facebook après sa mise sur le marché. Les analystes économiques les avaient reprises et comparées à d'autres sources également alimentées par Clifford. Ils avaient donc fini par s'approprier les simulations de Clifford, qui n'avait eu qu'à faire injecter les fonds nécessaires par l'Ordre pour atteindre l'objectif qu'il avait lui-même fixé. Ce type de manipulation avait été utilisé à plusieurs reprises par le KGB du temps de l'URSS pour désinformer les États-Unis. *Il a encore de beaux jours devant lui*, se dit Figli.

— Toute la direction de l'entreprise est maintenant focalisée sur ce succès et travaille dur pour le maintenir. Nous allons pouvoir passer à la phase deux de notre opération.

— Tout est prêt, maître.

Clifford fit apparaître sur l'écran le déroulement de la deuxième phase. Celle-ci débuterait trois jours plus tard, le 15 septembre. Il reprit sa présentation.

— Dans trois jours, nous expédierons l'envoi n° 1 de 100 000 selon les modalités arrêtées. Le lendemain, l'envoi n° 2 de 110 000 partira. Pas d'envoi le troisième jour. Nous reprendrons le quatrième jour par l'envoi n° 3 de 130 000 sur le deuxième support. Le cinquième jour, envoi n° 4 de 140 000 sur trois supports. Nous serons le 19 septembre. Le 20 septembre, nous annoncerons l'envoi n° 5. Puis le 21 septembre, l'envoi n° 6 sur tous les supports en même temps. Les envois 7, 8 et 9 seront identiques à l'envoi n° 6. Vous pourrez faire votre annonce après l'envoi n° 9. Le monde entier vous écoutera et acceptera vos conditions. Nous n'aurons peut-être pas à utiliser l'envoi n° 10. Toutefois, si cela devait arriver, n'oubliez pas qu'une fois lancé, l'envoi n° 10 se reproduira chaque jour sans que nous puissions arrêter le Cercle.

Figli demanda à Clifford quelques ajustements dans le déroulement et valida le texte de chaque support pour tous les envois. Puis les deux hommes se séparèrent. Clifford avait encore beaucoup de travail à accomplir avec son équipe avant le 15 septembre. Figli décida d'aller déjeuner chez Françoise. Il demanda à Helen de lui réserver sa table habituelle. Il mangerait seul, pour profiter du moment.

Amboise

Philip et Sophie étaient rentrés la veille au soir au manoir. Debout depuis 6 heures, ils avaient passé chacun une courte nuit. La visite à monseigneur Barbarin avait été positive, mais rien ne garantissait qu'ils auraient accès aux archives de Léon X. Et le temps pressait. Les disciples étaient en route pour Sienne et leur sécurité était la priorité absolue de l'Ordre. Tant qu'ils ne seraient pas arrivés à Amboise, Philip serait inquiet. Sophie le voyait bien. Le téléphone sécurisé de Philip sonna. Il décrocha :

— Bonjour, mon ami.

Philip reconnut la voix de monseigneur Barbarin.

— J'ai demandé une audience de toute urgence au Saint-Siège. Sa Sainteté me reçoit demain matin, au nom de notre proximité. J'espère que vous ne vous trompez pas, mon ami. Mon insistance à être reçu a largement inquiété l'entourage du Saint-Père. Et je ne vous parle pas de ce qu'ils ont pensé de ma demande d'audience à huis clos. Je crois que le pape lui-même est inquiet, car je ne lui ai jamais adressé une telle requête.

Aucun évêque n'a jamais fait une telle demande avec autant d'insistance, se dit-il.

— J'aimerais me tromper, monseigneur, j'aimerais sincèrement. Mais ce n'est pas le cas.

— Je vous appelle dès mon retour.

— Merci pour tout.

Philip raccrocha et regarda Sophie.

— Monseigneur Barbarin sera reçu demain par le pape Benoît. Il m'appelle à son retour.

Un peu partout dans le monde

Les disciples étaient en route pour Sienne en compagnie de leurs messagers. Aucun d'entre eux ne connaissait cette ville. Et seul Mohamed Al-Khalifa s'était déjà rendu en Italie.

Helena Dvorski et Eric étaient dans le train entre Cracovie et Sienne. Eric avait choisi cet itinéraire, car il n'y avait aucun contrôle douanier à l'intérieur de l'espace Schengen. Le trajet était plus long que par avion, mais cela évitait que le cylindre soit contrôlé trop souvent, et donc d'attirer l'attention. Après avoir traversé le sud de la Pologne, ils se trouvaient actuellement en Autriche. Dans quelques heures, le train entrerait en Italie. Il passerait par Vérone, puis Bologne et atteindrait Sienne en fin de journée. Eric avait réservé un compartiment pour deux. La vue sur les paysages du sud de la Pologne, puis des Alpes autrichiennes, était magnifique. Ils étaient restés silencieux depuis le début du voyage et profitaient du panorama. Eric avait décidé d'aller directement à la banque Monte dei Paschi puis de prendre le dernier vol pour Paris le soir même.

Emilie Page et Franck étaient sur le vol New York – Rome. Franck avait choisi de voyager séparé d'Emilie. Il était assis cinq rangs derrière elle en classe économique. Une fois à Rome, ils prendraient le train jusqu'à Sienne. Ils y seraient le lendemain matin.

Enrique Alvares et Stephan se trouvaient sur le vol São Paulo – Rome. Stephan avait loué une voiture à Rome pour se rendre à Sienne. Ils y seraient le lendemain dans l'après-midi.

Mohamed Al-Khalifa et Mourad avaient pris un vol Doha – Rome sur Qatar Airways. Ils se trouvaient actuellement à Rome, où ils passaient la nuit. Le lendemain, un taxi les emmènerait à Sienne. Arrivée prévue le matin.

Liu Xi, sa sœur et Mai-Lan étaient dans le Gulfstream loué par la secrétaire de cette dernière en direction de Sienne. Elles se trouvaient quelque part au-dessus de l'océan Indien. Les deux sœurs dormaient, tandis que Mai-Lan terminait son repas. Horaire d'arrivée à Sienne : le lendemain vers 17 heures.

Palo Alto

John Eisenstein, l'ami et avocat de Mark Zuckerberg, était arrivé très tôt au siège de Facebook. Bien qu'extérieur à l'entreprise, il disposait d'un bureau à l'étage de la présidence. Alors que tous les analystes saluaient le succès de l'entrée en Bourse du groupe, John était beaucoup plus circonspect. Bien sûr, les chiffres étaient là. Bien sûr, Facebook avait récupéré par cette opération plusieurs dizaines de milliards de dollars de cash. Et tout ce que le monde comptait d'investisseurs institutionnels était entré dans le capital de l'entreprise. Mais il n'arrivait pas à détacher son regard du niveau du cours et de sa stabilité depuis le début de l'entrée en Bourse. Il avait donc décidé d'examiner de nouveau l'évolution des flux de transactions lors de la première journée. Il était à peine 7 heures. Il ouvrit son ordinateur portable et sortit la clé USB que lui avait remise Aymes à la fin de la première journée. Il téléchargea les données et commença à faire défiler, minute par minute, la séquence de mise sur le marché. La journée allait être longue. Il ne voulait pas utiliser le réseau de l'entreprise pour ses recherches, car il savait que celui-ci était surveillé. Et il ne partagerait pas ses doutes avec Mark tant qu'il n'aurait pas de preuve d'une manipulation du cours.

Sienne

Le train s'arrêta en gare de Sienne à 15 heures. Helena Dvorski et Eric descendirent sur le quai et regagnèrent le hall de la gare centrale. Cela faisait près de deux jours qu'ils voyageaient. Marcher un peu leur ferait le plus grand bien. Ils décidèrent donc de rejoindre la banque Monte dei Paschi à pied. Celle-ci ne se situait qu'à quelques minutes. Et moins ils rencontreraient de gens, moins ils risquaient d'être remarqués. C'est pour cette raison qu'Eric ne voulait rester à Sienne que quelques heures. Et puis, le temps s'y prêtait bien. Le soleil baignait la ville et la température était encore douce à cette époque de l'année.

— Vous êtes prête ? demanda-t-il à Helena.

— Ma grand-mère pensait que je l'étais. Moi, je n'en suis pas sûre…

— Dépêchons-nous. Notre vol pour Paris décolle à 22 heures de Rome. Essayons de ne pas le rater. Plus tôt nous serons à Amboise, plus tôt vous serez en sécurité.

Ils sortirent de la gare par la porte principale. Eric s'assura qu'ils n'étaient pas suivis puis ils prirent la direction de la banque. Eric n'avait pas pris rendez-vous afin de ne pas attirer l'attention avant leur arrivée. Ouvrir un coffre vieux de plus de cinq cents ans allait sûrement intriguer ; autant que ce soit le plus tard possible. Il se demanda comment les cinq autres messagers allaient faire si les instructions de Melzi étaient les mêmes. Ils passèrent devant l'hôtel de ville, dont l'architecture ne les laissa pas indifférents. Puis ils dépassèrent la bibliothèque pour enfin déboucher dans la via Bettino Ricasoli après dix minutes de marche. La banque Monte dei Paschi était au numéro 48. Le majestueux bâtiment datait de la création de la banque en 1472. Le temps ne semblait pas avoir eu de prise sur lui. Seuls les caméras de surveillances extérieures et le sas d'entrée sécurisé rappelaient que nous étions en 2012. Ils s'approchèrent du bâtiment. Eric se demanda comment ils allaient s'y prendre pour ouvrir le coffre. Il se tourna vers Helena.

— Vous avez le numéro du coffre ?

Helena prit la clé autour de son cou et examina l'intérieur de la partie ronde.

— Oui, je l'ai.

— Le coffre doit être à votre nom.

— Vous en êtes sûr ?

— Oui, car lorsque vous voulez accéder à un coffre dans une banque, on vérifie votre identité avant de vous accompagner dans la salle des coffres. Il est donc à votre nom.

Arrivés devant l'entrée de la banque, ils franchirent le sas de sécurité et se retrouvèrent dans le hall. Celui-ci était gigantesque. En son centre, gravés dans le sol de marbre rose, se trouvaient le blason Monte dei Paschi et la date de fondation de l'établissement. Ils se dirigèrent vers le comptoir chargé des coffres. Helena s'approcha du fondé de pouvoir assis derrière le guichet.

— Bonjour, je suis Mme Dvorski. Je souhaite accéder à mon coffre.

— Bien sûr, madame.

L'employé lui tendit une tablette numérique.

— Tapez le numéro de votre coffre et placez votre main droite sur la tablette.

Un lecteur d'empreintes digitales ! Eric sentit son cœur s'emballer. Il vit Helena pâlir. Elle entra le numéro du coffre et posa sa main sur la tablette.

— Parfait, madame Dvorski, dit le fondé de pouvoir après quelques secondes qui lui parurent interminables. Je vais vous accompagner à la salle des coffres.

— Merci à vous, réussit-elle à lui répondre.

L'employé les précéda. Ils traversèrent le hall et se dirigèrent vers une porte à digicode. L'employé tapa un code à huit chiffres et ouvrit la porte. Ils empruntèrent alors un long couloir au bout duquel un ascenseur ouvert les attendait. L'employé tapa un nouveau code à l'intérieur et l'ascenseur descendit deux étages. Quand la porte s'ouvrit, ils aperçurent la salle des coffres, protégée par une double grille métallique. Un nouvel employé les attendait.

— Je vous laisse avec M. Di Martino. Bonne journée, madame.

L'ascenseur se referma, emportant avec lui l'employé chargé de les accompagner jusqu'à la salle. Celui-ci avait complètement ignoré Eric.

— Si vous voulez bien me suivre.

Au moment où Helena avait posé sa main droite sur la tablette, un message était apparu sur l'ordinateur du président de la banque. Un coffre créé il y a plus de cinq siècles allait être ouvert par son propriétaire. La banque existant depuis 1472, plusieurs coffres n'avaient pas été ouverts depuis des dizaines d'années. La banque les appelait « les oubliés ». Une procédure d'alerte du président avait été mise en place vingt ans auparavant, afin de le prévenir lorsqu'un « oublié » remontait à la surface. Enzo Moggiani présidait la banque depuis quinze ans et il avait vu revenir moins d'une dizaine « d'oubliés ». Le plus célèbre remontait à douze ans lorsque la police italienne avait arrêté un dirigeant de Cosa Nostra qui était en possession d'une clé d'un coffre ouvert cent ans plus tôt par sa famille. On y avait retrouvé la liste des hommes politiques et entrepreneurs corrompus de l'époque avec les montants des pots-de-vin qu'ils avaient touchés. Plusieurs descendants de grandes familles italiennes avaient crié au complot et saisi la justice pour que le document soit détruit, craignant qu'un de leurs ancêtres soit cité. Le président du conseil avait passé un accord avec celles-ci et classé le document secret-défense afin d'éviter sa destruction et tout scandale.

Mais un coffre de plus de cinq cents ans, jamais. Enzo Moggiani décrocha son téléphone et demanda à parler au fondé de pouvoir chargé des coffres.

— Bonjour, monsieur le président, lui répondit l'employé.

— Bonjour, Mme Dvorski est-elle toujours dans la salle des coffres ?

— Tout à fait, monsieur.

— Pouvez-vous lui dire que je souhaiterais la voir à son retour ?

— Ce sera fait, monsieur.

Mme Dvorski devait être une cliente importante de la banque pour que le président désire la voir sans rendez-vous, pensa-t-il en raccrochant.

Helena et Eric suivirent le responsable de la salle des coffres. Ils pénétrèrent dans le sas situé derrière la première grille métallique. Eric remarqua qu'à partir de cet endroit, la salle ne disposait plus de caméras de surveillance afin de garantir la discrétion des clients. Dans le sas, il n'y avait qu'une table et deux chaises. Le préposé ouvrit la deuxième grille et ils entrèrent dans une salle constituée de plusieurs pièces. Des milliers de coffres tapissaient les murs de celle-ci. L'employé les accompagna jusqu'à la dernière pièce, plus ancienne que les autres, et s'arrêta devant une rangée de coffres au milieu desquels Helena reconnut le numéro du sien.

— Votre coffre, madame. Je vous laisse. Si vous avez besoin de moi, appelez-moi, dit M. Di Martino en lui montrant l'interphone situé à l'entrée de la pièce.

— Merci pour tout, répondit Helena.

Le préposé sortit et regagna son bureau à l'entrée de la salle. Il était à peine assis que le téléphone sonna.

— Monsieur Di Martino.

Il reconnut immédiatement la voix du fondé de pouvoir chargé des coffres.

— Oui, monsieur.

— Prévenez-moi lorsque Mme Dvorski aura terminé.

— Bien monsieur, dit-il avant de raccrocher.

Helen et Eric étaient restés immobiles devant le coffre pendant plusieurs secondes, comme hypnotisés par celui-ci.

— Il faut l'ouvrir maintenant, Helena, souffla Eric.

Helena ôta le collier de son cou et saisit la clé qu'elle conservait depuis tant d'années sans très bien savoir pourquoi. Elle l'introduisit dans la serrure. Après deux tours, la porte s'ouvrit. À l'intérieur se trouvait un coffret métallique de la même taille. Helena prit la poignée fixée sur la face avant du coffret et tira celui-ci. Il sortit de son alvéole. Il faisait trente centimètres de largeur, vingt centimètres de hauteur et avait une profondeur de cinquante centimètres. Helena le posa sur la table située au milieu de la pièce, et ils s'assirent chacun sur une chaise. Helena souleva le couvercle. À l'intérieur se trouvait un porte-documents en cuir marron. L'odeur qui s'en dégagea confirma, s'il le fallait, que celui-ci avait plusieurs siècles. Il avait été fortement huilé par Melzi afin d'être sûr qu'il traverserait les siècles avec le moins de dégâts possible. En dessous de celui-ci, Helen aperçut une forme carrée, enveloppée dans un linge. Elle sortit avec beaucoup de précautions le porte-documents, qu'elle posa sur la table. Eric vérifia d'un coup d'œil que le préposé à la salle des coffres avait bien regagné son bureau. L'antichambre était déserte. Ils étaient donc seuls, ce qui le tranquillisa. Pendant ce temps, Helena avait aussi sorti le carré enveloppé dans le linge et l'avait déposé juste à côté du porte-documents. Elle fixait désormais la table sans dire un mot.

— Ouvrez le porte-documents, la pressa Eric. Nous devons repartir pour Amboise au plus vite. Nous ne sommes pas en sécurité ici.

Helena prit l'étui de cuir avec une grande délicatesse et défit la ceinture qui l'entourait. Elle sentait sur ses doigts noircis l'huile qui le recouvrait depuis des siècles. Puis elle souleva le rabat. À l'intérieur de celui-ci se trouvait le sceau de Melzi, le « M 1516 » entouré des signes mathématiques. Ce sceau était le même que celui qu'elle avait découvert dans la boîte où sa grand-mère rangeait sa bible de Gutenberg. Il figurait également sur le cylindre que lui avait remis Eric, qui lui-même l'avait tatoué derrière le lobe de son oreille. Puis elle ouvrit la poche et passa sa main à l'intérieur. Elle en retira deux documents.

Le premier était une nouvelle lettre de Melzi. Helena et Eric la lurent en silence.

Cher disciple,

Je pense bien à vous en ce moment difficile pour le monde dans lequel vous vivez. J'ignore à quoi ce monde ressemble, mais comme vous le savez maintenant, celui-ci est en grand danger. Les jours qui viennent de s'écouler ont dû transformer votre vie, même si, au plus profond de vous-même, vous saviez que tout ceci pouvait arriver. Vos ancêtres ont chacun servi l'Ordre du Cercle avec fidélité et dévotion. C'est à vous aujourd'hui qu'il revient de poursuivre leur tâche dans ce qu'elle a de plus difficile.

Vous trouverez dans ce porte-documents un parchemin correspondant à la page 77 du carnet de notes personnelles de Léonard de Vinci. Ce parchemin comprend une partie de l'algorithme créé par Léonard et dont il s'est servi pour réaliser Le Cercle. Vous devez amener ce document à Amboise, où l'ensemble de ces pages seront réunies. Là, vous comprendrez ce qu'a créé Léonard de Vinci et la raison pour laquelle cette invention doit être à tout prix retrouvée et enfouie de nouveau au plus profond de votre monde.

Vous trouverez également dans ce coffre une miniature d'un tableau peint par Léonard. Il était courant à l'époque de Léonard que les mécènes demandent à leurs artistes de réaliser des miniatures de leurs œuvres majeures, afin que ces monarques puissent les emmener lors de leurs différents voyages. Si quelqu'un venait à poser des questions sur le contenu de votre coffre, vous pourrez lui montrer l'œuvre, qui sera facilement identifiable. Cela devrait satisfaire toutes les curiosités qui ne manqueront pas de se manifester après l'ouverture d'un coffre vieux de plusieurs dizaines, voire plusieurs centaines d'années.

Que Dieu vous protège,

M 1516

Helena reposa la lettre de Melzi et prit le deuxième document. Il s'agissait d'une page de notes manuscrites où se succédaient à la plume noire des équations et des annotations renvoyant vraisemblablement à d'autres pages et à d'autres formules mathématiques. La page qu'Helena tenait dans ses mains portait effectivement le numéro 71 en bas à droite. Elle remit les deux documents dans l'étui de cuir, le referma avec la ceinture puis le posa de nouveau sur la table. Elle saisit alors le carré enveloppé dans le linge et commença à l'ouvrir. Une fois le linge défait, le tableau apparut dans toute sa splendeur. C'était une miniature de *La Cène*, œuvre réalisée entre 1495 et 1498. L'original se trouvait à l'église Santa Maria delle Grazie de Milan. La reproduction était magnifique. Un frisson parcourut Helena alors qu'elle découvrait le tableau. Elle avait bien vu une reproduction de celui-ci dans un livre que lui avait transmis sa grand-mère, mais elle n'avait jamais observé l'œuvre originale de près. Elle était fascinée par ce qu'elle avait sous les yeux.

— Il faut y aller, Helena, insista Eric.

La voix d'Eric ramena Helena à la réalité. Ils devaient ressortir de la banque au plus vite afin de regagner Rome puis Paris pour être au plus tôt à Amboise.

Helena referma le linge sur la miniature et la mit dans son sac. Elle tendit la sacoche de cuir à Eric afin qu'il la protège. Puis elle prit le coffret, l'inséra de nouveau dans sa niche et referma le coffre. Elle se dirigea ensuite vers l'interphone situé à l'entrée de la salle et appuya sur le bouton.

— C'est madame Dvorski. J'ai fini. Vous pouvez venir, dit-elle.

— Très bien, madame, lui répondit le préposé.

Avant de venir les rejoindre, il décrocha de nouveau son téléphone et composa le numéro du fondé de pouvoir.

— Mme Dvorski a terminé, monsieur.

— Très bien, dites-lui que monsieur le président de la banque Monte dei Paschi souhaiterait la voir quelques instants.

Le préposé raccrocha et se dirigea vers la salle où l'attendait Helena.

— Tout s'est passé comme vous le souhaitiez, madame ? demanda-t-il en entrant dans la salle.

— Tout était parfait.

— Je vais vous raccompagner jusqu'à l'ascenseur. Le fondé de pouvoir vous attend. M. Moggiani, notre président, désirerait vous rencontrer quelques minutes.

Le sang d'Helena se glaça. Les yeux d'Eric s'assombrirent. Pourquoi le président de la banque voulait-il rencontrer Helena si ce n'était parce que leur venue aujourd'hui avait éveillé les soupçons ? L'ouverture d'un coffre vieux de cinq cents ans n'avait pas dû passer inaperçue. Ils entrèrent dans l'ascenseur. Le préposé appuya sur la touche menant au rez-de-chaussée et les salua. Ils étaient seuls dans la cabine et le retour de la salle des coffres leur parut durer une éternité. Lorsque la porte s'ouvrit, le fondé de pouvoir était là.

— Notre préposé a dû vous informer que notre président souhaitait vous voir quelques instants.

— Oui, dit Helena, mais nous sommes un peu pressés. Notre avion décolle de Rome dans quelques heures.

— Ce ne sera pas long, mais il tient à vous saluer.

Le fondé de pouvoir les invita à le suivre vers un deuxième ascenseur menant à l'étage de la présidence. Moins de trente secondes plus tard, les portes s'ouvrirent au cinquième étage. Helena et Eric furent accueillis par la secrétaire du président, une femme d'une soixantaine d'années, très distinguée.

— Je vous laisse, dit le fondé de pouvoir, qui était resté dans l'ascenseur.

— Bonjour madame Dvorski, si vous voulez bien me suivre, M. le président va vous recevoir tout de suite.

La secrétaire les précéda dans le couloir et ouvrit la porte des services de la présidence. Ils étaient installés au dernier étage du bâtiment dans l'aile historique de la banque. Les murs de granit étaient parfaitement conservés. Le lieu était magnifique. Le président Moggiani les attendait devant l'entrée de son bureau.

— Bonjour madame Dvorski, je suis ravi de vous rencontrer, dit-il à Helena en lui tendant la main.

— Bonjour monsieur le président, je vous présente Eric, mon frère, répondit-elle en lui présentant son messager et en lui donnant sa main.

— Entrez quelques instants.

Helena et Eric pénétrèrent dans le bureau du président, qui les invita à s'asseoir dans un des canapés qui formaient un petit salon au centre de la pièce. Les murs du bureau étaient ornés de plusieurs tableaux de l'école italienne et le mobilier rappelait celui des palais vénitiens. Le sol était en marbre rose. À la gauche du bureau du président, Helena remarqua une photo du pape Benoît XVI. L'homme devait être pratiquant, pensa-t-elle en s'asseyant. Enzo Moggiani présidait la banque depuis quinze ans. Il avait 55 ans et était issu d'une famille aristocrate de Florence. Son père et son grand-père avaient été banquiers et lui avaient transmis la passion de la finance. Sa mère, une catholique fervente, lui avait donné sa foi. Ses origines et son éducation lui permettaient de diriger cette institution plus de cinq fois centenaire d'une main de fer dans un gant de velours.

C'est le sentiment que ressentit Helena lorsqu'il s'assit près d'eux.

— Je dirige la banque Monte dei Paschi depuis plus de quinze ans, mademoiselle Dvorski, et c'est la première fois qu'une cliente propriétaire d'un coffre vieux de cinq cents ans se présente au guichet de notre établissement. Vous comprendrez que j'ai souhaité vous rencontrer, vous et votre frère. Par le passé, la banque a connu quelque publicité peu agréable à la suite de telles visites concernant des coffres bien moins anciens. Je désire donc m'assurer que le contenu de votre coffre ne nuira pas à la réputation de l'institution que je préside.

— Je comprends votre surprise et votre curiosité en de telles circonstances, monsieur le président, rétorqua Helena, mais j'espère que la politique de confidentialité à l'égard de vos clients et qui fait la renommée de votre institution depuis plusieurs siècles n'est pas en train de changer.

Enzo Moggiani s'assombrit, mais il ne laissa rien transparaître de sa contrariété. Il avait voulu rencontrer cette cliente, car les conséquences d'une telle visite pouvaient placer la banque au centre d'une médiatisation très préjudiciable pour ses clients. Mais le principe de confidentialité qui était la marque de fabrique de la Monte dei Paschi, et qu'il tentait de défendre en ce moment, ne pouvait être enfreint avec Helena Dvorski. Et elle venait de le lui rappeler vertement.

Eric, qui avait assisté à la scène, sentit que l'entretien se compliquait. Les soupçons du président allaient s'éveiller rapidement s'il n'intervenait pas.

— Helena, je ne pense pas que monsieur le président ait l'intention de nous demander de lui révéler ce que contient notre coffre. Mais à sa place, j'aurais fait de même. Tu viens tout de même d'ouvrir un coffre vieux de cinq cents ans, qui appartenait à notre père et dont il ne nous avait jamais parlé. Toi aussi tu as été surprise lorsque le notaire nous a informés de son existence. De plus, M. Moggiani semble amateur d'art italien, lui dit-il en désignant les différents tableaux accrochés au mur de son bureau. Peut-être pouvons-nous lui montrer ce dont nous venons d'hériter ?

Le président fut très étonné de l'intervention d'Eric. Helena perçut cette surprise dans ses yeux.

— Pourquoi pas ? répondit-elle à Eric. Mais cela restera confidentiel, monsieur le président.

— Absolument, mademoiselle Dvorski.

Helena sortit alors de son sac le carré enveloppé dans le linge et découvrit la miniature de *La Cène*. Enzo Moggiani resta bouche bée devant le chef-d'œuvre que lui présentait Helena. Et il ne pouvait être qu'authentique, se dit-il, puisqu'il était dans ce coffre depuis cinq cents longues années.

— C'est une œuvre d'une valeur inestimable, mademoiselle, finit-il par dire après plusieurs secondes de silence.

— Nous en avons conscience, monsieur le président.

Enzo Moggiani s'était agenouillé devant la table basse sur laquelle Helena avait posé le tableau, afin d'observer ce trésor du patrimoine national italien de plus près. Il mesurait la chance qui était la sienne aujourd'hui, mais il savait qu'il ne pourrait jamais en faire part.

— Notre avion décolle dans peu de temps monsieur le président. Nous allons devoir vous quitter, dit Helena en replaçant le tableau dans son linge, puis dans son sac.

— Merci pour ce moment, madame Dvorski. Je ne pourrai le partager avec personne, mais il restera gravé dans ma mémoire à jamais.

Enzo Moggiani raccompagna ses visiteurs jusque dans le hall de la banque et les salua.

Helena et Eric quittèrent l'établissement et remontèrent la via Bettino Ricasoli sur cent mètres. Eric s'arrêta alors et sortit un petit bloc-notes de son sac. Il coda un message à destination de l'Ordre, qu'il déposa quelques minutes plus tard dans une des boîtes de communication de l'Ordre. Son message serait dans moins d'une heure à Amboise. Il y avait écrit :

```
Attention, Enzo Moggiani, président de la banque Monte
dei Paschi, est méfiant à la suite de notre ouverture de
coffre. Prévenir les autres messagers.
```

Puis Eric rejoignit Helena, qui l'attendait à quelques mètres de là. Il ne savait pas comment les autres messagers allaient s'y prendre.

Eric et Helena retournèrent à la gare de Sienne et prirent le train pour Rome. De là, ils regagnèrent l'aéroport juste à temps pour prendre le vol de 22 heures pour Paris. Ils seraient à Amboise demain matin, se dit Eric soulagé avant de s'endormir dans l'avion. Helena ne trouva pas le sommeil. Elle pensait à sa grand-mère et à ce que sa vie était devenue en quelques heures.

Amboise

Floyd préparait le prochain rapport d'activité pour Philip Stern lorsqu'on frappa à son bureau. Il leva les yeux de son ordinateur et dit :

— Entrez.

Le responsable des communications entre messagers de l'Ordre entra. Il tenait un message codé d'Eric, le cinquième messager, qui venait de quitter Sienne avec Helena Dvorski.

— Nous avons un problème à Sienne, monsieur, le président Moggiani de la banque Monte dei Paschi est méfiant depuis l'ouverture du coffre de Mme Dvorski. Il a demandé à la voir juste après son passage en salle des coffres. Il semble que Melzi ait prévu cette hypothèse, car ils ont pu satisfaire sa curiosité en lui montrant un tableau qui était également dans le coffre. Toutefois, cela ne fonctionnera pas pour les autres messagers.

— Effectivement, si l'ouverture d'un coffre vieux de cinq cents ans a déjà attiré l'attention, qu'en sera-t-il s'il y a cinq autres demandes de même nature dans la même journée ? Et nous manquons de temps pour nous permettre d'étaler les visites sur plusieurs jours.

— Il faut immédiatement prévenir les cinq autres messagers. Certains sont déjà arrivés à Sienne. Ils ne peuvent pas se présenter à la banque comme Mme Dvorski.

— Prévenez-les tous. Qu'ils agissent autrement, mais il est essentiel que le timing prévu ne soit pas modifié.

— Bien, monsieur.

Le responsable des communications sortit du bureau et se dirigea au poste de commandement de l'Ordre afin d'envoyer l'information aux messagers. Ils seraient tous au courant de la difficulté d'ici moins d'une heure, mais ils devraient improviser. Et, en tant que responsable des communications entre les membres de l'Ordre du Cercle, il n'aimait pas du tout l'improvisation.

Floyd attendit que son responsable ait quitté le bureau pour décrocher son téléphone.

— Maître, nous avons un problème avec la banque Monte dei Paschi.

Et Floyd communiqua le rapport d'Eric envoyé depuis Sienne. Il fit part à Phillip du message envoyé aux autres messagers et de la difficulté dans laquelle ils allaient se trouver.

— Monsieur Floyd, j'ai une totale confiance en nos messagers. Ils connaissent l'importance de leur mission et le timing qu'ils doivent respecter. Ils donneraient leur vie pour protéger l'Ordre. Chacun d'eux trouvera une solution sur place, mais rien ne les arrêtera. Croyez-moi.

— Je l'espère, maître.

Philip perçut, dans la voix de Floyd, combien celui-ci se sentait personnellement responsable de la fuite concernant le lieu où se trouvait le Cercle et, depuis ce jour noir, il n'avait plus confiance ni en lui-même ni en ses hommes. Il devenait urgent d'en découvrir la source, sinon la paranoïa s'emparerait des membres et l'organisation se détruirait de l'intérieur. Cela avait peut-être déjà commencé, se dit Philip en raccrochant.

Philip se retourna vers Sophie, qui n'avait plus quitté son ordinateur des yeux depuis des heures, de peur de laisser échapper une nouvelle information concernant une autre utilisation du Cercle. Mais aucun fait nouveau ne s'était produit depuis la mort d'Edouardo Sanchez à Buenos Aires.

— Sophie, nos messagers vont rencontrer une difficulté à Sienne. Le président de la Banque Monte dei Paschi est méfiant depuis l'ouverture du premier coffre par notre cinquième disciple. Floyd a prévenu les cinq autres de la situation. Ils vont devoir se débrouiller.

— Laissez-les faire, Philip. Je ne connais l'Ordre que depuis deux jours, mais l'engagement des hommes et des femmes à son service est total, surtout depuis la réapparition du Cercle. Et puis toute intervention de votre part ne ferait qu'augmenter les soupçons.

Philip était heureux que Sophie partage sa vision de la situation. Elle aussi était désormais totalement investie dans sa mission, et cela le rassurait. Bien sûr il n'en montra rien. Il acquiesça et se remit au travail.

Sienne

Il était 17 h 30 lorsque Boubacar Diop et Nick, son messager, descendirent du taxi. La banque fermait à 18 heures. Nick s'était dit qu'arriver une demi-heure avant la fermeture éveillerait moins l'attention du personnel, qui commencerait à penser à la fin de sa journée. Ils s'étaient fait déposer dans le haut de la via Bettino Ricasoli. Nick voulait descendre la rue à pied afin de s'assurer de leur sécurité avant d'entrer dans l'établissement. Ils passèrent devant la boîte de communication de l'Ordre. Nick prit le message codé à son attention. Il le lut et son visage s'assombrit.

— Nous avons un problème, monsieur Diop. Le président de la banque est méfiant depuis l'ouverture du premier coffre. Une deuxième demande de ce type dans la même journée va donner l'alerte. Ceux qui utilisent le Cercle actuellement seront au courant de cet évènement, qu'ils ne prendront sûrement pas pour une coïncidence. Nous devons donc improviser.

Boubacar Diop, qui, il y a moins de deux jours, était encore un simple pêcheur de crevettes à Saint-Louis du Sénégal, semblait dépassé par ce nouvel évènement. Il regarda Nick et attendit la suite.

— Nous allons entrer dans la banque et je vais demander l'ouverture d'un coffre. Vous m'accompagnerez jusque dans la salle des coffres, qui normalement n'est pas équipée d'un système de vidéosurveillance pour garantir la confidentialité des contenus aux clients. Pendant que nous serons seuls, vous ouvrirez votre coffre et récupérerez son contenu. Puis nous ressortirons de la banque et nous reprendrons notre route vers Amboise.

Boubacar Diop acquiesça, rassuré de voir que Nick continuait de prendre les choses en main.

Ils arrivèrent devant l'entrée de la banque Monte dei Paschi à 17 h 40. Ils entrèrent dans le hall majestueux de la vieille institution. C'était la première fois que Boubacar pénétrait dans un tel endroit. Il n'avait jamais quitté le Sénégal auparavant. La culture et l'architecture italiennes lui étaient totalement étrangères. Il suivit Nick jusqu'au bureau du fondé de pouvoir pour la salle des coffres. Nick frappa à la porte et entra avec Boubacar.

— Bonjour, messieurs, leur dit le fondé de pouvoir. En quoi puis-je vous être utile ?

— Je m'appelle Nick Shawn, je suis Américain et professeur d'histoire de l'art à l'université de Harvard. Je viens d'être nommé pour un an à l'université de Sienne. Je suis mandaté par le président de mon université pour remettre officiellement un manuscrit d'une grande valeur au doyen de l'université de Sienne lors de la session de rentrée dans quelques jours. Avec mon assistant, nous souhaiterions ouvrir un coffre dans votre établissement afin d'y conserver le manuscrit jusqu'à sa remise officielle.

Nick demanda à Boubacar de sortir le cylindre en cuir dans lequel se trouvaient les instructions de Melzi aux disciples. Il le prit et le présenta au fondé de pouvoir. Celui-ci ne s'y connaissait que très peu en histoire de l'art, mais déduisit à sa vue que le cylindre était sûrement très ancien. Suffisamment en tout cas pour le mettre en sécurité dans un coffre.

— Professeur, bienvenue à Sienne. La banque ferme dans quelques minutes, mais je vais procéder à l'ouverture d'un coffre à votre nom dès maintenant puis vous pourrez vous rendre à la salle des coffres pour y déposer votre manuscrit.

— Je vous remercie beaucoup. Je suis soulagé de pouvoir mettre ce document en sécurité dès ce soir.

Boubacar Diop reprit le cylindre et le replaça dans son sac. La fonction d'assistant de Nick lui convenait parfaitement. Il se souvint de son père lui remettant la clé avant de mourir. Il n'avait pas compris tout ce qu'il lui avait dit, mais la confiance d'un père ne se trahissait pas. Il avait donc pris la clé et ne s'en était jamais plus séparé. Il avait même fini par l'oublier, jusqu'à l'arrivée de Nick deux jours plus tôt.

Le fondé de pouvoir fit signer l'ensemble des documents à Nick, photocopia son passeport et effectua les vérifications d'usage grâce au fichier européen d'Interpol auquel était reliée la banque.

— Tout est en ordre, monsieur Shawn. Je vous remets votre clé et demande qu'on vous accompagne jusqu'à la salle des coffres.

— Merci beaucoup, monsieur, dit Nick avant de sortir du bureau, précédé par le préposé à la salle des coffres.

Ils prirent l'ascenseur et descendirent jusqu'au couloir menant à la salle convoitée. Nick remarqua avec soulagement qu'effectivement elle n'était pas équipée de caméras. Le préposé ouvrit la salle, leur montra le coffre n° 2025 puis se retira.

— Si vous avez besoin de moi, utilisez l'interphone situé à l'entrée de la salle. Je serai dans mon bureau.

— Merci à vous, dit Nick.

Nick se dirigea vers le coffre 2025, introduisit sa clé et sortit le coffret, qu'il posa sur la table. Puis il montra la deuxième salle à Boubacar.

— Votre coffre doit se trouver dans la partie la plus ancienne de la salle. Trouvez-le et ouvrez-le.

Boubacar enleva la clé de son cou et regarda le numéro gravé sur la tranche intérieure de celle-ci. Puis il partit à la recherche de son coffre. Il agissait machinalement, obéissant à Nick, en qui il avait maintenant placé sa confiance. Il s'arrêta devant le coffre n° 128, y introduisit sa clé et l'ouvrit. Il en extirpa le coffret, qu'il apporta à Nick.

Ils l'ouvrirent ensemble et en sortirent une sacoche de cuir entourée d'une ceinture et un carré enveloppé dans un linge. Nick referma le coffret de Boubacar, qui alla le replacer dans son emplacement. Boubacar mit ensuite la sacoche et le linge dans son sac. Enfin, Nick rangea le sien sans y avoir rien déposé, avant d'informer le préposé qu'ils avaient terminé. Celui-ci les raccompagna jusque dans le hall et les salua. Nick et Boubacar Diop sortirent de la banque. Ils remontèrent la rue jusqu'en haut. Nick laissa un message avec la clé du coffre 2025 dans la boîte de l'Ordre. *Un coffre vide pourra toujours servir*, se dit-il en déposant son message. Puis il appela un taxi, qui les conduisit jusqu'à l'aéroport. Ils seraient à Amboise le lendemain, comme prévu. Dans l'avion, Boubacar sortit le porte-documents de son sac. Il l'ouvrit et prit les deux documents qui s'y trouvaient. Il lut la lettre de Melzi puis parcourut le page de notes de Léonard de Vinci. Celle-ci portait le numéro 78. Ce devait être la dernière page de ses notes, en déduisit Boubacar en le rangeant, car il portait la signature de Léonard en fin de page. Il défit également le linge et découvrit une miniature de *La Joconde*. Ce tableau, il le connaissait, car son père en avait un poster au-dessus de la table de la salle à manger dans la maison familiale. Et il lui dédiait chaque bénédicité. Boubacar avait toujours cru que ce tableau devait, pour son père, représenter la Vierge Marie. En replaçant le tableau dans son linge, il pensa à lui. Cet homme bon avait donné le meilleur à ses enfants. Depuis deux jours, il comprenait l'importance qu'avait ce tableau pour son père. Et ce n'était pas la représentation de la Vierge Marie qu'il honorait chaque jour, c'était

Léonard de Vinci et l'Ordre du Cercle, dont il avait été membre pendant près de soixante ans ! Désormais, c'était à lui que revenait cette charge, car son père l'avait choisi, lui, parmi ces huit frères et sœurs. Il ressentit beaucoup de fierté en cet instant.

Les quatre autres messagers reçurent l'information concernant la situation à la banque Monte dei Paschi en fin de journée. Ils trouvèrent l'idée de Nick tout à fait adaptée. Tous, sauf Mai-Lan, le quatrième messager, car elle possédait déjà un coffre dans cette banque.

Palo Alto

John Eisenstein sortit de son bureau vers 19 heures. Il avait déjà examiné, minute par minute, les quatre premières heures de la mise sur le marché de Facebook. Il n'avait rien trouvé pour l'instant, mais il continuerait le lendemain. Il avait gardé la clé USB sur lui pour plus de sécurité.

En fin de journée, le cours de l'action était de 205 dollars.

Fidèle à son instinct, John trouvait toujours cela trop beau pour être vrai.

CHAPITRE 19

13 septembre 2012

Lyon

Philippe Barbarin avait très peu dormi. La visite de Philip Stern l'avait perturbé. Ils se connaissaient depuis plusieurs années. Leur rencontre remontait à l'époque où l'Église faisait face à un projet de loi visant à taxer les biens de l'Église au titre de l'impôt sur les sociétés. Un député avait introduit un amendement à un projet de loi de finance rectificative en ce sens et celui-ci avait été approuvé lors d'une séance de nuit sans l'aval du gouvernement. Mais à la surprise générale, le lendemain, le ministre de l'Intérieur, le ministre des Cultes de l'époque, n'avait rien trouvé à redire à cette disposition. L'émotion avait été grande dans la communauté catholique. Le pape lui-même, par l'entremise de son porte-parole, s'était ému de cette disposition qui allait placer l'Église de France dans une situation très difficile. De plus, cette disposition était discriminatoire, car l'amendement ne portait que sur les biens de l'Église catholique. Les biens détenus par les cultes musulmans, juifs et protestants n'étaient pas concernés. Mais le plus grave aux yeux de la communauté catholique n'était pas l'aspect financier de cette loi, c'était surtout le fait que cela plaçait l'Église de France au même rang que les sectes et les communautés évangéliques dont les organisations étaient considérées comme des sociétés et étaient donc soumises à l'impôt sur les sociétés. Et cela était proprement inacceptable pour les dignitaires de l'Église. Le gouvernement restant sourd aux appels au retrait de cette disposition législative, le pape Benoît XVI avait chargé Philippe Barbarin, primat des Gaules, d'organiser la riposte. C'est comme cela qu'il avait rencontré Philip Stern, avocat suisse spécialisé dans ce type d'affaires. Philip lui avait été recommandé par un ami commun. Et monseigneur Barbarin n'avait jamais eu à le regretter. Philip avait fait porter immédiatement un amendement annulant la disposition par un sénateur, lors de l'examen du projet de loi de finance rectificative par la Haute Assemblée. Celui-ci avait été très largement adopté par la chambre. Puis Philip avait discrètement réuni plusieurs députés et sénateurs siégeant à la commission mixte paritaire qui allait décider ou non de renvoyer l'amendement originel vers l'Assemblée pour approbation définitive. Enfin, un déjeuner en son cabinet avait été organisé par Sophie, sa secrétaire, entre le ministre de l'Intérieur et monseigneur Barbarin, représentant officiel du pape Benoît pour cette affaire. Les deux hommes, qui ne se connaissaient pas, s'étaient appréciés dès le début du repas. Le ministre et le prélat s'étaient découvert une passion commune pour le siècle des Lumières. À la fin du repas, ils avaient même convenu de se revoir, monseigneur Barbarin ayant proposé au ministre de lui montrer l'édition originale du *Dictionnaire philosophique* de Voltaire, propriété de l'évêché de Lyon. Les deux interventions de Philip dans cette affaire avaient eu raison de l'amendement. La commission mixte paritaire l'avait enterré lors de son examen avec la bénédiction du ministre de l'Intérieur. Le député à l'origine de celui-ci et d'un début de crise diplomatique entre la France et le Vatican avait perdu son siège lors de la dernière élection législative. Monseigneur Barbarin et l'ancien ministre de l'Intérieur s'étaient revus à plusieurs reprises pour échanger sur leur passion commune.

L'action de Philip Stern avait été d'une efficacité redoutable et Philippe Barbarin était très reconnaissant envers cet homme de loi qui était aussi un homme de foi. Mais depuis cette affaire, les deux hommes, bien qu'étant restés en contact, ne s'étaient jamais revus. C'est pourquoi la visite de Philip Stern la veille et la révélation qu'il lui avait faite l'avaient beaucoup perturbé. Après son départ, il s'était plongé dans les archives de l'évêché afin d'essayer de trouver trace de ce qui s'était passé à Amboise en 1516 et de cet Ordre du Cercle, organisation vieille de cinq cents ans, dont il n'avait jamais entendu parler. Mais il n'avait rien trouvé. Il s'était donc couché vers 2 heures sans aucune réponse à ses questions. Il était maintenant 6 heures et il était déjà prêt. Son avion pour Rome ne décollait qu'à 10 heures, mais il n'avait pu dormir davantage. Seul dans la salle du petit-déjeuner de sa résidence, entre deux gorgées de café noir, il parcourait les journaux du jour que lui avait apportés son secrétaire particulier, mais il ne trouva rien en relation avec sa préoccupation.

Vers 8 heures, son chauffeur l'emmènerait à l'aéroport de Lyon-Satolas. Il serait au Saint-Siège vers 11 heures. Son rendez-vous privé avec le pape Benoît était prévu pour midi.

Sienne

Le vol New York – Rome s'était déroulé sans encombre. Il s'était posé à 8 h 30 comme prévu sur le tarmac de l'aéroport Fiumicino. Trente minutes plus tard, Franck et Emilie Page se trouvèrent dans le hall de l'aérogare. Ils prirent chacun un taxi jusqu'à la gare de Termini. Ils avaient décidé de voyager de façon séparée jusqu'à Sienne. Le prochain train pour cette ville partait dans une heure. Ils s'assirent toutefois dans le même wagon. Franck voulait garder un œil sur Emilie pendant tout le trajet. Sa sécurité était essentielle et il donnerait sa vie pour elle. Le train partit à l'heure. Il avait pour terminus Florence, au cœur de la Toscane. Emilie Page avait souvent rêvé de visiter l'Italie. Venise, Rome, Florence, la Toscane, la côte Amalfitaine... Mais elle n'avait jamais pensé le faire dans les conditions actuelles. Elle s'endormit. L'annonce de l'entrée en gare de Sienne la réveilla. Elle avait dû dormir au moins trois heures. Elle regarda sa montre. Il était 11 h 30. Dix minutes plus tard, le train entra en gare. Franck et Emilie descendirent séparément sur le quai et se dirigèrent chacun de leur côté vers la station de taxis. Quelques instants plus tard, les deux taxis filaient vers la via Bettino Ricasoli. Le taxi de Franck s'arrêta dans le haut de la rue alors que celui d'Emilie Page stoppa dans le bas. Ils finirent le trajet à pied et entrèrent presque en même temps dans le hall de la banque Monte dei Paschi.

Franck suivit la même procédure qu'Eric. En moins d'une heure, ils ressortirent de la banque avec le porte-documents et le carré enveloppé dans un linge. Emilie avait pris connaissance de la lettre de Melzi et avait parcouru la page de notes de Léonard. Elle portait le numéro 73.

Palo Alto

John Eisenstein franchit l'entrée du siège à 9 heures. Il n'avait pas souhaité arriver plus tôt, même s'il voulait reprendre son analyse au plus vite, pour ne pas attirer l'attention. En effet, les heures d'arrivée et de départ des dirigeants de Facebook étaient consignées chaque jour par la sécurité et John n'avait pas l'habitude de se présenter avant 9 heures. Il prit l'ascenseur après avoir salué l'officier de sécurité en poste ce matin-là. L'ascenseur s'arrêta à l'étage de la présidence, où se trouvait son bureau. Il sortit et se dirigea directement vers celui-ci. Il n'avait pas de rendez-vous ce jour-là. Sa secrétaire l'accueillit avec du café.

— Bonjour, lui dit-il. Veillez à ce que l'on ne me dérange pas s'il vous plaît. Je dois terminer la relecture des contrats concernant le déploiement des satellites. Nos futurs partenaires doivent pouvoir les examiner à partir de demain.

— Bien, monsieur.

Il entra dans son bureau. Les projets de contrats étaient déjà prêts, mais il avait pris soin de ne pas les diffuser avant le lendemain afin que l'on ne se pose pas de questions sur sa présence assidue au travail. Il ouvrit son ordinateur, coupa sa connexion réseau et connecta la clé USB.

— À nous deux, dit-il en commençant à faire défiler la cinquième heure de mise sur le marché des actions Facebook.

Rome

Monseigneur Barbarin n'aimait pas l'avion. Et pourtant, il parcourrait le monde régulièrement dans le cadre de ses fonctions. Son avion se posa à 10 h 30 à Rome. Son passeport diplomatique lui garantissait de n'avoir à effectuer aucune formalité douanière. En effet, Le Vatican était aussi un État et le primat des Gaules avait le rang de diplomate. Une voiture du Saint-Siège l'attendait donc sur le tarmac. Il avait été placé au premier rang dans l'avion afin de pouvoir sortir avant les autres passagers. Ce privilège sembla énerver un touriste situé au milieu de l'appareil, qui le héla devant tout le monde. Lorsque monseigneur Barbarin se retourna, le touriste découvrit l'homme d'Église et se tut. L'assistance avait apprécié ce moment. Il descendit de l'avion et s'engouffra dans la voiture noire ornée à l'avant de deux drapeaux du Saint-Siège. Les passagers n'avaient rien manqué, observant la scène par les hublots de l'appareil. La voiture démarra et quitta rapidement l'aéroport pour prendre la direction du Vatican. Le chauffeur arriva par la via di Porta Cavalleggeri puis longea les remparts jusqu'à l'entrée située en face de la place Saint-Pierre. Une fois dans le Vatican, la voiture contourna la place puis obliqua sur la droite jusqu'à l'entrée du palais apostolique, la résidence de Benoît XVI. Dès l'arrivée du véhicule officiel devant l'entrée de la résidence, deux gardes suisses ouvrirent les portes. Monseigneur Barbarin se trouvait maintenant dans la cour principale. Une fois le véhicule arrêté, un autre garde vint lui ouvrir la portière.

— Bienvenue, monseigneur, lui dit le secrétaire particulier de Benoît XVI en s'approchant de la voiture. Avez-vous fait bon voyage ?

— Bonjour cher ami, répondit-il, vous savez, je ne goûte guère l'avion, mais il faut bien vivre avec son temps. Le voyage s'est bien passé.

— Si vous voulez bien me suivre, Sa Sainteté va vous recevoir d'ici une quinzaine de minutes pour votre entretien privé.

Philippe Barbarin sentit à l'intonation du secrétaire particulier que sa demande d'entretien privé en urgence n'était pas du goût de l'entourage de Benoît XVI. « Qu'importe, se dit-il. La situation est grave et tant pis si j'ai froissé quelques susceptibilités. Le Saint-Père sait très bien que jamais je n'aurais utilisé notre proximité si ce n'est pour une affaire de très grande urgence. » Le secrétaire le précéda à l'intérieur de la résidence. Philippe Barbarin y avait déjà été reçu une fois, lors de l'affaire des biens de l'Église de France. Il connaissait donc les lieux. Il avait revêtu ses habits de primat des Gaules pour cette audience en signe de dévotion au pape

Benoît, comme le protocole l'imposait. Ils arrivèrent dans l'antichambre de la salle des audiences. Le bureau de Benoît XVI était juste à côté de cette salle très impressionnante. L'audience privée se déroulerait dans le bureau du pape. Seuls ses plus proches collaborateurs pouvaient pénétrer dans ce lieu de travail et de méditation. Monseigneur Barbarin mesura en cet instant la faveur qu'il avait demandée et l'honneur que lui avait fait Benoît XVI en acceptant sa requête. *Et ce n'est que le début,* pensa-t-il. *Si je me trompe, l'entourage de Benoît XVI ne me le pardonnera jamais.* Il s'assit dans le salon d'attente. Le secrétaire particulier s'éclipsa et laissa l'évêque seul. Au bout de dix minutes, la porte du bureau du pape s'ouvrit. Benoît XVI franchit le pas de la porte et pénétra dans la salle d'attente. Philippe Barbarin fut surpris de le voir venir vers lui. Il se leva d'un coup et s'agenouilla devant le Saint-Père, saisit sa main et baisa l'anneau papal.

— Votre Sainteté, lui dit-il.

— Relevez-vous, mon bon ami. Je suis très heureux de vous voir, même si votre demande d'audience privée en urgence me pose question depuis deux jours.

Philippe Barbarin se releva.

— Je suis profondément désolé d'avoir dû agir ainsi auprès de vous, mais ce dont j'ai à vous entretenir est de première importance.

— Entrons, mon ami, dit Benoît XVI en retournant dans son bureau.

Philippe Barbarin pénétrait dans le bureau du pape pour la première fois. Il fut impressionné par la pièce de petite taille où toute l'histoire de l'Église catholique semblait être rassemblée. Les murs de pierre étaient ornés d'icônes et de tableaux sur trois faces. Une représentation de Marie attira son attention. Le visage reposé, elle paraissait heureuse. Sa joie resplendissait dans toute la pièce. Benoît XVI se rendit compte du regard que Philippe Barbarin posait sur le tableau.

— Je vois que ce portrait de Marie provoque le même effet chez vous que chez moi. Il resplendit, n'est-ce pas ?

— Tout à fait, Votre Sainteté, son visage est apaisant et la joie que Marie dégage est tout simplement magnifique.

— Ce tableau n'est pas signé, mais l'histoire dit que Léonard de Vinci l'aurait peint juste avant de mourir pour témoigner de sa foi et de son espérance.

Philippe Barbarin marqua sa surprise. Benoît XVI ferma la porte de son bureau et alla s'asseoir derrière sa table de travail.

Dans son dos se trouvait sa bibliothèque personnelle. Philippe Barbarin reconnut une bible de Gutenberg.

— Asseyez-vous, cher ami, et dites-moi ce qui motive une audience de la sorte en si peu de temps.

Le primat des Gaules hésita quelques instants avant de commencer.

— Votre Sainteté, ce que j'ai à vous dire et à vous demander requiert la plus grande confidentialité. Surtout, ne prenez pas ombrage de mes propos et de ma demande préliminaire, mais je ne peux faire autrement.

Benoît XVI perçut du tourment chez son ami, et cela l'inquiéta.

— Votre Sainteté, je souhaiterais que notre entretien d'aujourd'hui soit placé sous le secret de la confession, poursuivit Philippe.

C'était sûrement la première fois qu'un évêque demandait à un pape de l'entendre en confession. Benoît XVI connaissait bien Philippe Barbarin, mais cette requête le stupéfia. *Qu'a-t-il de si important à me dire pour qu'il veuille s'assurer de mon silence à ce point ?* se demanda-t-il. Il prit quelques secondes de réflexion.

— C'est une demande pour le moins inhabituelle, mon ami. Je pense même qu'elle doit être unique à ce jour. Eu égard aux grands services que vous avez rendus à notre Sainte Mère l'Église, j'accède à votre demande et vais donc vous entendre en confession, mon fils.

Soulagé de sa réponse, Philippe Barbarin ouvrit la mallette qu'il avait amenée et en sortit les deux dossiers que lui avait remis Philip Stern.

Après avoir expliqué la situation, l'évêque prit l'étui en cuir dans lequel se trouvait la lettre de Léonard de Vinci. Il l'en sortit délicatement et la tendit au pape.

— Voici ce qu'écrivit Léonard de Vinci en 1516, fondant ainsi l'Ordre du Cercle.

Benoît XVI prit le manuscrit et le lut à son tour :

Un jour, des hommes mourront sans raison, mais leur mort leur aura été annoncée. Le peuple, apprenant cette nouvelle, sombrera peu à peu dans la folie collective. Ce jour-là, vous réunirez les six disciples et comprendrez le grand danger qui s'annonce. Je vous demande de le combattre de toutes vos forces. Si vous échouez, l'humanité tout entière sombrera dans l'horreur, dans la folie et dans l'asservissement.

Amboise - 1516 - Léonard de Vinci

Le pape leva les yeux vers monseigneur Barbarin.

— Ce document est un manuscrit original signé de la main de Léonard de Vinci ?

— Oui, Votre Sainteté.

Le pape manipulait avec une extrême précaution le manuscrit et mesurait l'importance de ce moment. Il tenait dans ses mains un document unique au monde et inconnu jusqu'à ce jour. Il regarda le tableau de Marie.

— À qui appartient-il ?

— Il appartient à maître Stern, l'avocat suisse qui a défendu nos intérêts en France il y a quelques années et qui est le gardien de l'Ordre du Cercle aujourd'hui.

— Je n'ai jamais entendu parler de cet Ordre.

— Cette organisation créée par Léonard de Vinci est restée dormante jusqu'à avant-hier, votre Sainteté.

Philippe Barbarin tendit le deuxième dossier au pape. Celui-ci parcourut les coupures de presse.

— Le Cercle est réapparu il y a quelques jours et a de nouveau tué. L'Ordre du Cercle est à sa recherche car, si ce que dit Léonard de Vinci est juste, ceux qui se servent de cet instrument aujourd'hui vont faire s'abattre sur notre monde une huitième plaie. Plusieurs écrits mineurs font état d'une prophétie qu'aurait faite Léonard de Vinci, mais aucune preuve de cet acte n'a jamais été retrouvée.

Le pape se leva et se dirigea vers un petit bureau équipé d'un ordinateur. Il s'assit et alluma le terminal. Il entra son code personnel puis accéda au moteur de recherche de la base documentaire du Vatican. Il sélectionna les archives de la paroisse d'Amboise de 1510 à 1520. Son attention fut retenue par un écrit datant de mai 1516, rédigé par le père François, prêtre à Amboise. Il demanda à Philippe Barbarin de le rejoindre et lut :

> Cela fait plusieurs jours, depuis que Léonard de Vinci est venu en ville présenter ses nouvelles recherches, qu'Amboise et ses habitants semblent touchés par un mal nouveau. Toutes les personnes qu'il a rencontrées et qui ont approché son invention sont aujourd'hui mortes. Sa fidèle servante, Élisabeth, a subi le même sort quelques jours auparavant. Les habitants de la ville n'osent plus sortir de chez eux de peur de rencontrer M. de Vinci. Il se dit qu'il aurait vendu son âme au diable après avoir effectué des recherches en sorcellerie. La ville est morte. La peur règne. Tout travail s'est arrêté. Ce dimanche, l'église était vide. Nos paroissiens sont restés chez eux. Ils ont peur.
>
> Que Dieu nous vienne en aide.
>
> Père François
> Mai 1516

Les deux hommes restèrent muets pendant quelques secondes. Philippe Barbarin bénit l'informatique, qui permettait aujourd'hui de retrouver des textes perdus ou ignorés, car rédigés par les prêtres des paroisses et donc sans valeur historique *a priori*.

— La prophétie de Léonard de Vinci est donc bien réelle, dit le pape. Mais quelle est cette découverte qui a tué plusieurs personnes et terrorisé les habitants d'Amboise au point qu'ils ne sortaient plus de chez eux ?

— Je ne sais pas, Votre Sainteté, mais elle est réapparue et reprend son œuvre. L'Ordre du Cercle, créé par Léonard de Vinci, avait pour mission de protéger cette découverte. Maître Stern et les membres de son Ordre sont à sa recherche, mais ils ont besoin de notre aide. De votre aide. C'est l'objet de ma visite aujourd'hui.

— Si ce que décrit le père François s'est réellement passé il y a cinq cents ans à Amboise, l'utilisation d'une telle « chose » aujourd'hui dans notre monde surmédiatisé et connecté sera effectivement une « huitième plaie d'Égypte », dit Benoît XVI. Qu'attendez-vous de moi, mon ami ?

— Maître Stern a besoin de savoir qui a retrouvé le Cercle et comment il y est parvenu. En effet, soit la fuite vient de l'intérieur de l'Ordre du Cercle, soit lorsque Léonard décida de soustraire son invention au reste du monde, certains dans son entourage s'y opposèrent. Pour mettre sur pied l'Ordre et cacher le Cercle, son disciple Melzi a eu besoin de soutien. Il a dû le trouver au sein de l'Église. Il doit donc exister des traces de cela…

— dans les archives personnelles de Léon X, le coupa Benoît XVI.

— C'est pour vous demander de les consulter que j'ai sollicité cette audience, Votre Sainteté. J'espère que vous me pardonnerez.

— Ces archives sont à Castel Gandolfo et ne sont pas numérisées. Elles sont tenues au secret.

— Je le sais.

— Je vais devoir me rendre sur place pour les consulter sans attirer l'attention de personne, car je suppose que ceux qui possèdent le Cercle aujourd'hui sont à la tête d'une organisation très puissante, dont on ignore tout et dont certaines ramifications peuvent être présentes ici.

— Si l'Ordre du Cercle a pu rester caché de nous pendant plus d'un demi-millénaire, j'imagine que ceux qui possèdent le Cercle doivent être plus secrets et plus puissants encore. Alors, oui, il faudra être extrêmement prudent, Votre Sainteté.

— Je reçois la chancelière allemande dans trois jours. Elle souhaitait visiter Castel Gandolfo, mais le timing ne le permettait pas. Je vais demander à modifier le programme et prévoir une journée sur place. Elle sera ravie et j'aurai le temps d'examiner les archives de Léon X.

— Merci à vous.

— Les jours à venir vont être sombres, mon ami. Que Dieu nous protège tous.

Le pape se leva et raccompagna Philippe Barbarin dans l'antichambre de son bureau. Benoît XVI retourna ensuite devant le tableau de Marie.

— Je vais avoir besoin de vous. Nous allons tous avoir besoin de vous, Marie.

Philippe Barbarin quitta le Vatican juste après son audience avec Benoît XVI. Il reprit l'avion pour Lyon, où il fut de retour en fin de journée. Une fois dans son bureau, il décrocha son téléphone et composa le numéro de Philip Stern.

— Bonsoir, cher ami, il a accepté.

Puis il raccrocha.

Sienne

Mohamed Al-Khalifa et Mourad avaient mis leurs réveils à 6 h 30. Ils étaient arrivés la veille à Rome et étaient descendus au Westin Excelsior, situé en plein centre-ville, à proximité de la galerie d'art nationale. Mohamed Al-Khalifa connaissait l'établissement pour y être déjà venu lors d'un séminaire avec Sanofi-Aventis trois ans plus tôt. Ils se retrouvèrent à 7 heures dans la salle du petit-déjeuner. Le buffet était somptueux. Ils avaient le temps de profiter de celui-ci. Leur train ne partait qu'à 9 heures de la gare centrale. Après avoir terminé leurs cafés, ils réglèrent leur note, firent descendre leurs bagages et demandèrent un taxi pour la gare. Quinze minutes plus tard, ils pénétraient dans le hall de la gare de Termini. De nombreux voyageurs se pressaient déjà sur les différents quais. Leur train était annoncé à l'heure au départ de la voie 19. Ils décidèrent d'aller directement prendre leurs places. Cela leur permit de vérifier qu'ils n'étaient pas suivis. Mourad était rassuré.

Le voyage dura trois heures. Ils arrivèrent à Sienne à midi et allèrent déjeuner à proximité de la banque. Ils iraient à la Monte dei Paschi dès l'ouverture à 14 heures.

Une fois leurs expressos terminés, Mohamed Al-Khalifa et Mourad se levèrent et quittèrent le restaurant pour descendre la via Bettino Ricasoli jusqu'à la banque. Ils avaient reçu le message de l'Ordre comme les autres et avaient également opté pour la tactique mise en œuvre par Eric. Ils entrèrent dans la banque à 14 h 10. Mourad se dirigea vers le bureau chargé de la gestion de la salle des coffres. Ils durent patienter quelques minutes, car le fondé de pouvoir recevait une cliente chinoise accompagnée de ses deux servantes. « Des jumelles », se dit Mourad. Ce devait être une cliente importante, car c'était sa secrétaire particulière qui s'occupait des formalités. La cliente semblait détachée de tout ce qui se passait autour d'elle. L'employé fit signer les documents usuels à la secrétaire particulière puis la cliente posa sa main sur la tablette tactile.

— Tout est en ordre, madame, je vais vous accompagner jusqu'à l'ascenseur, où M. Di Martino, notre préposé à la salle des coffres, vous accueillera et vous conduira jusqu'au vôtre.

Le fondé de pouvoir sortit de son bureau, suivi par Mai-Lan, sa secrétaire particulière et ses deux servantes. Ils passèrent devant Mohamed Al-Khalifa et Mourad.

— Bonjour messieurs, je suis à vous dans cinq minutes, dit l'employé en se tournant vers Mourad.

— Merci, répondit Mourad.

La dame n'eut aucun regard pour eux. Mourad se dit qu'il existait vraiment deux mondes, imperméables l'un à l'autre, et qui ne faisaient que se croiser. Mais lorsque Mai-Lan passa devant lui, il remarqua le petit tatouage qu'elle portait derrière l'oreille. Il se figea. C'était une messagère, comme lui ! Décidément, l'Ordre du Cercle lui réservait bien des surprises. Il ne montra rien de son étonnement. Et Mai-Lan ne sembla pas avoir vu son tatouage. Ils étaient maintenant seuls dans le bureau du fondé de pouvoir.

Mai-Lan et sa suite entrèrent dans l'ascenseur en compagnie de M. Di Martino. Ils descendirent jusqu'à la salle des coffres. Le préposé accompagna Mme Chan jusqu'à son coffre puis s'éclipsa.

— Je vais ouvrir mon coffre, annonça Mai-Lan. Pendant ce temps, madame Xi, trouvez le vôtre et ouvrez-le également. Nous n'avons pas beaucoup de temps.

Liu Xi dit à sa sœur Siu de prendre la clé qu'elle avait autour de son cou. Celle-ci ôta le collier qu'elle portait. Liu et Siu regardèrent la tranche intérieure de la clé puis se mirent à chercher le coffre n° 134. Mai-Lan avait déjà posé le sien sur la table. Les deux sœurs étaient entrées dans la salle des coffres les plus anciens. Elles y trouvèrent le coffre n° 134 et l'ouvrirent. Puis elles apportèrent le coffret qu'il contenait à Mai-Lan, qui en sortit le porte-documents et le carré enveloppé dans le linge. Elle les mit dans sa mallette puis replaça les deux coffrets dans leurs coffres respectifs. *Les deux sœurs ont agi avec calme et précision*, se dit-elle. Une fois l'opération terminée, la secrétaire particulière de Mai-Lan appela le préposé.

— Mme Chan a terminé.

— J'arrive tout de suite, madame.

Le préposé les raccompagna jusqu'à l'ascenseur et les salua. Mai-Lan Chan ne le regarda pas. Lorsque la porte du rez-de-chaussée s'ouvrit, Mai-Lan croisa de nouveau Mourad et Mohamed Al-Khalifa, qui attendaient pour descendre à leur tour. Elle passa devant eux une fois de plus sans leur adresser un regard. Elle était suivie des jumelles et de sa secrétaire. Mourad sourit au fond de lui. Décidément, elle jouait parfaitement son rôle, se dit-il, tout comme lui. Au moment où la porte de l'ascenseur se referma, il vit Mai-Lan sortir de la banque. Quinze minutes plus tard, ce fut à leur tour de quitter l'établissement. Ils allaient pouvoir prendre leur avion pour Paris et Amboise. Mai-Lan et les sœurs Xi étaient en route pour l'aéroport de Sienne, où le Gulfstream les attendait. Les moteurs étaient déjà en route. Elles seraient à Amboise dans la soirée. Mai-Lan se détendit.

Quant à Enrique Alvares et Stephen, ils entrèrent dans la banque à 16 h 45 et en ressortirent sans encombre à 17 h 20 avec le porte-documents et le carré enveloppé dans son linge.

Chaque messager avait pris soin de lire la lettre de Melzi et de vérifier l'état du feuillet de notes de Léonard de Vinci. Le document d'Emilie Page portait le numéro 73 celui de Mohamed Al-Khalifa le numéro 74, celui de Liu Xi le numéro 76 et celui d'Enrique Alvares le numéro 75.

Amboise

Philip Stern était dans le bureau de Léonard de Vinci quand Floyd lui annonça que les six messagers étaient tous en route pour Amboise. La première étape de la récupération des documents à Sienne était terminée. Elle s'était *a priori* déroulée sans encombre. Mais il ne serait serein que lorsque les six messagers seraient arrivés au manoir.

Sienne

Il était 17 h 30 lorsque M. Di Martino commença son inspection de sécurité quotidienne. Cela faisait plus de dix ans qu'il était préposé à la salle des coffres et il connaissait presque tous les clients. Toutefois, depuis deux jours, il avait dû faire face à plusieurs demandes d'ouverture, dont une hier soir en urgence, à la demande du fondé de pouvoir. Il n'était donc pas mécontent de pouvoir procéder dans le calme à son inspection. La banque avait mis au point une procédure qu'il respectait scrupuleusement chaque jour à 17 h 30. Il décrocha son téléphone et prévint le fondé de pouvoir que l'inspection commençait. Il édita la liste des clients venus ouvrir un coffre dans la journée, puis il plongea la salle des coffres dans le noir. Il sortit sa lumière noire et passa en revue toutes les portes de coffres. Il commença par la première salle. Aujourd'hui, trente-deux clients s'étaient présentés. Il retrouva les empreintes digitales des premiers visiteurs. À chaque fois qu'un client manipulait un coffre, il y laissait sans s'en rendre compte ses empreintes. Di Martino nota chaque numéro de coffre sur lesquels se trouvaient des empreintes révélées à la lumière noire. Cette procédure simple permettait de s'assurer chaque jour qu'aucun client n'avait tenté d'ouvrir un coffre autre que le sien. En effet, la salle des coffres n'était pas placée sous vidéosurveillance. Il termina l'inspection de la première salle puis entra dans la deuxième, celle contenant les coffres les plus anciens. Là encore, il nota tous les numéros des coffres avec empreintes. Une fois qu'il eut terminé son tour, il ralluma la salle et pointa les numéros qu'il avait notés avec la liste de ses visiteurs. Il s'aperçut aussitôt que cinq coffres situés dans la deuxième salle avaient été manipulés alors que leurs propriétaires ne figuraient pas sur la liste des visiteurs. Et il s'agissait *a priori* de coffres très anciens. Di Martino connaissait tous ces coffres, et plus particulièrement « les oubliés ». Les cinq concernés faisaient partie de cette dernière catégorie, il en était sûr. Il retourna immédiatement dans son bureau et décrocha son téléphone.

— Monsieur, cinq coffres ont été corrompus aujourd'hui. Tous des « oubliés ».

— Envoyez-moi votre rapport et retrouvez-moi tout de suite dans mon bureau.

— Bien monsieur, répondit Di Martino tout en transférant le fichier d'inspection à son fondé de pouvoir.

Ce dernier raccrocha et appela le président Moggiani sur sa ligne directe, comme le voulait la procédure en pareilles circonstances.

— Monsieur le président, nous avons eu cinq coffres corrompus aujourd'hui, tous des « oubliés ». Je vous envoie le rapport de Di Martino. Nous venons vous voir.

Moggiani raccrocha et ouvrit sa messagerie interne. *Ce n'est pas cinq, mais six oubliés qui ont donc été ouverts aujourd'hui*, se dit-il. Il imprima le rapport d'inspection de Di Martino. Il ne fut pas surpris de découvrir que les cinq coffres en question avaient tous été ouverts en 1516, comme celui de Mme Dvorski.

Le fondé de pouvoir et Di Martino frappèrent à la porte du bureau du président. À cette heure, sa secrétaire était déjà partie.

— Entrez, répondit-il.

Les deux hommes pénétrèrent dans son bureau la mine sombre.

— J'ai pris connaissance de votre rapport, dit le président. Les coffres concernés appartiennent à M. Al-Khalifa, Qatari ; Mme Xi ; Chinoise ; M Alvares, Brésilien ; Mme Page, Américaine ; M Diop, Sénégalais.

— Oui, monsieur le président, dit Di Martino. Et ce sont leurs empreintes qui se trouvent sur leurs coffres. Ils les ont donc ouverts selon toute vraisemblance.

Les deux hommes virent le visage de leur président changer.

— Combien de clients ne sont pas venus seuls dans la chambre des coffres aujourd'hui ?

— Il y en a eu 10 sur les 32. Voici leurs noms, dit le fondé de pouvoir.

— Merci, messieurs, je vais immédiatement prévenir notre siège. Vous pouvez disposer.

Les deux hommes se levèrent et quittèrent le bureau du président. Ils avaient grise mine. Jamais la Monte dei Paschi n'avait connu un tel incident. C'était très grave et leur responsabilité à tous les deux était engagée. Ils le savaient.

Dès que les deux employés eurent quitté son bureau, le président Moggiani rédigea un rapport détaillé de l'incident. Le rapport contenait non seulement les numéros des coffres concernés, leur date d'ouverture, mais aussi le nom des titulaires de ceux-ci. Il ajouta en fin de rapport son analyse personnelle de la situation.

> En plus de ces cinq coffres, un sixième, propriété de Mme Dvorski, a été ouvert officiellement par celle-ci. J'ai pu voir son contenu. Il s'agissait d'une miniature de La Cène réalisée par Léonard de Vinci. Si le contenu des quatre autres est de même nature, ce sont six œuvres originales de Léonard de Vinci, inconnues jusqu'à ce jour, qui ont été retirées de ces coffres vieux de cinq siècles. Leur valeur est inestimable.

Il relut une dernière fois son rapport, le signa puis l'envoya par messagerie électronique.

Palo Alto

Clifford était en train de lire le dernier rapport concernant le lancement de la première phase de l'opération qui débuterait deux jours plus tard, lorsque sa messagerie électronique l'informa de l'arrivée d'un nouveau message. Il l'ouvrit et prit connaissance de la pièce jointe une fois celle-ci décryptée. Il s'arrêta net. Ce ne pouvait pas être une coïncidence. Il posa le rapport qu'il lisait sur son bureau et imprima le document que venait de lui envoyer le président de la banque Monte dei Paschi. Il appela son assistant et lui demanda de localiser les dix personnes dont les noms figuraient sur la liste jointe par Moggiani. Puis il appela Figli.

— Maître, il faut que je vous voie immédiatement.

— Je termine mon entretien dans cinq minutes. Dites à Helen de me prévenir dès votre arrivée.

Salvatore Figli raccrocha et reprit sa conversation téléphonique avec le président d'ATT, conglomérat industriel américain qui souhaitait répondre à l'appel d'offres lancé par Facebook pour la construction des cinquante satellites nécessaires au déploiement de son futur réseau

Internet gratuit pour les pays ne pouvant s'offrir la couverture requise. Il répondit aux dernières questions du président, qui tentait d'en savoir plus sur la volonté de Facebook quant à ses futurs partenaires industriels. Une telle aventure intéressait au plus haut point ATT, en quête de partenariats à long terme dans ce domaine. Facebook représentait une véritable opportunité pour l'entreprise et son président ne voulait pas passer à côté. Figli sentit bien la situation et pensait que Facebook, vu l'intérêt porté par les industriels du monde entier, allait obtenir son réseau satellitaire à bas coût. Et ça, c'était une autre bonne nouvelle. Il terminait son entretien lorsque Helen l'informa de l'arrivée de Clifford.

— Faites-le entrer, Helen.

Clifford frappa et entra sans attendre la réponse de Figli.

— Que se passe-t-il ? demanda Figli dès que Clifford eut refermé la porte.

— Peut-être rien, maître, mais la coïncidence est troublante. Je viens de recevoir un rapport du président de la banque Monte dei Paschi de Sienne en Italie. Six coffres ouverts en 1516 ont été récupérés aujourd'hui, dont cinq de manière anonyme. Le président a pu voir le contenu de l'un d'eux : une miniature de *La Cène* peinte de la main de Léonard de Vinci. Il pense que six tableaux de Léonard ont ainsi été retirés avec la volonté que personne ne le sache.

— Et vous, que pensez-vous ?

— Je pense que six coffres ouverts en 1516, l'année où Melzi est parti cacher le Cercle, rouverts hier soir et aujourd'hui, à moins de deux jours de notre opération, ce n'est pas une coïncidence.

— Qui sont les propriétaires des coffres concernés ?

Clifford tendit à Figli la liste des six titulaires. Son téléphone portable crypté sonna.

— Oui ? dit Clifford.

— J'ai localisé cinq des six personnes dont vous m'avez donné les noms.

— Où sont-elles ?

— Elles sont toutes en route pour Paris.

— Et la sixième ?

— C'est Mme Xi, la Chinoise. Je ne sais pas où elle se trouve. Elle travaillait dans un hôtel à Shanghai, mais une cliente fortunée l'a prise à son service avec sa sœur il y a deux jours. Elles voyagent en jet privé et n'ont pas déposé de plan de vol depuis leur départ de Chine.

Clifford ayant mis son téléphone sur haut-parleur, Figli avait entendu toute la conversation.

— Elle est en route pour Paris également, monsieur Clifford. C'est effectivement troublant. Faites-les suivre dès leur arrivée. Je veux savoir où elles se rendent et ce qu'elles comptent faire du contenu de ces coffres.

— Bien, maître, dit Clifford en se levant.

Il sortit du bureau et retourna directement à son poste de commandement du troisième sous-sol.

Une fois seul, Figli décrocha son téléphone.

— Bonjour, cher ami, j'aurais besoin de vos services.

Amilcar Johnson reconnut tout de suite la voix de Figli. Ils se connaissaient depuis longtemps. Le vice-président avait d'ailleurs largement contribué au financement du vaste projet de la congrégation des mormons d'Amérique du Nord : recenser à l'échelle mondiale la généalogie de l'humanité et stocker ces données dans des silos à l'abri de toute altération du temps. Une entreprise pharaonique dans laquelle les mormons du monde entier mettaient toutes leurs forces. Une entreprise de toute première importance pour Figli, mais pour des raisons très différentes.

— Pouvez-vous m'établir la généalogie des six personnes dont je viens de vous envoyer la liste ?

— Vous souhaitez que je remonte jusqu'où, cher ami ?

— Jusqu'en 1516.

Figli raccrocha.

— Ça, par contre, ce n'est pas une bonne nouvelle, dit-il à voix haute.

Au même moment, à l'étage de la présidence, John Eisenstein venait de terminer l'analyse de la deuxième partie de l'entrée en Bourse de Facebook. Son attention était attirée par le dernier palier qu'avait connu le cours de l'action. Il examinait cette séquence minute par minute. Le palier avait duré plus d'une heure. Le cours avait même commencé à chuter, puis il était reparti à la hausse. Cette reprise était mise sur le compte du dernier communiqué de presse de Mark Zuckerberg. Tout semblait se tenir. Toutefois, lorsque John plaça en parallèle le timing de publication du dernier communiqué de presse et celui de la reprise du cours à la hausse, il détecta une infime incohérence. Il décida donc de séquencer cette partie en secondes. Au bout de cinq minutes, il trouva ce qu'il cherchait depuis deux jours : la reprise à la hausse du cours de l'action Facebook avait débuté cinq secondes avant la publication par Mark de son dernier communiqué de presse. Le phénomène n'était perceptible qu'en découpant la séquence par seconde. À vitesse réelle, ce décalage était invisible.

Si la hausse du cours a repris cinq secondes avant le communiqué de presse, c'est qu'elle a été la conséquence d'une intervention extérieure, planifiée plusieurs minutes avant et indépendante de la stratégie de communication du groupe, conclut-il. *Il a donc fallu une injection de fonds très importante à cet instant pour inverser la tendance. Puis le phénomène a dû s'amplifier naturellement cinq secondes plus tard dès la publication du communiqué. Ceux qui ont injecté ces fonds étaient parfaitement informés du timing de communication de Mark. Enfin, à cinq secondes près,* pensa-t-il.

À cet instant, John se félicita d'avoir été extrêmement prudent depuis ces deux derniers jours et de n'avoir utilisé aucun des systèmes et réseaux de l'entreprise. Si Mark Zuckerberg avait été mis sur écoute afin de pouvoir synchroniser cette opération, il devait l'être aussi. *Et ceux qui ont monté tout cela doivent disposer de moyens très importants,* se dit-il. *Je vais avoir besoin de simuler cette séquence de reprise à la hausse du cours dans les mêmes conditions afin de déterminer les sommes engagées dans cette opération et la plus-value qui a pu être réalisée. En effet, il est fort probable que les "investisseurs" aient revendu leurs actions quelques minutes plus tard à la faveur de la reprise naturelle du cours à la hausse, afin d'empocher une substantielle plus-value.*

John décrocha son téléphone.

— Bonjour, c'est John, vous êtes libre pour dîner ce soir ?

— Pour dîner avec vous, toujours, lui répondit son correspondant.

— Alors, à ce soir, chez moi.

Son correspondant raccrocha.

Lorsque John disait « chez moi », cela signifiait chez lui dans leur langage. John devait avoir un problème urgent à lui soumettre pour demander à le voir si rapidement.

Paris

Le vol d'Helena Dvorski et d'Eric venait de se poser à l'aéroport d'Orly. Il était 18 heures. Ils quittèrent l'avion séparément, afin de n'éveiller aucun soupçon. Eric laissa Helena sortir en premier. Resté légèrement en retrait, il pouvait ainsi observer les alentours sans être découvert. Helena se dirigea vers les tapis de récupération des bagages situés au rez-de-chaussée du terminal ouest. Dix minutes plus tard, ils faisaient la queue à la station de taxis afin de rejoindre la gare de Paris-Montparnasse. De là, ils prendraient un train pour Amboise. Ils y seraient vers 22 heures. Eric avait laissé deux personnes s'intercaler entre Helena et lui dans la queue. Ils allaient prendre deux taxis différents et se retrouveraient dans le train. Lorsqu'Helena monta dans son taxi, il remarqua qu'un chauffeur de VTC stationné de l'autre côté de la rue montait dans sa voiture et démarrait en même temps que le taxi d'Helena alors qu'aucun client n'était monté dans son véhicule. « La coïncidence est trop improbable, décida-t-il. Nous sommes suivis ! » Il mémorisa le visage du chauffeur, nota la marque et l'immatriculation de la voiture puis monta à son tour dans son taxi. Lorsqu'il arriva à la gare Montparnasse, il vit le véhicule stationné en face de l'entrée de la gare. Le chauffeur n'était pas au volant.

Eric entra dans la gare après avoir traversé le parvis où des commerçants ambulants étaient installés. Il se dirigea vers les grandes lignes et passa devant le tableau d'affichage des trains au départ. Leur train était prévu à l'heure, voie 12. Il prit l'escalator menant au terminal des départs. Helena était assise à la terrasse du Starbucks Café. Ils avaient quinze minutes d'avance. Il se retourna et aperçut le chauffeur. Il s'était installé à une table de la boulangerie Paul, à quelques mètres d'Helena. Il avait commandé un café et lisait un magazine sur les sports nautiques. Eric en était certain désormais : une équipe était chargée de les suivre depuis leur arrivée à Paris. Et il en serait de même pour les autres messagers, qui étaient déjà en route. Ses ordres étaient formels. Personne ne devait connaître leur destination finale. Il restait moins de dix minutes à Eric pour intervenir. *A priori*, leur « chaperon » ne savait pas qu'ils étaient deux à se rendre à Amboise, car il semblait ne s'intéresser qu'à Helena Dvorski. Eric commanda également un café au comptoir de chez Paul, s'assit juste derrière l'homme et attendit. Il vit Helena se lever et prendre la direction de la voie 12. Le chauffeur patienta quelques secondes, puis lui emboîta le pas. Eric le suivit à distance. Helena arriva devant l'entrée de la voie 12. Elle sortit son billet et le composta, puis commença à remonter le quai. Les voyageurs prenant le même train qu'elle se pressaient également sur le quai à la recherche de leur voiture. Des agents de la SNCF jalonnaient le quai pour les aider à trouver leur place. Tout ce petit monde pressé se décala sur la gauche lorsque la voiture où étaient accrochés les conteneurs de ravitaillement en boissons et sandwichs klaxonna afin de se frayer un chemin jusqu'aux voitures-bars, où attendaient les hôtesses. Eric pressa le pas afin de se rapprocher du chauffeur avant que celui-ci n'entre sur le quai. La foule masqua son arrivée derrière lui. Il sortit son couteau et le cacha dans sa manche droite. Lorsqu'il se trouva juste derrière lui, il planta sa lame dans son dos et lui dit doucement :

— Ne vous retournez pas. Arrêtez-vous tranquillement. Pas de mouvements brusques, sinon ma lame, placée entre vos deux vertèbres dorsales, pénétrera dans votre moelle épinière. Vous serez paralysé et mourrez quelques secondes après.

Le chauffeur n'avait pas vu venir Eric. Il sentit juste le picotement de la lame de couteau dans son dos. Il s'arrêta net. Il comprit tout de suite que tout mouvement de sa part lui serait fatal. L'homme derrière lui était un professionnel comme lui et il n'hésiterait pas un seul instant à passer à l'acte.

— Nous allons aller aux toilettes, lui dit Eric en le faisant changer de direction.

Les toilettes publiques de la gare étaient situées à cinquante mètres sur leur gauche. Le train pour Amboise allait partir dans cinq minutes. Eric n'avait pas le temps de faire parler le chauffeur. L'arrivée à Amboise du messager sous sa protection était prioritaire. Ils entrèrent dans les toilettes pour hommes et croisèrent un voyageur qui sortait d'une des cabines. Après le départ de ce dernier, Eric poussa le chauffeur dans l'un des W.-C. puis enfonça sa lame dans sa moelle épinière. Il mourut quelques secondes plus tard en silence. Il l'assit sur la cuvette et sortit de la cabine en escaladant la porte après l'avoir fermée de l'intérieur. « Cela nous donnera un peu de temps », pensa-t-il. Il ressortit rapidement des toilettes, rédigea un rapport sur la situation à l'intention des autres messagers, qu'il déposa dans une boîte de l'Ordre, puis courut sur le quai de la voie 12. Il monta dans la première voiture alors que les portes du train se fermaient. Il rejoindrait sa place par l'intérieur des wagons. Helena était assise à sa place depuis dix minutes lorsqu'elle vit entrer Eric dans son wagon. Il s'assit à sa place, trois rangs derrière elle. *Tout se passe normalement,* songea-t-elle.

Amboise

Floyd reçut le message d'Eric quelques minutes après le départ du train pour Amboise. Il appela Philip Stern instantanément.

— Maître, je viens de recevoir un message urgent d'Eric ; ils étaient attendus à Paris. Un chauffeur les a suivis depuis l'aéroport jusqu'à la gare Montparnasse. Il semble que le passage des disciples à Sienne ait attiré l'attention plus que prévu. Eric s'est occupé de lui. Il n'a pas eu le temps de prévenir qui que ce soit. Mais les autres messagers seront attendus de la même manière.

— Bien, Floyd, nous ne pouvons prendre aucun risque. Passez le message aux autres. Ils ne doivent pas sortir de l'aéroport. Qu'ils se rendent en zone de transit et organisez leur transfert sur le jet de Mai-Lan. Prévenez-la afin qu'elle fasse une escale à Orly pour récupérer les quatre disciples et leurs messagers.

— Je m'en occupe tout de suite, maître.

Floyd organisa la riposte avec son équipe. Tous les messagers furent prévenus. Boubacar Diop et Nick eurent l'information juste avant de sortir de la zone douanière. Ils bifurquèrent vers la zone de transit.

Mai-Lan était en train d'admirer la miniature qui se trouvait dans le coffre de Liu Xi lorsqu'elle reçut le message. Son jet survolait les Alpes en direction d'Amboise. Elle décrocha le téléphone intérieur du Gulfstream et s'adressa au pilote.

— Nous changeons notre plan de vol. Nous nous poserons d'abord à Orly pour récupérer quatre disciples qui nous attendent en zone de transit, puis nous repartirons pour Amboise.

— Bien, madame, répondit le pilote.

Il donna les nouvelles instructions au copilote, qui modifia le plan de vol en conséquence. « Heureusement que le Gulfstream dispose de vingt places, se dit Mai-Lan. Ça se corse ! »

Palo Alto

Clifford avait reçu, une heure plus tôt, le rapport de son premier agent, qui avait localisé Helena Dvorski à sa descente d'avion à Orly. Il l'avait prise en filature. Son assistant frappa à la porte de son bureau vitré. Il lui fit signe d'entrer.

— Nos quatre autres agents sont déjà sur place. J'attends d'une minute à l'autre le deuxième rapport de celui qui suit Mme Dvorski. Il était à la gare Montparnasse.

— Elle va donc prendre un train, dit Clifford.

Après deux minutes, son assistant prit son portable afin d'obtenir le rapport. Son interlocuteur lui indiqua qu'il n'avait rien reçu pour l'instant. À peine eut-il raccroché que son téléphone sonna.

— Je viens de recevoir le premier rapport des quatre autres agents. Les avions de Mohamed Al-Khalifa, Emilie Page, Boubacar Diop et Enrique Alvares se sont posés il y a plus de quarante minutes et aucun d'eux n'a quitté l'aéroport. Helena Dvorski était sortie après vingt-cinq minutes.

— Avez-vous des nouvelles de notre agent qui était à la gare Montparnasse ?

— Aucune, monsieur, son rapport aurait dû nous parvenir depuis dix minutes.

L'assistant de Clifford raccrocha.

— Nos équipes ont été repérées, monsieur, annonça-t-il. Notre premier agent ne répond plus et les quatre autres n'ont aucun signe de leurs cibles à Orly.

Clifford serra le poing. C'était la première fois qu'il ressentait de la colère depuis le début de cette opération. Salvatore Figli et lui étaient tellement sûrs du plan qu'ils avaient échafaudé.

— Dites à nos agents de rester sur place à Orly. On ne sait jamais. Et envoyez une équipe à la gare Montparnasse pour retrouver notre homme.

— Bien, monsieur.

L'assistant de Clifford quitta son bureau. Celui-ci prévint Figli de sa venue, puis il se leva et prit l'ascenseur qui menait directement à son bureau.

Lorsque la porte s'ouvrit, Figli sut, à la mine renfrognée de Clifford, que tout ne se déroulait pas comme prévu.

— Que se passe-t-il ?

— Notre équipe d'interception des cinq personnes à Orly a été repérée. Le premier agent n'a pas donné signe de vie depuis son arrivée à la gare Montparnasse et les quatre autres n'ont toujours pas aperçu leurs cibles alors que leurs avions se sont tous posés depuis plus d'une heure maintenant.

Figli ferma les yeux quelques instants puis dit :

— Il semble qu'Helena Dvorski, Mohamed Al-Khalifa, Emilie Page, Enrique Alvares et Boubacar Diop ne soient pas de simples collectionneurs de tableaux de Léonard de Vinci, monsieur Clifford. Le Cercle était peut-être plus protégé que nous ne le pensions, et ce, depuis de nombreuses années. Helena Dvorski était à la gare pour prendre un train. Faites relever l'ensemble du territoire desservi par les trains au départ de cette gare et revenez me voir avec le résultat. Pour le reste, on ne change rien. Dans six jours, il sera trop tard.

— Bien, maître, dit Clifford en regagnant l'ascenseur.

Clifford trouvait que six jours laissaient encore beaucoup de temps à ces personnes pour agir.

Une fois Clifford dans l'ascenseur, Figli décrocha son téléphone crypté.

— Amilcar ! J'attends des résultats suite à ma demande d'ici demain au plus tard.

La voix de Figli était pleine de colère.

— Monsieur, ce que vous m'avez demandé prend beaucoup de temps.

— Je n'ai pas ce luxe, Amilcar. Ne m'obligez pas à vous rappeler ce que votre communauté me doit. Cela me serait très désagréable.

Amilcar Johnson savait de quoi Figli était capable. Il devait faire accélérer les recherches généalogiques. Il décida de stopper toute l'activité de la communauté qui travaillait sur le site de recensement de l'humanité pour la concentrer sur la demande de Figli.

— Je mets toutes nos ressources sur votre demande. Je vous rappelle demain matin, monsieur.

— Très bien, dit-il avant de raccrocher.

Décidément, Léonard de Vinci et Melzi continuaient à se mettre en travers de sa famille, pensa Figli en regardant l'océan par la baie vitrée de son bureau.

San José

John Eisenstein avait quitté le siège de Facebook vers 19 heures, comme il en avait l'habitude. Avant de partir, il avait pris soin de transférer à Aymes et Mark Zuckerberg la dernière version des contrats de production et d'exploitation des cinquante satellites que Facebook allait commander pour le déploiement de son réseau Internet gratuit. Son activité était donc normale aux yeux de ceux qui auraient pu se méfier de lui. Cela faisait dix minutes qu'il roulait en direction de San José. Il avait garé sa voiture chez lui puis avait pris un taxi jusqu'à une agence de location de voitures située à la sortie de Palo Alto. Il avait loué une Toyota Hybrid sous un faux nom et réglé la facture en espèces. Dans moins de trente minutes, il serait chez son ami, qui habitait dans le centre de San José. Il avait baissé sa vitre et profitait du léger vent frais de cette fin de journée. Il sentait son adrénaline monter, car une fois encore, son instinct ne l'avait pas trahi. Mais cette fois-ci, ceux qui avaient mis en œuvre un tel plan ne devaient pas plaisanter. Il savait qu'il était en danger.

Moins d'une demi-heure plus tard, il gara sa voiture de location au pied de l'immeuble où habitait son ami. Il descendit, se dirigea vers l'entrée de la vieille bâtisse et sonna à l'interphone.

— Oui.

— C'est moi, répondit John.

John entendit la porte de l'immeuble se déverrouiller. Il la poussa et entra. Il prit l'ascenseur jusqu'au troisième étage. Lorsqu'il sortit, il remarqua que l'appartement était déjà ouvert. Adrian l'attendait sur le pas de la porte.

— Bonsoir John.

— Bonsoir mon ami, répondit-il en tendant à Adrian une bouteille de bourgogne.

— Du vosne-romanée !

— Il est magnifique, tu verras.

John Eisenstein et Adrian Mills avaient étudié ensemble à l'université de Columbia à New York. Puis ils avaient pris des voies différentes : John était allé faire son droit à Harvard tandis qu'Adrian avait poursuivi son cursus par un MBA en finance internationale, toujours à Columbia. Ce dernier était devenu trader pour une grande banque américaine avant de claquer la porte cinq ans plus tôt et de créer sa propre structure à San José. Il comptait parmi ses clients de nombreuses multinationales qui appréciaient sa perspicacité, son flair et surtout ses modèles mathématiques qui faisaient des merveilles. John et Adrian, bien qu'ayant suivi des chemins différents, ne s'étaient jamais perdus de vue. Ils s'appréciaient et avaient une passion commune : le vin. Ils trouvaient toujours un moment pour partager une des nombreuses découvertes que faisait John. Mais ce soir-là, malgré le vosne-romanée que venait d'apporter John, Adrian savait que ce n'était pas pour déguster ensemble cette superbe bouteille qu'il l'avait appelé. Il l'avait deviné dès son coup de fil, à sa voix, et en avait eu la confirmation lorsque, guettant son arrivée, il l'avait vu descendre d'une Toyota de location et non de son coupé sport Bentley. Il referma la porte derrière lui.

— Bon, dis-moi ce qui se passe.

John s'assit à sa place habituelle dans le salon.

— J'ai besoin de tes compétences Adrian. Mais à titre tout à fait confidentiel.

Adrian fut surpris de la demande de son ami. Certes, il se débrouillait plutôt bien dans son domaine, mais John Eisenstein était actionnaire et administrateur de Facebook. Il occupait le poste de conseiller spécial et d'avocat de Mark Zuckerberg, qui était devenu, il y a trois jours de cela, l'un des hommes les plus riches du monde. Il disposait donc de moyens illimités et des services des meilleurs financiers de la planète. Son flair lui indiqua que ce devait être autre chose. Quelque chose d'important, de très important pour John.

— Tu sais que tu peux compter sur moi. Raconte-moi.

John savait qu'il pouvait faire confiance à son ami, comme tous ses clients d'ailleurs, et ils étaient nombreux. Il expliqua donc à Adrian les doutes qu'il avait eus à l'issue de la journée d'entrée en Bourse de Facebook. Adrian connaissait parfaitement le dossier. Il avait même proposé à certains de ses clients de prendre part à cette mise sur le marché. Il lui détailla les deux jours où il avait passé en revue toutes les opérations heure par heure. Puis il sortit une clé USB de sa poche.

— Au bout de deux jours, j'ai trouvé cela.

John connecta sa clé à l'ordinateur qu'Adrian avait posé sur la table basse. Il cliqua sur un fichier, qu'il décompressa, et montra à son ami la synchronisation de l'évolution du cours lors du dernier palier et de la parution du dernier communiqué de presse.

— Tu vois, la reprise du cours de l'action a débuté cinq secondes avant que le communiqué de presse de Mark soit mis en ligne. Quelqu'un a donc agi sur le cours plusieurs minutes avant, afin de redresser celui-ci et de le faire repartir à la hausse. Puis il a dû revendre sa mise en empochant une plus-value très importante quelques minutes plus tard à la faveur de la reprise naturelle du cours après la publication du dernier communiqué.

Adrian regardait les deux graphiques avec attention.

— Tu en as parlé à Mark Zuckerberg ?

— Pas encore. Je veux d'abord réunir tous les éléments de preuve de cette manipulation. Peux-tu, à partir de ces éléments, me simuler la façon dont les fonds ont été injectés, les montants qui ont été mis en jeu et la plus-value qui en a été retirée ? En toute confidentialité bien sûr, et sur un support sans aucune connexion Internet ni aucun lien avec un quelconque réseau.

Adrian perçut pour la première fois de l'angoisse dans la voix de son ami.

— Tu penses être menacé ?

— Non, pas tant que tout le monde ignore mes recherches. Mais ceux qui ont été capables de monter ce coup sont très puissants, disposent de moyens financiers très importants et ont sûrement des agents chez nous. Le timing de l'opération nécessitait d'être synchronisé avec les actions de Mark. Il a dû être mis sur écoute.

— J'ai toujours avec moi mon modèle de prévision maison. Ouvre la bouteille de vosne-romanée, va chercher l'assiette de jambon Belota que j'ai coupé et on s'y met.

John se rendit dans la cuisine alors qu'Adrian se dirigeait dans une autre pièce. Ce dernier revint avec une clé USB et un ordinateur portable encore dans son emballage.

— Celui-là n'a jamais servi, lança-t-il à John, qui était revenu de la cuisine.

Il prit un tournevis et commença à ouvrir la face arrière du PC.

— Que fais-tu ? demanda John.

— Je vais enlever la carte réseau, le récepteur wi-fi et le système Bluetooth. Une fois mon intervention faite, plus rien ne pourra se connecter à cet ordinateur.

Adrian avait bien compris la situation dans laquelle il se trouvait. John savait qu'il pouvait compter sur lui. Il servit deux verres du bourgogne qu'il avait apporté.

— Goûtons d'abord cette merveille, dit-il en lui tendant un verre.

Adrian saisit le verre, huma le vin puis releva la tête. Il prit une gorgée du nectar rouge, la garda quelques secondes en bouche et l'avala en fermant les yeux. Comme lors de leurs dégustations précédentes, le cérémonial était toujours le même. C'était Adrian qui goûtait en premier. Il rouvrit les yeux.

— C'est magnifique, John !

John goûta le vin à son tour et confirma l'avis d'Adrian. Ils mangèrent quelques tranches de Belota et finirent leur verre.

— Au travail, mon ami ! lança Adrian.

Il prit la clé USB de John, la connecta à l'ordinateur qu'il avait modifié et téléchargea le fichier qui s'y trouvait. Puis il prit sa propre clé USB et la connecta au second port. Il ouvrit son logiciel de simulation de cours, le calibra avec les données figurant sur la clé de John puis lança une première simulation.

— Je fais un premier essai à partir de mises de fonds issues de ma base de données. On va déjà voir ce que cela donne.

Après cinq minutes, les premiers résultats apparurent sous forme de tableau. Dans la première colonne figuraient, minute par minute, les mises de fonds engagées avant la publication du communiqué de presse de Mark. Ils étaient partis sur une séquence commençant dix minutes avant. Dans la deuxième colonne était représentée l'évolution du cours de l'action résultant de chaque mise de fonds. Les montants et le timing utilisés n'étaient pas pertinents, car l'effet de ces hypothèses sur le cours de l'action ne se rapprochait pas de celui qui avait eu lieu lors de cette séquence à la Bourse de New York. Adrian était en effet parti sur l'injection de 2 milliards de dollars à raison de 200 millions de dollars par minute, dix minutes avant la publication du communiqué de presse. Cette hypothèse n'avait pas enrayé la chute du cours.

— Bon, tes nouveaux amis ont visiblement de gros moyens, dit Adrian en entamant son deuxième verre de vosne-romanée. Voyons cela autrement.

Il modifia sa simulation pour injecter, selon la même séquence de dix minutes, 20 milliards de dollars. Les résultats furent tout aussi erronés.

— Vingt milliards de dollars en dix minutes, et cela ne donne pas de résultats ! La baisse du cours à ce moment précis devait être fortement engagée.

— Les petits porteurs avaient déjà doublé leur mise, Adrian. Beaucoup d'entre eux voulaient réaliser leur plus-value. Ils ont donc massivement vendu.

— D'accord. Tentons autre chose. Mais ce type d'opération n'a jamais été réalisé à ce jour, car techniquement aucun logiciel n'est capable de le faire pour le compte de plusieurs milliers de donneurs d'ordre différents simultanément. Pas même les miens. Là, c'est de la science-fiction, John.

Adrian modifia sa simulation. Son ordinateur mit plusieurs minutes à produire le résultat. Lorsque le tableau apparut, John laissa tomber son verre au sol.

— Adrian, tu m'as dit que ce n'était pas possible !

— Ce n'était pas possible jusqu'à aujourd'hui.

Ils scrutèrent le tableau. Avec l'hypothèse prise par Adrian, les résultats affichés correspondaient à l'évolution réelle du cours de l'action Facebook pendant les dix minutes qui avaient précédé la publication du communiqué de presse.

— Voilà, John. Soixante secondes avant la publication, tes amis ont injecté simultanément 50 milliards de dollars. Et ils ont passé ces milliers, voire dizaines de milliers, d'ordres d'achat de façon coordonnée en une seconde.

John ne pouvait détacher ses yeux de l'écran.

— Qui a pu coordonner une telle opération avec de tels moyens ? La mafia ? Un cartel de la drogue ? Al-Qaïda ? L'État islamique ? Une secte ?

— Je ne sais pas, John, mais une telle puissance de feu sans que personne ne s'en rende compte nécessite des moyens immenses.

— Peux-tu simuler la plus-value qu'ils ont retirée de l'opération une heure plus tard ?

Adrian ouvrit un second logiciel et bascula les résultats de la simulation dans cette deuxième base de données. Le montant de la plus-value s'afficha quasi instantanément.

— Huit milliards de dollars !

Les deux amis ne pensaient plus à déguster leur vin. Ils eurent des frissons.

— Huit milliards de plus-values empochées en moins d'une heure et une mise de fonds de 50 milliards en une seconde en provenance de dizaines de milliers de donneurs d'ordres afin de masquer la somme injectée ! Le tout parfaitement coordonné avec le timing de Mark ! Cela veut aussi dire que l'entreprise a été infiltrée au plus haut niveau afin d'avoir accès au planning de Mark. C'est complètement fou, Adrian ! Mais qui a pu faire ça ? répéta John.

— Je ne sais que deux choses, John. Un, cette opération n'a pas été montée pour récupérer 8 milliards de plus-values. Elle est beaucoup trop complexe et nécessite des moyens jusqu'ici inutilisés sur les marchés financiers pour que l'argent soit la finalité. Et deux, tu ne pourras plus te fier à personne dans l'entreprise, car effectivement, il faut une complicité de haut niveau pour effectuer la coordination.

— Je vais devoir en parler à Mark…

— Et si Mark Zuckerberg en faisait partie ?

— Adrian ! protesta John.

— Qui connaissait mieux le timing de Mark que Mark lui-même ? Tu ne peux en parler à personne, John. Dès que tu en parleras, tu seras mort.

John était groggy. Adrian ferma ses applications et lui rendit sa clé USB. Puis il se leva et alla dans le cellier jouxtant sa cuisine. Il revint avec un marteau et détruisit son ordinateur à grands coups sous les yeux ébahis de John.

— Mieux vaut ne laisser aucune trace, sinon on est mort tous les deux, dit-il.

Adrian retourna à son cellier et revint avec deux téléphones prépayés. Il lui en tendit un.

— Mets ta clé USB en sécurité et envoie-moi un SMS toutes les heures sur ce numéro.

Il lui montra le numéro du deuxième téléphone.

— Si je ne reçois pas l'un de tes messages, je diffuserai les informations de ta clé quinze minutes plus tard sur le site de WikiLeaks. C'est ta meilleure assurance vie, John.

— Et maintenant ?

— Maintenant, on attend la suite, car il y aura une suite.

Il était près de 2 heures quand les deux amis se séparèrent. John reprit sa voiture de location, qu'il rendit à 3 h 30. Il prit soin d'éviter les caméras de surveillance du parking, puis remonta l'avenue jusqu'à la station de taxis. Il se fit déposer à cinq cents mètres de chez lui et finit le trajet à pied. L'air de la nuit lui fit du bien. Il rentra chez lui à 4 heures. Il décida de prendre une douche brûlante puis de dormir deux heures. Il lui fallait être au bureau à 7 heures, comme chaque jour.

Orly

Le Gulfstream de Mai-Lan Chan se posa à 19 heures sur la piste 3 puis se dirigea vers la zone d'aviation d'affaires. L'hôtesse présente dans le salon VIP vint informer les huit passagers en transit depuis Rome que leur avion venait d'atterrir. L'embarquement était prévu dans quinze minutes.

Boubacar Diop et Nick étaient arrivés dans le *lounge* les premiers. Ils avaient reçu le message du changement de programme *in extremis*. Ils avaient ensuite été rejoints par Emilie Page et Franck, puis par Mohamed Al-Khalifa et Mourad et, enfin, par Enrique Alvares et Stephen. Si les quatre messagers se connaissaient, car ils s'étaient rencontrés chez maître Dalembier à Zurich, les quatre disciples se voyaient pour la première fois. Ils furent rassurés de constater qu'ils étaient effectivement plusieurs, chacun sous la protection d'un messager. Mais ce changement de programme au dernier moment ne leur disait rien de bon. Cette inquiétude se lisait même sur le visage de certains. Emilie et Boubacar semblaient les plus anxieux. Les quatre messagers avaient échangé leurs informations dans un coin du salon, mais les disciples étaient restés chacun de leur côté. Personne n'osait aller vers l'autre. Peut-être parce que communiquer entre eux aurait rendu encore plus réelle la situation dans laquelle ils avaient été projetés trois jours auparavant et que tous espéraient secrètement se réveiller rapidement de ce cauchemar.

L'hôtesse revint vers eux.

— L'embarquement peut commencer, messieurs dames. Si vous voulez bien me suivre.

Le petit groupe se mit en mouvement et emprunta un couloir menant au minibus qui faisait la navette vers la zone d'aviation d'affaires. Le minibus les conduisit au pied du Gulfstream, dont les moteurs continuaient de tourner. Tous les disciples regardèrent l'avion par la fenêtre du bus. Aucun d'eux n'avait voyagé en jet auparavant. Les portes du bus s'ouvrirent au pied de l'escalier menant au cockpit. Les quatre disciples montèrent les premiers à bord. Leurs messagers restèrent au pied de l'avion pour surveiller l'embarquement. Une fois les disciples à bord, ils montèrent à leur tour. Puis la porte de l'avion se referma. Le Gulfstream rejoignit la piste 2 et redécolla en direction d'Amboise. L'arrêt à Orly n'avait duré que quinze minutes. Ils se poseraient au manoir dans une heure.

— Bienvenue à bord, leur dit Mai-Lan. Je vous présente Liu Xi et sa sœur, disciples comme vous quatre. Je suis leur messager.

Chacun prit un siège et boucla sa ceinture. Tous les disciples restèrent silencieux.

Amboise

Le train en provenance de Paris entra en gare d'Amboise à 18 h 30. Helena et Eric descendirent sur le quai. Eric aperçut la voiture noire qui les attendait sur le parking de la gare. Ils longèrent le quai jusqu'à la sortie puis traversèrent le hall et atteignirent le parking. Dès leur arrivée, le chauffeur ouvrit les portes du véhicule. Ils s'y engouffrèrent immédiatement.

— Bienvenue à Amboise, maître Stern vous attend avec impatience.

La voiture sortit du parking et rejoignit la route principale en direction du château. Moins de dix minutes après, elle franchissait les portes du domaine. Helena aperçut le manoir, qui se dressait majestueusement au milieu du parc. *Nous y voici*, se dit-elle.

Eric entendit le Gulfstream passer au-dessus d'eux en direction de la piste d'atterrissage du manoir. Il constata avec soulagement que leur maître avait trouvé une solution pour les autres. La voiture s'immobilisa devant l'entrée. Helena et Eric en descendirent. Philip Stern, Sophie et Floyd les attendaient sur le perron.

— Bienvenue dans la demeure de Léonard de Vinci, qui est aujourd'hui le siège de l'Ordre du Cercle, madame Dvorski. Je suis Philip Stern, le gardien de l'Ordre, et voici Sophie, mon assistante, et M. Floyd, le secrétaire général.

Philip était descendu à la rencontre d'Helena et lui avait serré la main. Ils entrèrent dans le hall du manoir. Helena fut impressionnée par la grandeur et la splendeur de celui-ci. Elle s'arrêta au milieu du hall et se tourna vers Philip.

— Maître, je dois vous remettre ceci, lui dit-elle en lui tendant son sac, dans lequel se trouvaient le porte-documents et la miniature de Léonard.

— Merci, madame.

Floyd prit le sac d'Helena. Eric lui tendit également l'étui de cuir contenant les instructions qu'il avait reçues à Zurich. Alors qu'ils allaient quitter le hall d'entrée, ils entendirent des véhicules qui approchaient. Le jet de Mai-Lan s'était posé quelques minutes plus tôt. Les cinq disciples et leurs messagers étaient descendus de l'avion et avaient rejoint les voiturettes de golf qui les attendaient. Ils arrivèrent quelques instants plus tard dans la cour du manoir. Philip Stern, Sophie et Floyd étaient retournés sur le perron pour les accueillir tandis qu'Helena et Eric étaient restés dans le hall. Il commença à pleuvoir sur Amboise. Une fois les voiturettes arrêtées devant l'entrée, Mohamed Al-Khalifa, Boubacar Diop, Emile Page, Liu Xi, sa sœur et Enrique Alvares descendirent et se dirigèrent vers Philip. Pour la première fois depuis le début de cette histoire, Philip se sentit heureux et rassuré. Il avait réussi à réunir les six disciples. Les messagers avaient fait du bon travail. Il salua les disciples un par un et les invita à entrer, puis il remercia les messagers, qui allèrent rejoindre Eric. Pour la première fois depuis cinq cents ans, les six disciples de l'Ordre du Cercle étaient réunis à Amboise. Comme Helena, ils remirent à Floyd leur sac. Les six pages de notes de Léonard de Vinci étaient maintenant en sécurité. Philip se dirigea vers une double porte donnant sur une grande salle à manger. Le dîner était servi. Tous entrèrent et prirent place autour de la table à l'invitation de Philip. Floyd et Sophie s'étaient également joints à eux. Les messagers avaient été réunis dans une autre salle pour partager un repas bien mérité. Philip était resté debout. *L'heure est aux présentations*, se dit-il. Il s'adressa aux disciples solennellement.

— Je vous souhaite la bienvenue à Amboise. Il y a cinq cents ans, Giovanni Francesco Melzi, mon ancêtre, créa l'Ordre du Cercle chargé de cacher et de protéger la dernière invention de Léonard de Vinci. Celle-ci avait fait plusieurs morts et terrorisé le village au point que les habitants d'Amboise n'osaient plus sortir de chez eux. Mais Léonard ne put se résoudre à détruire le Cercle, pensant secrètement qu'un jour, l'humanité serait peut-être prête à l'utiliser. Il demanda donc à Melzi de soustraire celle-ci au monde. Ce dernier exauça le vœu de Léonard. Il quitta Amboise, se rendit à Sienne, où il ouvrit six coffres à la banque Monte dei Paschi, où il y déposa chacune des six pages de notes de Léonard décrivant son invention. Puis il alla à Pétra, où il cacha le Cercle. Enfin Melzi choisit six disciples, vos ancêtres, et un gardien pour lui succéder, mon ancêtre. Ces sept personnes formèrent les premiers membres de l'Ordre du Cercle. Cette lourde charge est donc celle de nos familles depuis le XVIe siècle. Jusqu'à aujourd'hui, jamais l'Ordre n'avait eu à intervenir, le Cercle demeurant enfoui à l'abri de toute convoitise. Mais tout est différent maintenant. Le Cercle a été découvert et utilisé depuis trois jours. Des gens sont déjà morts et ce n'est que le début. Si nous ne le retrouvons pas, notre monde s'enfoncera dans les ténèbres. Mais vous savez déjà tout cela. Je suis Philip Stern, je suis Suisse et avocat. Je suis le gardien de l'Ordre. Je vous présente Sophie, mon assistante, et M. Floyd, le secrétaire général. Je sais que l'arrivée de nos messagers dans vos vies a changé beaucoup de choses pour vous. Mais ceux de vos familles qui vous ont choisis et formés à votre charge d'aujourd'hui avaient toute confiance en vous et ils avaient raison. Je vous remercie tous d'avoir accepté votre mission au service de l'Ordre et suis très fier de vous avoir à mes côtés ici, à Amboise. La première étape de notre travail est un succès. Avant de dîner, je propose que chacun se présente, car nous allons passer beaucoup de temps ensemble.

Helena Dvorski se leva la première. *Il faut bien que quelqu'un commence*, pensa-t-elle.

— Bonsoir, je m'appelle Helena Dvorski, je suis Polonaise. Je travaille…

Helena s'arrêta quelques secondes puis corrigea.

— Je travaillais en tant qu'infirmière à l'hôpital central de Cracovie. C'est ma grand-mère qui m'a donné sa clé et m'a formée, sans que je le sache, à ce que je suis devenue il y a trois jours. J'ai toujours su qu'elle m'avait transmis une sorte de responsabilité, mais je n'avais conscience de rien de ce qui m'arrive aujourd'hui. Tout est allé à la fois très vite et, paradoxalement, je me sens prête même si j'ai encore plein de questions.

Enrique Alvares prit la suite.

— Moi, je suis Enrique Alvares. Je suis Brésilien et j'étudie le génie civil à l'université de São Paulo. C'est mon frère qui était membre de l'Ordre avant moi. Il m'a remis sa clé avant de mourir et m'a fait promettre de poursuivre sa tâche. Je n'avais aucune conscience jusqu'à maintenant de ce que sa tâche recouvrait. Aujourd'hui, je le sais et j'honorerai ma promesse.

— Je m'appelle Emilie Page, dit cette dernière en se levant à son tour. Je suis Américaine, professeur de lettres à l'Université du Wisconsin. Je suis mariée et j'ai un fils, Paul, qui a 10 ans. C'est ma mère qui m'a donné sa clé. Je découvre comme vous l'importance de la charge qu'elle m'a transmise.

Boubacar Diop poursuivit :

— Je ne suis qu'un simple pêcheur sénégalais. Comme mon père, qui m'a donné sa clé, je pêche la crevette à Saint-Louis, du Sénégal, depuis près de trente ans. Tout ceci est un grand bouleversement pour moi. Je n'avais jamais quitté mon pays jusqu'à présent. Mes proches doivent être inquiets de me savoir si loin. Ils le seraient encore plus s'ils connaissaient la vérité. Que Dieu nous protège tous.

— Je suis Mohamed Al-Khalifa, je suis Qatari. Je travaille en tant que directeur de recherche chez Sanofi-Aventis, à Doha. Mon père m'a initié à ma mission future en me transmettant sa clé. J'ai prié chaque jour pour n'avoir jamais à l'utiliser. Malheureusement, les faits sont là. Le Cercle doit être de nouveau enfoui au plus profond des entrailles de notre planète et le plus vite possible.

Les sœurs jumelles Xi étaient toutes deux très impressionnées par ce qu'il leur arrivait. Liu se leva ; sa sœur en semblait incapable.

— Nous sommes Chinoises, ma sœur et moi. C'est notre mère qui nous a préparées à ce moment. Excusez-nous si nous ne parlons pas beaucoup, mais tout cela nous dépasse quelque peu. Il y a quelques heures encore, nous étions de simples femmes de chambre. Nous le sommes encore, conclut-elle en se rasseyant.

Siu Xi se tourna alors vers Philip et lui posa la question que tous avaient sur les lèvres :

— Monsieur Stern, qu'est-ce que le Cercle, et comment provoque-t-il autant de désastres autour de lui ?

— Je l'ignore. Personne au sein de l'Ordre n'a jamais su ce que Léonard de Vinci avait découvert. C'est justement cette ignorance qui a permis au Cercle de rester caché pendant plus de cinq cents ans. Mais quelqu'un a découvert le secret de Léonard et s'en sert aujourd'hui. Nous en saurons plus demain lorsque nous examinerons ensemble les pages que vous avez ramenées de Sienne.

Philip était impressionné par la sagesse naturelle des disciples. Leur vie avait basculé dans un monde inconnu en quelques jours et tous étaient déjà concentrés sur leur nouvelle tâche. Ils venaient d'ailleurs de le prouver en réussissant leur première mission à Sienne. Quel chemin avait parcouru l'Ordre du Cercle en cinq siècles tout en restant parfaitement invisible ! Melzi avait fait du bon travail.

Sophie avait observé la scène depuis sa chaise. Les disciples étaient de nationalités, d'âges, de religions et d'origines sociales très différents. Philip s'était adressé à eux en anglais. Et, à sa grande surprise, ils avaient tous choisi le latin – que chacun maîtrisait pourtant à des degrés différents – pour se présenter. Ainsi, ils pouvaient communiquer entre eux sans difficulté malgré leurs différences. C'était sidérant. Philip la regarda à ce moment avec un petit sourire. Lui savait tout cela bien sûr.

Une fois les présentations faites, les disciples dînèrent avec appétit. Les langues s'étaient déliées un peu. Ils passèrent un moment agréable autour de la table bien garnie. « Le premier depuis plusieurs jours », pensèrent-ils.

— Notre gouvernante va vous montrer vos chambres, dit Philip à la fin du repas. Nous tiendrons notre premier conseil demain à 9 heures.

Chacun se leva et rejoignit la gouvernante, qui leur indiqua leurs chambres respectives. Tous aspiraient à une bonne nuit. Enfin, s'ils arrivaient à trouver le sommeil…

CHAPITRE 20

23 mai 1516

Clos-Lucé

Melzi venait de quitter Léonard. Il savait qu'ils ne se reverraient plus. Il avait du mal à maîtriser son émotion. Il était son disciple depuis tant d'années. Mais ce que lui avait demandé Léonard était plus important. Il était un peu plus de 4 heures. L'air était frais. Le jour ne se lèverait que deux heures plus tard. La calèche l'attendait derrière le manoir. Le cocher était prêt à partir. Melzi se dit de nouveau que Caprotti ne tarderait pas à découvrir sa disparition et ferait le lien avec le Cercle. Il décida donc de changer le plan élaboré par Léonard. Il demanda au cocher de partir immédiatement pour Paris. Celui-ci s'exécuta. Le pas des chevaux et les roues de la calèche crissèrent sur les graviers. Quelques secondes plus tard, Melzi observa la silhouette de l'attelage quitter le domaine. Tout était redevenu calme. Il vit la lueur des bougies qui scintillaient dans le bureau de Léonard s'éteindre. Son maître avait attendu le départ de la calèche puis s'était couché. Il patienta encore quelques minutes sous le porche puis se dirigea vers l'ancien moulin situé au bout du parc du manoir. Il lui fallut moins de cinq minutes pour l'atteindre. La vieille bâtisse était en ruine. Le toit s'était partiellement effondré. Plus personne ne venait par ici depuis longtemps. Il força la porte d'entrée et pénétra dans le moulin. Refermant derrière lui, il alla s'asseoir près de l'ancien pressoir à huile. Par la fenêtre entrouverte, il pouvait voir toute personne qui se dirigerait vers lui. Le printemps était clément cette année. « Il fait presque bon », se dit-il. Il serra contre lui le sac que lui avait remis Léonard et dans lequel se trouvaient le Cercle, de même que les notes et les lettres qu'avait rédigées son maître. Et il attendit.

Vers 9 heures, il sentit de l'agitation au manoir. Il aperçut Caprotti faire le tour de la demeure. Il semblait questionner toutes les personnes qu'il rencontrait. Visiblement, il était à sa recherche. Il le vit discuter avec un palefrenier, qui sembla lui indiquer ce qu'il cherchait.

Effectivement, Caprotti apprit qu'une calèche avait quitté le manoir vers 4 heures ce matin-là en direction de Paris. Il remonta dans sa chambre, prit un sac avec ses affaires et ses travaux. Il ressortit et se dirigea vers les écuries. Il sella son cheval et quitta le manoir à la poursuite de Melzi. Il était furieux. Léonard l'avait berné. Et ce qui accentuait encore sa colère, c'était qu'il avait placé sa confiance en Melzi plutôt qu'en lui dans cette affaire. Il avait cinq heures de retard, mais à Paris il connaissait du monde. Il ne devrait pas avoir trop de mal à localiser Melzi et le Cercle.

Melzi décida d'attendre la fin de journée pour quitter sa cachette. Personne ne devait l'apercevoir dans le manoir et encore moins dans Amboise, car il devait absolument s'y rendre avant d'entreprendre le voyage vers Sienne et Pétra. Il regarda autour de lui et trouva de vieux vêtements ayant dû appartenir au meunier il y a plusieurs années. Ils étaient parfaits ; grâce à eux, il passerait inaperçu. Il attendit que la nuit fût tombée puis sortit du moulin vêtu des guenilles qu'il avait trouvées. Il longea le moulin par le sud puis s'enfonça dans les bois qui bordaient le manoir. Il les traversa jusqu'à parvenir au mur qui clôturait le domaine. Il passa sa tête au-dessus pour s'assurer que personne ne se trouvait derrière, puis il l'escalada. Il se retrouva sur le chemin qui bordait la voie principale menant à Amboise. Il décida de l'emprunter et, une fois arrivé dans le village, il passa devant le marché puis prit la direction de la place centrale. De là, il bifurqua à gauche. Il devait désormais faire attention, car il arrivait près de la taverne, qui devait être encore assez fréquentée à cette heure-ci. Et même si les clients qui en sortaient étaient passablement avinés, il ne pouvait prendre le risque d'être reconnu. Par deux fois, il se cacha sous un porche pour laisser passer un groupe d'hommes. La taverne dépassée, il obliqua à gauche par une ruelle très étroite. Elle était déserte. « Ça y est, se dit-il. Plus que quelques mètres. » Il laissa passer un dernier groupe de personnes puis se mit à marcher plus rapidement en direction de l'église. Elle était magnifique en ce soir de mai, et la porte était ouverte, comme à l'accoutumée. Il se signa puis remonta l'allée centrale jusqu'à l'autel. Il tourna à gauche, poussa la porte de la sacristie, et emprunta le petit escalier qui menait aux appartements du curé. Une fois devant la porte, il frappa. Il entendit des pas. Puis la porte s'ouvrit. Melzi baissa sa capuche. En reconnaissant le disciple de Léonard de Vinci, le père François sursauta légèrement. Avec toute cette histoire autour de son maître, il se demanda ce que faisait Melzi devant sa porte à cette heure-là. Mais les deux hommes se connaissaient bien. Melzi ne pouvait avoir de mauvais desseins à son égard, se raisonna le curé.

— Bonsoir, mon père, dit Melzi.

— Bonsoir, cher ami.

— Puis-je entrer ? J'ai besoin de vous entretenir d'un sujet d'importance.

Le père François l'invita à entrer. Son ami avait l'air bien mystérieux. Ils s'assirent autour de la table de la cuisine. La douce chaleur de la cuisinière à bois enveloppa Melzi et lui fit beaucoup de bien. Le père François observait ses vieux vêtements sales dont le haut avait une grande capuche. On aurait dit qu'il voulait se cacher, ne pas être reconnu. Cela interpella le curé.

— Que se passe-t-il, mon ami ? Votre venue est-elle en lien avec les dernières recherches de votre maître Léonard qui terrorisent tout le village ?

— Effectivement, mon père.

Le curé tressaillit. Toute personne qui avait été en contact dernièrement avec Léonard était morte depuis. Melzi vit le curé blêmir.

— Laissez-moi vous expliquer. Vous ne craignez rien.

Et Melzi expliqua au père François la découverte de Léonard et son choix d'enfouir celle-ci au plus profond du monde afin de la soustraire à l'humanité à jamais. Il lui montra le sac contenant le Cercle. Mais le curé refusa de voir son contenu. Il comprit le danger que faisait courir cette découverte à l'humanité tout entière.

— J'ai besoin de votre aide pour réaliser les dernières volontés de mon maître concernant le Cercle.

Le père François, qui était également conscient que le Cercle représentait un danger pour l'Église, acquiesça.

— Comment puis-je vous aider, mon ami ?

— Je dois me rendre à Sienne puis à Pétra. C'est un long voyage. Mais comme je vous l'ai dit, Caprotti me cherche depuis ce matin et il a des amis qui le renseigneront si je suis repéré. Ce voyage sera périlleux. Je n'y arriverai pas seul. L'Église a le même intérêt que moi à voir cette découverte disparaître à jamais. J'aurais besoin de son aide et de sa protection jusqu'à Pétra.

Ce que demande Melzi sera difficile, pensa le père François. L'Église et Léonard de Vinci n'avaient jamais été les meilleurs amis. La science et la théologie ne se mélangeaient guère. Mais Melzi était son ami et l'enjeu était supérieur à tout cela.

— Vous savez, je ne suis qu'un curé à Amboise. Mais je connais l'évêque de Lyon. Je vais lui écrire une lettre, que vous lui remettrez de ma part en vous présentant à l'évêché.

Le père François sortit du papier et prit sa plume. Une fois sa lettre rédigée, il la cacheta à la cire du sceau de l'Église et la lui tendit.

— Lyon est à trois jours d'ici. Dînez avec moi puis changez-vous.

Le curé lui montra des habits de moine suspendus dans une penderie.

— Faites-vous passer pour mon émissaire auprès de l'évêque. En cas de problème, le sceau sur la lettre authentifiera votre mission.

— L'Église me protège donc déjà, mon père, dit Melzi. Je vous en remercie.

— Cela n'ôtera pas tout danger à votre voyage. Et je ne peux présager de la suite que donnera l'évêque à votre requête.

— Je le sais, mais vous faites déjà beaucoup pour moi.

Ils dînèrent ensemble puis Melzi se changea et mit la lettre dans son sac. Il se regarda dans un miroir. Il avait l'air d'un moine. « Peut-être, un jour », pensa-t-il. Melzi se dirigea vers la porte des appartements du père François. Il se retourna.

— Je vous remercie, mon père. J'ai une dernière requête.

— Dites-moi.

— Le Cercle doit disparaître pour des siècles. Je sais que, comme tout homme d'Église, vous consignez vos actions dans un journal, afin de laisser un témoignage précis de votre époque aux générations futures.

Le père François regarda Melzi dans les yeux.

— Ne consignez rien de ma venue, de notre discussion et de votre action de ce soir. Vous protégerez à votre tour l'humanité du Cercle. Je vous dis adieu. Nous ne nous reverrons sûrement jamais.

— Entendu. Que Dieu vous protège, mon ami.

Melzi redescendit dans la sacristie puis sortit de l'église par l'arrière. Il était près de minuit. L'air était frais. Il commença à remonter la rue.

« Maintenant il faut que je trouve un cheval ! »

CHAPITRE 21

14 septembre 2012

Amboise

Les disciples n'avaient que peu dormi. Leurs chambres étaient pourtant plus que confortables. Mais la journée d'hier les avait stressés et ils n'avaient pas réussi à trouver le sommeil. Emilie Page fut la première à entrer dans la salle où était servi le petit-déjeuner. Il était 6 h 30. Elle s'assit à une table et se servit un café fort. Elle prit le *Herald Tribune* et le *Washington Post*. Aucun d'eux ne parlait des évènements qui les préoccupaient. Elle avait l'impression de vivre dans un monde parallèle. Elle leva les yeux lorsqu'elle entendit quelqu'un s'approcher d'elle. C'était Mohamed Al-Khalifa.

— Bonjour… Emilie, je crois ?

— Oui, c'est ça, bonjour.

— Puis-je m'asseoir ?

— Bien sûr.

Mohamed s'installa à côté d'Emilie et se versa une grande tasse de thé.

— Vous avez pu dormir ? demanda-t-il.

— Pas du tout. Et vous ?

— Très peu. En fait, j'ai hâte de savoir ce que contiennent les notes de Léonard de Vinci. Ma famille fait partie de l'Ordre depuis très longtemps, comme la vôtre. J'ai été initié à ce qu'est l'Ordre du Cercle et à sa mission, mais je n'ai jamais su ce qu'était le Cercle, car tous l'ignoraient.

— Pour moi, tout cela est nouveau. J'ai été formée pour ce moment sans m'en rendre compte. J'ai appris le latin sans savoir pourquoi, si ce n'était par respect pour ma mère. Et aujourd'hui je me surprends à le parler avec vous. Et j'ai du mal à comprendre comment une découverte du XVIe siècle peut tuer aujourd'hui.

Ils furent rapidement rejoints par les autres disciples. Puis Sophie arriva et, enfin, Philip. En les observant, celui-ci songea que, même s'ils ne se connaissaient que depuis quelques heures, ils formaient déjà un groupe. Ils terminèrent leur petit-déjeuner à 8 h 30.

— Mesdames, Messieurs, nous allons nous diriger vers la salle du Conseil, où nous assemblerons les six pages de notes de Léonard de Vinci afin de comprendre ce qu'est le Cercle.

Ils se levèrent et suivirent Philip en silence. Ils traversèrent le hall d'entrée pour se rendre dans la deuxième aile du manoir. Sophie se dit qu'elle n'était jamais venue dans cette partie de la demeure. Ils empruntèrent un premier couloir, qui les mena jusqu'à une salle ovale. Au centre de celle-ci se trouvait une double porte. Elle était entourée de deux portraits : à gauche, celui de Léonard de Vinci et, à droite, celui de Giovanni Francesco Melzi. Philip s'arrêta devant la porte. Floyd avait rejoint le groupe. Il portait les six porte-documents que les disciples avaient récupérés la veille à Sienne.

— La salle du Conseil a été conçue par le gardien en 1625, lorsqu'il installa le siège de l'Ordre au manoir. Son amitié avec Louis XIII lui permit d'en récupérer la propriété. La salle a été fermée par le gardien le 26 mars 1625 et n'a jamais été ouverte depuis. La clé de cette salle est transmise de gardien en gardien. Seule la réunion des disciples autorise son ouverture pour y tenir le Conseil.

Les disciples marquaient leur stupéfaction : que pouvait renfermer une salle fermée depuis près de quatre cents ans ?

Philip enleva la clé qu'il portait autour de son cou et l'introduisit dans la serrure. Sophie ne pouvait détacher son regard de la porte. Il tourna la clé deux fois dans un sens puis une fois dans l'autre. Cela rappela à Helena la serrure du coffret de sa bible de Gutenberg. Puis il tourna la poignée et ouvrit la double porte. La forte odeur qui se dégagea de la pièce fit sursauter les disciples. Tout le monde attendit quelques minutes avant d'entrer. Il fallait que l'air se renouvelle. Floyd entra le premier avec une torche à la main. Il alluma toutes les bougies de la pièce, qui commença à s'éclairer. La salle du Conseil était une immense bibliothèque au centre de laquelle se trouvaient une table ovale et sept chaises. « Visiblement, Floyd et moi n'étions pas prévus en 1625 », remarqua Sophie. Philip entra le premier, suivi par les disciples, Floyd et Sophie. Mohamed Al-Khalifa et Helena Dvorski étaient subjugués par les milliers d'ouvrages présents. Leur passion pour les livres et manuscrits anciens les dirigea d'ouvrage en ouvrage. Tous les livres étaient des éditions originales d'une valeur inestimable. Helena découvrit une édition de textes signés de la main de Platon et des textes écrits par Jules César. Tous regardaient ces merveilles quand Philip aperçut sur l'un des murs une porte dissimulée. Il introduisit sa clé et manœuvra la serrure de la même façon que pour la précédente porte, mais rien ne se produisit. Il essaya alors d'effectuer l'ouverture dans l'autre sens : deux tours à droite et un tour à gauche. Il sentit que la serrure s'ouvrait. Il poussa alors la porte et demanda à Floyd de procéder à l'allumage des bougies de cette deuxième salle dont il ignorait tout. Lorsque la lumière fut suffisamment vive, ils entrèrent et s'arrêtèrent net, comme figés. Ce qu'ils voyaient n'était pas possible. Ils se trouvaient devant *La Joconde, La Cène, La Vierge aux rochers, L'Homme de Vitruve, L'Annonciation, La Dame à l'hermine*... Léonard avait peint toute son œuvre en double et l'Ordre du Cercle en était le dépositaire. C'était magnifique et insensé. Aucun texte ne mentionnait cela. Après plusieurs minutes d'émerveillement, Philip dit :

— Vous êtes certainement comme moi, stupéfaits, ébahis, émerveillés... mais nous avons une mission à accomplir. Le Conseil doit commencer.

Ils retournèrent dans la première salle, où des chaises supplémentaires avaient été disposées pour permettre à Floyd, à Sophie et à la sœur de Liu Xi de siéger. Chacun prit sa place. Le fauteuil du gardien ne se trouvait pas au bout de la table ovale, mais sur un côté, au milieu. Philip s'assit à son tour.

— Je déclare le premier Conseil des disciples ouvert. Monsieur Floyd, voulez-vous procéder à l'ouverture des porte-documents et à l'assemblage des six pages de notes ?

— Tout de suite, maître.

Il ouvrit avec une extrême précaution les six porte-documents récupérés à Sienne. Puis il sortit les six pages. Elles portaient les numéros 73 à 78. Il les remit dans l'ordre et les disposa au centre de la table. Les disciples réalisèrent une fois encore que le latin allait leur être d'une grande utilité.

Les deux premières pages contenaient les explications de Léonard concernant l'objet de sa recherche. Une introduction, en quelque sorte. Les disciples et Philip comprirent que Léonard de Vinci avait réussi, après plusieurs mois de recherche, à corréler l'espace et le temps. Les pages suivantes étaient une succession d'équations et d'algorithmes matérialisant la progression mathématique de Léonard vers sa découverte. Sur la cinquième page, il explicitait comment passer d'une équation à l'autre et d'un algorithme au suivant. Enfin sur la dernière page apparaissait le résultat : l'algorithme final et les plans du Cercle. Tout le monde resta silencieux, car personne ne voyait en quoi cette découverte mathématique matérialisée en une sorte de sextant pouvait produire les effets décrits dans la lettre de Léonard. Puis Enrique Alvares se leva.

— Vous permettez ? demanda-t-il à Philip.

— Je vous en prie.

Enrique fit le tour de la table pour faire face aux documents. Il avait étudié les algorithmes lors de sa première année d'université. Plutôt doué en mathématiques, il avait dans un premier temps voulu faire des études en recherche statistique avant de finalement choisir le génie civil, qui toutefois laissait une place importante aux mathématiques. Il parcourut les six pages de nouveau. Il se concentra en silence de longues minutes sur la démonstration mathématique des pages 3 et 4. Puis il revint à l'introduction pour enfin s'arrêter net devant l'algorithme final. Il recula de quelques pas et regarda l'assistance.

— Mon Dieu ! s'exclama-t-il. Je sais ce qu'a découvert Léonard de Vinci et qu'il a matérialisé avec le Cercle. Mais nous ne pourrons l'utiliser, car l'algorithme final en page 78 est incomplet. Il y a un renvoi à la page 12 du document.

Il leur montra une minuscule annotation au milieu de la formule qui, effectivement, indiquait de se référer à la page 12 pour compléter la formule. Léonard avait pris toutes les précautions afin de protéger sa découverte, y compris en cas de révélation des six pages, se dit Philip. Puis Enrique expliqua aux autres ce que permettait le Cercle. Il s'ensuivit un silence assourdissant. Tous les disciples semblaient sous le choc, comme groggy. Sophie sentit des larmes couler sur ses joues. Même Floyd, qui restait habituellement impassible, s'était décomposé.

— L'humanité ne supportera pas cela, dit Philip. Cette découverte annihile tout l'espoir que chacun place dans l'avenir et qui le fait avancer, construire, combattre et progresser. Ceux qui ont récupéré le Cercle vont s'en servir pour nous réduire à l'état d'esclaves. Nous vivrons dans la peur de savoir, nous nous cacherons, nous nous couperons du monde ou nous leur obéirons afin de ne pas savoir. C'est monstrueux.

Helena Dvorski fut prise de haut-le-cœur. Elle se leva et alla vomir à l'extérieur.

Philip reprit :

— Nous devons trouver la page 12 de ce document afin de réunir l'ensemble des notes de Léonard concernant le Cercle et les détruire.

— Peut-être que ce document est dans la bibliothèque, suggéra Emilie Page en montrant les rayonnages.

— Non, répondit instantanément Mohamed Al-Khalifa. Le document dont nous parlons s'appelle le *Codex Leicester*. C'est le recueil de notes de Léonard concernant l'ensemble de ses découvertes. Il fait soixante-douze pages, enfin jusqu'à aujourd'hui où nous venons de découvrir qu'il en comportait en fait soixante- dix-huit.

— Et pourquoi ne serait-il pas dans cette bibliothèque ? demanda Sophie.

— Parce qu'il a été acheté aux enchères en 1994 par Bill Gates, le fondateur de Microsoft, et qu'il n'a jamais été fait de copie de l'original de peur de l'abîmer.

— Monsieur Floyd.

— Oui, maître.

— Il nous faut trouver un moyen de convaincre Bill Gates de laisser Enrique consulter la page 12, dit Philip.

Et j'espère que les archives de Léon X nous mettront sur la piste de ceux qui utilisent cette horreur, pensa-t-il au même moment.

— Si ce que nous a révélé Enrique sur le Cercle est vrai, nous devons nous préparer à voir une partie du monde sombrer dans la folie et l'autre dans l'esclavage. Il faut absolument trouver les responsables et les stopper.

Le Conseil terminé, Philip demanda à Floyd d'accompagner les disciples au poste de commandement de l'Ordre. Ils y retrouvèrent les messagers, à qui ils ne dirent rien de leur découverte. Philip et Sophie regagnèrent le bureau de Léonard. Ils n'échangèrent pas un mot ni même un regard.

Palo Alto

Dans son bureau depuis 8 heures, Salvatore Figli passait en revue les projets de contrats que lui avait transmis John Eisenstein la veille en fin de journée. Tout semblait parfait. L'appel d'offres allait pouvoir être lancé comme prévu. De nombreux industriels s'étaient déjà manifestés auprès de lui ou de Mark Zuckerberg afin de concourir. Leur projet de déploiement d'un réseau Internet gratuit haut débit pour les pays ne pouvant offrir cette technologie intéressait et c'était une bonne nouvelle. Son téléphone crypté sonna. Il décrocha.

— Bonjour, monsieur Figli.

— Bonjour Amilcar, du nouveau ?

— Notre organisation a pu reconstituer les arbres généalogiques des six personnes dont vous m'avez transmis les noms. Jusqu'en 1516, comme vous le souhaitiez. Mais ça n'a pas été simple, car ils sont originaires de pays différents.

— Bien, Amilcar, très bien.

— Je vais vous envoyer la synthèse de cette recherche. Mais il y a quelque chose d'étonnant.

— Quoi ?

— En 1516, les ancêtres de chacune des personnes dont vous m'avez donné les noms étaient tous des moines bénédictins appartenant à la congrégation de la Chaise-Dieu, située en Auvergne, en France. L'abbaye est toujours le siège de ces bénédictins, selon nos informations. Mais les moines ne sont pas censés avoir de descendance !

— Merci pour tout, Amilcar. J'attends votre rapport détaillé.

— Vous allez le recevoir d'ici deux minutes.

Figli raccrocha et demanda à Helen d'appeler Clifford. Puis il se dirigea vers le tableau derrière lequel était dissimulé son coffre-fort. Il l'écarta, tapa son code de sécurité, puis posa sa main sur le lecteur d'empreintes. La porte du coffre s'ouvrit. Il en sortit un manuscrit très ancien puis referma le coffre et remit le tableau en place. Il retourna à son bureau et ouvrit le livre avec précaution. Sa famille possédait le journal personnel de Caprotti, premier maître de l'Ordre de Salai. Il chercha le chapitre où Caprotti indiquait qu'il avait perdu la trace de Melzi à Paris. Il trouva ce qu'il cherchait et lut avec attention.

1516 – le 28 mai

Je me suis rendu à Paris dès que j'ai su que Melzi avait quitté le manoir dans la nuit du 24 mai avec le Cercle et les notes de mon maître. À Paris, mes informateurs m'ont confirmé que Melzi n'était jamais arrivé dans la capitale. Il avait donc masqué son départ afin que je ne puisse le retrouver. Toutefois, trois jours plus tard, j'ai eu la confirmation, par un ami prêtre, que Melzi s'était rendu à Lyon. Je partirai pour la capitale des Gaules demain.

Il passa les chapitres suivants pour s'arrêter sur les notes de Caprotti du 4 juin 1516.

1516 – le 4 juin

Je suis arrivé à Lyon hier. Melzi a bien été aperçu dans la ville par un de mes contacts. Il était habillé en moine, selon ses dires. Mais il a perdu sa trace. J'ai rendez-vous avec un autre de mes informateurs dans la soirée. Peut-être saura-t-il m'en dire plus ?

Figli referma le journal de Caprotti au moment où Helen annonçait l'arrivée de Clifford.

Habillé en moine, se dit-il. *Et les six personnes qui ont ouvert les coffres ont toutes pour ancêtres des moines de l'abbaye de la Chaise-Dieu.*

Il demanda à Helen de faire patienter Clifford quelques instants. Puis, il démarra son ordinateur et lança Google Maps pour calculer la distance entre Lyon et La Chaise-Dieu. Le résultat ne le surprit pas. Il y avait moins de 170 kilomètres entre les deux. La Chaise-Dieu était plus au sud et se trouvait donc dans la même direction que Sienne. Melzi avait été protégé dans sa fuite par l'Église. Et il avait partagé son secret avec six moines, dont les descendants étaient allés ouvrir six coffres vieux de cinq cents ans à la banque Monte dei Paschi. Il quitta Google Maps et consulta sa messagerie. Amilcar Johnson venait de lui envoyer le fichier. Il l'ouvrit et en fit une copie pour Clifford, qui entrait dans son bureau.

— Bonjour, maître.

— J'ai fait établir la généalogie des six personnes qui sont allées ouvrir les coffres à Sienne. Elles ont toutes pour ancêtres au XVIe siècle des moines d'une même abbaye, en France. Et j'ai retrouvé, dans le journal de Caprotti, le passage où il dit avoir retrouvé la trace de Melzi à Lyon, habillé en moine. L'Église l'a protégé pendant sa fuite et des descendants des six moines se sont rendus il y a deux jours à Sienne pour récupérer le contenu de six coffres ouverts il y a cinq cents ans. Le tout dans la plus grande discrétion. Et cela, quelques jours seulement après nos premiers tests du Cercle.

— Notre agent qui suivait Helena Dvorski à la gare Montparnasse a été retrouvé mort dans les toilettes publiques. Il a été tué par un professionnel.

— Melzi a mis en place une organisation pour protéger le Cercle. Et l'Église y a contribué. Cette organisation est toujours opérationnelle, Clifford, et elle sait que le Cercle a été retrouvé. Il faut que nous la localisions. Avez-vous pu circonscrire la zone desservie par les trains au départ de la gare Montparnasse ?

— Oui, maître, voici la carte de France avec la zone concernée hachurée de rouge.

Figli prit le plan et regarda la zone. Elle était très grande, plus d'un tiers du pays, dont Amboise. Clifford avait entouré une deuxième zone plus petite.

— À quoi correspond cette deuxième zone à l'intérieur ?

— C'est la région desservie par tous les trains qui étaient au départ hier entre l'heure d'arrivée d'Helena Dvorski et la fermeture de la gare.

Dans cette zone, il y a toujours Amboise, nota Figli.

— Montez une équipe qui se rendra dans cette zone afin de trouver où se cachent ces personnes. Et qu'elle porte une attention particulière à la ville d'Amboise. C'est là que tout a commencé en 1516. Mais pas d'intervention, juste du renseignement. Sinon, pouvez-vous trouver le nom des personnes qui ont ouvert les six coffres il y a cinq cents ans ? Et comparez-les avec les noms figurant sur ce fichier.

Figli lui tendit une clé USB.

— Pour le reste, on ne change rien au timing. Début de l'opération dans quarante-huit heures.

— Très bien, maître, je m'en occupe.

Clifford quitta le bureau de Figli pour retourner dans ses quartiers. Il avait du travail.

— Tu as réussi à protéger le Cercle pendant plus d'un demi-millénaire, Melzi. Mais aujourd'hui, je l'ai retrouvé et tes hommes ne pourront pas m'arrêter. Il est trop tard ! dit Figli à voix haute.

John Eisenstein était arrivé comme chaque jour vers 7 heures à son bureau. Tous ses sens étaient en éveil lorsqu'il avait pénétré dans le hall de l'entreprise, mais il n'en avait laissé rien paraître. Il n'avait pas dormi depuis sa soirée chez son ami Adrian. Il ne pouvait plus faire confiance à personne. Même l'agent de sécurité qui l'avait salué alors qu'il se dirigeait vers les ascenseurs lui avait paru suspect. Il entra dans son bureau. Sa secrétaire l'accueillit et lui rappela son agenda de la journée. À 10 heures, il avait rendez-vous avec Mark, Figli et Aymes, pour le premier comité stratégique depuis l'introduction en Bourse. Il avait transmis les projets de contrats pour les appels d'offres de satellites hier soir au vice-président. Tout était donc en ordre de son côté. Après le comité stratégique, il irait mettre sa clé USB en sécurité. Il avait rédigé un mémo avec tous les éléments de cette affaire et l'avait copié sur la clé pour expliciter les éléments financiers déjà présents. Il regarda sa montre. C'était l'heure d'envoyer son SMS à Adrian. Tout allait encore bien.

CHAPITRE 22

24 mai 1516

Sur la route de Lyon

Cela faisait plus de deux heures que Melzi avait quitté Amboise. Dans son habit de moine bénédictin, il chevauchait la monture qu'il avait « empruntée » près de la taverne à un voyageur complètement aviné qui ne s'était rendu compte de rien. Il souhaitait profiter de la nuit pour s'éloigner le plus possible du manoir. Il s'arrêterait au petit matin. Il était plus dangereux de voyager la nuit, car les chemins n'étaient pas sûrs, mais c'était le meilleur moyen pour ne pas être remarqué. Il lui faudrait toutefois nourrir et abreuver son cheval. Il lui restait 450 kilomètres jusqu'à Lyon. Cela lui prendrait environ cinq jours. Il passerait par Bourges, Moulins, Mâcon puis Lyon. Il serait à Vierzon à l'aube. Cette ville, qui avait accueilli en son temps les armées de Jeanne d'Arc et qui, malgré les guerres de religion, était restée catholique, devrait pouvoir lui offrir un refuge pour la journée.

Il entra dans la ville au petit matin et se dirigea vers l'église Notre-Dame. Ses habits de moine et le message au sceau de l'Église pour l'évêque de Lyon devraient lui assurer le gîte pour la journée. Il descendit de cheval et poussa la porte du cloître situé sur le côté de l'église. Un abbé vint à sa rencontre.

— Bonjour mon père, dit Melzi. Je suis en route pour Lyon, où je dois porter un message pour notre évêque. Puis-je trouver refuge avec ma monture pour la journée ? J'ai chevauché toute la nuit. Nous repartirons ce soir.

— Entrez, mon frère, vous trouverez les écuries au fond du cloître pour votre cheval. Puis venez nous rejoindre dans le réfectoire. Nous avons terminé nos matines et allons petit-déjeuner.

— Merci beaucoup, j'apprécie votre hospitalité.

Melzi conduisit son cheval jusqu'aux écuries et ôta sa selle. Un palefrenier vint le voir et prit sa monture en charge. Il rejoignit la petite congrégation qui était déjà attablée. Il passerait la journée à Vierzon avant de repartir en début de soirée pour Bourges.

Paris

Arrivé à Paris, Caprotti se rendit directement chez son ami, espérant qu'il le renseignerait sur la présence de Melzi. Celui-ci habitait près de la cathédrale Notre-Dame, dans une ruelle pavée plutôt étroite. L'immeuble avait trois étages. Des colombages en bois étaient apparents sur toute la façade. Caprotti poussa la lourde porte de bois et pénétra dans la cour intérieure. Son ami habitait le rez-de-chaussée du bâtiment arrière. Il frappa à la porte. Le judas en bois s'entrouvrit puis se referma. Une figure familière lui ouvrit.

— Bonsoir, mon ami.

— Bonsoir à toi.

— Entre, ton voyage a dû être long.

— Je voyage depuis deux jours sans m'arrêter.

Caprotti s'assit à la table de la salle à manger. Son ami le rejoignit après avoir refermé la porte.

— J'ai reçu ton message hier. Je me suis renseigné toute la journée. Il semble que Melzi ne soit pas à Paris.

— Ce n'est pas possible ! protesta Caprotti. Le cocher a pris la direction de la capitale. Il doit être ici.

— Selon mes informateurs, il n'est pas là. Demain, nous irons voir un abbé qui est généralement bien informé aussi. Peut-être aura-t-il des informations supplémentaires. Pour l'instant, dînons et, ensuite, tu te reposeras.

Caprotti sentit sa colère monter à nouveau. Mais il était fatigué, et son cheval aussi. « Nous verrons bien demain », pensa-t-il en se coupant une tranche de pain. La soupe sentait bon.

Sur la route de Lyon

Melzi était reparti de Vierzon en fin de journée la veille. Il avait pris la direction de Bourges, où il avait prévu de faire sa seconde halte. Il aperçut l'entrée de la ville dans le petit matin. Ses hôtes de Vierzon lui avaient recommandé de se rendre à l'université, où une petite communauté religieuse s'occupait du domaine agricole jouxtant l'établissement. La chaire de droit y avait une renommée internationale. Il se présenta à l'entrée du domaine et se recommanda de la communauté de Vierzon. Il fut accueilli en frère et put se reposer avant de reprendre sa route. L'Église était devenue sans le savoir une mère protectrice pour lui. Il remercia le père François à qui il pensait souvent.

Puis il reprit sa route : Moulins, Mâcon et, enfin, Lyon. Melzi remontait le Rhône par la rive droite lorsqu'il aperçut les faubourgs de la capitale des Gaules. Il arrivait au bout de sa première étape, mais le terme de son voyage était encore très loin.

Paris

Caprotti avait rendez-vous à 9 heures en l'église Saint-Germain-l'Auxerrois. Il était accompagné de son ami lorsqu'il pénétra dans l'édifice dont la fin de la construction remontait au siècle dernier. *Majestueux,* se dit-il. Il se signa puis traversa la nef. Ils se dirigèrent vers l'autel. Son ami s'arrêta au milieu et lui désigna un homme assis sur l'un des bancs de la rangée de droite.

— Il t'attend.

Caprotti rejoignit l'homme d'Église, qui était assis en silence. Il prit place à ses côtés.

— Votre ami n'est pas à Paris, lui dit-il sans lever la tête. Il a été aperçu à Vierzon et à Mâcon. Il était habillé en moine. Selon mes sources, il se rendait à Lyon.

Caprotti fulmina à l'annonce de ces informations. Melzi l'avait berné tout comme Léonard de Vinci avant lui. Il remercia l'homme et se leva. Il lui fallait rejoindre Lyon au plus tôt. Ils quittèrent l'église et revinrent dans l'appartement de son ami. Caprotti faisait grise mine, mais sa détermination à retrouver Melzi et le Cercle n'en était que plus forte. Il remercia son bienfaiteur et quitta Paris. Lyon était à cinq jours de cheval. Mais son ami l'avait rassuré : Melzi avait laissé des traces de son passage jusque-là, il en laisserait aussi à Lyon. Et son réseau d'informateurs l'aiderait ; il lui avait donné les personnes à contacter dès son arrivée à Lyon. Melzi n'était pas le seul à être protégé. Lui aussi bénéficiait de soutiens précieux dans tout le pays.

CHAPITRE 23

14 septembre 2012

Palo Alto

Il était 9 h 45 lorsque la secrétaire de John Eisenstein lui rappela que le comité stratégique débutait dans quinze minutes. Son dossier attendait sur son bureau depuis une heure. John avait demandé à Aymes le rapport de la SEC, le gendarme de la Bourse américaine, émis juste après l'introduction du titre. En qualité de directeur des Affaires juridiques du groupe, il était normal qu'il examine celui-ci. Le rapport, qui avait validé la conformité des opérations de mise sur le marché, ne relevait aucune irrégularité. Son rapporteur avait même conclu par un commentaire élogieux sur les résultats obtenus. John était sidéré. L'opération avait été menée dans la plus grande discrétion et avait réussi à duper jusqu'aux contrôleurs de la SEC. Pourtant, 50 milliards de dollars avaient été injectés en une seconde pour modifier le cours de l'action et empocher 8 milliards de plus-values moins d'une heure après.

Qui que vous soyez, c'est bien joué, se dit-il. *Toutefois, j'ai percé votre secret. Maintenant je vais découvrir qui vous êtes et ce que vous avez en tête.*

Il rangea le rapport dans son coffre et prit sa clé USB avec lui. Elle lui semblait plus en sécurité dans sa poche que dans son coffre. Il prit son dossier et sortit de son bureau pour rejoindre le comité stratégique.

Lorsqu'il entra dans la salle, Aymes et Figli étaient déjà assis à leur place.

— Bonjour Salvatore, bonjour monsieur le directeur général, quelle réussite ! se força-t-il à dire. Et le cours ne redescend pas depuis sa cotation en fin de première journée. C'est impressionnant ! Notre président peut être fier. Il a fait de Facebook le meilleur placement financier de ces cinquante dernières années.

— C'est là toute l'intelligence de Mark, répondit Figli. Son idée de réseau Internet gratuit pour les pays pauvres a dopé le cours dans des proportions que même les services de M. Aymes n'avaient pas envisagées. N'est-ce pas, monsieur le directeur général ?

Aymes était un peu gêné, car ses prévisions avaient été très en dessous de ce qui s'était passé.

— Nos modèles ont effectivement sous-estimé la valeur émotionnelle de l'idée de notre président sur les petits porteurs du monde entier. Ils ont eu envie non seulement d'investir dans l'entreprise mais aussi de participer à la bonne action de Mark Zuckerberg. C'est la conjugaison des deux qui a permis de tels résultats.

Mark entra dans la salle, accompagné de son assistante et de son directeur de la Communication.

— Bonjour à tous.

Figli, Aymes et Eisenstein s'étaient levés.

— Bonjour, monsieur le président, répondit Aymes.

Mark s'assit.

— Bien. Commençons.

Aymes prit la parole en premier et présenta une synthèse des résultats de la mise sur le marché de Facebook, qui reprenait les éléments dont il débattait avec Figli et Eisenstein avant l'arrivée de Mark. Il termina par une synthèse des profits réalisés par l'entreprise grâce à cette ouverture de capital.

— Nous disposons donc largement des fonds nécessaires pour mettre en œuvre notre réseau mondial de satellites. Notre direction de la communication propose de l'appeler Facenet.

L'idée séduisit le comité, qui la valida.

— Quand pouvons-nous lancer l'appel d'offres auprès des constructeurs ?

John prit la parole.

— Vous avez tous reçu les projets de contrats à proposer lors de l'appel d'offres mondial. Je vous ai également joint le règlement de la consultation afin de garantir l'équité d'accès. Si tout cela vous convient, nous pouvons valider la procédure aujourd'hui et lancer l'appel d'offres dès la semaine prochaine. Le rétroplanning est joint également à votre dossier. Les offres devront nous être retournées sous deux mois afin que nous puissions attribuer les marchés d'ici fin décembre.

Figli approuva le timing de la tête tout en se disant que tout cela n'aurait plus beaucoup d'importance d'ici quelques jours. L'appel d'offres fut validé et Mark donna les instructions à Aymes pour lancer la procédure selon le planning proposé. L'ordre du jour du comité étant épuisé, Mark prit congé de son équipe. Chacun savait ce qu'il avait à faire désormais. Figli devait se rendre à une nouvelle conférence de presse où il allait annoncer le lancement de l'appel d'offres. « Cela continuera à doper le cours de l'action », se dit Aymes. Une fois dans le couloir, Figli proposa à John de se joindre à lui pour le déjeuner. Il était presque midi. Il avait réservé une table chez Françoise. John accepta mais, avant, il devait aller mettre en sécurité sa clé USB.

— D'ici une heure, Salvatore, j'ai un rendez-vous qui m'attend.

— D'accord, dans une heure alors.

John regagna son bureau, envoya son SMS à Adrian et quitta le siège de Facebook pour se rendre à sa banque. Il avait pris rendez-vous pour ouvrir un coffre. « Ce déjeuner m'en apprendra peut-être plus », songea-t-il en montant dans sa voiture. Il n'avait jamais eu d'affinités particulières avec Salvatore Figli, mais il lui reconnaissait les qualités d'un financier hors pair qui avait largement contribué à faire de Facebook la multinationale dont tout le monde s'arrachait les actions aujourd'hui.

Amboise

Philip Stern était remonté directement dans son bureau après le Conseil des disciples. Il savait maintenant ce qu'avait découvert Léonard de Vinci et pourquoi son invention, qu'il avait apparemment testée à Amboise, avait semé la terreur dans tout le village. Ce que Philip n'avait pas compris, c'était pourquoi Léonard n'avait pas détruit sa découverte. Elle avait tué Élisabeth, sa plus fidèle servante. Elle avait détruit l'amitié entre ses disciples les plus proches au point de les faire s'affronter. Et tout cela, il en avait été le témoin et l'avait retranscrit dans les pages 67 et 68 de ses notes. Il s'arrêta net après cette réflexion. Ce n'était pas une défaillance de l'Ordre du Cercle qui avait permis à l'invention de Léonard d'être retrouvée ! Dans ces deux pages, Léonard racontait la colère de Caprotti, son deuxième disciple, lorsqu'il avait détruit devant lui ce qu'il pensait être le Cercle. Et quand il s'était aperçu du départ de Melzi, il avait dû comprendre que Léonard lui avait menti. Cela avait dû le rendre encore plus fou de rage. Il avait donc dû partir à sa recherche. Il y a cinq cents ans, Léonard avait demandé à Melzi de créer un Ordre pour cacher le Cercle et veiller à ce qu'on ne le retrouve jamais. Et Caprotti, s'étant lancé à sa poursuite, avait également dû s'appuyer sur un réseau. Deux organisations avaient donc cohabité depuis cinq siècles en s'ignorant, chacune concentrée sur sa mission. Et aujourd'hui, l'Ordre de Caprotti avait pris une sérieuse avance sur eux. *Si j'ai vu juste, cette histoire est complètement folle*, pensa-t-il.

Philip décrocha son téléphone et demanda à Floyd de réunir les disciples et Sophie dans la salle du Conseil immédiatement.

Quelques minutes plus tard, tout le monde y était installé. Chacun attendait Philip avec impatience. Pourquoi réunir de nouveau le Conseil aussi rapidement ? Philip arriva dans la salle avec les notes de Léonard et prit place.

— Je pense avoir découvert qui a trouvé… enfin quel groupe a retrouvé le Cercle.

Tous les participants le dévisagèrent. Il poursuivit :

— Dans ses notes, pages 73 et 74, Léonard décrit avec précision la réaction de Caprotti, son deuxième disciple, lorsqu'il a tenté de lui faire croire qu'il avait détruit le Cercle, puis la colère de celui-ci quand il a appris que Melzi avait quitté le manoir. Léonard indique également que Caprotti a quitté le domaine et s'est lancé à la poursuite de Melzi et du Cercle. Je pense donc que, pendant que Melzi cachait le Cercle et créait notre Ordre pour le protéger, Caprotti n'avait qu'une idée en tête : le retrouver. Il a donc dû former sa propre organisation, un Ordre concurrent, pour atteindre cet objectif. Et ce sont ses descendants qui l'ont trouvé et l'utilisent. Nos deux organisations ont donc poursuivi leur mission pendant cinq cents ans, chacune ignorant l'existence de l'autre.

Floyd était à la fois inquiet et soulagé d'entendre l'hypothèse tout à fait probable de son maître. Cela voulait dire qu'aucune fuite ne provenait de l'organisation dont il avait la responsabilité. Mais comment l'Ordre du Cercle avait-il pu passer à côté de cela pendant cinq siècles ? Et plus encore aujourd'hui. *Nous disposons pourtant de services de renseignement très efficaces*, se dit-il.

— L'organisation de Caprotti est en avance sur nous. Elle a le Cercle et doit être à notre recherche. L'agent qu'Eric a éliminé à la gare Montparnasse vous surveillait, Helena. Il devait faire partie de leur équipe.

Helena venait d'apprendre qu'elle avait été suivie. Elle ne s'était rendu compte de rien.

— Ils ont dû découvrir son corps. Ils doivent donc nous chercher. La gare Montparnasse dessert Amboise, ville où tout a commencé en 1516. Ils ne mettront pas beaucoup de temps à arriver en ville. Et visiblement, ils ont des moyens. Floyd, dites aux messagers de se déployer immédiatement afin de nous prévenir de toute arrivée suspecte à Amboise. Mettez nos agents d'intervention en alerte. Nous passons l'activité du manoir en mode furtif. Toutes les équipes regagnent le centre opérationnel au sous-sol. Le manoir ouvre ses portes au public demain matin. Que les membres qui assurent le fonctionnement du musée soient opérationnels tout de suite.

Puis Philip s'adressa à Sophie :

— Sophie, contactez le cabinet de généalogie Eberhardt, à Vienne, ils travaillent pour nous depuis plusieurs années et ils sont aussi efficaces que les mormons aux États-Unis. Demandez-leur de nous reconstituer la généalogie de Gian Giacomo Caprotti, dit « Salai ». Nous devons savoir qui sont ses descendants aujourd'hui.

Il revint vers Floyd :

— Avez-vous pu faire contacter M. Gates ?

— Pas encore. J'ai demandé aux membres qui le connaissent de se signaler. Je n'ai pas encore obtenu de réponse.

— Bien, tenez-moi informé.

Enfin, il s'adressa aux disciples :

— Quant à vous, mes chers disciples, vous ne devez quitter le manoir sous aucun prétexte. À l'extérieur, votre vie est en danger. Et j'ai besoin de vous au centre opérationnel pour analyser toutes les informations qui vont nous arriver. Ceux qui ont trouvé le Cercle vont s'en servir de nouveau. Nous devons comprendre leur dessein au plus vite si nous ne voulons pas que l'humanité tout entière connaisse le sort d'Amboise en 1516.

Philip se leva et quitta la salle du Conseil. Les disciples gagnèrent le centre opérationnel de l'Ordre, suivis par Floyd, qui lançait déjà ses ordres depuis son téléphone crypté. Sophie avait emboîté le pas de Philip. Elle remarqua l'agitation qui régnait subitement dans le manoir. Le lendemain, il serait redevenu un musée ouvert au public. Philip avait refermé la salle du Conseil. Ils prirent un ascenseur, qui les mena directement à son bureau au sous-sol. Le bureau de Léonard de Vinci n'était déjà plus qu'une pièce historique figée, un cordon rouge sur des potelets en laiton ayant été disposé devant la porte ouverte afin d'interdire son accès.

— J'espère qu'il n'est pas trop tard et qu'ils ne nous ont pas encore localisés, dit Philip en s'asseyant à son bureau.

Il alluma son ordinateur. Sur son écran s'affichèrent toutes les vues depuis les caméras de surveillance. Tout paraissait calme. Il observa les messagers quitter le domaine.

Palo Alto

John revint de sa banque une demi-heure après avoir quitté le siège de Facebook. L'ouverture d'un coffre était décidément devenue une formalité comme les autres. Le fondé de pouvoir l'attendait. Il lui avait fait signer les quelques documents nécessaires puis l'avait accompagné à la salle des coffres. En moins de quinze minutes, il y avait déposé sa clé USB et avait quitté l'établissement. Il était client chez HSBC depuis très longtemps. C'était peut-être pour cela que les formalités lui avaient semblé simples. Le fondé de pouvoir avait donc anticipé toutes ses demandes et prérempli le dossier. Une seule chose n'avait pas été prévue : John Eisenstein avait souhaité donner procuration sur le coffre à un certain Adrian. C'était une demande plutôt rare, avait noté le préposé.

John ne retourna pas au siège. Il était 12 h 40, et il décida donc de retrouver Figli directement chez Françoise. Il l'appela sur son portable pour le prévenir. Dix minutes plus tard, le voiturier du restaurant garait la voiture de John sur le parking. Le maître d'hôtel l'accueillit et le conduisit à la table où l'attendait déjà Figli sirotant un whisky pur malt. Il s'assit.

— Que veux-tu en apéritif ? lui demanda Figli.

— Une coupe de champagne brut, blanc, c'est approprié non ?

— Effectivement, mais je préfère mon Lagavulin.

La coupe de champagne de John arriva pendant qu'ils parcouraient la carte. Une entrée attira son attention : une pomme de terre en chaud-froid farcie au saumon et caviar. Il se laissa tenter puis opta ensuite pour un bar rôti en croûte de sel. Et en dessert, son choix s'arrêta sur des crêpes Suzette. Figli était tout aussi gourmand que lui et appréciait beaucoup la cuisine de Chez Françoise. Il commanda un saumon fumé maison, puis un carré d'agneau de pré-salé à l'estragon et, enfin, un soufflé à la fraise. Le sommelier, un Français venu faire profiter la Californie de son expérience, leur proposa un Condrieu, vin blanc de la vallée du Rhône, dont l'arôme de violette surprenait même les connaisseurs.

— Salvatore, que me vaut ton invitation imprévue de ce midi ? commença John.

— Je voulais me faire pardonner la rudesse avec laquelle j'étais intervenu lors du conseil d'administration. J'étais à cran avant l'entrée en Bourse et je ne voulais pas que le conseil se mette à douter quelques heures avant la mise sur le marché.

John se rappelait bien de l'intervention de Figli après qu'il eut joué les oiseaux de mauvais augure, mais elle n'avait pas été plus rude que ses interventions habituelles, pour lesquelles il ne s'était jamais excusé. Il connaissait bien Figli et, comme il avait tendance à trouver tout le monde suspect depuis sa soirée avec Adrian, son comportement lui parut encore plus étrange. Il était sur ses gardes, mais Figli ne se rendit compte de rien.

— C'est délicat de ta part. Mais tu sais, c'est mon rôle de pousser les membres du conseil dans leurs derniers retranchements. Et c'est ton rôle de les emmener là où Mark veut aller. Et puis l'entrée en Bourse a été un grand succès.

Il s'arrêta un centième de seconde et poursuivit :

— Plus grand que toutes les prévisions de la direction générale, même.

Figli eut un sentiment étrange lorsqu'il entendit John prononcer cette phrase. Il n'en montra rien, mais il se demanda pourquoi celui-ci insistait sur cet aspect. Avait-il remarqué quelque chose, ou continuait-il avec lui son petit jeu d'oiseau de malheur ? Pourtant rien n'avait changé dans les habitudes de John depuis l'entrée en Bourse. Selon le rapport quotidien que les services de Clifford lui avaient remis le concernant, son comportement et ses habitudes n'avaient rien d'inusité. Figli oublia cette pensée au fur et à mesure que le déjeuner avançait. Les plats étaient merveilleux et le Condrieu faisait son effet.

John n'avait relevé aucune réaction chez Figli quand il avait placé sa remarque sur le niveau du cours, sauf, peut-être, un battement de cils. Mais il le mit plutôt sur le compte du whisky qu'il avait dégusté avant son arrivée.

Le reste du repas fut des plus mondains. Ils échangèrent sur le projet de déploiement des satellites, sur la stratégie à venir après ce premier succès en Bourse, parlèrent de Mark, ce visionnaire. Ils se quittèrent vers 15 h 30. Chacun repartit avec le même sentiment : un déjeuner très agréable, mais où chacun s'était senti étrangement détaillé par l'autre. Mais cela restait une impression vague, que rien de tangible ne venait étayer. Les deux hommes s'étaient comportés normalement.

Figli regagna directement le siège de Facebook. Dès son retour au bureau, il demanda à voir Clifford. Celui-ci frappa cinq minutes plus tard.

— Vous m'avez demandé, maître ?

— Oui, où en sont nos équipes de renseignement concernant la destination de Mlle Dvorski ?

— Elles sont en route, maître. La zone sera passée au crible dès demain matin. J'ai mis en place une équipe spéciale pour Amboise. Elle arrive ce soir sur site.

— Et les noms des ancêtres des détenteurs des coffres ouverts à Sienne il y a cinq cents ans ?

— Le président de la banque Monte dei Paschi vient de me répondre. Il s'agit bien des six personnes dont vous m'avez donné les noms. Six moines. Les coffres ont été ouverts le même jour, le 3 juin 1516.

Qu'êtes-vous tous allés chercher à Sienne, dit Figli pour lui-même, *et où êtes-vous à présent ?*

— Que nos équipes les localisent au plus vite ! Notre opération commence demain.

CHAPITRE 24

26 mai 1516

Lyon

Cela faisait une demi-heure que Melzi longeait le Rhône. Il était arrivé aux abords de Lyon au petit matin. La dernière nuit de voyage avait été plus dure. Il avait beaucoup plu et son cheval était fatigué. Il était temps d'arriver. Il avait donc décidé de descendre de sa monture et de finir le trajet à pied à ses côtés pour la soulager. Le petit matin était toutefois plus agréable. Le soleil pointait au travers des nuages, qui commençaient enfin à se dissiper. Il lui restait à remonter le fleuve jusqu'au centre-ville puis à rejoindre les bords de la Saône situés sur sa droite, à traverser le deuxième fleuve irriguant la capitale des Gaules, et il se trouverait face à la primatiale Saint-Jean-Baptiste-et-Saint-Étienne de Lyon. Cet édifice du IXe siècle était le siège de l'archidiocèse de Lyon dont l'évêque avait rang de primat des Gaules. Et c'était lui qu'il devait rencontrer grâce à la lettre du père François. Lorsqu'il entra dans la ville, celle-ci commençait à s'animer. Des pêcheurs partis très tôt le matin venaient d'accoster et déchargeaient le poisson qu'ils allaient vendre sur le marché. Des barges contenant du bois et du sable remontaient le fleuve, toutes voiles dehors. Melzi avançait dans ses habits de moine. Il avait mis sa capuche afin d'éviter d'attirer l'attention. Une demi-heure plus tard, il bifurqua à droite et quitta les rives du Rhône. Il remontait une artère centrale de la ville qui débouchait quelques centaines de mètres plus loin sur les rives de la Saône. « Les deux fleuves se ressemblent beaucoup », se dit-il en arrivant sur le quai. Les activités semblaient être les mêmes. Il fit deux cents mètres le long du deuxième fleuve puis obliqua sur le pont qui le traversait. Une fois de l'autre côté, il vit ses deux tours carrées qui s'élançaient vers le ciel dégagé de Lyon. Il allait arriver par l'arrière de la primatiale. Il devrait la contourner par les ruelles adjacentes avant d'atteindre le parvis et faire face à ses trois portes majestueuses. Lorsqu'il fut sur le parvis, il s'arrêta quelques instants. L'édifice était magnifique, imposant. Quel travail et quelle foi fallait-il pour réaliser une telle merveille ! Il alla attacher son cheval près d'un abreuvoir où il pourrait se désaltérer, puis il se dirigea vers l'entrée principale. Il poussa la porte et se retrouva au milieu de l'église. Il se signa et, en remontant la nef, croisa plusieurs personnes venues prier en ces temps compliqués. Un homme vit qu'il s'approchait de l'autel et se dirigea vers lui.

— Bonjour, mon frère, je suis le père Georges, que puis-je pour vous ?

— Bonjour, mon père, je suis porteur d'une lettre pour votre évêque.

Melzi lui montra le parchemin enroulé, orné du sceau de l'Église.

— Je dois lui remettre en main propre.

— Cela va être difficile, mon frère. Monseigneur ne sera là que dans deux jours. Il était à Paris et est sur le chemin du retour au moment où nous parlons. Laissez-moi cette lettre, je suis son secrétaire particulier. Je la lui donnerai dès son arrivée.

— Je suis désolé, mon père, mais cette lettre est importante et je dois la lui remettre personnellement. Puis-je l'attendre ?

— Si vous le souhaitez, mon frère. Je peux vous accueillir en notre maison commune jusqu'à son retour. Comment vous appelez-vous ?

— Je suis frère Jean, mentit Melzi. Je suis bénédictin et viens de Paris.

Les deux hommes sortirent de l'église et se retrouvèrent dans les jardins de la primatiale. Au fond se trouvait un cloître qui accueillait les chambres des hommes qui vivaient sur place. Le père Georges ouvrit une porte en bois.

— Vous pouvez vous reposer.

— Merci mon père. Puis-je amener mon cheval ? Il est attaché à l'abreuvoir sur le parvis.

— Un de nos palefreniers va s'occuper de lui.

— Merci encore, mon père.

Le secrétaire particulier de l'évêque quitta Melzi. Celui-ci s'allongea sur le petit lit de bois situé sur la gauche et s'endormit aussitôt.

Sur la route de Lyon

Caprotti avait quitté Paris juste après avoir appris que Melzi était en route pour Lyon. Il avait plusieurs jours de retard et cela augmentait encore sa colère. Mais son ami avait réussi à localiser Melzi. C'était la première bonne nouvelle depuis que Léonard avait choisi de confier à ce dernier la mission de cacher le Cercle. Cette décision l'avait blessé profondément. Bien sûr, il avait manifesté un avis différent de celui de son maître sur l'avenir à donner à cette découverte. Et il croyait toujours que cacher celle-ci au monde était un mauvais choix. Mais c'était surtout le fait que Léonard de Vinci, dont il avait été le disciple pendant tant d'années, ne lui fasse plus confiance qui le blessait au plus profond de lui. Il lui fallait donc retrouver Melzi et récupérer le Cercle. Il verrait ensuite ce qu'il en ferait. La pluie soudaine le sortit de ses pensées. Et comme elle s'intensifiait, il lui fallait trouver un refuge pour la nuit. Son ami lui avait donné plusieurs contacts qui l'aideraient. Un de ceux-ci habitait Auxerre, à seulement quelques kilomètres de là. Il s'arrêterait chez lui.

CHAPITRE 25

15 septembre 2012

Palo Alto

Salvatore Figli était arrivé au siège de Facebook comme chaque jour, vers 9 heures. Mais ce jour n'était pas comme les autres. C'était LE jour. Celui que sa famille attendait depuis des centaines d'années, celui qu'il attendait depuis que son père lui avait transmis le secret de la quête que menaient les siens depuis si longtemps. Et aujourd'hui, il allait être digne de sa charge de maître de l'Ordre de Salai et de la confiance que son père avait placée en lui, juste avant de mourir il y a dix ans. Il était assis à son bureau lorsqu'Helen lui annonça l'arrivée de Clifford.

— Qu'il entre, répondit-il.

Clifford entra aussitôt.

— Bonjour, maître.

— Bonjour, monsieur Clifford.

Figli portait un costume de lin blanc. Il avait mis une chemise noire et des chaussures en daim, noires également. Pour tous ses collaborateurs et les employés de Facebook, il était habillé comme à son habitude – élégance et haute couture –, mais Clifford remarqua tout de suite qu'il « le » portait à l'annulaire droit, juste avant sa chevalière d'ancien élève de Harvard. C'était un anneau très fin en or. L'anneau de Caprotti, que sa famille se transmettait de génération en génération. Clifford ne l'avait vu qu'une fois auparavant, quand il avait prêté serment devant son maître et avait rejoint l'Ordre de Salai. Cela rendit le moment encore plus solennel. Il s'assit en face de lui.

— Où en est la localisation de nos six voyageurs de Sienne ?

— Toutes nos équipes sont à pied d'œuvre. Nos agents procèdent ligne de train par ligne de train et gare par gare. La France est plutôt bien dotée en vidéosurveillance. Ils examinent tous les enregistrements des gares. Notre logiciel de reconnaissance faciale est très efficace. J'aurai un point en fin de matinée.

— Et pour Amboise ?

— L'équipe est arrivée hier soir. L'analyse des bandes-vidéo de la gare n'a rien donné. Les agents se sont séparés en trois groupes. Le premier est dans la ville. Le deuxième va s'occuper du château. Les visites débutent à 10 heures. Le troisième s'est dirigé vers le manoir où a vécu Léonard de Vinci. Tout le monde est en place. Mais pour l'instant aucun signe des six.

— Bon, tenez-moi au courant heure par heure à compter de maintenant.

Clifford lui tendit un ordinateur portable.

— Tenez, maître, vous pourrez suivre toute l'opération depuis ce terminal. Tous les rapports y sont téléchargés en temps réel.

— Merci, Clifford. Quant à notre opération, justement ?

Clifford savait que le côté nonchalant de la question de Figli cachait en fait l'impatience de son maître. Aujourd'hui représentait l'aboutissement de longues années de recherche et de travail.

— La première phase de l'opération a été lancée hier soir comme prévu. Nous aurons les premiers résultats dans la matinée. Le point d'orgue de cette phase aura lieu ce soir et durera sûrement toute la nuit.

Cette première phase concernait 100 000 personnes, la moitié aux États-Unis et l'autre moitié en Europe. Les envois avaient été pré-acheminés plusieurs jours auparavant dans chaque État et dans chacun des pays concernés. La voie postale avait été choisie afin d'augmenter l'impact de l'évènement. Tout s'était déroulé sans difficulté. Le Cercle avait été parfait, comme lors des tests.

— Cela fait plus de cinq cents ans que nous attendons ce moment, monsieur Clifford, aujourd'hui est un grand jour, dit Figli en se levant et en se dirigeant vers la baie vitrée de son bureau, qui dominait la ville de Palo Alto, comme pour mieux sentir le monde à ses pieds.

Clifford sentit la force avec laquelle Figli avait prononcé ces mots. Pour la première fois, il eut peur de son maître. Mais ce sentiment disparut instantanément lorsque Figli se retourna vers lui.

— Encore toutes mes félicitations, monsieur Clifford, pour votre travail. L'Ordre de Salai vous en est très reconnaissant.

Figli se rassit et but sa tasse de café. Clifford comprit que l'entretien était terminé. Il salua son maître et quitta le bureau. Il avait encore beaucoup de choses à régler. Et puis l'existence des six voyageurs de Sienne, tous issus d'une lignée de six moines qui avaient ouvert les six coffres le même jour de 1516, le tracassait. *Les équipes sur le terrain devront les localiser au plus vite*, se dit-il. À peine entré dans l'ascenseur qui allait le ramener à ses bureaux du troisième sous-sol, il décrocha son téléphone et rappela ses ordres au responsable des opérations sur le terrain.

Amboise

La nuit fut courte pour les membres de l'Ordre du Cercle. Les messagers s'étaient déployés dans la ville et aux abords du manoir la veille au soir. Les équipes d'interventions étaient en alerte. Tout le personnel avait regagné les bureaux sécurisés au sous-sol et un nombre impressionnant de membres était arrivé comme par enchantement afin de préparer le domaine à l'ouverture au public, pour ne surtout pas attirer l'attention. Heureusement, les travaux de rénovation du manoir étaient terminés et l'ouverture du lieu aux visiteurs imminente. Floyd, qui avait supervisé toutes ces opérations, n'avait pas dormi de la nuit ; Philip et Sophie, non plus. Philip s'assurait, minute par minute, que le processus de mise en sécurité se déroulait normalement. Les écrans qui tapissaient les murs de son bureau lui transmettaient des dizaines d'informations simultanément, qu'il devait intégrer ou valider. Sophie, restée à ses côtés, se chargeait de coordonner les équipes qui surveillaient le Net et les journaux et radios en continu du monde entier. La moindre information pouvait être essentielle. Quant aux disciples, ils s'étaient tous plongés dans les notes et écrits divers que Léonard de Vinci avait laissés dans la bibliothèque de la salle du Conseil. La salle était d'ailleurs la seule pièce du rez-de-chaussée accessible depuis les sous-sols de l'Ordre. Tous les autres accès avaient été neutralisés.

À 8 heures, Philip décida que son équipe devait s'accorder une pause. La mise en sécurité était terminée et les équipes de surveillance étaient déployées dehors.

— Sophie, allons prendre un café. Dites à Floyd et aux disciples de nous rejoindre. Si nous voulons rester efficaces, nous devons faire une pause.

— Je les préviens.

Sophie décrocha son téléphone et transmit les instructions de Philip. Puis ils se levèrent et se rendirent dans la partie réfectoire du centre opérationnel. Lorsqu'ils pénétrèrent dans la salle où le petit-déjeuner était servi, Sophie regarda Philip d'un œil interrogateur. L'Ordre disposait dans cette partie du sous-sol d'un espace gigantesque où toutes les équipes pouvaient se restaurer et se reposer par roulement. Philip suivit son regard.

— Plus de cinq cents personnes travaillent ici nuit et jour. Il leur faut un espace de repos et de restauration en conséquence. Nous pouvons tenir deux semaines en autonomie.

Sophie voulut répondre, mais Floyd les interrompit.

— Maître, tout est en ordre.

— Prenons un petit-déjeuner et détendons-nous un peu, la journée va être longue.

Les disciples les avaient rejoints. Tous mangèrent de bon cœur. Ils étaient fatigués, mais l'importance de la mission actuelle les maintenait dans un état de vigilance extrême. C'était un sentiment nouveau pour beaucoup. *Pour tous*, se dit Philip.

Lyon

Philipe Barbarin avait regagné son évêché juste après son entretien avec le pape Benoît XVI. Cela faisait deux jours désormais qu'ils s'étaient rencontrés et la tension qu'il avait ressentie juste avant d'entrer dans le bureau du pape n'était pas encore totalement retombée. Au nom de leur amitié, Benoît XVI avait accédé à sa demande. Philippe Barbarin avait bien senti que la lettre de Léonard de Vinci et les notes retrouvées du père François, curé d'Amboise, avaient troublé Sa Sainteté. Mais c'est bien leur proximité qui lui avait fait accepter sa demande pour le moins atypique. Il le savait bien. Et il savait également que s'il s'était trompé, que si son ami Philip Stern s'était fourvoyé, ils entraîneraient le pape dans une affaire grave que l'entourage du Saint-Père ne lui pardonnerait jamais. Il en serait fini de sa charge d'évêque de Lyon. Il était dans son bureau et attendait le bibliothécaire de l'évêché. Il lui avait demandé de lui apporter tout ce dont la bibliothèque et les archives disposaient sur la période 1510-1520 concernant la paroisse d'Amboise et l'évêché de Lyon. Son secrétaire particulier l'informa de l'arrivée du père Émilien.

— Faites-le entrer, répondit-il avant de raccrocher.

La porte de son bureau s'ouvrit pour laisser passer le jeune curé, qui poussait un chariot à roulettes sur lequel étaient empilés plusieurs registres.

— Voilà tout ce que nous avons sur cette période, monseigneur. Vous recherchez quelque chose en particulier ? Si je peux vous aider…

Philippe Barbarin apprécia la sollicitude du bibliothécaire, mais ces recherches devaient demeurer secrètes.

— Merci beaucoup, mais je vais me débrouiller. Je cherche quelques références pour une prochaine homélie et je pense m'inspirer de cette période.

Le bibliothécaire quitta le bureau de l'évêque. Philippe Barbarin tria les registres par année et par paroisse. Il commença par Amboise. Il y avait quatre registres. Ceux-ci contenaient les actes de nominations des différents curés, les ordonnances des nouveaux prêtres, de la correspondance entre des paroissiens et les prêtres. Cette dernière était peu développée, car à cette époque peu de gens savaient écrire. Il parcourait ces archives depuis près de deux heures, lorsqu'une lettre attira son attention. Elle était adressée au père François mais n'était pas signée. Elle avait donc été classée avec les autres correspondances. Elle était datée du 26 mai 1516. Son auteur écrivait :

Mon père,

Je n'ai pas été un fidèle très assidu. Mon métier et mes voyages ont plus souvent porté mon esprit vers le progrès matériel que vers la spiritualité et la foi qui est la vôtre. Je m'aperçois aujourd'hui que l'un ne peut aller sans l'autre. Je l'ai découvert dernièrement, ce qui m'a permis de prendre l'une des décisions les plus difficiles de ma vie. Cette décision m'a coupé des miens à jamais. J'en souffre tous les jours depuis, mais ma conscience et ma foi en Dieu jusque-là refoulées au plus profond de moi me confortent dans ma décision. C'était la seule chose à faire et Dieu m'a aidé à trouver ce chemin. Quelle ironie ! Après avoir mis ma vie au service de la science, c'est ma foi qui m'a guidé pour prendre ce qui restera la plus grande décision de ma vie, et sûrement la meilleure.

Ce qui m'est arrivé m'a fait beaucoup réfléchir ces derniers jours. Le temps est venu pour moi de consacrer mon esprit à Dieu, qui a su me guider en cet instant alors que je ne lui avais jamais témoigné une grande attention. Aidez-moi à construire ce qui sera la dernière partie de ma vie.

La missive n'était pas signée. Puis Philippe lut la lettre suivante. C'était la réponse du père François, qui semblait connaître son interlocuteur.

J'ai dernièrement douté de vous. Mais vous comprendrez que les évènements ne plaidaient pas en votre faveur. Aujourd'hui, je sais dans quelle situation vous vous trouvez. Et vous avez pris la bonne décision. Soyez assuré de mon entier soutien. J'ai déjà fait ce qui était en mon pouvoir afin de vous aider. Que Dieu protège celui dont le chemin est encore long.

Père François

P.-S. : Passez me voir à votre convenance.

Philippe Barbarin reconnut l'écriture de la première missive, c'était la même que celle de la lettre que lui avait confiée son ami Philip Stern. Léonard de Vinci avait correspondu anonymement avec le père François en mai 1516. Mais celui-ci savait qui lui écrivait, car Melzi était passé le voir avant son voyage vers Sienne et Pétra. Il avait bien demandé la protection de l'Église et le père François l'avait aidé. Mais le curé d'Amboise n'avait pas le pouvoir nécessaire pour une telle protection. Philippe Barbarin se concentra donc sur les registres de son évêché. Après trois heures de recherche, il ne trouva rien à cette époque concernant cette affaire. Lorsqu'il referma le dernier registre, il se dit que l'époque avait dû être très dure. Un prêtre racontait qu'un moine bénédictin était venu voir l'évêque pour une obscure recommandation et qu'après son départ, plusieurs individus armés avaient investi l'évêché, pensant le trouver. Il y avait eu des blessés. Fort heureusement, l'évêque, qui était reparti pour Bourges, leur avait échappé. Il décrocha son téléphone.

— Bonjour Philip, j'ai retrouvé une trace de la demande de protection de l'Église par Melzi dans un échange de lettres entre Léonard de Vinci et le père François, curé d'Amboise. Nous devrions en savoir plus demain. Mais votre piste semble la bonne, cher ami.

— Merci monseigneur, lui répondit Philip. Je pense que Caprotti, le deuxième disciple de Léonard, qui était en désaccord sur l'avenir à donner au Cercle, s'est lancé à la poursuite de Melzi afin de le récupérer. Et je crois que ce sont les descendants de ce disciple qui ont trouvé le Cercle aujourd'hui et qui s'en servent.

— Caprotti aurait lui aussi mis sur pied une société secrète dont l'objectif était de retrouver le Cercle ?

— Je le pense. Nos messagers étaient attendus lors de leur arrivée à Paris. Ils étaient suivis depuis leur passage à Sienne. Quelqu'un a été prévenu. J'ai dû mettre l'Ordre au secret. Faites attention, ils sont dangereux et déterminés. Ils ne feront pas dans la mesure lorsque nous serons sur leur chemin.

Philippe Barbarin se souvint de l'histoire du moine bénédictin. Effectivement, ils semblaient ne reculer devant rien.

— Je vous rappelle dès que j'ai des nouvelles de Castel Gandolfo.

— À bientôt, mon ami.

Lorsqu'il eut raccroché, Philippe Barbarin rappela son secrétaire particulier et lui rendit les archives. Une fois le père Émilien reparti, il s'assit dans son canapé. Pour la première fois, il doutait au fond de lui.

Comment allons-nous pouvoir stopper tout cela ? se demanda-t-il sans savoir ce que « cela » était. Il pensa à l'Apocalypse et aux conséquences décrites dans la Bible.

New York

Lee Roy travaillait à la poste centrale de New York depuis plus de vingt ans. Comme chaque matin, il prit son poste au centre de tri afin de superviser la préparation des tournées des centaines de postiers qui allaient parcourir la ville. L'équipe de nuit avait réceptionné l'ensemble du courrier à distribuer et les machines chargées du tri tournaient à plein régime depuis plusieurs heures maintenant. Il salua ses collègues et effectua un premier test aléatoire afin de s'assurer que le tri en cours correspondait bien aux tournées du matin. Son regard fut attiré par un grand nombre d'enveloppes blanches similaires et portant le nom de résidents new-yorkais. Le test était concluant.

Encore une grosse opération publicitaire, se dit-il en regardant les enveloppes blanches. *Certes, cela représente de gros revenus pour cette entreprise, mais quel travail supplémentaire pour nos postiers aujourd'hui ! Il y en a des centaines, des milliers peut-être !*

Amboise

Les trois équipes envoyées par l'Ordre de Salai à la poursuite d'Helena parcouraient la ville et les abords du château et du manoir depuis plusieurs heures maintenant. L'équipe de la ville avait pu visionner les bandes-vidéo de la gare mais n'avait rien trouvé. La personne qui avait éliminé l'un des leurs à la gare Montparnasse avait dû se méfier et éviter les caméras. Ou alors, elle n'était pas descendue à Amboise avec la femme. Le chef de l'équipe décida de s'en assurer et ordonna de retourner à la gare. Il avait remarqué que plusieurs SDF avaient élu domicile – l'expression le fit sourire – à la sortie de la gare afin de mendier quelques euros auprès des voyageurs arrivant à Amboise et qu'ils s'empressaient de dépenser au bar situé juste en face, pour le plus grand bonheur du patron de l'établissement. Ils avaient peut-être vu quelque chose. Une participation à leurs besoins financiers devrait permettre d'en savoir plus. Dix minutes plus tard, ils étaient devant l'entrée principale, où un groupe de SDF accostait chaque personne entrant dans le bâtiment ou en sortant. Un deuxième groupe était au comptoir du bar *Le Onze Heures*. L'équipe de l'Ordre de Salai disposait d'une photo d'Helena prise à Sienne par les caméras de vidéosurveillance de la banque Monte dei Paschi. L'équipe se divisa en deux. Une moitié se dirigea vers le groupe de SDF posté à l'entrée de la gare, tandis que l'autre moitié entra dans le bar. Les trois agents de l'Ordre de Salai qui accostèrent le groupe près de l'entrée sortirent un billet de cinquante euros.

— Bonsoir messieurs, avez-vous vu cette personne sortir de la gare hier soir ? demandèrent-ils en présentant la photo d'Helena accompagnée du billet orange.

Le plus jeune prit le billet et répondit négativement. Tout comme ses camarades.

— Si vous l'apercevez, pouvez-vous nous prévenir ? demanda l'un d'eux en lui tendant un deuxième billet de cinquante euros et un téléphone prépayé.

— Pourquoi pas, répondit le plus jeune en empochant le deuxième billet et le téléphone.

— Mon numéro est déjà enregistré, précisa l'agent de l'Ordre en le fixant droit dans les yeux.

Le jeune homme lut dans le regard de son interlocuteur que celui-ci ne plaisantait pas et que l'accord qu'il venait de passer ne souffrait aucune discussion. Ses acolytes sentirent la tension qui régnait à cet instant et regrettèrent que leur ami ait accepté l'argent et le téléphone. Tout cela ne leur disait rien de bon.

Franck, le messager responsable de la surveillance des abords de la gare, observait la scène depuis le bar, où il pouvait noter toutes les arrivées en gare d'Amboise. Il photographia des membres de l'équipe et transféra instantanément les clichés au siège de l'Ordre du Cercle. Puis il reprit la lecture de son livre en attendant l'entrée de la deuxième équipe dans le bar. Dès son arrivée, elle se dirigea vers le groupe de SDF qui buvaient une bière au comptoir. Le même manège se mit en place, mais Franck se rendit compte qu'un des SDF avait reconnu Helena sur la photo. Il le vit à son visage. Le jeune homme hésita un dixième de seconde puis hocha négativement la tête. Mais son hésitation imperceptible n'échappa pas aux agents de l'Ordre de Salai. Sans rien dire, ils quittèrent l'établissement puis se regroupèrent sur le parvis de la gare avant de remonter dans leur véhicule. Franck empoigna son téléphone.

— Ici Franck, ils savent que nous sommes à Amboise. Mais ils ignorent que nous les avons repérés.

— Neutralisez l'équipe, cela les retardera un peu.

Les hommes de l'Ordre de Salai se retrouvèrent devant l'hôtel de ville d'Amboise. Leur chef prit son téléphone satellite crypté et composa le numéro de l'Ordre.

— Oui, répondit Clifford.

— Mme Dvorski est bien à Amboise.

— Fouillez la ville, le château et le manoir. Les cinq autres doivent être là également.

CHAPITRE 26

28 mai 1516

Lyon

Melzi se réveilla à 5 heures. Le jour commençait à peine à se lever, mais la primatiale bruissait déjà d'activité. L'évêque de Lyon serait de retour dans la journée. Toute la communauté de l'évêché était donc à pied d'œuvre pour l'accueillir. Le trajet depuis Paris était long et fatigant. Il pouvait être dangereux aussi. Melzi se leva, revêtit son habit de moine et sortit de sa chambre. Il croisa plusieurs prêtres qui devisaient ensemble en direction du réfectoire. Les mâtines venaient de se terminer et tous allaient partager un petit-déjeuner copieux pour entamer cette journée de travail importante. Melzi les suivit. Il fut accueilli par le père Georges.

— Bonjour mon frère. Comme vous le voyez, nous nous affairons tous pour être prêts à honorer le retour de notre évêque.

— Bonjour mon père. Je vois cela. Je sais que ma question va vous paraître insistante, mais pensez-vous que je pourrai m'entretenir avec lui dès son retour et lui remettre le manuscrit qui lui revient ?

— Je ne sais pas, mon frère. Le voyage a sûrement été fatigant pour monseigneur. Peut-être voudra-t-il se retirer dans ses appartements pour se reposer. Il reprend ses activités demain. Je lui en parlerai dès que je le pourrai.

— Je vous remercie, mon père.

Melzi s'assit à une table où quatre moines avaient déjà commencé à petit-déjeuner. Il se servit une tasse de café chaud et coupa un morceau de pain, qu'il trempa dans le café. Le calme était revenu dans le réfectoire. Chacun semblait perdu dans ses pensées. *Ce moment est très agréable*, se dit Melzi. Tout à coup, un bruit se fit entendre au loin dans les jardins de la primatiale. Un groupe de personnes semblait se rapprocher du réfectoire précipitamment. Le père Georges se leva et se dirigea vers la porte. Celle-ci s'ouvrit et laissa pénétrer quatre personnes. Le père Georges reconnut les messagers de l'évêque. Ils avaient devancé l'arrivée du primat des Gaules.

— Père Georges, dit le premier messager, pouvons-nous vous entretenir tout de suite en privé ?

— Bien sûr, répondit le secrétaire particulier de l'évêque. Suivez-moi.

Le groupe de messagers et le père Georges quittèrent le réfectoire pour se rendre dans le bureau du secrétaire. Le réfectoire bruissait des échanges entre les moines et les ecclésiastiques. Que se passait-il pour que les messagers de l'évêque arrivent avant lui à Lyon ? De l'inquiétude se lisait sur leurs visages. Melzi lui-même pensa que cela n'annonçait rien de bon. Le petit-déjeuner se termina rapidement. Puis le père Georges réapparut dans le réfectoire, seul. Le silence se fit instantanément.

— Mes frères, rassurez-vous, notre évêque se porte bien. Il sera là en début d'après-midi. Mais il n'arrive pas seul. Notre Saint-Père Léon X fait le trajet avec lui et passera la nuit à l'évêché avant de reprendre le chemin de Rome demain.

Le silence se fit plus profond. Le père Georges venait d'annoncer l'arrivée du pape Léon X. Cette nouvelle inattendue laissa l'assistance partagée entre la grande joie de passer un moment avec Sa Sainteté et l'angoisse de ne pas être à la hauteur de l'évènement, car personne n'était préparé à cela.

— Mais rassurez-vous, mes frères, cette visite n'a rien d'officiel et notre Saint-Père demande qu'elle reste confidentielle pour des raisons de sécurité. Personne ne devra savoir qu'il passe la nuit chez nous. Toutefois, il participera aux vêpres avec toute notre communauté, ce soir. Alors, préparons-nous à l'accueillir, mais en toute discrétion et avec la plus grande simplicité.

Tout le monde se leva et quitta le réfectoire. Chacun savait ce qu'il avait à faire en de pareilles circonstances. Et personne ne voulait manquer ce moment unique dans une vie d'ecclésiastique. Melzi ne savait pas si l'arrivée du Saint-Père était une bonne ou une mauvaise nouvelle pour la mission qui était la sienne. En tout cas, cela ne devrait pas faciliter sa demande d'entrevue avec l'évêque.

Auxerre

Caprotti s'était arrêté dans la cité gallo-romaine. Son contact l'avait accueilli après une journée de voyage éreintante pour lui et sa monture. Le temps avait été maussade. Son humeur aussi. Il ressassait les évènements des derniers jours. Et plus il y pensait, plus il sentait la colère l'envahir. Léonard et Melzi l'avaient tous les deux traité pire qu'un étranger. Ils avaient rompu la confiance qui les unissait depuis tant d'années. Et il se sentait meurtri au plus profond de lui-même. Lorsque son ami lui ouvrit la porte de sa maison, Caprotti s'apaisa. Il allait pouvoir se reposer un peu avant de repartir pour Lyon.

Lyon

L'évêché et la primatiale s'agitaient de toute part en ce début de matinée. Depuis l'annonce du père Georges, tout le monde se préparait à accueillir le Saint-Père et l'évêque. Mais à l'extérieur, rien ne transparaissait de cette agitation. Le père Georges avait veillé scrupuleusement à ce que la nouvelle ne s'ébruite pas dans la ville. Les offices religieux en la cathédrale avaient tous été maintenus. Les paroissiens ne se doutaient de rien. « Et c'est très bien comme ça », se félicita Melzi en observant les allées et venues de chacun. Le soleil baignait déjà les rives du Rhône. Melzi décida de regagner sa chambre afin de ne pas gêner les préparatifs. Il profitait de l'hospitalité du père Georges et c'était déjà beaucoup.

Auxerre

Le dîner préparé par le contact de Caprotti à Auxerre était délicieux. L'ex-disciple de Léonard de Vinci avait faim et sentait la fatigue le gagner, mais sa rage de retrouver Melzi et le Cercle le maintenait éveillé et sur ses gardes. Ils devisaient tous les deux autour d'un plat d'agneau rôti accompagné de pommes de terre. L'odeur de cuisine avait envahi la salle à manger. Son hôte prit une bouchée de pain et lui dit :

— Notre ami commun m'a informé de votre quête. Je peux vous aider à retrouver la personne que vous cherchez à Lyon.

Caprotti s'arrêta de manger et regarda fixement son interlocuteur. Que savait-il de sa mission ? Que lui avait dit l'abbé qu'il avait rencontré à Paris ? Tout à coup, il se méfia de son hôte.

— Ne vous inquiétez pas, lui répondit son contact en voyant son visage se figer. Je suis de votre côté. Je n'apprécie guère les agissements de l'Église en ce moment. Et si elle protège celui que vous cherchez à Lyon, vous aurez besoin de moi et de mes amis pour le trouver.

— Que proposez-vous ? demanda Caprotti, toujours méfiant.

— Je vous propose de vous accompagner jusqu'à Lyon avec quelques amis. Nous vous aiderons à le trouver.

— Et que voulez-vous en échange ?

— Rien. Juste donner une leçon à l'évêque.

Caprotti se détendit un peu. *Pourquoi pas ?* se dit-il. Et il serait toujours temps de se séparer d'eux si cela tournait mal. Il reprit de l'agneau.

Lyon

Melzi lisait la Bible depuis environ deux heures dans sa chambre. Il l'avait trouvée sur la petite table qui jouxtait son lit et avait commencé à la feuilleter. C'était la première fois qu'il prenait le temps de lire le Livre. Il avait choisi de parcourir les chapitres des Épîtres selon saint Paul. Il trouvait le texte très approprié à sa situation, et même à celle du monde actuel. Tout à coup, il entendit des bruits en provenance de la cour de la primatiale. Des bruits de chevaux d'abord puis de calèche et de pas. Il reposa la Bible sur la petite table en se promettant de reprendre sa lecture plus tard. Il sortit de sa chambre et vit de nombreux prêtres dans le couloir se précipiter en direction du jardin et de la cour. Lorsqu'il y parvint à son tour, toute la congrégation religieuse était déjà là, silencieuse et attentive. Le père Georges était debout en avant des autres membres. Il faisait face aux calèches, qui s'étaient immobilisées. Les messagers de l'évêque étaient descendus de leur monture. Melzi s'approcha encore un peu. Il aperçut les deux calèches. Elles étaient quelconques. Aucun sceau de l'Église ne les ornait. Et il ne décelait aucune marque indiquant la présence du pape Léon X. La garde était peu nombreuse et sans uniforme. Melzi comprit que, pour des raisons de sécurité, il avait été préférable que l'évêque et le pape voyagent anonymement. Les contrées traversées n'étaient pas sûres. Les cochers restaient assis, immobiles sur leur promontoire, le regard fixé devant eux. Le père Georges s'approcha de la première calèche et ouvrit la porte. L'évêque en sortit doucement. Il était vêtu d'un pantalon noir, d'une chemise blanche et d'une veste en laine. Son secrétaire particulier lui tendit sa chasuble blanche et violette, qu'il enfila aussitôt, ainsi que sa calotte. Il se tourna vers les prêtres et moines présents en leur souriant. Le père Georges et la congrégation s'inclinèrent devant lui. Melzi en fit de même. Puis l'évêque se dirigea vers la deuxième calèche, suivi de son secrétaire. Il marqua un temps d'arrêt devant le garde suisse qui se tenait face à la porte. Celui-ci se déplaça pour l'ouvrir. Melzi reconnut aussitôt le pape Léon X quand il sortit de la calèche ; un homme de taille moyenne, le visage rond. Son visage lui était familier, car de nombreux artistes avaient peint son portrait depuis son avènement. Léon X était un ardent défenseur des artistes, féru de science et grand mécène. Son origine familiale – les Médicis – ne devait pas être étrangère à sa bienveillance pour le monde artistique et scientifique. L'évêque s'agenouilla devant lui en signe de dévotion et de profond respect, et baisa son anneau. Toute la congrégation était agenouillée. Le pape leur indiqua de se relever. L'évêque l'invita alors à le suivre pour se rendre dans ses appartements privés. Il prit la direction du bâtiment où ils se situaient, suivi de son secrétaire, et ils entrèrent tous les trois par la grande porte en bois ornée du sceau de l'Église. Deux gardes suisses prirent position devant la porte après leur entrée.

Les prêtres et moines reprirent doucement leurs activités. Les cochers allèrent desseller les chevaux et ranger les calèches. Melzi décida de retourner dans sa chambre. Il s'assit sur son lit et pensa au moment qu'il venait de vivre. Puis il reprit sa lecture de la Bible.

Il s'était replongé dans les Épîtres de Paul lorsqu'on frappa à sa porte. Il posa le livre sur son lit et alla ouvrir. Il fut surpris de voir l'évêque debout dans l'embrasure aux côtés du père Georges. Il resta immobile.

— Bonjour, mon frère, mon secrétaire m'a informé de votre long voyage jusqu'à moi depuis Amboise pour me remettre un manuscrit.

— Oui, monseigneur.

— Puis-je entrer ?

Melzi n'avait pas imaginé sa rencontre avec l'évêque ainsi, dans sa chambre. Il avait pensé que celle-ci, si elle avait lieu, se déroulerait dans son bureau ou dans une salle de l'évêché. Il fut donc étonné de la question de l'évêque et mit quelques secondes à répondre. Puis il s'écarta.

— Oui, bien sûr, monseigneur. Entrez.

L'évêque pénétra dans sa chambre et s'assit sur la chaise près du bureau. Le père Georges referma la porte derrière eux. Melzi et le secrétaire se tenaient debout face à lui.

— Asseyez-vous, mes frères, leur dit l'évêque en leur indiquant le lit.

Il vit la Bible ouverte.

— Vous lisez la Bible, mon frère ?

— Oui, monseigneur.

— Quels textes lisez-vous ?

— Les Épîtres de Paul, monseigneur.

— Pourquoi ce choix ? demanda-t-il.

Melzi sentit son cœur battre plus fort. Il ne pourrait pas soutenir les questions de l'évêque longtemps. Il était disciple de Léonard de Vinci et ne pratiquait pas la religion, même s'il était catholique. Il prit une respiration et dit :

— C'est la première fois que je lis la Bible, monseigneur.

La stupéfaction se lut instantanément sur les visages des deux hommes.

— Je ne suis pas moine, monseigneur, je suis Giovanni Francesco Melzi, deuxième disciple de Léonard de Vinci. Je suis désolé d'avoir menti à votre congrégation, à vous, père Georges, et à vous-même, monseigneur. Mais j'ai pour mission de vous remettre ceci.

Melzi ouvrit sa sacoche en cuir et sortit le parchemin frappé du sceau de l'Église.

— C'est une lettre du père François, curé d'Amboise, à votre attention, monseigneur.

Melzi tendit le document à l'évêque. Son secrétaire le prit et observa le sceau.

— Le document est bien frappé de notre sceau, monseigneur.

Le timbre de la voix du secrétaire avait changé. On sentait de la colère et de la méfiance. Le regard de l'évêque était différent aussi. Mais Melzi crut déceler une pointe de curiosité dans les yeux noirs qu'il plantait dans son regard depuis quelques minutes. L'évêque prit le document que lui tendait son secrétaire et brisa le sceau. Puis il ouvrit la lettre.

Monseigneur,

Je prends la liberté de vous adresser cette lettre en ce jour et j'espère que vous me le pardonnerez. Lorsque vous lirez celle-ci, vous serez face à Giovanni Francesco Melzi, disciple de Léonard de Vinci. Son maître, dont nous connaissons tous le travail, a fait une découverte il y a quelques semaines, que l'humanité tout entière ne peut affronter et ne pourra sûrement jamais combattre. Le fruit de ses recherches, qu'il a appelé le Cercle, a plongé notre village d'Amboise dans la terreur et la panique la plus profonde. Toutes les personnes qui se sont approchées de sa découverte sont aujourd'hui mortes. Et les autres habitants du village se sont terrés chez eux afin de ne pas risquer de la croiser. La vie à Amboise s'est éteinte, l'église dont je suis le curé est restée vide des jours entiers. Les gens circulaient la nuit pour ne pas être vus et éviter tout contact de près ou de loin avec cette chose. La peur de mourir nous avait envahis. Alors, Léonard de Vinci, qui n'a pu se résoudre à détruire son travail, a donné pour mission à son disciple de cacher celle-ci au plus profond des entrailles de notre terre. C'est cette dernière mission qui l'amène à être devant vous aujourd'hui. Mais un autre disciple de Léonard, Gian Giacomo Caprotti, n'a pas accepté la décision de son maître. Il va probablement tenter de récupérer le Cercle à tout prix. Pour réussir à protéger l'humanité de cette chose, Melzi a besoin de la protection de l'Église. Je vous en conjure, Monseigneur, accordez-lui ce qu'il demande. Les hommes ne peuvent pas vivre sans un espoir dans l'avenir, dans le lendemain. Et notre Église non plus.

Père François
Le 23 mai 1516

Sa lecture terminée, l'évêque leva les yeux vers Melzi.

— Je connais bien le père François. Il y a de la peur dans cette lettre. Mais je ne comprends pas pourquoi... Qu'a découvert votre maître ?

Melzi reprit sa sacoche de cuir et en sortit le sac que lui avait confié Léonard de Vinci. Il l'ouvrit et en extirpa le Cercle.

— Ceci, monseigneur.

Il fit pivoter les deux anneaux les plus petits. Le Cercle prit sa position. Puis il expliqua son fonctionnement à l'évêque : comment, à partir d'une date et d'un lieu, son maître avait découvert le lien qui unissait l'espace et le temps. Comment il avait testé cette découverte sur Élisabeth, sa servante, et sur les habitants d'Amboise.

— Ce n'est pas possible, protesta l'évêque.

Melzi prit le carnet de notes noir que son maître lui avait confié et le tendit à l'évêque.

— Tous les tests de Léonard ont été consignés dans ce carnet. Les noms, les dates, les lieux. Et les résultats pour chacun. Tous sont morts, monseigneur.

L'évêque parcourut le carnet de notes. Son regard était sombre, empreint de la plus grande crainte. Il referma celui-ci et le rendit à Melzi.

— Votre maître à raison. Personne n'est prêt pour cette découverte. Et personne ne le sera probablement jamais. Le Cercle annihile tout l'espoir que l'homme place dans l'avenir et en Dieu. Il doit disparaître absolument. Vous souhaitez la protection de l'Église ? Nous allons vous la donner.

Melzi releva le « nous » qu'il avait employé. L'évêque de Lyon se leva.

— Suivez-moi, lui dit-il.

Auxerre

Caprotti était monté se coucher juste après le repas. La proposition de son hôte l'avait surpris. Mais après tout, cela lui rendait bien service. Il sentit que la détermination à mener à bien sa mission prenait le pas sur sa colère. Et c'était mieux ainsi. Il serait plus efficace. Et puis le voyage jusqu'à Lyon était encore long. Le faire à plusieurs lui donnait plus de chance de réussir et le mettait à l'abri du danger. Il s'endormit quelques minutes plus tard.

Lyon

L'évêque était sorti de la chambre et marchait dans le couloir suivi par son secrétaire et Melzi. Ils passèrent devant le réfectoire puis sortirent dans la cour. Les prêtres présents s'écartèrent sur leur passager. Puis ils prirent la direction des appartements privés de l'évêque. Melzi sentit de nouveau son cœur s'affoler. L'évêque avait accéléré son pas. Devant la porte des appartements privés, il frappa. Un garde suisse ouvrit et les laissa pénétrer. Ils se dirigèrent vers le bureau de l'évêque, qui était entre-ouvert. Le pape Léon X lisait, assis au bureau. Lorsqu'il vit l'évêque dans l'embrasure de la porte, il posa son livre et leva la tête. Le pape comprit au regard de ce dernier que sa venue n'était pas une visite de courtoisie. Il était accompagné de son secrétaire et d'un moine qu'il ne connaissait pas.

— Vous me semblez préoccupé, dit-il.

— Votre Sainteté, je vous prie d'excuser notre entrée brutale dans votre bureau, mais je dois vous entretenir d'un sujet grave sans délai.

— Mais c'est votre bureau, cher ami. Que se passe-t-il ?

Le pape vit le secrétaire particulier de l'évêque refermer la porte derrière eux.

Les trois hommes ressortirent une demi-heure plus tard. L'évêque donna des instructions pour que le pape Léon X puisse reprendre sa route vers Rome dans deux jours.

CHAPITRE 27

15 septembre 2012

New York

La distribution du courrier du jour avait débuté depuis plusieurs heures. Les postiers new-yorkais parcouraient les rues de la ville, acheminant consciencieusement le courrier et les journaux du matin. Samy Jones connaissait sa tournée sur le bout des doigts, saluant chacun de ses clients, qu'il croisait depuis des années. Mais ce matin-là, il était d'humeur maussade. Cette opération publicitaire – plusieurs dizaines d'enveloppes blanches – venait rallonger sa tournée. Et il détestait cela. Tous ses collègues du dépôt avaient constaté aussi la présence de nombreuses enveloppes similaires à distribuer. L'ambiance avant le départ avait été tendue. Le responsable du centre de tri avait même dû rappeler chacun à l'ordre. Il croisa, comme chaque matin, Pamela Smith sur Palisade Avenue. Lorsqu'elle aperçut Samy, elle l'attendit à l'entrée de son immeuble avant de remonter chez elle.

— Bonjour Samy, comment allez-vous ce matin ?

— Très bien, madame Smith, répondit-il en forçant son sourire. Voici votre courrier.

— Merci Samy.

Il lui remit quelques factures, un journal et une de ces enveloppes blanches qu'il maudissait depuis le matin. Puis il reprit sa tournée.

— Bonne journée et à demain, madame Smith, dit-il en repartant en direction de Van Cortlandt Park.

Cette dernière entra dans le hall de son immeuble, son courrier à la main. Elle salua José, le concierge, et remonta par l'ascenseur jusqu'à son appartement au huitième étage. Elle s'assit dans son fauteuil et commença à ouvrir son courrier. Mettant son journal de côté, elle parcourut les lettres – des factures et une enveloppe blanche à son nom. Elle décida d'ouvrir cette dernière en premier. Elle sortit la lettre, la lut, et se figea. Elle sentit son cœur battre plus vite. Elle la reposa et appela sa fille.

— Bonjour ma chérie, dit-elle quand elle l'entendit décrocher.

Sa fille trouva sa voix bizarre, elle qui était toujours si enjouée. Et puis ce n'était pas le jour où elles s'appelaient d'habitude.

— Bonjour maman, tu vas bien ?

— Pas vraiment, j'ai reçu une lettre anonyme qui m'était personnellement adressée.

Elle la lui lut.

— C'est sûrement une mauvaise plaisanterie, maman. Ou une opération publicitaire. Que veux-tu qu'il t'arrive ?

Elle essayait de rassurer sa mère, mais elle sentit qu'elle était très perturbée par ce courrier de très mauvais goût.

— Écoute, je termine plus tôt ce soir. Je passe te voir avant de rentrer à la maison si tu veux. Tu me montreras tout ça et peut-être qu'il faudra porter plainte pour que cette opération s'arrête.

— D'accord ma chérie, à tout à l'heure.

— À tout à l'heure, maman.

Il était 17 heures lorsqu'Isabella entra dans l'immeuble de Palisade Avenue. Elle salua José, qui lui dit que sa mère était restée chez elle depuis ce matin. Elle prit l'ascenseur jusqu'au huitième étage puis sortit ses clés et entra chez sa mère. L'appartement était silencieux. Elle sentit ses jambes trembler. Elle pénétra dans le salon et trouva sa mère endormie dans son fauteuil. Elle s'approcha d'elle puis tressauta : sa mère était morte, les yeux grands ouverts. Elle voulut crier, mais aucun son ne sortit de sa bouche. Puis elle tourna son regard vers la table basse et trouva la lettre posée au centre de celle-ci. Elle la saisit et lut :

`Bonjour Madame Smith,`

`Aujourd'hui est votre dernier jour sur terre…`

La lettre n'était pas signée. L'enveloppe était adressée à sa mère, mais rien ne permettait d'identifier son auteur. Isabella pleurait au téléphone lorsqu'elle appela José. Les pompiers furent sur place dix minutes plus tard. Le médecin diagnostiqua une rupture d'anévrisme, mais la police de New York fut saisie du dossier et ordonna une autopsie à cause de la lettre. Il était 20 heures et la vie de Mlle Smith venait de basculer dans l'horreur.

New York, Philadelphie, Washington, Los Angeles, Dallas, San Francisco…

Toutes les chaînes d'information en continu de la côte est à la côte ouest faisaient leur une avec cette affaire. Cela avait commencé dès 11 heures ce matin-là sur la côte est puis dans la journée dans le reste du pays. Plusieurs milliers d'Américains, de tous âges et de toutes origines, avaient reçu une enveloppe blanche à leur nom, contenant une lettre de très mauvais goût, de l'avis général des journalistes. La lettre personnalisée, dont plusieurs exemplaires étaient présentés à chaque flash info, indiquait toujours la même chose : le nom de son destinataire sur l'enveloppe, puis le même texte :

```
Bonjour M…,

Aujourd'hui est votre dernier jour sur terre…
```

Les experts en marketing de chaque chaîne se succédaient à l'antenne pour tenter de décrypter ce que tout le monde s'accordait à définir comme une campagne de publicité d'un goût plus que douteux. Et les spéculations allaient bon train sur l'objectif de cette campagne, sur le commanditaire possible, sur la suite qui pourrait être donnée. Une seule chose était certaine : elle avait choqué beaucoup de personnes. Tous ceux qui l'avaient reçue bien sûr, mais aussi la classe politique et médiatique. Certains jugeaient même que le Premier Amendement de la Constitution, portant sur la liberté d'expression et rédigé par les pères fondateurs des États-Unis d'Amérique, avait peut-être trouvé ses limites aujourd'hui. La chaîne CBS News tentait de capter la majeure partie de l'audience sur ce sujet, grâce à son présentateur vedette, Greg Taylor, qui avait reçu une de ces lettres le matin même. L'information avait fait le tour des réseaux sociaux et de nombreux Américains avaient donc choisi de suivre cette affaire sur CBS. La direction de la chaîne était aux anges. L'audience s'envolait et les recettes publicitaires aussi.

Palo Alto

Salvatore Figli présidait depuis deux heures la commission d'appels d'offres qui examinait les dossiers des entreprises proposant de réaliser leur réseau de satellites. Il était entouré d'Henri Aymes, de John Eisenstein, et des directeurs des services concernés par cette affaire. Ils examinaient la proposition d'ATT quand une alerte retentit sur son portable sécurisé. C'était Clifford qui lui redirigeait les premières réactions des médias sur la diffusion des lettres anonymes sur la côte est. Figli consulta les messages et reprit l'examen du dossier d'ATT en ayant une pensée pour son aïeul, Caprotti.

L'heure est venue, se dit-il.

Quelques minutes plus tard, tous les membres de la commission consultaient leurs portables, dont les alertes infos reprenaient ce que Figli savait déjà. Plusieurs membres échangeaient entre eux à voix basse sur ce sujet. Henri Aymes décrocha son téléphone et demanda à joindre le *community manager* de permanence. Il mit le haut-parleur. Figli laissa faire.

— Bonjour monsieur le directeur général, je suis Peter Closey, *community* de permanence, je viens de vous adresser un e-mail.

— Bonjour monsieur Closey, quelle est l'ampleur de cette information sur notre réseau ?

— Le *#dernierjoursurterre* est en tête des *hashtags* depuis cinq minutes et l'information sur cette affaire de lettres anonymes circule à très grande vitesse. Les partages des alertes infos des médias en ligne de la côte est sont exponentiels. Les supputations les plus folles concernant l'origine de cette diffusion et les objectifs de ceux qui ont lancé cette campagne circulent déjà. Nous assistons sûrement au plus gros buzz publicitaire de ces trente dernières années. C'est un coup médiatique de très mauvais goût, mais un très gros coup médiatique, termina-t-il.

— Merci pour votre rapport, monsieur Closey. Je souhaiterais disposer d'un état des lieux de la situation toutes les heures.

— Bien, monsieur le directeur général, dit-il avant de raccrocher.

Aymes se tourna vers les participants à la commission.

— Nous participons à la diffusion à grande vitesse de l'information concernant ces lettres anonymes, mais personne ne connaît la finalité de cette campagne très limite ni qui est derrière tout cela. Cela pourrait être à terme préjudiciable à l'entreprise et au cours de son action actuellement très élevé.

— Je vais informer Mark de cette éventualité, lui répondit Figli. Il est actuellement à l'ONU pour des entretiens bilatéraux avec les dirigeants des pays concernés par notre projet d'accès Internet gratuit. Vous n'êtes pas sans savoir que certains dirigeants ne voient pas d'un bon œil l'arrivée d'un tel « service » chez eux. Ils ont parfois une conception étriquée de la démocratie et voient dans cet accès un outil au service de leurs opposants politiques. Mark est en train de tenter de les convaincre individuellement.

— Je vais faire étudier les réponses juridiques à apporter pour le cas où Facebook serait associé à cette affaire par les médias quand on connaîtra les auteurs de cette campagne plus que limite, dit Eisenstein.

— Je vous propose de suspendre notre commission et de la reporter à une date ultérieure, conclut Figli en se levant.

Figli quitta la salle de réunion et rejoignit son bureau, où l'attendait Helen.

— Voici le premier rapport du *community* de permanence sur l'affaire des lettres anonymes, lui dit-elle en lui remettant une clé USB.

— Merci Helen, joignez Mark, je dois lui parler maintenant.

Figli entra dans son bureau, referma la porte et décrocha son téléphone crypté.

— Bonjour maître, tout se déroule comme prévu. Les réactions sont même supérieures à mes estimations. Le virus se diffuse à grande vitesse, lui dit Clifford.

— Je vois cela, monsieur Clifford. Votre *community manager* a même réussi à inquiéter Aymes, qui craint dès à présent pour notre cote boursière. Poursuivez. Et donnez-moi des nouvelles d'Amboise au plus tôt. Je dois m'entretenir avec Mark à ce sujet maintenant.

— Bien, maître, répondit Clifford avant de raccrocher.

Son téléphone sonna de nouveau.

— Monsieur le président, pour vous.

— Merci Helen.

Figli dressa un état de la situation à Mark Zuckerberg, lui indiqua les mesures prises par Aymes et lui envoya le rapport du *community manager*. Pour Mark, Facebook n'était une fois encore que le vecteur de diffusion de l'information, et non la source. Figli sentit qu'il n'attachait que peu d'importance à cette affaire, qui ressemblait à des milliers d'autres pour lui. Il était plus préoccupé par la fin de non-recevoir que venait de lui signifier le président du Gabon, qui dirigeait aussi la puissante Organisation des pays africains producteurs de pétrole.

C'est bien. Mark est fidèle à lui-même, sûr de sa vision sans faille de Facebook. Ça nous donnera du temps supplémentaire, se dit-il en raccrochant.

Amboise

Il était 18 heures lorsque Sophie interpella Philip Stern. Ils étaient retournés dans le bureau que Philip occupait au sein du poste de commandement de l'Ordre.

— Philip, venez voir cela !

Philip quitta son bureau et vint s'asseoir près de Sophie.

— Regardez, ce sont les dernières alertes infos diffusées par les chaînes américaines de la côte est. Il semble que des milliers d'Américains ont reçu aujourd'hui la même lettre que celle reçue par Henri James, Margareth Hamilton, le jeune Pierre Davis et Edouardo Sanchez.

Philip lut les informations que diffusaient les principales chaînes américaines sur cette affaire. Puis il parcourut les divers comptes Facebook et Twitter que l'Ordre possédait sous des identités différentes tels des poissons-pilotes sur la toile. Il n'en revenait pas.

— Ce qui est en train de se passer est monstrueux. C'est Amboise à l'échelle de la planète ! Ceux qui ont retrouvé le Cercle s'en servent à très grande échelle.

— Ce n'est qu'aux États-Unis et cela ne concerne que quelques milliers de personnes, tempéra Sophie.

— Dans quelques jours, tous les pays seront touchés par le Cercle, croyez-moi. La désolation envahira le monde. Les guerres que nous avons connues jusqu'à aujourd'hui ne sont rien à côté de ce qui va arriver. La peur va s'emparer de l'humanité et chacun tuera son voisin pour survivre dans les ténèbres.

Sophie sentit un frisson parcourir sa peau. Philip décrocha son téléphone.

— Oui, maître, lui répondit Floyd.

— Vous avez vu ce qui se passe aux États-Unis ?

— Oui, maître, je viens de vous envoyer un rapport complet à ce sujet.

— Nous n'avons plus le temps. Le Cercle est en marche. Il dévastera tout sur son passage. Avez-vous des nouvelles de notre généalogiste ?

— Je viens de m'entretenir avec lui. Mais nous avons un problème. Caprotti n'a pas eu de descendance. Si aujourd'hui un Ordre poursuit sa quête du Cercle, comme il le faisait à l'époque, il ne peut s'agir que de descendants indirects ou n'ayant aucun lien de sang avec lui. Il continue ses recherches, mais cela va prendre beaucoup plus de temps, car il doit explorer de nombreuses branches depuis 1516.

Philip se renfrogna. Pour la première fois, Sophie décela de la colère chez lui.

— Et pour Bill Gates ?

— Notre disciple Mourad Al-Khalifa a pu entrer en contact avec lui par l'entremise d'un collectionneur de manuscrits anciens qu'il connaissait. Il accepte de lui montrer le *Codex Leicester*, mais chez lui. Mourad prend l'avion demain et sera dans sa résidence d'été dans deux jours. Nous devrons bien briefer Mourad sur ce qu'il doit chercher, car nous n'aurons pas de seconde chance d'examiner ce document. Bill Gates ne le montre jamais. Une chance qu'ils aient cet ami en commun et cette passion pour les vieux ouvrages. Mais Mourad a dû lui promettre de lui montrer les six miniatures que nos messagers ont rapportées de Sienne.

— Nous n'avons pas le choix de toute façon. Nous le préparerons demain matin à cette mission. Et l'équipe qui recherche nos disciples ?

— Ils sont toujours à leur recherche. Une moitié de l'équipe est actuellement entre le château et le manoir, l'autre est restée en ville. Franck va les neutraliser d'ici une heure.

Philip raccrocha puis composa un autre numéro.

— Bonsoir, monseigneur.

— Bonsoir, mon ami. J'attendais votre appel. J'ai vu ce qui se passe aux États-Unis. C'est l'œuvre du Cercle qui commence ?

— Oui, répondit Philip, comme l'avait prévu Léonard de Vinci.

— Sa Sainteté est à Castel Gandolfo demain avec la chancelière allemande. Elle a dû prendre connaissance de ce qui se passe en ce moment. J'espère que les archives de Léon X nous éclaireront.

— Moi aussi, monseigneur, d'autant que je viens d'apprendre que Caprotti n'a pas eu de descendance directe. Nous sommes donc dans une impasse quant à l'identité de ceux qui œuvrent aujourd'hui.

— Que Dieu nous protège tous, répondit monseigneur Barbarin.

— Je ne suis pas sûr que cela suffise, monseigneur, mais nous en aurons grand besoin.

Philip raccrocha de nouveau et regarda Sophie.

— Je suis désolé de vous avoir entraînée dans cette histoire. Parfois il vaut mieux rester ignorant de ce qui vous arrive. Cela ne change en rien l'issue mais cela vous évite l'effroi que nous allons connaître dans les jours prochains.

Sophie lui prit la main pour la première fois et la serra fort dans la sienne.

— Dieu a toujours protégé les siens, quels qu'ils soient. Même lors de l'Apocalypse, il est resté la lueur d'espoir qui a permis à certains de survivre. Vous n'avez pas le droit de baisser les bras. Pas maintenant.

Palo Alto

John Eisenstein avait quitté la salle de la commission juste après Figli. De retour dans son bureau, il envoya son SMS de sécurité à Adrian puis se plongea dans le rapport du *community* de permanence dont il avait été destinataire également. Ce n'étaient pas les conséquences de cette affaire sur l'image de Facebook qui le préoccupaient, mais le pressentiment qui ne le quittait plus depuis qu'Aymes avait envisagé une baisse de la cote de l'entreprise à la suite de cette affaire. Et si l'objectif de cette campagne n'était pas publicitaire, mais la seconde phase de l'opération de manipulation du cours de l'action qu'il avait découverte ? Après l'avoir fait monter artificiellement lors de la journée de mise sur les marchés, les auteurs de ce coup de maître tentaient-ils de le faire redescendre pour en faire une proie à leur portée ? Et empocher de nouveau de substantielles plus-values ? Il fallait qu'il revoie Adrian pour discuter de cette éventualité et trouver le moyen de se mettre en travers de cette OPA potentielle. Il envoya un nouveau SMS depuis le téléphone prépayé que lui avait donné Adrian. Il reçut une réponse instantanément. Ils se verraient ce midi. John fut soulagé.

New York – 18 heures

L'information tomba alors que les New-Yorkais commençaient à rejoindre par milliers les transports en commun afin de rentrer chez eux, après leur journée de travail. Les rues de la ville fourmillaient d'employés qui se dirigeaient machinalement vers les entrées de métro ou les stations de bus. La journée avait été belle. Le soleil était encore haut mais commençait à rougeoyer un peu en cette fin d'après-midi aux accents d'automne. La chaîne CBS interrompit ses programmes pour un flash spécial. Son présentateur vedette, Greg Taylor – qui avait reçu une de ces lettres anonymes plus tôt dans la matinée – venait de mourir. La présentatrice qui avait été chargée d'annoncer la nouvelle en direct était décomposée. L'heure ne semblait plus aux réjouissances concernant l'audimat de la chaîne. Greg Taylor était sorti déjeuner vers 12 h 30 et, sur le chemin du retour, avait été heurté par une voiture alors qu'il traversait la rue. Il avait été tué sur le coup. Il était donc mort quelques heures après avoir reçu la lettre. La rédaction de la chaîne savait que cette information aurait des conséquences sur des millions d'Américains et, bien sûr, sur les milliers de personnes qui avaient reçu la même lettre que Greg Taylor. C'est pourquoi la présentatrice insista plusieurs fois sur la mort accidentelle du présentateur et sur la coïncidence complète avec l'affaire des lettres anonymes. Les réseaux sociaux s'emparèrent instantanément de la nouvelle, qui fit le tour du monde en quelques minutes. Mais une heure plus tard, la situation était tout autre : de nombreuses personnes ayant reçu cette lettre étaient mortes. À la fin de la journée, le gouvernement américain, qui avait mis en place une cellule de crise pour centraliser les informations et coordonner les actions au niveau national, recensait près de 50 000 morts ; tous avaient reçu la fameuse enveloppe blanche. Une première réponse aux multiples questions s'imposait. Il ne s'agissait pas d'une campagne de publicité de mauvais goût, mais d'une opération criminelle de très grande envergure. Le FBI avait été saisi. Le président Obama décida de s'adresser à la nation à 19 heures.

CHAPITRE 28

30 mai 1516

Lyon

Les préparatifs du départ du pape Léon X battaient leur plein depuis l'annonce de l'évêque. Le cortège papal devait quitter Lyon le matin même. Les calèches étaient déjà prêtes dans les jardins de l'abbatiale. Les chevaux avaient été lavés et brossés. Les gardes suisses s'étaient également occupés de leurs montures. Quant à Melzi, il avait regroupé ses affaires dans sa chambre. Il avait aussi pris la bible qu'il avait commencé à lire depuis son arrivée. Sa lecture l'avait apaisé et il lui semblait qu'elle lui donnait les forces nécessaires à l'exécution de sa mission. Il referma son sac, au fond duquel se trouvait le Cercle, et quitta sa chambre. Toute la congrégation était réunie dans la cour de la cathédrale. Le père Georges s'était un peu avancé. Il faisait face à la calèche de son évêque. Il masquait difficilement son inquiétude. Les révélations auxquelles il avait assisté deux jours plus tôt le perturbaient beaucoup, mais il essayait de ne rien montrer de ses tourments aux autres. Le secret de l'existence du Cercle devait rester entier. Il avait donc indiqué à ses congénères que l'évêque allait profiter du retour du pape à Rome pour l'accompagner jusqu'à Orange, où il devait régler une affaire.

Melzi sortit du bâtiment où se trouvait sa chambre et se dirigea vers les écuries. Son cheval était déjà sellé. Il avait été convenu qu'il quitterait l'archevêché comme il était arrivé afin que personne ne sache qu'il faisait partie du voyage de l'évêque et du pape, ce qui aurait immanquablement attiré l'attention et soulevé des questions. Il devait retrouver le cortège à quelques kilomètres plus au sud. Il monta en selle et quitta l'abbatiale par la porte nord. Au même instant, l'évêque et le pape sortirent du bâtiment où se situaient leurs appartements privés. Ils étaient précédés de deux gardes suisses. Dans la cour principale, tous les moines et les ecclésiastiques étaient réunis pour saluer leur départ. Le père Georges s'approcha lorsque les deux hommes furent face aux calèches.

— Je vous souhaite un bon voyage, Votre Sainteté, dit-il au pape en s'agenouillant devant lui.

Puis il se releva, se tourna vers son évêque et lui dit à voix basse en se signant :

— Que Dieu vous garde, monseigneur. Il vous a choisi pour une mission bien délicate. Vous en avez la force, mais soyez prudent. Et revenez-nous vite.

Puis il regagna les rangs de la congrégation. Les deux hommes montèrent chacun dans leur calèche anonyme. Quelques minutes plus tard, le cortège quitta l'évêché à son tour et prit la direction du sud. Il venait de sortir de la ville lorsqu'il retrouva Melzi, qui l'attendait au point de rendez-vous prévu. Il avait quitté ses habits de moine. Il monta dans la calèche et les gardes suisses récupérèrent son cheval. Le cortège se remit en route quelques minutes plus tard. Et il ne se rendrait pas à Orange, mais à l'Abbaye de la Chaise-Dieu, comme l'évêque et le pape en avaient décidé. Deux gardes suisses étaient d'ailleurs partis hier dans le plus grand secret afin de préparer leur arrivée. Le voyage serait long, mais ils avaient prévu d'y être le soir même.

Aux portes de Lyon

Caprotti avait quitté Auxerre depuis deux jours. Son contact avait réuni une équipe de cinq hommes ayant tous le même objectif : donner une leçon à l'Église, qu'ils abhorraient, chacun pour des raisons différentes. Le voyage était éprouvant, tant pour leurs montures que pour eux, mais leur motivation demeurait intacte. Et plus ils approchaient de Lyon, plus ils sentaient leur colère monter. Chacun espérait pouvoir satisfaire son sentiment de haine à l'égard de l'Église dans l'action qui se préparait. Quant à Caprotti, il sentait qu'il se rapprochait du Cercle et ses forces en étaient décuplées. Bien sûr, il n'avait rien dit de sa quête à ses nouveaux amis – seulement qu'il recherchait un homme que l'Église protégeait en la cathédrale de Lyon. À midi, ils entrèrent dans la ville en longeant le Rhône. Ils suivirent le même chemin que celui qu'avait emprunté Melzi quelques jours plus tôt. Le soleil était déjà haut. Il baignait les berges du fleuve. La journée était déjà bien avancée pour ceux que l'équipée croisait et qui travaillaient dans les champs alentour. Mais les cinq hommes ne portaient aucune attention à tout cela, ils remontaient le chemin de halage et se dirigeaient vers le centre. Tout à coup, ils aperçurent le haut des deux tours de la cathédrale ainsi que le sommet de sa flèche centrale. Ils approchaient du but. Ils décidèrent de réduire leur allure afin de ne pas éveiller de soupçons quant à leurs intentions. Ils franchirent le Rhône et remontèrent vers le centre de la ville. Bientôt, ils se trouvèrent devant la

Saône. Il ne restait qu'un pont à franchir avant d'atteindre la rue menant à la cathédrale. Deux minutes plus tard, les six cavaliers débouchaient sur le parvis de l'imposant édifice. Ils s'arrêtèrent quelques instants pour savourer le moment. Caprotti descendit de son cheval. Ses cinq compagnons firent de même. Ils sanglèrent leurs chevaux à une barrière située près de la porte est de la cathédrale. « Idéal pour repartir rapidement », se dit Caprotti.

— Nous allons pénétrer par cette porte. Elle doit donner dans la cour centrale située à l'arrière de la cathédrale. Nous pourrons plus facilement accéder aux appartements des moines et de l'évêque. Si mon ami Melzi est ici comme vous me l'avez dit, ce sera plus facile de le trouver. Et s'il tente de s'enfuir, nous pourrons lui barrer la route.

— Très bien, répondit son contact auxerrois. Et une fois que vous aurez trouvé votre ami, nous rendrons une petite visite à l'évêque.

Le reste du groupe acquiesça en prenant la direction de l'entrée est de la cathédrale. La porte en bois sculptée aux armes de l'Église était fermée. Caprotti sonna la cloche qui se trouvait sur le côté gauche de celle-ci. Quelques minutes plus tard, un moine vint ouvrir aux visiteurs.

— Bonjour mon frère, lui dit Caprotti, pouvons-nous entrer nous recueillir quelques instants ? Nous venons d'Auxerre. Je sais que ce n'est pas l'heure pour cela, mais nous sommes de passage et devons reprendre notre route vers l'Italie sans trop tarder.

— Entrez, je vais vous accompagner à notre chapelle.

Les cinq hommes entrèrent dans la cour principale et découvrirent les jardins magnifiques de l'abbatiale. Sur leur droite, un premier bâtiment semblait accueillir les chambres des ecclésiastiques et leur réfectoire. Plus loin au fond, ils aperçurent les écuries. La chapelle dont parlait leur hôte était sur la droite, à une trentaine de mètres d'eux. Et en face, se tenait un bâtiment plus imposant. Le fronton de la porte était orné du sceau de l'Église. Cela devait être les appartements privés de l'évêque et ses bureaux. L'entrée arrière de la cathédrale était plus à droite. L'atmosphère de calme et de tranquillité qui régnait dans cet espace surprit Caprotti. Il s'attendait à pénétrer dans une ruche où chacun s'activait à faire fonctionner l'archevêché. En fait, il n'y avait personne dans la cour. Soudain, ils aperçurent un prêtre qui se dirigeait d'un pas décidé vers eux. Ils se tinrent sur leurs gardes.

— Bonjour messieurs, je suis le père Georges, secrétaire particulier de l'évêque et intendant de l'archevêché. On m'a informé que vous souhaitiez vous recueillir dans notre chapelle avant de reprendre votre route.

Caprotti sourit.

— Le secrétaire particulier de l'évêque, dit-il à l'attention de ses amis. C'est la Providence qui vous envoie, mon père.

Il sortit une dague de sous ses vêtements et bondit sur le père Georges. Il le saisit par le cou et pointa sa dague en le menaçant de lui trancher la gorge. Dans le même temps, deux des cinq hommes l'accompagnant neutralisèrent le moine qui leur avait ouvert la porte.

— Voilà la situation, mon père, dit Caprotti. Un cri de votre part et je vous tue.

Le père Georges acquiesça. Caprotti reprit :

— De vos réponses dépend votre vie. Je suis à la recherche d'un moine nommé Melzi, qui possède quelque chose qui m'appartient. Selon mes informations, il séjourne ici. Indiquez-moi le lieu où il se trouve.

Le père Georges comprit le danger qui menaçait Melzi, son évêque, et même le pape Léon X. Le Cercle attisait bien des convoitises, et notamment celle des hommes les plus fous. Il était donc prêt à mourir pour que ce secret reste caché le plus longtemps possible. Il sentit la lame lui piquer le cou. Il vit le moine Bernard gisant sur le sol de la cour, inconscient.

— Il est arrivé il y a deux jours, souhaitant rencontrer notre évêque. Mais celui-ci n'est pas en notre cathédrale en ce moment. Il est en visite à Paris. Et puis nous avons découvert qu'il n'était pas moine, alors nous l'avons prié de partir. Nous lui avons dit, comme à vous, que l'évêque était à Paris. Il est reparti ce matin pour la capitale.

Caprotti sentit la colère monter en lui. Il asséna un coup de poing au prêtre, qui vacilla en hurlant de douleur.

— Vous mentez ! Nous allons fouiller chaque pièce de cet endroit. Et si je le trouve, je vous tuerai.

Il releva le prêtre sans ménagement et l'emmena dans la chapelle, qui était déserte. Il prit une corde et attacha l'homme au fond du bâtiment. Puis il le bâillonna.

— Je reviendrai vous voir avant de partir, mon père.

Il lut dans les yeux de l'homme d'Église la terreur qu'il lui inspirait et cela lui procura un plaisir immense. Il ressortit de la chapelle et rejoignit ces quatre compagnons.

— Allons-y, mes amis, trouvons-le !

Les six hommes parcoururent toutes les pièces du premier bâtiment où se trouvaient les chambres et le réfectoire. Ils semèrent la panique parmi les moines et prêtres en dévastant leur chambre et en les frappant plus que de raison. Une crise de violence s'était emparée du groupe. Tous les hommes d'Église présents étaient battus et attachés dans leur chambre, dans les couloirs ou dans le réfectoire. Aucun d'entre eux ne put échapper à la horde sauvage qui dévalait les couloirs du bâtiment. Mais ils ne relevèrent aucune trace de Melzi. Caprotti avait trouvé une chambre vide sans effet personnel. Peut-être avait-il séjourné ici. Sa colère redoublait d'intensité et, de rage, il se mit à casser tout le mobilier. Puis les six hommes ressortirent du bâtiment et se dirigèrent vers les écuries. Un déluge de violence s'abattit sur les quatre palefreniers, qui n'avaient rien entendu depuis le fond des étables. Mais là encore, aucune trace de Melzi. Les chevaux présents semblaient tous appartenir à l'évêché. Ils étaient marqués du sceau de l'Église. Ils se retrouvèrent de nouveau au centre de la cour et décidèrent d'investir les appartements de l'évêque. La demeure était vide. Ils grimpèrent les marches des escaliers depuis le hall et se retrouvèrent face à la porte des appartements privés. Elle était fermée. Le plus fort de l'équipe la défonça de son épaule. Personne ne se trouvait à l'intérieur. Le père Georges avait-il dit vrai ? Melzi n'était plus là et l'évêque n'était pas à Lyon. Caprotti enragea et hurla dans le salon. Les cinq compagnons décidèrent de saccager les appartements et les bureaux. Rien ne devait être épargné. Le contact auxerrois de Caprotti semblait comme possédé alors qu'il détruisait tout sur son passage. Puis il s'arrêta net. Devant lui se tenait un pupitre sur lequel était ouverte une bible d'une rare beauté : la bible de l'évêque. Il la regarda pendant quelques instants puis y mit le feu et la contempla tandis qu'elle se consumait.

— Elle va périr dans les flammes de l'enfer, dit-il à l'attention de ses compagnons.

Ses quatre comparses se regroupèrent autour de lui. Caprotti observait la scène de loin. Il se demanda ce qui pouvait pousser ces hommes à vouloir brûler une bible. « Peut-être le même sentiment que celui que j'ai ressenti lorsque Léonard de Vinci et Melzi m'ont trahi », supposa-t-il.

— Nous devons y aller, messieurs, leur dit Caprotti. Ça va devenir dangereux si nous restons plus longtemps. Vous avez donné une leçon à l'évêque et, moi, j'ai perdu la trace de Melzi, qui a dû retourner à Paris.

Les cinq hommes ramassèrent les cendres brûlantes de la bible qu'ils venaient d'incendier pour les déposer dans un sac, puis ils ressortirent des appartements dévastés. Ils se retrouvèrent dans la cour et rejoignirent le père Georges, tuméfié et attaché dans la chapelle. Melzi s'approcha de lui, le détacha et le jeta sur le sol au milieu de la chapelle.

— Je n'ai pas trouvé Melzi, effectivement. Peut-être avez-vous dit vrai. Nous allons reprendre notre chemin, mon père. Mais si vous nous avez menti, nous reviendrons vous tuer.

Caprotti s'apprêtait à sortir de la chapelle lorsqu'il vit son contact d'Auxerre s'approcher du père Georges avec le sac de cendres brûlantes à la main. Le prêtre était allongé sur le sol, râlant de douleur. Arrivé à sa hauteur, il le regarda dans les yeux. Caprotti vit l'effroi dans le regard du père. Puis l'homme souleva le sac et lui renversa les cendres brûlantes sur le crâne. Le père Georges hurla de douleur. Il eut la sensation que son visage brûlait complètement et que sa peau fondait. Il se tordait au sol comme un ver. Il avait porté les mains à son visage pour se protéger, mais trop tardivement. Les cendres lui avaient brûlé les deux yeux.

— Tu diras à ton évêque que c'est sa bible qui t'a brûlé. L'enfer n'est jamais bien loin du paradis.

Caprotti ressentit du dégoût en voyant le supplice que ces hommes venaient d'infliger au père Georges. Il se dit qu'il était temps de quitter ces barbares. Ils ressortirent de la chapelle et se dirigèrent vers la porte est de la cathédrale. Les râles du prêtre dans la chapelle s'entendaient encore. Ils se retournèrent puis retrouvèrent leurs montures.

— Messieurs, c'est ici que notre route se sépare, leur annonça Caprotti. Merci pour votre aide, je vais continuer ma quête seul.

Il salua ses compagnons et se dirigea vers le fleuve. Les cinq hommes le regardèrent partir. Ils souriaient, heureux de leurs actes.

Abbaye de la Chaise-Dieu

La nuit était tombée depuis plusieurs heures déjà lorsque les deux calèches et leur escorte franchirent le porche de l'Abbaye. Le voyage avait été long mais s'était déroulé sans encombre. Le temps était plutôt clément en cette période et il n'avait pas plu. Le convoi avait fait deux haltes : l'une pour déjeuner et reposer les chevaux ; l'autre, à la demande du pape Léon X, qui souhaitait se recueillir quelques instants dans une petite chapelle isolée qu'ils avaient découverte à la sortie d'un bois à vingt kilomètres de l'abbaye. Les cochers avaient maintenu une bonne allure afin d'arriver au plus vite. Dès que les deux calèches furent à l'intérieur de la cour de l'abbaye, les moines refermèrent les lourdes portes par lesquelles ils venaient d'entrer. Les deux gardes suisses qui les avaient précédés quelques jours plus tôt afin de préparer leur arrivée se tenaient près du frère Benoît, patron de la congrégation de l'abbaye. Les deux cents moines qui composaient la confrérie étaient debout à leurs côtés mais légèrement en retrait. La venue du pape Léon X et de l'archevêque de Lyon était un évènement sans précédent pour eux. Mais cette visite devait rester secrète et aucune retranscription ne serait permise. Les deux calèches étaient maintenant immobiles au centre de la cour. Seules les torches situées sur les murs de l'enceinte intérieure éclairaient le lieu. Melzi sortit le premier. Les regards interrogateurs des moines se tournèrent vers lui, car personne ne connaissait cet homme. Il rejoignit le frère Benoît. Puis l'évêque de Lyon sortit à son tour. Le frère Benoît et l'ensemble des moines se prosternèrent devant lui. Il revêtit sa robe et son aube. Puis la porte de la calèche du pape Léon X s'ouvrit et le pape sortit à son tour. Le frère Benoît s'approcha de lui et s'agenouilla en lui prenant la main, puis baisa l'anneau papal. Toute la communauté monacale s'agenouilla en un moment de partage et de dévotion sans précédent. Ils savaient qu'ils avaient beaucoup de chance de vivre ce moment. Le frère Benoît se releva à la demande du Saint-Père :

— Soyez la bienvenue en notre abbaye, Votre Sainteté. C'est un honneur immense pour nous tous de vous recevoir. Vous êtes ici dans votre maison, dans la maison de Dieu.

— Je vous remercie tous pour votre accueil. Soyez bénis et que Dieu vous protège, leur dit le Saint-Père.

Puis le frère Benoît prit la direction du bâtiment principal, où se trouvait la salle des échos. Il était suivi par le pape Léon X, l'archevêque de Lyon et Melzi. Les gardes suisses fermaient le cortège papal. Une table rectangulaire se dressait au milieu de la pièce où ils entrèrent. Une chaise recouverte d'un tissu violet permit au pape de présider cette réunion. L'archevêque de Lyon et Melzi s'assirent à la gauche du Saint-Père. Quant au père Benoît, il prit place à sa droite.

— Mes amis, comme vous le savez, j'ai choisi de nous réunir dans le plus grand secret en votre abbaye, frère Benoît, afin d'assurer à M. Melzi la protection de l'Église, comme nous l'a demandé le père François, curé d'Amboise. Je ne vous cache pas qu'au début, j'étais très sceptique. Mais depuis que j'ai vu le Cercle, la dernière découverte de Léonard de Vinci, je suis dans le même état d'esprit que son créateur. Messieurs, nous devons faire tout ce qui est en notre pouvoir pour préserver l'humanité tout entière. Léonard de Vinci a demandé à son disciple Melzi de cacher le Cercle au plus profond des entrailles de notre terre et nous l'y aiderons. Il lui a ordonné également de créer un ordre qui protégera ce secret pour les siècles à venir et nous l'y aiderons également de toutes nos forces. Léonard de Vinci a souhaité que Melzi soit le premier gardien de cet Ordre nouveau et qu'il désigne six disciples qui se rendront à Sienne en Italie pour ouvrir six coffres à la banque Monte dei Paschi afin d'y déposer les instructions à suivre en cas de réapparition du Cercle. L'Église que je représente ce soir vous fournira vos disciples, monsieur Melzi.

Le pape se tourna vers l'archevêque de Lyon.

— Tout à fait, Votre Sainteté. Le frère Benoît a choisi six de ses moines, qui ont accepté de remplir cette mission. Pouvez-vous leur demander de nous rejoindre, frère Benoît ?

— Tout de suite, monseigneur.

Le frère Benoît se leva et alla ouvrir une porte située au fond de la salle. Il revint quelques minutes plus tard en compagnie de six hommes. Ceux-ci s'assirent en face du pape.

— Mes frères, leur dit Melzi, je vous remercie d'avoir accepté cette mission qui est d'une importance capitale pour l'humanité et pour l'Église. Son succès dépendra de vous. Le chemin jusqu'à Sienne est long et dangereux, et personne ne devra connaître les raisons de votre voyage. Les documents que vous transporterez devront rester secrets et être protégés au péril de votre vie si nécessaire. Ils devront être déposés dans les six coffres que vous ouvrirez à vos noms à la banque. Vous garderez précieusement la clé de votre coffre et serez chargés de la transmettre à vos successeurs avant de mourir. L'Ordre devra vous survivre, c'est pourquoi le choix et la formation de vos successeurs seront la deuxième partie essentielle de votre mission. Et ceux-ci devront également se choisir des héritiers à qui ils confieront la même mission. Je serai votre gardien et transmettrai aussi ma charge avant ma mort. Une fois les documents en sécurité à Sienne, vous devrez vous disperser de par le monde afin que personne ne puisse jamais établir de lien entre vous, et entre vous et moi.

Les six moines avaient écouté avec la plus grande attention les paroles de Melzi. Les gardes suisses et le frère Benoît les avaient préparés à cette rencontre, et ils avaient tous accepté de servir l'Église par cette étrange mission. Mais Melzi sentit qu'il devait être sûr de leur entière dévotion à l'Ordre qu'il était en train de créer. Alors il prit son sac et le posa sur la table. Il en sortit le sachet en cuir dans lequel se trouvait le Cercle et il en extirpa la découverte de Léonard de Vinci. Tous regardèrent le cylindre prendre sa forme au fur et à mesure que Melzi le manipulait. Puis Melzi sortit le carnet de notes de Léonard et choisit un exemple. Il entra sa date et les coordonnées de son lieu de naissance à l'aide des cercles concentriques horizontaux. Il nota le résultat obtenu sur les cercles verticaux. Puis il sortit le certificat de décès signé du médecin d'Amboise et recouvert du sceau de l'Église au moment de son enterrement. Les six moines eurent un mouvement de recul. Ils refusaient de le croire. On pouvait lire de la peur, de l'incrédulité mais aussi de la détermination dans leurs yeux. Désormais, Melzi était sûr qu'ils donneraient leurs vies pour que le Cercle ne soit jamais retrouvé.

Le pape Léon X était resté silencieux pendant toute la démonstration de Melzi. Il n'était plus à convaincre, mais son regard indiquait qu'il n'avait pas la certitude que ses décisions allaient assurer la pérennité de l'Ordre dans l'avenir. Comment s'assurer que les six moines choisiraient des successeurs dignes de cette charge qui, eux-mêmes, feraient de même ? Cette question le tourmentait. Et il ne put y apporter qu'une seule réponse, qui nécessitait un acte qu'aucun pape n'avait jamais effectué, car il mettait en danger tout le fondement de l'Église catholique. Mais il se dit que le Cercle représentait un danger bien plus important. Il s'adressa alors au frère Benoît :

— Pouvez-vous me faire porter mon papier et mon sceau ?

— Tout de suite, Votre Sainteté.

Les participants à la réunion regardèrent le pape avec interrogation. Que voulait rédiger Sa Sainteté en ce moment si particulier pour lequel ils avaient tous fait vœu de silence ? Le frère Benoît revint avec le nécessaire de correspondance du pape. Léon X sortit six feuilles de papier ornées de son sceau et rédigea six fois le même texte sur celles-ci. Cela prit quelques minutes. Puis il y apposa sa signature et un cachet de cire avec son anneau. Il laissa l'encre et la cire sécher quelques instants, puis remit un exemplaire à chaque moine. Les six hommes lurent le document papal qui leur avait été donné. Leurs yeux s'agrandissaient à mesure qu'ils prenaient connaissance du texte. Il s'agissait d'une ordonnance de Sa Sainteté. Une fois leur lecture terminée, ils levèrent les yeux vers le Saint-Père. Leurs regards marquaient de la stupeur et de l'incompréhension. Le pape se leva et leur dit :

— Vous mesurez maintenant l'importance de votre mission. Celle-ci dépasse de loin la mienne. Et la pérennité de l'Ordre du Cercle est donc essentielle à l'avenir. Je ne vois que ce lien qui puisse garantir que vos successeurs seront des disciples de l'Ordre aussi dévoués et prêts à sacrifier leur vie pour le Cercle que vous l'êtes aujourd'hui.

Melzi n'avait pas pris connaissance du texte, mais il comprit ce que le Saint-Père venait de faire. L'Église catholique tout entière venait de participer à la fondation de l'Ordre du Cercle, qui était né en ce 30 mai 1516 en l'abbaye de la Chaise-Dieu.

CHAPITRE 29

15 et 16 septembre 2012

Washington – Maison-Blanche

Le président Barack Obama venait de raccrocher avec le Premier ministre anglais, David Cameron. Cette affaire commençait à inquiéter fortement les autres dirigeants du monde. Les lettres anonymes diffusées aux États-Unis en ce 15 septembre 2012 avaient déjà causé la mort de près de 50 000 Américains. Une telle action criminelle ou terroriste était inédite. Et les services de renseignement du monde entier n'avaient rien vu venir. Ni les Américains, ni les Anglais, ni même le Mossad israélien n'avaient d'informations, voire une vague idée de ce qu'il se passait. Barack Obama s'était entretenu avec les membres du G20 avant de s'adresser à la nation américaine. Et il se sentait impuissant face à cette menace qui venait de tuer 50 000 personnes en une seule journée. Les services secrets essayaient de récupérer toutes les lettres et enveloppes reçues afin de les faire analyser par les plus grands spécialistes en matière de terrorisme chimique et de codage. La NSA, le FBI, la CIA, tous étaient pleinement mobilisés sur cette affaire. Mais jusqu'à maintenant, cela n'avait rien donné. Seuls les destinataires étaient décédés. Tous ceux qui avaient manipulé les enveloppes avant eux étaient indemnes. La piste de l'attentat biologique s'éloignait. Il en était de même du côté des réseaux terroristes traditionnels, qui n'avaient jusqu'alors rien revendiqué. Daech, Al-Qaïda ou Aqmi ne revendiquaient que leurs actions ; jamais ils ne s'attribuaient celles des autres. Et leur silence dans cette affaire était encore plus inquiétant, se disait-on dans l'entourage du président américain. Enfin, personne n'était arrivé à remonter à la source de ces envois. L'expéditeur restait totalement inconnu.

Barack Obama s'était également longuement entretenu avec les présidents des deux Chambres ainsi qu'avec son secrétaire d'État et son secrétaire à la Défense. Un conseil de sécurité nationale s'était tenu en fin d'après-midi, mais dans moins de dix minutes, il devrait s'adresser à la nation. Il avait demandé à être seul quelques minutes. Il relisait son discours, mais le texte ne le convainquait pas. Il reposa les feuilles sur son bureau, s'enfonça dans son fauteuil et ferma les yeux. Il se rappela ses années à Columbia puis à Harvard, et ses débuts en politique dans l'Illinois, à ses échecs pour devenir membre de la Chambre des représentants avant de devenir sénateur des États-Unis. Rien n'avait été simple pour ce fils d'origine kényane. Sa couleur de peau avait souvent compliqué sa progression et son ascension, mais il n'avait jamais renoncé. À chaque échec, il s'était relevé et avait repris son chemin sans jamais sacrifier ses convictions. Il s'était même violemment opposé à Georges Bush Jr au moment de l'entrée en guerre en Irak. Ce qui ne lui avait pas valu que des amis, même si son discours avait été remarqué au sein de son parti. Et aujourd'hui, il était président des États-Unis, mais il ne savait que dire à ses concitoyens. Il sentait que le discours qu'il allait prononcer ne rassurerait pas l'opinion, car il était lui-même très inquiet de la situation. Il ouvrit les yeux et décrocha son téléphone.

— Pouvez-vous demander à Michelle, mon épouse, de venir ?

— Tout de suite, monsieur le président.

Dans les moments difficiles, Michelle Obama avait toujours été de bon conseil. Sa présence lui manquait en cet instant.

Quelques minutes plus tard, la porte du bureau ovale s'ouvrit et Michelle Obama entra. Elle trouva son mari très préoccupé. Il lui fit lire son discours et lui confia ses doutes.

— Je ne me vois pas prononcer ce discours. Je ne sais pas à quelle menace nous avons affaire, mais cette fois-ci, c'est différent. Ce n'est pas un acte terroriste comme les autres. J'en suis sûr. Nous faisons face à quelque chose de nouveau.

— Alors dis-leur ce que tu ressens. Dis-leur la vérité et montre au peuple américain ta détermination à trouver les auteurs et à les stopper. C'est tout ce qu'ils attendent de toi ce soir. Le reste, ils l'ont eu en boucle sur les chaînes d'infos depuis ce matin. Ce soir, les Américains ont besoin de voir leur président déterminé.

Barack Obama était soulagé. Michelle lui avait toujours été d'un grand secours dans des moments comme celui-ci. Elle ne s'immisçait jamais dans les affaires du pays. Ça, c'était son job, comme elle aimait lui répéter. Mais elle était là lorsqu'il avait besoin de faire le point et de retrouver le chemin qu'ils suivaient ensemble depuis tant d'années. Et ce soir encore, elle était là, précieuse et rassurante. Il se leva et déposa un baiser tendre sur son front. Puis il prit les feuilles de son discours et les jeta dans la poubelle située sous son bureau. Il relut une dernière fois le rapport que ses services venaient de lui adresser sur cette affaire et se leva. Michelle quitta le bureau ovale par la porte est et rejoignit son bureau. Barack Obama sortit par la porte principale, traversa son secrétariat en compagnie de son chef d'état-major, qui l'avait rejoint. Son équipe remarqua qu'il n'avait pas son discours à la main. Une inquiétude envahit ses principaux collaborateurs. Il le perçut et leur adressa un sourire détendu avant d'entrer dans la salle de presse de la Maison-Blanche.

Palo Alto

Figli était de retour dans son bureau après avoir passé l'après-midi avec Clifford pour finaliser la deuxième phase de son opération, qui débutait le lendemain. Mais pour rien au monde il ne voulait manquer l'allocution du président Obama. Plus que les mots qu'il allait prononcer, Figli voulait voir son regard et son visage. Cela lui en dirait beaucoup plus que son discours. Il s'enfonça dans son fauteuil et alluma la télévision qui lui faisait face.

Amboise

Il était presque minuit. Philip, Sophie, Floyd et les six disciples étaient réunis dans la salle de commandement. Ils faisaient face à l'écran de télévision géant qui ornait tout un pan de mur. Ils avaient choisi BFMTV pour suivre l'allocution du président américain. Le Cercle avait déjà fait 50 000 morts aux États-Unis et tous autour de la table de réunion savaient que ce n'était que le début.

Washington

Barack Obama s'était assis derrière le bureau qui avait été installé dans la salle de presse. Derrière lui se dressait le grand sceau des États-Unis d'Amérique. Les techniciens procédaient aux derniers réglages de la lumière et des angles des différentes caméras sous les ordres du réalisateur de la Maison-Blanche. Il régnait un silence de plomb dans la salle. Tout le monde était concentré. Le président Obama avait le visage marqué par les évènements de cette journée. Puis le réalisateur fit signe aux équipes de libérer le plateau. Il égraina le compte à rebours du direct à l'attention du président. Barack Obama se redressa et fixa la caméra principale.

— 5... 4... 3... 2... 1. Vous êtes en direct, monsieur le président, lui indiqua le réalisateur.

Le président se cala dans sa chaise et commença.

— Mes chers compatriotes, notre nation vient d'être frappée en son cœur aujourd'hui, de la plus lâche des manières, par une organisation encore inconnue. Cinquante mille Américains sont morts après avoir reçu une lettre anonyme. Des femmes, des hommes et des enfants de toutes origines, de toutes confessions et de tous âges ont été tués aveuglément. Tous nos services de renseignement et de police sont actuellement mobilisés partout dans le pays pour trouver les auteurs de cette horreur. Je voudrais ce soir m'adresser d'abord aux familles des victimes et leur dire que nous traquerons sans relâche les monstres qui se sont permis une telle infamie. Je voudrais dire également à vous tous, mes compatriotes, que je n'ai d'autre priorité ce soir que de faire arrêter tous ceux qui ont participé de près ou de loin à tout cela, et qu'ils soient traduits en justice. J'ai déjà demandé à la Cour suprême et aux deux Chambres de travailler à la création en urgence d'une juridiction exceptionnelle pour juger les responsables pour crime contre l'humanité. Enfin, je m'adresse à vous. Vous, les lâches, qui avez osé programmer une telle chose. Je vous le dis droit dans les yeux : je ne vous laisserai aucun répit et n'aurai aucune pitié. Un conseil : cachez-vous au plus profond des entrailles de notre terre et n'en sortez plus, pour que je ne vous trouve jamais.

Puis Barack Obama se leva et s'approcha de la caméra. Son visage déterminé envahit l'écran.

— Car le jour où je vous trouverai… il se peut que je décide de rendre la justice moi-même.

Le direct se termina sur cette phrase menaçante du président américain. Le silence était total dans la salle de presse. Tous les employés de la Maison-Blanche présents pendant l'intervention de Barack Obama étaient restés sans voix. Les conseillers du président n'en croyaient pas leurs yeux. Il avait non seulement annoncé qu'il ferait condamner les auteurs de cet acte pour crimes contre l'humanité, ce qui était une première aux États-Unis, mais surtout il les avait menacés directement et personnellement. Aucun président avant lui n'avait montré autant de détermination et de volonté face à des terroristes, certes d'un genre nouveau. Et, surtout, aucun président n'avait jamais fait d'une telle crise une affaire personnelle. Barack Obama leur avait déclaré la guerre. Une guerre dont il ne connaissait pas encore l'ennemi.

Palo Alto

Figli avait écouté avec attention le discours du président. Il avait été rejoint par Clifford. Barack Obama s'était montré déterminé. Figli se dit qu'il avait dû produire son petit effet avec sa menace de juger les membres de l'Ordre de Salai pour crime contre l'humanité. Mais surtout, il n'avait aucune idée de ce qu'il se passait, et cela, il l'avait lu dans son regard lorsqu'il s'était approché de la caméra.

— Vous voyez, monsieur Clifford, l'homme le plus puissant de la planète ne sait pas ce qui est en train d'arriver. Le monde entier ignore le pouvoir du Cercle. Son petit numéro aura rassuré ses ouailles, mais pour combien de temps ?

Clifford acquiesça. Toutefois, la menace d'être condamné pour crime contre l'humanité n'était pas rien. Même s'il faisait entièrement confiance à son maître, Clifford avait été frappé par le regard de Barack Obama. Figli perçut que son disciple avait été impressionné par le président des États-Unis.

— Notre mission et notre détermination sont plus fortes que tous ces mots, reprit-il en regardant son disciple. Mais nous devons être encore plus vigilants maintenant. Barack Obama pourrait se révéler un adversaire plus fort que nous l'avions estimé. Et puis, pour être condamné pour crime contre l'humanité, encore faut-il qu'il y ait eu crime.

Clifford fut rassuré que Figli ne sous-estime pas le président des États-Unis. Cela le conforta dans ses choix. L'Ordre de Salai était une organisation puissante qui aujourd'hui faisait trembler le pays le plus puissant du monde. La dernière remarque de Figli l'amusa même.

Amboise

Barack Obama venait de quitter le champ de la caméra. Philip Stern et son équipe restèrent silencieux quelques instants. Tous avaient été impressionnés par la détermination du président, par son regard, ses mots, son engagement personnel et sa volonté de faire condamner les responsables pour crime contre l'humanité. Philip se tourna vers ses disciples.

— Il ne le sait pas encore, mais Barack Obama est devenu ce soir notre premier allié dans la guerre que nous menons pour retrouver le Cercle et stopper ceux qui s'en servent. J'ai vu dans son regard la même volonté que la nôtre. Et c'était celle de l'homme, pas du président. Monsieur Floyd, je vais avoir besoin de m'entretenir seul avec lui. Je dis bien seul.

— Cela ne va pas être simple à organiser, maître. Approcher le président dans une telle période sera quasiment impossible. Quant à le voir seul…

— Je sais, mais ce sera nécessaire. Il doit savoir à quoi il fait face.

— Je vais voir cela, maître.

Les disciples étaient restés silencieux. Ils avaient été impressionnés par le discours du président américain. Désormais, ils se sentaient moins seuls face à ceux qui possédaient le Cercle. Philip Stern se retourna vers le téléphone qui se situait à sa gauche et composa un numéro.

— Bonsoir, monseigneur.

— Bonsoir, mon ami.

— Vous avez vu le discours de Barack Obama ?

— Oui. Le Saint-Père aussi. Il vient de m'appeler. Nous avons peut-être trouvé un allié dans notre combat.

— C'est ce que je disais à mes disciples, il y a quelques minutes.

— Il faut que vous le rencontriez.

— J'ai demandé à Floyd de s'en occuper. Mais cela va être compliqué. Surtout en ce moment.

— Tenez-moi au courant, mon ami. Le pape est déjà à Castel Gandolfo. Il reçoit Angela Merkel demain. Je vous appelle dans la journée.

Philip Stern raccrocha et se leva pour rejoindre son bureau, suivi par Sophie. Les disciples regagnèrent leurs postes. Floyd compulsa les derniers rapports d'intervention de toutes ses équipes.

Alors que le président des États-Unis s'adressait à la nation américaine, Franck, le messager chargé de l'équipe d'intervention déployée dans Amboise et ses environs, termina son briefing. L'objectif était simple : neutraliser les six personnes arrivées à Amboise il y a deux jours et qui recherchaient Helena Dvorski et vraisemblablement les autres disciples. Il décida de scinder son équipe en trois. Chaque groupe avait un objectif. Le premier se rendit dans le centre d'Amboise près de la gare. Il trouva rapidement les deux hommes qui continuaient à surveiller la zone. Ils étaient toujours postés près du bar et discutaient régulièrement avec le groupe de SDF qu'ils avaient rémunérés quelques heures plus tôt. Il était près de minuit. Le bar venait de fermer juste après l'arrivée du dernier train. L'équipe de Franck avait garé son van Mercedes sur le parking un peu en retrait de l'édifice. Les deux membres de l'Ordre du Cercle décidèrent d'attirer les deux hommes vers l'arrière du bâtiment où se situait le bar. Pour cela, ils simulèrent une dispute qui tournait mal. Les deux hommes de l'Ordre de Salai entendirent qu'on parlait de plus en plus fort. Cela venait de l'arrière du bâtiment. Puis des cris retentirent ainsi que le bruit d'une bagarre. Ils décidèrent d'aller voir et d'intervenir, car ils ne pouvaient prendre le risque qu'un riverain appelle la police. Mieux valait éviter que celle-ci se mette à contrôler tout le monde autour de la gare. Dès qu'ils eurent atteint l'arrière de la gare, ils firent face aux deux hommes de l'Ordre du Cercle. Ceux-ci cessèrent instantanément de se battre et se tournèrent vers eux. Les deux hommes de l'Ordre de Salai n'eurent que le temps d'apercevoir les deux armes équipées d'un silencieux pointées vers eux. Deux coups secs retentirent imperceptiblement dans la nuit. Les deux hommes s'écroulèrent immédiatement. L'effet du produit contenu dans les deux fléchettes était instantané. Il les avait plongés dans un profond sommeil. Le calme était revenu autour de la gare. Ils furent chargés dans le van situé à proximité. Puis celui-ci prit la direction du manoir.

Dans le même temps, la deuxième et la troisième équipe de l'Ordre du Cercle intervinrent de la même manière à proximité du manoir et du château. L'équipe qui recherchait Helena Dvorski et les autres disciples fut neutralisée et capturée. Les six hommes allaient être interrogés dès leur réveil par les hommes de Floyd.

Washington

Barack Obama rejoignit le bureau ovale dès la fin de son allocution télévisée. Lorsqu'il ouvrit la porte, il trouva Michelle assise dans l'un des canapés.

— Tu as été parfait, lui dit-elle avec un large sourire. Jamais un président des États-Unis n'a été aussi sincère que toi ce soir. Si ceux qui sont à l'origine de cette horreur étaient devant leur poste, ce que je crois, ils ont vu un homme prêt à mener un combat sans pitié contre eux. Et nos compatriotes ont vu leur président blessé de ce qui arrive à l'Amérique mais plus que jamais déterminé à mettre fin à cette action terroriste. Quant aux médias, tu les as bluffés. Regarde !

Michelle Obama prit la télécommande de l'écran qui leur faisait face et parcourut les chaînes d'information en continu. Tous les journalistes avaient été très impressionnés par sa prestation. La création d'une juridiction exceptionnelle chargée de juger les coupables pour crime contre l'humanité avait trouvé un écho sans pareil dans la population. Quant à la fin de son allocution, quand il avait menacé les auteurs de ces actes, les yeux dans les yeux, c'était une telle première venant d'un président que les réseaux sociaux diffusaient la fin de son discours en boucle. Le *#fearobama* était devenu leader des *hashtags* en quelques secondes. Le directeur de cabinet du président frappa à la porte est du bureau ovale et entra.

— Je suis désolé de vous déranger, monsieur le président. Madame, salua-t-il en voyant Michelle Obama.

— Entrez, Andy.

— Je viens d'avoir les présidents des deux Chambres. Tous les députés et les sénateurs ont été très impressionnés par votre intervention. Ils sont prêts à examiner au plus tôt le texte concernant la création de la juridiction d'exception pour juger les auteurs de ces actes pour crime contre l'humanité. Je vous propose que le texte soit porté par le sénateur de l'Illinois. Il préside la commission sur la sécurité intérieure et possède un solide réseau au sein des deux assemblées. Le secrétaire d'État vous soumettra un premier texte demain.

— Remerciez-les de leur soutien. Dites-leur combien je l'apprécie en ce moment si difficile pour notre pays. Je suis d'accord avec votre proposition. Allons-y, Andy. Ne perdons pas de temps.

— Je m'en charge, monsieur le président. Et permettez-moi de vous dire que je n'avais jamais vu un tel regard décidé dans un moment comme celui que nous traversons. Je suis fier de travailler à vos côtés. Toute votre administration est très fière ce soir.

Barack Obama lui sourit. Andy quitta le bureau ovale par la porte est. Le président vint s'asseoir dans le canapé près de sa femme. Il ferma les yeux. Il savait que ce qui était arrivé aujourd'hui n'était que le début, mais il ne savait pas le début de quoi.

Palo Alto

John Eisenstein était arrivé chez Adrian peu avant midi. Il avait utilisé la même méthode que lors de leur première rencontre pour être sûr de ne pas être suivi. Mais s'assurer de cela en pleine journée était plus difficile qu'en pleine nuit. Quoi qu'il en soit, il avait réussi et il était assis dans le canapé du salon aux côtés de son ami lorsque le président des États-Unis avait commencé son allocution. La situation avait évolué depuis le moment où il avait appris la diffusion des lettres anonymes. À midi, il y avait déjà plusieurs dizaines de morts, tous des destinataires de la lettre. Barack Obama leur fit une très forte impression pendant son discours. Il avait personnellement menacé les auteurs des pires représailles, ce qui était une première dans l'histoire des États-Unis, et sûrement une première mondiale. Une fois le discours du président terminé, les deux amis coupèrent le son de la télévision et se regardèrent.

— Tu sais, Adrian, dès que cette affaire a commencé ce matin, Aymes, le directeur général de Facebook, s'est inquiété des conséquences de la propagation de celle-ci par notre réseau dans le monde entier, et notamment d'une possible baisse du cours de notre action lorsqu'on apprendrait qui était l'auteur d'une telle campagne. Il craignait que l'entreprise soit considérée comme complice de cette mauvaise blague du fait de sa propagation virale *via* notre site. Je me suis demandé alors si ceux qui avaient manipulé le cours à la hausse n'étaient pas en train de tenter la même chose à la baisse avec le même objectif de plus-value. Mais là, il y a déjà plusieurs milliers de morts. Je ne vois plus de lien maintenant. Qu'en penses-tu ?

Adrian avait écouté John avec attention en buvant une gorgée d'un château cheval blanc 1996 qu'il avait ouvert à l'arrivée de son ami. *Une pure merveille*, se dit-il.

— Ceux qui ont mis sur pied l'opération de manipulation du cours de l'action Facebook le jour de son entrée en Bourse ont de très gros moyens, comme je te l'ai dit. Je ne pense pas que le but de leur action il y a quelques jours était la plus-value, même si, je te l'accorde, ils l'ont bien empochée. Mais ils disposaient déjà de plusieurs dizaines de milliards de dollars ; huit de plus ne changeront pas la face du monde pour eux. Donc l'objectif était ailleurs. Peut-être que ceux qui ont envoyé ces lettres et tué des milliers d'Américains sont les mêmes. Et sûrement pas avec comme seul objectif de manipuler le cours à la baisse. En tout cas, la proximité de ces deux actions n'est pas une coïncidence. Il faut aussi d'énormes moyens pour réaliser ce qui est arrivé aujourd'hui. Et je ne crois pas que deux organisations différentes puissent chacune disposer d'autant de moyens et agir comme par hasard à grands coups de milliards à quelques jours d'intervalle. John, ce sont les mêmes qui ont manipulé le cours de l'action Facebook et tué des milliers d'Américains aujourd'hui.

John Eisenstein regarda son ami et posa son verre de vin sur la table basse.

— Ça dépasse l'entendement, Adrian. Et donc, si je suis ton raisonnement, ce n'est que le début ?

Adrian acquiesça.

— À qui allons-nous pouvoir donner ces informations ?

— À lui, répondit Adrian en désignant le visage du président Obama sur l'écran.

Paris, Berlin, Londres, Madrid, Rome…

L'information concernant les lettres anonymes annonçant leur dernier jour sur terre à des milliers d'Américains puis l'effrayante nouvelle de la mort de près de 50 000 destinataires de ces lettres faisait la une des journaux télévisés et des chaînes d'information européennes depuis la veille au soir, lorsque CNN Europe interrompit son programme du matin pour un flash spécial. Des lettres identiques venaient d'être reçues par plusieurs personnes en Europe. À Londres d'abord, puis à Paris et à Berlin, selon les premières informations dont disposait la chaîne. Les réseaux sociaux en Europe ne tardèrent pas à s'enflammer et là aussi le *#dernierjoursurterre* prit le leadership. Le processus de diffusion semblait être le même : des enveloppes blanches au nom des personnes ciblées et le même message à l'intérieur. L'opération prenait une dimension mondiale. La panique s'empara des rédactions européennes. Personne ne savait encore combien de lettres avaient été envoyées, mais tous avaient une certitude : ces personnes allaient connaître le même sort que les victimes américaines, c'est-à-dire la mort. Des milliers, peut-être des dizaines de milliers d'Européens allaient périr. Et c'est ce qui se passa. Quelques heures plus tard, les premiers morts furent annoncés en Allemagne, en France, en Grande-Bretagne puis en Italie et en Espagne. En fin de journée, près de 50 000 personnes ayant reçu cette lettre étaient décédées un peu partout en Europe.

Les chefs d'État européens avaient enchaîné les conférences de presse à l'attention de leurs compatriotes. Ils s'étaient entretenus les uns avec les autres toute la journée afin de partager leurs informations et coordonner les actions de leurs services de renseignement. Une réunion des ministres européens de l'Intérieur et de la Défense était prévue en fin de journée à Berlin pour organiser la riposte. Mais riposter contre qui ? Cela restait la question centrale, car aucun gouvernement n'avait la moindre idée de ce qu'il se passait. Barack Obama appela chacun de ses homologues européens afin de les assurer de son soutien et de sa détermination.

Quelques journalistes avaient souligné que la Russie et la Chine n'avaient pas été touchées, sous-entendant qu'elles pouvaient être à l'origine de cette action, ce qui entraîna un démenti sec et ferme de Vladimir Poutine et du président chinois, accompagné de la fermeture immédiate des agences chinoises et russes des médias pour lesquels ils travaillaient.

Castel Gandolfo

Benoît XVI était arrivé la veille dans la résidence d'été des papes. Il devait recevoir la chancelière allemande dans la journée. Angela Merkel, qui était en voyage officiel en Italie, avait sollicité une audience privée au Saint-Père assortie d'une requête : pouvoir rencontrer le pape en sa résidence de Castel Gandolfo, lieu qu'elle voulait visiter en sa présence. Le déplacement de la chancelière ne revêtait pas le caractère d'une visite d'État, mais d'une visite à titre privé. En effet, les chefs d'État étaient reçus au Vatican par le Saint-Père en sa qualité de chef d'État et non de pape. Toutefois les évènements du matin avaient bouleversé le voyage d'Angela Merkel en Italie. Les lettres anonymes reçues par plusieurs milliers d'Allemands avaient déjà provoqué des centaines de morts. La chancelière avait par conséquent écourté son déplacement et était rentrée en urgence à Berlin. Sa visite privée à Castel Gandolfo avait elle aussi été annulée dans la matinée, ce que comprit parfaitement le pape. Cela lui donna donc du temps supplémentaire pour l'affaire qui l'amenait réellement en sa résidence d'été.

Il était un petit peu plus de 11 heures lorsque, assis à son bureau, Benoît XVI décrocha son téléphone.

— Andréa, pouvez-vous me faire porter les archives personnelles que j'ai apportées ? Je vais profiter de l'annulation de la venue de la chancelière allemande pour les déposer au registre de mon pontificat.

— Tout de suite, Votre Sainteté, lui répondit son secrétaire particulier.

— Merci beaucoup.

Benoît XVI raccrocha et se détendit quelques instants dans son fauteuil. Il avait pris soin d'emporter avec lui la première partie de ses archives personnelles afin d'accéder aux archives privées des papes sous ce prétexte de dépôt que personne ne trouverait suspect. En effet, le pape craignait que la puissance de cet Ordre, dont le Vatican avait ignoré l'existence depuis plus de cinq cents ans, soit telle qu'elle ait réussi à infiltrer son entourage. On frappa à la porte de son bureau.

— Entrez, répondit-il.

Andréa entra, suivi par deux gardes suisses qui portaient un coffre-fort de petite taille. Ils le déposèrent sur son bureau puis ressortirent.

— Le directeur des archives vous attend, Votre Sainteté. Vous pourrez accéder à la salle des registres quand vous le souhaiterez.

— Merci Andréa, je vais m'y rendre dès maintenant afin de régler cette affaire au plus tôt. Je dois être de retour à Rome demain.

Andréa quitta le bureau du pape. Benoît XVI se leva et s'approcha du coffre-fort. Il présenta son index sur le lecteur d'empreintes digitales. Celui-ci identifia instantanément les empreintes du pape. Un dispositif de scanner rétinien sortit de la façade avant du coffre. Le pape présenta son œil gauche. Quelques secondes plus tard, la porte s'ouvrit. Il prit les quatre dossiers qu'il y avait déposés la veille et se leva. Il sortit de son bureau. Quelques minutes plus tard, il entra dans le bâtiment des archives, où il fut accueilli par le directeur.

— Bonjour, Votre Sainteté, soyez la bienvenue. Tout est prêt pour votre dépôt. Si vous voulez bien me suivre.

Le directeur précéda le pape et son secrétaire particulier. Le bâtiment des archives privées des papes était un édifice de style vénitien situé au milieu du domaine de cinquante-cinq hectares. Le fronton de l'entrée était orné des armes du Vatican. L'immense double porte en bois ouvrait sur un hall majestueux en marbre. Un double escalier monumental desservait le premier étage depuis le centre du hall. Le directeur prit l'escalier de gauche jusqu'au palier, puis il ouvrit la porte qui leur faisait face. Le pape découvrit alors une bibliothèque de style anglais d'une dimension gigantesque. Toutes les archives privées de la papauté y étaient réunies : des milliers d'années d'histoire avec un grand H mais surtout avec un petit h, car parmi tous ces documents, des pans entiers de l'histoire secrète de l'Église catholique s'y trouvaient. Et ces archives étaient toutes placées sous le sceau du secret. Seul un pape en fonction pouvait s'y rendre et les consulter. Et c'était bien l'intention de Benoît XVI, mais personne ne devait le savoir. Le pape décida de s'asseoir à la table centrale. Il posa ses quatre dossiers et demanda qu'on le laissât seul. Le directeur des archives se retira, suivi par le secrétaire particulier du Saint-Père. Comme le voulait la tradition ancestrale, le directeur referma la porte de la salle des archives et scella la serrure à la cire empreinte des armes du Vatican. Le sceau de cire ne serait brisé qu'à la demande du pape une fois son travail terminé.

Benoît XVI entendit la porte de la salle se refermer et la clé tourner dans la serrure. Il était enfin seul. Il décida de déposer d'abord ses archives. Il activa la procédure depuis l'ordinateur qui lui faisait face. Il ouvrit la session de dépôt à 11 h 25. Enfin, c'est ce que tout le monde penserait en consultant l'heure de création de son fichier. Puis il se leva et se dirigea vers les immenses bibliothèques qui composaient la pièce. Au fur et à mesure qu'il progressait vers les archives de Léon X, il eut le sentiment de remonter le temps. Au-dessus des archives de chaque pape se trouvait une photo ou un tableau de l'homme. Il passa devant celles de Jean Paul II et de ses prédécesseurs, tous papes pendant la guerre froide, période compliquée pour une grande partie des catholiques vivant derrière le rideau de fer. Il s'arrêta quelques instants devant le portrait de Benoît XV, qui avait exercé ses fonctions pendant la Première Guerre mondiale et dont il avait choisi de prendre le prénom lorsqu'il avait été élu. Puis les siècles défilèrent, et les tableaux représentant les papes remplacèrent les photos. « Il y en a d'admirables », se dit Benoît XVI. Certains étaient signés des plus grands peintres de l'époque : Clément XII au XVIIIe siècle, Innocent XI au XVIIe. Il arriva enfin aux archives du XVIe siècle. Il sentit son cœur battre un peu plus fort. Grégoire XIV, Sixte V, Jules III, Clément VII, Adrien VI et, enfin, Léon X. Son pontificat avait été plutôt court, de 1513 à 1521. Benoît XVI s'attarda sur son portrait. Il avait un visage rond, les yeux un peu globuleux et une mâchoire proéminente. Il adorait l'art et avait été un grand mécène, mais ses actes n'avaient laissé que peu de traces dans l'histoire de la chrétienté. *Enfin, jusqu'à ce jour*, se dit-il.

Les archives privées des papes étaient classées par années. Benoît XVI rechercha ce que Léon X avait déposé en 1516. Il trouva le registre et commença à le parcourir. Les premiers mois de l'année ne donnèrent rien de bien intéressant. Ses notes personnelles retraçaient principalement ses rencontres privées avec les artistes dont il était le mécène et quelques entretiens avec les souverains français et italiens. Lorsqu'il referma le registre broché, après avoir consulté les notes de Léon X pour le mois de juin 1516, il remarqua que sa couverture était plus épaisse que celle des autres. Cela l'étonna. Il le regarda de plus près. La couverture en cuir semblait constituée de plusieurs feuilles légèrement cartonnées. Benoît XVI voulut en avoir le cœur net. Il avait toujours sur lui un fin couteau plat en nacre et argent que lui avait offert son grand-père. Il le saisit et commença à passer la fine lame sous les revers en cuir du registre pour les décoller. Ils n'étaient collés qu'aux quatre angles que formait la couverture. Très vite, le cuir qui recouvrait le registre se détacha. Sept feuilles superposées recouvraient la couverture d'origine du document. C'est ce qui expliquait la sensation de surépaisseur qu'avait ressentie le pape en le manipulant. Benoît XVI les détacha délicatement afin de ne pas les abîmer. Il tenait dans ses mains des documents cachés depuis plus de cinq cents ans, que personne n'avait lus jusqu'ici. Lui qui d'habitude était si calme sentit l'adrénaline monter en lui.

Il repositionna la couverture en cuir autour du registre et remit ce dernier en place. Puis il disposa les sept feuilles sur la table. La première était une lettre manuscrite de Léon X rédigée en latin.

Rome – le 6 juin 1516

Votre Sainteté,

Si vous lisez cette lettre, c'est que le Cercle, découverte terrible de Léonard de Vinci, est réapparu et provoque déjà la terreur et la désolation tout autour de vous. J'ai été témoin de ce que représente cette découverte et ai pris la décision d'apporter le soutien de l'Église le 30 mai 1516 à Melzi, le disciple que Léonard de Vinci a missionné auprès de nous. Nous nous sommes réunis secrètement en l'abbaye de la Chaise-Dieu en présence de l'évêque de Lyon afin de mettre en œuvre les dernières volontés de Léonard : aider Melzi à cacher à jamais cette découverte et créer un Ordre chargé de préserver ce secret au fil des ans. Six moines de cette abbaye ont accepté d'être les premiers disciples de Melzi et de transmettre leur charge avant de mourir afin de prolonger l'existence de l'Ordre de génération en génération. Pour cela j'ai pris une décision unique dont vous trouverez un exemplaire avec cette lettre. Il s'agit de six ordonnances signées de ma main et marquées de mon sceau par lesquelles j'autorise ces moines à rompre leurs vœux de chasteté et de célibat tout en restant les hommes d'Église qu'ils avaient choisi d'être afin qu'ils puissent établir leur descendance, seule apte à garantir la pérennité de l'Ordre à travers les âges. Je les ai également dotés d'une fortune individuelle de 100 000 écus à retirer à la banque Monte dei Paschi de Sienne lorsqu'ils ouvriront leurs coffres pour y déposer les instructions de Melzi à l'attention de leurs successeurs.

Benoît XVI s'arrêta un instant. Il regarda les six documents qu'il avait disposés à côté de la lettre sur la table. Les six ordonnances étaient bien authentiques, signées de sa main et frappées elles aussi du sceau papal. Elles avaient aussi valeur de lettre de change pour un montant de 100 000 écus chacune dans la mesure où elles étaient également signées du grand argentier du Vatican. Léon X avait donc bien apporté le soutien demandé par Melzi mais il avait fait beaucoup plus : il avait engagé l'Église dans la création de l'Ordre. Et quel engagement ! Des moines de La Chaise-Dieu avaient été les premiers disciples de Melzi et avaient reçu la bénédiction papale pour fonder une famille tout en restant des hommes d'Église ! Et Léon X avait doté l'Ordre de l'autonomie financière. Le pape se remémora tous les conciles où le sujet du célibat des prêtres avait été débattu âprement entre les évêques et où, à chaque fois, ce pilier de l'Église catholique avait tenu bon. Tous ces débats, alors que cinq cents ans plus tôt, six ordonnances papales avaient tranché cette question. Certes, ces ordonnances étaient restées secrètes jusqu'à aujourd'hui, mais elles existaient et rentraient donc dans le dogme. Il se demanda comment il allait traiter cette affaire. Il décida de remettre cette question théologique à plus tard. La situation était déjà assez grave aujourd'hui pour ne pas fracturer la communauté catholique au moment où elle allait devoir faire face à une situation terrible. Mais ce sujet devrait être abordé plus tard à la lumière de ces ordonnances datant de cinq cents ans, se dit-il en reprenant la lecture de la lettre de Léon X.

Je dois aussi porter à votre connaissance que le Cercle attise les plus grandes convoitises de forces dont les ambitions sont loin d'être nobles. Melzi m'a informé que Caprotti, le deuxième disciple de Léonard, ne partageait pas l'avis de son maître concernant cette découverte. Il s'est lancé à la recherche du Cercle afin de le reprendre. J'ai été témoin de sa folle détermination lors de mon retour à Rome hier. L'archevêché de Lyon a subi, juste après notre départ pour l'abbaye, une attaque d'une rare violence. Le secrétaire particulier de l'évêque a été brûlé au visage par les cendres incandescentes de la bible de l'évêque, qu'ils venaient d'incendier. Il en a perdu la vue dans des souffrances atroces mais n'a rien dit. L'équipe de six personnes, emmenée par Caprotti, était à la recherche de Melzi et du Cercle, selon le père Georges. Voici les noms des cinq personnes qui accompagnaient Caprotti selon ce que le secrétaire de l'évêque entendit dans la chapelle où il fut torturé : Coquelet d'Auxerre semblait mener l'équipe réunie par Caprotti ; Gosteau, Ribaucourt, Thietard et Poix étaient ses acolytes. Enfin, vous devez savoir que Caprotti est mort quelques jours après l'attaque de l'archevêché. Il a été retrouvé sur les bords du Rhône. Il semblait avoir été torturé à son tour. Peut-être a-t-il transmis le secret du Cercle à Coquelet d'Auxerre.

Voilà la part qui a été la mienne dans cette affaire. L'Histoire jugera du bienfait ou non de mes actes. Mais ceux-ci n'ont été dictés que par une seule chose :

protéger l'humanité du Cercle afin que chaque homme sur terre puisse garder suffisamment d'espoir dans l'avenir pour vivre.

Mais si vous lisez cette lettre, Votre Sainteté, c'est que nous avons échoué. C'est donc à vous que revient cette tâche aujourd'hui. L'Église doit de nouveau être aux côtés de l'Ordre pour l'aider de tous ses moyens à retrouver le Cercle et à stopper ceux qui l'utilisent.

Que Dieu vous protège, vous en aurez bien besoin.

Léon X

Benoît XVI reposa la lettre sur la table. Il regarda de nouveau les six ordonnances. Puis il reprit la lettre et l'observa de plus près. Il y découvrit une annotation qui lui avait échappé à la première lecture, car elle était écrite, en caractères plus petits, entre deux lignes. Il l'avait d'abord prise pour une rature, mais en s'approchant, il put lire ce que Léon X avait inscrit à cet endroit. Il n'en crut pas ses yeux. Il éprouva tout à coup de l'admiration pour cet homme qui n'avait pas marqué l'histoire mais qui avait su prendre des décisions comme aucun pape avant lui. Il se demanda si en pareille occasion, il aurait été capable d'autant d'audace et de vision. Il empila les sept documents avec précaution. Il prit les pages rédigées par Léon X et retourna à la table où il avait commencé la procédure de dépôt de ses archives personnelles. Il avait amorcé ce travail à 11 h 25. Il était 12 h 05 lorsqu'il se rassit devant l'ordinateur. Il cota toutes les pages qu'il souhaitait déposer, puis les enregistra et les rangea dans une enveloppe qu'il scella à la cire en y imprimant son anneau. Il se leva de nouveau et alla déposer cette enveloppe dans la partie qui avait été créée pour son pontificat. Il rangea enfin les sept feuilles dans un des quatre dossiers avec lesquels il était arrivé. Il était 12 h 20 lorsqu'il décrocha le téléphone et demanda au directeur des archives de rompre les scellés et d'ouvrir la porte de la bibliothèque. Cinq minutes plus tard, le pape ressortit du bâtiment suivi par son secrétaire particulier. Il regagna directement son bureau situé dans la résidence principale de Castel Gandolfo. Il avait hâte de rentrer à Rome le lendemain ; il devait y rencontrer monseigneur Barbarin à 10 heures.

Palo Alto

Salvatore Figli gagna son bureau, où l'attendait Helen. Son agenda était plutôt chargé, mais son premier rendez-vous n'était prévu que dans une heure. Il prit connaissance de ses messages et s'enferma dans son bureau. Il alluma la télévision. Les chaînes d'information en continu ne parlaient que de ces lettres anonymes provoquant la mort à grande échelle partout aux États-Unis et maintenant en Europe. Il s'amusa des gesticulations des dirigeants des pays touchés, qui tentaient de rassurer leur opinion publique, sans toutefois y arriver. *Seul Obama a été bon*, se dit-il. Mais cela ne changerait rien.

Il décrocha son téléphone et demanda à Helen d'appeler Clifford.

— Bonjour, monsieur Clifford, un café vous tente-t-il ?

— J'arrive tout de suite.

— Quelques minutes plus tard, Clifford entra dans le bureau de Figli.

— Bonjour, maître.

Figli lui indiqua de s'asseoir et lui tendit une tasse de café.

— Vous avez la mine mauvaise, lui dit-il.

— Oui, maître.

— Que se passe-t-il ?

— Je n'ai plus de nouvelles de l'équipe d'Amboise. Il semble qu'elle ait disparu. Elle n'a plus donné signe depuis hier soir. J'ai envoyé un agent sur place. Il a retrouvé les véhicules de nos hommes et discuté avec un groupe de SDF qui les a vus à minuit pour la dernière fois.

— Ils ont été neutralisés, monsieur Clifford, comme votre agent à la gare Montparnasse. Nous avons été repérés. L'ordre créé par Melzi est très efficace. Mais cette action nous indique qu'il est basé à Amboise. Il doit déjà être en train d'interroger nos hommes. Ils sont prêts à mourir pour nous, mais on ne sait jamais comment un homme réagit à la torture. Nous ne pouvons plus prendre de risques avec cette organisation qui nous cherche. Lancez le protocole Salai immédiatement.

— Bien, maître, répondit Clifford, soulagé de la demande de Figli.

— Et la phase deux de notre opération ?

— Elle est lancée comme prévu. Pas de souci de ce côté. Ils vont tous être complètement débordés. Les effets seront terribles.

Le téléphone de Figli sonna. Helen lui annonça son premier rendez-vous. Il mit fin à l'entretien avec Clifford. Il n'en laissait rien paraître, mais la situation à Amboise l'inquiétait. Heureusement que le protocole Salai allait bientôt régler cela. Et puis, dans quelques jours, ils ne sauraient plus où donner de la tête. Il se ressaisit et sortit de son bureau pour se rendre à sa première réunion. Clifford, qui avait déjà regagné ses quartiers, enclencha le protocole Salai pour Amboise.

Moscou, Pékin, Hong Kong, Rio, Abidjan, Dakar, Dubaï, Buenos Aires...

Le deuxième envoi avait touché le reste du monde en ce début de journée du 16 septembre. Il avait cependant été acheminé à chaque cible sous une forme différente, car tout le monde se méfiait maintenant des enveloppes blanches. Clifford avait anticipé cette réaction dès l'élaboration de son plan. Les réseaux sociaux avaient diffusé en direct ce qui s'était passé aux États-Unis et en Europe et de nombreux appels à la vigilance concernant les enveloppes blanches avaient été lancés, même si, à ce jour, personne ne savait comment ces lettres arrivaient à tuer autant de personnes en même temps. Donc la deuxième salve avait été envoyée sous enveloppes du Trésor, de fournisseurs d'électricité ou de gaz, ou à l'effigie des géants de l'achat par Internet. Et elles avaient fait mouche. Plusieurs centaines de milliers de personnes avaient reçu ces enveloppes et les avaient ouvertes sans se méfier. Toutes avaient reçu le même message. La panique s'était rapidement installée sur les cinq continents, qui étaient maintenant touchés. Aucun pays ne semblait épargné. Les Bourses mondiales, qui avaient plutôt bien résisté la veille, commençaient à dévisser les unes après les autres. Le cours des entreprises postales cotées s'était effondré dès la mi-journée. Certaines entreprises avaient perdu près de 80 % de leur valeur en quelques heures. Leurs cours avaient dû être suspendus sur l'ensemble des places mondiales pour éviter leur faillite. Dès l'annonce des premiers décès de la journée, la panique s'était accrue. Certaines personnes ayant reçu la lettre s'étaient même suicidées tant leur mort leur paraissait inévitable.

Le Conseil de sécurité de l'ONU se réunit en urgence à New York à 14 heures, mais personne ne savait comment endiguer ce qui était en train de se passer. Rien de tel n'était jamais arrivé. Les dirigeants mondiaux étaient impuissants mais ils ne pouvaient envoyer ce message à leurs populations, qui étaient au bord de l'effondrement. La Russie proposa une mesure radicale : stopper la distribution du courrier à l'échelle mondiale temporairement afin de neutraliser la diffusion des lettres. Un tel geste ne se ferait pas sans conséquence. L'économie s'en ressentirait, mais cela pourrait rassurer les populations et éviter qu'elles sombrent dans la psychose la plus complète. Cette mesure devrait s'accompagner d'un contrôle de l'évolution des cours des Bourses afin d'éviter un krach mondial qui plongerait la planète dans une crise économique sans précédent. Les autres membres du Conseil demandèrent une suspension de séance pour consulter leurs exécutifs. L'idée était plutôt bonne, mais les relations avec la Russie étaient très tendues depuis le soutien de Vladimir Poutine à Bachar Al-Assad. Appuyer une résolution russe n'était donc pas une chose simple. Après une heure, la séance reprit. Aucun des membres du Conseil de sécurité n'avait d'argument à opposer à la résolution russe. Et de nombreux autres morts avaient été annoncés partout dans le monde. Il était temps d'agir. La proposition fut donc adoptée à l'unanimité. Le secrétaire général Ban Ki-moon se chargea de la faire avaliser par les autres membres des Nations Unies afin que la mesure soit efficace à l'échelle planétaire. Cela prit encore une heure. Puis chaque pays se chargea de sa mise en œuvre. Quelques heures plus tard, les chaînes de télévision du monde entier annoncèrent la suspension de la distribution du courrier à l'échelle mondiale. Les Bourses encaissèrent le choc tant bien que mal. Toutes les cotations d'entreprises en rapport avec cette activité avaient été suspendues avant l'annonce officielle par mesure de précaution. Et cette mesure était plutôt bienvenue, car des groupes, qui proposaient aux internautes de ne plus relever leur courrier, et même de condamner leurs boîtes aux lettres, s'étaient formés sur les réseaux sociaux depuis le début de la journée. Ils grossissaient de plus en plus. Le plus actif se faisait appeler *#avoidletters* sur Facebook et Twitter et regroupait déjà plusieurs millions de personnes. Le monde s'enfonçait peu à peu dans les ténèbres...

Amboise

Après avoir été neutralisés, les six hommes avaient été amenés directement au centre opérationnel de l'Ordre du Cercle. Franck, le messager chargé de cette opération, avait supervisé leur arrivée. L'effet du somnifère allait maintenir les hommes inconscients encore un peu. Le centre possédait au deuxième sous-sol des cellules permettant la mise au secret de ce type d'individus pendant plusieurs jours. Un véritable centre de rétention avait été construit à plusieurs dizaines de mètres sous terre. Il était constitué de cellules, bien sûr, mais aussi de salles d'interrogatoire, d'une infirmerie et d'un laboratoire. L'équipe avait été séparée. Chaque membre était maintenant dans une cellule éclairée en permanence, sans fenêtre. Elles étaient climatisées, mais la température pouvait être réglée individuellement sur une échelle allant de – 20 °C à 45 °C. Lorsqu'ils se réveilleraient, ils n'auraient aucune idée de l'endroit où ils se trouvaient, ni du jour ou de l'heure. Floyd et Franck comptaient bien sur cette mise en situation pour faire monter leur niveau de stress avant l'interrogatoire. L'équipe de garde les informa que la phase de réveil était terminée et que les six hommes étaient maintenant à leur disposition. Floyd appela Philip Stern.

— Maître, les six hommes sont réveillés.

— Très bien, monsieur Floyd, commencez leur préparation. Je vous retrouve dans une dizaine de minutes.

— Nous commençons, maître.

Phillip Stern raccrocha et se tourna vers Sophie.

— Il faut absolument que nous arrivions à les faire parler, car pour l'instant, nous sommes dans l'impasse quant aux identités de ceux qui utilisent le Cercle depuis deux jours. Nous ne pouvons pas continuer à regarder le monde s'enfoncer sans réagir.

Sophie vit de la colère et une détermination terrible dans les yeux de Phillip. Elle eut peur de ce qui allait se passer. Phillip se leva pour sortir de son bureau. Sophie voulut le suivre, mais il se retourna :

— Je ne pense pas que votre présence soit nécessaire lors de ces interrogatoires, Sophie.

La voix de Phillip ne souffrait aucune discussion. Sophie le sentit et se rassit. L'Ordre était impitoyable avec ses ennemis. Et peut-être valait-il mieux qu'elle n'assiste pas à ce qui allait se passer. Mais elle venait de découvrir une nouvelle facette de la personnalité de Phillip, qui pouvait se montrer glacial et sans affect. Il lui fit peur, même si elle comprenait que la situation exigeait des méthodes exceptionnelles.

— Réunissez les disciples et préparez l'arrivée des informations que Mourad Al-Khalifa trouvera dans le *Codex Leicester*. Il sera avec Bill Gates dans moins d'une heure.

Sophie s'exécuta.

Floyd et Franck avaient revêtu un uniforme sombre et portaient des cagoules. Ils marchaient dans le couloir menant aux cellules où était gardée l'équipe arrivée à Amboise. Ils avaient décidé de surprendre chaque membre à son réveil. Floyd se chargea des trois cellules de gauche, Franck des trois cellules de droite. Floyd entra dans la première d'entre elles. Lorsque la porte s'ouvrit brusquement et que l'homme vit Floyd en uniforme et masqué, il eut un mouvement de recul, mais il se reprit. Assis sur la banquette en métal, il le fixa. Floyd s'approcha et lui décocha un coup de poing au visage. L'homme ne put esquiver. Il s'affala au sol en le regardant. L'homme était grand, blond et plutôt musclé. Floyd garda le silence. Il le releva et lui asséna un deuxième coup de poing qui lui fit traverser la petite cellule. L'homme avait maintenant le visage tuméfié. Il saignait. Floyd le rassit sur la banquette, puis il sortit une enveloppe blanche, qu'il posa juste à côté de lui. L'homme n'eut aucune réaction.

Franck agit de la même façon avec les trois hommes dont il s'occupait. Là encore, la vue des enveloppes blanches ne déclencha aucune réaction chez eux. Les six prisonniers n'étaient de toute évidence que des hommes de main dans cette organisation. *Mais il faut quand même qu'ils parlent*, se dit Floyd lorsqu'il entendit Philip arriver dans le centre de rétention. Floyd et Franck regroupèrent toute l'équipe dans une des salles d'interrogatoire. Ils avaient tous le visage tuméfié. Deux d'entre eux saignaient encore un peu. Ils étaient assis sur des chaises métalliques avec les mains menottées dans le dos. On leur avait enlevé leurs chemises et posé des électrodes permettant de surveiller leur rythme cardiaque. Une équipe médicale suivait les relevés de chacun dans la salle annexe située derrière le miroir sans tain. Philip les observait depuis cette pièce. Ils ne s'étaient pas regardés lorsqu'ils avaient été réunis. *De vrais professionnels*, pensa Philip. Il décida donc de passer à la vitesse supérieure. Il revêtit un uniforme identique à ceux de Floyd et Franck, accrocha un revolver à sa taille et mit son oreillette afin d'être en liaison radio avec la pièce annexe. Puis il entra. Floyd et Franck se mirent en retrait. L'intervention de leur maître dans cet interrogatoire indiquait que les choses allaient se corser. Philip s'approcha d'eux :

— Bonjour, messieurs, je vois que vous avez déjà fait connaissance avec mes amis. Eux, ce sont des gentils. Avec moi, ce sera une autre affaire.

Philip les observa. Il ne perçut aucune réaction ni de peur ni de stress. Il se tourna vers la glace sans tain.

— Ils ne montrent rien, maître, mais le troisième depuis votre gauche a le rythme cardiaque le plus faible et celui au bout, à votre droite, le rythme le plus élevé. Celui-là ne montre rien mais semble inquiet.

Philip intégra les informations qu'on venait de lui transmettre. Le troisième depuis sa gauche devait être le chef d'équipe et celui complètement à sa droite, le maillon le plus faible. Il s'approcha d'eux et les passa en revue. Floyd et Franck observaient leur maître. Puis il revint brusquement face à celui qui avait le rythme le plus faible et lui tira une balle dans la tête. Il s'effondra instantanément. Les cinq membres restants se tournèrent vers leur chef, qui venait de mourir.

— Les rythmes cardiaques s'emballent, maître. Le maillon faible est en stress le plus complet, lui indiqua la voix en provenance de la salle annexe.

Stern revint faire face aux cinq hommes restants. Puis il abattit aussi d'une balle en pleine tête les quatre hommes assis à côté du maillon faible. Celui-ci n'en crut pas ses yeux. Cet homme masqué venait de tuer ses cinq équipiers sans leur avoir rien demandé. Il gesticulait sur son siège, mais les menottes l'empêchaient de se lever. Il aurait voulu fuir ou combattre cet homme.

Stern prit une chaise et s'assit en face de lui. Il enleva sa cagoule et le regarda dans les yeux. Il vit sa peur.

— Bien, maintenant que nous sommes seuls, je voudrais que vous répondiez à deux questions.

L'homme dévisageait celui qui venait de tuer de sang-froid ses coéquipiers.

— Quelle était votre mission à Amboise ? Pour qui travaillez-vous ?

Palo Alto

Le protocole Salai avait été déclenché par Clifford depuis un peu plus d'une heure. L'équipe chargée de l'opération devait être sur le point d'arriver. C'était la première fois qu'un tel protocole était mis en œuvre par l'Ordre. Les membres volontaires pour l'opération, et qui se trouvaient à proximité de la cible, avaient été activés. Deux d'entre eux se situaient à moins d'une heure d'Amboise et avaient répondu à l'appel. Fatiha, qui habitait à trente kilomètres d'Amboise, avait rejoint l'Ordre de Salai il y a près de dix ans. C'était sa mère, membre elle-même, qui l'avait initiée. Puis il y a cinq ans, à l'insu de sa mère, elle s'était portée volontaire pour le protocole Salai, lorsqu'il avait été mis en place par Figli et Clifford. Dès que l'appel avait été lancé, elle s'était immédiatement proposée. Elle avait reçu ses instructions quelques minutes après. Fatiha Jatoui s'était donc équipée. Elle était restée célibataire, ce que sa mère ne comprenait toujours pas, mais pour elle, sa mission au service de l'Ordre était incompatible avec une vie de famille. Elle avait eu beaucoup de prétendants mais elle mettait toujours un terme à chacune de ses relations avant que cela ne devienne sérieux, sans que ses différents petits amis ne comprennent la raison de leur rupture.

Elle avait revêtu une tenue de jogging. Elle enfila son coupe-vent puis se dirigea vers la porte de son appartement. Cinq minutes plus tard, elle roulait en direction d'Amboise. Farid Oussman en fit de même depuis son domicile situé à dix kilomètres d'Amboise. Lui aussi était membre de l'Ordre depuis longtemps. Il avait trouvé dans la participation au protocole Salai un sens à son engagement personnel. Sa moto roulait vers Amboise à vitesse réduite par sécurité. Ce n'était pas le moment d'attirer l'attention des forces de l'ordre.

Près de Seattle

Mourad Al-Khalifa avait pris l'un des jets privés de l'Ordre pour se rendre dans la résidence d'été de Bill Gates. Son vol vers les États-Unis avait débuté depuis cinq heures lorsqu'il reçut un coup de téléphone de la secrétaire de M. Gates. Il ne serait pas dans sa résidence d'été mais il le recevrait dans sa propriété de Xanadu sur les bords du lac Washington, près de Seattle. Cette propriété nichée dans un parc de plusieurs hectares au bord du lac excitait la curiosité de bien des gens. Peu avaient pu la visiter.

Elle faisait plus de six mille cinq cents mètres carrés et représentait ce qui se faisait de mieux en matière de nouvelles technologies au service de la domotique. Il y avait un cinéma, un green de golf, une rivière intérieure, des pièces de réception et une salle informatique dernier cri. Et surtout, elle comportait un superbe musée privé renfermant, notamment, le *Codex Leicester*. Mourad était flatté d'être reçu en ce lieu si particulier. Peut-être aurait-il le loisir de voir certaines des œuvres que Bill Gates avait réunies au fil des ans. Il était aussi très excité de rencontrer cet amateur d'art visionnaire. Mais il n'en oubliait pas le but de sa visite. Al-Khalifa raccrocha et demanda au pilote de changer le plan de vol pour Seattle. Le jet se posa trois heures plus tard et se gara dans le hangar réservé aux avions d'affaires. Une limousine blanche attendait Al-Khalifa. Il descendit et s'engouffra dans la voiture. Les miniatures originales des toiles de Léonard de Vinci avaient été disposées dans le coffre avec beaucoup de précautions. La limousine quitta le tarmac et prit la direction des bords du lac Washington. Vingt minutes plus tard, le véhicule se présenta devant l'immense portail de la propriété des Gates, Xanadu. Le service de sécurité procéda aux vérifications d'usage même s'il connaissait la limousine. Puis le portail s'ouvrit et la voiture emprunta la longue allée qui menait devant l'immense demeure réalisée par l'architecte James Cutler. Lorsque la voiture s'immobilisa, le secrétaire particulier de Bill Gates s'approcha de la portière arrière pour accueillir Mourad. Le chauffeur ouvrit la porte et Mourad sortit.

— Soyez le bienvenu, monsieur Al-Khalifa, lui dit-il.

— Je suis très honoré que M. Gates me reçoive dans cette demeure magnifique, répondit Mourad en levant les yeux pour admirer la villa.

Le soleil baignait l'immense demeure et lui donnait un aspect encore plus magistral. Le parc était magnifique. Un silence régnait tout autour. Seul le bruit de la rivière intérieure venait troubler cette tranquillité absolue. Le chauffeur, assisté de deux membres du personnel de maison, sortit les six miniatures, qui étaient rangées dans des caissons de protection.

— Si vous voulez bien me suivre, M. Gates vous attend dans son musée personnel.

Mourad suivit le secrétaire et entra dans le hall de Xanadu. Il fut saisi par la magnificence de la décoration et la noblesse des matériaux. C'était vraiment une demeure d'exception. Il mesurait la chance qu'il avait malgré la situation dramatique dans laquelle se trouvait le monde depuis deux jours. Ils traversèrent plusieurs salles de réception, puis ils prirent un long couloir au bout duquel se trouvait un ascenseur. Le secrétaire sortit une clé qui permettait de descendre dans les sous-sols. Lorsque les portes de l'ascenseur s'ouvrirent, Mourad découvrit Bill Gates, qui les attendait à l'entrée de son musée personnel.

— Bonjour, monsieur Al-Khalifa.

— Bonjour monsieur Gates. Merci infiniment de me recevoir.

— Votre président est un ami et il m'a dit que vous aviez besoin de consulter le *Codex Leicester*. Et puis, il paraît que vous possédez des merveilles, dit-il à Mourad en montrant les six caissons que portaient ses employés.

Mourad lui sourit.

— Entrons.

Bill Gates précéda Mourad à l'intérieur du musée. Ils étaient désormais seuls. Mourad n'en crut pas ses yeux. Bill Gates disposait d'une collection personnelle extraordinaire : des tableaux de maître de toutes les époques, des statues en bronze de Rodin, des vases chinois de la période Ming, des armes anciennes. Mourad aperçut même une momie égyptienne parfaitement conservée. *Quelle collection !* s'étonna-t-il. Ils étaient arrivés devant la porte d'une salle annexe. Bill Gates présenta son œil devant le scanner rétinien et la porte se déverrouilla. Ils entrèrent dans une salle plus petite, faiblement éclairée, au milieu de laquelle se trouvait une table vitrée. Mourad le vit aussitôt. Le *Codex Leicester* était là, seul dans cette pièce, présenté dans une vitrine sous vide, pour une parfaite conservation. Mourad s'approcha de la vitre pour contempler cette merveille. Il était ouvert à la première page. Toutes les notes de Léonard de Vinci y étaient regroupées. Ce document avait une valeur inestimable. Bill Gates tapa un code sur le clavier qui se trouvait à côté de la table. La vitre s'ouvrit quelques secondes après.

— Le voici, monsieur Al-Khalifa.

Mourad enfila des gants afin de le manipuler en toute sécurité.

— Puis-je ?

— Bien sûr, allez-y.

Mourad commença à examiner les pages, une par une. *Quel trésor avait-il entre les mains !* Bill Gates l'observait. Il remarqua tout de suite que Mourad avait l'habitude des livres anciens. Ses gestes étaient précis et professionnels. Il vit également qu'il savait ce qu'il cherchait. Son regard parcourait les pages les unes après les autres sans s'arrêter. Un collectionneur classique aurait pris le temps d'admirer le document. Mourad, au contraire, était concentré sur son objectif. Il s'arrêta à la page 12 et chercha le renvoi qui figurait à la page 78. Il avait mémorisé tous les éléments dont il avait besoin. Il lut la page avec la plus grande attention. Bill Gates comprit que ce que cherchait son invité était sur cette page. Sa curiosité était à son comble, mais il ne voulait en rien le lui montrer. Cet homme n'était pas venu pour voir le Codex. Il était venu chercher quelque chose qui se trouvait à la page 12 des notes de Léonard de Vinci. Il était l'un des hommes les plus riches et les plus puissants du monde, il s'était battu comme un lion pour acquérir ce recueil de notes et il pensait avoir acquis un témoignage historique sans égal, mais il semblait en fait que ce document n'ait pas encore livré tous ses secrets. Et un de ceux-ci intéressait son invité au plus haut point. Mourad ne se souciait plus de son hôte depuis quelques minutes. Il avait trouvé le renvoi qu'il cherchait à la page 12. Et celui-ci ne lui apporta pas la réponse qu'il attendait. En effet, ce renvoi ne donnait pas la partie de l'algorithme qui manquait, mais une succession de micropoints et de microtraits. Mourad releva la tête. Bill Gates remarqua son visage fermé.

— Vous semblez contrarié, lui dit-il.

— Non, mentit Mourad, mais je trouve le contenu trop ésotérique pour moi. Je m'attendais à un document plus vulgarisé.

Bill Gates contourna la table et se campa devant Mourad.

— Cessons ce petit jeu, monsieur Al-Khalifa. Comme je vous l'ai dit, c'est parce que votre patron est l'un de mes amis que je vous reçois aujourd'hui. Mais là, j'ai le sentiment que vous me cachez le réel objet de votre visite. Peut-être avez-vous caché cela aussi à votre patron ?

Bill Gates tapa sur le clavier en même temps qu'il prononçait ces mots. La vitrine se referma, emprisonnant de nouveau le *Codex Leicester* dans sa cage de verre. Mourad sentit que l'affaire était en train de lui échapper, mais il ne pouvait se permettre de retourner à Amboise sans l'information qu'il devait trouver.

— Puis-je téléphoner, monsieur Gates ?

— Je vous en prie, lui répondit-il en lui montrant une petite salle située à l'écart.

— Je vous remercie.

Mourad s'éloigna de la salle du Codex et sortit son téléphone crypté.

— Bonjour, monsieur Floyd, je dois impérativement parler à notre maître. La situation se complique avec Bill Gates.

Floyd transféra l'appel dans le bureau de Philip Stern, qui était remonté de la salle d'interrogatoire. Il avait décidé de laisser un délai de réflexion au maillon faible. Il avait donc abandonné l'homme au milieu des corps de ses cinq équipiers.

— Bonjour, monsieur Al-Khalifa, dit Philip. Que se passe-t-il ?

Mourad expliqua la situation à Philip Stern : le renvoi de la page 12 ne donnait rien à première vue, ce qui avait éveillé la méfiance de Bill Gates, qui ne croyait plus à sa visite telle qu'elle lui avait été présentée. Mourad hasarda une proposition :

— Si je veux pouvoir accéder de nouveau au *Codex Leicester*, il va falloir que je sois franc avec lui. Sinon, ma visite va se terminer dès mon retour dans la pièce.

Philip Stern ne répondit pas immédiatement. Sophie et Floyd, qui étaient à ses côtés, réfléchissaient également. Tous se demandaient de quel côté pouvait bien être cet homme si puissant. Il ne faisait pas partie de l'Ordre du Cercle, mais était-il membre de l'organisation qui utilisait le Cercle aujourd'hui ? Si c'était le cas, pourquoi avait-il accepté de recevoir Mourad ? Peut-être pour démasquer l'Ordre du Cercle ? Ils étaient bien en train de chercher les disciples à Amboise. Sophie prit la parole :

— Nous n'avons pas le choix. Si nous ne parvenons pas à connaître la teneur du renvoi, nous ne saurons jamais comment fonctionne le Cercle. Il nous faut obtenir la formule complète de son algorithme. Nous savons ce qu'il produit, mais nous ignorons comment. Si nous voulons stopper ce qui se passe, nous devons comprendre son fonctionnement.

— Oui, mais nous devons nous assurer qu'il n'est pas du côté de nos adversaires, répondit Stern. C'est une question de sécurité pour nous. Si nous nous trompons, nous serons percés à jour et ils nous détruiront très vite. Rappelez-vous que, jusqu'à maintenant, nos adversaires ignorent que nous existons. Ils soupçonnent quelque chose qui les a conduits jusqu'à Amboise, mais ils ne sont pas arrivés jusqu'à nous. Alors testons-le d'abord, dit-il à l'attention de Mourad. Ensuite, passez-le-moi.

— Comment procéder ? demanda-t-il.

Philip, Floyd et Sophie réfléchissaient à la façon de s'assurer que Bill Gates ne faisait pas partie de cette organisation qu'ils combattaient. Si c'était le cas, vu sa position et sa réussite, il devait être un haut dignitaire de cette organisation. Par conséquent, il devait être parfaitement informé de l'opération en cours et du fonctionnement du Cercle. Alors que les quatre membres de l'Ordre du Cercle cherchaient une solution, Mourad entendit Bill Gates décrocher son téléphone.

— Quoi ! cria-t-il. Ce n'est pas possible. Pourquoi ne m'avait-on rien dit ? J'arrive tout de suite !

Bill Gates raccrocha et se dirigea vers la pièce où Mourad était au téléphone.

— Monsieur Al-Khalifa, je vais devoir mettre fin à notre entrevue, annonça-t-il.

Il avait le visage fermé et semblait très perturbé par ce qu'on venait de lui annoncer.

— Que se passe-t-il ? se hasarda Mourad, qui avait mis son appel en attente.

— Mon jardinier en chef vient d'avoir un accident. Il est mort.

Bill Gates marqua un temps d'arrêt. Il avait la gorge serrée.

— Il avait reçu une de ces lettres anonymes ce matin. Personne ne m'avait rien dit. Je suis l'un des hommes les plus puissants du monde et je n'ai rien pu faire pour empêcher cela.

Les tremblements dans la voix de Bill Gates trahissaient un mélange de colère et de grande tristesse. Mourad s'approcha de lui.

— Monsieur Gates, je ne suis effectivement pas venu voir le *Codex Leicester* par curiosité historique. Je fais partie d'une organisation qui lutte contre ce qui se passe en ce moment avec ces lettres anonymes.

Bill Gates leva les yeux vers Mourad, qui lui montra son téléphone.

— Je suis en ligne avec le gardien de l'Ordre. Je pense qu'il est opportun que je vous le passe. Il vous expliquera mieux que moi l'urgence de la situation dans laquelle nous nous trouvons et pour quelle raison je dois continuer à examiner les notes de Léonard de Vinci.

Bill Gates n'arriva pas à masquer sa surprise. Le monde sombrait dans la folie depuis deux jours. Ses proches avaient été touchés par cette action criminelle de grande envergure que personne ne comprenait. Et malgré sa fortune, son intelligence et son entregent, il se sentait complètement impuissant depuis le début de cette affaire. Puis aujourd'hui, la visite de Mourad Al-Khalifa, recommandée par son ami, le président de Sanofi, le plongeait en plein cœur de cette histoire. Mais quelle était cette organisation dont il ignorait tout et qui combattait ce qui arrivait en ce moment dans le plus grand secret ? Bill Gates prit le téléphone que Mourad lui tendait.

— Bonjour, monsieur Gates. Vous ne me connaissez pas. Je suis désolé que votre ami, le président de Sanofi, ne vous ait pas révélé le véritable objet de la présence de M. Al-Khalifa, mais dans la situation actuelle, nous ne pouvons faire confiance à personne. L'organisation dont j'assure la direction a besoin de votre aide.

Bill Gates écouta Philip Stern avec attention. Mourad s'était écarté un peu. La conversation dura près de quinze minutes. Puis Bill Gates raccrocha et tendit le téléphone à Mourad.

— Votre maître vient de m'informer de la situation. J'ai vécu des affaires souvent compliquées, voire tendues, dans ma vie professionnelle lorsque je présidais Microsoft, mais je n'ai jamais connu une situation telle que celle que nous traversons en ce moment. La découverte de Léonard de Vinci est effrayante. Je comprends mieux maintenant pourquoi le monde est terrorisé depuis deux jours. Nous ne pouvons pas vivre comme cela. Comment puis-je vous aider ?

— J'ai besoin d'examiner la page 12 du *Codex*, monsieur. L'algorithme qui permet au Cercle de fonctionner est incomplet dans les pages 73 à 78 que nous possédons. Le morceau de la formule manquant se trouve dans cette page.

— Le *Codex Leicester* possède donc soixante-douze pages, et non soixante-six ?

— Oui, monsieur. Mais les six pages manquantes ont été dispersées par Léonard lui-même, afin de protéger sa découverte et de rendre difficile son utilisation en cas de réapparition.

— Alors mettons-nous au travail, dit-il, en rouvrant la vitrine où se trouvait le manuscrit.

Ils examinèrent la page 12 de nouveau. Le renvoi indiqué à la page 78 y figurait bien, mais il n'était suivi que de petits traits horizontaux. Mourad regarda le texte de plus près.

— Auriez-vous un compte-fils ou une loupe puissante ?

— J'ai un compte-fils dont je me sers pour examiner les détails de certaines de mes œuvres.

Bill Gates se dirigea vers un petit bureau Directoire situé au fond de la pièce et revint avec l'outil. Mourad posa le compte-fils avec précaution sur la partie du texte où se trouvait le renvoi. Le pouvoir grossissant de l'outil fit apparaître d'infimes séparations au niveau de ce que l'œil nu percevait comme des traits.

— Ce ne sont pas des traits à côté du renvoi. Il s'agit d'un texte rédigé en caractères infiniment petits. Il est encore illisible au compte-fils. Comment Léonard a-t-il fait cela ? Cette technique n'existe que depuis le début du XXe siècle !

— Apparemment pas, monsieur Al-Khalifa. Léonard de Vinci ne nous a pas livré toutes ses découvertes.

— Ou alors nous n'avons pas su lire le *Codex Leicester* sous cet angle. Léonard a caché toutes ses inventions et découvertes à l'intérieur de ces soixante-douze pages. Certaines y sont décrites et d'autres y sont cachées, comme cette technique de l'infiniment petit.

— Scannons la page et grossissons-la avec la technologie d'imagerie numérique.

Mourad regarda Bill Gates avec étonnement.

— Vous oubliez qui je suis ? Xanadu dispose de la salle informatique la plus puissante au monde.

Il se dirigea vers une porte latérale et tapa un code. Lorsque celle-ci s'ouvrit, Mourad découvrit ce qui se faisait de mieux en matière de nouvelles technologies. Ils prirent le *Codex* avec la plus grande précaution et le disposèrent sur un scanner à très faible intensité lumineuse. Ainsi le manuscrit ne souffrirait pas de la manipulation. La page 12 apparut rapidement dans les moindres détails sur un écran géant situé en face d'eux. Après la découverte de ce texte rédigé en caractères infiniment petits, Mourad se dit que le *Codex* n'avait pas fini d'être scanné afin qu'il livre tous ses secrets. Mais ce serait plus tard, si ceux qui utilisaient le Cercle aujourd'hui leur en laissaient le temps. Puis Bill Gates grossit une première fois le texte figurant juste à côté du renvoi. Effectivement, les traits disparurent pour laisser place à du texte encore illisible à ce stade de grossissement. Bill Gates accentua le processus. Au bout de quelques secondes, une phrase unique en latin apparut : « Au poignet droit du deuxième homme de Vitruve ».

— Quel deuxième homme de Vitruve ? se demanda à voix haute Bill Gates.

— Celui qui se trouve dans la salle du Conseil de l'Ordre du Cercle, répondit Mourad. Léonard de Vinci a réalisé toutes ses œuvres en deux exemplaires. Nous l'avons découvert lorsque nous y avons pénétré lors du conseil réunissant les six disciples et leur maître en cas de réapparition du Cercle. Toutes ses œuvres étaient là, rangées depuis un demi-millénaire, à attendre. Toutes sont des seconds originaux que personne ne connaissait. Cela a été une découverte magnifique, même si le moment n'était pas à la fête. Je dois retourner à Amboise tout de suite pour examiner l'œuvre.

— Disposez-vous de cette technologie au siège de l'Ordre ? demanda Bill Gates. Vous en aurez probablement besoin pour déchiffrer ce que Léonard a caché au poignet de son deuxième homme de Vitruve.

— Je ne sais pas. Je vais me renseigner.

Bill Gates regarda Mourad s'éloigner pour téléphoner. Lui qui, avec son épouse, consacrait la majeure partie de sa fortune à aider les autres au travers de sa fondation sentit qu'il pouvait accomplir quelque chose de plus important encore.

— L'Ordre dispose de cette technologie mais pas à notre centre opérationnel, annonça Mourad en revenant dans la pièce principale.

— Je demande à mon équipe de préparer le transport du scanner et des logiciels. Je viens avec vous. Je peux aider. Je me débrouille un peu en algorithmes, répondit le diplômé de Harvard. Vous aurez peut-être besoin de mon aide.

Mourad voulut répondre, mais il sentit que Bill Gates avait pris sa décision et que rien ne le ferait changer d'avis. Et puis l'Ordre avait besoin de sa technologie et, pourquoi pas, de son expertise. Il contacta le pilote du jet pour préparer leur départ.

— Nous décollons dans deux heures, monsieur Gates. Il faut que nous soyons de retour au plus tôt.

— Tout sera prêt d'ici là.

Bill Gates alla chercher une mallette permettant la conservation du contenu à hygrométrie constante. Sous les yeux de Mourad, il l'ouvrit et prit le *Codex*, qu'il disposa à l'intérieur.

— Nous pourrions en avoir besoin, expliqua-t-il en refermant la mallette.

À cet instant, Mourad fut sûr de l'engagement de son hôte. *L'Ordre a beaucoup de chance*, pensa-t-il. Ils sortirent du musée et remontèrent par l'ascenseur. Lorsqu'ils arrivèrent dans l'entrée principale, tout le matériel était prêt et une valise avait été préparée. Sa femme était en mission en Australie pour leur fondation. Il la préviendrait dans l'avion. Une demi-heure plus tard, ils montaient dans le Gulfstream de l'Ordre, qui décolla sans attendre. Mourad n'avait rien dit à Philip de la venue de Bill Gates. Il avait juste confirmé que sa mission était accomplie. Les communications, même cryptées, pouvaient ne pas être sûres.

Amboise

Fatiha Jatoui venait d'arriver au château d'Amboise. Elle avait garé sa voiture dans le parking public situé près de l'entrée principale de l'édifice. Le soleil illuminait la demeure. Elle trouva le château magnifique au cœur de son parc superbement boisé. Elle se dirigea vers les caisses afin de prendre un billet. Elle fit la queue quelques minutes puis pénétra dans l'immense cour qui faisait face à l'entrée principale. Elle prit le temps de regarder le bâtiment depuis la cour puis entra. Elle parcourut les pièces du rez-de-chaussée. Il y avait de sublimes représentations de Léonard de Vinci, qui avait vécu dans le domaine jusqu'en 1519. Beaucoup de monde profitait de la visite, des touristes étrangers principalement. Lorsqu'elle eut terminé la visite de la première salle, elle s'immobilisa au milieu des visiteurs. Elle se tourna vers l'entrée, hurla distinctement : « *Allah Akbar !* » et déclencha le mécanisme de son gilet d'explosifs. La détonation qui s'ensuivit détruisit la quasi-totalité du château, tuant tous ceux qui se trouvaient à l'intérieur et blessant de nombreuses personnes qui se promenaient dans le parc.

Stern avait raccroché avec Bill Gates depuis moins de dix minutes lorsqu'une explosion terrible retentit. Tous les murs du manoir, situé à plusieurs centaines de mètres du château, tremblèrent. Philip et Sophie tournèrent immédiatement leur regard vers les caméras de vidéosurveillance. Le château d'Amboise avait été complètement soufflé. Il devait y avoir des dizaines de morts et plusieurs centaines de blessés. Philip comprit le danger et décrocha son téléphone.

— Floyd, que nos équipes d'intervention trouvent immédiatement celui qui va faire sauter le manoir. Son organisation ne nous a pas encore localisés et, comme il a sûrement constaté la disparition de ses hommes, il a décidé de frapper à l'aveugle, convaincu de notre présence à Amboise. Il faut neutraliser le deuxième kamikaze avant qu'il ne se fasse exploser !

Il raccrocha et déclencha l'alerte rouge dans tout le centre opérationnel. En quelques secondes, les sous-sols du manoir devinrent totalement étanches. La salle du Conseil, située au rez-de-chaussée, descendit en sous-sol instantanément afin d'être mise à l'abri. Le centre opérationnel avait été pensé pour se transformer en véritable bunker indétectable depuis l'extérieur si nécessaire. Il n'était maintenant accessible que par un tunnel dont l'embouchure se trouvait à deux kilomètres au sud du domaine.

Pendant ce temps, l'équipe de protection du manoir s'était mise en action. Les snipers situés à l'ouest du bâtiment avaient repéré l'arrivée de Farid Oussman. Il comptait profiter de la panique provoquée par l'attentat au château pour s'approcher du manoir. Il avait garé sa moto à l'orée du bois situé à l'ouest. C'est un reflet du soleil sur son réservoir qui attira l'attention du sniper. Il avait observé les déplacements de l'homme et avait remarqué qu'il s'agissait d'un professionnel qui prenait grand soin de ne laisser aucune trace derrière lui. Celui-ci s'assurait aussi régulièrement qu'il n'était pas suivi ou repéré. Le sniper l'eut dans sa ligne de mire alors qu'il était encore à trois cents mètres du manoir. Il l'abattit d'une balle en pleine tête et en informa son chef d'équipe. Le corps de Farid Oussman fut récupéré quelques secondes plus tard.

— Monsieur Floyd, nous avons le corps du deuxième terroriste.

— Très bien, Franck, restez sur place, je vous tiens au courant.

Franck mit le corps de Farid dans la fourgonnette et attendit les instructions. Les secours accouraient vers le château. Un hôpital de campagne avait été installé. Le plan rouge avait été déclenché par le préfet. Tous les accès avaient été coupés et tous les touristes étaient évacués, ceux qui visitaient le manoir également. Les équipes d'intervention de l'Ordre étaient invisibles pour les forces de l'ordre désormais déployées sur tout le domaine.

Philip Stern regardait les infos sur BFMTV. Une alerte était diffusée concernant un attentat à Amboise qui avait, semblait-il, fait des dizaines de morts. Il s'agissait apparemment d'une kamikaze qui se serait fait exploser dans la salle principale du château. On dénombrait également des centaines de blessés. Le ministre de l'Intérieur était attendu sur place. Le président de la République devait s'adresser aux Français un peu plus tard. Mais les images de vidéosurveillance du château qui avaient été enregistrées par la société chargée de la sécurité montraient une femme qui s'était fait exploser après avoir prononcé « *Allah Akbar* », selon ce que les experts avaient pu lire sur ses lèvres. « Un attentat odieux et lâche » pour les journalistes qui couvraient l'évènement.

Mais Philip savait que cela n'était pas le cas. C'était cette organisation qui cherchait à les anéantir avant qu'ils ne les découvrent et les arrêtent dans leur folie. Son téléphone sonna :

— Oui, Floyd.

— Nous avons neutralisé le deuxième kamikaze, maître. Il se dirigeait bien vers le manoir. Il avait aussi une ceinture d'explosifs. Nous sommes bien leur cible.

— Ceux qui cherchent à nous localiser ne doivent pas savoir que leur plan a échoué sinon ils vont continuer à nous traquer et cela met en danger nos actions. Faites exploser le corps dans le manoir.

Floyd resta sans voix. Sophie, qui était aux côtés de Philip, ouvrit la bouche de stupéfaction. Stern reprit :

— Le centre opérationnel est prévu pour résister à une explosion nucléaire. Il est totalement indépendant du manoir. Son accès vers l'extérieur est situé à plus de deux kilomètres dans un lieu indétectable. Nos équipes d'intervention sont déployées à l'extérieur. Nous ne risquons rien. Alors, donnons-leur ce qu'ils attendent. Ils nous croiront morts, et leurs hommes aussi. Nous gagnerons un peu de temps. Nous recevrons des informations de monseigneur Barbarin demain et Mourad Al-Khalifa rentre bientôt de sa visite chez Bill Gates, où il a pu lire la page 12 du *Codex*. Je dois finir d'interroger le maillon faible de l'équipe d'Amboise. Alors, faites sauter au plus vite le manoir, sinon ils se méfieront.

— Bien, maître.

Floyd raccrocha et donna ses instructions à Franck. Philip Stern déclencha l'alerte explosion pour prévenir l'ensemble du personnel, qui était parfaitement formé à cette éventualité.

— Sophie, réunissez les disciples dans la salle de réunion principale et briefez-les. Ne vous inquiétez pas. Tout se passera bien.

Sophie s'exécuta. Les disciples qui préparaient le retour de Mourad furent réunis dans la salle. Sophie terminait son explication lorsqu'une violente explosion retentit au-dessus d'eux. Le centre opérationnel ne trembla même pas, mais le bruit fut assourdissant. Philip regarda les caméras situées à l'extérieur. La bâtisse était quasiment rasée. Il n'y aurait pas de victime, car le site avait été évacué quelques minutes avant par la police. Le regard de Philip était empreint de tristesse et de colère. Sophie le vit dès qu'elle revint dans son bureau. Il leur ferait payer très cher la destruction du manoir. Il allait commencer maintenant en retournant interroger le maillon faible de l'équipe d'Amboise.

BFMTV venait d'annoncer le deuxième attentat. Des équipes de secours se déployaient autour du manoir, dont il ne restait que quelques murs.

Palo Alto

Figli avait quitté plus tôt son bureau afin de se reposer un peu dans sa villa d'Atherton. Il était assis dans le canapé de son salon lorsqu'un flash spécial de CNN annonça le double attentat d'Amboise en France. Il y avait des dizaines de morts et des centaines de blessés. Et les deux bâtiments avaient été entièrement soufflés. Figli regardait les images des ruines du château et du manoir. Ses yeux pétillaient.

— Qui que vous soyez, vous n'êtes plus ! dit-il tout haut. L'Ordre de Salai ne tolère aucune résistance.

Il buvait une gorgée de son whisky préféré lorsque CNN annonça la revendication des deux attentats par Daech, message qui venait d'être authentifié par les services français. *M. Clifford est décidément très doué et le protocole Salai très efficace. Nous allons pouvoir lancer la phase trois,* songea-t-il en terminant son verre d'un seul trait et en fermant les yeux.

Un peu partout dans le monde...

Le nombre de morts ce jour-là n'avait fait qu'augmenter partout dans le monde. Et toutes les personnes décédées avaient reçu cette lettre. Sauf que, cette fois, l'expéditeur avait masqué chaque lettre dans des enveloppes aux en-têtes familières pour les destinataires. En effet, tout le monde se méfiait des enveloppes blanches. Aucun pays ne semblait épargné. Israël et l'Arabie saoudite avaient été touchés durement. Le roi Abdallah s'était adressé à son peuple, qui voyait dans cette action la main des Israéliens. Toutefois, n'avaient pas été en reste. Le Premier ministre Benyamin Netanyahou avait également appelé au calme après la terrible journée que venaient de vivre ses concitoyens. Partout dans le monde, la psychose montait. Les gens calfeutraient leurs boîtes aux lettres. Chacun commençait à observer l'autre en se demandant s'il avait reçu une de ces lettres mortelles. La décision des Nations Unies de suspendre toute distribution du courrier à l'échelle mondiale fut accueillie avec soulagement.

Amboise

Philip Stern avait demandé à Floyd de prévenir tous les membres de l'Ordre que le centre opérationnel d'Amboise était intact, mais n'était plus accessible que par le tunnel situé à deux kilomètres plus au sud. Mourad reçut les informations en même temps que les autres. Il demanda au pilote de prévoir un atterrissage à l'aéroport d'Amboise et non sur la piste du manoir. Ils se rendraient au centre opérationnel en voiture.

Philip redescendit à l'étage où se trouvait le centre de rétention. Le membre restant de l'équipe d'Amboise était seul avec les cinq cadavres de ses équipiers depuis plusieurs heures maintenant. Il avait peut-être entendu les explosions. Philip se présenta seul au poste de contrôle. Il emprunta ensuite le long couloir qui menait aux cellules. Elles étaient toutes vides à cet instant. Il bifurqua sur sa gauche et arriva devant la porte de la salle où se trouvait son prisonnier. Il entra dans la salle qui jouxtait celle où l'équipe avait été réunie. Les médecins qui suivaient son état de santé le saluèrent.

— Comment va-t-il ?

— Je pense que sa résistance psychique est réduite à néant, maître, répondit le chef du service. La présence de ses cinq équipiers morts depuis trois heures à côté de lui a eu raison d'elle.

— Très bien, je vais reprendre l'interrogatoire, annonça Stern.

Philip entra brusquement dans la salle, ce qui fit sursauter l'homme, qui était resté seul depuis des heures à côté des corps sans vie de ses équipiers. La climatisation avait été coupée. Il faisait donc très chaud. Lorsque l'homme releva la tête et regarda Philip, Stern sut qu'il n'offrirait plus beaucoup de résistance.

— Avez-vous pu réfléchir aux deux questions que je vous ai posées ?

Le regard hébété de l'homme indiqua l'état de fatigue dans lequel il se trouvait en cet instant. Il déglutit et jeta un regard à ses compagnons gisant sur le sol. Puis il releva ses yeux rouges de sang vers Philip. Il savait qu'il n'avait aucune issue.

— Je fais partie d'une cellule d'intervention autonome. Notre objectif était de localiser une jeune femme, Mme Dvorski, qui était arrivée à Amboise il y a quelques jours. Pour le reste, les instructions nous venaient des États-Unis, car le numéro crypté qui était utilisé pour nous joindre était un numéro américain. Je suis ingénieur en télécoms et sais reconnaître cela. Mais je ne connais pas notre commanditaire. Comme je vous l'ai dit, je fais partie d'une cellule autonome.

— Quel est le numéro qui vous appelait ?

L'homme était seul maintenant. Toute son équipe avait été décimée et l'organisation qui les avait mandatés ne viendrait pas le secourir. Son seul salut était de collaborer avec cet homme qui l'épargnerait peut-être.

— C'est un type de numéro crypté très spécifique qui n'est utilisé que par des personnes ou des États disposant de très gros moyens et d'un ordinateur quantique.

— Le numéro, s'il vous plaît ?

L'homme vit enfin un moyen de ne pas finir comme ses équipiers.

— Je vais vous le donner, mais le codage et le traçage sont quasiment impossibles. Je maîtrise cette technologie. Je suis diplômé du MIT. Je peux vous aider à trouver le commanditaire à partir de ce numéro. Par contre, il me faudra un ordinateur quantique.

— Le numéro ? s'agaça Stern.

— C'est le SNB456XTG667.

Philip Stern transmit cette information à Floyd, qui la transféra au service cryptage de l'Ordre. Le retour fut instantané.

— C'est un cryptage quantique, maître, intraçable sans un ordinateur quantique et sans un spécialiste de cette technologie. Nous ne disposons ni de l'un ni de l'autre, maître.

Philip Stern raccrocha et se retourna vers l'homme.

— Quel est votre nom ?

— Je m'appelle Youri Iliousko, je suis d'origine ukrainienne.

— Vous êtes prêt à collaborer avec moi ?

— Oui, monsieur.
— Vous savez que je ne peux vous relâcher ?
— Oui, monsieur. Je le sais.
— Et vous dites être capable de tracer ce numéro sans être détecté par l'organisation qui vous a engagé ?
— Si je dispose du matériel nécessaire, je peux le faire.
— De quoi avez-vous besoin ?
— D'un accès à un ordinateur quantique.
Philip informa Floyd de la situation.
— Je ne sais pas si nous allons trouver ce type de matériel, maître. Mais quoi qu'il en soit, nous ne pouvons pas laisser échapper la possibilité de retrouver ceux qui ont mandaté cette équipe. Je propose que cet homme travaille depuis une des cellules du centre de rétention que nous aurons équipées. Il sera supervisé par notre spécialiste codage et réseaux. Tout devra transiter par notre proxy sans qu'il le sache afin de contrôler son travail. Nous ne pouvons prendre le risque d'être de nouveau localisés.
— Je suis d'accord, monsieur Floyd. En attendant de disposer des moyens nécessaires, je vais l'envoyer à l'infirmerie. Il a besoin d'être retapé.
Philip revint vers Youri.
— Je vais vous épargner et vous allez travailler à localiser ceux qui vous ont envoyé ici. Mais sachez qu'au moindre doute sur votre loyauté à mon égard, je n'hésiterai pas une seconde à vous abattre. Vous avez vu ce que j'ai fait à vos équipiers.
— Oui, monsieur.
Youri avait les larmes aux yeux. Il venait de sauver sa vie et il sentit toute la pression se relâcher en lui. Il s'effondra. Les médecins situés dans la pièce d'à côté intervinrent et l'emmenèrent à l'infirmerie. Stern remonta au centre opérationnel. Les éléments dont il disposait sur ceux qui menaient une véritable guerre à l'humanité avec le Cercle étaient encore minces, mais il avait enfin le sentiment d'avancer un peu. Il s'assit dans un fauteuil et ferma les yeux quelques instants.

CHAPITRE 30

17 septembre 2012

Rome

Benoît XVI était de retour de Castel Gandolfo depuis le début de la matinée. Il était dans son bureau. Son secrétaire particulier lui détailla son agenda de la journée. Il devait s'entretenir avec différents chefs d'État, dont Angela Merkel, qui avait dû annuler sa visite de la veille. Elle souhaitait s'excuser personnellement auprès du Saint-Père même si le pape avait parfaitement compris la raison qui la rappelait à Berlin. Puis à 11 heures, il recevrait en audience privée l'archevêque de Lyon, le cardinal Barbarin. Enfin, vers 18 heures, il devait rencontrer des évêques italiens. Benoît XVI disposait d'une petite demi-heure avant ses premiers entretiens téléphoniques.

Son secrétaire quitta le bureau du Saint-Père. Il avait trouvé le pape très préoccupé et pensa que ces morts partout dans le monde devaient le plonger dans une profonde tristesse. Il était loin de s'imaginer que ce dernier était maintenant pleinement impliqué dans ce combat pour la liberté de l'homme et contre les forces qui voulaient l'asservir. Lorsqu'il fut seul, Benoît XVI repensa à ce qu'il avait trouvé dans les archives de Léon X. Et notamment au fait que ce dernier avait demandé de poursuivre l'action au service de l'Ordre du Cercle. Et il se souvint de son enfance et de sa jeunesse, alors que sa vocation était née. Être au service de Dieu et des hommes lui était apparu naturel alors qu'il n'avait que 12 ans. Et il avait construit toute sa vie autour de cela : dès 14 ans, quand il avait refusé de rejoindre les jeunesses hitlériennes, puis quelques années plus tard lorsqu'il avait déserté la Wehrmacht, ce qui lui avait valu d'être interné au camp de Bad Aibling, jusqu'en 1945. C'est cette même volonté de servir Dieu qu'avait remarqué le pape Paul VI lorsqu'il l'avait nommé archevêque de Munich. Et aujourd'hui, alors qu'il était pape, Dieu l'avait choisi pour cette mission ô combien difficile ! Ceux qui se servaient désormais du Cercle étaient de redoutables adversaires, sans morale ni limite. Et ils étaient invisibles. Mais Léon X avait laissé des informations essentielles sur ce qui s'était passé cinq cents ans plus tôt. Benoît XVI avait hâte de les donner au cardinal Barbarin, pour que l'Ordre du Cercle puisse trouver les descendants de l'équipe de Coquelet d'Auxerre, et peut-être mettre un visage sur les monstres qui plongeaient leur monde dans le chaos.

Benoît XVI venait de terminer sa conversation téléphonique avec Angela Merkel lorsque son secrétaire particulier lui annonça l'arrivée du cardinal Barbarin. Il lui demanda de le faire entrer dans son bureau. Monseigneur Barbarin salua le Saint-Père. Benoît XVI s'assura que la porte de son bureau était verrouillée puis il actionna le système de brouillage qui avait été installé quelques années auparavant, afin qu'aucune écoute ne puisse être réalisée. Puis il invita le cardinal à s'asseoir près de lui dans le salon situé en face de son bureau.

— Votre ami Philip Stern avait raison, commença Benoît XVI. Melzi a bien demandé la protection de l'Église. Je ne sais comment il a réussi à rencontrer Léon X avec l'archevêque de Lyon, mais le pape a fait bien plus que lui accorder sa protection.

Benoît XVI sortit le porte-documents qu'il avait apporté à Castel Gandolfo. Il l'ouvrit et en extirpa la lettre de Léon X et ses six ordonnances. Il les tendit au cardinal. Après avoir lu la lettre et les ordonnances, monseigneur Barbarin leva les yeux et regarda le pape.

— Il a financé la création de l'Ordre du Cercle et mis à la disposition de Melzi six hommes d'Église à qui il a autorisé une descendance ! Ces ordonnances, si elles sont connues, vont révolutionner le dogme. Les six disciples qui sont actuellement réunis à Amboise autour de Philip Stern sont donc des descendants d'hommes d'Église. L'Ordre du Cercle est par conséquent une émanation de l'Église catholique, placée au secret par Léon X grâce à l'autonomie financière qu'il lui a octroyée avec les fonds du Vatican. Quel grand homme ! Et pourtant son pontificat n'a pas laissé de traces majeures dans l'histoire. Peut-être a-t-il voulu rester discret après cet acte majeur afin de préserver l'Ordre ? Il avait conscience de ce que provoquait le Cercle. Il savait que l'humanité ne pouvait vivre sans espoir. Cacher le Cercle et s'assurer qu'il ne réapparaîtrait pas était sa priorité. Il avait lié son destin à celui de Léonard de Vinci, sans même le connaître. L'alchimie entre la science et la théologie avait donc fonctionné à l'époque. Et pourtant, ce sujet est toujours source de débats sans fin entre nous.

— Oui, mon ami. Nos prédécesseurs étaient plus avisés et plus sages que nous ne le sommes aujourd'hui. Lisez la lettre de Léon X jusqu'au bout.

Le cardinal Barbarin reprit sa lecture.

— Ce ne sont donc pas les descendants de Caprotti que nous devons chercher - Philip Stern me l'avait laissé entendre -, mais ceux des cinq hommes qui l'avaient accompagné à Lyon. Je dois transmettre les noms à Philip Stern. Les généalogistes qu'il emploie vont avoir du travail, mais un descendant de ces hommes a retrouvé le Cercle et s'en sert.

— Regardez l'annotation entre les deux lignes sous le nom de Coquelet d'Auxerre.

Monseigneur Barbarin concentra son attention sur la note, qu'il n'avait pas vue.

— Je comprends la même chose que vous, Votre Sainteté ?

— Oui, je crois.

— Il faut que j'en aie le cœur net. Je vous tiendrai informé. Je vous remercie pour votre aide précieuse, Votre Sainteté. Je vous remercie également pour la confiance que vous m'avez accordée dans cette affaire.

— Léon X a demandé dans sa lettre que le pape qui la trouverait reprenne cette charge. C'est à moi que revient cette mission maintenant. L'humanité va avoir besoin de tous les hommes de bonne volonté pour surmonter cette épreuve. Que puis-je faire de plus, mon ami ?

Le cardinal Barbarin réfléchit à la question de Benoît XVI.

— Vous avez vu l'intervention de Barack Obama avant-hier ?

— Oui, bien sûr. Quelle détermination et quelle volonté !

— Pouvez-vous demander à le rencontrer en audience privée ? C'est un allié pour l'Ordre du Cercle, mais il ne le sait pas encore. Il faut pouvoir le mettre au courant de ce qu'il se passe dans le plus grand secret. L'Ordre aura besoin de ses moyens. Je pourrai demander à Philip Stern d'être là aussi. Toutefois, le président des États-Unis ne devra découvrir la raison de votre rendez-vous qu'une fois dans votre bureau. Nous devons être prudents, car nous ne savons pas jusqu'à quel point cette organisation nous a infiltrés.

— Je vais m'en occuper. La situation actuelle justifiera cette requête. Allez donner les informations de Léon X à Philip Stern. Il est grand temps de mettre un nom et un visage sur notre adversaire.

Un peu partout dans le monde...

Ce troisième jour de crise inquiétait tous les gouvernements des pays qui avaient subi l'envoi massif des lettres anonymes. Et ils étaient nombreux. Tous espéraient que la suspension de la distribution du courrier viendrait stopper ce qui était en train de créer la plus grande panique jamais vécue à l'échelle planétaire. Tous les services de renseignement partageaient pour la première fois leurs informations en direct sans réserve. Mais aucun d'entre eux n'avait réussi à identifier les auteurs de cette action de masse. Et personne n'en comprenait la finalité. Il n'y avait aucune revendication. Aucun groupe terroriste connu ou inconnu ne s'était manifesté. La NSA, qui surveillait les communications téléphoniques mondiales et tous les échanges sur Internet, n'avait relevé aucune activité particulière qui aurait pu être rattachée à ce qui était en train de se passer. Même des sites comme WikiLeaks, plutôt bien informés, n'en avaient aucune idée. Le Conseil de sécurité de l'ONU avait même lancé un appel aux hackers du monde entier et aux Anonymous afin d'explorer le Deep Web. Et cela n'avait rien donné à ce jour. Seul un double attentat avait été revendiqué à Amboise en France par Daech. Deux kamikazes s'étaient fait exploser à l'intérieur des deux bâtiments. Il y avait des dizaines de morts et des centaines de blessés.

Cette journée semblait toutefois plus calme. La distribution du courrier était suspendue. Les services de sécurité de tous les pays concernés avaient commencé les perquisitions dans tous les centres de tri afin d'ouvrir tous les courriers en attente. Après quelques heures d'un travail de fourmi, aucune lettre anonyme n'avait été trouvée. Les journaux télé de la mi-journée en faisaient l'écho afin de rassurer des centaines de millions de personnes terrorisées par les évènements des deux derniers jours. La planète semblait respirer un peu.

Amboise

Le jet privé de l'Ordre se posa sur la piste de l'aéroport d'Amboise peu après 10 heures. Le vol s'était déroulé sans soucis. La météo avait été clémente au-dessus de l'Atlantique. Une voiture attendait sur le tarmac. Les formalités douanières prirent quelques minutes puis Mourad et Bill Gates entrèrent dans le véhicule. Le matériel avait été chargé à l'arrière juste après les vérifications d'usage. Les douaniers de permanence à l'aéroport avaient été surpris lorsqu'ils avaient examiné le passeport de Bill Gates. Ils n'avaient pas reconnu l'homme qui se présentait à eux, mais le nom leur fit lever les yeux vers l'ancien président de Microsoft. Mourad, remarquant l'étonnement des douaniers, comprit qu'il avait pris un risque en revenant à Amboise avec Bill Gates sans prévenir Philip Stern. Il décrocha son téléphone et appela tout de suite son patron, le président de Sanofi. Il lui expliqua la situation. Celui-ci comprit l'urgence et contacta le ministre de l'Intérieur, qu'il connaissait personnellement, pour obtenir la confidentialité de l'arrivée de Bill Gates en France. Ce type de demande était courant afin que les paparazzis qui harcelaient régulièrement les célébrités ne soient pas informés de leur présence sur le territoire français. Cette demande ne surprit donc pas le ministre, qui fit le nécessaire immédiatement. Quelques minutes plus tard, les deux douaniers reçurent un appel du directeur de cabinet du ministre classant la présence de Bill Gates secret-défense.

Le véhicule qui les avait accueillis à l'aéroport roulait maintenant depuis cinq minutes en direction de l'accès souterrain au centre opérationnel de l'Ordre. Il quitta la route principale entre l'aéroport et Amboise pour prendre la direction du village de Saint-Règle, situé au sud-est du manoir. À deux kilomètres du village, la voiture emprunta une allée en terre qui menait à une maison blanche. Une fois devant la maison, elle s'immobilisa sur le terre-plein situé à droite de son entrée. Le chauffeur coupa le moteur, puis le sol se mit à descendre. L'ascenseur à véhicule caché sous le dallage s'était mis en marche dès que le chauffeur avait actionné la télécommande. Mourad et Bill Gates furent tous les deux surpris lorsque le véhicule s'enfonça dans le sol. Le dallage s'était refermé au-dessus d'eux. Deux minutes plus tard, l'ascenseur s'immobilisa. Une route souterraine leur faisait maintenant face. Le chauffeur remit le moteur en marche et reprit sa route jusqu'au centre opérationnel. Cet accès indétectable faisait un peu plus de deux kilomètres. Le véhicule s'arrêta devant l'entrée où M. Floyd attendait. Quand Mourad et Bill Gates sortirent de la voiture, Floyd ne put masquer sa surprise.

— Monsieur Floyd, je vous présente M. Gates. Il a proposé son aide et nous en aurons bien besoin, surtout après la destruction du manoir. Cette organisation ne reculera devant rien. Il nous faudra réunir toutes les bonnes volontés si nous ne voulons pas finir tous esclaves de ces monstres. Bill Gates est venu avec du matériel dernier cri qui nous sera d'une grande utilité. Il faut que nous voyions Philip Stern au plus vite.

— Suivez-moi, répondit Floyd.

Quelques minutes plus tard, Mourad et Bill Gates se trouvaient dans le bureau de Philip Stern.

— Soyez le bienvenu, monsieur Gates, même si j'aurais aimé être prévenu de votre venue.

Mourad prit la remarque de Philip pour lui, mais c'était de peur d'être écouté qu'il avait passé sous silence la décision de Bill Gates de rejoindre l'Ordre dans son combat.

— Enchanté de faire votre connaissance, monsieur Stern. Ne blâmez pas votre disciple. Il n'a pas voulu ébruiter ma venue pour des raisons de sécurité. Il a même fait intervenir le ministre de l'Intérieur afin de la faire classer secret-défense.

Philip regarda Mourad. Ses disciples le surprenaient chaque jour. Totalement dévoués à l'Ordre, ils se révélaient aussi très ingénieux et astucieux. Il était très fier d'eux.

— Maître, reprit Mourad, j'ai pu examiner la page 12 du *Codex Leicester*.

— Retrouvons-nous dans la salle du Conseil. Sophie, prévenez les autres disciples.

Philip Stern sortit de son bureau, suivi par Floyd et Mourad, tandis que Sophie, au téléphone, prévenait les disciples. Tous se retrouvèrent dans la salle du Conseil, qui avait été rouverte par Floyd. Les disciples reprirent spontanément les mêmes places que lors de leur première réunion. On apporta une chaise supplémentaire pour permettre à Bill Gates de siéger. Lorsque Philip entra, suivi par Mourad et Bill Gates, les disciples ne purent masquer leur étonnement en reconnaissant le fondateur de Microsoft. Sophie arriva la dernière. Floyd verrouilla la porte de la salle du Conseil.

Philip commença :

— Je vous présente monsieur Gates, qui a rejoint notre combat pour retrouver le Cercle et mettre un terme à son utilisation. Je vais donner la parole à Mourad, qui a pu examiner le *Codex Leicester*. Merci à vous, monsieur Gates, de nous avoir permis de parcourir ce trésor.

— Monsieur Stern, si vous le permettez, je vous ai apporté ceci. Je crois qu'il n'a pas fini de nous révéler ses secrets et je pense qu'il sera en de bonnes mains au sein de votre Ordre. Et il sera complet une fois assemblé avec les six pages manquantes.

Bill Gates posa sur la table la mallette qu'il avait à la main depuis son arrivée. Il tapa un code qui permit son ouverture. Puis il en sortit le *Codex Leicester*. Philip Stern n'en crut pas ses yeux.

— Je vous le remets. Faites-en bon usage.

— L'Ordre du Cercle vous en est très reconnaissant. Je ne sais pas comment vous remercier. Soyez assuré qu'il sera conservé avec la plus grande précaution.

Bill Gates disposa le *Codex* au centre de la table. Mourad y ajouta les six pages que les disciples avaient rapportées de Sienne et commença :

— Vous avez sous les yeux le *Codex Leicester* tel que Léonard de Vinci l'a rédigé il y a plus de cinq cents ans. Nous sommes les seuls à pouvoir l'admirer en version intégrale.

Un silence religieux régnait dans la salle. Chacun mesurait la chance qu'il avait d'être en présence d'un tel manuscrit. Bill Gates en cet instant ne regrettait pas son geste, bien au contraire. Mourad continua :

— J'ai donc suivi les instructions de Léonard et ai examiné la page 12 du manuscrit. Comme vous le voyez, le renvoi de la page 78 figure ici. Mais à côté de celui-ci, vous n'apercevez que des traits. Cela nous a intrigués, M. Gates et moi. J'ai alors scruté ces traits à la loupe et j'y ai distingué des points au lieu des traits. Lorsque nous avons scanné le renvoi et utilisé la technologie dont dispose M. Gates, ceci est apparu.

Mourad sortit une clé USB et l'inséra dans l'ordinateur portable que Bill Gates venait d'ouvrir. Tous purent voir que le texte du renvoi était en fait écrit en caractères infiniment petits. Le texte latin grossit et apparut à l'écran. Ils purent lire la référence à la deuxième version de *L'Homme de Vitruve*. Philip demanda que l'on trouve cette deuxième œuvre dans la bibliothèque de la salle du Conseil. Les disciples passèrent dans la pièce à côté, celle où étaient rangés les doubles de toutes les œuvres de Léonard de Vinci. Bill Gates fut autorisé à les suivre. Lorsqu'il entra dans la pièce, il fut saisi par le spectacle. Elles étaient toutes là, peintes de la main du maître. Quel trésor ! Partout où son regard se portait, ce n'était que merveilles. *Toutes les œuvres de Léonard de Vinci réunies en un même lieu, cela n'est jamais arrivé !* se dit-il. Les disciples cherchaient avec précaution *L'Homme de Vitruve*. Bill Gates s'approcha des toiles, qui étaient posées les unes contre les autres. Il put toucher *La Joconde*. Elle était en parfait état de conservation. L'odeur de la peinture semblait encore présente. Puis il saisit plusieurs tableaux dont il ne connaissait pas l'existence. Il remarqua qu'ils n'étaient pas signés. *Là encore,* pensa-t-il, *le maître n'avait pas révélé tous ses secrets.* Il existait donc des œuvres de lui non signées dont les propriétaires actuels ignoraient qu'elles étaient de Léonard. Peut-être en avait-il offert à des personnes de petites conditions en guise de remerciement. Et seuls elles et lui en connaissaient l'auteur. Bill Gates se dit que ce qu'il faisait avec sa fortune au travers de sa fondation n'avait donc rien de novateur : Léonard y avait pensé cinq siècles avant lui. Alors qu'il laissait ses pensées se promener cinq cents ans en arrière, son regard fut attiré par un tableau plus petit. Il était comme caché dans un empilement de toiles très connues. Et contrairement aux autres, sa face peinte était tournée vers le mur. Bill Gates se saisit de l'œuvre et la retourna. Il s'arrêta net. Ses yeux ne pouvaient se détacher du tableau. *Ce n'est pas possible !* se dit-il. Et pourtant, il en était sûr, ce visage, ce regard, les symboles qui l'accompagnaient : il n'y avait aucun doute. L'œuvre était sublime, lumineuse, rayonnante et dégageait une énergie extraordinaire. Bill Gates la prit et appela Philip Stern.

— Monsieur Stern, venez voir, s'il vous plaît.

Philip, qui parcourait le *Codex*, s'arrêta et leva les yeux vers Bill Gates. Celui-ci tenait un tableau de petite taille, mais il n'arrivait pas à distinguer l'œuvre. Il s'approcha de lui.

— Regardez ce que je viens de trouver.

Bill Gates retourna l'œuvre et la montra à Philip, qui écarquilla les yeux.

— C'est ce que je crois ?

— J'en ai bien peur.

— Écoutez, nous avons assez à faire avec la réapparition du Cercle pour l'instant. Le monde ne supportera pas une deuxième plaie en ce moment. Nous devons cacher cette œuvre pour l'instant. Je ne veux même pas que mes disciples la voient. Cela va les déconcerter alors que nous avons besoin d'eux à leur meilleur niveau.

— Je vais continuer à regarder les toiles comme je le fais depuis mon arrivée dans la salle et je profiterai d'une occasion pour la cacher parmi les autres, comme elle l'était jusque-là.

Alors que Bill Gates retournait vers l'endroit où il avait découvert la toile, Emilie Page annonça avoir trouvé *L'Homme de Vitruve*. Elle retourna dans la salle du Conseil avec l'œuvre, qu'elle posa au centre de la table. Tous les participants regagnèrent leur place, ce qui laissa quelques secondes à Bill Gates pour cacher le tableau. Puis, il revint dans la salle à son tour. Tous examinaient le dessin de Léonard. Le texte en caractères infiniment petits qu'il avait rédigé à côté du renvoi de la page 78 à la page 12 indiquait : « Au poignet droit du deuxième homme de Vitruve. »

Le poignet droit de l'homme dessiné par Léonard de Vinci était marqué de plusieurs traits les uns en dessous des autres, comme pour figurer les tendons reliant l'avant-bras à la main. Mourad demanda à Bill Gates de bien vouloir scanner le dessin et de procéder au grossissement de la partie concernée. Le texte rédigé par Léonard apparut comme par magie, sur trois lignes.

— Comment faites-vous cela, monsieur Gates ? demanda Philip.

— C'est une technologie quantique. Je dispose à Xanadu, ma résidence, d'un ordinateur quantique. Sa puissance permet de traiter des milliards d'informations en simultané. Dans notre cas, l'algorithme quantique ne va pas grossir ce qui est écrit à cet endroit, il va le déduire depuis le scanner. Ce résultat est obtenu grâce à de l'intelligence artificielle intuitive. Très peu de personnes dans le monde maîtrisent cette technologie. Et elle est indétectable par des ordinateurs classiques.

Philip pensa à Youri, toujours au centre de rétention, qui avait proposé de tracer le numéro à partir duquel les ordres étaient transmis à son équipe. D'après lui, les commanditaires utilisaient de la technologie quantique pour leur cryptage. Peut-être qu'avec celui de Bill Gates, il arriverait à quelque chose. Mais la priorité était d'abord de déchiffrer ce que Léonard avait caché dans le poignet de son deuxième *Homme de Vitruve*.

Enrique Alvares fixait la formule qui venait d'apparaître. C'était bien la partie de l'algorithme qui manquait à la page 78 du *Codex*. Il l'intégra à la formule de départ. Bill Gates, qui l'avait observé, s'exclama :

— Ce n'est pas possible !

Il regarda Enrique.

— Même la technologie quantique n'arriverait pas à cette horreur. Comment Léonard a-t-il pu faire une telle découverte il y a cinq cents ans ?

— Je ne le sais pas, mais, en tout cas, il y est parvenu et cela l'a tellement effrayé qu'il a voulu la faire disparaître de la surface de la planète. Mais, comme tout génie, il n'a pu se résoudre à la détruire, dit Philip.

Alors que ce dernier finissait sa phrase, Bill Gates s'approcha un peu plus de la formule mathématique qu'Enrique Alvares avait complétée. Le silence se fit autour de lui. Il se releva :

— L'algorithme de Léonard marche dans les deux sens !

— Que voulez-vous dire ? demanda Philip.

— Eh bien, vous pouvez entrer les données de départ pour obtenir le résultat, mais vous pouvez aussi entrer un résultat et vous obtiendrez les données de départ. Et c'est comme cela que cette organisation l'utilise en ce moment. C'est ce qui lui permet d'envoyer des centaines de milliers de lettres partout dans le monde et de ne jamais se tromper.

— Elle a donc accès à un fichier où figurent les données personnelles de la majeure partie de l'humanité, dit Sophie.

— Qui possède ces informations ? demanda Philip.

Floyd prit la parole.

— Les mormons recensent chacun d'entre nous sur terre afin d'établir l'arbre généalogique de l'humanité, les bases de données des différents services fiscaux de chaque pays peuvent être facilement piratées, les multinationales de la vente par Internet possèdent d'énormes fichiers de ce type, les réseaux sociaux, où chacun renseigne tout sur sa vie privée... Les sources sont nombreuses. Mais qui a intérêt à provoquer une telle panique, et dans quel but ?

L'Ordre du Cercle possédait maintenant l'algorithme découvert par Léonard et savait comment l'organisation s'en servait pour semer la terreur. Il lui fallait désormais identifier les commanditaires et les stopper. Philip se tourna vers Bill Gates :

— Il faut que je vous présente quelqu'un. Suivez-moi.

Un peu partout dans le monde...

La moitié de la journée venait de se passer sans qu'aucune nouvelle lettre ne vienne plonger la planète un peu plus dans le chaos. Les journalistes transmettaient les résultats des perquisitions qui étaient menées partout dans le monde dans les dépôts de courriers. Aucune trace depuis ce matin d'un quelconque stock de lettres anonymes n'avait été trouvée. Et tous les courriers étaient systématiquement ouverts par les services de police. La vie semblait reprendre son cours. Le Conseil de Sécurité de l'ONU devait se réunir dans la soirée pour faire un premier bilan de ce qu'il appelait « la journée sans courrier ». Les réseaux sociaux ne remontaient aucune information nouvelle sur cette terrible attaque mondiale. La planète pansait ses plaies et les Bourses mondiales s'étaient stabilisées. Puis, tout bascula. Des milliers de personnes reçurent un SMS sur leur téléphone portable partout dans le monde, avec la même phrase : « Aujourd'hui est votre dernier jour sur terre. » La panique s'empara des réseaux sociaux dès les premiers messages reçus. Des millions de personnes coupèrent leur téléphone. Les Bourses dévissèrent les unes après les autres. Les valeurs télécoms du monde entier s'effondrèrent de près de 50 % en une heure. La suspension des cotations prit beaucoup plus de temps que prévu, car personne ne répondait plus à son téléphone. Les ordres durent être donnés par fax, par e-mail ou par télex. Puis ce fut des milliers d'e-mails qui furent reçus avec le même message et enfin des posts sur les comptes Facebook et Twitter de dizaines de milliers de personnes. Au total, plus de 150 000 personnes furent touchées. Et les premiers morts arrivèrent. La suite fut aussi brutale que l'attaque. Les places financières fermèrent sur ordre de tous les gouvernements, car toutes les sociétés cotées étaient en train de tomber en faillite. Tous les actionnaires possédant des valeurs technologiques voulurent s'en séparer aussitôt afin de limiter leurs pertes. Plus personne n'avait confiance dans ces entreprises qui étaient devenues en une journée les vecteurs de diffusion de ce poison mortel. Les cours s'étaient complètement effondrés avant que les Bourses ne ferment. Des émeutes avaient éclaté dans les grandes capitales mondiales, car tout le monde voulait retirer massivement son argent des banques. En effet, la crainte de recourir aux moyens de paiement électroniques était venue s'ajouter à celle d'utiliser son téléphone ou son ordinateur comme moyen pour gérer ses comptes. Les banques fermèrent également à la demande des différents ministres des Finances, car la demande de liquidités ne pouvait plus être satisfaite. Les émeutes s'intensifièrent partout. Les pillages commencèrent dans les grands magasins et les centres commerciaux. À la fin de la journée, l'état d'urgence fut décrété dans 168 pays sur les 197 que comptait l'ONU. L'armée s'était déployée également un peu partout. Puis toute l'économie s'arrêta en quelques heures. Car sans communication, plus rien ne pouvait fonctionner normalement dans ce monde hyperconnecté. Et tout le monde s'était déconnecté afin d'éviter de recevoir le message. La planète entière sombra dans la paranoïa la plus profonde. Plus personne ne voulait prendre le risque de rencontrer quelqu'un qui aurait pu être porteur du message.

Palo Alto

Dès l'annonce de l'envoi massif de SMS, d'e-mails et surtout de posts sur Facebook, Aymes fut pris de panique. Il demanda une réunion d'urgence avec Mark Zuckerberg, Figli et John Eisenstein. Cinq minutes plus tard, ils se retrouvèrent tous les quatre dans le bureau du président.

Ils faisaient face à un écran où s'affichait le cours de l'action de Facebook. Et ce qui inquiétait Aymes se produisit : le cours de l'action, qui avait dépassé les 200 dollars lors de l'introduction en Bourse, commença à chuter.

— Monsieur le président, les valeurs technologiques subissent le contrecoup de ce qui se passe depuis trois jours. Depuis que notre réseau a été utilisé comme vecteur du message de mort, l'activité de nos internautes s'est réduite de 70 % en quelques heures. Les recettes publicitaires ont chuté de 60 % sur la même période. Tous nos annonceurs sont en train de stopper leurs campagnes, car de moins en moins de personnes consultent leurs pages. À ce rythme, nous allons perdre 90 % de notre valeur dans deux heures.

Mark, Figli et John sentirent l'angoisse du directeur général et son impuissance.

— Qu'en pensez-vous, John ? demanda Mark.

Le cours de l'action venait juste de passer en dessous des 180 dollars. Les petits actionnaires vendaient en masse.

— Nous avons plusieurs choix, monsieur le président.

John n'appelait Mark que très rarement « monsieur le président », et jamais lorsqu'ils étaient tous les quatre. Mark le releva, ce qui concentra encore plus son attention sur ce qu'allait dire John. Figli était resté silencieux jusque-là. Il fixait l'écran, où la chute du cours se poursuivait en direct.

— Nous pouvons suspendre la cotation. Mais la décision doit être avalisée par le conseil d'administration, et réunir ses membres en urgence est compliqué en ce moment, car plus personne ne répond au téléphone ni ne consulte ses e-mails. Il faut donc les prévenir physiquement. Depuis l'introduction en Bourse, nous avons de nouveaux membres, puisque vous ne possédez plus que 48 % du capital. Cela prendra des heures et le cours se sera effondré avant. Vous pouvez appeler le secrétaire d'État au Trésor afin qu'il promulgue un décret suspendant notre cours ou la cotation des valeurs technologiques en général, mais il faudra qu'il se dépêche. À ce rythme, le cours aura perdu 90 % de sa valeur dans deux heures, comme vient de nous le dire M. Aymes. Dernière solution : nous nous lançons dans une action de soutien au cours de l'action en achetant les actions à vendre à un niveau qui nous évitera la faillite aujourd'hui. Cela ne sera qu'une mesure temporaire, car si l'activité ne reprend pas, la faillite sera inévitable dans quelques jours.

— De quel montant de cash disposons-nous en ce moment ? demanda Mark.

— D'environ 25 milliards de dollars mobilisables maintenant, répondit Aymes. Nous avons introduit Facebook en Bourse à un cours de 55 dollars.

Elle est actuellement descendue à 150 dollars en moins de trois quarts d'heure. Trente pour cent des actions ont déjà changé de mains et personne ne sait qui les possède maintenant. Si nous nous lançons dans le soutien du cours, c'est maintenant ! Offrons un prix d'achat à 155 dollars, cela devrait permettre de le stabiliser et de stopper le transfert d'actions non maîtrisé.

Figli prit la parole.

— Je suis d'accord pour soutenir le cours maintenant, mais avec 25 milliards de cash, nous ne pourrons maintenir cette offre que quelques minutes. Hormis les 48 % que possède Mark, il reste actuellement près d'un milliard d'actions dans les mains de nos petits actionnaires, si 30 % ont déjà changé de mains. Il nous faudrait 160 milliards de cash pour que l'offre de rachat aille à son terme. Nous ne disposons que de 15 % de cette somme. Attendons que le cours soit en dessous de 100 dollars pour faire une offre de rachat à 100 dollars. Certes 70 % des actions auront changé de mains, mais avec 25 milliards de dollars, à ce prix nous pourrons racheter 8,5 % des actions. Cela portera la part de Mark à 53 %. Il redeviendra ainsi actionnaire majoritaire et pourra de nouveau contrôler les choses, y compris décider de sortir Facebook de sa cotation.

Le cours de l'action continuait de baisser pour passer sous la barre des 130 dollars. Mark semblait adhérer à la stratégie de Figli. Redevenir majoritaire dans l'entreprise qu'il avait créée ne lui déplaisait pas. Il avait du mal à se faire à l'idée qu'il n'était plus le seul maître à bord. Aymes reconnut que la stratégie était bonne, mais attendre que le cours descende en dessous des 100 dollars le stressait beaucoup. John trouvait l'idée intéressante mais risquée, car elle laissait le marché sans réaction de la part de l'entreprise pendant encore au moins une heure. Et il n'aimait pas cela. Mais ils ne disposaient que de 25 milliards. Alors c'était la seule solution. Figli vit que sa proposition avait retenu l'attention. Le scénario qu'il avait élaboré avec Clifford fonctionnait donc parfaitement.

— D'accord pour attendre que le cours soit juste en dessous de 100 dollars, dit Mark. Monsieur Aymes, préparez l'offre d'achat afin que nous puissions engager la contre-attaque dès que le cours passera sous les 100 dollars.

— Très bien, monsieur le président, répondit Aymes en quittant la salle de réunion.

Il n'était pas à l'aise avec cette décision, alors il allait superviser l'ensemble de très près. Il disposait de moins d'une heure pour être opérationnel. Ses équipes n'avaient plus de temps à perdre.

Mark, Salvatore et John étaient restés dans la salle.

— Lorsque j'ai créé Facebook, j'avais l'idée de rapprocher les gens, de les faire communiquer entre eux. Je pensai qu'une meilleure communication entre chacun d'entre nous résoudrait beaucoup de problèmes.

Notre réseau a permis à des centaines de millions de personnes de se connaître, d'échanger, de s'apprécier et de partager leurs idées et leurs envies. Mais il a aussi créé un vecteur instantané d'information à l'échelle mondiale pour près d'un tiers de la population qui amplifie les peurs et provoque des comportements d'hystérie collective comme nous le constatons aujourd'hui. Nous contribuons involontairement à la situation que le monde connaît depuis trois jours. Et nos clients ont maintenant peur de nous, car nous sommes devenus porteurs et diffuseurs du virus. Jamais je n'aurais envisagé que cela se terminerait ainsi.

Mark Zuckerberg avait l'air abattu pour la première fois de sa vie. Il n'avait rien anticipé de ce qui arrivait et, pour lui, c'était un échec personnel très important. Il se dit que le succès avait eu raison de sa vigilance, et il en était profondément meurtri.

Figli remarqua son abattement. Quant à John, il essayait de rattacher tous ces évènements à ce qu'il avait découvert lors de la mise sur le marché de Facebook, mais il n'en voyait pas la finalité même s'il avait le sentiment que tout cela était lié. Le cours passa sous les 120 dollars.

Amboise

Philip Stern, ses disciples et Bill Gates avaient assisté en direct à l'arrivée des SMS, puis des e-mails, puis des posts sur Facebook. Tous savaient ce qui allait se passer. Léonard de Vinci l'avait décrit lorsqu'il avait testé le Cercle à Amboise : le monde allait basculer d'un coup. Chacun s'isolerait de l'autre, couperait toutes les communications et se terrerait chez lui afin d'éviter d'être atteint par le message du Cercle. Les Bourses allaient s'effondrer, l'économie mondiale allait s'arrêter et des émeutes allaient éclater un peu partout. Et c'est ce qui se produisit.

Philip Stern avait quitté la salle du Conseil en compagnie de Bill Gates. Ils se rendirent au centre de rétention situé dans les sous-sols. Quelques minutes plus tard, ils entrèrent à l'infirmerie, où ils trouvèrent Youri alité, une perfusion dans le bras gauche et sous monitoring.

— Il va bien, maître, lui annonça le médecin qui était debout à ses côtés. Il sera sur pied d'ici une heure environ.

— Merci, docteur.

Le médecin quitta la chambre.

— Bonjour Youri, comment vous sentez-vous ?

— Ça va mieux, monsieur.

Puis il tourna la tête et écarquilla les yeux en reconnaissant Bill Gates.

— C'est…

— Oui, Youri, je vous présente Bill Gates.

— Bonjour, monsieur.

Philip prit la télécommande de la télévision qui faisait face au lit et alluma celle-ci.

— Regardez, Youri, l'œuvre de ceux qui vous ont recruté.

BFMTV passait en boucle les images des premières émeutes et de la panique des traders sur les différentes places boursières. Le présentateur rappela que tout cela était consécutif aux SMS, e-mails et posts reçus par plus de 150 000 personnes ce jour-là, dont les morts commençaient à se compter en dizaines de milliers.

— C'est monstrueux ! s'exclama Youri. Comment font-ils, et pourquoi ? Il faut les arrêter.

— À vous de nous aider, Youri. M. Gates dispose d'un ordinateur quantique et des moyens dont vous avez besoin pour localiser le numéro crypté par lequel vous étaient transmises vos instructions.

— Alors, allons-y ! dit Youri en se levant.

Le médecin réapparut.

— Je vous avais dit pas avant une heure, protesta-t-il.

— Nous ne disposons plus d'une heure, docteur, lui répondit Philip en lui montrant les émeutes retransmises en direct à la télévision.

Berlin était en pleine insurrection.

Ils quittèrent la chambre de l'infirmerie pour rejoindre la cellule qui avait été aménagée spécialement pour Youri. Bill Gates y fit descendre son matériel personnel. Dix minutes plus tard, Youri commença à travailler sous la surveillance de Bill Gates, dont la maîtrise du codage et des algorithmes surprenait encore ceux qui observaient la scène au travers des caméras de surveillance. La traque du numéro crypté était lancée.

Palo Alto

Figli et John étaient dans le bureau de Mark Zuckerberg lorsque le cours de l'action Facebook passa sous la barre des 100 dollars. Aymes et ses équipes étaient dans la cellule de crise de la direction générale, prêts à lancer l'offre d'achat. Tout n'était maintenant plus qu'une question de minutes. À 97 dollars, Mark décrocha le téléphone et ordonna le lancement de l'offre de rachat. Aymes s'exécuta immédiatement. Il fut soulagé de pouvoir enfin intervenir dans cette affaire. Le monde basculait dans le chaos le plus complet, et il était hors de question que Facebook soit emporté par la tourmente actuelle. Il fallait sauver l'entreprise. Et il y déploierait toute son énergie. Ses traders reçurent les ordres d'achat des actions sur toutes les places boursières. Il fallait agir à cet instant, car près de 70 % des actions mises sur le marché lors de l'introduction en Bourse avaient déjà changé de mains depuis ce matin.

Mark, Salvatore et John suivirent l'opération en direct. Au bout de cinq minutes, le cours se stabilisa à 96 dollars, puis il remonta autour de 100 dollars. Mark se sentit soulagé. Puis il remonta encore à 102, 103, 104, et 105 dollars. *Ce n'est pas normal*, s'alarma John. Il appela Aymes.

— Que se passe-t-il ? Le cours remonte au-dessus de notre offre d'achat !

— Je viens de faire le point avec les traders. Notre offre a été doublée. Au moment où nous lancions la nôtre, une offre à 110 dollars a été présentée. Les actionnaires se ruent dessus. Il semble que le commanditaire dispose de fonds énormes. Nous sommes victimes d'une OPA hostile de grande envergure.

Aymes hurlait dans le téléphone en même temps qu'il donnait des instructions à ses traders.

— Passez notre offre à 115 dollars ! cria John.

Aymes s'exécuta. Mark était comme groggy. Quelqu'un profitait de la situation pour lui voler son entreprise, et sa fortune personnelle venait d'être divisée par deux. Mais l'offre de Facebook à 115 dollars venait d'être contrecarrée par une nouvelle offre à 120 dollars. Le cours de l'action continua à remonter pour avoisiner les 120 dollars en quelques minutes. Les contre-offres de l'entreprise furent contrées les unes après les autres. Au bout d'une heure, le cours se stabilisa à 140 dollars. Et le volume des transactions sur le titre chuta. Plus personne ne vendait d'actions Facebook. Aymes était défait. Un silence total régnait dans la cellule de crise. L'opération avait échoué. Facebook venait de changer de mains. Une heure plus tard, les cotations boursières du monde entier furent stoppées. Mais il était trop tard. Le même silence planait dans le bureau du président. Ils n'avaient pas anticipé l'OPA. Mark Zuckerberg avait pris sa tête dans ses mains.

Mais la crise mondiale était si violente que l'OPA hostile sur Facebook passa inaperçue, alors qu'une semaine auparavant, l'entrée en Bourse de l'entreprise avait monopolisé les journalistes pendant plusieurs jours.

John était retourné dans son bureau. Le silence avait gagné tout l'étage de la présidence. Il demanda qu'on lui transmette le déroulé boursier depuis le début de la chute du cours. Quelques minutes plus tard, les services d'Aymes lui transférèrent l'information qu'il avait sollicitée. Il la copia sur une clé USB et appela Adrian depuis son téléphone prépayé. Puis, il quitta son bureau et se rendit chez son ami en prenant les mêmes précautions que d'habitude.

Lyon

Monseigneur Barbarin était rentré de Rome juste après son audience avec Benoît XVI. Il avait hâte de s'entretenir avec Philip Stern, et les évènements de la journée le pressaient encore plus de transmettre les informations que le pape avait trouvées dans les archives personnelles de Léon X. Il devenait très urgent de stopper ceux qui utilisaient le Cercle. Le monde s'enfonçait chaque minute un peu plus dans le chaos. Il n'arrivait pas à détacher son regard des images des émeutes qui se déclenchaient un peu partout. Certains pays les réprimaient avec une violence disproportionnée. On dénombrait maintenant des morts et des blessés liés aux mouvements de foules devenus par endroits incontrôlables. Il décrocha son téléphone crypté et appela Philip.

— Bonjour Philip.

— Bonjour, mon ami.

L'humeur des deux hommes était sombre.

— Je rentre tout juste de Rome. Vous aviez raison, Philip, l'Église a bien apporté son soutien à Melzi lors de la création de l'Ordre du Cercle. Mais Léon X est allé beaucoup plus loin en fait.

Le cardinal rapporta à Philip ce qu'avait fait le pape. L'Ordre qu'il dirigeait aujourd'hui avait été créé, financé et mis au secret grâce à des hommes d'Église et aux fonds du Vatican. Les disciples qu'il avait réunis pour la première fois depuis cinq siècles étaient donc des descendants de moines de l'abbaye de la Chaise-Dieu qui avaient été autorisés à avoir une descendance. Quel grand homme devait avoir été ce pape qui avait laissé une image de mécène, d'organisateur de grandes fêtes et de grand dépensier ! Peut-être avait-il voulu cacher par ce comportement un peu exubérant ce qui était l'acte de son pontificat. Avec Melzi, ils avaient protégé l'humanité du chaos. Et aujourd'hui, c'était à lui que revenait cette tâche. Mais elle lui apparaissait bien compliquée tant cette organisation semblait avoir toujours un coup d'avance sur lui.

— Le Saint-Père a également trouvé la confirmation de l'absence de descendance de Caprotti, reprit monseigneur Barbarin. En fait, il a été retrouvé mort deux jours après avoir attaqué l'évêché. Il avait été torturé et abandonné près du Rhône, vraisemblablement par l'équipe qui l'accompagnait dans sa folie. Léon X a consigné les noms de ses cinq comparses. Ceux-ci ont été relevés par le secrétaire particulier de l'évêque alors qu'il venait d'être torturé par eux. Il s'agit de Coquelet d'Auxerre, Gosteau, Ribaucourt, Thietard et Poix.

Monseigneur Barbarin prit soin d'épeler précisément l'orthographe de chacun. Philip nota les informations afin de les transmettre au plus tôt au cabinet de généalogie.

— Le cabinet de généalogie m'avait prévenu qu'il ne trouvait pas de trace de la descendance de Caprotti et donc qu'il n'en avait sûrement pas. Mais comment le pape peut-il en être si sûr ? Peut-être que tout cela a été maquillé afin que l'on ne puisse remonter jusqu'à lui.

— Parce que Caprotti a été inhumé dans le plus grand secret dans la crypte de l'archevêché de Lyon.

— Quoi ! s'exclama Philip.

— Oui, moi aussi j'ai été stupéfait lorsque je l'ai appris. Léon X l'indiquait dans un interligne de la lettre qu'a trouvée Benoît XVI. J'ai vérifié ce matin en rentrant. Je suis descendu dans la crypte et j'ai découvert la dépouille de Caprotti dans le même caveau que celle du père Georges. Lorsque le père Georges est mort, il a dû souhaiter être inhumé avec son bourreau pour que nous puissions le retrouver un jour. Je m'en suis aperçu en examinant de près son caveau. Deux dates y étaient gravées pour son décès : l'une en chiffres normaux pour la mort du père Georges et l'autre en beaucoup plus petit en dessous d'un cercle. J'ai ouvert le caveau et y ai découvert deux corps, dont l'un avait été enveloppé dans un linge. Tous ses os étaient cassés à plusieurs endroits et son crâne était enfoncé. L'homme avait donc dû être battu à mort. En tout cas, il en portait les stigmates. Et la date sous le cercle correspondait à celle indiquée dans la lettre de Léon X. Caprotti est donc bien mort avant d'avoir une quelconque descendance. C'est l'équipe de Coquelet d'Auxerre qui a poursuivi la quête du Cercle et dont l'un des descendants agit aujourd'hui, Philip.

— Je vais transmettre tout cela aux généalogistes, mais examiner cinq branches depuis 1516 prendra du temps.

— Je sais, Philip, c'est pourquoi je me suis permis de demander au pape d'organiser une rencontre avec le président américain. Vous souhaitiez pouvoir l'approcher après avoir entendu son allocution à la télévision. Nous serons là également, mais il ne le découvrira que dans le bureau de Benoît XVI. Vous pourrez lui expliquer ce qui se passe et lui demander l'aide dont vous aurez besoin. Car lorsque vous aurez identifié ceux qui agissent aujourd'hui, vous aurez besoin de ses moyens pour les stopper.

— Je vous remercie, monseigneur. Tenez-moi informé de la date que le pape aura fixée. Je serai là, à vos côtés. Il faut que je vous laisse maintenant. Je dois faire le point avec les généalogistes au plus vite.

— À bientôt, mon ami, que Dieu vous garde.

Philip raccrocha et demanda à voir Floyd et Sophie. Il leur résuma ce que venait de lui dire le cardinal Barbarin. Ils n'en revenaient pas. L'Église catholique avait financé l'Ordre du Cercle et lui avait permis de conserver ce secret hors de portée des hommes pendant tout ce temps. Et aujourd'hui elle était de nouveau à leurs côtés dans ce moment terrible.

Floyd nota les informations concernant l'équipe d'Auxerre et les transmit au cabinet de généalogie afin qu'il se remette sur la trace de ceux qui utilisaient le Cercle. Mais cela allait prendre du temps.

San José

Dès que John s'approcha du porche de l'immeuble d'Adrian, il entendit la serrure électronique de la porte d'entrée se déverrouiller. Il pénétra dans le hall et monta les escaliers. Adrian l'attendait sur le seuil de son appartement. Il entra. Les deux hommes affichaient une mine sombre.

— Tu as vu ce qu'il vient de se passer, Adrian ?

— J'ai suivi l'évolution du cours depuis le début de sa chute. Vous avez réussi à le stabiliser en intervenant par une offre d'achat ?

— C'est ce que nous pensions. Mais nous avons été contrés.

— Une OPA hostile ?

— Oui, Adrian. Et les actionnaires se sont rués dessus.

— Tu as le déroulé des opérations ?

John lui tendit une clé USB.

— Tout est là. Depuis le début de la baisse du cours.

Adrian prit la clé et l'inséra dans un nouvel ordinateur neuf puis mit à jour la première manipulation de cours. Il lança l'analyse seconde par seconde grâce à son algorithme.

— Regarde, j'ai synchronisé l'évolution du cours avec les évènements de la journée. La chute a débuté cinq minutes après l'envoi massif de messages sur Facebook. Elle s'est intensifiée dès que les internautes ont appelé à fermer les messageries. Les actionnaires ont commencé à paniquer à ce moment, provoquant une vaste vague de vente, ce qui a amplifié la baisse. Le volume d'actions à vendre est devenu très important sur toutes les places boursières. Plus d'un demi-milliard de titres se sont retrouvés à vendre en quelques minutes.

— Pourquoi le titre ne s'est pas effondré à ce moment, Adrian ? Vu l'offre, en quelques minutes le cours aurait dû se crasher. Nous étions tellement pris par ce qui était en train de se passer que personne n'a comparé à ce moment le volume de titres à vendre et la baisse du cours. Donc...

L'OPA hostile a commencé quelques minutes après l'envoi des messages. Ceux qui les envoient et tuent des milliers de gens en ce moment sont ceux qui ont manipulé le cours lors de son introduction et ce sont eux également qui ont pris le contrôle de l'entreprise.

— J'en ai bien peur, John. Regarde, j'ai simulé ce que serait devenu le cours si cette organisation n'avait pas racheté peu à peu les actions à vendre dès le début de la panique. Le cours aurait dû passer de 204 dollars à moins de 100 dollars en cinq minutes.

— Mais cela aurait provoqué l'arrêt immédiat de la cotation. Les procédures d'interventions des gendarmes des marchés financiers sont très claires en pareil moment. Et la prise de contrôle de l'entreprise aurait raté.

Adrian et John examinèrent la suite du déroulement de la journée. Le cours avait continué de baisser peu à peu pendant deux heures alors que le volume d'actions à vendre grossissait de plus en plus. Et les actions avaient continué à être rachetées selon le cours du moment. Au bout de trois heures, 70 % d'entre elles avaient bien changé de mains, mais l'examen des ordres d'achat sur cette période indiquait que seuls trente intermédiaires avaient agi. Cette fois-ci, les donneurs d'ordres avaient pris beaucoup moins de précautions, comme s'ils étaient sûrs du résultat et de leur impunité. Ils arrivèrent au moment où Facebook avait lancé sa contre-attaque.

— C'était perdu d'avance, dit John en regardant le déroulé des opérations. Ils contrôlaient déjà 70 % des actions que ne possédait pas Mark. Mais les 30 % restantes étaient plus difficiles à acheter. C'étaient des actionnaires qui ne paniquaient pas. Il fallait donc déclencher la mise en vente de leurs actions pour obtenir le contrôle de l'entreprise. Et nous sommes tombés dans le panneau ! Ils savaient que nous allions défendre le titre à un moment ou à un autre. Et ils nous ont contrés fortement, ce qui a déclenché la mise en vente des dernières actions. Ces actionnaires avaient dû acheter les titres dès le lancement de l'entrée en Bourse au prix de 55 dollars. La contre-offre à 105 dollars leur a offert une confortable plus-value dans un contexte qui devenait compliqué pour eux.

— Et tout cela s'est passé en moins de quatre heures, le délai minimum nécessaire à la fermeture des places boursières en cas de krach. Il faut de sacrés moyens pour réaliser un tel coup. Et posséder la technologie et les hommes capables de tout cela. Ils sont très puissants, John ! Et tu ne tarderas pas à les voir arriver pour réclamer leur trophée. Tu devrais prévenir Mark, car ils ne font pas dans la dentelle. Ils n'ont pas le profil d'actionnaires passifs et Facebook fait partie de leur stratégie.

— As-tu un moyen de vérifier si nous sommes les seuls à avoir fait l'objet d'une telle OPA ?

— Ça va me prendre un peu de temps, mais je devrais y arriver. Va prévenir Mark, et lui seul. Peut-être ont-ils des complices dans l'entreprise ? Rappelle-toi qu'ils possédaient le timing de communication de Mark lorsqu'ils ont manipulé le cours à l'entrée en Bourse. Par contre, Mark ne peut pas être dans ce coup. Ils viennent de lui voler son entreprise et lui ont fait perdre la moitié de sa fortune. Je te tiens au courant.

Un peu partout dans le monde…

Après un affolement généralisé, les réseaux sociaux s'étaient tus d'un seul coup. Plus personne n'osait consulter ses comptes. Les gens avaient coupé leurs téléphones portables et plus personne n'ouvrait son courrier dont la distribution était stoppée. Les Bourses étaient toutes fermées. Les banques aussi. Chacun semblait terré chez lui. Les rues des grandes villes étaient en proie aux bandes qui tentaient de piller les magasins qui avaient fermé peu à peu. L'armée s'était déployée dans tous les pays qui avaient décrété l'état d'urgence. De nombreuses entreprises avaient fermé, leurs employés n'étant pas venus travailler. Les dirigeants du monde entier étaient totalement dépassés. Ils avaient dû réquisitionner, par les forces armées, les personnels de santé et ceux des activités stratégiques comme les personnes travaillant dans la production d'énergie, dans les transports ou les forces de police afin de continuer à faire fonctionner les pays, même au ralenti. Un tel scénario n'avait jamais été anticipé. Tout avait été imaginé par les différents services de sécurité des pays, mais pas un arrêt complet et simultané de l'économie partout dans le monde. Personne n'avait osé penser à cela tant cela paraissait impossible. Et pourtant, c'était ce qui était en train de se produire.

Amboise

Bill Gates avait fini de faire installer son matériel dans la cellule de Youri. Ils allaient pouvoir commencer. Youri le regardait paramétrer son ordinateur quantique. Il remarqua qu'il programmait et codait à une vitesse folle. « Quel homme ! » Il n'avait rien perdu de ce qui avait fait sa fortune lorsqu'il avait créé Microsoft. Youri en fut impressionné.

— Nous sommes prêts, annonça Bill Gates. Je vous cède la place.

Youri s'assit face à l'ordinateur que venait d'installer Bill Gates. Ce dernier prit place à ses côtés. Youri commença par aller chercher ses algorithmes puis les installa. Il coda un premier programme permettant de s'infiltrer dans le réseau qui gérait les communications dont il avait un numéro sans être détecté. Il se heurta à un pare-feu quantique qui lui interdisait tout accès. Bill Gates et Youri durent s'y mettre ensemble pour arriver à le contourner et enfin à entrer dans le réseau. Cela leur prit près d'une heure. Le réseau de communication utilisé était très sophistiqué. Des milliers de serveurs proxy le constituaient et formaient une boucle de communication fonctionnant ultrarapidement. Youri n'avait jamais vu cela. C'était une autoroute en circuit fermé où les informations tournaient en permanence. Et où la connexion se faisait par un numéro dédié. Le principe de fonctionnement était en revanche très simple : lorsque deux numéros frères se connectaient, ils pouvaient partager une communication dont les informations se mettaient à tourner en ultravitesse sur la boucle du réseau, passant d'un serveur à un autre en quelques nanosecondes. Et le cryptage des informations n'était accessible et décodable que par les deux numéros. En cas de piratage, les hackers se retrouveraient en présence d'un flux de données encodées tournant en ultravitesse de serveurs en serveurs. Sans ordinateur quantique permettant de gérer l'ultravitesse et sans les deux numéros frères, les données étaient indéchiffrables. Youri entra le numéro qu'il avait donné à Philip Stern. Ils se retrouvèrent face au flux de données. Toutefois, ils ne disposaient pas du deuxième numéro. La localisation de l'auteur des appels allait se révéler difficile. Mais ils purent récupérer les communications passées à destination de ce numéro. Youri retrouva les instructions qui avaient été envoyées au chef de son équipe. La voix était celle d'un homme, un Américain, plutôt jeune à première vue. Ses ordres étaient clairs. Ils devaient découvrir le lieu où Helena Dvorski s'était rendue à Amboise et trouver les cinq autres personnes qui étaient allées à Sienne en même temps qu'elle. L'organisation qui utilisait le Cercle les avait donc bien repérés et cherchait à les éliminer. Ils passèrent en revue toutes les conversations entre l'équipe et le commanditaire. Rien qu'ils ne savaient déjà. Puis tout à coup, un détail attira leur attention. Au détour d'un échange où le commanditaire demandait au chef de l'équipe d'Amboise un rapport sur la situation, ils entendirent un bruit de fond, à perce perceptible, comme une conversation ou, tout du moins, une voix en arrière-plan. Ils copièrent les données et commencèrent à isoler la partie qui les intéressait. Le cryptage leur donna du fil à retordre, malgré l'ordinateur quantique. Bill Gates proposa une autre approche, qui eut raison du fichier en moins de trente minutes. Puis ils isolèrent les voix principales, qu'ils supprimèrent pour ne conserver que ce qu'ils avaient identifié comme un bruit de fond. Ils utilisèrent plusieurs filtres pour clarifier le bruit. Puis celui-ci s'éclaircit. Ils appelèrent Philip dès qu'ils eurent écouté la séquence qu'ils venaient d'isoler.

Philip descendit immédiatement en compagnie de Floyd et de Sophie.

— Nous n'avons pas pu identifier le commanditaire qui se cache derrière cette opération, car la technologie quantique utilisée nécessite de connaître les deux numéros employés alors que nous n'en avons qu'un. Mais nous avons pu retrouver les conversations entre l'équipe et le commanditaire. Et dans un échange, en bruit de fond, nous avons trouvé ceci.

Youri lança la séquence qu'ils venaient d'écouter. Il s'agissait d'une voix qui ne semblait pas faire partie de la conversation ; plutôt quelqu'un qui parlait à proximité du commanditaire. Et il semblait avoir mis un haut-parleur.

— Oui, maître. Elle est à Amboise. L'équipe est en train de la localiser.

— Très bien, tenez-moi au courant. Je dois vous laisser, je vais déjeuner avec Mark.

— Cette conversation était cachée derrière celle du commanditaire, précisa Bill Gates. Au début, nous avons cru à un bruit de fond, mais Youri a voulu en avoir le cœur net.

— Bien ! Enfin nous avons un nom. Monsieur Floyd, il faut que nous trouvions qui est ce Mark. Très bon travail, messieurs.

En cet instant, Philip ne regretta pas d'avoir épargné Youri. Youri se tourna vers Philip.

— Monsieur Stern, je pense que l'on peut essayer la reconnaissance vocale pour tenter d'identifier les voix. J'ai développé un logiciel que j'aimerais tester.

Bill Gates se montra intéressé. Dans ce domaine, des progrès majeurs restaient à faire. Et tester un logiciel de cette nature sous un environnement quantique pouvait donner des résultats.

— Allez-y, répondit Philip. Le temps presse, nous ne pouvons plus regarder le monde s'enfoncer sans réagir. Il nous faut mettre des noms et des visages sur cet Ordre qui est en train d'asservir l'humanité.

— Je vais mettre nos équipes sur ce Mark et voir ce qu'il en sort, dit Floyd en quittant la cellule de Youri.

Philip et Sophie retournèrent au centre de commandement. Ils avaient l'impression de ne pas progresser tandis que cette organisation prenait de plus en plus d'avance sur eux et mettait son plan à exécution, tel un métronome que rien ne semblait pouvoir arrêter.

Palo Alto

John Eisenstein rejoignit son bureau directement après avoir quitté Adrian. Il devait voir Mark au plus tôt, mais il n'avait pas rendez-vous avec lui. Toute requête pour le rencontrer serait inscrite à son agenda et serait susceptible d'alerter toute personne qui aurait infiltré Facebook. Il décida de tenter autre chose. Il rentra dans son bureau et laissa la porte grande ouverte. Son bureau était situé à proximité de celui de Mark. Il espérait ainsi que ce dernier, en passant devant sa porte, entrerait le saluer. Mais rien n'était moins sûr, car le président, qui venait de perdre le contrôle de son entreprise, avait été très affecté par cette journée cauchemardesque. De son bureau, il pouvait voir la porte de celui de Mark. Il la surveillait d'un œil alors qu'il commençait à détruire ses archives. Ceux qui avaient pris le contrôle de Facebook n'allaient sûrement pas tarder à débarquer pour en prendre les rênes. Il supprimait tous ses fichiers les uns après les autres en prenant soin d'effacer les copies cachées. Il procédait fichier par fichier pour ne pas attirer l'attention des services informatiques. En effet, une suppression massive aurait déclenché une alerte. Il s'assura également de copier ces fichiers sur un disque dur externe. Il était en train d'effacer le répertoire concernant les appels d'offres pour le réseau de satellites quand il vit Mark sortir de son bureau. Lorsque le président passa devant le sien, John le regarda dans les yeux. Ils se connaissaient depuis tant d'années. Mark comprit et se dirigea vers lui. Il entra, ferma la porte et s'assit en face de son ami.

— Mark, je sais que le moment est très difficile pour vous, mais il faut que je vous parle.

— Qu'y a-t-il, John ? Je ne suis plus le propriétaire de cette entreprise. Tout va changer maintenant.

— Ce qui nous arrive a commencé lors de l'entrée en Bourse.

— Comment ça ?

John lui expliqua ce qu'il avait découvert. Il lui montra la séquence de la journée de mise sur le marché puis celle du jour. Il lui détailla ce qui s'était passé sous leurs yeux et rattacha cette opération de prise de contrôle de Facebook aux évènements qui bouleversaient la planète depuis trois jours.

— Mark, la prise de contrôle de Facebook s'inscrit dans le plan de ceux qui plongent le monde dans le chaos le plus complet en tuant des milliers de personnes.

— Pourquoi n'a-t-on rien vu venir ?

— Parce que les moyens dont dispose cette organisation sont très largement supérieurs aux nôtres. Et parce qu'elle possédait des informations qui ne pouvaient provenir que de chez nous.

— Vous me dites que nous avons été infiltrés ?

— Oui, Mark. Pour manipuler le cours lors de l'entrée en Bourse, il fallait disposer de votre timing de communication à la minute près. Ces informations n'étaient connues que de l'intérieur et par un nombre très restreint de personnes. Pour prendre le contrôle de l'entreprise aujourd'hui, il fallait connaître votre stratégie de contre-offensive, le moment et le montant de l'offre. Là encore, il fallait avoir accès aux données en direct.

Le téléphone prépayé de John sonna.

— Oui, Adrian, je suis avec Mark.

Surpris, Mark Zuckerberg dévisagea John. Ce dernier mit le haut-parleur.

— Bonjour, monsieur le président. John, j'ai analysé la journée d'aujourd'hui à l'échelle des Bourses mondiales. J'ai isolé les quatre heures qui ont précédé la fermeture de toutes les places boursières. Vous n'êtes pas les seuls à avoir subi une OPA hostile. Le même procédé a été utilisé pour prendre le contrôle des dix premières banques mondiales, des principales entreprises de production et de distribution d'énergie dans le monde ainsi que de leurs centrales nucléaires, des vingt fonds de pension les plus puissants ainsi que des entreprises de transport et des assureurs. Plusieurs dizaines d'entreprises sont passées sous le contrôle de cette organisation. C'est une opération sans précédent qui est en cours, John. Ils tuent des milliers de personnes, sèment le chaos, provoquent la chute instantanée de l'économie mondiale et en prennent le contrôle. La suite va être très violente. Détruisez tout ce que vous pouvez, monsieur le président, et disparaissez avant qu'ils n'arrivent. Sinon, ils vous tueront.

Le téléphone de John sonna. C'était sa secrétaire.

— La sécurité vient de m'informer qu'une équipe se réclamant des nouveaux actionnaires est arrivée accompagnée d'une milice privée armée. Elles ont pris le contrôle du rez-de-chaussée. Elles montent à l'étage de la présidence.

— Merci. Ne leur dites pas où nous sommes. Il en va de la vie de Mark. Que Dieu vous garde.

Mark comprit ce qui se passait. Il passa de l'autre côté du bureau de John, saisit son ordinateur et entra son code confidentiel. Il effectua deux actions en quelques secondes. Il fit d'abord une copie instantanée des données en possession de Facebook vers un *cloud* ultra-sécurisé, qu'il avait gravé secrètement dans la mémoire d'un de ses satellites. Dès la réception des données, le *cloud* se verrouilla et le satellite changea d'orbite afin de ne plus être dans le champ de communication des satellites de Facebook. Il devint ainsi totalement silencieux et indétectable. Puis il lança la procédure de destruction des données, qui débuta instantanément.

— Adrian, Mark a lancé la destruction des données. Une milice est en train de prendre possession des locaux. Nous devons partir immédiatement.

— Venez chez moi. Nous aviserons ensuite. N'emportez rien qui puisse vous faire tracer.

John raccrocha et détruisit la puce du téléphone prépayé.

— Il faut partir maintenant, Mark.

— Par le monte-charge. Il descend jusqu'au sous-sol. Nous pourrons tenter de sortir par une des bouches d'aération. Ils ne doivent pas encore les surveiller.

John et Mark sortirent du bureau et se dirigèrent vers l'office qui était situé au nord de l'étage de la présidence. Le monte-charge se trouvait au fond de la partie cuisine, près des chambres froides. John aperçut sa secrétaire. Elle pleurait. Ils s'engouffrèrent dans l'office et ouvrirent le monte-charge. Mark appuya sur le bouton indiquant le sous-sol. Deux minutes plus tard, ils étaient dans le dédale de couloirs qui menaient aux locaux techniques du bâtiment. Mark dut réfléchir quelques secondes avant d'indiquer à John la direction à prendre. Il se souvenait parfaitement des plans de cet étage, mais n'y avait jamais mis les pieds. Ils couraient maintenant et arrivèrent enfin devant le local technique gérant la climatisation. Mark cassa une boîte rouge située à gauche de la porte et ouvrit le local. Ils sortirent par une grille d'aération donnant à l'arrière du bâtiment dans une cour anglaise. Quelques minutes plus tard, ils avaient quitté le siège de l'entreprise. Ils se rendirent jusqu'au box que possédait John afin de prendre sa voiture de collection et se dirigèrent vers San José.

Clifford était en train de passer en revue les opérations financières qu'il venait de mener avec ses équipes. L'Ordre venait de prendre le contrôle des principales entreprises mondiales, dont Facebook, et il s'agissait maintenant d'en prendre rapidement la direction. Des équipes accompagnées de brigades de sécurité avaient été envoyées dans chacune des entreprises rachetées afin de s'y installer. L'équipe chargée de Facebook était déjà dans les locaux. Tout se déroulait parfaitement. Puis il vit son adjoint courir vers son bureau. Il leva les yeux vers lui quand il déboula sans frapper.

— Mark Zuckerberg vient de lancer une procédure de destruction de toutes les bases de données de Facebook ! Le processus est en cours. Personne n'en avait connaissance.

— Envoyez-moi un rapport sur la situation ! hurla Clifford.

Son adjoint s'exécuta. Clifford appela Figli :

— Mark a dû comprendre ce qu'il se passait. Il a lancé une procédure de destruction des données de Facebook à l'échelle mondiale. J'ignorais qu'il avait mis en place un tel dispositif.

— Quoi ? Je monte le voir tout de suite.

— J'essaie de tout stopper, mais il faut absolument le trouver, les dégâts ont déjà commencé.

Clifford raccrocha et se mit au travail. Il frappait son clavier avec une telle énergie que son bureau tremblait. Mark les avait doublés et cela l'énervait considérablement. Et puis il fallait stopper la destruction. Le Cercle avait encore besoin des informations de Facebook. Heureusement, il disposait d'un ordinateur quantique qui, grâce à l'ultravitesse, lui permit de trouver le programme de destruction et de le stopper. La procédure s'arrêta après cinq minutes. Désormais, il devait faire évaluer les dégâts.

Figli avait bondi hors de son bureau. Il courut vers l'ascenseur, puis décida de prendre les escaliers. L'étage de la présidence n'était situé que trois niveaux au-dessus de son bureau. Il arriva en même temps que l'équipe d'intervention chargée de prendre le contrôle de Facebook. Figli se rua vers la secrétaire de Mark et planta ses yeux dans les siens.

— Où est-il ? demanda-t-il.

— Il n'est pas là, répondit-elle.

— Où est-il ? cria-t-il.

Elle resta muette. Il la frappa violemment au visage et entra dans le bureau de Mark. Il était désert. Il se retourna et se dirigea vers celui de John : il était vide également. Hors de lui, Figli s'adressa à l'équipe de sécurité :

— Retrouvez Mark Zuckerberg et John Eisenstein ! Faites fermer toutes les issues. Ils ne doivent pas quitter le bâtiment !

Son téléphone crypté sonna.

— J'ai stoppé la destruction, maître, mais il y a des dégâts. Vous l'avez ?

— Non, il a disparu. Eisenstein aussi.

Washington

Barack Obama dirigeait une énième réunion de crise avec son état-major, lorsque sa secrétaire l'interrompit. Elle était la seule autorisée à le déranger dans une telle situation. Elle s'approcha de lui et lui tendit un bristol. Le président se leva et prit congé de son équipe. Sa secrétaire le suivit.

— Il est sur la ligne 2, monsieur le président.

Barack Obama entra dans son bureau. Elle referma la porte. Il était seul. Il décrocha le téléphone.

— Votre Sainteté, commença le président.

— Bonjour, monsieur le président, veuillez excuser mon appel imprévu, mais la situation dans laquelle se trouve le monde aujourd'hui me conduit à m'entretenir avec vous.

— Je comprends, Votre Sainteté. Je vous écoute.

— Il est difficile d'évoquer ce sujet au téléphone. L'humanité est plongée dans le chaos. J'ai entendu votre allocution il y a deux jours. Je souhaiterais vous rencontrer en audience privée.

Barack Obama fut surpris de cette demande. En temps normal, elle aurait transité par les voies diplomatiques traditionnelles. Les deux services de la Maison-Blanche et du Vatican se seraient rencontrés pour définir une date et mettre au point les détails d'un tel entretien. Pourquoi le pape l'appelait-il directement ? Cela éveilla sa curiosité.

— Je vais transmettre votre demande à mes services diplomatiques afin d'organiser notre rencontre.

— Si je peux me permettre, monsieur le président, je ne pense pas que cela soit une bonne idée.

« Le pape souhaite que nous nous rencontrions sans que les services habituels soient impliqués », se dit Barack Obama.

— Vous participez au G20, qui se réunit en urgence demain à Genève, reprit le pape. Trouvez un créneau pour passer me voir à cette occasion.

Effectivement, il allait quitter Washington en fin de journée pour être à Genève le lendemain. Le G20 se réunissait en urgence pour trouver des solutions à la crise qui frappait le monde entier depuis trois jours. Il regarda le dossier qui était sur son bureau, et prit son agenda.

— Rencontrons-nous en fin de journée demain après le G20. Je vais indiquer à mes services que j'ai sollicité une audience privée avec vous, Votre Sainteté. La situation actuelle justifie ma demande. Les catholiques américains apprécieront le geste et nous pourrons nous voir. Je garde mes questions pour notre entretien, je suppose ?

— C'est plus sage, monsieur le président. À demain.

Le pape raccrocha. Barack Obama resta silencieux quelques instants. Il connaissait bien Benoît XVI et il savait que sa démarche était plus qu'inhabituelle. Qu'avait-il de si important à lui dire que les services diplomatiques devaient ignorer ? Il appela son directeur de cabinet et l'informa de sa demande de rendez-vous avec Benoît XVI. Son collaborateur trouva l'idée bonne dans la situation actuelle. Il s'empressa d'organiser cette visite imprévue mais politiquement opportune. Le président reprit la direction de la réunion de crise qu'il avait quittée quelques minutes plus tôt.

San José

John gara sa vieille voiture à deux cents mètres de chez Adrian. Elle n'avait ni système électronique ni GPS et était donc indétectable, mais ils n'étaient plus en sécurité. Ils avaient revêtu les vieux vêtements que John gardait toujours dans son coffre. Et ils portaient deux casquettes à l'effigie des Spurs. De loin, personne ne pouvait reconnaître Mark. Mais de près, on ne pouvait jurer de rien. Ils gagnèrent l'entrée de l'immeuble d'Adrian. John composa le code que lui avait donné son ami. Ils entrèrent et prirent l'ascenseur. Adrian les attendait sur le palier. Ils s'engouffrèrent dans l'appartement. Adrian verrouilla derrière eux.

— Bienvenue chez moi, monsieur le président, dit Adrian.

— Je ne suis plus président de quoi que ce soit aujourd'hui. Merci de m'accueillir. John a de la chance d'avoir un ami comme vous. Il faut que je prévienne ma femme. Elle est en danger également.

— Entrez et asseyez-vous, leur dit Adrian.

Mark et John pénétrèrent dans le salon et s'assirent dans l'un des canapés. Mark était stressé à l'idée que Priscilla soit entraînée dans cette affaire. Il l'avait rencontrée à Harvard et en était tombé amoureux presque aussitôt. Elle ne s'était pas laissée séduire facilement, malgré le charme et l'intelligence hors norme de Mark. Priscilla était plutôt indépendante et d'un caractère bien trempé. Mais la patience et l'attention de Mark avaient fini par payer. Ils étaient ensemble depuis neuf ans et ils s'étaient mariés dans l'intimité il y avait quelques mois. Il était très inquiet pour elle, mais il ne voyait pas comment la contacter sans être localisé, et donc de nouveau en danger.

— Mark… je peux vous appeler Mark ? lui dit Adrian.

— Oui, bien sûr.

— Permettez-moi de vous présenter quelqu'un qui voulait vous voir.

Mark et John eurent un mouvement de recul. Pourquoi Adrian, si prudent jusque-là, avait-il convié un étranger à venir les rencontrer ? La situation était déjà suffisamment dangereuse pour ne divulguer à personne le lieu où ils étaient. Ils regardèrent Adrian avec crainte, mais ne purent dire un seul mot. Puis la personne apparut dans l'embrasure de la porte qui séparait le grand salon de la salle à manger. Priscilla était là, heureuse de retrouver son mari sain et sauf. Mark ouvrit de grands yeux et regarda Adrian. « Comment a-t-il fait ? » se demanda-t-il. Mais il était heureux. C'était la meilleure nouvelle de la journée.

Elle entra dans le salon et se jeta dans les bras de son époux, qui l'enlaça fortement.

— Que fais-tu là, mon cœur ?

— C'est Adrian, lui dit-elle en souriant à l'ami de John.

— Je me suis dit qu'elle était autant en danger que vous deux. J'ai un ami qui travaille à votre service. Je l'ai appelé et ai demandé à parler à Priscilla. Je lui ai donné rendez-vous dans un café près de chez vous, à Palo Alto. Mon ami lui a assuré qu'elle pouvait me faire confiance. Je lui ai expliqué ce qui se passait et lui ai demandé de me suivre. Voilà, nous sommes tous à l'abri pour l'instant.

— Je ne sais pas comment vous remercier, lui dit Mark.

— En reprenant ce que l'on vient de vous voler. On ne peut pas laisser faire ça. Regardez : le monde s'effondre, les gens meurent ou s'entre-tuent. L'état d'urgence est décrété dans 180 pays. L'économie mondiale est en pièces.

— Nous ne sommes que quatre, Adrian. Nous savons ce qu'ils ont fait, mais comment inverser cette spirale ? Ils disposent de moyens considérables, ils sont infiltrés partout, et maintenant ils sèment la terreur, répondit Mark.

Le fondateur de Facebook se sentait abattu. Cette journée avait été très éprouvante et il sentait qu'il lâchait prise. Cela ne lui était jamais arrivé. John vit l'abattement de son ami. Ils étaient silencieux tous les quatre lorsque le regard de John fut attiré par les images de la télévision, dont le son avait été coupé.

— Adrian, mets le son !

CNN avait stoppé son édition de fin de journée pour diffuser un flash spécial. Un homme dont on ne voyait que le tronc commençait à s'exprimer en direct. Sa voix était masquée.

— Vous ne me connaissez pas, mais vous me craignez déjà. Depuis trois jours, l'organisation que je dirige a plongé votre monde dans le chaos. Et aujourd'hui, j'ai pris le contrôle des principales entreprises qui composent l'économie mondiale. Nous possédons vos banques, vos fonds de pension, vos fournisseurs d'énergie, vos opérateurs de téléphonie, vos laboratoires pharmaceutiques, et même Facebook. Et cela ne nous a pris que quelques jours. Vos gouvernements n'ont rien pu faire et sont impuissants. Vous pensez que nous sommes des monstres ? Le président des États-Unis nous accuse de crime contre l'humanité ? Mais encore faudrait-il que nous ayons tué quelqu'un. Or, nous n'avons tué personne.

L'homme marqua une pause. Des centaines de milliers de personnes étaient mortes depuis trois jours après avoir reçu un message anonyme leur indiquant qu'elles allaient périr le jour même. Et cet homme osait clamer qu'il n'avait tué personne ! *Son cynisme n'a pas de limite*, pensèrent John, Mark et Adrian. Mais ils n'arrivaient pas à détacher leur regard de l'écran. Il avait un côté fascinant aussi.

Salvatore Figli savait qu'il avait capté l'attention de son auditoire.

— Il y a cinq cents ans, reprit-il, Léonard de Vinci fit une découverte extraordinaire, mais il n'eut pas le courage de la léguer à l'humanité. Au contraire, il décida de la cacher. Son disciple Melzi l'emporta en Jordanie et la fit disparaître. Léonard trahit pour cela la confiance qu'avait en lui son deuxième disciple, Caprotti, qui ne partageait pas son point de vue quant à cette découverte. Mais après cinq siècles de quête, mon organisation, fondée par Caprotti, l'a retrouvée. Je vous présente le Cercle.

Figli prit la boîte en verre dans laquelle Clifford avait mis l'invention de Léonard, l'ouvrit et en sortit la sphère de cuivre composée de plusieurs anneaux concentriques. Puis il la présenta à la caméra. Le monde entier découvrit le petit objet de cuivre dont parlait Figli.

— Vous vous demandez sûrement ce que ce petit objet âgé de plus de cinq cents ans a à voir avec les évènements des trois derniers jours. Pour faire simple, Léonard de Vinci a découvert comment savoir à l'avance la date de la mort de chacun d'entre nous à partir de sa date et de son lieu de naissance. Nous l'avons mis au goût du jour, ce qui m'a permis de connaître les noms de ceux qui allaient mourir ces trois derniers jours et de les en informer. Comme vous venez de le comprendre, nous n'avons tué personne.

Figli marqua un temps d'arrêt puis s'approcha de la caméra sans jamais se dévoiler.

— Je connais donc la date de la mort de chacun d'entre vous… reprit-il, plus solennellement. Et je peux vous la révéler à tout moment. Je sais que vous ne me croyez pas. Cela vous paraît impossible malgré les évènements. Alors je vais vous donner une preuve supplémentaire : demain sera le dernier jour sur terre pour Sa Majesté la reine Élisabeth II. Et vous n'y pourrez rien.

La retransmission cessa. Figli venait d'annoncer en direct la mort de la reine d'Angleterre. CNN commença à commenter ce qui venait de se passer. Les autres chaînes d'infos ne tardèrent pas à reprendre l'information et à la commenter à leur tour. La panique mondiale allait s'amplifier. John, Mark, Adrian et Priscilla n'en revenaient pas. Comment tout cela était-il possible ? Connaître le jour exact de la mort de chacun à partir de sa date et de son lieu de naissance ? C'était inimaginable ! Quel algorithme permettait une chose aussi effroyable ? Léonard de Vinci avait-il vraiment fait une telle découverte, ou cet homme était-il un imposteur ? En tout cas, des milliers de personnes étaient mortes depuis trois jours, l'économie s'était littéralement effondrée et les principales entreprises mondiales avaient subi des OPA hostiles fulgurantes.

— C'est monstrueux, s'avança Priscilla. Que restera-t-il à chaque être humain, si cet homme lui enlève l'essentiel : l'espoir dans l'avenir, l'envie du lendemain ? Et comment vivre avec cette épée de Damoclès au-dessus de la tête ? Connaître à tout moment le moment de notre mort et ne rien y pouvoir. Devenir spectateur de sa vie jusqu'au jour fatidique où nous mourrons, comme un compte à rebours inéluctable. L'humanité va sombrer dans la folie.

— Cela a déjà commencé, lui répondit Mark. Regarde autour de nous.

— Que veut-il ? demanda John. Son organisation cherchait l'invention de Léonard depuis plus de cinq siècles. Aujourd'hui, il semble qu'elle l'a retrouvée. Et elle s'en sert pour semer la terreur sur tout le globe en annonçant la date de leur mort à des dizaines de milliers de personnes. Plus personne n'ose utiliser les moyens de communication, ce qui provoque une crise économique mondiale et laisse la place aux OPA hostiles. Et après ? C'est quoi, la prochaine étape ? Pourquoi font-ils tout ça ? Ils disposent de moyens financiers énormes, donc ce n'est pas pour l'argent. Par vengeance, puisque Léonard de Vinci semble avoir trahi Caprotti, dont ils se targuent d'être les descendants ? Et comment arrêter tout cela ?

— Je pense que l'homme que nous avons vu ce soir ne tardera pas à nous le faire savoir, répondit Adrian. Mais je me pose une question… Comment cette découverte a-t-elle pu rester cachée pendant autant de temps sans que personne ne la retrouve, y compris cette organisation surpuissante ?

— Parce que des gens protégeaient ce secret depuis tout ce temps ! s'exclama Mark.

Ils se regardèrent tous.

— Tu penses qu'une organisation aussi secrète que celle que dirige cet homme existe et que son objectif serait de protéger la découverte de Léonard de Vinci ? demanda John.

— C'est fort probable. Cet homme a dit que Léonard de Vinci avait demandé à son premier disciple, Melzi, de cacher ce qu'il venait de découvrir. Et pour cause, cette découverte a dû semer la panique à l'époque. En 1500, cette tâche n'a pas dû se révéler facile. Et le lieu choisi par Melzi est resté secret tout ce temps ! Il a dû demander de l'aide...

Mark s'arrêta net. Il regarda le poste de télévision, où un commentateur de CNN tentait une énième analyse de la situation.

— Adrian, avez-vous enregistré l'allocution de l'homme ?

— Oui, bien sûr, Mark.

— Pouvez-vous la repasser, s'il vous plaît ?

Priscilla se tourna vers son mari.

— Tu as vu quelque chose ?

Elle connaissait Mark depuis tant d'années que le regard qu'il avait en cet instant ne la trompait pas.

— Peut-être, je ne sais pas...

Mark ne quittait plus le téléviseur des yeux. Adrian relança l'allocution de l'homme depuis son début. Mark lui demanda d'avancer plus rapidement l'enregistrement. Il scrutait les gestes de cet homme dont on ne voyait qu'un tronc sans tête. Sa voix était modifiée. Et le décor situé à l'arrière-plan n'apportait aucun élément particulier. La première partie de son discours ne donna rien. Adrian passa à la deuxième partie de l'allocution. Au moment où l'homme s'approchait de la caméra pour annoncer au monde qu'il connaissait les dates de la mort de chacun, la caméra filma l'une de ses mains pendant un millième de seconde.

— Là, dit Mark en montrant la séquence.

Ils scrutèrent l'image mais ne distinguèrent pas ce que Mark avait vu.

— Repassez ce moment au ralenti.

Adrian retrouva la séquence et la décomposa presque image par image.

— Stop, dit Mark.

Adrian arrêta l'enregistrement sur l'image que souhaitait Mark. On y voyait le buste de l'homme en plan très rapproché au point de distinguer les boutons de sa veste. Sur le devant se trouvait la main de l'homme en gros plan.

— Regardez sa main, dit Mark. Regardez sa bague. Elle a un double anneau. Le plus gros semble cacher le plus petit. Je connais cette bague. Il n'a porté qu'une fois ce double anneau. Cela m'a surpris, mais je n'y ai prêté aucune attention sur le moment.

Tous le dévisagèrent.

— C'est Salvatore Figli, mon vice-président !

John fut saisi d'un haut-le-cœur. Il travaillait avec Salvatore depuis longtemps. Il n'aimait pas beaucoup l'homme mais il n'avait jamais douté de sa loyauté à l'égard de Mark et de l'entreprise.

— Tu en es sûr ? demanda-t-il à Mark.

— En tout cas, c'est sa bague !

Un silence emplit la pièce. Chacun essayait de digérer les paroles de dire. John se remémorait les heures de travail avec Figli. Priscilla se revoyait à côté de cet homme lors de plusieurs dîners. Adrian rompit le silence.

— Admettons que votre analyse soit la bonne, Mark. Nous n'avons aucune preuve tangible de tout cela et nous ne savons pas jusqu'où son organisation est infiltrée. Donc nous ne pouvons en faire part à personne. Il n'y a qu'une solution : trouver l'organisation qui a protégé le secret de Léonard de Vinci et qui doit chercher à le récupérer en ce moment. Elle pourra agir contre Figli. Elle a sûrement des gros moyens aussi et les hommes pour cela.

— D'accord, mais comment savoir s'ils existent et où ils se trouvent ? dit John. On délire un peu, là, non ?

— Ce n'est peut-être rien, mais ce matin, j'ai vu un reportage sur un double attentat en France, intervint Priscilla. À Amboise, je crois, revendiqué par Daech. Deux kamikazes ont fait sauter le château d'Amboise et le manoir situé à proximité. Il y a eu des dizaines de morts et des centaines de blessés. Le journaliste qui couvrait l'évènement a dit que le château avait été la dernière demeure de Léonard de Vinci.

Un nouveau silence s'installa.

— Figli les a trouvés et a voulu les faire disparaître ! s'exclama Mark. John, nous avons bien fait de suivre les conseils d'Adrian tout à l'heure et de fuir. Figli nous aurait effectivement fait tuer. Merci encore, Adrian. Il faut que nous partions pour Amboise.

— Mark, dit John, il a peut-être réussi ? Peut-être que ces gens n'existent plus ?

— Peut-être, mais qu'avons-nous à perdre ? Et puis il faut que nous quittions les États-Unis au plus vite maintenant. Nous sommes toujours en danger. Les hommes de Figli doivent nous chercher. J'ai probablement endommagé les données de Facebook avec ma procédure de destruction, mais Figli a dû réussir à la stopper. Clifford, son assistant, est très doué.

Il a dû arrêter le processus. Il leur faudra plusieurs jours pour rétablir les données dans leur intégralité, mais c'est juste une question de temps. Je pense en fait que Figli a utilisé les informations du réseau social pour diffuser ses messages à grande ampleur. Vous n'imaginez pas ce que les gens publient comme données personnelles sur leur mur. C'est une mine d'or et Figli a mis Facebook au service du Cercle. C'est pour cela qu'il a lancé une OPA sur l'entreprise. Il a besoin de nos données, qui concernent plus d'un milliard et demi de personnes.

— D'accord, mais comment rejoindre Amboise ? dit Adrian.

— John, Priscilla et moi sommes recherchés, répondit Mark, mais pas vous, Adrian. J'ai peut-être perdu mon entreprise aujourd'hui, mais je ne suis pas encore totalement ruiné, même si je suis sûr que Figli a dû intervenir pour faire bloquer mes avoirs afin de nous localiser. Mais j'ai des moyens importants sur des comptes à numéros.

Priscilla regarda son mari avec une attention particulière. Il ne lui en avait jamais parlé. Elle découvrait une facette de Mark qu'elle ignorait.

— Je sais, ce n'est pas très éthique, mais j'ai pensé que cela pourrait peut-être servir un jour, précisa Mark en voyant l'étonnement de sa femme. Et aujourd'hui, cela va nous aider. Nous allons commander un jet privé pour Paris puis un deuxième de Paris à Amboise. Il ne faut pas laisser de trace de notre objectif. Appelez NetJet, nous devons partir au plus vite. Voici le numéro de compte pour le paiement. C'est intraçable.

Adrian décrocha le téléphone. Priscilla se dit que son mari et elles auraient une conversation une fois toute cette affaire terminée, si toutefois elle se terminait. John pensait à Figli. Ils avaient déjeuné chez Françoise il y avait quelques jours. Il avait eu un pressentiment lors de ce repas.

Un peu partout dans le monde

Tous les chefs d'État avaient suivi en direct l'allocution de cet homme qui avait décidé de réduire le monde en esclavage. L'annonce de la découverte de Léonard de Vinci avait rendu beaucoup d'entre eux perplexes. Sur le moment, leurs conseillers avaient conclu que c'était impossible, même si les milliers de morts des jours précédents étaient bien réels, et les lettres et messages qui l'annonçaient aussi. Mais la prédiction du décès de la reine d'Angleterre pour le lendemain avait glacé tous les grands de ce monde.

À Buckingham Palace, Élisabeth II apprit sa mort programmée pour le lendemain en direct à la télévision. Elle était entourée de son fils et de son secrétaire particulier lorsque son chef d'état-major leur indiqua de regarder la BBC. L'homme, dont on ne voyait ni le visage ni les jambes, venait de montrer l'objet dont il se servait depuis plusieurs jours pour connaître la date de décès de milliers de personnes. « L'objet paraît si petit... comment peut-il faire autant de dégâts ? » pensa la reine. Puis sa déclaration tomba. La reine resta digne. Le prince Charles s'emporta contre cet homme qui osait menacer sa mère. Les conseillers du royaume qui avaient rejoint la reine dans son bureau n'en crurent pas leurs yeux. Le téléphone sonna.

— C'est le Premier ministre, Votre Majesté, annonça son secrétaire.

— Bonjour, Votre Majesté. Je viens d'assister à cette déclaration odieuse. Nous mettons tout en œuvre pour arrêter ce malade. J'espère qu'il ne vous a pas trop effrayée.

— J'apprécie votre sollicitude, monsieur le Premier ministre. Vous savez, ce n'est jamais très agréable d'apprendre que l'on va mourir demain. J'aurai préféré après-demain, lui répondit-elle avec son humour habituel.

— J'ai demandé aux services de sécurité d'assurer une surveillance rapprochée du palais avec effet immédiat. Scotland Yard est placé en alerte maximum. Le MI 5 et le MI 6 également. Je pense que vous devriez annuler tout déplacement demain et rester à Buckingham. Même si les déclarations de cet homme sont farfelues, je ne veux prendre aucun risque.

— Je vous comprends, monsieur le Premier ministre, et je suppose que je n'ai pas le choix. Je ferai tout ce que vos services demandent, même si cela ne me plaît guère. Quitte à mourir demain, autant le faire avec panache.

— Je préférerais que vous ne mouriez pas demain, si vous me le permettez, Votre Majesté.

— J'accepte, cher monsieur.

Élisabeth II raccrocha et informa son entourage des dispositions prises par le Premier ministre. L'ambiance était glaciale.

Partout dans le monde, l'allocution de cet homme inconnu avait été retransmise en direct par les chaînes d'information et radios nationales. Elles étaient les derniers vecteurs de communication que les gens n'avaient pas coupés. En effet, aucun message personnel ne pouvait leur parvenir par le biais de ces médias. Tout le monde était resté figé après les déclarations de cet inconnu. La révélation de la découverte de Léonard de Vinci avait glacé le sang de millions de gens. Il pouvait prévoir la date de la mort de chacun. Et il menaçait de la révéler à tout moment, comme il venait de le faire depuis trois jours à des centaines de milliers de personnes. Les gens se sentaient à sa merci, et dans l'obligation de lui obéir en toutes circonstances, sous peine de se voir révéler l'insoutenable.

Et lorsqu'il annonça la mort de la reine d'Angleterre pour le lendemain, ce fut la stupéfaction. S'il était capable de cela, l'existence de chacun allait s'assombrir davantage. Les gens allaient se terrer un peu plus encore afin d'essayer de disparaître des radars de cet homme. Seuls les plus violents ou les plus fous oseraient encore sortir et affronter le monde extérieur. Cela ne présageait rien de bon. Une question était sur toutes les lèvres : pourquoi faisait-il cela ?

Barack Obama venait tout juste de s'envoler pour le G20 lorsque l'allocution commença. Il découvrit lui aussi le Cercle. Il eut beaucoup de mal à y croire, mais les évènements de ces derniers jours tendaient à prouver ses dires. Et puis il avait eu cette conversation étrange avec Benoît XVI, qui désirait le voir. Tout cela était-il lié ? Le pape était-il au courant ? Était-ce de cela qu'il voulait lui parler ? Le président resta impassible face au discours de l'homme mystérieux. Lorsque celui-ci s'approcha de la caméra pour menacer l'humanité de révéler la date de mort de chacun, il y vit une réponse à sa propre allocution. Cet homme allait réduire le monde en esclavage mais il défiait également personnellement le président. Il fut le seul à comprendre ce message. Puis il l'entendit annoncer la mort d'Élisabeth II. Les conseillers qui l'entouraient furent consternés. Il vit l'impuissance dans laquelle ils se trouvaient tous. Ses services étaient les plus puissants du monde, mais ils ignoraient ce qui était en train de se passer. Ils n'avaient rien sur cet homme. Les services de ses homologues non plus d'ailleurs. Il demanda à parler à la reine.

CHAPITRE 31

18 septembre 2012

Un peu partout dans le monde...

La prise de contrôle des entreprises victimes des OPA hostiles menées par l'Ordre de Salai était en cours. À chaque fois, le scénario était le même. Une équipe, accompagnée d'un avocat et d'un service d'ordre privé, investissait le siège social concerné. La prise de contrôle était d'abord physique. L'avocat se présentait à l'accueil et faisait valoir le statut de propriétaire de son client. Il réquisitionnait le personnel, et l'équipe de sécurité prenait place à l'accueil. Puis les hommes de l'Ordre se rendaient à l'étage de la direction, où ils réunissaient les dirigeants, leur notifiant leur mise à pied. Puis ils convoquaient en urgence le conseil d'administration afin d'élire un nouveau président et une nouvelle direction générale. Et toutes les proies de cette organisation subirent le même sort en quelques heures. Les banques d'abord, puis les entreprises de production et de distribution d'énergie, les fonds de pension gérant les retraites de millions de personnes, les laboratoires pharmaceutiques, les compagnies pétrolières, les géants du transport et de la grande distribution, les opérateurs de téléphonie, les compagnies aériennes, les entreprises de production d'eau potable... et Facebook. La prise de contrôle était violente, sans ménagement, mais terriblement efficace. En moins d'une demi-journée, l'économie mondiale avait changé de mains. Et cette action éclair renforça encore le climat de peur qui régnait à travers le monde.

Palo Alto

La nouvelle équipe de direction de Facebook avait pris position dans chacun des départements de l'entreprise. L'Ordre avait pris les rênes très rapidement. Le personnel du siège n'en revenait toujours pas. Les rumeurs les plus folles circulaient. Aymes, le directeur général, avait été limogé sur-le-champ. Des employés l'avaient vu quitter l'entreprise, accompagné par deux vigiles. Mark et Figli avaient disparu. Il se disait qu'ils avaient fui juste avant l'arrivée de ces hommes. À l'étage de la présidence, la nouvelle direction était en train de s'installer. Le personnel administratif et les secrétariats du président et du vice-président étaient rassemblés dans la salle du conseil. Ils regardaient, impuissants, les allées et venues des nouveaux dirigeants. La secrétaire de Mark remarqua qu'ils avaient tous l'air contrariés. Mark avait réussi à fuir, avec John Eisenstein. Il avait pu lancer la procédure de destruction des données. Et apparemment, cela avait agacé ses prédateurs. Salvatore Figli semblait avoir disparu également. La porte de la salle s'ouvrit brusquement. Les vigiles entrèrent et dirigèrent tout le personnel de l'étage vers les ascenseurs. Puis ils les poussèrent vers la sortie. Ils se retrouvèrent tous sur le parvis. La secrétaire de Mark leva les yeux vers le haut du bâtiment. Des larmes coulaient sur son visage.

La veille, Salvatore Figli avait rejoint son poste de commandement situé dans les sous-sols secrets de l'entreprise dès l'arrivée de l'équipe dans les locaux. C'était lui maintenant le patron de tout cela, mais personne ne devait le savoir. Tout le monde devait penser qu'il avait fui.

Ce matin-là, lorsqu'il entra dans son bureau, il fut accueilli par Clifford. Figli avait le visage fermé.

— Est-ce qu'on les a retrouvés ?

— Pas encore, maître. Le bâtiment est bouclé. Comme je vous l'ai dit, j'ai stoppé le processus de destruction lancé par Mark hier. Il a forcément été prévenu de l'arrivée de l'équipe, et John devait avoir des doutes sur ce qui était en train de se passer. Les données ont été endommagées. Il me faudra au moins deux jours pour récupérer les informations perdues et sécuriser à nouveau les serveurs.

— Ils ont dû réussir à quitter le siège. Lancez une équipe à leur recherche, faites surveiller leurs domiciles et bloquez leurs avoirs. Il faut les retrouver. Et pour le reste ?

— Tout se passe comme prévu, maître. Les équipes ont pris le contrôle de toutes les entreprises dont l'Ordre est maintenant propriétaire. Je sais que la fuite de Mark et John vous contrarie, mais l'opération se déroule comme convenu. L'économie mondiale est à vous et les gens se terrent comme des rats un peu partout. Votre intervention d'hier a marqué les esprits. L'annonce de la mort de la reine d'Angleterre a plongé l'humanité et les grands de ce monde dans un effroi profond.

Figli lança un regard noir à Clifford. Certes, tout se déroulait effectivement comme prévu, mais il avait perdu son trophée, qui avait fui plutôt que de faire face. Un capitaine ne quittait pas son navire et n'abandonnait pas son équipage. Et pourtant, Mark l'avait fait, en prenant soin de détruire Facebook avant. Il était donc devenu un fugitif, mais un fugitif dangereux. Il fallait qu'il le retrouve. Il s'installa à son bureau et commença à parcourir les rapports qui arrivaient sur son ordinateur. *L'Ordre tient sa revanche*, se dit-il en fermant les yeux. Et ce n'est que le début.

Genève

Air Force One se posa à l'heure prévue sur le tarmac de l'aéroport international de Genève. Le ballet des limousines et véhicules blindés commença. Comme tous les chefs d'État du G20, Barack Obama fut accueilli par le ministre des Affaires étrangères suisse ainsi que par l'ambassadeur des États-Unis en Suisse. Puis le cortège prit la direction de l'ambassade américaine, où résideraient le président et son épouse pendant les deux jours du sommet. L'accueil des chefs d'État était prévu en fin de matinée au Centre international des congrès de Genève, en plein quartier des affaires, près de la place des Nations. L'accès au centre-ville avait été complètement interdit pour l'occasion. Le convoi présidentiel mit moins de dix minutes pour arriver à l'ambassade et s'engouffrer dans la cour principale. Barack Obama descendit et se rendit dans les appartements qui lui avaient été réservés. Son chef d'état-major lui remit les derniers rapports sur la situation mondiale et son sherpa lui synthétisa le dossier qu'il lui remit pour le sommet. Michelle avait également un programme chargé pendant ces deux jours. Sa secrétaire particulière lui en résuma l'essentiel. Puis le couple présidentiel demanda à profiter des deux heures qu'il restait avant le début du sommet pour se reposer un peu. Leurs collaborateurs les laissèrent seuls.

— Je n'arrive pas encore à croire ce qu'a dit cet homme hier, dit Michelle. Une formule mathématique pour connaître la date de la mort de chacun d'entre nous, c'est impossible ! Tu penses vraiment que Léonard de Vinci a découvert cette horreur il y a cinq cents ans ?

— Je n'en sais rien, répondit Barack Obama. En tout cas, toutes les personnes qui ont reçu son message depuis trois jours sont mortes. Et cela a suffi pour nous plonger dans les ténèbres. Regarde comment l'économie mondiale s'est effondrée ! Et nous n'avons rien pu faire. Cette organisation a réussi à faire main basse sur elle en une demi-journée sans que les services de renseignement aient vu venir quoi que ce soit. Aujourd'hui encore, nous ne savons rien d'eux. C'est complètement fou ! J'ai menacé un fantôme. Et je ne vois pas ce que nous allons pouvoir faire pendant ces deux jours avec mes collègues.

— Ton audience privée avec Benoît XVI ce soir te fera du bien, je crois.

— J'espère. J'aime beaucoup cet homme.

Il enlaça sa femme. Ils s'aimaient comme au premier jour. Et en pareilles circonstances, l'amour de son épouse lui était essentiel. Ils s'allongèrent sur le lit et s'endormirent rapidement côte à côte.

Amboise

Philip Stern s'était levé de bonne heure. Il n'avait presque pas dormi. L'allocution de la veille, révélant le Cercle au monde entier et annonçant la mort de la reine d'Angleterre, l'avait atteint. Il lui semblait que cet homme avait toujours un coup d'avance sur lui, qu'il n'arriverait pas à l'arrêter. En trois jours, il avait plongé l'humanité dans le chaos et avait réalisé le plus gros hold-up jamais imaginé. Mais lorsqu'il avait vu le Cercle dans ses mains, il avait senti qu'il pourrait le mener jusqu'à lui. Comme si l'objet lui avait parlé. Il se souvint d'avoir ressenti quelque chose d'indéfinissable à ce moment-là.

Philip prenait son petit-déjeuner. La nuit avait été plutôt calme selon les informations du matin. Il devait partir pour Rome en milieu d'après-midi pour rencontrer le pape et le président Obama. La partie allait être serrée. Le président n'allait pas apprécier de se trouver dans cette situation ; ses équipes de sécurité non plus. Et puis il faudrait le convaincre d'épauler l'Ordre. Mais les évènements de la journée l'aideraient, car il y avait de grandes chances qu'à 18 heures, la reine d'Angleterre soit malheureusement morte. Le Cercle ne se trompait jamais.

L'arrivée de Floyd le sortit de ses pensées.

— Bonjour maître, je viens de m'entretenir avec le cabinet de généalogie. Il progresse. Sur les cinq noms donnés par Benoît XVI, deux n'ont plus de descendance aujourd'hui. Pour les trois autres, les choses se précisent. Il semble qu'ils aient encore des représentants.

— C'est une bonne nouvelle, monsieur Floyd. Il faut absolument que nous arrivions à identifier l'homme d'hier.

— Et nous progressons aussi sur ceux qui l'entourent, annonça Bill Gates en rejoignant Philip. Nous avons isolé la signature vocale de la personne qui parlait derrière celle qui dirigeait l'équipe d'Amboise. Elle ne correspond à aucune voix actuellement dans nos bases de données, mais Youri a mis au point un logiciel de recherche vocale tout à fait surprenant. Les programmes classiques de reconnaissance vocale analysent les signatures vocales qui leur sont présentées à partir d'écoutes réalisées. C'est comme cela que la NSA fonctionne. Elle écoute des millions de communications, isole celles qui ont un intérêt et les soumet au programme. Celui de Youri fonctionne dans l'autre sens. Il intègre la signature vocale et part à sa recherche parmi toutes les communications en cours. Couplé à mon ordinateur quantique, ce logiciel va faire des merveilles. S'il trouve la voix, il la localisera et nous saurons où se situe le donneur d'ordre, car la technologie quantique est si rapide qu'il ne pourra pas se cacher derrière des milliers de serveurs. Le logiciel sera plus rapide et localisera la source.

Son équipe progressait dans la recherche et la localisation de l'organisation qui utilisait le Cercle, mais ce n'était pas suffisant. Les évènements s'enchaînaient à grande vitesse et dans le mauvais sens. À un moment, un point de non-retour serait atteint et il serait quasiment impossible de sauver la situation. Il fallait absolument mettre leurs adversaires hors d'état de nuire avant que ce point de chaos ne soit atteint. *Il ne reste plus beaucoup de temps*, se tourmentait Philip.

— Je pars pour Rome dans quelques heures. J'espère convaincre Barack Obama de nous aider. Monsieur Gates, j'aimerais que vous m'accompagniez. Vous connaissez le président. Votre présence le rassurera et crédibilisera notre entretien.

— Si vous estimez que je peux être utile, je vous accompagne.

— Merci. Nous quittons Amboise à 15 heures.

— Je serai prêt.

Philip, Floyd et Bill Gates terminèrent leur petit-déjeuner en silence. La journée s'annonçait longue et chacun mesurait le chemin qu'il restait à parcourir. Ils avaient tous le sentiment que cette croisade moderne était sans fin.

Au-dessus de l'océan Atlantique...

Le Gulfstream loué par Adrian volait maintenant depuis plusieurs heures. Son arrivée à Paris était prévue à 11 heures. Mark, John, Adrian et Priscilla se reposaient un peu. Le départ depuis San José avait nécessité beaucoup de précautions, mais la location du jet n'avait posé aucune difficulté pour Adrian. Netjet était une entreprise dont la discrétion n'était plus à démontrer et où le paiement par compte à numéros était une pratique courante. En revanche, rejoindre l'aéroport d'affaires incognito avait été une chose plus difficile. Pour ne pas être reconnu, Mark Zuckerberg s'était rasé complètement la tête. Quant à Priscilla, elle était maintenant blonde. Adrian et John s'étaient contentés de mettre une casquette. Ils avaient utilisé la voiture de John. Pendant le trajet, tous espéraient ne pas avoir à faire face à un contrôle de police. Le chaos dans lequel se trouvaient les États-Unis, où l'état d'urgence avait été décrété par Barack Obama, avait nécessité de renforcer la sécurité. Heureusement, nous étions en pleine journée. Les contrôles étaient moins fréquents que la nuit. Adrian avait réussi à modifier les passeports de Mark, Priscilla et

John. Ils purent passer la douane américaine sans problème et surtout sans que leurs noms apparaissent comme quittant le sol américain, ce qui aurait été immédiatement signalé à Figli.

Tous les quatre somnolaient lorsque l'hôtesse vint les réveiller.

— Je pense que vous devriez regarder ceci, leur dit-elle en allumant l'écran plat qui leur faisait face.

CNN venait de cesser ses programmes pour un flash spécial. L'envoyé spécial de la chaîne en Grande-Bretagne était en direct. Buckingham Palace et le 10 Downing Street venaient d'annoncer la mort de la reine Élisabeth II. Mark, John, Adrian et Priscilla n'en croyaient pas leurs yeux. Figli avait donc dit la vérité : le Cercle permettait de prévoir la date de la mort de tout un chacun. L'effet de cette nouvelle allait être désastreux. La folie allait s'emparer de l'humanité. Figli allait rendre tout le monde esclave de la découverte monstrueuse de Léonard de Vinci. Chacun chercherait à se cacher afin de ne pas être la cible suivante.

— Il faut trouver ceux qui luttent contre l'organisation de Figli, insista Mark. Ils doivent forcément savoir qui mène cette guerre contre l'humanité.

Le pilote du jet annonça l'arrivée prochaine à l'aéroport du Bourget.

Genève

Le chef d'état-major du président entra dans la chambre de Barack Obama, où le couple présidentiel se reposait.

— Monsieur le président, la reine Élisabeth est décédée.

Il alluma la télévision. CNN y relayait l'information en direct. Le journaliste confirmait le décès, qui venait d'être officialisé par le médecin royal. La reine s'était levée normalement ce matin-là. Elle avait pris son petit-déjeuner avec son fils et son petit-fils, le prince Harry. Puis Kate et William étaient arrivés pour passer la matinée à Buckingham. Comme tous les matins, la reine avait examiné le courrier du jour avec sa secrétaire particulière, puis avait passé le reste de la matinée avec ses petits-enfants. Elle était remontée dans ses appartements vers 10 heures. À 10 h 30, sa femme de chambre l'avait trouvée inanimée dans son lit. Elle avait fait une rupture d'anévrisme.

Barack Obama n'arrivait pas à détacher son regard de la télévision. Ce qu'avait annoncé cet homme hier était donc vrai. La découverte de Léonard de Vinci était donc bien réelle et cette organisation inconnue l'utilisait depuis trois jours pour terroriser le monde entier. Chacun était maintenant à sa merci. Cet homme était capable de révéler la date de la mort de n'importe qui. *Y compris la mienne*, se dit le président. Des frissons lui parcoururent le corps.

— Michelle, cet homme est capable d'annoncer à tout moment la date de décès de chacun des dirigeants de ce monde, et de semer encore plus la panique un peu partout. Imagine qu'il révèle quand je vais mourir, ou quand les présidents russe ou chinois mourront. Il a le pouvoir d'annihiler toute volonté qui existe en chaque homme et chaque femme. Comment peux-tu grandir, aimer, construire une famille, travailler, lutter contre la maladie, si tu connais déjà la date où tout sera fini pour toi ? Cette découverte supprime tout espoir. Et l'espoir, c'est le moteur de la vie sur terre. Nous allons devenir ses esclaves si nous ne mettons pas un terme à tout cela rapidement. Je comprends pourquoi Léonard de Vinci avait décidé de cacher sa découverte au monde. Mais pourquoi ne l'a-t-il pas détruite ?

— Pourquoi ceux qui ont découvert l'atome n'ont-ils pas détruit leurs recherches ? lui répondit Michelle.

— Parce que chaque homme espère que ses découvertes serviront un jour l'humanité.

Et Léonard de Vinci avait gardé l'espoir que le Cercle pourrait être utilisé pour faire le bien.

— Garder l'espoir lorsque l'on a découvert comment le faire disparaître, murmura Barack Obama.

Si Léonard de Vinci avait gardé espoir en l'humanité, lui, le président des États-Unis ne pouvait pas baisser les bras maintenant.

— Pouvez-vous joindre le prince Charles ? demanda-t-il à son chef d'état-major. Je dois lui présenter les condoléances du peuple américain.

David Cameron venait à peine d'arriver à l'ambassade de Grande-Bretagne à Genève lorsqu'il apprit la nouvelle. Il quitta le bureau qui venait d'être mis à sa disposition par l'ambassadeur, puis sortit dans la cour principale du bâtiment, où l'attendait déjà sa voiture. Il annulait sa participation au G20 et rentrait directement à Londres. L'émotion était à son comble en Angleterre. Des milliers de personnes s'étaient déjà regroupées devant le palais royal. Des bougies, des fleurs et des messages commençaient à tapisser le devant de Buckingham Palace. Le ballet des voitures officielles avait aussi débuté. L'archevêque de Canterbury était arrivé le premier, puis ce fut le tour des présidents des deux Chambres. Quant aux services de Scotland Yard, du MI 5 et du MI 6, ils étaient à pied d'œuvre. Mais les premières conclusions du médecin royal et du médecin légiste étaient formelles, il s'agissait d'une mort naturelle. Le prince Charles et ses enfants recevaient les condoléances et les messages de soutien de tous les chefs d'État et têtes couronnées que comptait le monde. Une grande tristesse s'était abattue sur le palais et dans tout le pays.

Le Bourget

Le jet venait de se poser sur le tarmac de l'aéroport. Mark, John, Adrian et Priscilla descendirent et rejoignirent le salon VIP. Leur jet pour Amboise décollait une heure plus tard. La télévision du salon diffusait en boucle l'annonce du décès de la reine d'Angleterre. Le Premier ministre venait d'annoncer un deuil national d'une semaine. Les quatre amis ne parlaient pas. Aucun mot ne permettait de décrire les sentiments qui les traversaient en ce moment. Priscilla regarda son mari. Elle vit dans ses yeux une détermination qu'elle ne lui connaissait pas. Tout avait toujours été facile pour Mark. Son enfance avait été heureuse, puis son intelligence lui avait rapidement ouvert toutes les portes jusqu'à l'université de Harvard. C'est là qu'il avait eu l'idée de créer le réseau social qui était devenu Facebook par la suite. Tout s'était enchaîné naturellement sans difficulté. Mais aujourd'hui, tout était différent. Il venait de tout perdre en une journée. *Et ce choc l'a changé*, se dit-elle. Il semblait meurtri, mais plus déterminé que jamais. Et son regard d'éternel étudiant s'était durci. Elle vit qu'il ne pardonnerait jamais à Figli et qu'il consacrerait tout son temps et toute son énergie à récupérer ce qu'on lui avait volé. Une hôtesse vint les informer que leur avion était prêt. Ils se levèrent et se dirigèrent vers le hangar où les attendait le jet. Ils avaient hâte d'arriver à Amboise.

Amboise

Philip était dans son bureau avec Sophie lorsque la nouvelle du décès de la reine Élisabeth tomba. Ils ne furent pas surpris. Depuis que cet homme avait annoncé sa mort en présentant le Cercle au monde, ils n'avaient eu aucun doute sur l'issue. Ils éprouvèrent beaucoup de tristesse pour la famille royale et le peuple britannique.

— J'ai l'impression de tomber du haut d'une falaise. Mais plus je m'approche du sol, plus il s'éloigne, m'obligeant à chuter encore et encore, dit Sophie. C'est sans fin.

— C'est ce qu'il cherche, répondit Philip. Il entraîne l'humanité dans un trou sans fond. Le Cercle n'est plus seulement une découverte mathématique, c'est devenu une chimère dans les mains de ce monstre. Et pour l'instant, nous n'avons aucun remède. Il joue avec nous aussi. Plus on s'approche de lui et plus il s'éloigne.

Leur conversation fut interrompue par l'arrivée de Floyd.

— Maître, le logiciel de Youri vient de localiser la voix derrière celle qui dirigeait l'équipe d'Amboise. Elle vient de Palo Alto, aux États-Unis.

Philip leva les yeux vers Floyd :

— Quelles sont les entreprises qui viennent de subir une OPA hostile et dont le siège est à Palo Alto ? demanda-t-il.

— Il n'y en a qu'une, maître, c'est Facebook.

— Demandez à Bill Gates de venir immédiatement.

Bill Gates entra dans le bureau de Philip moins de cinq minutes plus tard.

— Monsieur Gates, le QG de ceux qui nous font subir l'horreur du Cercle est à Palo Alto, selon le logiciel de Youri.

— Oui, Philip, c'est ce que nous avons trouvé.

— Seul Facebook a subi une OPA hostile à Palo Alto. Ils agissent depuis là-bas.

— Mark Zuckerberg a disparu depuis l'OPA, dit Sophie. Ils ont dû prendre la direction de l'entreprise, comme pour toutes les autres. Mais je serais très surprise que l'homme qui a révélé le Cercle au monde soit assis dans son fauteuil et agisse depuis son bureau. Facebook est leur outil, mais ils ne doivent pas être physiquement sur place.

— Pourquoi dites-vous cela ? demanda Philip.

— C'est une organisation qui poursuit une quête depuis cinq cents ans tout comme vous menez votre mission depuis tout ce temps. L'Ordre que vous dirigez n'a jamais agi à visage découvert depuis le château d'Amboise. Votre QG est en sous-sol du manoir. Il en est sûrement de même pour cette organisation.

Philip regarda Sophie. Il admirait son intelligence et sa compréhension du monde.

— Si Mark a disparu, c'est qu'il s'est senti en danger juste après l'OPA, déclara Bill Gates. Je le connais un peu. Il n'est pas du genre à fuir. Il a sûrement eu peur pour sa vie ou pour celle de sa femme.

— Vous pouvez le joindre ? Son aide nous serait précieuse.

— S'il est en fuite, il se sera séparé de tout ce qui permettrait de le localiser…

Bill Gates s'arrêta net.

— Peut-être pas tout, reprit-il. Le club des multimilliardaires est très fermé. Nous sommes tous devenus très méfiants à l'égard du monde extérieur. Alors nous avons mis au point un dispositif d'alerte entre nous afin de nous protéger les uns des autres.

Philip, Floyd et Sophie regardèrent Bill Gates avec étonnement. Décidément, ils en apprenaient tous les jours. Bill Gates mit la main dans la poche de son pantalon et en sortit un pageur. C'était l'ancêtre des téléphones mobiles. Il était très utilisé dans les années 1980 puis avait brutalement été abandonné lors de l'éclosion de la téléphonie mobile. Plus personne ne recourait à cette technologie depuis près de vingt ans. Bill Gates vit le regard étonné de ses amis.

— Je sais ce que vous pensez. Oui, cette technologie est obsolète depuis plus de vingt ans, mais le réseau est toujours actif. Nous l'avons racheté il y a quelques années dans le plus grand secret. Personne ne sait qu'il fonctionne encore. Ce pageur est notre alarme entre nous. Nous pouvons nous prévenir les uns et les autres des dangers qui nous guettent, et ce, en toute discrétion. Je pense que Mark a gardé le sien, car il est intraçable.

— Comment fonctionne-t-il ? demanda Floyd, qui n'avait pas connu cette époque.

— C'est un système de communication très rudimentaire. Il permet de contacter le détenteur d'un autre pageur grâce à son numéro et de lui envoyer un message de quelques caractères.

Bill Gates consulta son agenda afin de trouver le numéro du pageur de Mark Zuckerberg. Il composa celui-ci sur son petit appareil et tapa son message :

`C'est BG, nous pouvons l'arrêter ensemble. Appelez-moi.`

— Voilà, s'il n'a pas jeté son pageur, il me contactera.

— Bien, nous devons partir pour Rome. Le pape nous attend en fin d'après-midi avant que Barack Obama n'arrive.

— Je suis prêt, répondit Bill Gates.

Philip se leva et transmit ses instructions à Sophie et à Floyd. Il souhaitait notamment que les disciples aident le cabinet de généalogie à progresser concernant les descendants des trois membres de l'équipe d'Auxerre.

— Mettez nos disciples à leur service. Ils l'aideront à avancer plus vite.

Puis ils sortirent tous les quatre du bureau de Philip. Une voiture attendait Philip et Bill Gates dans les sous-sols du centre opérationnel de l'Ordre pour les emmener à l'aéroport d'Amboise.

Genève

La présidente de la Confédération suisse, Mme Eveline Widmer-Schlumpf était arrivée au Centre international de Conférence depuis une heure, lorsque l'annonce du décès de la reine Élisabeth apparut par flashs spéciaux sur les chaînes d'information. David Cameron l'appela dans les minutes qui suivirent pour lui indiquer qu'il rentrait à Londres et ne participerait donc pas au sommet, ce qu'elle comprit. Son ministre des Affaires étrangères le remplacerait. Elle était assise dans un bureau du dernier étage du Centre de Conférence avec son directeur de cabinet. Tous les chefs d'État étaient arrivés à Genève. L'ouverture du G20 avait été décalée d'une heure en raison du décès de la reine, les chefs d'État ayant souhaité présenter les condoléances de leur pays à la famille royale avant le début de la réunion.

— Le service de sécurité vient de m'informer que les premières délégations viennent de quitter leurs ambassades. Il va falloir y aller, madame la présidente.

— Je sais. Les dirigeants que je vais accueillir dans quelques minutes sont censés représenter les vingt nations les plus puissantes du monde, mais depuis trois jours, ils n'ont trouvé aucune solution à ce qui nous arrive. Pire, leur économie est passée dans les mains de cet homme en moins d'une journée. Et personne ne sait qui il est et ce qu'il veut. Je vais présider un sommet de l'impuissance, soupira-t-elle en se levant.

Le Premier ministre japonais arriva le premier. La présidente suisse l'attendait au pied du Centre de Conférence. Lorsqu'il descendit de sa voiture, il avait un visage fermé. Les deux chefs d'État n'avaient pas le cœur à sourire. Ils se saluèrent rapidement puis entrèrent dans l'édifice. L'ambiance fut la même lors de l'arrivée des dix-neuf autres chefs de gouvernement. Les traditionnelles photos des dirigeants souriant avant le début d'un tel sommet avaient disparu. Il n'y eut pas non plus de photo de famille pour ce G20. Les discussions entre les participants débutèrent aussitôt. Barack Obama eut une requête : que ce sommet commence par une réunion à huis clos entre les vingt chefs d'État sans aucun collaborateur et sans aucun enregistrement.

— Nous avons besoin de nous parler sans nos entourages, je pense.

C'était une première dans l'histoire du G20, mais tous les chefs d'État acceptèrent. Ils avaient effectivement besoin de se dire les choses, juste entre eux, sans se soucier du protocole ou des stratégies diplomatiques que chacun menait en coulisse en temps normal. Un échange franc était nécessaire. Tous les collaborateurs et ministres accompagnant les chefs d'État quittèrent la salle. Beaucoup n'appréciaient pas ce choix, car l'influence des conseillers sur les évènements était bien connue. Ils craignaient que des décisions soient prises à chaud sans le recul nécessaire, mais ils respectèrent leur choix.

Amboise

La voiture conduisant Philip Stern et Bill Gates à l'aéroport d'Amboise venait juste de sortir de la route souterraine menant au centre opérationnel de l'Ordre lorsque le pageur vibra. Bill Gates le sortit de nouveau de sa poche de pantalon et lut le message :

```
C'est MZ, sommes en sécurité pour l'instant et en route
pour la France. Vous appelle dès notre arrivée. Besoin
d'une ligne sécurisée.
```

— C'est Mark Zuckerberg, il est en sécurité et arrive en France. Il m'appelle dès qu'il le peut.

— Pourquoi vient-il en France ?

— Je ne sais pas. Il a dû quitter les États-Unis pour se mettre en sécurité. Nous en saurons plus lorsqu'il appellera.

La voiture arriva à l'aéroport, où le jet de l'Ordre les attendait. Cinq minutes plus tard, l'avion prit position sur la piste 1 et décolla pour Genève. Le voyage durerait un peu plus d'une heure.

Entre Paris et Amboise

Mark venait de sortir un pageur de sa poche. Sa femme, John et Adrian le regardèrent comme s'il était un extraterrestre.

— C'est quoi, ça ? demanda Priscilla, qui voyait l'objet pour la première fois.

— C'est un pageur.

— Oui, j'ai bien vu, mais pourquoi as-tu un pageur sur toi ? Plus personne n'utilise ça !

— Je vous expliquerai plus tard, dit Mark à sa femme et à ses amis, qui n'arrivaient pas à détacher leur regard du petit objet vintage. Je viens de recevoir un message de Bill Gates. Regardez.

Mark leur montra le message.

— Il sait ce qui se passe, dit John. Il doit faire partie de ceux qui luttent contre Figli et son organisation. Vous aviez raison, Mark, il y a des gens qui cherchent à les mettre hors d'état de nuire, et Bill Gates fait partie du groupe. C'est une bataille souterraine qui remonte à plus de cinq cents ans apparemment entre ceux qui protégeaient le Cercle et ceux qui cherchaient à le récupérer. Tout cela se passait sous notre nez à tous depuis cinq siècles sans que personne ne le sache.

— Et Figli s'est servi de moi pour arriver à ses fins, dit Mark. C'est lui qui a poussé pour que j'introduise Facebook en Bourse. Il avait besoin de cette opération pour lancer la sienne. Clifford a dû l'aider. Et nous n'avons rien vu. Sauf vous, John.

— J'aurais dû vous en parler plus tôt.

— Vous ne pouviez pas, John. J'aurais pu faire partie de cette machination. Il fallait être très proche de moi pour détenir les informations nécessaires au succès d'une telle opération.

— Nous devons rencontrer Bill Gates, dit Adrian. Dites-lui que vous l'appellerez dès que vous aurez un moyen de communication sûr.

— J'achèterai un téléphone prépayé à l'aéroport d'Amboise.

Mark répondit à Bill Gates. Le jet venait de décoller. Ils seraient à Amboise dans une heure. Aucun d'entre eux ne connaissait cette ville.

Palo Alto

Clifford entra dans le bureau de Figli.

— C'est la panique et la désolation en Angleterre, maître. Le G20 de Genève vient juste de commencer et le visage des chefs d'État montrait leur niveau d'impuissance sur les évènements des derniers jours. Tout est prêt pour votre deuxième allocution. J'ai effectué moi-même les derniers tests pour cette phase. Tout est opérationnel. Les données que Mark a tenté de détruire ont été récupérées.

— Très bien, monsieur Clifford. La fuite de Mark aura donc été vaine. Je garde toutefois un goût d'inachevé de ne pas l'avoir auprès de moi en ce moment. Mais maintenant, tout cela n'a plus d'importance. L'Ordre de Salai tient sa vengeance. Et rien ne pourra plus l'arrêter. Enclenchez la dernière phase de notre opération. Je m'adresserai au monde dans deux heures.

— Très bien, maître, c'est un honneur de vous servir.

Clifford quitta le bureau de Figli. Salvatore resta seul. Il pensa à sa famille, qui avait passé plus de cinq siècles à chercher le Cercle. La malédiction que Léonard de Vinci avait jetée sur elle allait enfin prendre fin. Et quelle meilleure façon de s'y prendre que celle qu'il avait prévue ! L'humanité tout entière allait découvrir ce que sa famille avait subi. Il se sentait prêt et serein.

Genève

Cela faisait maintenant plus d'une heure que les vingt chefs d'État étaient en réunion à huis clos. Il n'y avait aucun interprète dans la salle. Cela obligea chacun à prêter une attention particulière aux échanges qui, d'un commun accord, s'effectuaient en anglais et en espagnol, les deux langues les plus répandues. Obama avait pris la parole en premier.

— Mes amis, il faut bien se dire la vérité. Nous avons été dépassés par ce qui arrive et nous sommes aujourd'hui totalement impuissants face à cet homme dont nous ignorons l'identité.

L'accès de sincérité du président américain surprit, mais détendit l'atmosphère, car chacun pensait la même chose, mais personne n'osait l'admettre et encore moins l'avouer à ses collègues. Mais l'heure n'était plus aux coquetteries ni aux calculs politiques. Le monde était plongé dans une crise sans précédent.

— C'est vrai, répondit Vladimir Poutine. Nous ne maîtrisons rien de ce qui nous arrive. Il a été capable de rester caché et inconnu de tous nos services de renseignement. Et ses moyens sont aujourd'hui considérables. Nos peuples n'attendent plus rien de nous. Ils se cachent afin d'éviter de croiser ses messagers. Ils vont préférer être ses esclaves et survivre plutôt que de vivre en connaissant la date de leur mort.

— Et l'annonce de la mort de la reine Élisabeth hier et son décès aujourd'hui ne vont pas rendre nos peuples plus vaillants face à ce monstre. Au contraire, je pense qu'il leur a porté un coup fatal avec son allocution. Et à nous aussi, ajouta le président chinois.

Chacun des participants s'exprima librement. Tous arrivèrent à la même conclusion d'impuissance. Mais c'était la première fois que chacun faisait preuve d'autant de sincérité. Ils avaient un adversaire commun, qui voulait les réduire à néant et renvoyer le monde entier au temps des esclaves. Et ça, ils ne pouvaient l'accepter.

— Alors, mes amis, nous n'avons que deux options, reprit Barack Obama. Nous soumettre ou le défier.

— Comment voulez-vous le défier ? demanda la chancelière allemande.

— En l'obligeant à sortir du bois. Il a un ego surdimensionné. Il aime maîtriser le timing. Bousculons-le !

Barack Obama s'arrêta quelques secondes. Ses collègues le regardèrent.

— Si vous êtes prêts à le défier et donc à montrer à nos peuples qu'il ne nous fait pas peur, reprit-il, alors peut-être que les gens regagneront confiance et se dresseront face à lui.

— Qu'avez-vous en tête ? lui demanda le Premier ministre canadien.

— Mettons-le au défi de rendre publiques dès maintenant les dates de nos morts. Et prouvons à nos peuples que nous pouvons vivre avec !

Un silence suivit. Les dix-neuf collègues du président américain digéraient la proposition qui venait d'être faite. Certes, ils représentaient les vingt pays les plus puissants de la terre, mais ils n'en restaient pas moins des hommes et des femmes avant tout. Et leur rapport personnel à la mort était donc différent du fait de leur histoire mais aussi de leur religion. En effet, à l'exception de la religion juive, toutes les religions étaient représentées par les vingt chefs d'État présents. Il y avait des catholiques, des protestants, des orthodoxes, des musulmans, des anglicans, des bouddhistes et des athées. Chacun prit donc le temps de la réflexion, car connaître le jour de sa mort ne revêtait pas la même signification pour tous. Les athées furent ceux qui eurent le plus de mal avec cette idée. Le président français, laïque et non croyant, se mit à se poser de nombreuses questions théologiques sur la vie, la mort et lui-même. La profondeur de ses réflexions le surprit, lui pour qui il n'y avait rien après la mort et pour qui il n'existait rien de supérieur à l'homme sur terre. Il eut peur. Pour les croyants, l'approche était différente, chacun croyait à l'existence d'une autre vie après la mort. Ils se surprirent même par ce point commun qu'ils avaient et qu'à ce jour, personne n'avait mis en avant. Les conflits religieux actuels et passés étaient nés chaque fois des différences de croyance entre les religions et leurs pratiques, mais à aucun moment il n'avait été souligné que la foi de chacun dans une vie après la mort était un socle commun. Alors que chacun pensait l'autre différent en raison de sa religion, ils découvrirent qu'ils partageaient tous la foi en la vie après la mort. Et cela les rapprocha en ce moment si particulier. Ils sentirent que leurs différences étaient moins importantes que ce qui les unissait à cet instant.

— Je suis d'accord avec vous, lui dit le président chinois. Affrontons-le et montrons à nos peuples qu'il ne nous fait pas peur. Et qu'il me dise quand je dois mourir. Je pourrai au moins me préparer.

— Moi aussi, intervint Angela Merkel. Affrontons ce monstre ensemble.

Tous les chefs d'État approuvèrent finalement la proposition de Barack Obama. Ils se levèrent et se dirigèrent vers la porte de la salle de conférences. Barack Obama sortit le premier, suivi par ses dix-neuf collègues et la présidente suisse. Ils prirent la direction de la salle de presse. Leurs conseillers et ministres les regardèrent passer. Personne ne savait ce qu'ils avaient décidé ni ce qu'ils allaient faire, mais tous purent constater la détermination sur leurs visages. Les vingt et un dirigeants entrèrent sans prévenir dans la salle de presse. Ils se dirigèrent vers la tribune prévue pour la conférence clôturant le sommet. Les journalistes du monde entier, qui avaient été accrédités pour le G20, furent surpris de voir arriver la délégation en personne. Chacun s'assit à la tribune. Les journalistes accoururent prendre leurs places. Les télévisions interrompirent leurs programmes pour un flash spécial en direct de Genève.

— Mesdames, messieurs, commença Barack Obama, nous vous remercions d'être présents en ce moment si particulier. Je vais vous faire une déclaration solennelle au nom de la délégation.

Il s'assit à son tour et regarda la caméra ainsi que le parterre de journalistes qui lui faisait face. Puis il reprit :

— Nous traversons les jours les plus sombres que notre monde ait connus. Et comme vous, nous nous sommes sentis envahis par un profond sentiment d'impuissance. Mais il est temps de relever la tête et de faire face à cet homme qui n'a pas eu le courage de nous menacer à visage découvert. Sénèque disait « Seules sont perdues d'avance les batailles qu'on ne livre pas. » Alors nous avons décidé de livrer bataille. Nous ne nous soumettrons pas à la volonté de celui qui nous terrorise. Nous ne deviendrons pas ses esclaves. Plus encore, nous n'avons pas peur de lui. Et nous sommes prêts. Qu'il dévoile la date de nos morts. Nous ferons face, vivrons avec cette information et mettrons tout le temps qu'il nous reste à le pourchasser et à le mettre hors d'état de nuire. Et qu'il ne doute pas de notre motivation, car lorsque votre temps est compté, votre détermination à réussir est plus forte encore. Jean Paul II avait coutume de dire « n'ayez pas peur », et il avait raison. Nous appelons toutes celles et ceux qui pensent comme nous à nous rejoindre et à lui dire que nous n'avons pas peur de mourir, quelle que soit l'échéance. Désormais, il n'y a pas que pour nous que le temps est compté.

Barack Obama se rassit. Le silence régnait dans la salle de presse. Personne ne s'attendait à cette déclaration. Les dirigeants des vingt pays les plus puissants du monde faisaient bloc. Ils avaient décidé d'ignorer les menaces de cet homme et de son organisation et appelaient chacun à faire de même. Une nouvelle ère allait s'ouvrir, où il faudrait apprendre à vivre en connaissant la date de sa mort plutôt que survivre en attendant de mourir. L'appel des dirigeants du G20 fut entendu par de nombreux chefs d'État et de gouvernement dont les communiqués de presse affluaient dans les rédactions. Tous défiaient l'inconnu en lui demandant de rendre publique leur date de décès. Puis ce fut au tour des artistes, des sportifs, des écrivains et enfin de milliers d'anonymes, qui rouvraient leurs comptes Facebook et rejoignaient la page « N'ayons pas peur ! » créée quelques minutes plus tôt.

Le président américain remercia ses collègues pour le courage et le soutien qu'ils avaient manifestés. Puis il quitta le G20 pour se rendre à Rome, où il était attendu par le pape Benoît XVI. Michelle était assise à ses côtés :

— Vous avez rendu l'espoir à beaucoup de gens aujourd'hui. La bataille sera rude, mais l'issue n'est plus aussi noire.

Il ne dit rien. Il ferma les yeux et sentit que Michelle serrait sa main. Ils atteignirent l'aéroport peu après.

Entre Amboise et Rome

Le jet de l'Ordre du Cercle survolait les Alpes lorsque Barack Obama avait commencé une conférence de presse imprévue après le huis clos du G20. Philip et Bill visionnèrent la retransmission en direct. Lorsque le président américain eut terminé, ils se regardèrent. Ils avaient été impressionnés.

— Ils montrent le chemin à leurs peuples. Ils essaient d'ôter tout pouvoir à cet homme sur l'humanité. C'est malin, car il vaut mieux vivre pleinement en sachant quand tout s'arrêtera que caché et soumis en attendant la mort.

— Regardez la réaction des autres chefs d'État. Ils lui emboîtent le pas ! Barack Obama tente de lui retirer tout le pouvoir qu'il tient du Cercle.

Bill Gates sortit son téléphone crypté.

— Que faites-vous ? demanda Philip.

— Je demande à mon attaché de presse de rédiger un communiqué de presse soutenant cet appel. Je veux que mon nom apparaisse. C'est important en ce moment.

Ils survolaient maintenant l'Italie et se poseraient à Rome d'ici trois quarts d'heure.

Palo Alto

Figli et Clifford venaient eux aussi de regarder la conférence du G20 dans le bureau de Figli.

— Bien joué, monsieur le président !

Figli était un joueur d'échecs et il appréciait la riposte de Barack Obama à sa juste valeur. Il était fier d'avoir trouvé un adversaire à sa hauteur. Mais comme tout bon joueur, il avait déjà prévu les coups suivants.

— L'appel du président est-il suivi, monsieur Clifford ?

— Oui, maître. De nombreuses personnalités s'associent à l'appel. Et Facebook reprend un niveau d'activité élevé. La page « N'ayons pas peur » compte déjà plusieurs millions d'abonnés.

— Très bien. Alors, voyons jusqu'où ils sont prêts à aller. Modifiez la dernière phase de notre opération. Ne les menaçons plus de publier les dates de décès. Voilà ce que nous allons faire.

Clifford nota les instructions de son maître et quitta son bureau. La partie ne faisait que commencer.

Amboise

Le jet en provenance de Paris venait de se poser sur le tarmac de l'aéroport. Mark, Priscilla, John et Adrian sortirent de l'avion et se dirigèrent vers les salons VIP de la zone réservée aux voyages d'affaires. Mark repéra une boutique de téléphonie mobile. Il entra et acheta un téléphone prépayé.

— J'appelle Bill Gates pour en savoir plus, dit-il en composant le numéro.

Les trois autres acquiescèrent, et se mirent à l'écart.

— Bonjour Bill, c'est Mark.

— Bonjour Mark, comment allez-vous ?

— Ça va. Nous avons quitté les États-Unis pour la France avec Priscilla et deux amis. Sur place, nos vies étaient en danger.

Bill fut rassuré de les savoir en sécurité.

— Où êtes-vous en ce moment ?

— Nous venons d'atterrir dans une ville qui s'appelle Amboise.

— Quoi ? s'exclama-t-il. Que faites-vous à Amboise ?

Philip, qui avait entendu Bill Gates, s'arrêta net. Bill Gates mit le haut-parleur. Mark eut un moment de doute. Et si Bill Gates faisait partie de l'organisation de Figli ? Il venait de lui indiquer où ils se trouvaient. À ce moment, le téléphone de Philip sonna à son tour.

— Maître.

— Oui, monsieur Floyd.

Le cabinet de généalogie et les disciples ont trouvé deux descendants de l'équipe d'Auxerre. Antonio De la Rosa, homme d'affaires mexicain, habitant Guadalajara, descendant de Coquelet d'Auxerre, et Salvatore Figli, descendant de Ribaucourt, médecin italien, domicilié à Gènes.

— Vous m'avez dit De la Rosa et Figli ?

— Oui, maître.

Mark, qui était toujours en ligne avec Bill Gates, avait entendu le nom de Figli prononcé par Philip.

— Qui est à côté de vous, Bill ?

— Je ne peux rien vous dire, Mark.

— Il vient de prononcer le nom de Figli.

Philip prit le téléphone de Bill Gates.

— Bonjour, monsieur Zuckerberg, je m'appelle Philip Stern. Mon nom ne vous dira rien. Vous m'avez entendu prononcer les noms de De la Rosa et de Figli. Vous connaissez Figli ?

Mark garda le silence.

— Monsieur Zuckerberg, reprit Philip. Je sais que les derniers jours ont dû être très difficiles pour vous, mais je suis à la recherche de celui qui nous a plongés dans cette horreur. Mon organisation, à laquelle participe Bill Gates, a réussi à mettre deux noms sur l'inconnu qui utilise le Cercle aujourd'hui. J'étais chargé de protéger cette découverte. Je dois absolument arrêter cet homme et récupérer le Cercle. Il a fait assez de dégâts comme cela. Alors, je vous en prie, aidez-moi.

Mark se tourna vers John, qui acquiesça.

— C'est Salvatore Figli, mon vice-président.

— Merci, monsieur Zuckerberg, répondit Philip. Où êtes-vous à Amboise ?

— Nous sommes toujours à l'aéroport.

— Je demande à mon secrétaire général de venir vous chercher et de vous mettre en sécurité. Le siège de mon organisation est à Amboise. Figli a tenté de nous détruire mais il a raté son opération.

Philip rendit son téléphone à Bill Gates et reprit Floyd.

— Figli est notre homme. Je vous expliquerai plus tard. Nous avons une urgence. Il faut qu'une équipe récupère quatre personnes à l'aéroport d'Amboise et les mette en sécurité tout de suite au centre opérationnel.

Floyd raccrocha. Il n'en revenait pas. Il donna immédiatement ses instructions. Mark Zuckerberg et ses amis seraient là dans moins de dix minutes. Mark Zuckerberg, le fondateur de Facebook allait arriver. Comment était-ce possible ? Il se ressaisit et retourna dans la salle où travaillaient les disciples et Sophie.

— Je viens d'avoir M. Stern. Salvatore Figli est notre homme. Il a dû modifier sa biographie, car il n'est pas médecin, mais le vice-président de Facebook. Il doit être à Palo Alto quelque part. Il faut le localiser. Sortez-moi tout ce que vous trouverez sur lui.

— Il en est sûr ? demanda Sophie.

— Oui, il tient l'information de Mark Zuckerberg.

— Le fondateur de Facebook ? dit Helena Dvorski.

— Oui, il est en fuite depuis l'OPA sur son entreprise. Il nous cherchait sans savoir que nous existions.

— Où est-il ? demanda Enrique Alvarez.

— Il sera ici dans moins de dix minutes.

Un silence emplit la salle.

— Allons-y, nous devons localiser Figli ! rappela Floyd.

Chacun se remit au travail.

Rome

Philip et Bill Gates venaient de se poser. Monseigneur Barbarin les attendait sur le tarmac dans la BMW noire qui stationnait près du jet. Les plaques d'immatriculation étaient italiennes. Personne ne pouvait savoir qu'ils se rendaient au Vatican. Ils descendirent par la passerelle avant et entrèrent directement dans le véhicule.

— Bonjour, monseigneur, dit Philip en s'asseyant dans l'un des fauteuils de la limousine. Je vous présente M. Gates.

— Bonjour Philip. Monsieur Gates, je suis enchanté de faire votre connaissance.

— Monseigneur, je le suis également, répondit Bill Gates.

— Le pape Benoît nous attend. Le président américain arrivera dans une heure. Vous avez pu voir la conférence de presse qu'il a donnée avec ses collègues dans le cadre du G20 ?

— Oui. Ils ont eu du cran. Je pense qu'ils ont redonné espoir aux gens. Il semble que des dizaines de milliers de personnes aient décidé de les rejoindre et de relever la tête, dit Bill Gates.

Monseigneur Barbarin regarda son ami Philip.

— Vous avez progressé ? demanda-t-il.

— Oui, nous savons qui est l'homme qui terrorise le monde depuis plusieurs jours avec le Cercle.

Le cardinal ferma les yeux. Enfin, le ciel s'éclaircissait.

— Et c'est grâce au travail de Benoît XVI à Castel Gandolfo. Merci de m'avoir fait confiance. Cela nous a été d'une grande aide, même si pour le moment rien n'est réglé.

Le véhicule entra par la porte sud, remonta le long de la place Saint-Pierre, puis bifurqua pour arriver devant l'entrée principale du palais apostolique. Le chauffeur s'arrêta devant les trois gardes suisses qui attendaient. Monseigneur Barbarin, qui portait son habit de primat des Gaules et son anneau pastoral, sortit le premier. C'était la première fois que Bill Gates venait au Vatican. Il était impressionné. Le secrétaire de Benoît XVI était également ému de se trouver devant le fondateur de Microsoft, cet homme qui consacrait aujourd'hui sa fortune à aider les autres, après avoir contribué par son intelligence aux principaux progrès technologiques du siècle précédent. Cet homme avait imaginé il y a plusieurs dizaines d'années les technologies numériques dont on ne pouvait plus se passer aujourd'hui. Il avait été à l'informatique ce que Christophe Colomb ou Magellan avaient été à la découverte du monde : un pionnier.

— Bonjour monseigneur, bonjour messieurs. Soyez les bienvenus au Vatican. Je vais vous conduire jusqu'au bureau de Sa Sainteté. Vous êtes attendus pour votre audience.

Philip et Bill Gates comprirent que le secrétaire particulier du pape n'avait aucune idée de l'objet de leur visite, et c'était mieux ainsi. Salvatore Figli avait peut-être réussi à infiltrer l'entourage du pape. Il fallait donc être très prudent. Ils suivirent le secrétaire et prirent un grand escalier qui menait au premier étage. Ils entrèrent dans une salle où étaient disposés plusieurs fauteuils. Sur les murs de cette superbe salle, ils reconnurent les portraits de certains papes. Le parquet ancien était magnifique et les colonnes en marbre rose positionnées aux quatre coins de la pièce lui conféraient une dimension encore plus imposante. Ils s'assirent dans le salon de droite.

— Veuillez patienter quelques instants, Sa Sainteté va vous recevoir.

Puis le secrétaire s'éclipsa. Les trois hommes restèrent silencieux, la magnificence du lieu et sa beauté les laissaient muets. Le cardinal Barbarin connaissait la pièce, mais il ressentait à chaque fois la même émotion lorsqu'il y pénétrait. Philip n'était jamais venu dans ce lieu. Quand il avait été reçu plusieurs années auparavant par le pape, il n'avait pas patienté dans la salle des audiences. Il était passé par le secrétariat du pape, situé de l'autre côté. Il était en admiration devant la beauté de la pièce. Quant à Bill Gates, il parcourrait chacun des portraits qui ornaient les murs avec la plus grande attention. Tous ces tableaux avaient été réalisés par de grands maîtres. Il s'arrêta sur celui de Léon X. Il semblait avoir été accroché au mur plus récemment. Chacun était plongé dans ses pensées lorsque la porte du bureau du pape s'ouvrit. Ils tournèrent la tête et virent Benoît XVI venir à leur rencontre. Ils se levèrent d'un coup.

— Bonjour, mes amis, quel bonheur pour moi de vous rencontrer aujourd'hui !

Le cardinal Barbarin s'agenouilla à l'arrivée du pape et baisa son anneau. Philip et Bill Gates penchèrent la tête en avant.

— C'est un honneur d'être reçus par vous, Votre Sainteté, dit Philip.

— Il semble que l'Église vous soit redevable deux fois, mon ami, lui répondit le pape, faisant référence à l'aide précieuse que Philip avait apportée par le passé.

— La situation d'aujourd'hui est bien plus grave que la précédente, Votre Sainteté, et pour l'instant nous ne la maîtrisons pas.

— Je le sais bien, mes amis, mais Dieu a souvent mis à l'épreuve ses fidèles et leur foi. C'est une épreuve de plus qui se présente à nous et nous nous devons de la traverser. Regardez ces visages. Tous mes prédécesseurs ont été guidés par leur foi dans le Seigneur et par l'espoir qu'ils plaçaient dans chaque homme et chaque femme. J'ai été élu pour la même raison. Et ma foi est encore plus forte dans le moment terrible que nous traversons.

Ils lurent la détermination du pape dans ses yeux. À ce moment précis, ce n'était plus le même homme. Ce qu'il avait découvert à travers l'Ordre du Cercle et les archives de Léon X ainsi que la peur qu'il voyait dans les yeux des hommes l'avaient rendu plus déterminé que jamais. Il se tourna vers Bill Gates.

— Monsieur Gates, je suis très heureux de vous rencontrer. J'ai admiré votre intelligence et votre réussite en son temps, mais j'admire encore plus l'homme que vous êtes aujourd'hui et votre générosité. Je sais que le moment n'est pas propice aux compliments, mais je tenais à vous le dire.

Bill Gates se sentit rougir. Bien que croyant, la religion n'avait jamais occupé une grande place dans sa vie. Il pensait être comme des milliers de personnes - il croyait en Dieu, s'occupait de son prochain du mieux qu'il pouvait mais il ne pratiquait que de façon épisodique -, mais en cet instant, il ressentit la foi qui était la sienne au contact du pape, et cela le rassura.

— Entrons dans mon bureau si vous le voulez bien, mes amis, leur dit le pape.

Ils suivirent Benoît XVI, qui pénétra dans le petit salon qui jouxtait son bureau et ferma la porte à clé derrière eux.

— Le président Obama arrive dans une heure, leur dit-il. Où en sommes-nous ?

Philip nota le « nous » employé par Benoît XVI. Le pape avait décidé que l'Église, qui avait pris part à la fondation de l'Ordre du Cercle il y a cinq cents ans, devait encore participer pleinement à la lutte qui s'était engagée avec ceux qui utilisaient le Cercle aujourd'hui. Les deux hommes s'étaient parfaitement compris.

— La situation dans le monde est catastrophique. Mais nous avons deux bonnes nouvelles. D'abord Barack Obama et les dirigeants des pays du G20 ont décidé de relever la tête et de défier cet homme qui nous veut tous pour esclave. Des milliers de gens ont suivi leur appel et bravent maintenant cet inconnu et son organisation. Les échanges sur les réseaux sociaux reprennent, demain les gens rouvriront peut-être leurs téléphones et sortiront de chez eux. La deuxième bonne nouvelle, c'est que nous connaissons l'identité de cet homme.

Le pape regarda Philip puis le cardinal Barbarin.

— Comment avez-vous fait, et qui est-ce ?

— Grâce aux archives de Léon X que vous avez découvertes et au travail de l'Ordre et de ses généalogistes, nous avons pu identifier deux descendants de l'équipe d'Auxerre. Effectivement Caprotti n'a pas eu le temps de se doter d'une descendance, car il a été assassiné par ses équipiers d'un jour. Mais Coquelet d'Auxerre et Ribaucourt ont chacun un descendant vivant aujourd'hui. Je ne savais pas comment déterminer lequel des deux était notre inconnu, mais une fois encore, l'Ordre du Cercle a bénéficié de l'aide de sa bonne étoile. Bill Gates a réussi à localiser un appel téléphonique émanant de l'organisation de cet homme à Palo Alto, aux États-Unis. Facebook étant la seule entreprise à avoir été victime d'une OPA hostile de la part des utilisateurs du Cercle, Bill Gates a tenté de contacter Mark Zuckerberg, l'ancien président en fuite depuis que son entreprise lui a été volée. Ils ont réussi à se joindre il y a deux heures. Mark Zuckerberg avait reconnu l'homme lors de sa dernière allocution télévisée. Cet homme fait partie des deux descendants que nous avions identifiés. Il s'agit de Salvatore Figli, l'ancien vice-président de Facebook. C'est lui qui dirige cette organisation et qui est à l'origine de cette opération.

— Je connais cet homme, répondit le pape. Il est italien d'origine. Je l'ai reçu en audience l'année dernière. C'est un homme brillant et déterminé. Notre entretien m'avait laissé une impression particulière. Il y avait comme une puissance en lui, mais son regard était différent. Il n'y avait pas de flamme dans ses yeux. Au contraire, ils étaient froids, comme fixés sur un objectif dont ils n'arrivaient pas à se détacher.

— Pourquoi était-il venu vous voir ? demanda le cardinal Barbarin.

— Il avait sollicité une audience privée, car il voulait me remettre un exemplaire original de l'Évangile selon Marc datant de l'an 70. Une pièce unique. Je ne pensais pas qu'il en existait encore. Sa valeur est inestimable.

— Et il vous l'a remis ? demanda Philip.

— Oui.

— Où est-il ? interrogea Philip avec une insistance qui surprit le pape.

— C'est un ouvrage d'une telle valeur historique que je l'ai fait déposer aux archives du Vatican. Il est conservé en atmosphère négative avec les nombreux autres trésors que nous possédons.

— J'ai un mauvais pressentiment, Votre Sainteté. Figli ne fait jamais rien au hasard. Son organisation a cherché le Cercle sans relâche pendant cinq cents ans. Je pense qu'il vous a offert cet ouvrage avec la certitude qu'il finirait là où vous l'avez mis.

— Pourquoi une telle inquiétude, mon ami ? demanda le cardinal Barbarin.

— Parce ce que je pense que cet ouvrage a été modifié par Figli afin de détruire les archives du Vatican le moment venu. Cette organisation en veut à l'Église d'avoir contribué à la protection du Cercle. Réduire à néant tous les textes originaux que l'Église conserve depuis plusieurs siècles est sûrement un de ses objectifs. Une vengeance à la hauteur de la haine qu'il voue à l'Église catholique. Il faut l'extraire immédiatement.

— C'est impossible, monsieur Stern, la sortie d'un tel ouvrage implique de nombreuses personnes et une procédure longue. Si je fais une telle demande, Figli en sera informé et ne laissera pas faire. Nous ne pouvons attirer son attention maintenant. Il ne sait pas que vous l'avez identifié. C'est la première fois que nous avons un avantage sur cette organisation et qu'une chance de récupérer le Cercle se présente. Nous ne pouvons perdre ce petit avantage. C'est un gros risque que je prends, mais l'avenir de l'humanité est plus important que tous les textes du monde. Ce sont des textes d'espoir. À quoi serviront-ils si l'humanité tout entière ne peut les lire ?

Le téléphone situé sur le bureau du pape sonna. Benoît XVI se leva et décrocha.

— Merci, dit-il.

Il revint auprès de ses amis.

— Le président américain est arrivé. Je vais devoir l'accueillir dans quelques minutes. Je vous propose d'attendre dans mon cabinet de curiosités. Je viendrai vous chercher lorsque le moment sera venu.

Philip, Bill et le cardinal Barbarin se levèrent et suivirent Benoît XVI, qui ouvrit une porte dérobée qu'aucun d'eux n'avait remarquée. Ils se retrouvèrent dans une petite bibliothèque sans fenêtre jouxtant le bureau du pape. Ils s'assirent et restèrent silencieux. Philip leva les yeux et regarda les centaines d'ouvrages qui l'entouraient. L'endroit était un peu daté, aucune restauration n'avait jamais été effectuée. Ils avaient l'impression de se trouver dans un sanctuaire. Cette pièce lui rappela la salle du Conseil lorsqu'ils l'avaient découverte lors de leur premier rassemblement.

Amboise

Floyd et Sophie examinaient les derniers relevés satellites des abords de Palo Alto afin de tenter de localiser les lieux où pourraient être retranchés Figli et son organisation, lorsque le téléphone sonna. C'était Franck, le messager que Floyd avait chargé d'aller récupérer Mark Zuckerberg et ses amis.

— Objectif atteint, monsieur le secrétaire général. Nous sommes dans le tunnel. Arrivée prévue dans trois minutes.

— Merci Franck.

Floyd raccrocha.

— Mark Zuckerberg, sa femme et ses deux amis seront là dans trois minutes. Allons les accueillir, dit-il à Sophie.

Ils se levèrent et quittèrent le poste de commandement pour se rendre à l'entrée du tunnel. Une équipe les accompagnait afin de sécuriser l'arrivée. La voiture s'arrêta juste devant eux. Les portes s'ouvrirent et Mark Zuckerberg, sa femme Priscilla, John et Adrian descendirent. Floyd et Sophie furent stupéfaits. L'homme qui se présenta devant eux était chauve. Mark s'était rasé le crâne pour passer inaperçu et cela lui donnait une allure très différente. Il paraissait plus âgé. Mais son regard était toujours aussi vif. Quant à sa femme, elle était blonde alors qu'elle était naturellement brune. Floyd et Sophie ne reconnurent pas les deux hommes qui les accompagnaient.

— Soyez les bienvenus au sein de l'Ordre du Cercle, leur dit Floyd. Philip Stern, que vous avez eu au téléphone, nous rejoindra plus tard.

— Merci de nous accueillir. Nous n'étions plus en sécurité aux États-Unis. Je vous présente Priscilla mon épouse, John Eisenstein, mon avocat, ancien directeur juridique et ami, ainsi qu'Adrian, l'ami de John à qui nous devons d'être encore en vie.

Mark regarda Sophie.

— Nous avons dû, mon épouse et moi, changer nos apparences. Salvatore Figli était à notre recherche. Je sais, ça doit vous surprendre...

— Je suis enchantée, monsieur le président. Vous savez, depuis quelques jours, plus rien ne me surprend, répondit Sophie.

— Suivez-moi, dit Floyd, je pense que vous avez besoin de vous reposer un peu. Je vais vous montrer vos appartements.

Ils pénétrèrent dans le centre opérationnel de l'Ordre. Mark n'en croyait pas ses yeux. Cette organisation disposait d'installations ultramodernes. Des centaines de personnes semblaient travailler ici. Et tout cela dans le plus grand secret. Il n'avait jamais entendu parler de cet Ordre du Cercle. Facebook était un lieu où circulaient toutes sortes d'informations, des plus farfelues aux plus secrètes, mais jamais rien n'était remonté concernant cette organisation. Ils devaient disposer de moyens colossaux. John aussi était très impressionné par le lieu. Tous ces gens au service d'une organisation, et jamais une fuite sur leur existence. Il se demanda ce qui pouvait bien les motiver. Quant à Adrian, c'est le niveau de technologie qui le surprit. Ils passèrent devant la salle où étaient réunis les disciples. Adrian constata qu'ils disposaient de la technologie quantique.

— Mark, dit-il en se rapprochant, ils ont des ordinateurs quantiques. C'est hallucinant. C'est une technologie très rare et hors de prix. Qui sont-ils ?

— Je ne sais pas, Adrian, mais ils sont à la recherche de Figli et des siens. Il semble que récupérer la découverte de Léonard de Vinci soit leur mission. Philip Stern m'a dit que l'Ordre avait été créé pour protéger le Cercle.

— Ils existent donc depuis plus de cinq cents ans ?

— Oui, nous existons depuis plus de cinq siècles, répondit Floyd, qui avait entendu leur discussion. L'Ordre a été créé par Melzi, l'un des disciples de Léonard de Vinci, pour faire disparaître son invention et veiller à ce qu'elle ne ressurgisse pas. Mais le Cercle a été découvert par votre vice-président, qui est un descendant des personnes qui se sont opposées à Léonard de Vinci. Son organisation existe aussi depuis cinq siècles et est aussi secrète que la nôtre. Il semble qu'il ait utilisé votre entreprise pour arriver à ses fins et réduire l'humanité en esclavage. C'est pour cela que vous avez subi son OPA. Facebook est devenu son bras armé.

Ils n'en revenaient pas. Ils se trouvaient au milieu d'un combat dont l'origine remontait à plus de cinq siècles. Deux forces s'affrontaient en secret pour le Cercle. Et le monde entier avait passé ces centaines d'années en l'ignorant. *Et l'ignorait encore*, se dit Mark. Priscilla s'était rapprochée de Sophie.

— Ne vous inquiétez pas, lui dit Sophie. Moi aussi, ma vie a basculé d'un coup il y a quelques jours. J'étais l'assistante d'un avocat et menais une vie tout à fait normale, jusqu'à ce que le Cercle réapparaisse et que mon patron se révèle être le gardien de cette organisation dont j'ignorais tout. Et pourtant je travaillais avec lui depuis plus de dix ans !

Sophie sentit que Priscilla lui avait pris le bras.

— Je suis désolée, lui dit-elle. La vie nous souriait jusqu'à hier. Puis tout s'est écroulé. Je n'étais pas préparée à tout cela, mais vous avoir trouvés me soulage. C'est Adrian qui a pensé qu'il devait y avoir quelque part des personnes qui luttaient contre ce qui arrivait. Nous étions perplexes mais nous devions fuir. Il avait raison.

Ils arrivèrent dans la partie du centre opérationnel où se trouvaient les appartements des membres de l'Ordre qui vivaient sur place. Floyd leur indiqua leurs chambres.

— Reposez-vous un peu, puis rejoignez-nous au centre opérationnel. Il faut que nous localisions Figli, si nous voulons le neutraliser et récupérer le Cercle.

— Merci encore, lui répondit Mark. Avant de fuir, j'ai lancé une procédure de destruction de toutes les données de Facebook. Ils ont dû réussir à la stopper, mais elle a dû faire quelques dégâts. Préalablement, j'avais envoyé une copie de toutes les données sur un satellite qui s'est automatiquement mis au secret sur une orbite inconnue de l'entreprise. Adrian m'a dit que vous disposiez d'ordinateurs quantiques. Je dois pouvoir récupérer ces données. Peut-être trouverons-nous les informations qui permettront de les localiser ?

— Rendez-vous dans une demi-heure, lui dit Floyd. Nous avons un ordinateur quantique et quelques-uns des meilleurs informaticiens du monde.

Mark sourit. Lui aussi n'était pas trop mauvais.

— À tout de suite, monsieur Floyd, répondit-il.

Adrian et John étaient déjà dans leurs chambres. Priscilla s'allongea sur le lit dès que Mark eut fermé la porte.

Rome

Barack et Michelle Obama descendirent de la voiture officielle ornée de deux drapeaux américains. Les retombées de la conférence de presse des dirigeants du G20 étaient plutôt encourageantes. Les gens semblaient reprendre confiance. La famille royale anglaise avait annoncé que les obsèques nationales de la reine Élisabeth II se dérouleraient la semaine suivante en présence de nombreux chefs d'État et de gouvernement. Toutes les familles royales du monde seraient présentes également. Mais l'état d'urgence était maintenu, car le chaos économique et la peur continuaient de régner. L'allocution du président américain semblait avoir ralenti le processus, mais en aucun cas elle n'avait modifié la situation. L'activité économique mondiale était à l'arrêt, les gens étaient encore pétris de peur à l'idée de connaître le jour de leur mort et les émeutes devant les magasins et les banques étaient courantes. Les images diffusées par les chaînes d'information étaient terrifiantes de par la violence qui régnait dans les rues lorsque les militaires ne patrouillaient pas. Barack Obama espérait que sa rencontre avec le pape allait l'apaiser un peu, mais le mystère qui avait entouré sa demande d'audience ne le rassurait pas. Le secrétaire particulier de Benoît XVI vint à leur rencontre.

— Monsieur le président, madame, soyez les bienvenus. Sa Sainteté vous attend. Si vous voulez bien me suivre.

Ils passèrent devant les gardes suisses, qui se mirent au garde-à-vous. Les services de sécurité du président avaient pris position devant l'entrée du palais apostolique et dans la cour principale. Ils ne pouvaient pénétrer dans la partie où était située la résidence du pape. Dans le bâtiment, le président américain était sous la protection des gardes suisses du Vatican. Le secrétaire les conduisit dans la salle des audiences, où ils s'assirent dans les mêmes fauteuils que Philip et Bill Gates, quelques minutes plus tôt. Michelle Obama était vêtue d'une robe noire longue, d'un manteau de laine noir également et portait une mantille sur les cheveux. C'était la deuxième fois que Barack Obama rencontrait Benoît XVI, mais cette fois-ci il eut une sensation différente dans cette salle magnifique. Un détail attira son regard. Il y avait un portrait de plus accroché au mur. Il se leva et les examina tous. Lors de sa première visite, ces portraits l'avaient touché. Tous ces papes avaient des regards bienveillants et apaisants. Ils les avaient observés un par un avec beaucoup d'attention. Il en faisait de même maintenant. Puis il s'arrêta devant le portrait d'un homme plutôt rond à l'allure bonhomme. Il en était sûr, celui-là n'était pas là lors de sa visite précédente. Il détailla son visage.

— C'est Léon X, monsieur le président.

Barack Obama se retourna, surpris. Il n'avait pas entendu Benoît XVI arriver derrière lui. Michelle non plus d'ailleurs.

— Votre Sainteté, veuillez m'excuser.

— Ce n'est rien, mon ami, dit-il en lui serrant la main.

Michelle s'approcha et fit la révérence en baissant la tête.

— Bonjour, madame la présidente, je suis ravi de vous revoir.

— C'est un honneur pour moi, Votre Sainteté, répondit-elle.

Puis Benoît XVI se tourna vers le portrait de Léon X.

— Il n'était pas là lors de votre dernière visite, je crois.

— Non, Votre Sainteté. Qu'a-t-il fait de si précieux à vos yeux pour l'avoir mis près de vous ?

— Venez dans mon bureau, monsieur le président.

Michelle et Barack Obama suivirent Benoît XVI. Ils s'assirent dans le salon. Barack Obama remarqua qu'ils étaient totalement seuls. Ils n'avaient croisé personne depuis leur entrée dans la salle des audiences. Et il n'avait pas échappé au président que Benoît XVI avait fermé son bureau à clé derrière eux. Le pape s'assit en face d'eux.

— Monsieur le président, j'ai demandé à vous rencontrer, car ce que j'ai à vous dire est de la plus haute importance. Mais je dois d'abord m'assurer que ce qu'il va se passer à partir de maintenant restera secret. À aucun moment vous ne pourrez divulguer les informations que je vais vous transmettre ni les noms des personnes qui participeront à cette entrevue.

Barack Obama ressentit un sentiment troublant. C'était comme s'il était prisonnier de cet homme, qu'il ne reconnaissait plus. Le pape venait de lui annoncer l'arrivée de personnes qu'il ne connaissait pas et son service de sécurité était à l'extérieur du bâtiment. Michelle perçut le trouble de son mari et comprit la situation.

— Qu'êtes-vous en train de faire, Votre Sainteté ? demanda le président.

— Je m'assure de votre loyauté à mon égard, car j'en ai besoin pour ce qui va suivre.

Barack Obama se leva et commença à se diriger vers la porte du bureau. Michelle le suivait.

— Revenez vous asseoir, mon ami. Cette porte est fermée et personne ne se trouve dans les salles voisines. Puis-je compter sur votre loyauté ?

Barack Obama revint vers le pape et planta son regard dans ses yeux. Il fut surpris par le calme que dégageait Benoît XVI en ce moment particulier. Cela l'étonna. Il se rassit. Michelle resta debout.

— Madame, venez vous asseoir, s'il vous plaît.

Michelle regagna sa place à côté de son mari. Benoît XVI reprit :

— Puis-je compter sur votre loyauté ?

Barack Obama hésita un long moment. Il connaissait l'homme qui lui faisait face. Jamais il ne s'était comporté de la sorte avec lui. Avec personne d'ailleurs. Cela le rassura.

— Oui, Votre Sainteté, vous le pouvez. Rien de ce qui sera dit ne sortira d'ici. Même si vous me surprenez beaucoup.

— Merci, mon ami. Je comprends votre réaction, mais la situation actuelle m'impose ce comportement à votre égard, et je m'en excuse.

Le pape se leva et se dirigea vers le mur où était située sa bibliothèque personnelle. Il ouvrit une porte que le président n'avait pas remarquée. Trois hommes sortirent de la pièce qui jouxtait son bureau. Il ne reconnut pas les deux premiers. Mais le troisième homme lui était familier.

— Bill, que faites-vous ici ? demanda Barack Obama.

— Monsieur le président, je vous présente Philip Stern, le cardinal Barbarin, archevêque de Lyon, et M. Gates, que vous connaissez déjà à ce que je vois.

Les trois hommes vinrent s'asseoir à côté du pape. Ils saluèrent Michelle Obama.

— Monsieur le président, j'ai organisé cette réunion secrète entre nous à la demande de Philip Stern, qui va vous exposer les raisons de notre rencontre.

Barack Obama dévisageait les trois personnes qui venaient d'arriver. Il connaissait bien Bill Gates. Comment avait-il pu se retrouver dans une opération telle que celle-ci ?

— Monsieur le président, dit Philip Stern, je suis navré que notre première rencontre se fasse dans de telles conditions et je vous prie de m'excuser pour la façon dont nous vous imposons ce rendez-vous, mais les évènements terribles que le monde subit depuis plusieurs jours ne me laissaient guère d'autres moyens pour vous rencontrer.

Philip s'arrêta quelques instants pour s'assurer qu'il avait toute l'attention du président.

— Ce qu'a dit l'homme qui terrorise la planète aujourd'hui est vrai, reprit-il. Il y a cinq cents ans, Léonard de Vinci a fait une découverte terrifiante qu'il a appelée le Cercle. Lui-même ne crut pas en son invention. Il la testa donc sur plusieurs habitants d'Amboise, dont sa fidèle servante Élisabeth. Malheureusement, le Cercle était implacable. L'algorithme qu'il avait trouvé permettait de savoir à l'avance la date de la mort de chaque personne dont on connaissait la date et le lieu de naissance. Cela sema la panique dans le village d'Amboise, où très vite la vie s'arrêta. Léonard décida donc de faire disparaître son invention afin de la soustraire au monde. Il demanda à Melzi, l'un de ses deux disciples, de cacher le Cercle à tout jamais et de créer un Ordre chargé de s'assurer qu'il ne réapparaîtrait pas. Je suis le gardien de cet Ordre aujourd'hui, en ma qualité de descendant de Melzi. Ma famille et les membres de l'Ordre du Cercle sont chargés de protéger cette découverte depuis plus de cinq siècles. Mais la décision de Léonard n'a pas été acceptée par son autre disciple, Caprotti, qui se mit à la recherche de Melzi et du Cercle. Pendant plus de cinq siècles, des individus ont poursuivi la quête de Caprotti en vain. Mais il y a quelques jours, ils ont retrouvé le Cercle et s'en servent depuis pour asservir l'humanité.

Philip Stern s'arrêta et sortit plusieurs parchemins d'une mallette noire.

— Voici les manuscrits originaux de Léonard de Vinci et ses instructions en cas de réapparition du Cercle.

Barack Obama prit les précieux documents et regarda Bill Gates.

— Ils sont authentiques, monsieur le président. Tout ce que vient de vous révéler Philip Stern est vrai.

— Vous êtes en train de me dire que, depuis plusieurs siècles, à l'insu de tous, deux sociétés secrètes s'affrontent autour d'une découverte de Léonard de Vinci ?

— Oui, monsieur le président, confirma Philip. C'est pour cela que vos services de renseignement ne vous sont d'aucune utilité. L'Ordre que je dirige aujourd'hui a été créé par Melzi avec l'aide financière et humaine de Léon X, pape à cette époque.

Barack Obama revit le visage de cet homme qu'il avait découvert quelques instants plus tôt.

— Nos activités sont restées secrètes tout comme celles de l'Ordre fondé par Caprotti pour retrouver le Cercle.

— Et c'est cette découverte qui provoque le chaos d'aujourd'hui ?

— Oui, ils utilisent l'algorithme de Léonard à très grande échelle. Ils ont dû le coupler à toutes les bases de données d'état civil pour arriver à connaître les noms de ceux qui vont mourir chaque jour. Ils n'avaient plus qu'à leur faire parvenir l'information, ce qui a provoqué la panique que nous connaissons et le krach économique dont ils ont profité pour mener leurs OPA hostiles.

— Ils disposent de moyens considérables alors !

— J'en ai bien peur. Mais nous avons découvert qui est l'homme qui dirige cette organisation grâce à Sa Sainteté, à Bill Gates, à Mark Zuckerberg et à mes équipes.

— Et vous faites tous partie de cet Ordre du Cercle ? demanda Barack Obama en regardant le pape et Bill Gates.

— Non, nous travaillons ensemble, répondit Philip. L'Église est une alliée de l'Ordre depuis cinq siècles. M. Gates et M. Zuckerberg nous apportent leur aide précieuse depuis quelques jours.

— Vous dites que vous avez identifié l'homme qui dirige cette organisation. C'est celui qui s'est adressé au monde à la télévision ?

— Oui, il s'agit de Salvatore Figli, l'ancien vice-président de Facebook.

— Je connais cet homme. Qu'attendez-vous de moi ?

— D'abord préserver le secret sur ce que nous venons de nous dire. Figli dispose d'agents infiltrés partout. Nous ne pouvons pas prendre le risque d'attirer son attention. Vous comprenez maintenant pourquoi cette réunion a été organisée de cette façon. L'entourage de Sa Sainteté a été tenu à l'écart également. Vous devrez faire de même avec vos collaborateurs et votre administration.

— Pourquoi me faites-vous confiance ? demanda Barack Obama.

— J'ai vu votre regard lorsque vous vous êtes approché de la caméra pendant votre allocution et que vous l'avez menacé. C'est un regard qui ne trompe pas, monsieur le président.

Michelle Obama, qui était restée silencieuse pendant tout cet échange, sourit à son mari. Philip reprit.

— Nous sommes en train de le localiser. Il se trouve quelque part à Palo Alto. Dès que nous saurons où il se situe, nous aurons besoin de votre aide pour le neutraliser. Il faudra qu'un de mes hommes fasse partie de l'équipe d'intervention pour récupérer le Cercle. Il n'est pas question qu'il retombe entre de mauvaises mains une deuxième fois. Mais l'objectif de la mission devra être ignoré de vos hommes. Il devra s'agir d'une intervention dans le cadre de l'état d'urgence pour neutraliser une menace parmi tant d'autres.

Le président réfléchit pendant quelques secondes.

— Je suis d'accord, finit-il par dire. Mais j'ai une condition.

— Laquelle ?

— Je vous laisse le Cercle, mais l'homme est à moi.

Michelle perçut la détermination de son mari dans ses paroles.

— Nous vous le laissons, monsieur le président, répondit Philip.

Benoît XVI allait mettre fin à l'entretien lorsque le téléphone situé sur son bureau sonna. Il se leva et décrocha.

— Merci, je regarde tout de suite.

Le pape raccrocha et prit la télécommande de l'écran de télévision qui faisait face à son bureau.

— Il fait une nouvelle déclaration !

L'inconnu était de nouveau en direct. Son allocution allait être retransmise sur toutes les chaînes.

Palo Alto

Salvatore Figli s'était installé dans le studio de télévision qui jouxtait la salle de commandement des opérations de l'Ordre de Salai. Cette deuxième allocution allait replonger le monde entier dans le chaos. *L'embellie suscitée par la conférence de presse des dirigeants du G20 n'aura été que de courte durée,* se dit-il en s'asseyant. Il espérait que Barack Obama apprécierait sa riposte à sa juste valeur. Il parcourut une dernière fois ses notes. Clifford se tenait derrière la caméra qui faisait face à Figli et procédait aux derniers réglages. Figli prit sa respiration et commença.

— La reine Élisabeth II est décédée aujourd'hui comme je vous l'avais annoncé hier. J'espère que vous ne doutez plus de l'efficacité du Cercle, dont les résultats sont implacables. Et ce n'est pas l'arrogance de vos dirigeants il y a quelques heures qui changera le cours des choses. Ils sont totalement impuissants à vous protéger. Mais j'ai apprécié la tentative désespérée du président Obama pour vous rassurer. Même si celle-ci est totalement vaine, l'acte avait du panache. Bien entendu, je n'y répondrai pas. En tout cas, pas de la manière qu'il a imaginée.

Figli se fit silencieux pendant quelques secondes. On ne distinguait toujours que son buste. Puis il reprit sur un ton beaucoup plus dur :

— Les membres de ma famille ont consacré leurs vies à retrouver l'invention de Léonard de Vinci et à laver l'honneur de Caprotti, le disciple dont il avait trahi la confiance. Cinq siècles de quête inlassable. Cinq siècles de souffrance. Cinq siècles où l'espoir nous a toujours été enlevé par ceux qui obéissaient aux dernières volontés du maître pour préserver l'humanité de son invention. Léonard de Vinci a voulu vous protéger. Mais qu'avez-vous fait pendant tout ce temps ? Vous vous êtes souvent fait la guerre pour des territoires ou au nom de vos religions. Vous avez détruit petit à petit la planète qui vous accueillait depuis des millénaires par ce que vous appelez le progrès. Votre supériorité et votre arrogance vous ont conduit à ériger l'individualisme et la loi du plus fort en nouvelle religion. Léonard de Vinci a eu tort. Vous ne méritiez pas sa protection. Mais aujourd'hui, tout a changé. J'ai retrouvé le Cercle. Le moment est donc venu de vous faire ressentir ce que ma famille a enduré pendant tant d'années. Vous allez découvrir ce que courir après le temps veut dire, ce que l'on ressent lorsque l'on a peur chaque jour davantage, et comment l'on vit quand l'on est privé d'espoir. L'Ordre de Salai possède aujourd'hui les plus grandes entreprises mondiales dans les domaines essentiels au fonctionnement de votre monde. Nous sommes propriétaires de vos banques, de vos compagnies pétrolières, de vos laboratoires pharmaceutiques, de vos compagnies aériennes, de vos centrales électriques et nucléaires, de vos grands magasins... Alors, voilà comment les choses vont se passer maintenant. Je pilote aujourd'hui l'ensemble des systèmes informatiques de toutes ces entreprises entièrement automatisées et connectées. Leur fonctionnement au quotidien dépend de moi et de ma technologie, qui donne les instructions de production et d'échange. Et j'ai conçu un programme pour que soit publié chaque jour, à compter d'aujourd'hui, la liste des 150 000 personnes qui mourront le lendemain et pour qu'une entreprise par secteur d'activité cesse sa production ou son fonctionnement. Regardez !

Figli pianota sur la tablette qu'il avait à la main. Des caméras situées aux quatre coins du monde prirent le relais. On voyait Time Square, où les écrans géants de publicité étaient devenus noirs avant que n'apparaisse la liste des prochaines victimes. Elle défilait lentement, égrenant un par un les noms de ceux qui allaient décéder le lendemain. Il en fut de même à Piccadilly Circus à Londres et dans toutes les capitales mondiales. Puis une caméra filma l'arrêt de la production de puits de pétrole en Arabie saoudite, l'arrêt d'une centrale nucléaire en France, la fermeture d'une banque aux États-Unis, où l'ensemble des comptes clients fut mis à zéro en direct. Enfin, l'inconnu montra une chaîne de production de médicaments s'arrêter et un fonds de pension gérant les retraites de centaines de milliers de Britanniques radier tous les bénéficiaires. L'inconnu réapparut.

— À ce rythme, la production d'énergie sera stoppée sur la planète d'ici quinze jours, tous les avoirs de l'humanité détenus par vos banques auront disparu d'ici une semaine et l'approvisionnement en médicaments sera réduit d'ici trois jours. Et ce ne sont que quelques exemples. Parallèlement, les gens seront avertis la veille de leur décès.

Figli s'arrêta une nouvelle fois pour laisser le temps à chacun de bien comprendre la situation.

— Mais comme l'Ordre de Salai a eu une chance de retrouver le Cercle, je vais vous donner une chance de stopper tout cela, reprit-il. Le processus peut être arrêté à tout moment par l'entrée d'un code à cinq chiffres sur le réseau qui le gère.

Figli montra sa tablette, où s'affichait l'espace pour entrer les cinq chiffres.

— Chacun d'entre vous peut tenter d'entrer le code. Mais attention, vous n'avez droit qu'à un seul essai. En cas de code erroné, le système verrouillera le processus, qui ne s'arrêtera plus. Ma famille a été exclue de votre monde pendant plus de cinq cents ans, soyez les bienvenus dans le mien !

Figli s'approcha de la caméra sans pour autant montrer son visage.

— Et bonne chance, monsieur Obama. Peut-être que le Cercle sauvera l'humanité au lieu de l'anéantir. Quelle belle ironie ce serait ! conclut-il.

L'allocution se termina. Clifford regarda son maître avec satisfaction. Figli s'enfonça dans son fauteuil et se relaxa. Il tenait sa vengeance et elle allait être terrible.

Rome

Benoît XVI et ses invités se regardèrent avec effroi.

— Quel salopard ! lâcha Barack Obama. Il est en train de nous renvoyer au Moyen Âge. À ce rythme, dans quelques jours, nous commencerons à manquer d'essence et d'électricité. Les hôpitaux seront à court de médicaments et il aura ruiné la moitié de la planète. Les gens vont s'entre-tuer pour de la nourriture !

C'était la première fois que Michelle l'entendait jurer. Philip décrocha son téléphone.

— Floyd, vous avez entendu Figli ?

— Oui, maître. La panique ne va pas tarder.

— Je sais, mais ce n'est pas la priorité. Demandez à Youri et à Mark d'isoler immédiatement le réseau dont se sert Figli. Il l'a laissé volontairement en accès libre. N'importe qui à partir de maintenant peut tenter de taper un code et nous condamner définitivement. Personne ne doit accéder à ce réseau. Tout de suite ! hurla-t-il.

— Oui, maître.

Amboise

En courant, Floyd hurla à son tour les ordres de Philip dans la salle de commandement afin que Youri se mette immédiatement au travail. Au même moment, Mark déboulait dans la salle avec la même idée. Il avait entendu Figli et il fallait absolument interdire tout accès à ce réseau.

— Verrouillez les accès par un pare-feu quantique et ensuite nous redirigerons les accès au travers du satellite où j'ai stocké mes données. Plus personne ne pourra y avoir accès. Figli non plus. Et nous pourrons prendre le temps de réfléchir à ce code.

Youri s'exécuta en quelques secondes. Il utilisa un pare-feu qu'il avait mis au point pour protéger son travail. Puis Mark lui donna les accès au satellite afin d'héberger le réseau de Figli dans la mémoire de celui-ci. Le réseau était désormais sécurisé, et personne ne semblait avoir eu le temps de taper un code au hasard.

Floyd appela Philip :

— C'est bon, maître. Le réseau est inaccessible. Youri et Mark l'ont sécurisé. Personne n'a eu le temps de tenter quoi que ce soit. Enfin, je crois.

— Merci, Floyd. Nous rentrons.

Palo Alto

Figli contemplait l'effet de ses propos sur le monde. Les réseaux sociaux s'étaient tus immédiatement après les annonces des décès du lendemain. Tout le monde avait de nouveau peur de croiser son nom. Des émeutes avaient éclaté en Angleterre malgré le deuil national. L'annonce en direct de la faillite du fonds de pension avait été terrible. Aux États-Unis, la fermeture de la Bank of America, l'un des *big four*, ruinant au passage tous ses clients, avait enflammé une grande partie du pays. Enfin, la situation au Moyen-Orient s'était extrêmement tendue depuis la fermeture du principal puits de pétrole en Arabie saoudite. Les territoires occupés et la bande de Gaza s'étaient levés et menaçaient les États-Unis et Israël lors de manifestations monstres. Le Premier ministre israélien avait dû placer Tsahal en alerte maximale à toutes ses frontières. Les premiers tirs de roquettes avaient été entendus à la frontière avec Ramallah.

Figli zappait de chaîne en chaîne lorsque Clifford entra dans son bureau.

— Ils ont verrouillé l'accès au réseau afin que personne ne puisse taper de code au hasard, maître.

— C'est normal, monsieur Clifford. Je m'attendais à cette réaction. Ils ont fait vite, dites-moi.

— Oui, mais je suis bloqué, moi aussi. Le pare-feu quantique utilisé leur a donné le temps de transférer tous les accès vers un lieu que je n'arrive pas à déterminer. Ils ne peuvent pas modifier le processus sans le code, mais je ne peux plus le faire non plus.

Figli se leva et jeta la télécommande au sol.

— C'est Mark qui a fait ça ! J'en suis sûr. Et John est avec lui. Sécurisez tout le complexe, Clifford, ils vont essayer de nous localiser !

Clifford sortit immédiatement du bureau et lança la procédure de fermeture du site. Quelques minutes plus tard, le centre opérationnel de l'Ordre de Salai était totalement hermétique. Plus aucune communication n'était possible entre les locaux de Facebook et le sous-sol secret. Et le cryptage des communications était modifié toutes les minutes. *Nous sommes indétectables*, se dit Clifford. Il regagna son bureau et se mit au travail avec ses équipes pour essayer de reprendre la main sur le réseau.

Rome

Debout dans le bureau du pape, Philip téléphona de nouveau à Floyd :

— Constituez plusieurs équipes. Nous devons trouver le code pour arrêter tout cela, monsieur Floyd. Une première scrutera le *Codex Leicester*, une deuxième ira dans la salle du Conseil pour examiner toutes les œuvres de Léonard et sa bibliographie, et une troisième se penchera sur l'algorithme. Figli ne dit jamais rien au hasard. Il a indiqué que le Cercle pouvait nous sauver. Il me faut des théories, et très vite !

Philip raccrocha.

— Nous devons vous laisser, Votre Sainteté. Votre aide nous a été très précieuse comme toujours. Il faut que je retourne à Amboise au plus vite. Surveillez les archives du Vatican, elles sont en danger.

Barack et Michelle Obama s'étaient levés également.

— Je dois rentrer à Washington immédiatement. Mon pays est en train de sombrer dans le chaos. Je me dois d'être auprès de mes concitoyens en pareil moment. Monsieur Stern, tenez-moi informé de vos progrès. Le monde compte sur vous, même s'il ne le sait pas. Et dès que vous aurez localisé ces fous, dites-le-moi, qu'on mette fin à tout cela.

— Merci d'avoir accepté de m'écouter, monsieur le président. Je vous tiens informé dès que possible.

— Vous ne m'avez pas laissé vraiment le choix, monsieur Stern, mais j'avoue que cet entretien était nécessaire.

Benoît XVI raccompagna le président et sa femme dans la salle des audiences, où son secrétaire les reconduisit jusqu'à leur véhicule officiel. Puis il revint dans son bureau.

— Monsieur Stern, j'aimerais que le cardinal Barbarin vous accompagne. Il peut vous être d'une aide précieuse dans la recherche de ce code et il sera notre lien permanent.

Philippe Barbarin regarda le Saint-Père avec étonnement.

— Bien sûr, Votre Sainteté, il sera le bienvenu à Amboise. Et nous aurons besoin de l'intelligence de tous pour trouver ce code.

— Merci, mon ami.

Philip, Bill Gates et le cardinal Barbarin saluèrent le pape et sortirent dans la cour principale du palais apostolique. Cinq minutes plus tard, ils roulaient en direction de l'aéroport, où le jet de l'Ordre était déjà prêt à décoller. Floyd venait de confirmer que le travail des équipes avait commencé. Ils disposeraient des premières théories dès leur arrivée. Les trois hommes regardèrent à l'extérieur. De nombreux véhicules de police prenaient la direction du centre-ville de Rome. Des émeutes avaient dû éclater.

Amboise

Floyd venait à peine de raccrocher qu'il réunissait les disciples, Mark, John, Priscilla, Adrian et Youri dans la salle de crise.

— Vous avez tous entendu Figli. Il semble que le Cercle puisse nous sauver. Le code est donc lié à Léonard de Vinci et à sa découverte. M. Stern veut des théories dès son retour. Adrian et Enrique, pouvez-vous examiner l'algorithme du Cercle et essayer de trouver un lien avec ce code à cinq chiffres ?

— On s'y met ! répondit Adrian.

— J'ai besoin également d'une équipe pour passer au crible le *Codex Leicester*, avec le même objectif.

— D'accord, répondit Sophie. J'aurai besoin de vous, Mourad, et de vous, Helena.

— Mark et Youri, nous devons absolument localiser Figli et son organisation, et surveiller le réseau afin que personne ne puisse y toucher. Les autres, venez avec moi, dit Floyd. Nous allons dans la salle du Conseil examiner les œuvres de Léonard et sa bibliothèque.

Chacun se mit au travail. Les chaînes d'infos annonçaient régulièrement de nouvelles émeutes. Le monde était en train de s'embraser. Une nouvelle course contre la montre venait de s'engager.

CHAPITRE 32

19 septembre 2012

Un peu partout dans le monde...

La nuit avait été très violente dans beaucoup de pays où l'armée et la police semblaient débordées par les mouvements de panique et les émeutes. Au petit matin, une nouvelle liste de noms s'afficha un peu partout dans les grandes villes. Et les rédactions du matin faisaient déjà état des premiers décès annoncés la veille. Puis à partir du milieu de la matinée, les chaînes d'information reçurent des vidéos. Une première annonçait la mise en cessation de paiement de la première compagnie maritime chinoise. Plus de deux cents navires porte-conteneurs étaient donc bloqués en mer avec près de 3 000 membres d'équipage et 20 milliards de dollars de marchandise, car aucun port ne voulait les accepter du fait du non-paiement des taxes de débarquement. Puis une deuxième montrait l'arrêt de l'activité de la compagnie aérienne allemande Lufthansa, dont les avions étaient cloués au sol. Enfin, une troisième détaillait la fermeture d'une nouvelle banque avec remise à zéro des comptes clients. Et ce n'étaient que quelques exemples, car les journalistes économiques du monde entier rapportaient de nombreux autres faits de même nature un peu partout. Au réveil, le monde s'était pris un nouveau coup de massue.

Amboise

Philip, Bill et le cardinal Barbarin étaient de retour au centre opérationnel de l'Ordre depuis la veille au soir. Les équipes étaient déjà toutes au travail lorsque Philip entra dans son bureau après une courte nuit. Les premières recherches n'avaient rien donné de concluant jusqu'à présent. Les paroles de Figli résonnaient dans la tête de chacun. Tous se disaient qu'il jouait au chat et à la souris avec eux. Mark entra dans le bureau de Philip.

— Bonjour Mark.

— Bonjour Philip, j'ai réussi à récupérer les données que j'avais sauvegardées avant de quitter Facebook. J'ai ressorti le dossier de construction du siège avec les plans et j'ai comparé les dépenses d'énergie des trois dernières années avec les estimations faites par les architectes au moment de la conception du bâtiment.

— Oui ?

— Eh bien, le siège consomme 50 % d'énergie en plus de ce qu'il devrait. Personne n'avait attiré mon attention sur ces chiffres. Vraisemblablement, il y a des locaux au sous-sol qui ne figurent pas sur les plans et qui sont alimentés par le siège. Et cela représente la moitié de la surface construite. Cela doit être gigantesque et ils doivent être très nombreux, Philip.

— Vous pensez que l'Ordre de Salai a établi son QG dans des sous-sols construits en secret lors de l'édification du siège de votre entreprise ?

— Oui, c'est Figli qui s'est chargé de superviser la construction. Et il devait avoir un accès direct depuis son bureau.

— Je vais en informer Barack Obama. Mais pour l'instant, on n'intervient pas. Il faut trouver le code avant toute opération contre lui et son organisation. Pouvez-vous réfléchir à la façon de pénétrer dans son bunker ? Nous aurons besoin d'un plan d'intervention le moment venu.

— Je regarde cela, Philip, lui dit-il en sortant du bureau.

Il était plus déterminé que jamais à mettre fin à toute cette histoire et à récupérer son entreprise. Philip appela Barack Obama pour l'informer de la déduction de Mark quant à la localisation de l'organisation de Figli.

— Nous vérifions, monsieur le président. Je vous demande donc de ne pas intervenir pour l'instant. Il faut que nous en soyons sûrs et que nous ayons progressé sur le code. Investir leur QG sans avoir le code précipiterait le monde dans un chaos encore plus profond.

— Merci de m'avoir tenu informé. J'attends votre feu vert pour agir. J'espère que vous allez progresser rapidement. Vous avez vu les vidéos de ce matin ?

— Oui.

— Cela va devenir difficilement tenable à ce rythme. Certains pays n'arrivent déjà plus à contenir les émeutes. Nous sommes au bord de la guerre civile.

— Nous travaillons dessus, mais les indices sont maigres pour l'instant.

Philip raccrocha et sortit de son bureau. Il se dirigea vers la salle du Conseil, où Floyd et les disciples étaient réunis. Lorsqu'il entra, il remarqua que Floyd avait divisé son groupe en trois. Un premier groupe s'occupait des œuvres que Léonard avait réalisées en double. Toutes les toiles étaient examinées avec minutie. Elles étaient magnifiques. Il songea que l'Ordre du Cercle disposait là d'un trésor unique. Pour faciliter leur observation, les disciples avaient disposé une première sélection tout autour de la salle. Une vingtaine de toiles étaient actuellement étudiées. Philip reconnut *La Cène*, dernier repas de Jésus de Nazareth entouré des douze apôtres le jeudi saint précédant son arrestation et sa crucifixion. À côté se trouvaient *La Dame à l'hermine* et *La Vierge, l'Enfant Jésus et Sainte-Anne*. Puis venaient *L'Annonciation*, *Saint Jean-Baptiste*, *La Joconde*, *La Madone aux fuseaux* et *La Bataille d'Anghiari*. De l'autre côté de la salle du Conseil se trouvaient *L'Homme de Vitruve*, le *Portrait de Ginevra de Benci*, un autoportrait, *Bacchus*, un portrait de musicien et le tableau de *Léda et le Cygne*. Au milieu de ces chefs-d'œuvre inestimables, Philip reconnut le tableau que Bill Gates lui avait montré. Il sentit son cœur battre plus fort. Ce n'était vraiment pas le moment d'ouvrir ce sujet. Heureusement, les disciples étaient tous occupés à scruter chaque détail des tableaux plus que les tableaux en eux-mêmes. Floyd avait été précis dans ses instructions : seules les œuvres en rapport avec le Cercle devaient être isolées. Toutes les autres étaient rangées avec la plus grande précaution. Et le tableau en question ne présentait *a priori* aucun lien avec le Cercle. Il retrouva donc rapidement sa place dans la bibliothèque. Le travail des disciples était méthodique. Toute œuvre comportant des chiffres, des références géométriques ou un thème en relation avec la vie et la mort était mise de côté avec une note indiquant les raisons pour lesquelles elle pouvait être une piste vers le code recherché. Dix toiles avaient déjà été retenues par les disciples.

Philip se tourna vers le deuxième groupe formé par Floyd. Il était chargé d'examiner les œuvres écrites de Léonard de Vinci. Chaque disciple avait revêtu des gants afin de ne pas abîmer les ouvrages. Ils procédaient de la même manière que l'équipe précédente, mais leur tâche était plus difficile, car Léonard avait rédigé de très nombreux traités de mathématiques, d'astronomie, de physique, d'anatomie, et quelques ouvrages de philosophie également. Chaque œuvre représentait une piste potentielle. Le sujet avait été débattu avec Floyd et il avait été décidé de ne retenir que les *codex*, les traités et les carnets. Après un premier tri, les disciples avaient sélectionné dix ouvrages qu'ils commençaient à lire en détail. Tous se rappelaient l'enseignement du latin qu'ils avaient reçu par ceux qui avaient fait d'eux des disciples de l'Ordre du Cercle. Et aujourd'hui, ils comprenaient pourquoi leurs mentors avaient tant insisté sur cet apprentissage dont ils ne gardaient pas tous un excellent souvenir. Le latin leur avait non seulement servi à communiquer entre eux mais il leur permettait aussi de disséquer l'œuvre de Léonard à la recherche de la moindre piste pouvant les aider à deviner le code.

La troisième équipe était formée de Sophie, Helena et Mourad. Ils étaient assis à une petite table située dans le fond de la salle. Une lampe à lumière douce éclairait le *Codex Leicester*, qui était ouvert devant eux. Ils prenaient des notes à chaque page et confrontaient leurs idées à chaque fois qu'ils le jugeaient nécessaire. Les pistes étaient multiples. Ils avaient déjà rempli plus de trois pages d'un calepin alors qu'ils n'en étaient qu'à la page 18 du document.

Philip observait cette scène silencieuse. Chacun mettait au service de l'Ordre son intelligence, sa perspicacité et sa culture, pour trouver les indices nécessaires. Il prit conscience, une fois de plus, que Figli les avait manipulés. Il les avait lancés dans une quête impossible au travers de l'œuvre immense de Léonard de Vinci. En fait, il gagnait du temps pour permettre au Cercle de poursuivre ses dégâts. Philip se mit au centre de la salle.

— Mes amis, je crois que je me suis trompé en vous demandant d'effectuer ce travail. C'est ce que recherchait Figli : que nous nous plongions dans l'œuvre de Léonard pour trouver d'hypothétiques pistes vers le code. Et plus nous allons chercher, plus nous allons avoir d'hypothèses. Regardez toutes les notes que vous avez déjà prises. Il gagne du temps et le Cercle poursuit ses dégâts.

Floyd, Bill Gates et les disciples levèrent la tête et regardèrent autour d'eux. Philip disait vrai. Ils avaient retenu des dizaines de livres, près de vingt tableaux, et griffonné plusieurs dizaines de pages de notes. Aucune hypothèse ne serait meilleure qu'une autre tant le travail de Léonard de Vinci était vaste. La solution était ailleurs.

— Alors, abordons le problème sous un autre angle, proposa Adrian en entrant dans la salle. Cercle et chiffres, quelle relation ?

Tous se tournèrent vers Adrian, qui était suivi par Enrique Alvarez.

— Nous sommes arrivés à la même conclusion que vous, Philip. Plus nous décortiquions l'algorithme, plus nous avions d'hypothèses. Figli est un bel enfoiré ! lâcha-t-il, surprenant son auditoire.

Cette nouvelle perspective plongea l'assistance dans un nouveau silence. Chacun réfléchissait aux paroles d'Adrian. Floyd proposa alors que l'équipe rejoigne le centre opérationnel ; les ordinateurs de l'Ordre pourraient leur être d'une aide précieuse. Les disciples rangèrent avec précaution toutes les œuvres mises de côté, tandis que Sophie, Helena et Mourad replaçaient le *Codex Leicester* dans son écrin de sécurité. Puis chacun sortit de la salle du Conseil par l'escalier créé depuis la destruction du manoir. Philip referma la porte derrière eux.

Un peu partout dans le monde...

Les chaînes d'information égrainaient les catastrophes engendrées par l'Ordre de Salai et le Cercle. Chaque heure apportait son lot de nouveaux décès un peu partout dans le monde. La chaîne Fox venait de couvrir en direct l'arrêt par Gazprom de l'approvisionnement en gaz de l'Ukraine. Mais cette fois-là, cela n'était pas dû aux relations tendues avec la Russie depuis son incursion en Géorgie. Le gaz avait été coupé par Figli. Et toutes les tentatives du Kremlin pour rétablir la distribution avaient échoué. La tension montait à la frontière entre les deux pays, car une faction du pouvoir ukrainien accusait Moscou de profiter de cette situation pour prendre le contrôle du pays. Le Premier ministre russe venait de démentir toute intervention de son pays dans cette affaire, mais il avait ordonné le déploiement de troupes supplémentaires à la frontière russe au cas où. La crise politique et militaire n'était pas loin. Les images d'émeutes de plus en plus violentes étaient toujours diffusées. Les pays les plus stables étaient maintenant touchés. Des mouvements de foules étaient apparus en Suisse, au Luxembourg et jusqu'à Bali, où la population était plutôt considérée comme extrêmement docile. Certains journalistes rapportaient même qu'une manifestation avait été réprimée avec la plus grande violence à Pyongyang, en Corée du Nord. La faillite du plus grand transporteur chinois deux jours plus tôt avait stoppé le soutien alimentaire et technique de la Chine à la Corée du Nord, engendrant une vague d'inquiétude sans précédent dans le pays.

Palo Alto

Salvatore Figli regardait défiler les informations sur les écrans de télévision qui lui faisaient face. Le monde s'enfonçait dans le chaos sous ses yeux. Il repensait au message qu'il avait adressé à ceux qui, avec Mark, tentaient de se mettre en travers de sa route. Ils devaient s'être plongés instantanément dans l'œuvre sans fond de Léonard de Vinci. Ils ne pourraient bientôt plus remonter à la surface. Les hypothèses des uns vaudraient celles des autres. Ils s'affronteraient pour faire valoir leurs théories et se détruiraient les uns les autres pendant que le Cercle continuerait son œuvre inexorablement. Et dans moins de trois heures, ils seraient complètement sclérosés, personne ne voulant prendre le risque d'essayer un code. Toutefois, le blocage de l'accès à son réseau par Mark le contrariait un peu. Certes, ils ne trouveraient pas le code, mais l'Ordre de Salai ne pouvait plus piloter le Cercle non plus. La découverte de Léonard de Vinci était devenue libre. La situation le fit sourire. Il y a cinq cents ans, Léonard avait décidé de la cacher à tout jamais pour protéger l'humanité du Cercle. Et aujourd'hui, il semblait mener une existence autonome. « Quelle ironie ! » se dit-il lorsque Clifford entra.

— Maître, nos équipes n'arrivent pas à reprendre la main sur le Cercle. Nous ne savons même pas où il se trouve. Mark a dû l'isoler sur un serveur ultra-secret dont Facebook n'avait pas connaissance.

— Ce n'est pas grave, monsieur Clifford. Regardez le Cercle à l'œuvre !

Figli montra à Clifford les images du monde dévasté par son action.

— Même la Corée du Nord est touchée. Certes, nous ne pouvons plus y accéder, mais Mark et son équipe ne trouveront pas le code. Chaque heure qui passe nous rapproche de notre objectif. D'ici quelques jours, l'humanité sera détruite. Ce qu'ils appellent le progrès aura disparu. Et nous serons les seuls à posséder la technologie et les fonds permettant de construire une civilisation vierge, lavée de ses péchés. Le Cercle aura fait son œuvre. Caprotti croyait que cette découverte pouvait être bénéfique pour l'homme. Je pense qu'il avait raison.

Clifford observa Figli puis les images qui passaient en boucle sur les écrans de télévision. Il pensa au destin qui allait être le sien aux côtés de son maître. Il se sentait comme à la droite du Père.

Rome

Le pape Benoît XVI était dans son bureau. Les nouvelles du monde n'étaient pas bonnes, mais il s'y attendait. Il savait que l'Ordre du Cercle travaillait à la recherche d'une solution, mais en attendant, le Cercle accomplissait son œuvre de malheur. Son souci actuel concernait plus ce que Philip lui avait dit au sujet du livre que lui avait remis Figli. Sa haine à l'égard de l'Église catholique était telle que Philip devait avoir raison. Et c'était lui, Benoît XVI, qui avait introduit ce manuscrit aux archives. Il fallait absolument trouver une solution pour l'en extraire. Il avait fanfaronné la veille lorsqu'il avait dit à ses visiteurs que tous ces écrits n'auraient plus d'intérêt pour une civilisation privée d'espoir. Évidemment qu'ils étaient essentiels pour l'avenir de l'homme ! Surtout en ces moments de grands tourments. Il réfléchissait à la façon de procéder quand son secrétaire particulier frappa.

— Entrez, répondit-il.

— Monsieur le secrétaire général des Nations Unies vient d'arriver, Votre Sainteté, lui annonça-t-il.

Le pape Benoît leva la tête et remercia son fidèle secrétaire. Ban Ki-moon avait sollicité cette audience en urgence quelques heures auparavant, pour discuter de la situation dans laquelle se trouvait le monde. Le secrétaire général venait chercher le soutien du pape dans la lutte que tentaient de mener les dirigeants du G20 depuis la conférence de Genève. Il nourrissait le secret espoir que le pape rejoindrait le mouvement des personnalités qui appelaient Figli à publier la date de leur mort. Les deux hommes se connaissaient bien. Ils s'étaient déjà rencontrés à plusieurs reprises et nourrissaient des sentiments d'amitié l'un envers l'autre. Leur quête de paix dans le monde et en chaque homme les avait rapprochés dès le départ.

Benoît XVI sourit. Il venait de trouver comment extraire l'Évangile remis par Figli des archives. Il décrocha son téléphone et appela son secrétaire :

— Je souhaiterais montrer notre bible de Gutenberg et l'exemplaire du premier Évangile à monsieur le secrétaire général. Nous partageons une passion commune pour les premières écritures. Pouvez-vous les faire acheminer dans mon bureau ?

— Je vois cela tout de suite avec le conservateur, Votre Sainteté.

Benoît XVI raccrocha et se leva. Il avait pris soin de demander la sortie de deux ouvrages pour éviter d'attirer l'attention. Il ouvrit la porte de son bureau.

— Soyez le bienvenu, mon ami, dit-il à Ban Ki-moon, qui se tenait debout dans la salle des audiences, face au portrait de Jean-Paul II.

Les deux hommes se serrèrent la main et entrèrent dans le bureau du pape.

Amboise

Floyd, Mark, Adrian, Sophie, Priscilla, John, Bill Gates, Youri et les disciples étaient de retour dans la salle de commandement de l'Ordre. Chacun se concentrait sur l'écran d'ordinateur qui lui faisait face. Mark Zuckerberg veillait avec Youri à la sécurité des serveurs cachés dans le satellite où l'accès codé au Cercle avait été dissimulé. Plusieurs attaques avaient approché son réseau, mais les pare-feu quantiques avaient détourné toutes ces tentatives en les redirigeant vers des leurres virtuels. Les attaques avaient redoublé ces dernières minutes. L'Ordre de Salai semblait avoir sollicité l'aide des principaux cybercriminels de la planète pour retrouver l'accès au Cercle. Le Deep Web regorgeait de ces hackers prêts à vendre leurs compétences au meilleur prix. Et les offres faites par Figli semblaient trouver preneur tant les tentatives pour localiser l'accès du réseau se multipliaient. Mark et Youri devaient rester très vigilants.

Les autres membres de l'équipe s'attelaient à la question soulevée par Adrian : quelle pouvait être la relation entre le Cercle et les cinq chiffres d'un code ? Toutes les théories mathématiques étaient passées au crible, même les plus excentriques soutenues par des adeptes de la théorie du complot.

Rome

Benoît XVI et Ban Ki-moon étaient assis côte à côte dans les canapés du bureau du pape. L'heure n'était pas au face-à-face.

— Merci d'avoir accepté de me recevoir en urgence, Votre Sainteté, commença le secrétaire général.

— Nous nous connaissons depuis combien de temps, mon ami ? demanda le pape.

— Depuis plus de cinq ans, je crois.

— Alors, ne me remerciez pas. Nous nous connaissons suffisamment pour nous affranchir du protocole en pareilles circonstances, il me semble.

— C'est vrai.

Ban Ki-moon marqua une pause.

— La situation actuelle nous échappe totalement, reprit-il. L'allocution de Barack Obama lors du G20 de Genève avait redonné un peu d'espoir, mais la réaction de cet homme a replongé l'humanité tout entière dans le chaos. Nous assistons à un désastre économique en direct. Les banques ferment les unes après les autres, ruinant leurs clients en quelques minutes, l'énergie commence à manquer et, dans quelques heures, les produits de première nécessité et les médicaments vont se raréfier. Nos analystes nous donnent encore trois jours avant de manquer de tout. Ce monstre est en train de nous renvoyer à l'âge de pierre. Et cette histoire de code pour stopper tout ? Il semble que l'accès en ait été protégé. Aucun de nos informaticiens n'arrive à localiser le réseau correspondant. Il n'est resté en ligne que quelques minutes à peine. C'est un leurre de plus ?

Le pape observait son ami. Celui-ci était désemparé. C'était la première fois qu'il voyait un tel regard chez lui. Ban Ki-moon était un homme de consensus, mais extrêmement déterminé. Il ne fallait pas se fier à sa bonhomie. Lorsqu'il avait un objectif, il ne lâchait rien tant qu'il ne l'avait pas atteint. Benoît XVI appréciait beaucoup ce trait de caractère chez son interlocuteur. Mais aujourd'hui, cette volonté avait disparu dans son regard. Il semblait éteint, presque résigné. Cela ne lui ressemblait pas. Le pape le regarda dans les yeux :

— Où est passée votre foi dans l'homme, mon ami ? Certes la situation est très compliquée, mais nous devons garder espoir.

Le secrétaire général fut très surpris par l'attitude du pape. Ses paroles et surtout son regard étaient pleins d'espoir. Quelque chose lui échappait. Quelque chose que le pape lui cachait et qu'il ne lui dirait sûrement pas. Mais il était bien en présence d'un homme confiant dans l'avenir. Cela le déstabilisa. Benoît XVI s'en aperçut.

— Je vois que je vous surprends, mon ami. Laissez-moi vous montrer quelque chose.

Le pape se leva et décrocha son téléphone. Quelques instants plus tard, le conservateur des archives entra en compagnie de deux prêtres. Chacun d'eux portait un coffret. Ils les déposèrent sur la table basse près du pape et les ouvrirent.

— Merci pour tout, monsieur le conservateur, dit Benoît XVI.

Ce dernier, ainsi que les deux prêtres se courbèrent devant le pape, saluèrent le secrétaire général, et se retirèrent.

— Regardez, mon ami. C'est la première bible imprimée par Gutenberg et le seul exemplaire original du premier Évangile.

Ban Ki-moon était émerveillé par les deux ouvrages qui lui faisaient face. La bible datait de 1455. Elle avait plus de cinq cents ans. Et l'Évangile selon Marc avait près de 2 000 ans ! « Quel trésor ! » se dit-il.

— Quelle chance avaient-ils de traverser les siècles en restant intacts, tels que nous les voyons aujourd'hui ? Aucune. Et pourtant, ils sont là.

Benoît XVI prit la bible de Gutenberg avec précaution et l'ouvrit.

— Regardez ce travail ! Gutenberg y a mis toute sa foi, toute son énergie et tout son amour des hommes. Nous devons faire pareil.

— Pourquoi j'ai le sentiment que vous le faites déjà, Votre Sainteté ?

— Parce que c'est cela, être pape, répondit-il.

Le secrétaire général des Nations Unies plongea son regard dans celui de son ami. Il venait de lui envoyer un message, il en était certain. Benoît XVI était impliqué dans la lutte contre le monstre qui terrorisait le monde entier. Mais il ignorait en quoi et comment. Benoît XVI reposa la bible qu'il avait ouverte au début du livre sur l'Exode. Ban Ki-moon, qui était venu pour solliciter son aide, comprit que son intervention se faisait autrement et qu'il était inopportun de lui demander un engagement public à ce moment-là. Ils échangèrent un regard entendu alors qu'ils contemplaient l'enluminure qui préfaçait l'Exode. Tout à coup, un phénomène étrange détourna leur regard vers l'exemplaire de l'Évangile de Marc. Celui-ci était resté dans le coffret ouvert porté par le conservateur des archives du Vatican. Une épaisse fumée commença à remplir le coffret jusqu'à recouvrir complètement le manuscrit ancien. Puis la fumée déborda du coffret et se répandit sur la table basse comme une chimère se déplaçant vers sa proie. Elle ne tarda pas à recouvrir la bible de Gutenberg puis l'ensemble de la table. Benoît XVI, comprenant aussitôt ce qui était en train de se produire, se jeta sur le coffret contenant l'Évangile et le ferma hermétiquement. Mais l'épaisse fumée qui s'était propagée à l'extérieur avait commencé son œuvre. La bible de Gutenberg était déjà détruite à moitié. La substance semblait dissoudre le papier et l'encre dès son premier contact. Benoît XVI ne se faisait aucune illusion sur le sort qui avait été réservé à l'Évangile de Marc. La fumée contenue dans le coffret masquait le manuscrit, mais celui-ci avait sans doute été totalement détruit. Ban Ki-moon avait été si surpris qu'il s'était levé instantanément du canapé et se tenait debout au milieu du bureau, comme pétrifié. Il regardait le pape intervenir avec des gestes précis, comme s'il s'était attendu à ce qui se passait. Il fallait circonscrire la progression de la substance avant qu'elle n'atteigne les livres de la bibliothèque du bureau.

— Décrochez le téléphone, faites le 2 et appelez mon secrétaire ! Qu'il vienne tout de suite avec un aspirateur ! Cette chose ne doit pas toucher d'autres livres. Elle les détruit à son contact.

Ban Ki-moon s'exécuta tout en regardant le pape tenter de contenir la progression de la substance gazeuse. *A priori*, elle n'affectait pas les êtres humains. Benoît XVI avait ôté sa soutane blanche et s'en servait comme barrière. C'était la première fois que Ban Ki-moon voyait le pape en tenue de ville.

— Stoppez la climatisation avec la télécommande blanche située à droite sur mon bureau. Les déplacements d'air dans la pièce favorisent sa progression. Vite !

Le secrétaire général coupa l'air conditionné. Puis la porte du bureau s'ouvrit et le secrétaire particulier du pape entra avec un aspirateur.

— Mettez-le en marche et aspirez toute cette cochonnerie ! hurla le pape. Elle détruit les livres !

Le secrétaire s'exécuta. Moins de deux minutes plus tard, la substance avait disparu. Les trois hommes contemplaient le désastre. La bible de Gutenberg était détruite à 80 % et il n'y avait aucun espoir de retrouver la trace de l'Évangile de Marc dans le coffret rempli de cette épaisse fumée.

— Que s'est-il passé ? demanda le secrétaire ?

— Je ne sais pas, feignit Benoît XVI. Une fumée est sortie du coffret où se trouvait l'Évangile et s'est répandue sur notre table, détruisant la bible de Gutenberg. Heureusement, j'ai pu refermer le coffret à temps pour qu'elle ne puisse pas tout détruire dans cette pièce. Laissez l'aspirateur et le coffret dans mon bureau, je ne veux pas que cette chose puisse se propager ailleurs. Et allez prévenir le conservateur. Je veux savoir comment tout cela a pu arriver sans que l'on n'ait rien vu venir.

— Tout de suite, Votre Sainteté, répondit le secrétaire en sortant précipitamment du bureau.

Ban Ki-moon et Benoît XVI se retrouvèrent seuls dans le bureau.

— Pourquoi ai-je le sentiment que ce qui vient de se passer est en lien avec les évènements des derniers jours, Votre Sainteté ?

— Parce que c'est vrai, mon ami, lui répondit le pape.

Ban Ki-moon était stupéfait du calme avec lequel le pape lui avait répondu.

— Je dois passer un coup de téléphone. Je vous en prie, asseyez-vous, monsieur le secrétaire général.

Ban Ki-moon nota que le ton du pape avait changé. Et il ne l'avait plus appelé « mon ami ». Il s'assit et regarda le Saint-Père regagner son bureau et décrocher son téléphone.

Palo Alto

Figli consulta sa montre. L'Évangile de Marc devait être en train de faire son œuvre. Tous les textes originaux fondateurs de l'Église catholique seraient totalement détruits dans quelques minutes. Il ne resterait plus que des copies, dont l'authenticité, et même l'existence, ne tarderait pas à être mise en doute partout dans le monde. Les fondations du catholicisme allaient bientôt s'écrouler et le pape n'y pourrait rien. Les croyants d'aujourd'hui deviendraient les sceptiques de demain. Ils mettraient tout en doute. « Et si cela ne va pas assez vite, nous les y aiderons, songea-t-il. Et les autres religions y participeront, trop heureuses de pouvoir récupérer des fidèles perdus et trahis. » Un petit sourire parcourut son visage. Une fois encore, il tenait sa vengeance. L'Église devait payer son soutien pendant cinq siècles à l'Ordre du Cercle. Et l'heure était venue.

Amboise

Philip Stern était à son bureau. L'équipe qui travaillait d'arrache-pied à la résolution du code lui transmettait régulièrement ses propositions. Toutes les théories des principaux mathématiciens - Thalès, Pythagore, Pascal - étaient passées au crible et, bien sûr, les travaux de Léonard de Vinci étaient disséqués. Son téléphone sonna.

— Bonjour monsieur Stern.

Philip reconnut la voix de Benoît XVI. Il fit signe à monseigneur Barbarin de le rejoindre.

— Bonjour, Votre Sainteté, je suis avec le cardinal Barbarin.

— Vous aviez raison à propos de l'Évangile de Marc. Il avait bien été modifié pour détruire toutes nos archives.

Philip et le cardinal sentirent leurs cœurs battre plus fort.

— Il s'est déclenché ?

— Oui, mais j'ai réussi à l'extraire avant. Il a amorcé son travail de destruction dans mon bureau. J'ai réussi à circonscrire son action, mais nous avons perdu notre bible de Gutenberg et l'Évangile.

— Vous-même n'avez rien ? demanda le cardinal Barbarin.

— Non, rassurez-vous, nous n'avons rien.

— Nous ? releva Philip.

— Oui, j'étais avec le secrétaire général des Nations Unies lorsque cela est arrivé. J'avais profité de sa venue pour faire sortir l'Évangile afin que personne ne se doute de rien.

— Et il est toujours avec vous ?

— Oui, il est à côté de moi. Je vais lui expliquer ce qu'il se passe. Je ne peux pas faire autrement.

Le silence que Philip manifesta au téléphone en dit plus long au pape que s'il avait parlé.

— Ne vous inquiétez pas, Philip, monsieur le secrétaire général va devoir être mon invité pendant quelque temps… Le temps que tout ceci se termine.

— Pouvez-vous me faire parvenir un échantillon de cette substance qui a détruit les manuscrits ? demanda Philip.

— Oui, envoyez-moi un messager au plus vite.

Philip demanda à Floyd d'envoyer Franck récupérer l'échantillon sur-le-champ.

— Soyez prudent, Votre Sainteté, lui dit le cardinal.

— Ne vous inquiétez pas. Tout est sous contrôle maintenant et nos textes sont en sécurité. L'Église vous est encore une fois redevable, Philip.

— Nous ferons nos comptes plus tard, Votre Sainteté, plaisanta Philip avant de raccrocher.

Jamais il ne s'était permis un tel échange avec le pape. Il en fut surpris lui-même. Peut-être était-ce dû au fait que, pour la première fois depuis le début de cette affaire, Figli avait échoué.

Rome

Le pape raccrocha et alla s'asseoir aux côtés de Ban Ki-moon, qui avait assisté à toute la conversation.

— Vous luttez secrètement contre cet homme depuis le début ?

— C'est un peu plus compliqué que cela, mon ami. L'Église se bat contre son organisation depuis plus de cinq cents ans. Je l'ai découvert il y a quelques jours seulement. Et j'essaie depuis, avec quelques amis, de le mettre hors d'état de nuire. Ce qui vient de se produire dans mon bureau aurait dû se passer dans les archives du Vatican. Cet homme avait planifié la destruction de tous les textes originaux ayant fondé l'Église catholique. Il voulait se venger du rôle de l'Église dans cette affaire en détruisant les piliers de notre religion. Nous sommes à sa recherche mais nous devons d'abord trouver le code qui mettra fin à l'utilisation du Cercle et donc au chaos programmé de notre civilisation. Je ne peux vous en dire plus et me vois dans l'obligation de prolonger votre visite auprès de moi, car tout cela doit rester un secret absolu. L'organisation de cet homme a des agents partout, y compris ici, au Vatican. Vous êtes donc mon invité, monsieur le secrétaire général.

Ban Ki-moon comprit qu'il était prisonnier du pape. Au-delà de sa liberté, c'était surtout le manque de confiance en lui que montrait le Saint-Père qui le consterna. Mais cela restait le kidnapping d'un chef d'État... par un autre chef d'État, ce qui était une première dans sa vie déjà bien remplie de diplomate. Benoît XVI lut sa colère dans son regard.

— Je ne vous demande pas de m'approuver, mon ami, mais de me comprendre. Je ne peux prendre aucun risque. Je vais maintenant vous demander d'annoncer à votre équipe que vous passerez la nuit et la journée de demain au Vatican afin de poursuivre nos entretiens sur la situation actuelle. Nous verrons ensuite comment procéder.

Le secrétaire général s'exécuta. Il avait le visage fermé.

Palo Alto

Figli venait d'apprendre que son Évangile selon Marc n'avait pas détruit les archives du Vatican, car le pape Benoît XVI l'avait fait extraire à l'occasion de la visite du secrétaire des Nations Unies, Ban Ki-moon. La colère l'avait submergé dès l'annonce de la nouvelle. Même si son entourage parlait d'une coïncidence, lui ne pouvait s'y résoudre. L'Église catholique avait participé à la protection du Cercle depuis le début. Aujourd'hui, elle poursuivait sa tâche. Il en était sûr. Mark avait dû, par un biais qu'il ignorait, se rapprocher du pape et peut-être même évoquer son nom. Le pape s'était souvenu de leur rencontre et avait prétexté une audience avec le secrétaire général de l'ONU pour faire sortir l'Évangile. Il ne pouvait en être autrement, sinon il aurait été prévenu. Il se retourna vers le meuble bas qui se trouvait derrière lui et observa le Cercle dans son écrin de verre. Il serrait les dents. La découverte de Léonard continuait son œuvre, comme le rapportaient toutes les chaînes d'information en direct, mais il sentait que ses ennemis se rapprochaient. Par ailleurs, il ne maîtrisait plus l'algorithme, dont l'accès lui avait été retiré par Mark Zuckerberg. Il décrocha son téléphone et appela Clifford :

— La partie se resserre, monsieur Clifford. L'Évangile selon Marc n'a pas détruit les archives du Vatican. Le pape a été mis au courant et a réussi à extraire le manuscrit sans éveiller l'attention des membres de l'Ordre. Combien de temps reste-t-il avant que le Cercle ait terminé son action ?

— Encore quarante-huit heures, maître, et tout retour en arrière sera impossible. Dans deux jours, 80 % des entreprises mondiales seront en faillite. La production d'énergie sera stoppée et toutes les banques fermées. La disparition de toute liquidité fera le reste.

Plus que deux jours, se dit Figli. Ce serait les deux jours les plus longs de sa vie. Il raccrocha. Moins de cinq minutes venaient de s'écouler lorsque Clifford entra.

— La chasse lancée par les hackers que nous avons engagés pour retrouver le réseau caché par Mark a porté ses fruits, maître.

Figli se leva de son fauteuil.

— Ils ont trouvé où il était caché ?

— Oui. Cela n'a pas été simple, mais un groupe de hackers ukrainiens vient de le repérer. Mark l'a caché dans un satellite dont nous ignorions l'existence. C'est un satellite non répertorié chez Facebook. Mark a dû le mettre en orbite dans le plus grand secret en cas de besoin. Il navigue sur une orbite basse, très loin de celles des autres satellites de l'entreprise.

— Vous pensez qu'on peut en reprendre le contrôle ?

— Cela va être très difficile. Le cryptage quantique est très complexe. Et nous avons dû être repérés. Ils vont renforcer les pare-feu pour se protéger davantage.

— Alors nous allons intervenir différemment, monsieur Clifford. Quel satellite se situe le plus près de celui de Mark ?

Clifford saisit sa tablette et se connecta au réseau satellitaire de l'entreprise. Il projeta la carte localisant en temps réel les satellites de Facebook. Celui de Mark figurait également sur la carte.

— C'est celui-ci, maître. Le FB-1024, dit Clifford en désignant l'un des satellites.

— D'accord. Il gravite à quelle vitesse ?

— Il est en orbite à deux cents kilomètres et a une vitesse de vingt-huit mille kilomètres par heure.

— Et celui de Mark ?

— Il est trente kilomètres en dessous et se déplace à une vitesse de vingt-cinq mille kilomètres par heure.

— Ils sont à quelle distance l'un de l'autre ?

— Le nôtre est mille deux cents kilomètres en arrière.

— Bien. Il faut combien de temps pour le faire changer d'orbite et le caler sur celui de Mark ?

Clifford venait de comprendre ce que voulait faire Figli. C'était malin. Très gonflé, car changer un satellite d'orbite était une opération très délicate en raison des milliers de débris en suspension dans cette partie de l'espace. La moindre collision entre le satellite de Facebook et l'un de ces débris pouvait lui être fatale. Mais c'était malin.

— Il faudra environ deux heures pour qu'ils rejoignent la même orbite. Puis quatre heures pour qu'ils entrent en collision.

Figli sourit. Clifford l'avait parfaitement compris.

— Donc dans six heures, le satellite de Mark sera détruit et plus rien ne pourra s'opposer au Cercle et à nous ?

— Plus rien, maître.

— Alors allons-y, monsieur Clifford, lançons la chasse !

Clifford sortit du bureau de Figli et commença à donner ses instructions à la salle de commandement. Figli ne détachait pas son regard de l'écran sur lequel figuraient les positions des deux satellites.

Un peu partout dans le monde

Il n'y avait pas eu de fuites concernant la destruction de l'Évangile selon Marc dans le bureau du pape Benoît XVI. Mais la liste des catastrophes économiques s'allongeait. L'effet domino provoqué par la fermeture de plusieurs banques, fonds de pension et compagnies d'assurances battait son plein. Et la liste des personnes décédées s'allongeait également, sans que rien ne puisse l'arrêter. Les émeutes s'étaient généralisées un peu partout tant le manque de denrées alimentaires se faisait sentir. Les stations-service fermaient les unes après les autres dans de nombreux pays. Les dépôts de carburant étaient placés sous le contrôle de l'armée. Des attaques avaient été lancées contre certains d'entre eux. Le monde était désormais séparé en deux castes : ceux qui se cachaient afin de ne pas risquer de connaître la date de leur mort et ceux qui participaient aux émeutes de plus en plus violentes. Tous les gouvernements de la planète étaient maintenant dépassés par les évènements. Dans certains pays, l'armée menaçait même de faire sécession tant elle peinait à contrôler les émeutiers.

Amboise

Floyd entra dans le bureau de Philip Stern sans frapper.

— Maître, le satellite de Mark vient d'être localisé par l'équipe de hackers lancée à sa poursuite.

Philip se redressa.

— Ils ont réussi à en prendre le contrôle ?

— Non. Les pare-feu quantiques ont repoussé toutes leurs attaques.

— Donc Figli sait où se trouve le Cercle, mais il ne peut en reprendre le contrôle.

— Pas tout à fait, répondit Floyd. Figli ne peut effectivement pas mettre la main sur l'algorithme. L'accès au satellite lui est complètement interdit par Mark et Youri. Mais…

Floyd marqua un temps d'arrêt. Philip le regarda avec insistance.

— Mais quoi ?

— Mais Figli vient de commencer une manœuvre périlleuse mais imparable pour nous s'il réussit. Il est en train de modifier l'orbite d'un de ses gros satellites afin qu'il rejoigne celui de Mark et le prenne en chasse. Le satellite de Figli se déplace beaucoup plus vite que le nôtre. Et dans moins de six heures, il percutera le satellite de Mark et le détruira complètement.

Philip Stern serrait les dents. Il frappa du poing sur la table.

— Alors, changeons d'orbite également !

— Ce n'est pas possible, maître. Le satellite de Mark est déjà en orbite basse. Nous ne pouvons pas descendre plus bas. Toute tentative pour y arriver entraînerait le satellite vers un retour dans l'atmosphère terrestre et provoquerait sa destruction. Et une montée en orbite supérieure n'est pas possible avec ce type de satellite qui ne dispose pas de moteurs suffisamment puissants pour cela.

— Donc il nous reste moins de six heures pour trouver le code et arrêter Figli ?

— Oui, maître.

Philip sortit de son bureau, suivi par Floyd, et entra dans la salle de commandement. Lorsqu'il vit les visages de son équipe, il comprit qu'ils étaient déjà tous au courant. Sur l'écran principal, Mark et Youri avaient affiché les trajectoires des deux satellites. Le changement d'orbite de celui de Figli était déjà amorcé. Un compte à rebours avant l'impact entre les deux monstres de technologie indiquait qu'il leur restait moins de cinq heures trente.

— Je vois que vous êtes déjà tous au courant. Des options à me soumettre ?

Mark prit la parole :

— Je ne peux rien faire, comme a dû vous l'expliquer Floyd, concernant l'orbite. Je peux simplement gagner un peu de temps en augmentant la vitesse de notre satellite.

— Combien de temps ?

— Une demi-heure maximum.

— Alors faites-le. Chaque minute est précieuse. Y a-t-il une chance que le changement de trajectoire du satellite de Figli échoue ?

— C'est possible, répondit Youri. L'espace à cette hauteur est jonché de débris qui peuvent l'endommager lors d'une collision. Mais le satellite qu'a choisi Figli est actuellement situé dans une zone plutôt claire.

— Peut-on prendre le contrôle de ce satellite ?

— J'ai essayé, dit Adrian. Mais il a été isolé. Figli use de la même protection que celle que nous utilisons pour rendre notre satellite inaccessible.

— Et pourquoi ne pas transférer le Cercle et son code ailleurs ? demanda Philip.

— Parce que l'équipe de hackers engagée pas Figli a encerclé notre satellite d'un réseau captif, une sorte de toile d'araignée géante qui capturera automatiquement toutes les données que nous essaierons d'extraire. Seul notre canal d'échange avec le satellite leur est inaccessible. Toute tentative de sortie de données leur rendra le Cercle.

— Alors il nous reste six heures pour en finir. Concentrons toute notre attention sur le code.

Philip sortit de la salle pour rejoindre son bureau suivi de Floyd. Toute l'équipe reprit son travail. Le satellite de Figli avait déjà effectué la moitié de son changement d'orbite. Dans une heure environ, il serait lancé à pleine vitesse à la poursuite de celui de Mark et la distance entre les deux engins se réduirait inexorablement.

Philip s'assit et décrocha son téléphone.

— Oui, maître.

— Vous êtes bien arrivé ?

— Oui. Il y a deux heures.

— Parfait, répondit Philip. Je vous appelle dès que l'opération commence. Il nous reste moins de six heures.

Philip raccrocha et informa Floyd.

— J'ai demandé à Eric de partir pour Palo Alto hier afin qu'il se joigne à l'équipe qui interviendra pour neutraliser Figli et les membres de l'Ordre de Salai. J'ai conclu un accord avec le président Obama : je lui laisse Figli et nous récupérons le Cercle.

Floyd reconnut là son maître. Philip Stern n'avait rien laissé au hasard. Et son objectif restait de mettre la main sur la découverte de Léonard afin de la soustraire de nouveau à l'humanité. C'était la mission de l'Ordre. C'était *sa* mission. Et rien ne le faisait dévier du serment qu'il avait prêté il y a de nombreuses années maintenant.

— Il vient d'arriver sur place, reprit Philip. Je vais appeler le président américain. Nous avons moins de six heures pour réussir. L'opération d'intervention devra être prête, car quoi qu'il arrive, il faudra le neutraliser, avec ou sans le code.

Floyd sortit du bureau pour rejoindre l'équipe dans la salle de commandement.

Philip décrocha de nouveau son téléphone :

— Bonjour, monsieur le président.

— Bonjour, monsieur Stern.

Philip Stern mit Barack Obama au courant de la découverte du satellite de Mark par Figli et son Ordre, ainsi que de la chasse qu'il venait de lancer avec l'un des satellites de Facebook.

— Il a lancé un satellite contre le vôtre ?

— Oui. Il ne va pas tarder à rejoindre l'orbite où se trouve celui de Mark. Puis, il se lancera à sa poursuite. Il est quatre fois plus gros et se déplace beaucoup plus vite. Nous n'avons plus beaucoup de temps pour réussir. Le moment est venu de préparer l'équipe d'intervention à Palo Alto, monsieur le président.

— Je comprends, monsieur Stern. Envoyez-moi tout ce que vous avez sur le bâtiment qui abrite Facebook. Je vais faire positionner une équipe des forces spéciales.

— Nous avons un accord, monsieur le président.

— Je ne l'ai pas oublié, monsieur Stern. Vous pourrez récupérer le Cercle. Je me chargerai de Figli et de son Ordre.

— Merci. J'ai déjà envoyé mon homme sur place. Il est arrivé à Palo Alto il y a deux heures. Il est prêt à rejoindre votre équipe. Sa mission se résumera à récupérer le Cercle. Pour le reste, je vous laisse faire. Je vous envoie le suivi de la position des deux satellites en direct. Je vous donnerai le top d'intervention dès que nous aurons progressé sur le code.

— Et si vous ne trouvez pas ?

— Alors vous interviendrez juste après l'impact entre les deux satellites. Mais prions pour que nous trouvions une solution d'ici là. Il nous reste encore quatre heures.

Lorsque les deux hommes raccrochèrent, le satellite de Figli venait de terminer sa descente vers sa nouvelle orbite. Il se lança immédiatement à la poursuite de celui de Mark Zuckerberg.

Palo Alto

Figli n'avait pas quitté des yeux la trajectoire de son satellite, qui avait rejoint en moins de deux heures l'orbite de celui de Mark. La manœuvre s'était déroulée sans difficulté. Le satellite s'était parfaitement comporté et n'avait rencontré aucun débris. Il était maintenant à la poursuite de celui de Mark. Dans moins de quatre heures, l'impact aurait raison du satellite où Mark avait caché le Cercle et son code.

Washington

Barack Obama venait de raccrocher avec Philip. Il demanda à voir son secrétaire à la Défense ainsi que son conseiller spécial. Les deux hommes entrèrent quelques minutes plus tard.

— Bonjour messieurs, leur dit le président.

— Monsieur le président, répondirent ensemble les deux plus proches conseillers de Barack Obama.

— Asseyez-vous.

Les deux hommes prirent place autour de la table de travail où Barack Obama était déjà assis. Un dossier classé top secret leur faisait face.

— Vous trouverez devant vous un dossier concernant un groupe de hackers retranché à Palo Alto dans les sous-sols de l'entreprise Facebook. D'après les informations dont je dispose, ils profitent de la panique actuelle pour détourner à leur profit des sommes considérables. J'ai un informateur sur place qui se joindra à l'équipe d'intervention que vous allez mettre en place pour les neutraliser. Nous ne pouvons laisser de tels groupes amplifier le chaos économique actuel.

Les deux hommes ouvrirent le dossier scellé et commencèrent à en prendre connaissance. Le secrétaire à la Défense releva la tête le premier.

— L'accès au bunker dans lequel ils sont retranchés n'a pas encore été identifié ?

— Pas encore. Vous disposez des plans et des éléments qui nous font penser qu'ils se trouvent dans les sous-sols. Mais déterminer comment entrer dans leur forteresse sera la première tâche de votre équipe.

— Ils sont nombreux ?

— Oui, vraisemblablement.

— Armés ?

— Je n'en sais rien, mais c'est possible.

— Ils ont déjà détourné beaucoup ? demanda le conseiller spécial.

— Plusieurs dizaines de milliards selon nos estimations. Mais chaque heure qui passe amplifie le phénomène. Je sais que la priorité est d'arrêter ce fou qui a plongé l'humanité dans le chaos le plus grave qu'elle ait connu à ce jour, mais cette équipe de hackers profite de la situation et participe au détournement généralisé de notre économie. Il faut donc les stopper.

Les deux hommes auraient bien aimé connaître les sources du président, mais celui-ci ne semblait pas disposé à leur en parler. Toutefois, au regard du dossier qu'ils venaient de parcourir, cela ne faisait aucun doute que ce groupe très actif disposait de gros moyens informatiques et piétinait allègrement l'économie américaine.

— En prévision de notre intervention, reprit le président, je vous demande donc de positionner votre équipe au plus tôt à Palo Alto afin d'agir dès que je vous en donnerai l'ordre. Cette opération est classée top secret et placée sous mon seul commandement.

— Très bien, monsieur le président, répondit le conseiller spécial. Je vous préviens dès que nos hommes sont sur place et qu'ils sont en contact avec votre informateur.

— Merci messieurs, nous n'avons que quelques heures pour intervenir. C'est une équipe très mobile et très organisée. Ses membres peuvent disparaître à tout moment.

Barack Obama avait volontairement donné cette information à son équipe afin que tout soit prêt au plus vite sur place. Il insista ensuite sur la discrétion totale dont devait faire preuve l'équipe des forces spéciales afin de ne pas être découverte dès son arrivée sur les lieux. Les deux hommes se levèrent et quittèrent le bureau ovale. Une fois seul, Barack Obama s'assit dans l'un des canapés du salon et ferma les yeux.

Amboise

Cela faisait plus de trois heures que le satellite de Figli se rapprochait de celui de Mark. Les deux engins étaient désormais très proches. La carte affichée en direct sur l'écran principal de la salle de commandement en témoignait. Toutes les options envisagées pour stopper l'action du Cercle étaient restées sans suite jusque-là. Aucune des pistes proposées n'avait passé l'étape clé fixée par Philip Stern : l'unanimité de l'équipe pour entrer le code. Dans moins d'une heure, les deux satellites entreraient en contact et l'algorithme de Léonard de Vinci serait détruit. Plus rien ne pourrait plus arrêter son œuvre.

Palo Alto

L'équipe des forces spéciales désignée pour intervenir dans les sous-sols du siège de Facebook était en position depuis un quart d'heure dans Columbia Street, à deux rues du 1601 California Avenue. Les quinze hommes dirigés par le major Johnson étaient retranchés dans un entrepôt désaffecté. L'officier chargé des communications avait disposé son matériel dans la partie gauche de l'entrepôt. La mission de reconnaissance du site avait commencé. Un drone à caméra thermique, comme ceux utilisés dans la prospection pétrolière, avait décollé du toit de l'entrepôt cinq minutes auparavant. L'officier le manipulait avec la plus grande prudence. Le drone allait cartographier le sous-sol autour du siège de Facebook afin de déterminer avec précision le camp souterrain des hackers. Aucun des membres de l'équipe ne connaissait la réalité de cette mission. Ils ne disposaient que des informations données par Barack Obama à ses deux conseillers. Les images renvoyées par la caméra du drone étaient retransmises sur un écran qui faisait face à toute l'équipe. Le drone avait d'abord pris de la hauteur pour ne pas attirer l'attention. Il volait maintenant à plus de trois cents mètres. Le zoom de la caméra était très efficace. On distinguait parfaitement l'entrepôt comme s'il était filmé à quelques dizaines de mètres seulement. Une fois la bonne altitude atteinte, l'officier passa la propulsion du drone en mode électrique afin qu'il se déplace avec la plus grande discrétion possible. Ce modèle hybride de drone était très apprécié de l'équipe. Le mode thermique permettait d'atteindre rapidement les altitudes élevées tandis que le mode électrique garantissait la discrétion de la phase d'observation. Le drone traversait maintenant les blocs qui séparaient Columbia Street de Bowdon Street. Au bout de quelques secondes, l'entrée de l'impasse menant vers le 1601 California Street apparut. Le drone poursuivit sa route jusqu'à buter sur California Street puis obliqua sur sa droite. Le siège de Facebook apparut dans l'impasse. L'immeuble en verre, dressé au milieu d'un parc immense, était flamboyant. Le major Johnson s'adressa à son officier de communication :

— Maintenez cette position. Je veux m'assurer que personne ne nous a repérés.

— Oui, major, répondit-il.

demanda le major à son informaticien.

— Que dit votre surveillance ?

— Nous sommes invisibles, major. Aucune activité de repérage de notre drone en cours.

Alors que le drone allait reprendre son vol vers le siège de Facebook, un homme se présenta à l'arrière de l'entrepôt. Il était vêtu d'un jean, d'une veste de sport bleue et d'une casquette noire à l'effigie des San Antonio Spurs. Il portait un sac noir. La caméra de surveillance installée face à la porte arrière par l'équipe de Johnson zooma sur le cou de l'individu. Le major reconnut le tatouage qui était indiqué dans son dossier. L'homme était pile à l'heure. La porte s'ouvrit. Un des membres de l'équipe d'intervention était descendu pour l'accueillir et s'assurer que personne ne l'avait suivi.

— Entrez, lui dit-il.

Eric pénétra dans l'entrepôt et suivit le soldat qui avait refermé la porte avec précaution. Ils gravirent les escaliers qui menaient à l'étage du bâtiment. Puis ils entrèrent dans la pièce où le quartier général avait été installé. Le major Johnson vint à leur rencontre.

— Je suis le major Johnson, commandant de cette unité.

— Eric, je me place sous votre commandement, major.

— Passez votre tenue et rejoignez-nous. Le drone a commencé son travail de repérage.

— Tout de suite, major.

Eric se dirigea vers le fond de la salle et se changea. Puis il retrouva l'équipe des forces spéciales. Le major venait de donner l'ordre à son officier de communication de reprendre le vol de reconnaissance. L'écran montra la remise en mouvement de l'engin qui, jusque-là, était resté en vol stationnaire face à l'entrée du siège de Facebook. Le drone progressait doucement. Le bâtiment apparut de plus en plus distinctement. Le drone prit encore un peu d'altitude pour garantir sa discrétion puis se stabilisa au-dessus du siège de l'entreprise.

— Commencez le scan de l'ensemble, ordonna Johnson.

L'officier enclencha la caméra thermique du drone. Celle-ci fonctionnait comme une IRM. Elle découpait en tranches horizontales de trois mètres d'épaisseur tout ce qu'elle rencontrait depuis le toit du bâtiment. Les étages apparurent les uns après les autres. Chaque scan était comparé automatiquement avec les plans fournis par Philip Stern à Barack Obama. Du rez-de-chaussée au dernier étage, tout semblait conforme. La caméra s'attaqua au scan des deux niveaux de sous-sols indiqués sur les plans. Là encore, le scan correspondait aux documents qu'il leur avait été remis. Le major nota qu'il était possible d'accéder au sous-sol par les gaines d'extraction d'air situées à l'arrière du bâtiment. Cette voie d'accès l'intéressait. Il l'indiqua au sous-officier chargé de préparer l'intervention. Le drone continuait à scanner le siège quand l'équipe vit apparaître, sous le dernier sous-sol figurant sur les plans, tous les réseaux d'alimentation. Sur une profondeur de près de dix mètres, des centaines de fourreaux et de canalisations apparurent. Un enchevêtrement de câbles en tout genre qui rappelait combien l'installation avait été complexe pour permettre à Facebook de gérer son milliard et demi d'abonnés. Eric, qui observait les images retranscrites par le drone, remarqua deux détails intrigants.

— Pouvez-vous zoomer sur la partie sud de la dernière tranche ? demanda-t-il.

L'officier responsable des communications s'exécuta après que le major Johnson lui eut donné son accord d'un signe de la tête. Le zoom sur la partie indiquée par Eric apparut.

— Regardez le cheminement des fourreaux et des gaines, dit Eric en montrant la zone qui avait attiré son attention. Il y a deux directions dans leur cheminement. La quasi-totalité se dirige vers les étages supérieurs, mais une petite partie des fourreaux, des gaines et des canalisations se dirige vers des niveaux inférieurs. Ils alimentent des niveaux qui ne figurent pas sur les plans.

Toute l'équipe regardait ce que venait de souligner Eric. Il disait vrai : une alimentation complète irriguait un ou plusieurs niveaux inférieurs.

— Continuez le scan pour trouver ces niveaux, ordonna Johnson.

Le drone poursuivit son travail pendant quelques minutes jusqu'à ce que ce qu'Eric avait pressenti apparaisse. À une dizaine de mètres sous l'enchevêtrement de câbles et de canalisations se trouvaient deux niveaux qui étaient désolidarisés du reste du bâtiment. Ils avaient dû être construits dès le début du chantier puis ensevelis avant que le premier niveau de sous-sol de Facebook ne soit réalisé.

— Pouvez-vous scanner les niveaux à plat et non plus en tranches ? demanda Eric.

— Oui, lui répondit l'officier.

Il programma la caméra thermique du drone pour obtenir une vue à plat de chaque niveau. Lorsque l'image apparut, toute l'équipe resta sans voix. Le premier niveau venait de s'afficher sur l'écran du poste de commandement. Il était gigantesque. Sa surface faisait au moins trois fois celle de la surface au sol du siège de Facebook. Quelques secondes plus tard, le deuxième niveau s'afficha. Il était de la même taille que le premier.

— C'est énorme ! lâcha l'officier chargé de l'intervention. Combien sont-ils là-dedans ?

— Je ne sais pas. Il faut trouver les voies d'accès pour nous permettre d'intervenir, dit Johnson à son officier d'intervention.

Il s'adressa ensuite à l'officier responsable des communications.

— Nous avons toutes les prises de vues et scans nécessaires. Ramenez le drone.

Puis il fit signe à Eric de venir le rejoindre à l'écart. Le major Johnson planta son regard dans celui du messager de l'Ordre du Cercle.

— C'est quoi, cet endroit ?

— Un repère de hackers très expérimentés, répondit Eric.

— Ça, ce sont les conneries qui figurent dans le dossier. Je vous repose ma question : c'est quoi, cet endroit ? Je suis responsable de la sécurité de mes hommes. Je ne peux pas mettre leurs vies en danger en les engageant dans une opération pour laquelle je ne dispose pas de toutes les informations !

— Je n'ai pas d'autres informations à vous donner que celles que vous avez reçues, major. Tout ce que je sais, c'est que nous ne disposons que de très peu de temps avant d'intervenir et de pénétrer dans ces lieux. Si vous avez des questions, je vous suggère d'appeler votre hiérarchie maintenant, répondit-il sur un ton glacial.

Eric mit fin à la discussion et alla chercher l'équipement qui se trouvait dans son sac. Il avait vu la colère dans les yeux du major. Johnson prit son téléphone crypté et appela le secrétaire à la Défense, son supérieur direct dans cette opération. De son côté, Eric envoya un messager à Floyd lui relatant la découverte du repaire de Figli et les complications qui s'ensuivaient avec le major Johnson, qui doutait de l'objectif de la mission.

Washington

Le secrétaire à la Défense venait de raccrocher avec le major Johnson. Il demanda à voir le président immédiatement. Barack Obama était en plein entretien avec le président mexicain lorsque sa secrétaire lui fit passer le message. Il s'excusa auprès de son invité et laissa le soin à son secrétaire d'État de poursuivre l'entretien pendant son absence.

La situation internationale actuelle était si perturbée que le président Hinojosa comprit sans difficulté que son homologue américain puisse avoir une urgence de sécurité intérieure à traiter. Il se leva pour laisser Barack Obama prendre congé. Le président regagna le bureau ovale, où le secrétaire à la Défense l'attendait déjà.

— Monsieur le président, commença directement le secrétaire, je viens de m'entretenir avec le major Johnson, qui dirige l'équipe des forces spéciales à Palo Alto. Il a découvert les sous-sols cachés dans lesquels sont retranchés les objectifs de la mission.

Barack Obama nota aussitôt que son secrétaire à la Défense n'avait pas utilisé le terme « hackers » pour qualifier ceux qui se trouvaient dans ces sous-sols.

— L'endroit est gigantesque et sur deux niveaux, totalement isolés du reste du bâtiment à plus de trente mètres sous terre. Seulement, au vu des lieux, le major a des doutes quant au fait qu'il s'agisse d'une simple équipe de hackers qui profitent du chaos actuel.

Il s'arrêta et regarda Barack Obama dans les yeux. Il savait qu'il prenait un gros risque en défiant son président, mais la situation l'imposait. Il reprit :

— Et pour être totalement franc avec vous, monsieur le président, j'ai les mêmes doutes que lui.

Barack Obama détailla du regard son secrétaire à la Défense. Il vit un homme qui s'interrogeait réellement sur de l'objectif de la mission qu'il conduisait. Et il devait donc en être de même pour le major Johnson. Si ces deux hommes travaillaient pour Figli, ils ne se poseraient pas ces questions. Ils poursuivraient la mission en le laissant croire que tout se déroulait selon le plan prévu et préviendraient Figli de l'imminence de l'intervention. Son téléphone portable se mit à sonner.

— Oui, répondit Barack Obama.

— Votre équipe d'intervention, qui vient de localiser le centre opérationnel de Figli, a des doutes sur l'objectif de sa mission, déclara Philip Stern.

— Je suis au courant. Qu'en pense votre messager ?

— Il pense que le major Johnson ne travaille pas avec nos ennemis, sinon il ne se serait pas ouvert de ses doutes à Eric. Et vous, qu'en pensez-vous ?

— Je suis du même avis.

— Alors il faut mettre au courant votre équipe sans plus tarder. Il ne nous reste que très peu de temps.

— Je m'en occupe.

— Je préviens Eric.

Barack Obama raccrocha. Il appela son assistante et demanda à voir son conseiller spécial immédiatement. Puis il vint se rasseoir à côté de son secrétaire à la Défense.

— Mon ami, commença Barack Obama.

Il y avait de nombreuses années que le président ne l'avait pas appelé ainsi. Le secrétaire sentit son cœur battre plus fort. Il avait défié son président et il pensait qu'il allait sûrement le payer cher.

— J'ai demandé à mon conseiller spécial de nous rejoindre. Notre entretien sera classé top secret dès son arrivée.

Les deux hommes se regardèrent en silence. Le conseiller spécial entra dans le bureau ovale sans frapper. Il sentit que la situation était particulière.

— Asseyez-vous, lui dit Barack Obama.

— Monsieur le président, débuta son conseiller. Avant que vous ne commenciez, il faut que je vous dise que l'équipe des forces spéciales positionnée à Palo Alto vient de découvrir les sous-sols où nos hommes doivent intervenir, mais le major Johnson doute des objectifs de la mission. Les lieux sont gigantesques. Il souhaite des éclaircissements. Que dois-je répondre ?

— Monsieur le secrétaire à la Défense vient de me donner les mêmes informations que vous et partage les doutes de son équipe.

Les deux membres de l'équipe présidentielle se regardèrent. Ils venaient de remettre en cause chacun de leur côté l'autorité de leur président, ce qui s'apparentait à un acte de haute trahison. La tension était palpable dans le bureau, et les deux hommes risquaient gros. Barack Obama sentit l'extrême gêne dans laquelle se trouvaient ses deux proches collaborateurs. Ils mesuraient tous les deux la portée de leurs actes vis-à-vis de son autorité. Et même si cela se déroulait dans la plus grande confidentialité, la qualification juridique n'en restait pas moins celle d'un acte de trahison. Les deux hommes ne s'en rendirent pas compte, mais en cet instant, Barack Obama louait le courage de ses deux amis. Leur intervention lui garantissait qu'ils ne travaillaient pas pour Figli. Il pouvait donc leur faire confiance. Il les regarda à tour de rôle puis commença :

— Ce que je vais vous dire maintenant est classé top secret. Le major Johnson a raison. Les sous-sols que vous avez découverts n'abritent pas un groupe de hackers.

Les deux hommes s'échangèrent un regard interloqué.

— C'est le quartier général de l'homme qui utilise le Cercle et qui provoque le chaos que nous connaissons. Et il y est retranché. Je ne peux vous donner plus de détails pour l'instant, mais la réussite de cette opération est capitale. Nous devons investir son poste de commandement, le capturer, et mettre hors d'état de nuire toute son équipe.

— Et quel est le rôle de l'homme qui a rejoint l'équipe du major Johnson ?

— Il doit récupérer le Cercle. J'ai un accord avec ceux qui combattent cet homme et son organisation depuis le début de cette affaire. Ils récupèrent la découverte de Léonard de Vinci et nous capturons l'homme qui est à l'origine de toute cette affaire pour le juger.

— Mais que vont-ils faire du Cercle ? demanda le secrétaire à la Défense.

— Ils le protégeaient depuis plus de cinq cents ans. Ils vont continuer à s'assurer que personne ne puisse plus mettre la main dessus.

— Vous travaillez avec une société secrète qui existe depuis cinq cents ans et qui est restée inconnue tout ce temps ? lui demanda son conseiller spécial.

— Oui. Ils m'ont contacté. Et nous avons mis nos moyens en commun pour stopper cette horreur. Aujourd'hui, nous y sommes presque. Le succès de l'intervention à Palo Alto est essentiel. Mettez au courant votre équipe. Qu'elle soit prête à intervenir à mon commandement. Il ne nous reste que très peu de temps pour stopper ce carnage. Si nous échouons, le monde ne s'en remettra pas. Le Cercle ne pourra plus être arrêté. Il anéantira toute l'économie de notre planète et renverra l'humanité à l'âge de pierre. Regardez le chaos qu'il a déjà provoqué.

Barack Obama montra du doigt l'écran de télévision où CNN détaillait les dernières mauvaises nouvelles. La compagnie British Petroleum venait d'annoncer sa faillite, tout comme le laboratoire Bayer et deux des plus importantes banques chinoises. Le secrétaire à la Défense et le conseiller spécial du président étaient sans voix. Lorsqu'ils avaient décidé de braver l'autorité de Barack Obama, ils avaient dans l'idée de lui faire préciser les choses afin de limiter les risques qu'encourrait l'équipe des forces spéciales. En aucun cas, ils ne s'étaient attendus à ce que le président venait de leur révéler. Ils reprirent leurs esprits et se levèrent. Ils devaient mettre l'équipe du major Johnson au courant afin que l'opération soit prête au plus tôt. Les deux hommes sortirent ensemble du bureau ovale.

Amboise

Philip Stern venait tout juste de terminer sa conversation téléphonique avec le président Obama lorsque Floyd débarqua dans son bureau. Il restait moins de quarante minutes avant l'impact entre les deux satellites.

— Maître, les jumelles chinoises souhaitent vous parler. Elles ont une théorie pour le code. Elles souhaitent vous la soumettre en même temps qu'au reste de l'équipe.

— Allons-y, il ne nous reste que quelques minutes.

Philip sortit de son bureau et se dirigea rapidement dans la salle de commandement. Les jumelles étaient prêtes à présenter leur travail. Philip leur fit un signe de la tête. Liu Xi commença :

— En Chine, nous suivons un enseignement en mathématiques dont les fondements remontent à plusieurs milliers d'années. Cet enseignement est autant basé sur la réalité des théories mathématiques que sur des croyances rattachées au pouvoir spirituel des nombres. Nous rejoignons par certains côtés les théories des nombres défendus par les civilisations mayas ou incas.

Toute l'équipe écoutait Liu Xi. Philip lui demanda de bien vouloir en venir directement à sa démonstration, car il ne restait que très peu de temps avant la disparition des deux satellites. Liu Xi reprit :

— Ainsi, nous associons à chaque figure géométrique un chiffre qui symbolise la perfection de celle-ci. Le cercle, par exemple, est associé au chiffre 9.

— Pourquoi le 9 ? demanda Bill Gates.

Liu Xi se leva et s'approcha d'un *paperboard*. Elle traça deux cercles et commença sa démonstration.

— Considérons ce premier cercle. Un cercle possède en son centre un angle de 360 degrés.

Elle inscrivit ce premier nombre à côté du cercle puis le décomposa en une addition de 3 + 6 + 0 = 9. Puis elle traça la médiane de ce cercle.

— Chaque demi-cercle possède un angle de 180 degrés.

Elle le décomposa par la même addition : 1 + 8 + 0 = 9. Puis, elle découpa le premier demi-cercle en deux quarts de cercle.

— Chaque quart de cercle possède un angle droit de 90 degrés.

Elle le décomposa par l'addition des chiffres constituant le nombre : 9 + 0 = 9. Elle continua sa démonstration en divisant chaque partie du cercle restante en deux pour arriver aux résultats suivants : 1/8e de cercle possède un angle de 45 degrés, soit 4 + 5 = 9 ; 1/16e de cercle possède un angle de 22,5 degrés, soit 2 + 2 + 5 = 9 ; 1/32e de cercle possède un angle de 11,25 degrés, soit 1 + 1 + 2 + 5 = 9 ; 1/64e de cercle possède un angle de 5,625 degrés, soit 5 + 6 + 2 + 5 = 18, soit 1 + 8 = 9 ; 1/128e de cercle possède un angle de 2,8125 degrés, soit 2 + 8 + 1 + 2 + 5 = 18, soit 1 + 8 = 9 ; 1/256e de cercle possède un angle de 1,40625 degré, soit 1 + 4 + 0 + 6 + 2 + 5 = 18, soit 1 + 8 = 9.

— Nous pouvons continuer cette démonstration à l'infini et le résultat sera toujours le même : 9.

L'assistance écoutait Liu Xi avec le plus grand intérêt. Elle reprit en s'approchant du deuxième cercle. Elle y inscrivit un triangle équilatéral et dit :

— La somme des trois angles d'un triangle équilatéral inscrit dans un cercle est de 180°.

L'équipe comprit aussitôt le résultat que Liu Xi allait obtenir : 1 + 8 + 0 = 9. Puis elle nota, dans le même cercle, un carré dont les quatre angles totalisaient 360 degrés ; un pentagone dont les cinq angles internes totalisaient 5 x 108 degrés, soit 540 degrés ; un hexagone dont la somme des six angles internes représentait 6 x 120 degrés, soit 720 degrés ; un heptagone dont la somme des sept angles internes représentait 7 x 128 degrés et quatre septièmes, soit 900 degrés ; un octogone dont la somme des angles internes représentait 8 x 135 degrés, soit 1 080 degrés. Et en appliquant le même principe de démembrement et d'addition, à chaque fois, le résultat était le même : 9.

— Le chiffre parfait du cercle est donc le 9, conclut Liu Xi.

Tout le monde était resté silencieux pendant la démonstration. C'était effectivement très troublant. Adrian rompit le silence.

— Mais le code est constitué de cinq chiffres.

Lui Xi retourna vers son ordinateur et projeta sur un écran la première intervention de Figli. Elle arrêta l'image à un instant précis de l'allocution et zooma sur le meuble situé en arrière-plan de l'homme qui terrorisait la planète tout entière.

— Regardez bien le Cercle créé par Léonard de Vinci.

Toute l'équipe focalisa son attention sur la petite vitrine dans laquelle se trouvait le Cercle. Adrian s'exclama :

— Il est constitué de cinq cercles concentriques en cuivre ! Cinq cercles, donc cinq chiffres pour le code qui serait 99999 ?

— Tout à fait, répondit Liu Xi.

Philip observa son équipe. Il restait moins de cinq minutes avant la collision entre les deux satellites. Ils étaient si proches que la carte qui retranscrivait leurs positions en direct avait du mal à les différencier.

— Dans un peu plus de quatre minutes, le satellite de Mark sera désintégré par la collision avec celui de Figli. Le Cercle dans sa version informatique mise au point par l'Ordre de Salai sera détruit et les effets qu'il produit actuellement sur toute l'économie ne pourront plus être arrêtés. Nous serons de retour à la préhistoire dans moins de trois jours. Notre monde n'aura plus de monnaies, plus d'énergie, plus d'autorité, plus de médicaments, plus d'eau potable et nous nous terrerons tous pour ne pas affronter le jour de notre mort.

Il s'arrêta un instant, puis reprit :

— Que pensez-vous de la démonstration de Lui Xi ?

Adrian leva la main en signe d'approbation. Il fut suivi par Mark Zuckerberg et Bill Gates. En quelques secondes, l'unanimité de l'équipe était acquise. Il restait moins de deux minutes avant la collision. Philip ordonna à Youri d'entrer le code. Il fit apparaître les cinq cases sur l'écran de contrôle, tapa 9, 9, 9, 9, 9 et valida. Il ne se passa rien pendant cinq secondes. Puis il sembla que le code avait été accepté par le Cercle. Mais deux secondes plus tard, le satellite de Figli percuta celui de Mark et le désintégra. Le code affiché sur l'écran s'évanouit aussitôt. Ce dernier devint tout noir. Celui qui suivait les trajectoires des deux satellites ne montrait plus aucun signal concernant les deux engins, qui avaient complètement disparu des écrans radars.

Palo Alto

Figli n'avait pas détaché son regard de l'écran où s'affichaient en direct les deux trajectoires des satellites jusqu'à l'impact qui avait totalement détruit les deux engins. Il affichait un large sourire. Clifford entra à cet instant dans son bureau.

— Nous avons réussi, monsieur Clifford ! lança Figli à son arrivée.

— Je ne sais pas, maître. Un code a été validé deux secondes avant l'impact. J'attends la confirmation de son échec.

Le sourire avait disparu du visage de Figli. Mark avait tenté un code juste avant la destruction de son satellite. Perdu pour perdu, il avait tenté quelque chose. Qu'avait-il fait ? Alors qu'il se posait cette question, son regard fut attiré par la télévision qui retransmettait en direct la fin inexorable du monde moderne. Un détail que les journalistes qui commentaient la situation n'avaient pas relevé attira son attention. En arrière-plan de l'un d'eux, qui se trouvait sur Time Square à New York, Figli remarqua que l'écran sur lequel défilaient les noms des personnes qui allaient mourir le lendemain était devenu noir. Il regarda Clifford, qui venait de comprendre. Le code entré par Mark avait stoppé le Cercle juste avant l'impact. Figli hurla de colère. Il regretta d'avoir donné une chance à Mark. Il se rua sur Clifford et l'étrangla. Son jeune disciple mourut asphyxié quelques secondes plus tard.

Amboise

Toute l'équipe de l'Ordre du Cercle était silencieuse. Youri avait entré le code deux secondes avant l'impact entre les deux satellites, mais personne ne savait si cela avait fonctionné. Puis Adrian s'exclama :

— Le code a fonctionné !

Il montra du doigt le reportage en direct de Piccadilly Circus. Tous se mirent à scruter l'écran de télévision.

— Regardez, les écrans où le Cercle faisait défiler les noms sont devenus noirs. Le code a fonctionné ! répéta-t-il.

Philip prit son téléphone et appela Barack Obama.

— Monsieur le président, nous avons trouvé le code. L'action du Cercle a pu être stoppée juste avant la destruction du satellite de Mark.

Vous pouvez donner le feu vert à votre équipe pour investir le centre de commandement de l'Ordre de Salai.

— Merci Philip.

Alors que Philip s'entretenait avec le président américain, le cardinal Barbarin était au téléphone avec Benoît XVI.

— Votre Sainteté, Philip Stern a réussi à stopper l'action du Cercle. L'interpellation de Figli et ses hommes est imminente.

Benoît XVI poussa un soupir de soulagement. Le monde allait pouvoir se reconstruire. Ce serait long et difficile, mais ils étaient parvenus à redonner à l'humanité ce que le Cercle lui avait enlevé : l'espoir. Et avec l'espoir retrouvé, tout était possible de nouveau.

— Merci à tous, répondit le pape. Je suis avec mon invité personnel, qui est aussi soulagé que moi, même s'il a encore du mal à comprendre mon hospitalité soudaine à son égard, glissa-t-il non sans humour.

Le cardinal raccrocha et transmit le message de Benoît XVI à toute l'équipe de l'Ordre. Les sourires, qui avaient disparu depuis longtemps, étaient réapparus sur les visages des membres, même si tous pensaient à l'intervention qui venait de démarrer à Palo Alto.

Palo Alto

Le major Johnson reçut l'ordre d'intervention directement du président. Il fit signe à son équipe de se mettre en mouvement. Tout avait été préparé à cet ordre. Les plans des deux sous-sols du poste de commandement de l'Ordre de Salai avaient été disséqués par Eric et les membres de l'équipe. Ils avaient fini par trouver le système de ventilation du complexe et la gaine d'ascenseur qui permettait à Figli de rejoindre le centre directement depuis son bureau. L'équipe sortit par l'arrière du bâtiment situé sur Columbia Street. La nuit était déjà tombée moins d'une heure plus tôt. Les six hommes se déplacèrent rapidement en direction de California Avenue. Moins de deux minutes après, ils entrèrent dans l'impasse en direction du siège de Facebook. Ils le contournèrent par l'arrière pour rejoindre les bouches d'aération du complexe dissimulées dans un jardin japonais. Tout était calme autour d'eux. Le chaos dans lequel le Cercle avait plongé le monde y était pour beaucoup. Dès la nuit tombée, plus personne n'osait sortir tant la situation était devenue dangereuse. Ils mirent une minute de plus à trouver ce qu'ils cherchaient. Le major donna ses instructions à son équipe. Le dispositif fut mis en place instantanément.

— Allez-y, soldat, indiqua-t-il à son artificier.

L'homme enclencha le dispositif.

— C'est parti, major, répondit-il.

— OK ! Passons à la phase deux.

L'équipe ressortit du jardin japonais et commença l'ascension de la façade arrière du siège de Facebook par les renforts métalliques qui soutenaient chaque volume verrier du bâtiment. Ils atteignirent le toit de l'entreprise en moins de cinq minutes. Une fois en haut, ils cherchèrent la gaine d'ascenseur qui menait directement au complexe. Eric l'identifia en quelques secondes.

— C'est celle-là, major, indiqua-t-il.

L'équipe dégagea la grille qui protégeait son accès en ayant préalablement coupé le dispositif d'alarme qui y avait été connecté. Le puits descendait jusqu'aux sous-sols du poste de commandement. Ils aperçurent la cabine d'ascenseur qui était arrêtée au premier niveau du complexe. L'artificier regarda sa montre.

— C'est bon, major.

— Allons-y, répondit-il.

Washington

Barack Obama venait de donner l'ordre d'intervention à l'équipe de Palo Alto. Il était dans son bureau avec son conseiller spécial et le secrétaire à la Défense.

— Le code a fonctionné, messieurs, leur dit-il.

Il lut le soulagement sur leurs visages, mais également des interrogations, car aucun d'entre eux ne savait qui étaient ceux qui combattaient cet homme et son organisation aux côtés de leur président. Et ils savaient encore moins ce qu'ils avaient fait pour mettre un frein à tout cela. Certes, il semblait que ce qui avait plongé le monde dans le chaos était stoppé, mais ils avaient tant de questions auxquelles ils étaient convaincus qu'ils n'obtiendraient aucune réponse... Barack Obama les regarda :

— Je vous remercie de la confiance que vous m'avez témoignée dans cette épreuve. Je sais que vous avez des dizaines de questions sur ce qui s'est passé et comment nous en sommes venus à bout. Mais comprenez que je ne peux rien vous dévoiler.

Les deux hommes regardèrent leur président. Certes, leurs interrogations resteraient sans réponse, mais ils éprouvaient une fierté immense à l'idée de travailler au service d'un tel homme. Barack Obama perçut leur reconnaissance. Il leur tendit la main. Leur relation ne serait plus jamais la même. Un lien indéfectible venait de s'établir entre eux.

Palo Alto

Figli desserra ses mains d'autour du cou de Clifford et releva la tête. Le jeune homme gisait, mort dans son bureau. Il se redressa et regarda autour de lui. Tout était calme. Les équipes qui travaillaient dans les pièces à côté ne s'étaient rendu compte de rien. Il ouvrit la porte de son bureau et sortit dans le couloir qui menait à la salle de commandement. Ses yeux étaient rouges de colère. Tout à coup, il eut du mal à respirer. Il crut d'abord à un léger malaise causé par l'effort qu'il venait de fournir. Puis il vit que les membres de l'Ordre de Salai étaient pris des mêmes symptômes.

— Du gaz ! hurla-t-il. Ils sont en train de nous asphyxier !

Ils étaient préparés contre ce genre d'attaque, mais les effets du gaz utilisé par l'équipe du major Johnson étaient immédiats. C'était un puissant neurotrope qui plongeait les personnes exposées dans une paralysie profonde. Elles restaient conscientes, mais tous les muscles étaient instantanément paralysés. Figli ressentit les effets rapidement et s'effondra dans le couloir, non sans noter que l'ensemble des membres de son équipe subissait le même sort. Il ne put rien faire.

Sur le toit, l'équipe dirigée par le major Johnson commença sa descente vers les sous-sols. Le gaz avait dû produire son effet. Les hommes des forces spéciales et Eric descendaient en rappel dans la gaine. Ils portaient tous des masques afin de ne pas être asphyxiés à leur tour lorsqu'ils pénétreraient dans le complexe de l'Ordre de Salai. Le premier homme prit position sur la cabine d'ascenseur et ouvrit la trappe d'accès située sur le toit. Il inspecta l'appareil, qui était vide. Puis il fit signe au reste de l'équipe, qui le rejoignit quelques secondes plus tard. Une fois en position sur le dessus de la cabine, le major Johnson fit signe à l'un de ses hommes, qui descendit à l'intérieur et ouvrit doucement la porte. Tout était calme dans le couloir qui faisait face à l'ascenseur. L'homme aperçut deux personnes allongées au sol. Le gaz avait bien agi. Il interpella l'ensemble de l'équipe d'un geste de la main. Les six hommes se retrouvèrent dans un premier couloir. Leur mission était précise : trouver Figli et l'extraire du complexe. Quant à Eric, il devait s'emparer du Cercle. Au fur et à mesure de sa progression sur le premier niveau, l'équipe était impressionnée par la taille et la modernité des installations. Les agents avaient déjà croisé des dizaines de personnes totalement paralysées par le gaz alors qu'ils n'avaient exploré qu'une infime partie du poste de commandement de l'Ordre de Salai. Dès que son équipe eut atteint le hall central qui distribuait plusieurs couloirs, le major Johnson décida de la diviser en trois afin d'augmenter l'efficacité des recherches. Eric et le major prirent le premier couloir sur la droite. Le reste des équipes se dispersa dans les deux autres couloirs. Le complexe était composé d'un nombre important de pièces, dont une grande partie abritait des dizaines de baies de serveurs. La masse de données traitée par ce centre opérationnel devait être énorme. L'officier chargé des communications était impressionné par la qualité de l'installation. Il découvrit un ordinateur quantique dans une des salles.

— Major, dit-il, ce centre opérationnel est unique au monde. Je ne suis pas surpris qu'on ait pu piloter d'ici tout ce qui est arrivé ces derniers jours. Il y a même un ordinateur quantique. C'est complètement fou !

— Avez-vous trouvé la trace de notre cible ? lui répondit le major, lui rappelant sèchement l'objectif de la mission.

— Non, major. Aucun signe pour l'instant. Des dizaines de personnes ont été neutralisées par le gaz et gisent au sol, mais aucune ne correspond au signalement.

— Nous non plus, nous n'avons aucune trace de lui pour le moment, répondit l'officier de la troisième équipe.

— Continuons ! ordonna Johnson.

Le major et Eric débouchèrent dans un deuxième hall avec un ascenseur qui devait rejoindre le second sous-sol. Ce hall desservait plusieurs grandes salles où de nombreuses personnes étaient à terre. Le silence du lieu était impressionnant.

— On doit s'approcher du centre de commandement, dit Eric.

Ils inspectèrent les différentes pièces. Elles étaient toutes équipées d'ordinateurs dernier cri et des écrans géants tapissaient les murs. Eric remarqua un écran sur lequel figuraient les positions de plusieurs satellites. Et dans chaque salle, l'équipe découvrait des dizaines de personnes inanimées. *Il y en avait des centaines dans ce centre opérationnel*, se dit Eric en progressant de salle en salle. Puis il s'arrêta net. Dans le couloir qui lui faisait face, il vit Figli allongé sur le sol. C'était lui, il en était sûr. Il appela le major Johnson.

— Major, je crois que j'ai trouvé notre homme.

— J'arrive, répondit-il.

Eric s'approcha de l'homme qui était à terre. Il avait les yeux grands ouverts et ne pouvait absolument pas bouger. Le major Johnson venait de le rejoindre. Il se pencha sur lui et le dévisagea.

— C'est bien lui.

Il appela les deux autres équipes à le rejoindre. Il fallait extraire Figli au plus vite. Eric était entré dans le bureau dont Figli semblait sortir avant d'être paralysé par le gaz neurotoxique. Il chercha le meuble qu'il avait vu sur la vidéo de la première allocution de Figli. Il vit d'abord le corps de Clifford. Il avait un aspect différent des autres personnes qu'il avait croisées jusque-là. Il s'approcha de lui et comprit qu'il était mort. Puis il reprit ses recherches, et le trouva : le Cercle trônait toujours sur le meuble, dans sa petite boîte en verre. Eric était subjugué par la beauté de l'objet. Créé par Léonard de Vinci cinq cents ans plus tôt, il semblait avoir traversé les siècles sans être altéré. Il s'avança vers le meuble, saisit délicatement le

Cercle et le plaça dans le sac noir qu'il avait apporté. Puis il ressortit du bureau. Le major Johnson et son équipe étaient en train de s'occuper de Figli afin de le transporter hors du complexe au plus vite. Eric décrocha son téléphone.

— Maître, je viens de récupérer le Cercle et Figli a été capturé.

Philip Stern poussa un soupir de soulagement.

— Enfin une bonne nouvelle, Eric ! Terminez la mission avec l'équipe du major Johnson et regagnez Amboise au plus vite.

— Très bien, maître. Je serai de retour demain.

Eric raccrocha et remarqua que le major Johnson était au téléphone avec la Maison-Blanche.

— Nous avons notre homme, monsieur le président. Mais des centaines de personnes sont actuellement neutralisées par notre intervention. Je pense qu'il faut que vous envoyiez des forces de police rapidement pour les prendre en charge. Je laisserai une voie d'accès pour qu'ils puissent pénétrer facilement. Mais attention, le gaz neurotoxique produira ses effets encore pendant plusieurs heures.

— Très bien, je m'en occupe, répondit Barack Obama. Félicitez vos hommes, major. Rendez-vous comme convenu.

— Très bien, monsieur le président.

Johnson se retourna vers ses hommes et Eric.

— Allons-y. On évacue les lieux. La police se chargera du reste.

L'équipe sortit du complexe par la gaine d'ascenseur et se retrouva sur le toit de Facebook. Figli avait été remonté inanimé par le même chemin. Eric s'assura que son sac n'avait subi aucun dommage sur le chemin du retour. Deux minutes plus tard, un hélicoptère se positionna au-dessus de l'entreprise et hélitreuilla l'équipe et Figli en moins de deux minutes avant de se diriger au nord de la ville. Figli et le Cercle reposaient maintenant entre les mains de Barack Obama et de l'Ordre du Cercle.

L'hélicoptère des forces spéciales se posa sur une base classée top secret, située au nord de Palo Alto. Deux jets attendaient l'équipe du major Johnson. Celle-ci descendit sur le tarmac. Figli était allongé sur un brancard à côté des soldats de Johnson. Eric s'approcha de l'équipe des forces spéciales et les salua un par un. Puis il s'adressa à leur meneur.

— Major, je suis fier d'avoir participé à cette opération à vos côtés et aux côtés de vos hommes. Ceux que je sers vous sont reconnaissants pour votre soutien. L'humanité ne saura malheureusement jamais ce qu'elle vous doit. Je dois vous laisser. Veillez bien sur lui. Je crois savoir que votre président a des projets pour lui, dit-il avec humour en montrant Figli.

Eric rejoignit le jet de l'Ordre, qui décolla quelques minutes plus tard pour Amboise. L'équipe du major prit le deuxième jet. L'arrivée à Washington était prévue quelques heures après.

Amboise

Philip venait de raccrocher. Il répéta à son équipe ce qu'Eric lui avait annoncé : le Cercle était de retour au sein de l'Ordre et Figli était en route pour Washington sous bonne garde. Un vent de soulagement traversa le groupe. Chacun évacua la pression à sa façon : Mark Zuckerberg tomba dans les bras de son épouse ; le cardinal Barbarin leva les yeux au ciel ; les disciples félicitèrent les deux sœurs Xi pour avoir trouvé le code ; John et Adrian se promirent d'ouvrir rapidement cette bouteille de Château Cheval Blanc 1964 qu'ils avaient acquis ensemble il y a quelques années et qu'ils réservaient pour fêter un grand évènement ; Youri, Floyd et Bill Gates riaient de bon cœur. Quant à Sophie, elle prit la main de Philip et la serra fortement. Il la laissa faire en la regardant avec tendresse. C'était la première fois qu'elle voyait ce sentiment dans son regard. Elle lui sourit.

Philip retourna dans son bureau et appela le pape.

— Votre Sainteté, nous avons récupéré le Cercle et Figli est en route pour Washington. L'humanité va pouvoir se reconstruire, mais elle aura grand besoin de vous. Il va falloir lui redonner espoir.

— Ce sera long et difficile, mais je n'ai jamais cessé de croire en l'homme. L'humanité saura se reconstruire. Et peut-être sera-t-elle plus forte encore.

— Je l'espère sincèrement. Nous n'aurons pas fait tout cela pour rien.

Le pape attendit quelques instants et reprit.

— Puis-je vous demander une faveur ?

— Bien sûr, Votre Sainteté.

— Venez me rendre visite demain soir avec toute votre équipe. Le président Obama sera là également. Je souhaiterais remercier chacun d'entre vous. Et le secrétaire général Ban Ki-moon aimerait faire votre connaissance. Et si vous pouviez…

— Bien sûr, coupa Philip, nous serons des vôtres demain, Votre Sainteté.

— À demain, mon ami.

Philip raccrocha et informa toute son équipe de l'audience du lendemain soir avec le pape. Chacun ressentit une émotion intense à l'idée de le rencontrer. Le jet ramenant le Cercle avait décollé de Palo Alto depuis un peu plus de deux heures. Il serait de retour à Amboise le lendemain matin.

Washington

Michelle Obama avait rejoint son mari juste après qu'il eut appris la capture de Figli et son arrivée à Washington dans la nuit. Le président avait pris congé de ses deux conseillers après les avoir chaleureusement félicités. Ils allaient s'occuper d'accueillir Figli et de le mettre en lieu sûr en attendant que la justice américaine le traduise pour crime contre l'humanité, comme il s'y était engagé. Le bureau ovale était maintenant silencieux. Michelle observait son mari avec fierté. Il le vit dans son regard et cela le réconforta beaucoup. Ils n'échangèrent aucun mot. Elle se blottit contre lui. Il ferma les yeux. Ils allaient enfin pouvoir dormir quelques heures avant de prendre l'avion pour le Vatican, où le pape Benoît XVI avait demandé à les voir en compagnie de toute l'équipe de Philip Stern.

Palo Alto

L'intervention des forces de l'ordre au siège de Facebook et dans les sous-sols de l'Ordre de Salai avait débuté. La presse avait été informée. Des journalistes du monde entier étaient massés à moins de cent mètres du siège. Des images des forces de police extrayant des centaines de personnes des sous-sols de l'entreprise et du siège lui-même étaient retransmises dans le monde entier. Toutes les chaînes d'information avaient annoncé l'échec du plan mené par l'inconnu qui terrorisait la planète depuis plusieurs jours. Le Cercle avait été détruit. Le monde allait pouvoir se relever, peut-être...

CHAPITRE 33

20 septembre 2012

Washington

Il était un peu plus de 2 heures lorsque le chef d'état-major appela Barack Obama. Le président avait demandé à être prévenu dès l'arrivée de Figli sur la base militaire d'Andrews, située à quinze kilomètres de Washington. Trois sonneries s'étaient écoulées lorsque le président répondit :

— Bonsoir, monsieur le président. L'avion qui détient votre homme vient de se poser sur la base d'Andrews. Il va bien. Il est sorti de la léthargie provoquée par le gaz neurotoxique. Votre médecin personnel conduit l'équipe médicale qui va l'ausculter. Puis il sera accompagné jusqu'à la cellule de haute sécurité que nous avons mise en place sur la base. L'équipe du major Johnson s'assurera de son incarcération.

— Merci de m'avoir tenu informé. Faites-moi parvenir le rapport médical dès que vous l'avez. Et confirmez-moi son incarcération. Je veux qu'il soit en isolement complet, sans contact avec l'intérieur de la base. Et veillez au renforcement des mesures de sécurité pour l'ensemble du site. N'oubliez pas que son organisation dispose encore d'hommes infiltrés partout.

— Nous y veillons, monsieur le président. La base d'Andrews est classée au plus haut niveau de sécurité. Toutes vos instructions ont été respectées.

— Je quitte Washington pour le Vatican en début de matinée. Continuez à me tenir informé.

Barack Obama raccrocha et se recoucha. Dans moins de trois heures, il rejoindrait *Air Force One* pour prendre la direction de l'Europe. Michelle ne s'était pas réveillée. Cela lui fit plaisir. Elle méritait bien un peu de repos aussi.

Amboise

Le jet qui ramenait Eric et le Cercle allait se poser dans moins d'une heure sur l'aéroport d'Amboise. Philip avait tenu à accueillir son messager en personne sur le tarmac. Il termina son petit-déjeuner en compagnie de l'équipe. Il les regarda les uns après les autres. Ils avaient des visages reposés. La nuit avait été réparatrice pour tous. La presse ne parlait que de l'arrestation de l'inconnu et de ses hommes à Palo Alto. Les journalistes indiquaient que le Cercle avait été détruit lors de l'intervention des forces spéciales américaines. Tous saluaient la victoire de Barack Obama dans cette affaire. Il avait résisté à ce monstre, l'avait défié et enfin arrêté. Il se murmurait dans les rédactions du monde entier que la loi instaurant le tribunal spécial pour crimes contre l'humanité serait votée dès cette semaine. Cette version des faits convenait parfaitement à Philip et à toute son équipe, qui ne recherchaient aucune publicité après ce qui venait de se passer. Au contraire, il fallait maintenant mettre le Cercle en sécurité et s'assurer que personne ne puisse le retrouver de nouveau. Mark Zuckerberg lisait un article qui retraçait l'intervention dans les locaux de Facebook. Plusieurs photos l'illustraient. Il leva la tête et s'adressa à John :

— Nous allons devoir faire quelques travaux, dit-il en lui montrant les photos.

John lui sourit. Il venait de retrouver le Mark qu'il avait connu sur les bancs de Harvard. *Facebook va renaître de ses cendres, et très vite,* se dit-il.

Philip regarda sa montre et dit à Sophie et à Floyd :

— Il est temps de nous rendre à l'aéroport. Eric va bientôt se poser.

Ils se levèrent tous les trois et prirent congé des autres membres pour se diriger vers la sortie du poste de commandement, où un véhicule les attendait.

Dix minutes plus tard, la voiture était garée sur le tarmac de l'aéroport d'Amboise. Le jet termina sa phase d'approche et se posa. Il roula jusqu'au véhicule. Philip, Floyd et Sophie se tenaient debout près de la voiture lorsque la porte de l'appareil s'ouvrit. Eric descendit les quelques marches et se dirigea vers Philip. Il lui tendit le sac.

— Il est à l'intérieur, maître.

Philip le regarda dans les yeux et lui serra la main. Eric ressentit en cet instant toute la reconnaissance de son maître. Les mots étaient inutiles. Il eut une pensée pour son grand-père, qui l'avait choisi pour rejoindre l'Ordre du Cercle il y avait de nombreuses années. Il espérait qu'il était fier de lui en ce jour si particulier. Puis ils remontèrent tous dans le véhicule qui regagnait le centre opérationnel de l'Ordre.

Washington

Le couple présidentiel s'apprêtait à quitter la Maison-Blanche lorsque le chef d'état-major entra dans le bureau ovale.

— Bonjour, monsieur le président, voici le rapport du médecin. Notre homme a parfaitement récupéré. Il est en parfaite santé. Le major Johnson vient de le conduire dans sa cellule.

Il lui tendit ensuite une tablette.

— Il est sous vidéosurveillance vingt-quatre heures sur vingt-quatre. Vous pouvez l'observer depuis cette tablette.

Barack Obama prit la tablette et vit Figli assis sur la couchette de sa cellule. Il ne portait plus son costume de lin, mais la tenue orange des détenus dangereux. « Mais il n'a rien perdu de sa superbe », remarqua le président. Tout à coup, il leva les yeux vers la caméra et la regarda fixement. Figli semblait savoir qui était en train de l'observer ; il lui adressa un sourire entendu. Barack Obama zooma sur son regard. Il était toujours aussi glacial. Le président rendit la tablette à son chef d'état-major et sortit de son bureau avec Michelle. Quelques minutes plus tard, ils montaient dans l'hélicoptère présidentiel, qui les mena à *Air Force One*. L'avion décolla pour le Vatican. Il se poserait à Rome en fin d'après-midi.

Amboise

Philip était de retour au centre opérationnel de l'Ordre. Il avait réuni toute l'équipe dans la salle du Conseil. Les messagers étaient également présents. Il entra dans la salle, suivi par Floyd et Sophie, et posa délicatement le sac noir sur la table ovale située au centre de la pièce. Puis il l'ouvrit et en sortit la petite boîte en verre dans laquelle se trouvait le Cercle. Il saisit l'objet en cuivre, dont les cinq cercles concentriques, étaient déployés et le posa sur la table.

— Mes amis, mes chers disciples, mes chers membres de l'Ordre, je vous présente le Cercle. Cette découverte dont vous venez de voir le pouvoir dévastateur est la raison d'être de notre Ordre depuis plus de cinq cents ans. Nous allons devoir le faire disparaître à nouveau, comme l'a fait Melzi avant nous. Mais tout d'abord, j'ai souhaité que le Cercle rejoigne quelques instants les autres œuvres de Léonard. Ainsi, pour la première fois au monde, l'ensemble de l'œuvre de notre maître à tous sera réuni en un même lieu.

Tous se regardèrent. Personne n'avait pensé à cela. Mais effectivement, l'œuvre complète du maître était là sous leurs yeux : tableaux, livres, *codex*, traités, dessins et, désormais, le Cercle. Chacun mesurait la chance qu'il avait d'assister à ce moment unique dans l'histoire de l'humanité. Le silence avait rempli la salle. Philip reprit :

— Je tiens à remercier chacun d'entre vous pour la confiance et la loyauté que vous m'avez témoignées depuis le début de cette sombre affaire, pour l'énergie que vous avez déployée sans compter au service de l'Ordre pour que le Cercle soit de nouveau parmi nous et que son action destructrice soit stoppée, et enfin pour tout le cœur que vous avez mis dans cette bataille. L'humanité ne le saura jamais, mais sa plus grande chance est de vous avoir eus pour serviteurs.

Les mots de Philip résonnèrent dans la salle du Conseil tant le silence était absolu. La communion de l'équipe était totale et personne n'osa rompre ce moment. Puis Philip se leva, remit le Cercle dans sa boîte, puis le déposa dans le sac noir.

— Nous avons rendez-vous avec le pape Benoît XVI, mes amis. Ne le faisons pas attendre.

Ils se levèrent tous et quittèrent la salle du Conseil. Ils prirent la direction de l'aéroport deux heures plus tard.

Rome

L'équipe de l'Ordre du Cercle s'était posée à l'aéroport de Rome deux heures avant *Air Force One*. Mais à cet instant, Philip, Mark Zuckerberg, Bill Gates et l'ensemble de l'équipe se trouvaient dans la salle des audiences du Vatican en même temps que Barack et Michelle Obama. Les disciples et les messagers de l'Ordre étaient très impressionnés. C'était la première fois qu'ils venaient au Saint-Siège et, en plus, ils y côtoyaient le président américain et son épouse. Le cardinal Barbarin leur servait de guide. Ils étaient tous fascinés par ce lieu chargé d'histoire. Philip, Mark, Bill et le président discutaient tous les quatre en attendant d'être reçus par Benoît XVI. Cette terrible histoire avait créé des liens solides entre ces hommes alors que rien ne les destinait à travailler ensemble. Sophie et Priscilla faisaient connaissance avec Michelle Obama. Elles étaient toutes deux impressionnées par cette femme élégante et cultivée qui faisait l'admiration de son mari. Puis Philip remarqua quelque chose :

— Le portrait de Léon X n'est plus dans cette pièce, dit-il.

Barack Obama et Bill Gates ne l'avaient pas remarqué, mais effectivement, le tableau n'y était plus. Leur regard faisait le tour de la pièce à sa recherche, lorsque la porte du bureau de Benoît XVI s'ouvrit.

— Soyez les bienvenus, mes amis, leur dit-il. Je vois que vous cherchez le tableau de Léon X.

Tous s'étaient arrêtés de parler et saluèrent comme il se devait le Saint-Père. Le cardinal Barbarin s'agenouilla avec la plus grande déférence. Le pape était accompagné de Ban Ki-moon, le secrétaire général de l'ONU. Benoît XVI prit le temps de saluer tous ses invités. C'était sa façon à lui de les remercier de l'action qu'ils avaient tous menée pour sauver ce qu'il restait de l'humanité. Il eut un mot pour chacun et chacune. Les disciples et les messagers eurent le sentiment que l'homme d'Église les connaissait déjà tant ses paroles étaient appropriées. « Quel grand homme ! » pensèrent-ils. Pendant ce temps, Ban Ki-moon salua Barack Obama et son épouse qu'il connaissait déjà. Le président américain fit ensuite les présentations avec Philip, puis Mark Zuckerberg et Bill Gates, qu'il n'avait jamais rencontrés. Le moment était unique pour beaucoup. Youri était celui qui avait le plus de mal à croire à ce qui lui arrivait : quelques jours plus tôt, il n'avait dû son salut qu'à l'intérêt qu'il représentait pour Philip Stern et, aujourd'hui, il faisait partie de cette équipe reçue par le pape. Il n'en croyait pas ses yeux. Après quelques minutes, le pape les invita à entrer dans son bureau. Une grande table ovale avait été disposée en son centre.

— Prenez place, mes amis. Monseigneur Barbarin, venez vous asseoir à ma droite.

Ce n'est qu'une fois que chacun eut pris place autour de la table qu'ils l'aperçurent : le tableau de Léon X leur faisait face sur le mur du fond. Le pape sembla satisfait de son effet.

— Comme vous le voyez, nous sommes réunis aujourd'hui sous la bienveillance et la protection de Léon X. Il y a cinq cents ans, il a apporté tout le soutien de l'Église afin que l'Ordre du Cercle protège l'humanité de la découverte de Léonard de Vinci. Et pendant plus de cinq siècles, il en a été ainsi. Mais depuis le jour où le Cercle est réapparu, notre monde a été plongé brutalement dans le chaos le plus complet. Il n'en est sorti que grâce à vous tous. Je ne connaissais pas l'existence de votre Ordre, tout comme monsieur le président Obama, le secrétaire Ban Ki-moon ou messieurs Zuckerberg et Gates. Je ne savais pas combien l'Église était impliquée dans cette affaire depuis si longtemps. Et vous nous avez fait confiance, ouvert vos portes et accepté notre aide. Mais surtout, vous n'avez jamais perdu l'espoir. C'est ce qui a fait toute la force de l'action qui a été menée avec succès. Votre foi en l'homme, votre espoir en son avenir et votre abnégation ont fait la différence, mes amis. Je ne peux, une fois encore, et au nom de l'Église, que vous remercier pour tout cela.

Lorsque le pape s'arrêta, il s'ensuivit un silence de quelques secondes. Puis Philip prit la parole.

— Votre Sainteté, vos paroles nous touchent profondément et nous apportent le réconfort nécessaire après ce que nous venons de vivre ensemble. Dès la réapparition du Cercle, j'ai cru que nous serions seuls face à l'Ordre de Salai, qui semblait tout maîtriser et disposer d'alliés partout. Puis nous avons vu des résistants naître ; ils ignoraient tout de notre existence et de ce qu'il se passait, mais ont décidé de relever la tête et de combattre. Vous avez su les unir à nos côtés, Votre Sainteté. L'Ordre du Cercle vous en sera éternellement reconnaissant.

Philip marqua un temps d'arrêt puis se pencha sur la droite de sa chaise. Il se releva quelques instants après et posa le Cercle dans la boîte en verre sur la table.

— Le voici, Votre Sainteté.

Benoît XVI et Ban Ki-moon ouvrirent ensemble de grands yeux. L'objet était magnifiquement conservé. « Il est si petit et pourtant à l'origine de si grands maux », songea le pape. Il comprenait que Léonard de Vinci n'ait pu se résoudre à détruire sa découverte. Ban Ki-moon s'était levé et approché du Cercle. Il le détaillait, le dévisageait comme s'il s'agissait d'une personne. Il n'avait pas participé à la chasse qu'avait menée toute l'équipe qui lui faisait face, alors il avait du mal à comprendre comment ces cinq cercles de cuivre avaient pu plonger le monde entier dans la folie qu'il venait de traverser. Philip perçut l'interrogation du secrétaire général.

— Monsieur le secrétaire général, ce que vous voyez est la traduction concrète de l'algorithme découvert par Léonard de Vinci. Figli l'a transposé à grande échelle grâce à Facebook. Mais il y a cinq cents ans, c'est à l'aide de cet objet que Léonard a testé sa découverte à Amboise. Et le résultat a été le même qu'aujourd'hui, mais à une échelle plus petite.

Ban Ki-moon était sidéré du pouvoir de cette chose. Il reprit sa place autour de la table. Philip regarda le pape et continua :

— Votre Sainteté, l'Ordre du Cercle souhaite vous remercier pour l'aide précieuse que vous lui avez apportée et sans laquelle nous n'aurions pas réussi.

Il fit signe à Floyd, qui posa sur la table un coffret en bois précieux.

— Permettez-nous de vous remettre cette bible de Gutenberg originale. Elle remplacera l'exemplaire que vous avez perdu lors de la tentative de destruction de vos archives par Figli.

Floyd ouvrit le coffre. Benoît XVI reconnut le travail exceptionnel de l'imprimeur. L'émotion qu'il ressentit en cet instant était palpable. Le cardinal Barbarin, qui connaissait bien le pape, comprit ce que le Saint-Père éprouvait. Benoît XVI avait fermé les yeux et priait intérieurement devant cette merveille. Chacun autour de la table ressentit la paix de ce moment. Ils en étaient maintenant certains : l'espoir était revenu. Partout dans le monde, la même foi en l'avenir allait renaître. Puis Benoît XVI se leva, s'approcha de la bible et la bénit. Enfin, il se tourna vers Philip :

— Et maintenant Philip, qu'allez-vous en faire ? demanda-t-il en désignant le Cercle.

— Je vais le faire disparaître de nouveau, comme l'a fait Melzi, mon ancêtre. C'est ma mission, moi seul peux l'accomplir.

Tous regardèrent Philip et comprirent l'importance que revêtait cette dernière mission pour lui. Le pape le salua. Tout le monde se leva et sortit du bureau du Saint-Père. Ils se retrouvèrent dans la salle des audiences. Philip et l'équipe de l'Ordre du Cercle allaient retourner à Amboise tandis que le couple présidentiel rejoindrait Washington. Philip s'approcha du président américain. Les deux hommes se serrèrent la main comme deux vieux amis. Puis Philip sortit une enveloppe de la poche intérieure de sa veste.

— Ce que vous m'avez demandé, monsieur le président.

— Merci Philip, dit Barack Obama en prenant l'enveloppe. Je vous dis à bientôt, mon ami.

Chacun regagna la voiture qui l'attendait dans la cour de la résidence du pape. Une demi-heure plus tard, l'équipe de l'Ordre du Cercle était dans le jet qui décollait pour Amboise. *Air Force One* s'envola à son tour. Barack Obama serait de retour à Washington dans moins de huit heures.

Amboise

Philip était de retour au centre opérationnel avec l'équipe depuis quelques minutes. Mark, Priscilla, John et Adrian préparaient leur départ. Mark Zuckerberg avait hâte de reprendre le contrôle de son entreprise. Les gens retrouvaient doucement goût à la vie un peu partout dans le monde, et Facebook devait jouer un rôle dans la reconstruction de l'économie mondiale. Il avait demandé à John Eisenstein de le seconder et avait proposé à Adrian et Youri de l'accompagner. Adrian avait accepté, mais Youri avait refusé. Il souhaitait rester au service de l'Ordre du Cercle. Et Philip avait accepté. L'Ordre avait grand besoin de lui. Leur départ du centre était prévu trois heures plus tard.

Philip avait demandé à Bill Gates de le rejoindre dans la salle du Conseil. Les deux hommes étaient seuls au milieu de l'immense œuvre de Léonard de Vinci. Philip se tenait près de la table du Conseil. Il avait préparé la toile qui avait attiré leur attention dès leur première entrée dans cette salle.

— Bill, j'ai une faveur à vous demander.

Bill Gates vit le tableau sur la table.

— Oui, Philip ?

— Le monde est en train de se relever tout doucement. Les hommes doivent retrouver l'espoir et l'unité pour reconstruire tout ce qui a été détruit. Ils ne pourront pas supporter un nouveau choc. Pouvez-vous prendre cette toile et la conserver loin des yeux des hommes ? Moi, je dois cacher le Cercle pour qu'il ne réapparaisse jamais. Je ne peux pas m'occuper de ce tableau.

— Bien sûr, Philip. Je vais le mettre à l'abri. Personne ne saura qu'il existe. Je vous donne ma parole.

— Merci mon ami. Ces missions nous dépassent mais sont essentielles au retour de la paix et de la prospérité. L'espoir que chacun est en train de redécouvrir ne peut pas disparaître une deuxième fois.

Les deux hommes se saluèrent. Philip sortit la toile de son cadre et la roula afin de la mettre dans un cylindre, qu'il scella et remit à Bill Gates. L'avion de ce dernier décollait dans une heure. Il avait hâte de retrouver son épouse. Sa fondation allait participer à la reconstruction de l'économie aux côtés de Facebook. Le travail n'allait pas manquer. Et il savait déjà où il allait cacher ce tableau. Ils quittèrent ensemble la salle du Conseil. Philip salua une dernière fois Bill Gates avant de sortir dans le parc du manoir. Il sentit une présence derrière lui. C'était Sophie qui venait le retrouver. Ils marchèrent côte à côte sans un mot. Ils prirent un escalier qui menait à l'extérieur. Quelques instants plus tard, ils se trouvèrent dans le parc face aux ruines du manoir. Au loin, le château partiellement détruit trônait encore fièrement. C'était la première fois que Philip se retrouvait dans cette partie de la propriété depuis l'attentat. Ils contemplaient la scène qui se présentait devant eux. Il prit la main de Sophie.

— Je vais devoir m'absenter quelque temps, Sophie. J'aurai besoin de vous ici auprès de Floyd. L'Ordre doit poursuivre sa mission et, pour cela, nous devons reconstruire le château et le manoir.

Elle serra sa main et le regarda tendrement. Elle venait de lui donner sa réponse.

Washington

Air Force One venait de se poser sur la base d'Andrews. Barack Obama descendit rapidement l'escalier qui menait au tarmac. Au pied de l'avion, il salua son conseiller spécial, son secrétaire à la Défense et le major Johnson, à qui il adressa ses remerciements pour l'efficacité avec laquelle il avait conduit la mission de Palo Alto.

— Si vous voulez bien me suivre, monsieur le président, lui dit le major.

Les quatre hommes se dirigèrent vers un bâtiment situé sur la droite de la piste principale, sous la surveillance étroite des services de sécurité. Ils entrèrent rapidement, prirent l'ascenseur qui se trouvait devant eux pour descendre au troisième sous-sol. Un vaste couloir leur faisait face. Des portes se trouvaient de part et d'autre de ce long couloir. Ils avancèrent jusqu'à celle gardée par deux hommes issus des forces spéciales.

— Il est dans cette cellule, monsieur le président.

— Ouvrez la porte, je veux le voir et lui parler.

— Bien, monsieur le président, mais soyez prudent.

— Ce ne sera pas long, major.

La porte de la cellule s'ouvrit. Le président entra. On referma la porte derrière lui.

— Bonjour, monsieur Figli, commença Barack Obama.

Figli était assis sur la couchette qui se trouvait sur le côté gauche de la cellule. Il était menotté à un barreau fixé dans le mur. Il leva la tête et planta son regard dans celui du président.

— Je viens m'assurer que votre nouvelle demeure est à votre goût. Car vous resterez ici jusqu'à la fin de vos jours. Vous serez jugé pour crime contre l'humanité mais ne quitterez jamais plus cette cellule, même pour votre procès.

Figli tenta un mouvement vers le président mais ne put bouger du fait de ses menottes.

— Gardez votre calme et apprenez la patience, vous en aurez grand besoin.

Barack Obama se tourna vers la porte puis revint vers lui.

— Toutefois, si vous trouvez le temps trop long et que vous voulez savoir, je vous laisse ceci.

Il sortit l'enveloppe blanche que lui avait donnée Philip et la posa sur la tablette située de l'autre côté de la cellule. Salvatore Figli reconnut aussitôt le modèle d'enveloppe qu'il avait utilisé quelques jours auparavant.

— Je vous salue, conclut-il en quittant les lieux.

Lorsque la porte de la cellule se referma, Barack Obama vit la fureur qui animait les yeux de Figli. Quelques minutes plus tard, il ressortit du bâtiment et se dirigea vers son avion. Il devait se rendre aux obsèques de la reine d'Angleterre et avait un pays à reconstruire.

Dépôt légal : novembre 2017

Printed by Amazon Italia Logistica S.r.l.
Torrazza Piemonte (TO), Italy

12964910R00212